D1691577

**eBook
kostenloser
Download
inklusive**

Mit dem Kauf dieses Buches haben Sie zugleich eine eBook-Version des Titels erworben.

Auf unserer Website **www.vat-mainz.de** können Sie Ihr eBook ohne weitere Kosten herunterladen. Dazu müssen Sie den persönlichen Download-Code eingeben, den Sie auf der gegenüberliegenden Seite finden.

Sie finden dort ebenfalls eine genaue Anleitung, wie Sie das eBook auf Ihrem Computer bzw. Ihrem eReader installieren.

Sollten Sie unerwartet Schwierigkeiten mit Ihrem eBook haben, können Sie sich jederzeit gern an die eMail-Adresse ebook@vat-mainz.de wenden.

HNSHDioBMGXqjr

Hanna-Laura Noack
STROM DES HIMMELS

Hanna-Laura Noack

STROM DES HIMMELS

Roman

*Für
Helga Süß,
herzlich
Hanna Laura Noack*

Verlag André Thiele

Alle Rechte vorbehalten.
© VAT Verlag André Thiele, Mainz 2013
Lektorat: Sabine Krieger-Mattila
Satz: Felix Bartels, Osaka
Druck und Bindung: ANROP Ltd., Jerusalem
Printed in Israel.

www.vat-mainz.de

ISBN 978-3-95518-005-8

»Wie wunderschön doch
Im Loch der Tür aus Papier
Der Strom des Himmels!«

Issa (1763–1827)

»The history of the human race: the ruthless and the defenseless.«

Philip Roth

»Am schwersten verstehe ich die Steine. Ich habe von ihnen am meisten zu lernen.«

Hanna-Laura Noack

PROLOG

SOMMER 1945 UND 1946

I

Sie nannten den Mann »Fool on the hill«. Er dachte anders als sie, und es war zu befürchten, dass er eines Tages auch so handeln würde. Unerbittlichkeit ging von ihm aus, Entschlossenheit, etwas wie Gefahr. Das erschreckte sie, und so zogen sie sich vor ihm zurück. Niemand verstellte ihm seinen Weg.

Der Mann hieß Tadashi Yamamoto, war Pressefotograf und noch nicht lange aus China zurück. Zerstörerische Bilder, tief in ihm eingebrannt, verletzten ihn mit der Wucht einer Abrissbirne: Erinnerungen an den Horror von Nanking. Doch davon wussten die anderen nichts.

Vor jenem Tag hatte er stundenlang an den Rädern einer nicht enden wollenden Nacht gehangen und sich die bange Frage gestellt, wieso das Unheil seine eigene Stadt noch nicht ereilt hatte. An eine endgültige Verschonung glaubte er nicht. Erst als der Fliegeralarm kurz nach dem Einsetzen abbrach, schlief er erschöpft und erleichtert ein.

Der Tag wird brüllend heiß, dachte er nach dem Erwachen, verwundert über das darin mitschwingende Gefühl der Beklemmung. Aber noch stand die Sonne tief hinter den Kiefern. Durch Nadelkissen gefiltert sickerten ihre Strahlen auf seine Terrasse. Mit schweren Lidern trat Yamamoto in die Helligkeit der Veranda. Unter ihm lag die Stadt im flirrenden Dunst nach der Hitze der Nacht. Über ihr dehnte sich der Himmel, wolkenlos und von einem leuchtenden Blau. Wie automatisch tasteten Yamamotos Finger über die rauen Holzfasern der Balustrade, schweifte sein Blick über das Häusermeer. Genau in diesem Moment unterbrachen die Vögel ihren Gesang. Für wenige Sekunden war Yamamoto einer vollkommenen Stille ausgesetzt. Einer verhöhnenden Stille, gemessen an dem, was darauf folgte.

II

Wie jeden Morgen wachte Koïchi um punkt sechs Uhr auf. Er hörte die Tür zuschlagen, die sich entfernenden Schritte der Mutter und seiner älteren Schwester. Seit dem Vorabend stand die Hitze wie eine Säule über seiner Schlafstatt. Selbst die Morgenwäsche erfrischte ihn nicht. Kaum angezogen, klebten ihm Hemd, Hose und sogar die muffig riechenden Stoffschuhe wie nasses Papier auf der Haut. Ein spartanisches *bento* zum Mitnehmen stand auf dem Tisch, ein wenig Reis, ein paar sauer eingelegte Kürbisscheiben, wie üblich. Früher gab es gebratene Eierspeisen, an besonderen Tagen sogar *ebi* dazu. Er wickelte das Essen in Zeitungspapier ein und verstaute es in seiner Umhängetasche.

Immer wieder schlossen sich seine Lider, seine brennenden Augen verrieten, wie sehr ihm der Schlaf fehlte. Auch in dieser Nacht hatten die Sirenen gegellt, in den ersten Stunden des Tages. Zitternd vor Angst hatte Koïchi sich auf seinem Futon zusammengerollt. In anderen Städten, das wusste er, waren ganze Stadtviertel ausgelöscht worden. Nach Bombenabwürfen verbrannten Menschen in ihren Häusern. Durch umstürzende Wände getroffen, waren sie nicht in der Lage zu fliehen.

Mit solchen Bildern vor Augen hatte er sich wach im Bett herumgewälzt. Die Zeit war ihm unendlich lang vorgekommen. So, wie die träge vertrödelte Stunde nach dem Aufstehen, bevor er, von Müdigkeit noch wie betäubt, in das blendende Tageslicht trat.

Er war zwölf Jahre alt. Eine Erwachsenenehre sei es, hatte sein Lehrer gesagt, in den Schulferien dem Kaiserreich, dem Tenno persönlich zu dienen. Die Poststation lag am Rande der Stadt, er musste sich sputen.

Kurz nach acht schleppte er einen prallen Postsack über der Schulter stadteinwärts und hielt vergeblich nach einer Wolke am Himmel Ausschau. Der Tag versprach keinerlei Abkühlung. Er lauschte dem Knirschen des Sandes unter den Füßen. Bei jedem Schritt rollten sich Staubfähnchen um seine Sandalen. Dösig beobachtete er, wie sich die Wölkchen einen Augenblick lang in der Luft hielten, bevor sie zu Boden sanken. Die plötzliche, vollkommene Lautlosigkeit über der Stadt, die verstummenden Vögel, nahm der Junge nicht wahr.

III

An diesem Morgen fand Etsuko nichts mehr zu essen vor. Mit trockenem Mund bückte sie sich über das steinerne Becken. Das Wasser war immer noch warm. Sie trank es direkt aus dem Hahn, so gierig, als wolle sie sich bis oben hin damit anfüllen.

Ihre Mutter war am Vortag aufs Land gefahren und hatte versprochen bis zum Frühstück zurück zu sein. Nun war es zu spät, noch zu warten. Etsuko musste los. Obwohl es im ungelüfteten Hause schlecht roch, verschloss sie die Fenster und Türen, um so wenig wie möglich von der Tageshitze hereinzulassen. Das Geräusch der Flugzeugmotoren rumorte in Etsukos Ohren. Es hing über den Häusern der Stadt, durchdrang die dünnen Hauswände. Im Gegensatz zu ihrem Bruder, den das Gedröhne seit seiner Rückkehr aus China verstörte, hatte sie sich daran gewöhnt. Tadashi besuchte sie selten, aber am Vorabend war er vorbeigekommen, das hätte die Mutter erfreut. Deshalb notierte Etsuko es ihr in Schönschrift auf einem Papierstreifen und legte ihr die Mitteilung auf den Tisch, bevor sie hinaus auf die Straße hüpfte.

Die im Asphalt gespeicherte Hitze brannte sich durch ihre Strohsandalen. Sie ignorierte es, wie die meisten lästigen Gegebenheiten dieser Tage. Weder das Wetter noch der

PROLOG

Krieg sollten ein Mädchen wie sie entmutigen. Sie trug den Kopf hoch, denn für die Zeit der Schulferien traute man ihr eine Tätigkeit in einer Krankenstation zu. Die Einsatzstelle befand sich unweit des Stadtzentrums. Dort war es wesentlich kühler als in ihrem Elternhaus, und bestimmt würde eine Mittagsmahlzeit für sie abfallen. Der Tag versprach Gutes.

Etsuko hatte das Hospital beinahe erreicht, als sie eine seltsame Stille bemerkte. Sie stutzte. Die Vögel, wunderte sie sich, was war mit den Vögeln? Sie sangen auf einmal nicht mehr. So eine tödliche Ruhe, dachte sie.

IV

Ein Jahr später betrachtete Teresa, eine junge deutsche Krankenschwester, den Himmel über Hiroshima. Grauschwarze, schnell vorbeifliegende Wolkenfetzen gaben flüchtige Einblicke frei, begrenzt und von seltsamer Farbe. Gucklöcher entstanden, die sich sogleich wieder schlossen, um sich an anderer Stelle zu öffnen. Die Ströme des Himmels, dachte Teresa. Zerrissen, wie ihre Gefühle, die mit dem Mann auf dem Hügel untrennbar verwoben waren.

DIE PSYCHOLOGIN, 1978

Alice sieht aus dem Fenster. Der Himmel ist grauschwarz und unbemerkt hat sich Dunkelheit in das Zimmer gefressen. Alice Amberg ist müde. Sonntage wie dieser rauben einem die Seele. Sie hebt ihren Blick von dem eingespannten Formular und reibt sich die Augen. Unter dem Schreibtisch tasten ihre Füße nach ihren Slippern. Spätestens morgen Abend muss der Bericht abgeschickt werden, die Patientin braucht dringend die Bewilligung. Zu einer Verzögerung will Alice nicht beitragen, sie nicht. Spätestens morgen, nach Dienstschluss, geht der Antrag zur Post. Notfalls wird sie ihn in ihrer Mittagspause fertigstellen. Das Blatt mit dem Durchschlagpapier lässt sie in der Maschine.

Ihre Aufgaben zehren an ihren Kräften. Deshalb taucht sie ab. Sie muss selbst dafür sorgen, kreativ und gesund für die Arbeit zu bleiben. Selbst jetzt, im noch kühlen Frühjahr, wäre sie lieber an ihrem See, wo die Rohrweihe mit kiebitzähnlichen Schreien im Schilf auf der Suche nach dem versteckten Weibchen balzt, und dann unter Wasser, nah bei den Brückenpfeilern, wo der Hecht heute vergeblich auf Fütterung wartet.

Alice ist Taucherin. Ihr sorgfältig geführtes Logbuch bescheinigt ihr dreihundertfünfundzwanzig – vereinzelt gefährlich tiefe – Tauchgänge. An arbeitsfreien Wochenenden zwängt sie sich in eine schützende Zweithaut und flieht. Ihre Flucht geht hinab in die Kälte, knapp über die goldgelben Böden umgekippter Gewässer, in die beruhigende Schwärze vollgelaufener ehemaliger Steinbrüche oder künstlich angelegter Seen, unweit jener rheinischen Metropole, die nicht ihre Heimatstadt ist.

Rückzüge sind es, doch nur ein Ersatz für die Orte, von denen sie träumt. In Wirklichkeit zieht es sie, gleich einem Küstenfahrer, zu entlegenen Gestaden, unter die Spiegel der

Meere der Welt, wo sie sich beim Tauchen so leicht wie auf Wolken fühlt. Angesprochen auf das Paradoxe ihrer Aussage, weil sie sich dabei ja unter Wasser befindet, hebt sie verwundert die Brauen. Menschen, die solche Fragen stellen, suchen nicht nach Verborgenem, ahnen nichts von den Schätzen, dem paradiesischen Zauber unter den Oberflächen der Welt, schweben niemals bei Nacht durch elysische Gärten unter einem auf der Wasserfläche gespiegelten Sternenbanner. Und niemals gewahren sie, wie Alice, das feurige Aufblitzen der durch die Sonnenstrahlen genährten Korallen unter Wasser, das feurige Aufblitzen der die Korallen nährenden Sonnenstrahlen im glasklaren Element.

Alice deckt eine Plastikhaube über die Schreibmaschine, räumt die Akten beiseite, schlurft zur Tür und knipst das Deckenlicht an. Sie sieht auf die Uhr. Fast fünf. Sie muss sich noch abschminken.

Lustlos schleppt sie sich ins Badezimmer, entkleidet sich, schlüpft in Badeschlappen, einen hellgelben Bademantel und steckt ihr teerschwarzes Haar mit zwei Spangen auf. In diesem Moment klingelt es auch schon an der Tür.

Eine halbe Stunde später breitet sie ihr Saunatuch auf der mittleren Liege neben Margot aus. Sie tupft sich den Schweiß von Armen und Beinen und wirft einen kurzen Blick auf das Thermometer.

»Fünfundneunzig Grad«, stöhnt sie, »viel zu heiß eingestellt.« Gleich darauf entweicht ihr ein Gluckser. »Weißt du, was meine Mutter immer behauptet? Die Sauna sei eine japanische Erfindung.«

Alice schüttelt den Kopf, dann überschattet sich ihr Gesicht, als wolle sie eine Erinnerung verscheuchen.

Margot blickt neugierig auf. »Eher wohl eine arabische, oder?«, forscht sie abwartend.

Alice zwingt sich zu einem Lächeln und nickt zustimmend.

»Denk mal an die Hammams in der Alhambra von Granada. Da merkt man, wie überlegen der Orient dem Okzident schon im siebten Jahrhundert war. Die damals von den Arabern produzierten Seifen waren denen, die wir heute kennen, schon ähnlich.«

Margot murmelt etwas Unverständliches. Alice fragt nicht nach. Sie zwingt sich zu einem Lächeln, nickt der Freundin unmerklich zu, doch ihre Gedanken driften zurück zu ihrer Arbeit der vergangenen Woche. So wird es sich wiederholen, Woche für Woche, geht es ihr durch den Kopf, die nächsten vierzig Jahre lang, solange ich gerade sitzen und mich konzentrieren kann. Wenn mein Körper funktioniert und mein Kopf das mitmacht.

Ihr Lieblingsmöbel, ein viktorianischer Ledersessel, wird das nicht schaffen, das ist schon jetzt abzusehen. Fast ein Jahrhundert hat er unversehrt überstanden, nach seiner Geburt in der Zeit von Charles Dickens. Dann kaufte Alice ihn für ihre Patienten.

Er steht für ein Gleichnis, denkt Alice, ein Gleichnis für die Wahrnehmung alter Menschen. Der Rückblick mag noch so gut gelingen, bis weit in die Vergangenheit mag alles noch nah sein und präsent, die Gegenwart jedoch scheint zu rasen, zunehmend kürzer zu werden.

Bei dem Sessel macht es die Aufregung, der saure Angstschweiß an den Händen der Patienten in den ersten Behandlungsstunden. So viele hilflose, klammernde Hände. Obwohl sich doch jeder an sich selbst festhalten und aufrichten muss. Die Hände sorgten dafür, dass sich mäandernde Risse im Leder der Armstützen gebildet haben. Das vormals cognacfarbene Leder changiert jetzt ins Grünliche. Von Säure zerfressen werden sich die Risse vertiefen, werden einreißen und irgendwann aufreißen. Nervöse Finger werden an dem herausquellenden, staubtrockenen Futter herumzupfen, bis Alice, beschämt, niemanden mehr bitten kann, auf diesem Sessel noch Platz zu nehmen.

Zerstörungen im menschlichen Leben sind das, was Alice beschäftigt, ihr Herausforderung und ständige Mahnung sein wird, die nächsten fünfunddreißig bis vierzig Jahre lang. Wenn sie verkraftet, was die Menschen auf dem ledernen Sessel ihr offenbaren.

So viel Verlorenheit zerbrechlicher Seelen, so viel kristallene Fragilität, empfindsam wie Glas, erschüttert, verletzt oder bereits zersprungen. Daneben Verbogenheit, Verlogenheit, Abschaum, der Rotz einer verrohten Gesellschaft in fünfzigminütigem Wechsel, Woche für Woche, Monat für Monat, Jahr für Jahr. Oft nicht einmal freiwillig: »Ich? Nä, et es der Reechter, dä meint, Se künne mer helfe, ich moot jo zo Üch, weil ich söns ...« – »Sie glauben, dass Sie das eigentlich gar nicht brauchen?« – »Ich? Nä, ich doch nit, woför och? Ävver wat soll mer maache, frog ich Se.«

Doch jetzt sollte sie sich endlich entspannen! Auch wenn der Saunabesuch ein Zugeständnis an Margot ist, die sagt, dass es keinen besonderen Grund gibt, weshalb sie sich unbedingt mit ihr treffen wollte. Doch nach Verlautbarungen stellt Margots Mann einer seiner Patientinnen nach, wogegen deren streng katholische Kölner Familie offensichtlich nichts einzuwenden hat. Wer partout einen ärztlichen Schwiegersohn für die Tochter begehrt, nimmt diesen selbst mit Schmerbauch, irgendwann endlich geschieden und als Vater zweier Kinder in Kauf. Somit hat Margot ein Anrecht auf Mitgefühl und Alice verzichtet auf den Trost ihres entspannenden, sonntäglichen Tauchgangs.

Halb geöffnet schweifen Alices Augen umher, entfernen sich, fliehen durch getöntes Glas in den gestreckten Saunavorraum, an dessen Ende ein Lichtkegel durch eine zum Balkon geöffnete Fenstertür fällt. Ihre Gedanken schweifen zu einem Artikel in der Tageszeitung. Alice hat ihn am Vormittag gelesen. Jetzt hat sie Zeit, ihn zu überdenken.

Es grenzt an ein Wunder, dass man überhaupt einmal Presseinformationen aus Japan bei uns findet, schießt es ihr durch den Kopf. Verglichen mit Berichterstattungen über Vorkommnisse im Nahen Osten hat das geradezu Seltenheitswert. Also auch in Japan, stellt sie erbittert fest, protegiert man die Mächte, die nur ihr Image, ihren politischen Vorteil, nicht aber das volkswirtschaftliche Wohl ihres Landes und erst recht nicht das leibliche ihres Volkes verfolgen. Trotzdem: Einen so peinlichen Korruptionsskandal hätten die Japaner der Weltöffentlichkeit sicher lieber verheimlicht.

Alices Augen werden schwer.

»Es hilft alles nichts, früher oder später werde ich das Rätsel um Yamamoto lösen müssen.«

Moment! Sie beißt sich auf die Unterlippe. Ohne Zweifel, aus ihrer Versunkenheit heraus hat sie laut gedacht.

»Was murmelst du denn da?«

»Was? Ach, nichts Wichtiges.«

»Komm, spuck es schon aus, Alice, was ist los?«

»Hast du die Sache mit dem Lockheed-Skandal in der Presse verfolgt?«, startet Alice einen Ablenkungsversuch.

»Nein, worum gehts?«

»Schmiergeldaffäre, in Japan.«

»Und wer ist der glückliche Nutznießer?«

»Tanaka, der ehemalige japanische Ministerpräsident.«

»Gerade hast du aber doch einen anderen Namen genannt, Java-Motor, oder so ähnlich, hat das was damit zu tun?«

Alice muss lachen. Java-Motor, auch so etwas böte sich für einen Betrug sicher an. Sie wischt sich über ihr rotes, überhitztes Gesicht. Ach, was solls.

»Yamamoto, sagte ich, aber das ist eine andere Sache. Hat irgendetwas mit Teresas Vorleben zu tun. Etwas, das sie mir vorenthält.«

Margots kritischer, abschätziger Blick entgeht Alice nicht. Sie hat recht, denkt Alice, meine Gefühle sind merkwürdig überspannt in letzter Zeit, eigentlich bräuchte ich Urlaub.

Sie wirft einen weiteren Blick auf das Saunathermometer, breitet ihr Handtuch auf der untersten Liege aus und hievt sich schweißtriefend eine Bank tiefer.

Auf ihre stämmigen Ellenbogen gestützt, schüttelt Margot den Kopf. »Und was für ein Geheimnis soll das bitteschön sein?«

Der Knochen, den sie nicht benennen kann, existiert für sie nicht, denkt Alice. Margot ist Orthopädin. Sinnlos, ihr romantisch verklärte Kinderträume zu erklären, Jugendfantasien oder heimliche Sehnsüchte, geboren und versteckt unter dem Schleier von Teresas Japanschwärmerei. Und dann noch dieser Name, den sie nicht einordnen kann. Aber es hat keinen Zweck, mit Margot darüber zu reden. Alice weiß schließlich selbst nicht, warum Teresa Japan so plötzlich verlassen musste und welche Rolle der »Held« aus Alices Kindheit, dieser Yamamoto, dabei gespielt hat. Was das angeht, muss Alice sich an ihre eigene Nase fassen. Seit Jahren hat sie nichts unternommen, um der Sache auf den Grund zu gehen.

»Unwichtig, Margot, da hast du vollkommen recht.«

»Und dass du sie beim Vornamen nennst! Meine hätte mir das niemals erlaubt. Eine Mutter ist doch keine Freundin ...«

»Sag bloß! Hat sich diese Binsenweisheit bis zu euch Sehnenflickern herumgesprochen?« Alice greift nach der Saunabürste und schrappt sich damit über die Oberschenkel. Dabei blickt sie zu Margot auf, die so erschrocken zu ihr herüberstarrt, als habe sie eine Zecke auf ihrer Wange entdeckt. Alice braucht keine bigotte Gouvernante, aber ihr Tonfall kommt ihr nun selbst übertrieben vor.

»Sorry, Margot, ich bin überarbeitet, bitte nimms mir nicht krumm!«

»Ja, aber ... seit wann nennst du sie denn schon so?«

»Seit meinem sechzehnten Lebensjahr.«

»Euer Verhältnis scheint nicht gerade entspannt, oder? Gib es zu!«

Alice prüft Margots Mienenspiel, wehrt ihr aufgekommenes Misstrauen ab. Ach was, Margot sagt, was ihr in den Kopf schießt, und manchmal hat ihre kommunikative Knochenbrechermentalität sogar Vorzüge. Warum sie sich gerade jetzt mit Yamamoto beschäftigt, muss sie ihr nicht erklären, wirklich nicht.

Sie eröffneten vor drei Jahren fast gleichzeitig ihre Praxen im gleichen Ärztehaus. Margot in der ersten, Alice in der zweiten Etage. Was sie verbindet, ist vor allem der geteilte Ärger über die für sie zuständige Honorarverteilungsstelle der Vereinigung der Kassenärzte. Dabei, findet Alice, sitzt Margot darin wie die Made im Speck. Sie ist nicht von unkooperativen Ärzten abhängig, die sie weder respektieren noch Ahnung von ihrem Fach haben. Frauen wie Alice, mit ihren Bitten um Zusammenarbeit oder Medikamentenreduktion bei den Patienten, stehlen den meisten ärztlichen Kollegen nur unnötig Zeit. Auch Margot hat wenig Muße für ihre Patienten – schließlich verschreibt sie ihnen ja Arzneimittel! Zumindest aber stellt sie, falls die nicht helfen, Überweisungen aus. Manchmal auch an Alice. Gerade bei Privatpatienten ist vielen Ärzten das Risiko, dass sie danach nicht mehr wiederkommen, zu groß. Dabei haben viele mit Medikamenten behandelte Störungen psychische Ursachen und könnten von Psychologischen Psychotherapeuten wesentlich besser therapiert werden als von unausgebildeten Hausärzten unter Zeitdruck.

Untersuchungen belegen längere Behandlungszeiten, häufigere und höhere Medikamentendosierungen und frühere Verabfolgung bei Patienten der unteren sozialen Schichten. Gleichzeitig belegen sie kürzere Behandlungszeiten, vorsichtigere Medikamentendosierung, häufigere Überweisungen zur Kur oder Psychotherapie bei Patienten mittlerer bis höherer sozialer Schichten. Solche Diskriminierungen ärgern Alice.

ALICE

Aber es ist nicht nur die Zwei-Klassen-Medizin, die sich auch bei den psychotherapeutischen Leistungen bemerkbar macht, über die sich Alice aufregt. Sie will mehr Gerechtigkeit. Nicht nur für die psychotherapeutisch unterversorgten, mit Antidepressiva überfütterten Patienten, sie denkt auch an sich. Sie will eine eigene Kammer und ein Versorgungswerk für Psychologische Psychotherapeuten im Alter, so wie sie die Ärzteschaft hat. Sie will die offizielle Anerkennung ihres Berufsstandes. Dafür kämpft sie in ihrer Freizeit, wenn sie nicht gerade Anträge schreibt oder taucht. Sie schreibt Pamphlete, stellt Flugblätter her, kommuniziert mit Anwälten, kontaktiert gezielt falsch informierte Journalisten, die glauben, zu Demonstrationen von Psychologen gar nicht erst erscheinen zu müssen.

So wie vor drei Tagen vor dem palastähnlichen Gebäude der VdK, der Vereinigung der Kassenärzte. Ihr Berufsverband hatte eine Demonstration organisiert.

Ich tus für 50 Mark die Stunde«, stand auf Alices Schild. Sie trug pinkfarbene, zwölf Zentimeter hohe Stilettos, in denen sie sich nur mühevoll vorwärtsbewegen konnte, schwarze Netzstrümpfe und einen kurzen, schwarzen Lederrock, Leihgaben einer Kollegin vom letzten Karneval. Derart milieugetreu ausstaffiert, passend dazu mit leuchtend grellrosa geschminkten Lippen und ebenso lackierten Finger- und Fußnägeln, stakste sie zwischen grinsenden Kollegen und Kolleginnen und vor Vorstandsvorsitzenden der VdK einher. Aber Letztere brachten kein müdes Lächeln auf, kurbelten nicht einmal ihre Scheiben herunter, um Alices Flugblatt entgegenzunehmen. Dickfellig glitten sie ungerührt in ihren S-Klasse-Wagen an ihr vorüber und wendeten die Köpfe ab.

Warum sollten sie sich das auch durchlesen? Ihr Jahresgehalt beträgt mehr als eine halbe Million Mark, neben ihren Praxiseinnahmen. Es wird gespeist aus Verwaltungskosten, die automatisch von den Honoraren der niedergelassenen Ärzte und Psychotherapeuten abgezogen werden.

Kein Installateur repariert Alice für fünfzig Mark auch nur einen tropfenden Wasserhahn, der schlägt noch Anfahrtskosten darauf. Dem wird auch kein gottverdammter Numerus Clausus von 1,3 als Ausbildungsvoraussetzung abgefordert. Der hat weder ein Einserdiplom an der Universität noch eine auch nur annähernd kostenintensive Zusatzausbildung im Anschluss an ein Studium absolviert. Den Handwerker schützt seine Handwerkskammer vor willkürlichen Kürzungen, und bei Zahlungsversäumnissen hilft ihm jedes Gericht bei der Eintreibung seines Honorars. Alice weiß nie, welche Vergütung sie für den Aufwand der ersten fünf von ihr geleisteten Therapiesitzungen erhält.

Kein Fachfremder würde für möglich halten, wie niedrig die Sätze sind, die Alice erst sechs Monate nach den erbrachten Leistungen vergütet bekommt. Ein Stundenlohn, den Alice nicht einmal der Reinigungskraft ihrer Praxisräume anbieten würde. Doch daran denkt sie nicht bei ihrer Arbeit. Die Demütigung würde ihr die Kehle zuschnüren.

Alice ist Verhaltenstherapeutin und auf die Mitarbeit der Patienten angewiesen. Gemeinsam mit ihnen arbeitet sie auf konkret bestimmte Ziele hin. Bewegen sich ihre Patienten in die gewünschte positive Richtung, empfindet Alice das als Belohnung für ihr Engagement.

Es ist nicht die Arbeit mit ihren Patienten, die Alice belastet. Es sind die Widrigkeiten eines Systems, in dem sie sich gefangen fühlt und dem sie nicht entfliehen kann. Ihren Frust kompensiert Alice beim Tauchen.

»He, Alice, hörst du mir nicht zu? Bist du mal wieder abgetaucht? Ich habe dich etwas gefragt!«

»Was? Oh, Entschuldigung ... ob es Probleme mit Teresa gibt? Nein, gibt es nicht.«

»Nein?«

Margots Mundwinkel zucken in Richtung Saunabank. Alice will sie nicht brüskieren. Sie rückt ihr Handtuch unter der Kopfstütze zurecht, streckt sich auf ihrer Liege aus. Ihre Füße ragen Margot bis fast an den Kopf.

»Du hast meine schöne Teresa ja einmal kennengelernt. Da gibt es etwas, das bis heute nicht geklärt ist. Etwas Ungreifbares. Das hängt mit einem Japaner zusammen, Yamamoto, aber was genau dahintersteckt, weiß ich bis heute nicht«, erklärt sie beschwichtigend.

Margot steht auf. »Ist mir zu diffus. Versteh ich alles nicht. Mir ist zu heiß, ich geh raus.« Doch sie setzt sich ein weiteres Mal auf die Saunabank. »Wenn du so oft von Japan oder diesem Japaner geträumt hast, warum bist du nicht einfach mal hingeflogen?«

»Das fragst du? Du weißt doch, wie wichtig mir das Tauchen ist. Japan ist teuer. Für eine Reise ergab sich nie eine Gelegenheit. Außerdem gibts dort kaum noch Fische. Japaner fressen sogar die Korallenfische von ihren wenigen, zerstörten Riffen.«

Ach was! Zeitliche Engpässe, unpassende Gelegenheiten, alles Ausflüchte. Der Name Tadashi Yamamoto schwimmt wie ein öliger Teppich auf der Oberfläche von Alices Gedanken. Es reicht. Viel zu lange schon hat sie es aufgeschoben. Das Öl muss endlich abgesaugt werden. Und noch etwas beschäftigt Alice. Ein latenter, sie seit Jahren verunsichernder Verdacht, der, falls ihre Vermutung zuträfe, ihr ganzes Leben umkrempeln würde.

Margot erhebt sich. Statt es sich um die Hüften zu legen, presst sie ihr Saunatuch gegen die Glastür, die sie mit einem Flankenstoß öffnet und mit bloßem Fuß hinter sich schließt. Draußen dreht sie den Wasserhahn auf und lässt bei der Berührung durch den eiskalten Wasserstrahl kurze, abgehackt klingende Schreie durch den Vorraum gellen. Margots unverhüllte Behäbigkeit erscheint Alice wie eine Entsprechung:

das kompakte Bild einer soliden Sportärztin, mit einem Körper so robust wie das Gemüt.

Sie registriert das sich Heben und Senken der ausladenden Brüste ihrer Freundin, beobachtet die sich über die Dellen ihrer Orangenhautschenkel windenden Rinnsale, die gluckernd im Abfluss versickern, bis Margots Arme mit dem Wasserschlauch auffällig in ihre Richtung rudern.

Der Wink weckt Alice aus ihrer schläfrigen Dösigkeit. Sie erhebt sich so schnell, dass ihr für einen kurzen Moment schwindelig wird, und tritt hinaus.

Die kalte Außenluft hat innen die Fensterscheiben beschlagen, Kondenstropfen rinnen in Fäden an ihnen hinab.

»Schön«, sagt Alice, »dass es dich gibt. Deine Freundschaft hat etwas Handfestes.«

»Ach komm«, kontert Margot und senkt fast verschüchtert den Kopf.

Im Hintergrund läuft der Fernseher, als Teresa abhebt.

»Alice! Um diese Zeit rufst du sonst doch nicht an, ist was passiert?«

Alice stockt für einen Moment, doch dann gibt sie sich einen Ruck: »Tut mir leid, ist auch vielleicht der falsche Moment, aber mir fiel etwas ein, worüber ich seit längerer Zeit mit dir reden will …«

»Ja? Worum geht es, schieß los!«

»Ich habe es immer wieder aufgeschoben, dich danach zu fragen. Heute fiel es mir durch einen Bericht in der Zeitung wieder ein, und damit ich es nicht wieder vergesse …«

»Ich höre dir zu, Alice.«

»Es betrifft diesen Japaner, Tadashi Yamamoto … irgendwann wolltest du mir etwas über ihn erzählen. Ich habe dich damals abgewürgt, das tut mir leid. Bis heute weiß ich nicht einmal, worum es dir dabei ging.«

ALICE

Vor dem Fenster stiebt laut tschilpend eine Schar Spatzen auf. Die Äste der Bäume biegen sich im Wind.

Alice hört Teresa tief einatmen.

»Hallo Teresa, bist du noch da?«

Alice schiebt einen Teebecher auf dem Tisch hin und her.

Ihre Mutter räuspert sich. »Ja, natürlich, aber du hattest schon recht, es war auch nicht der Rede wert.«

»Schien dir damals aber ziemlich wichtig zu sein.«

Alices Ungeduld kriecht in den Hörer hinein. Groß wie ein Segel bläht Teresa es auf, ihr Geheimnis.

»Also gut, wenn du meinst ...«, Teresas Stimme vibriert.

»Genau, lass uns darüber sprechen. Ein vertrauliches Gespräch unter Frauen. Vielleicht zu Papas Geburtstag, im Februar, wenn ich euch besuchen komme.«

»Dann haben wir aber doch Gäste ...«

»Ich weiß. Aber es gibt auch eine Küche, einen Flur, den Morgen danach, bevor ich abreise. Ich möchte das klären, Teresa.«

Ein Murmeln, es klingt wie: »Dann lass es uns bis dahin verschieben«, erinnert Alice an einen versiegenden Bach.

»Gut, dann also bis Februar, da tschilpen die Spatzen ganz bestimmt auch noch.«

»Jedenfalls werde ich das Futterhäuschen regelmäßig auffüllen.«

Alice ist sich sicher, dass ihre Mutter gerade gelächelt hat. Sie streckt ihre Beine unter dem Tisch aus, lehnt sich zurück und streicht sich zufrieden die Haare aus der Stirn.

Alice grübelt. Ihre frühe Verklärung Yamamotos kommt ihr jetzt seltsam vor. Welche Projektionsfläche dieser Unbekannte ihr in der Kindheit bot! Das hing nicht nur mit einem Foto im Wohnzimmer ihrer Eltern zusammen, vor dem sie als Kind oft gestanden hatte: Teresa, auf jenem Berg, vor der Inlandsee, mit dem Blick auf ein Meer kleiner Inseln. Wie oft sie das Land Japan auf dem beleuchteten

Globus gesucht und was sie nicht alles in das Bild hineinprojiziert hatte, das jetzt versteckt in einer Ecke ihres Flurs hängt. Teresa hatte es ihr beim Auszug aus dem Elternhaus geschenkt.

Etwa bis zu ihrem zwölften Lebensjahr hatten Teresas Erzählungen das tagsüber vaterleere Haus gefüllt. Undurchsichtige Geschichten wie aus einem Märchenbuch, die heute auf dem Boden von Alices Erinnerung liegen. Und so waren sie in ihr gewachsen: diffuse Gefühle von Fernweh und eine unbewusste Sehnsucht, die untrennbar mit dem Namen Yamamoto verbunden ist.

Alice ist sich heute nicht mehr sicher: Entsprangen ihre Erinnerungen einer vergangenen Realität oder waren es Fantasiegebilde aus längst vergessenen Träumen, unrealistische Abbilder einer verwunschenen Kinderwelt?

In Abständen tauchen Blitzlichter auf, kurze Abrisse aus Curts und Teresas Eheleben, diesem absolut schussfesten Kastell. »Wieso streitet ihr euch eigentlich nie?«, hatte Alice sie einmal gefragt.

Teresa hatte lächelnd geschwiegen, wie so oft, wenn sie die Antwort von Curt erwartete, und er, seine Augen vage auf sie gerichtet, sagte: »Es bringt doch nichts, Probleme lange hinauszuschieben, die löst man am besten sofort.«

Alice misstraut einem so einfachen Glück. Im Nachhinein erscheint ihr die ruhige, konstante Beziehung ihrer Eltern zueinander – regelmäßig wie ein Schweizer Chronometer – sonderbar. Was zwingt Menschen über Jahre hinweg in eine symbiotische Partnerbeziehung, vergleichbar mit der stummen Übereinkunft zwischen einem Putzer- und einem Napoleonfisch? Gibt es womöglich ein Geheimnis, das Teresa mit Curt teilt? Alice will es endlich herausfinden.

Nur einen Monat später verschließt sie ihre Haustür hinter einem Polizeibeamten. Dabei quietschen die Türscharniere wie ein weinendes Kind, und genauso fühlt sich Alice.

Sie füllt ihr Waschbecken mit eiskaltem Wasser und taucht ihr Gesicht hinein, vier, fünf Mal hintereinander. Mit einem angefeuchteten Handtuch vor dem Gesicht schlurft sie aus dem Bad über den Flur in ihr Schlafzimmer. Die Stimme des Polizisten noch immer im Ohr, wirft sie sich auf ihr Bett. Von innerer Unruhe gepeinigt, steht sie kurz darauf wieder auf und begibt sich ans Fenster. Ihr Atem beschlägt die Scheibe, das Bild des Beamten taucht immer wieder auf.

Ein Maschinenmensch, mit einem Schutzschild gegen Schmerz. Sein verschlossen wirkendes Gesicht, sein ungepflegtes Erscheinungsbild, der Geruch, mit dem sich der Flur sofort angefüllt hatte, die schmierigen Haare und seine schmutzigen Schuhe. Normalerweise hätte das Reflexionen über die oft bedauernswerte soziale Situation von Polizisten bei ihr ausgelöst. Aber etwas in seinem Auftreten hatte jeden Gedanken sofort erstickt. Die Worte, mit denen er sein Anliegen herunterspulte, hieben wie Fäuste auf sie ein. Sie fürchtete, in den Knien einzuknicken, stützte die Arme auf die Lehne eines Stuhls.

»Aber doch nicht alle beide?«, stammelte sie entsetzt. Teresas Lächeln. Hilflos starrte Alice auf das Bild von der Inlandsee, diesem Meer zwischen den Inseln Honshu, Shikoku und Kyushu.

»Beide«, antwortete er. »Der Lastwagen scherte aus, drehte sich auf der Autobahn, ein Herzinfarkt des Fahrers, er fuhr praktisch auf sie drauf.«

»Und ... waren sie wirklich ... sofort tot?«

»Ihre Mutter am Unfallort, Ihr Vater noch bevor er im Krankenhaus ankam.«

Eiszeit. Alice friert, als hätte man sie nackt den Schneehang hinter ihrem Haus hinabgerollt. Unbeweglich starrt sie aus dem Fenster, blickt auf froststarre Zweige, auf denen sich an diesem Tag nicht einmal eine Krähe niederlässt. In der vergangenen Nacht war das Thermometer bis auf fünf Grad unter null gesunken und bis jetzt, um die Mittagszeit, kaum angestiegen. Unbesetzt schwingen die Futterkugeln für die Meisen in der Luft. Eiszeit.

In den folgenden drei Tagen braucht sie eine Vorratspackung Papiertaschentücher auf. Sie sagt ihre Termine für die kommende Woche ab, vergräbt sich in ihrer Wohnung.

Als ihre Augen wie entzündet aus ihrem Gesicht quellen, legt sie morgens eine Kühlmaske darüber, verordnet sich die Entspannungsübungen, die sie sonst bei Patienten durchführt, setzt ein Pokerface auf und beginnt wieder zu arbeiten.

Indes, ihre Gedanken rotieren weiter. Tausend Fragen und auf einmal ist alles zu spät. Was wollte Teresa ihr sagen? Was hatte sie ihr bisher verheimlicht? Was war der Grund ihrer Anspannung, als sie sie zuletzt darauf ansprach? Alice findet keine Antwort.

Anderthalb Monate vergehen. Noch immer lebt sie wie unter einer Glasglocke, die nur manchmal von Margot, die regelmäßig in der Mittagspause zu ihr heraufkommt, gelüftet wird. Margot spricht Klartext mit ihr: »Verdammt noch mal, jetzt reiß dich zusammen, das Leben geht weiter!« Ihre Ratschläge erweisen sich als überflüssig. Wie soll sie auch wissen, was Alice seit Tagen durch den Kopf geht?

Damals wie heute prasselte der Herbstregen auf die Dachziegel, der Wind brachte die Dachluke zum Klappern. Alice war sechs, gerade dabei, lesen zu lernen. An solchen Tagen verkroch sie sich auf dem Speicher, einer Schatzkammer, in der aufregende Dinge lagen, von denen ihre Mutter erklärt hatte, sie stammten alle aus dem Krieg. Der alte Holzkasten, der früher wohl Weinflaschen enthalten haben musste, existiert bestimmt immer noch irgendwo. Fliegerabzeichen lagen darin, solche, wie sie der Vater im Krieg am Revers trug, und Briefumschläge, die Unmengen von Schwarz-

Weiß-Fotos enthielten. Bis auf einen einzelnen braunen waren die anderen weiß und geöffnet.

Das zugeklebte braune Kuvert lag unter einem Kästchen aus Blech, in dem silberne Kreuze, auf denen sich kleine rote Adler befanden, aufbewahrt wurden. »Kriegszeug alles, dummes Männerzeug«, kommentierte Teresa später Alices Fragen. Unter dem Wort Krieg subsumierten sich für Alice höchst widersprüchliche Situationen. Einerseits schienen sich alle davor zu grausen, andererseits erzählten sie sich spannende Geschichten aus dieser Zeit, von Reisen in ferne Länder. Sie staunten und lachten manchmal sogar dabei, was die Kriegsfotos mit den uniformierten Männern bewiesen. Gut, auf manchen sahen sie tieftraurig und ernst aus, irgendwie passte das alles nicht zusammen.

Der dicke braune Umschlag, auf dem das Wort »Tadashi« geschrieben stand, war halb zugeklebt. Jedes Mal, wenn Alice auf den Speicher ging, hockte sie sich vor den Kasten und riss den Umschlag ein kleines Stück weiter auf. Irgendwann war es dann soweit. Ein Stapel Schwarz-Weiß-Fotos rutschte auf den Rock ihres Matrosenkleidchens. Grauschwarze Trümmerlandschaften versanken im schneeweißen Plissée ihres Rockes, eine Häufung furchtbarer Zerstörungen, ausgebreitet in ihrem Schoß. Gequält aussehende Menschen mit schwarzen Gesichtern starrten sie an. Zweifellos waren es Fotos vom Krieg.

Alice erinnerte sich. Ihre Mutter hatte ihr einmal Fotos von anderen Kindern gezeigt, solchen mit dunkler Gesichtsfarbe und merkwürdigen Augenstellungen, solchen, die sie Rothäute nannte, obwohl ihre Haut gar nicht rot war, und solchen, die angeblich gelb waren und ebenfalls gar nicht so aussahen, aber »schlitzäugig« sein sollten. Alice wusste genau, wie asiatische Kinder aussehen. Sie ähnelten den etwa gleichaltrigen Kindern auf diesen Fotos nur bedingt. Voller Entsetzen starrten sie um sich, schienen verzweifelt um Hilfe zu bitten. Und von den schwarzfleckigen Körpern der Erwachsenen hingen Haut- und Stofffetzen herab. Alle diese Menschen hatten entstellte, zerstörte Gesichter und streckten schwarze, verbrannt aussehende Hände von sich.

Diesen Schrecken galt es zu bannen. »Ta-da-schi«, buchstabierte Alice sich durch den Namen auf dem Kuvert, um ihn sich einzuprägen. Diese Silben triumphierend krakeelend, sprang sie die Treppe hinunter.

»Ta-da-schi, Tadaschi, Tadaschi!« Sie rief es in einem eigenartigen Singsang, um das Wort von seiner Bedeutung zu trennen, ihr aufgekommenes Entsetzen zu vertreiben, während sie auf der Suche nach ihrer Mutter durch das Haus stolperte.

Mit einem feuchten Geschirrtuch in der Hand trat Teresa aus der Küche in den Flur.

»Ta-da-schi, Ta-da-schi«, krähte Alice übermütig.

Teresa schwenkte ihr Geschirrtuch durch die Luft. »Hör sofort damit auf! Sei still!«

Wie ein Rumpelstilzchen hüpfte Alice in der Diele herum.

»Was hattest du da oben zu suchen?«

»Ta-da-schi, Tadaschi, Tadaschi …«

»Sei endlich still!«, schrie ihre Mutter sie an.

Alice sprang in die Höhe und stellte sich breitbeinig auf. »Tadaschi!«, rief sie ein weiteres Mal, ausgelassen und laut. »Was soll denn das überhaupt sein, ein Tadaschi?«

Teresa knüllte ihr feuchtes Tuch zu einer Kugel, warf es nach ihr, wandte sich ab und verschwand in der Küche. Doch bevor sie die Küchentür hinter sich schloss, fuhr sie sich mit dem Handrücken über die Augen.

Wie angewurzelt verharrte Alice erschrocken im Flur. Sie überlegte, warum Teresa wütend und so traurig war und fand keinen Grund. Sie hatte erwartet, dass ihre Mutter sie wie gewohnt in die Arme nehmen, ihr alles in Ruhe erklären würde. Sie verstand nicht, wieso sie sich plötzlich ganz anders verhielt.

Die verbrannten Gesichter ließen sich nicht aus ihrem Gedächtnis vertreiben. Sie schlichen sich nachts in ihr Zimmer, genau wie auch der gekreuzigte Jesus aus dem Klassenzimmer ihrer Grundschule, wenn sie im Dämmerlicht in die Kuhle ihrer Handflächen starrte und ihre Fingernägel tief in sie hineingrub. Sie stellte sich den Schmerz vor, den rostige, durch die Hände getriebene Nägel oder am Körper herabhängende Hautfetzen verursachen würden. Die Bilder setzten sich vor ihre Augen, in den Wochen der Vorbereitung auf die Kommunion, sonntags im Hohenzollernpark, auf ihrem einsamen Weg zur Beichte. Ihre Eltern gingen nicht in die Kirche. Sie durften zu Hause im Bett liegen bleiben.

Ihren ersten Liebeskummer erlebte Alice mit fünfzehn.

Daran, was ihre Mutter ihr damals offenbarte, erinnert sie sich noch heute. »Leidenschaften misshandeln die Lebenskraft«, erklärte Teresa, »das bisschen Verstand, das man hat, kann man dann auch noch verlieren. Gerade wenn Leidenschaften wüten, sollte man in Liebesdingen einen klaren Kopf behalten.«

Sie streckte die Hand nach ihr aus und streichelte Alice übers Haar. »Glaub mir, das geht vorbei. Denk nicht, dass das von mir oder Opa ist. Der erste Satz ist von Schiller, der zweite von Goethe. Die Worte waren vielleicht anders, aber so ähnlich jedenfalls.« Sie zog ihre Tochter an sich, umarmte sie und sagte: »Ich weiß, wie es sich anfühlt, verlassen zu werden. Ich musste das dreimal erleben.«

»Dreimal? Wieso?«

»Zuerst verstarb meine beste Freundin Ina, da war ich erst zwölf ...«

»Und dann?«

»Dann starb Herbert, mein erster Mann.«

»Aber du hast doch dreimal gesagt.«

Nach einigem Zögern gestand Teresa:

»Beim dritten Mal war es besonders schrecklich. Ich war völlig verzweifelt, noch dazu weit weg von zu Hause, in Japan. Dabei war ich am Anfang so unendlich glücklich wie du vielleicht auch. Allerdings war ich damals schon dreiundzwanzig.«

»Hast du damals auch so gelitten wie ich?«

»Ganz furchtbar, ja.«

»Wegen wem denn, wer war das?«

»Das ist es ja. Der Mann war etwas Besonderes, er war ...«

»Besser als Papa?«

»Ganz anders, viel eigenwilliger und verschlossener. Ein Idealist, der gegen bestehende Missstände ankämpfte. Das war sehr ungewöhnlich für einen Japaner zum damaligen Zeitpunkt. Er hat ...« Teresa stockte, betrachtete ihre Fingernägel, steckte ihren Zeigefinger in den Mund und biss an einem Hautfitzel herum.

»Mama, nicht. Das reißt ein und blutet. Nachher sieht das wochenlang hässlich aus.«

Teresa hob ihre Hüfte, schob die verletzte Hand unter den Schenkel und setzte sich darauf.

»War das der mit den Fotos, oben unterm Dach?«

Nachdenklich betrachtete Teresa die Fingernägel ihrer wieder hervorgezogenen Hand und schwieg.

»Also der, der muss völlig verrückt sein, die Leute krümmen sich vor Schmerzen in irgendwelchen Trümmern und der fotografiert die dabei auch noch? Wer macht denn sowas!«

»Das mit den Fotos, Alice, das ist eine ganz andere Sache.«

»Wieso?«

Teresa schwieg.

»Und? Warum sagst du jetzt nichts?«

»Jetzt nicht, Alice. Eines Tages werde ich dir alles erklären.«

So sehr Alice auch in sie drang, aus Teresa war nichts mehr herauszubringen.

Alice konnte sich nicht vorstellen, dass ihre Mutter, eine brünette Schönheit, die wunderbar singen und sich wie ein Mannequin bewegen konnte – »Versuchs mal, Alice, immer zwei Bücher auf dem Kopf« –, jemals unter einem auch nur annähernd so furchtbaren Liebeskummer gelitten haben könnte wie sie selbst in diesem Moment. Teresa doch nicht!

Eines Nachmittags, etwa zwei Jahre später, mochte Teresa sich gedacht haben, es sei an der Zeit, sie ins Vertrauen zu ziehen. Alice war gerade siebzehn geworden. Sie waren allein zu Haus. Alice lag dösend auf ihrem Bett, als Teresa an ihre Zimmertür klopfte.

»Hast du kurz Zeit? Ich würde gern mit dir reden.«

Unentschlossen vor sich hin grummelnd erhob sich Alice und folgte ihrer Mutter ins Wohnzimmer. Es war einer jener schwer erträglichen Tage kurz vor ihrer Menstruation, an denen sie besonders leicht reizbar war. Sie litt unter Bauchkrämpfen und ärgerte sich, dass ihre Mutter alles, worüber sie sich in solchen Zeiten aufregte, auf ihr prämenstruelles Syndrom schob. Was, fragte sie sich, hat das mit meinen Gedanken zu tun?

»Erinnerst du dich noch an den schlimmen Liebeskummer, wegen dieses Jungen ... dieser Lange, Dunkelhaarige aus deiner Klasse, wie hieß er noch mal?«

»Siggi«, brummte Alice.

»Siggi, genau«, sagte Teresa. Ihre Stimme klang belegt. »Damals hielt ich dich für zu jung, war noch nicht bereit, mit dir über meine Erfahrungen in Japan zu sprechen ...«

Teresa saß neben dem Fenster, das sie nach dem Betreten des Zimmers verschlossen hatte, hielt ihre Augen gesenkt und fummelte an dem Gardinenstoff herum. Der Boden vibrierte leicht und von unten drang das Geräusch eines vorbeifahrenden Lastwagens herauf. Alices Blick fiel auf das gerahmte Foto an der Wand: Teresa im Kimono, vor einer dunstigen Seenlandschaft, in der Inseln wie verwehte grüne Moosmützen schwammen.

»Wieso weiß ich eigentlich bis heute nicht«, lenkte Alice ab, »wo genau das ist? Auf meinem Globus finde ich die Inseln nie, obwohl ich mir Japan so oft darauf ansehe!«

»Du hast mich nie danach gefragt, Kind. Wenn es dich interessiert, zeige ich sie dir nachher, kann ich jetzt nicht einfach mal erzählen?«

Alices Tonfall hatte den Charme eines stacheligen Igelfisches, als sie sagte: »Klar doch, nur zu, du bist es doch, die das will.«

Teresas Blick wurde glasig. Sie schluckte.

»Ich möchte mit dir über etwas im Zusammenhang mit Tadashi Yamamoto reden«, begann sie erneut.

»Also mich interessiert eher, wie du es fertiggebracht hast, Papa kurz nach deiner Rückkehr aus Japan so schnell einzuwickeln, dass er dich gleich geheiratet hat. Ich kenne nämlich niemanden, den ich nach so kurzer Zeit heiraten würde.«

In Wirklichkeit ärgerte sie sich über etwas anderes. Der Grund für ihre schlechte Laune war, dass der einzige Junge in ihrer Schule, für den sie sich gerade interessierte, ausgerechnet ihre Erzfeindin, eine rothaarige Klassenkameradin, zum Abschlussball der Tanzschule eingeladen hatte.

»Ich kannte Papa schon von früher«, erklärte Teresa, »ich meine, bevor ich nach Japan fuhr. Willst du jetzt hören, was ich dir erzählen will?«

»Auf einmal? Als Kind durfte ich das Wort Tadashi nicht einmal aussprechen. Ein Handtuch hast du nach mir geworfen! Am nächsten Tag hast du mich angeschrien, weil ich diesen blödsinnigen Namen gesummt habe. Lass dir nicht einfallen, dein Gesinge auch noch in Papas Gegenwart zu produzieren, hast du gebrüllt.«

ALICE

»Ich habe bestimmt nicht gebrüllt. Aber was macht dich eigentlich so sauer, was habe ich dir getan?«, fragte Teresa mit pikiertem Gesichtsausdruck.

»Es ist ganz einfach: Der Typ interessiert mich jetzt nicht mehr, so simpel ist das, erst recht nicht, wenn er dein Lover war.«

Noch einmal versuchte Teresa, auf die verstockte Alice einzugehen.

»Ich verstehe nicht, was dich plötzlich so wütend macht. Er war ein weltbekannter Fotograf, ein ungewöhnlich verantwortungsvoller, aufrichtiger und mutiger Mensch, ein Idealist, wie man sie sehr selten findet, aber gleichzeitig ...«

Alices Augen verengten sich. Weltbekannt, wenn sie das schon hörte. Sie würde sich von Teresa nicht zur Komplizin gegen den Vater machen lassen! Ihre Mutter wollte ihr doch nur wieder einmal beweisen, dass auch sie einmal jung war, wie unvergleichlich und einzigartig sie war, über wie viel mehr an Erfahrung sie verfügte! Was glaubte sie, wen sie vor sich hatte? Ein kleines Kind? Sie stierte Teresa herausfordernd an.

»Deine Liebhaber interessieren mich nicht die Bohne!«

Ein flüchtiger Blick auf ihre verdutzte Mutter und Alice stürmte zur Wohnzimmertür hinaus, warf sie geräuschvoll hinter sich zu und zog sich in das angrenzende Zimmer zurück. Sie sonnte sich in dem erhebenden Gefühl ihrer Selbstgerechtigkeit. Eine kurzsichtige, verbockte Elektra, die sich leidend ihrem unkontrollierten Eigensinn hingab. Sie war weder bereit, die Gefühle ihrer Mutter wahrzunehmen noch auf sie einzugehen.

Teresa würde sowieso eines Tages noch einmal mit der Geschichte ankommen.

Aber sie tat es nie wieder.

»Endlich rückst du mit der Sprache heraus«, sagt Margot nachdenklich, »ich habe ja geahnt, dass da was nicht stimmt!

Und ihr habt wirklich nie mehr darüber geredet? Übrigens lecker, deine Pistazien.«

Alice erhebt sich, öffnet eine Schublade, greift nach der Tüte mit den Pistazien und kippt den Rest in das vor Margot stehende Keramikgefäß. Margot fasst sofort hinein.

»Danke, die sind köstlich! Dass du das schleifen lässt, hätte ich dir gar nicht zugetraut, so gründlich, wie du sonst immer bist.«

»Bei meinen Patienten, aber bei mir selbst? Ich war verwöhnt und egoistisch. Es nervte mich, dass Teresa mir alles verzieh. Ich nahm ihr das insgeheim übel, trieb die Situation auf die Spitze und während der Studienzeit, bei meinen kurzen Besuchen zu Hause, gab es immer einen triftigen Grund, das nicht anzusprechen.«

»Ist doch normal. Als Gör hast du deinen Widerstand ausgetestet, na und? Du schämst dich doch nicht etwa dafür?«

»Hätte ich vielleicht tun sollen, aber ich glaubte ja, ich hätte noch unendlich viel Zeit.«

»Und was ist mit Japan, um das du so viel Brimborium machst?«

»Ich gebe zu, dass das merkwürdig ist. Halt mich für verrückt, aber … seit dem Tag meines ersten Liebeskummers trage ich das Land – lach jetzt nicht – wie eine Art warmes, beglückendes Licht in mir.«

»Also ehrlich! Du findest aber schon selbst, dass das ziemlich schwülstig klingt!«

»Mag sein, aber genauso war es. Ich verband Japan und den Namen Yamamoto mit romantischen Liebesgeschichten und intensiven Gefühlserfahrungen. Japan war zum Ziel meiner kindlichen Sehnsüchte geworden. Hast du nie etwas Ähnliches erlebt?«

Margot grinst.

»Nee, bedaure, ganz ehrlich, nein. Du kommst mir vor wie …«

Margot grinst.

»... meine bekloppten Patienten?«

Margot lacht auf. »So könnte man es ausdrücken. Aber wenn du dich weiter von denen anstecken lässt, was soll ich tun? Dich überweisen? Du weißt genau, dass ich mich damit nicht auskenne!«

Alice seufzt. »Hat sich dein Vorrat an Sarkasmus jetzt langsam erschöpft? Du bist eine so gute Seele, aber lass besser meine Patienten in Ruhe. Die sind meist weniger irre als deine raffgierigen Kollegen.«

Mit der flachen Hand streicht sie über ihren maisgelben Paschminaschal. Teresa hatte ihn ihr geschickt, einfach so, nach dem letzten Telefonat.

»Ach komm, Alice, du kennst mich doch.«

»Eben. Ein Fuhrwerk gezogen von Ackergäulen. Nur dass die Karosse eine ganz andere Farbe als meine hat.«

Margot versteht. Alice meint Toleranz von Unterschiedlichkeiten.

»Ich will deine heiligen Kühe nicht schlachten, aber was dich an Japanern interessiert, habe ich noch nie verstanden. Für mich sind die so spießig und festgefahren wie die Blümchenmuster ihres Modezars Kenzo.«

»Immerhin bewahren sie ihre Traditionen und vertreten ihr Land geschlossen nach außen. Mich ärgert der Verfall unserer moralischen Gerüste. Und die ewige Selbstbeschimpfung der Deutschen halte ich mittlerweile für würdelos!«

»Jajaja, und die instrumentalisierte Lebensführung, die Verlogenheit der Politiker, das kulturelle Desinteresse, die politische Trägheit der Bevölkerung, was noch?«

»Unsere Vereinigung der Kassenärzte ...«

»Ach, Alice, sei nicht so naiv. Glaubst du, in einem hochzivilisierten Land wie Japan gäbe es weniger Schmierentheater als bei uns?«

»Weiß ich nicht. Irgendwann hab ich mir geschworen, in bestimmten Punkten naiv bleiben zu wollen in meinen Überzeugungen und zu kämpfen, bis ich siebzig bin. Nenn es meinetwegen die kitschige Suche nach der blauen Blume der Romantik, nach einem ausgestorbenen Helden vielleicht.«

»Mal was anderes«, fragt Margot, »wann warst du eigentlich zum letzten Mal zu Hause?«

»Du meinst, bei meinen Eltern?«

»Was sonst?«

»Anlässlich der Beerdigung, nur für drei Tage. Sie waren umgezogen, wohnten zum Schluss in der Nähe von München. Es war furchtbar, mich in dem Haus zu bewegen. Meine Mutter schlich noch in jeder Hausecke herum, mein Vater schien sich hinter jeder Staude zu verstecken. Früher ging er in der Gartenarbeit auf. Ständig dachte ich: Gleich kommt er mit seiner Heckenschere hinter irgendeinem Rhododendronbusch hervorgeschossen und ruft ›Kuckuck!‹, ausgelassen und gutgelaunt wie früher. Ich habe das Telefon gekündigt und der Post einen Nachsendeauftrag an meine Adresse erteilt. Ich vermeide bis heute, mir Gedanken über das Haus zu machen. Es zum Kauf anzubieten, bringe ich nicht übers Herz.«

ÜBERRASCHUNG

Alice hat einen Apfelkuchen in den Backofen gestellt, die Küche ist das reinste Schlachtfeld. Alles ist schmierig, die Schüsseln, der Boden, und der Mehlstaub hängt ihr noch in den Wimpern. Sie säubert gerade die mehlverklebte Arbeitsplatte, als es an der Haustür klingelt. Wie immer im unpassendsten Moment. Kurz überlegt sie, den Besuch zu ignorieren, aber schließlich hält sie ihre Hände doch unter den Wasserhahn, trocknet sie sorgfältig ab, streicht sich eine aufsässige Haarsträhne aus der Stirn und öffnet die Haustür. Den Mann davor kennt sie bisher nur in Anzug und Krawatte. Wie lange ist das jetzt her, zwei oder schon drei Jahre? Kräftig und hoch aufgeschossen – ein betagter Student in Jeans und Pullover – stemmt er sich zwanglos gegen den

Türrahmen. Damals war zuerst Frida, seine Frau, in die Praxis gekommen, hat er jetzt Probleme? Und da sucht er sie in ihrer Privatwohnung auf? Um diese Zeit?! Alice ist zu überrascht, um Jason hereinzubitten. Er fängt ihren irritierten Blick auf, sieht unschlüssig auf die Fußmatte. Dann überrollt er sie, hastig und dröhnend. So hat sie ihn in Erinnerung: ein vorpreschender Mercedes beim Überholmanöver.

»So wie du mich ansiehst, Alice, hast du vermutlich deinen Anrufbeantworter nicht abgehört. Ich habe mehrfach versucht, dich zu erreichen, fliege aber morgen zurück, deshalb …«

Alice zieht die Haustür weiter auf und reicht ihm die Hand.

»Hallo, Jason, entschuldige bitte. Komm erst mal herein. Trinkst du einen Tee mit mir?«

»Gern, wenn es kein japanischer grüner ist. Aber nur kurz, ich muss morgen ziemlich früh raus.«

Alice schaut ihn verwundert an. Sie geht vor, um die Tür zur Küche zu schließen.

»Seid ihr umgezogen?«, fragt sie und führt Jason ins Wohnzimmer.

»Die Firma hat mich vorübergehend nach Tokio versetzt. Das war auch der Grund meines Anrufs. Um dich zu fragen, ob du uns dort nicht besuchen willst.«

Alice macht große Augen. Mit geöffnetem Mund bleibt sie einen Moment lang sprachlos vor ihm stehen. Ausgerechnet Japan?

»Ist nicht dein Ernst!« Dann, etwas gefasster, fügt sie hinzu: »Tokio! Du machst tüchtig Karriere, stimmts?«

»Wie mans nimmt«, antwortet Jason, der noch immer mitten im Raum steht. »Ich leite vorübergehend die Kautschukabteilung an unserem dortigen Firmenstandort, zusammen mit einem Japaner. Wir wissen nicht, wie lange wir noch bleiben müssen, bis der Japse die Abteilung allein übernehmen kann.«

Japse? Alice horcht auf.

»Von den Japanern musst du mir gleich mehr erzählen«, sagt sie und verschwindet in der Küche.

Dort stellt sie das Teegeschirr auf ein Tablett, kramt ihre Teedosen durch, zögert kurz und gießt dann einen Darjeeling auf. Als sie ins Wohnzimmer zurückkehrt, steht Jason nach wie vor aufrecht mitten darin herum.

»Warum setzt du dich nicht?«

Mit ausgestreckter Hand nickt sie Jason zu, stellt das Geschirr auf den Couchtisch und beschließt, ihre Antennen für das von ihm nicht Gesagte stärker auszufahren.

»Japan, mal ehrlich, der Geldbote einer Lottogesellschaft käme weniger überraschend.«

»Na ja, alternativ hätte man uns nach Südamerika geschickt. Spielst du Lotto?«

»Ich? Um Gottes willen!«

Alice ist verwundert. Weniger darüber, dass ein ehemaliger Patient sie zu sich einladen möchte oder dass er sie nach so langer Zeit und um diese Uhrzeit in ihrer Privatwohnung stört. Aber dass jemand sie zu sich ins Ausland, noch dazu nach Japan einlädt, das kommt ihr seltsam vor. Außer von ihren Eltern ist ihr bisher nichts geschenkt worden. Ihren Patienten erklärt sie, dass man für das Positive in seinem Leben selbst verantwortlich ist, dafür etwas tun muss.

»Und um von Japan zu reden, hör mal, ich bin doch nicht Krösus, das Land soll doch wahnsinnig teuer sein.«

»Stimmt. Aber erstens, für dich ist uns gar nichts zu teuer – und zweitens kann man das, was wir dir schulden, mit Geld ohnehin nicht wieder gutmachen.«

Jason, welch wohltuende Galanterie! »Habt ihr doch schon. Und zwar nicht zum Kassensatz!« Sie grinst vielsagend und zwinkert ihm zu.

Jason geht nicht darauf ein. »Ich mache es kurz«, entgegnet er stattdessen bestimmt, »die Firma zahlt satte achttausend Mark monatlich für unsere Unterkunft, mitten in Tokio. Erwarte nicht zu viel, es ist nur ein kleines Reihenhaus, für Tokio nicht anders zu erwarten, aber wir haben ein Gästezimmer, so günstig kommst du nicht mehr nach Japan, es ist also eine einmalige Gelegenheit.«

Alice sieht an die Decke und geht ihre Optionen durch. Kindheitsträume von rotleuchtendem Ahorn und blühenden Kirschbäumen werden wach und außerdem ... Aber es verbietet sich von selbst: Bei ehemaligen Patienten kommt man aus seiner Rolle letztlich doch nicht heraus. Das weiß jeder Therapeut, und sie wird sich keine grauen Haare holen, weil sie gegen ihr besseres Wissen agiert.

»Super Idee, Jason, wirklich schade, aber im August fliege ich für eine Woche auf die Malediven, das lässt sich auch nicht verschieben, die Reise ist bereits bezahlt. Und Ende Oktober gehts mit dem Tauchclub für zwei Wochen nach Kuba. Irgendwann muss ich auch arbeiten.«

Er reagiert mit einer abwehrenden Handbewegung auf ihre Absage.

»Ach komm, Alice, Kuba kannst du sicher verschieben! Du sollst bei uns auch weder den Onkel Doktor noch den Beichtvater spielen, versprochen.«

Alice ist keine Berufsanfängerin und kann den Wert ihrer Arbeit realistisch einschätzen, klar, aber die Einladung scheint allzu durchdacht. Da steckt doch noch etwas anderes dahinter!

Andererseits hat sie Jason als einen realistisch denkenden, offen und ernsthaft argumentierenden Menschen kennengelernt, der Schmeicheleien vermeidet. Sicher, er war dominant, konservativ, hartnäckig und oft etwas festgefahren, aber hinterhältig war er nicht.

»Also geht es euch beiden so richtig gut?«

»Wenn du das meinst, was ich denke, ja. Andererseits ... Frida kommt derzeit kaum aus dem Haus, weil wir jetzt zu dritt sind.«

»Ehrlich? Ein Baby? Und das sagst du erst jetzt? Herzlichen Glückwunsch!«
»Du kannst Marc-Antoine besichtigen, wenn du kommst.«
»Marcus Antonius? Da hätten sie dich wohl besser nach Rom statt nach Tokio geschickt.« Alice lacht.
»Machst du es wie die Japaner?« Jason grinst. »Ständig hängen sie uns ihre bildungsstrotzenden Kommentare vor die Nase.«
»Dann befürchten sie bei dem Namen vielleicht, dass euer Kronsohn sich eines Tages des Staatsschatzes bemächtigt, gegen böse Kaisermörder zu Felde zieht und …«
»Komm, Alice, sag ja! Die beste Gelegenheit, dich selbst mit dem Bildungskomplex der Japaner herumzuschlagen. Übrigens brauchen wir selber Urlaub und würden zusammen mit dir eine Woche nach Miyako-jima, eine Insel südlich von Okinawa, fliegen. Kannst du deine Kubareise nicht noch absagen?«
»Okinawa? Wow! Dort müssen doch noch jede Menge Wracks von amerikanischen und japanischen Kriegsschiffen unter Wasser liegen!« Schon die Vorstellung, die Reste dieser stählernen, toten Riesen zu sehen, berauscht Alice. »Bisher habe ich nur ein vor Male liegendes Handelsschiffswrack, die Victory, betaucht.«
»Ich erkundige mich danach, Alice, wenn du dich für Kriegsschiffe interessierst.«
»Doch nicht für Kriegsschiffe, nicht so schnell, Jason.« Alice beißt auf ihrer Unterlippe herum. »Es geht wirklich nicht, Jason. Ich will die Kubareise nicht absagen, das gäbe Ärger im Tauchverein, die mögen kein Hin und Her. Außerdem arbeitete ich nebenbei noch als Mitherausgeberin einer Zeitschrift, für die ich mich verpflichtet habe, regelmäßig Beiträge zu liefern. Mehr kann ich mit meiner Praxistätigkeit und den überfälligen Fortbildungsveranstaltungen beim besten Willen nicht kombinieren.«
Tausend Gründe, warum es nicht geht. Keine Chance.

ALICE

Jason erhebt sich und sagt: »Jedenfalls haben wir dich, wie du siehst, nicht vergessen. Wenn du wüsstest, wie oft wir an dich denken! Überleg dir das noch mal mit Kuba! Wenn Danielle Mitterrand erst mal aufgehört hat, für den bärtigen Mann zu schwärmen, hast du den sogar für dich ganz allein. Na ja, abgesehen von all den kubanischen Revolutionärinnen ...« Er grinst.

»He, du bist ja ganz schön aufgekratzt! So kenne ich dich gar nicht.«

»Dann wird es Zeit. Wer sprach denn davon, wie wichtig es für Therapeuten ist, ständig dazuzulernen? Also – Frida und ich, wir rechnen fest mit dir!«

Er steckt ihr eine mit japanischen Schriftzeichen bedruckte Karte zu und weist mit dem Finger darauf. »Diese unzeitgemäßen Hieroglyphen hier nennt man *kanji*«, erklärt er spöttisch, »aber auf der Rückseite steht die Adresse und Telefonnummer für unsereins lesbar, in *romaji*.«

»Danke dir, Jason, ich betrachte eure Einladung als ein dickes Geschenk.«

»Genau! Du kommst also!«

Alice japst lachend nach Luft.

»Nein wirklich Jason, mich freut die Idee. Aber ich werde euch anrufen, o.k.? Moment mal, wann ist denn bei euch Abend?«

Kurz darauf weiß Alice Jasons Antwort nicht mehr, so sehr beschäftigt sie die Möglichkeit der so lange ersehnten Japanreise.

Von dem Tee, obwohl weder grün noch japanisch, haben beide nichts getrunken.

DER ENTSCHLUSS

Das Telefon hört nicht auf zu klingeln. Auf keinen Fall wird sie jetzt aufstehen, sich abtrocknen, zum Telefon hasten, nur um dann festzustellen, dass der Anrufer gerade aufgelegt hat. Sie atmet den wohltuenden Dampf des beruhigenden Badezusatzes ein und schließt ihre Augen dabei.

Endlich. Das Klingeln verstummt. Zufrieden gleitet Alice bis zum Hals unter Wasser. Sie überlegt, noch heißes Wasser nachlaufen zu lassen, da unterbricht das Telefon erneut ihre Entspannung. Der nachhaltig schrille Ton zerrt an ihrer Ruhe.

»Das muss ja etwas furchtbar Wichtiges sein«, grummelt sie vor sich hin, »wehe, wenn nicht!« Widerwillig steigt sie aus der Wanne, wickelt sich ein Badetuch um den Körper und tastet mit den Füßen nach ihren Frotteepantoffeln. Wo nur hat sie das verdammte Telefon bloß wieder versteckt? Ach ja, zwischen den Sitzkissen der Couch, eine Decke hat sie auch noch darübergelegt.

»Ja bitte?«

»Frau Amberg?«

»Am Apparat!«

»Stefan Ferency hier – störe ich? Ich dachte, tagsüber hätten Sie erst recht keine Zeit.«

»Oh, guten Abend Stefan, wie geht es Ihnen und unserem ›Kind‹?«

Alice denkt an das gemeinsame, von ihm initiierte Projekt, die »Zeitschrift für Kindheit«.

»Es gibt Erfreuliches. Mit Wirkung vom ersten Februar des nächsten Jahres kooperieren wir mit dem Juveniles-Verlag. Das beendet die Unsicherheit mit unserem bisherigen Verlag, vor allem natürlich hinsichtlich des Vertriebs. Und das Beste: Juveniles kümmert sich auch um die Werbung.«

Seine Stimme verrät Erleichterung.

»Das freut mich, Stefan, ich weiß ja, welche Sorgen Sie sich gemacht haben. Aber deswegen rufen Sie doch nicht an?«

Mit angewinkeltem Arm presst Alice ihr nasses Badetuch fester gegen die Brust.

Ferency lacht.

»Sie haben recht. Erstens freue ich mich, die Kontinuität unseres Projektes in der Autorengemeinschaft mit Ihnen wahren zu können. Alice Miller hat uns für die nächste Ausgabe wieder einen Artikel zur Verfügung gestellt, für die übrigens auch Ihr Text ›Himmlisches Loch‹ vorgemerkt ist. Überhaupt, es geht aufwärts.«

Wachgerufen fragt Alice: »Und sonst?«

»Das ist der nächste Punkt. Wo unser Baby nun fast in trockenen Tüchern liegt«, sagt Ferency übertrieben vergnügt, »denke ich, dass es nicht zu früh für die langfristige Planung eines Themas ist, das mir am Herzen liegt: Die Kinder von Hiroshima. In knapp zwei Jahren jährt sich der Abwurf der Atombombe in Hiroshima und Nagasaki zum fünfunddreißigsten Mal. Ich habe vor, dem Thema eine ganze Ausgabe zu widmen. Was halten Sie davon? Ich möchte Sie rechtzeitig darauf einstimmen, denn ich hätte gern auch von Ihnen einen Artikel dazu.«

Alice schweigt, wie vom Donner gerührt.

»Alice? Sind Sie noch dran?«

»Ja doch, ja.«

»Mein Vorschlag kommt wohl sehr überraschend?«

»Ja ... nein, mich verwirrt etwas anderes«, in Alices Stimme liegt ungläubiges Staunen. »Eine Duplizität der Ereignisse sozusagen. Ich erhielt kürzlich eine private Einladung nach Japan ...«

»Na, das ist doch großartig!«

»Ich habe sie allerdings abgelehnt.«

»Eine Einladung nach Japan? Da sagen Sie nein?«

»Von irgendwas muss ich auch leben. Wer kann denn ständig verreisen, bei laufender Praxis? Andererseits ...«, Alice denkt angestrengt nach, »wenn Sie Japan als Schwerpunkt für eine Ausgabe planen ... Wissen Sie was? Geben Sie mir eine Woche Zeit. Bis dahin versuche ich, etwas zu klären.«

»Ja, bitte, tun Sie das.« Seine Stimme wird plötzlich kleiner, betroffener. »Die Wahrheit ist, dass ich doch ziemlichen Ärger mit dem alten Verlag hatte, der sich ständig über die mangelnde Expansion unserer Zeitschrift beschwerte. Bei den Jugendämtern und Kindergärten, in denen unsere Adressaten sitzen, hat ja keiner mehr Geld. Andererseits gieren die Fachreferenten, unsere Leserschaft dort, immer nach zugkräftigen, aktuellen Themen. Die Kinder von Hiroshima, zum Jahrestag des Atombombenabwurfs, das wäre ein Aufhänger, finden Sie nicht?« Es klingt wie eine dringende Bitte.

»Ich muss zunächst abklären, ob sich die Einladung zum Arbeiten zweckentfremden lässt.«

»Sollten Sie sich entschließen, hätten Sie meine volle Unterstützung. Auch bei der Suche nach weiteren Veröffentlichungen, sogar, falls erforderlich, durch einen anderen Verlag. Versprochen!« Begeistert von der Perspektive einer kostenfreien Recherche vor Ort erreicht Ferencys Stimme jetzt ungewohnte Höhen.

Mit der rechten Hand zieht Alice ihr heruntergerutschtes Duschtuch wieder hoch.

»Ich werde darüber nachdenken.«

Der Grund, weshalb sie Artikel für Stefan Ferencys Projekt, die »Zeitschrift für Kindheit« schreibt, ist eine unterbewusste Suche nach Erfolgserlebnissen. Anders als die ermüdende Abfassung von Krankenkassenberichten macht diese Arbeit ihr Spaß. Das spärliche Honorar, das Ferency ihr dafür zahlen kann, bezeichnet sie lächelnd als ihr »kleines Zubrot«. Sie weiß, dass die Zeitschrift Schwierigkeiten hat, sich auf dem Markt durchzusetzen. Aber vorne, im Inhaltsverzeichnis steht ihr Name neben dem von Alice Miller. Alles eine Frage des Niveaus. Aber davon, denkt Alice, hat die Psychoanalytikerin mehr als sämtliche Bonzen der VdK ihrer Stadt zusammen. Alice ahnte von Anfang an, dass der Verlag, der seit seiner Gründung versuchte, seinen Leserstamm zu vergrößern, immer mehr in Bedrängnis geraten würde. Kinder haben eben keine Lobby.

Ob sich Yamamoto für Kinder eingesetzt hat? Für die Kinder von Hiroshima?

Nach Ferencys Anruf quellen Überlegungen zu dem Japanprojekt wie Seiten aus einem Faxgerät in ihr hervor. Alice überdenkt die sich ihr bietenden Perspektiven. Würde sie tatsächlich mit Jason und Frida nach Miyako-jima fliegen, wäre sie tagsüber mit dem Tauchschiff unterwegs und käme erst am Abend zurück? Nach dem Abendessen würden sich die beiden bestimmt früh zurückziehen, wegen des Babys, weil sie, genau wie sie selbst, am nächsten Tag wieder früh aufstehen müssten. Nach dem gemeinsamen Rückflug nach Tokio könnte sie sich preiswerte Hotelunterkünfte für ihre weiteren Ziele in Japan besorgen. Jason, mit seinen Beziehungen, würde ihr vielleicht dabei helfen, Kontakte zu geeigneten Interviewpartnern herzustellen.

Besser geht es doch gar nicht! Auf diese Weise würde sie sich die aktuellsten Untersuchungsergebnisse zum Verhalten von Kindern und Jugendlichen der Nachkriegsgeneration beschaffen.

Dann, wie ein Leitblitz, trifft sie der Gedanke an Tadashi Yamamoto.

Ist das Zusammentreffen so vieler Aspekte nicht geradezu schicksalhaft? Sicher, wenn man an solchen Hokuspokus wie das Schicksal glaubt …

Aber genau das tut sie gerade. Und nun fasst sie einen Entschluss.

Am nächsten Abend kommt Margot mit einer Flasche Wein vorbei.

»Du siehst aus, als könntest du ein gesundheitsförderndes Tröpfchen gebrauchen«, sagt sie augenzwinkernd. »Ich habe uns einen Bernkasteler Doktor mitgebracht.«

Alice erzählt ihr von ihrem Japanprojekt. Doch als sie erklärt, bei der Gelegenheit auch Tadashi Yamamoto aufsuchen zu wollen, fällt Margot der Korkenzieher, mit dem sie gerade an ihrer Weinflasche herumhantiert, aus der Hand. Besorgt und ungläubig starrt sie Alice an, dann prustet sie los: »Also wirklich! Das ist über dreißig Jahre her! In Tokio findest du eher eine Perle auf dem Asphalt in Ginza als deinen Herrn Yamamoto. Zweitens wird der sich doch nicht mehr an deine Mutter erinnern! Meine Güte, komm bitte mal schnellstens zurück auf die Erde! Außerdem: ein Japaner! Pah!«

»Es muss aber doch wichtig gewesen sein, hätte Teresa sonst in der Form reagiert?«

»Das hast du verschlunzt, endgültig, das gebe ich zu.«

»Sag ich doch, und wahrscheinlich hast du ja auch recht ...«

»Klar hab ich recht! Japanische Männer sollen Arschlöcher sein, hast du noch nie was davon gehört? Woher weißt du überhaupt, wie er sie behandelt hat? Sie sagte doch selbst, dass sie todunglücklich war, wieso sonst hätte sie sich bei dem Namen so aufgeregt? Nach allem, was du mir erzählt hast, ist sie doch völlig aus der Fassung geraten. Du warst doch erst fünf oder sechs, bei einem so kleinen Kind, da beherrscht man sich doch! Warum sonst wäre sie nach so kurzer Zeit schon zurückgekommen?«

Nachdenklich sieht Alice sie an. »So kann man das auch sehen. Andererseits hat sie immer voller Verehrung über ihn gesprochen.«

»Aber warum zum Teufel willst du den Kerl denn besuchen? Nach so langer Zeit? Verdammt, Alice, du kennst doch das Leben!«

»Ja, ich kenne das Leben. Glaub ich wenigstens. Deshalb will ich ja gerade nach Japan.« Alice erhebt sich und stellt ihre zwei kostbaren venezianischen Weingläser auf den Couchtisch.

»Komm, schenk uns den Mosel ein, das beruhigt.«

Alice setzt sich und spielt schweigend mit ihren Fingern.

»Tut mir leid«, Margot sieht sie mitleidig an. »Na, wenigstens unternimmst du mal was, ich mein das nicht bös!«

Sie lässt langsam den Wein in die Gläser fließen, schwenkt ihn leicht herum, betrachtet seine goldgelbe Farbe, senkt ihre Nase in das Glas und hebt dann den Kopf.

»Wow«, sagt sie, »die passenden Gläser für so einen Wein, wo hast du die denn her? Das eben war unsensibel von mir. Wir Knochenbrecher sind Berserker, das weißt du doch, sozialdebile Idioten. Also wo hast du die Gläser her, die sind anscheinend uralt?«

»Habe sie in Venedig gefunden, bei einem Antiquitätenhändler. Mundgeblasen und handbemalt.«

»Wunderschön.«

»Leider gab es nur noch vier Stück davon, mehr hätte ich mir auch nicht leisten können.«

»Vielleicht war es ja auch ganz etwas anderes.« Sie sieht Alices aufgerissene Augen und ergänzt schnell ihren Satz: »Die Sache mit diesem Java-Motor-Japaner meine ich.«

»Nämlich?«

»Vielleicht war er Teresas bester Freund, der sie getröstet hat, in einer ganz anderen Sache, einer politischen, sozialen ... was weiß denn ich, was da damals los war in Japan, kurz nach dem Krieg? Hör zu, Alice, mach mal richtig Urlaub! Eine Woche Malediven im August reicht doch nicht. Die Packerei, der Flug, die Klima- und Zeitumstellung sind ja anstrengender als gar kein Urlaub. Denk endlich mal an dich selbst, verdammt noch mal! Deinen Japanartikel, den kannst du auch hier schreiben. Und jetzt sag ich erst mal: Prost!«

Mit einem besorgten Blick auf Alice hebt sie ihr Glas.

Ach, Margot!

Aber wie soll sie auch nachvollziehen können, woran sich Alice erinnert? Teresas entsetztes Gesicht, das Zucken um ihre Mundwinkel, das plötzliche Zittern an ihrem Hals, in dem Moment, als sie ihr die vernichtenden Worte entgegengeschleudert hatte. Für Reue war es zu spät. Aber noch nicht für die Wahrheit.

Pressefotograf soll Yamamoto gewesen sein, in Hiroshima. Mit Sicherheit kennt er Hibakusha, Atombombenüberlebende, ehemalige Kinder von Hiroshima. Und er kannte Teresa, ein Anknüpfungspunkt. Vielleicht kommt sie dem Geheimnis doch noch auf die Spur. Yamamoto böte überdies weit bessere Möglichkeiten, Kontakte zu Hibakusha herzustellen, als Jasons in Tokio lebenden Sekretärinnen. Ferency hat recht: Gegen eine solche Gelegenheit wehrt man sich nicht. Anstehende Termine wird sie verschieben oder absagen. Ihr Traum von einer Reise nach Japan wird sich erfüllen. Teresas Geheimnis verbindet sich mit Japan, der Zeitpunkt ist richtig, plötzlich scheint alles zu passen, und Alice brennt auf einmal vor Neugier.

Als Margot sich an jenem Abend vor der Wohnungstür von Alice verabschiedet, zieht sie ein merkwürdiges Gesicht.

»Was ist?«

Sie betrachtet Alice skeptisch und fragt: »Deine Weltflüchtigkeit in allen Ehren, du hast aber nicht vor, dir beim Tauchen da unten auch einen Japaner zu angeln, oder?«

»Ach, Margot, du verstehst wirklich rein gar nichts!«

KIEL UND SCHWERIN, 1943 BIS APRIL 1946

Was soll das?, fragte sich Teresa, will der mir mit den Augen den Rücken durchlöchern? Sie setzte sich auf den Stuhl ihrer Freundin Lilli, die sie in dieses Café eingeladen hatte und gerade gegangen war, mit dem Rücken zu diesem Mann.

Dabei riskierte sie einen kurzen Blick auf den Uniformierten. Ihr Gespür trog sie nicht. Er reagierte sofort. Lachte sie ungeniert an und winkte mit erhobener Hand zu ihr herüber.

Trotzig wandte sie den Kopf ab. Keinen einzigen weiteren Blick war er ihr wert, auch nicht, wenn sie gleich aufstehen und an ihm vorbei gehen würde. Aber noch wollte sie nicht nach Hause. Stattdessen vertiefte sie sich in das ihr von Lilli mitgebrachte Buch »Uta von Naumburg« über den Zustand der Kirche. Irgendwie langweilig, fand Teresa. Sie schnupperte noch den Geruch der längst leeren Kakaotasse. Das Café war nun fast leer, nur der Mann hinter ihr musste noch an seinem Ecktisch sitzen. Das Ticken der Uhr über dem Eingang mahnte immer lauter zum Aufbruch.

Halb sieben. Um diese Zeit würden die spärlichen Eierkohlen im Kachelofen zu Hause längst verglüht sein. Teresa rieb sich die Arme. Bei dem Gedanken an das eiskalte Schlafzimmer fror sie schon jetzt. An die bevorstehenden Gemeinheiten ihres Vaters wollte sie gar nicht erst denken: »Wo hast du dich bis jetzt wieder herumgetrieben? Du bist ein deutsches Mädchen, vergiss das nicht! Ich ziehe kein Flittchen groß, lass dir das gesagt sein!«

Es ging wohl kein Weg daran vorbei, heute würde sie Backpfeifen ernten. Und die waren wirklich nicht ohne. Einmal war sie durch so einen Hieb von der Wohnzimmertür bis ans Küchenfenster geflogen.

Steinharte Maurerhände, dachte Teresa, steinhart wie sein Herz! Hier war es wenigstens ruhig, immer noch wärmer als zu Hause, und vielleicht ging er ausnahmsweise ja auch mal etwas früher ins Bett.

Der Kellner trat mit einer neuen Tasse heißer Schokolade auf sie zu. Erschrocken lehnte Teresa ab. So viel Geld besaß sie gar nicht.

»Spendiert«, sagte er. Sein Kinn vollführte eine Auf- und Abbewegung und wies dann zu dem Mann an dem Ecktisch. »Von dem Herrn da hinten.«

Teresa drehte sich nun doch noch einmal um.

Da sah sie es. Donnerwetter, wenn Eva das wüsste! Der Mann trug einen silbernen Eichenlaubkranz am linken oberen Ärmel, silbern paspeliert, mit silberner Doppelschwinge: ein Major! Siegesgewiss zwinkerte er zu ihr herüber.

Teresas Schwester ritt ständig auf solchen Abzeichen herum. »Etwas anderes als ein Offizier kommt für mich nicht infrage«, war ihr Credo. Doch sie lief puterrot an, wenn sie nur von Weitem einem begegnete. Teresa ließ sich nichts vormachen. Wenn Eva ihr zuflüsterte: »Zähl mal seine silbernen Doppelschwingen!«, oder Männer mitleidlos abwertete: »Ach je, der hats nur zu Aluminiumfarben gebracht«, erkannte Teresa sowohl ihre Sehnsüchte als auch ihre Befangenheit. Aber auch ihre Grausamkeit. Eva teilte Männer nach Art, Farbe und der Anzahl von Schwingen auf deren Abzeichen ein.

Vor ihr dampfte das köstliche Schokoladengetränk und duftete verführerisch. Was sollte sie tun? Sie legte ihre Hände um den hohen Porzellanbecher, wandte den Kopf, nickte dem Major dankend, mit artigem Lächeln zu. Dann drehte sie sich schnell wieder um und schlürfte ihren heißen Kakao.

Jetzt haben sie auch hier schon das Feuer ausgehen lassen, stellte sie nach einer Weile fest. Sie krallte mehrfach hintereinander die Zehen zusammen und wärmte die Finger an der noch warmen Tasse. Nein, es war besser, Eva erst gar nichts zu erzählen. Die würde es ja doch gleich dem Vater verraten, der wieder alles verdrehen und sie mit der Frage demütigen würde, was sie für diesen Kakao denn hätte tun müssen.

So kompliziert wie Eva ist, findet sie bestimmt keinen deutschen Flieger. Für die »schmucke«, blaugraue Uniform der deutschen Luftwaffe mit dem »Hoheitsadler« auf der Mütze schwärmte Teresas Schwester am meisten. Aber lag so eine nicht …? Teresa drehte sich noch einmal um. Genau! Ausgerechnet so eine lag neben dem Mann, der sie mit blitzenden Augen ansah und mit einer kurzen, schnellen Handbewegung zu fragen schien, ob er sich zu ihr setzen dürfe. Teresa überlegte. Warum eigentlich nicht? Außer dem Kellner und dem Major war ja niemand mehr im Café. Ihr Vater würde es niemals erfahren. Teresa nickte.

Der Major war blass. Er hatte eine hohe Stirn, war breitschultrig und gut einen halben Kopf größer als sie. Er verbeugte sich höflich, nahm ihr gegenüber Platz und legte seine Kappe auf den leeren Stuhl neben sich. Teresa sah in sein gegerbtes Gesicht. Er war mindestens zehn Jahre älter als sie.

Eva würde sagen, dass er schneidig aussieht, dachte sie.

»Kommen Sie öfter in dieses Café?«, fragte er.

»Ich? Hierher? Nein. Aber woher wussten Sie, dass ich gerne Kakao trinke?«

Er strich seine braunen, gelockten Haare zurück. Seine hellblauen Augen lachten dabei.

»Nun, ich habe mich beim Kellner erkundigt. Möchten Sie noch eine Tasse?«

»Was? Auf keinen Fall, nein, vielen Dank übrigens noch einmal.«

»Bitte, bitte.« Er lachte großmütig. »Und was machen Sie sonst so, außer in Cafés heiße Schokolade zu trinken?«

»Ich gehe sonst nicht in Cafés! Meine Freundin hat mich heute zu ihrem Geburtstag eingeladen. Eigentlich müsste ich längst schon zu Hause sein.«

»Das kann ich mir denken. Bei so einer Tochter machen sich die Eltern sicher Sorgen.«

»Wieso?«

»Nun, Sie sind doch ein sehr hübsches Fräulein!«

Wie ihr die Hitze plötzlich ins Gesicht schoss! Kam das von dem warmen Kakao?

Ein solches Kompliment hatte ihr noch niemand gemacht. Verschämt überlegte Teresa eine Weile, dann sagte sie: »Wenn das wahr ist ...«

»Ja?«

»Dann wurde vielleicht deshalb mein Foto gestohlen?«

»Man hat Ihnen etwas entwendet?«

»Mir nicht, nein, aber kennen Sie den Fotografen, unten an der Ecke von der Hansastraße?«

»Den kenne ich, ja!«

»Da haben sie nämlich eingebrochen. Hinterher fehlte nichts außer meinem Foto. Da war ich nämlich ausgestellt!«

»Na also, das belegt doch, was ich sage. Für das Foto eines unattraktiven Mädchens hätte sicher niemand einen Einbruch begangen. Sie haben aber doch eine Vermutung, wer das getan haben könnte? Vielleicht einer ihrer vielen Verehrer?«, forschte der Major.

Darüber hatte sich Teresa tatsächlich Gedanken gemacht. Sie kannte niemanden, dem ihr Foto so wichtig sein könnte. Irgendein armer Tropf auf Heimaturlaub vielleicht, um es sich an der Front anzuschauen, bevor es ihn, wie all die anderen armen Teufel auch, erwischte.

»Eine Herrenbekanntschaft würde mein Vater mir gar nicht erlauben. Das Foto meiner Schwester ist jedenfalls nicht gestohlen worden.«

Klingt ganz schön eingebildet, dachte Teresa. Na und? Wieso nicht zur Abwechslung auch einmal ich?

»So, eine Schwester haben Sie also auch?«

»Sie ist fünf Jahre älter und leitet ein Schwesternausbildungsheim für zukünftiges Fachpersonal sämtlicher Krankenhäuser von Kiel und Umgebung.«

Genau so, wortwörtlich, drückte es der Vater immer aus. Dass »seine« Eva einen »hervorragenden Abschluss auf dem Oberlyzeum eins« gemacht hatte, konnte Teresa schon nicht mehr hören. Der Major aber sollte ruhig Rückschlüsse daraus ziehen, auf sie und ihre Familie. Dass Eva ständig Berichte und Kommentare schrieb, worauf der Vater vor lauter Wichtigkeit fast zerbarst und wie ein aufgeplusterter Hahn mit dem regionalen NSDAP-Blatt in der Hand in der ganzen Nachbarschaft herumlief, um mit seiner Eva anzugeben, erwähnte sie lieber nicht. Ohne genau zu wissen, warum. Sie selbst hatte man neuerdings lediglich dazu eingeteilt, verzweifelte Verwundete, die keine Angehörigen mehr hatten, im Lazarett zu besuchen.

»Wollen Sie mir nicht sagen, wie Sie heißen?«, fragte der Major. Nun meldete sich Teresas schlechtes Gewissen.

Aber nach einigem Zögern quetschte sie ihren Namen doch leise heraus. Immerhin war der Mann ja eine Respektsperson.

»Und Sie haben tatsächlich noch gar keinen Verehrer?«

»Nein«, sie errötete. »Wo denken Sie hin? Nicht mal meine Schwester hat einen, und die ist schon fast fünfundzwanzig.«

»Das wird Ihnen in dem Alter aber sicher nicht so ergehen, was meinen Sie?« Wieder lachte er.

Teresa warf ihm einen forschenden Seitenblick zu. Ungeachtet der silbernen Doppelschwingen an seinem Ärmel sollte sie sich jetzt vielleicht doch besser in Acht nehmen. Außerdem war es draußen schon dunkel.

»Ich muss jetzt nach Hause, sonst bekomme ich Ärger.«

»Dann werde ich Sie dahin begleiten, wenn Sie erlauben. Das wäre auf jeden Fall sicherer.«

Sie dachte an einen potenziellen Bombenalarm, daran, dass sie nicht wusste, wo genau sich in dieser Gegend der nächste Luftschutzkeller befand, und gab sich so locker, wie es ihr gerade noch möglich war.

»Warum nicht?«

Es war ja nicht so, dass es ihr nicht schmeichelte, mit diesem stattlichen Mann, noch dazu in einer Fliegeruniform, gesehen zu werden. Auf Eva würden sie dabei schon nicht treffen. Die arbeitete sicher noch die halbe Nacht lang für diesen Hitler und stellte irgendwelche neuen Pläne zusammen.

Hinter ihnen löschte der Kellner das Licht im Café. Draußen war es stockdunkel geworden. Erst langsam gewöhnten sich Teresas Augen an die nur schwache Beleuchtung der Bürgersteige durch das spärliche Licht aus den Fenstern der angrenzenden Häuser. Die Straßen waren um diese Zeit wie leer gefegt. Von den wenigen Menschen, die ihnen entgegenkamen, war Teresa niemand bekannt. Der Major fragte: »Und wofür interessieren Sie sich sonst so?«

»Kennen Sie ›Das Land des Lächelns‹? Ich schwärme für Operetten! Meine absoluten Favoriten sind Franz Lehár, Emmerich Kálmán und Johann Strauß.«

Der Major lächelte wohlwollend, sie beobachtete es aus den Augenwinkeln. Also schien ihm ihre Ausdrucksweise doch zu gefallen. So dumm, wie ihr Vater sie immer hinstellte, war sie gar nicht!

»Und worum geht es in dieser Operette?«

Siegessicher warf Teresa ihre Haare zurück. Das wusste der nicht?

Inzwischen hatten sie das fünfstöckige Haus, in dem Teresa wohnte, fast erreicht. Aus der Ruine gegenüber qualmte es bereits seit dem frühen Nachmittag. Mit Taschenlampen stöberten zwei Männer dort noch immer im Schutt herum.

»Beim nächsten Mal«, – erschrocken zuckte Teresa zusammen, weil er seine Hand auf ihre Schulter legte – »singen Sie mir daraus etwas vor, versprochen? Sie haben bestimmt eine wunderschöne Stimme!«

Beim nächsten Mal? Teresa sah überrascht zu ihm auf. In der Manteltasche umklammerten ihre Finger den Haustürschlüssel.

Vor der bereits verschlossenen Haustür fragte der Major: »Es ist dunkel im Hausflur, darf ich Sie noch nach oben begleiten?«

Major hin, Major her, der ist auch nur ein Mann, dachte Teresa und kniff ihre Augen zusammen. Die Straßenlaternen brannten ja nicht, er würde es sowieso nicht sehen.

»Können Sie schleichen?«

»Aber sicher, und wie!«

»Dann ziehen Sie bitte ihre Schuhe aus.«

Während er sich bückte und seine Schnürsenkel aufband, verschwand sie blitzschnell im Hausflur und schloss die Haustür von innen ab.

»So, dann schleichen Sie jetzt mal nach Hause«, rief sie ihm hinter der Tür zu. Gleich darauf tastete sie sich die dunkle Treppe im Hausflur hinauf. Jemand hatte mal wieder die Glühbirnen herausgeschraubt.

Am nächsten Tag saß Teresa auf der Gemeinschaftstoilette, eine halbe Etage unter der Wohnung ihrer Eltern, als sie Geräusche von draußen vernahm. Selbstbewusste, kräftige Männerschritte passierten zielstrebig das Zwischengeschoss und machten vor ihrer Wohnungstür im zweiten Stock halt.

Sie hörte den Mann oben hüsteln. Er schien geduldig zu warten. Teresa beschloss, das ebenfalls zu tun. Sie kannte das: Bis ihr Vater endlich aufstand, um in Pantoffeln zur Wohnungstür zu schlurfen, das konnte dauern. Es würde ja doch nur wieder so ein Querulant sein, der glaubte, ihn zu jeder Tages- und Nachtzeit stören zu dürfen. »Mieter«, pflegte der Vater zu sagen, »sind wie Kleinkinder. Einer schiebt dem anderen den Schwarzen Peter zu und glaubt, der Pfiffigste von allen zu sein. Die bräuchten alle was aufs nackte Hinterteil! Tüchtig drauf mit dem Lederriemen, sonst spuren die nicht.« Mit dieser Einstellung schikanierte er ungestraft sämtliche Bewohner des fünfstöckigen Miethauses. Er war der Hausmeister, und in Teresas Augen verlieh ihm nicht nur das den Status eines felsenharten Donnergottes. Was für ein Dickhäuter der Vater war, welch ein Betonkopf!

In diesem Bewusstsein wuchsen Eva und sie auf, stolzierten seit früher Kindheit, sozusagen in Vertretung ihres Vaters, artig und aufrecht wie kleine Königinnen durch das Haus. Verunsicherte, gefügige, einsame Königinnen, die nie eine Schulfreundin einladen und erst recht keinen Lärm oder gar Schmutz im Treppenhaus verursachen durften. Einzig die kleine Ina aus dem vierten Stock, die Teresas Status als Hausmeistertochter bedingungslos akzeptierte und alle Anordnungen respektvoll befolgte, war manchmal Mitglied in ihrem Gespann. Doch eines Tages blieb Ina verschwunden. Keiner traute sich, es Teresa zu sagen, jeder wusste ja, wie sehr sie an ihrer einzigen Freundin hing. Bis Teresa es von Inas Mutter erfuhr: Auf einem Klassenausflug, beim Schwimmen in der Ostsee, war Ina ertrunken. Ihre verwitwete Mutter und die Großmutter hatten zuvor ihre letzten Groschen für die Reise zusammengespart. Voller Stolz hatte Ina es Teresa erzählt. Teresa war zwölf und wollte ebenfalls sterben. Mit dem Bild ihrer hilflos gegen die Wassermassen ankämpfenden Freundin vor Augen konnte sie monatelang nur schwer einschlafen. Noch immer, Teresa war inzwischen neunzehn, fehlte ihr Ina in diesem Haus.

Oben öffnete der Vater jetzt dem Unbekannten die Tür. Teresa hörte ihn grummeln.

Als sie die Stimme des Besuchers erkannte, wummerte ihr Herz wie der kaputte Staubsauger ihrer Großmutter. Vorbei war die Heiterkeit der vergangenen Nacht, in der sie im Bett ihr anfallartiges Kichern beim Gedanken an ihren Streich kaum unterdrücken konnte. Zweifellos wollte der Major sich jetzt bei ihrem Vater über sie beschweren.

Wie lange saß sie eigentlich schon hier? Es gab nicht einmal einen Spiegel in dieser Toilette! Aufgeregt strich sich Teresa die Haare zurück, verschloss die Tür hinter sich und schlich die Treppe hinauf.

Kaum hatte sie die Etage erreicht, verdunkelte sich das Loch im Türspäher der gegenüberliegenden Wohnung. Teresa fixierte es durchdringend, so lange, bis es sich wieder erhellte. Die Nachbarin hatte den Major also auch schon gesehen. Die würde wahrscheinlich denken, dass Eva endlich einen Verehrer gefunden hätte, ha, wenn die wüsste!

So leise wie möglich schloss Teresa die Wohnungstür auf. Durch den offenen Türspalt der angelehnten Wohnzimmertür drangen Stimmen.

»Das ist sicher richtig«, hörte sie den Major gerade sagen, »leider bin ich Ihrem beeindruckenden Fräulein Tochter gestern wirklich nur sehr kurz begegnet, eine sehr ehrbare junge Dame übrigens, ich gratuliere Ihnen.«

»Jawoll, Herr Major, sehr zu Diensten, das kann ich bestätigen. Unsere Eva ist auch unser ganzer Stolz.«

Der Major stockte, fuhr dann aber fort: »Wie gesagt, dem Vater eines solchen Mädchens kann in diesen Zeiten für eine solche Erziehung gar nicht genug gedankt werden, mein Kompliment, Herr Gorzolka.«

Woher kannte der Major ihren Nachnamen? Herrgott noch mal, stellst du dich dämlich an, du hast ihn ihm doch genannt. Außerdem steht der an der Tür.

»Habe die Ehre, selbstverständlich, Herr Major, aber bitte, nehmen Sie doch erst einmal Platz, hier, bitte ...«

So diensteifrig, beflissen und unterwürfig kannte Teresa ihren Vater gar nicht. Man hörte das Rücken eines Stuhls. Eine Weile war es ruhig, Teresa stand mucksmäuschenstill vor der Wohnzimmertür.

»Mit Ihrer Erlaubnis würde ich das Fräulein Tochter am kommenden Samstag gerne ausführen und selbstverständlich rechtzeitig wieder nach Hause zurückbringen. Mit entsprechendem Einverständnis ihres Fräulein Tochter, selbstredend.«

Würde der tatsächlich mit Eva ausgehen? So was, hätte sie bloß nichts erzählt!

»Selbstverständlich, Herr Major, welche Ehre, ich werde es ihr gleich heute Abend ausrichten. Unsere Eva hat uns noch gar nichts erzählt. Das Mädchen ist sehr engagiert, müssen Sie wissen. Sie kommt oft erst sehr spät nach Hause. Sie verstehen, Herr Major.«

Wie der kuschte, der Vater, vor dem Mann, der ihr gestern sogar noch eine zweite Tasse Schokolade spendieren wollte und sie dann nach Hause gebracht hatte! Ihr Vater, dessen Anordnungen man besser befolgte, wenn man keinen orkanartigen Wutausbruch riskieren wollte. Ausgerechnet er, der wie ein Rottweiler jeden Winkel überwachte, vor dem man nicht das Geringste geheim halten konnte, der aber überhaupt nichts begriff!

Teresa fasste einen Entschluss. Geräuschvoll stapfte sie ein paarmal durch den Flur, dann klopfte sie an die angelehnte Wohnzimmertür und trat ein. Der Mann vom Vorabend lächelte sie an. Auf seinem Schoß lag ein Blumenstrauß. Darunter, halb verdeckt, doch sie erkannte es sofort, eine Pralinenschachtel. Pralinen und Blumen, mitten im Krieg!

Der Major erhob sich und verbeugte sich vor ihr.

»Gestatten, Major Herbert Baldach. Ich hatte gestern das Vergnügen, Ihnen kurz im Café Meyrink zu begegnen.«

Mit dem Rücken zum Vater stehend zwinkerte er ihr zu, so, dass dieser seine vertrauliche Mimik nicht sehen konnte.

Teresa errötete, unterdrückte ein aufkommendes Kichern. Als sie das verdutzte Gesicht ihres Vaters bemerkte, fasste sie sich.

»Guten Tag, ja, ich erinnere mich.«

»Ich habe diese Blumen für Ihre Frau Mutter mitgebracht und Ihnen darf ich vielleicht diese Pralinen überreichen? Als kleine Entschuldigung.«

»Meine Frau kommt gleich wieder«, schnarrte die Stimme des Vaters.

»Aber wofür denn?« Erschrocken blinzelte Teresa den Major an, er würde doch nicht etwa …?

»Nun, ich hoffe, Sie mögen Schokolade«, wieder zwinkerte er ihr zu, »ich war ziemlich unhöflich gestern. Ich hätte mich Ihnen vorstellen sollen, aber Sie waren so schnell verschwunden. Als anständige junge Dame hatten Sie es sicher eilig, nach Hause zu kommen.«

»Ja … gewiss … genauso war es«, sagte sie artig mit einem schnellen Blick auf den Vater, »meine Eltern achten darauf, dass ich pünktlich bin. Sie machen sich Sorgen um mich.«

Teresas Vater rieb sich die Ohren. Sichtlich befriedigt richtete er sich auf. Über seinem beachtlich strammen, selbst im fast vierten Kriegsjahr noch leicht kugeligen Bauch strafften sich die Hosenträger.

»Die Blumen stelle ich am besten schon mal in eine Vase«, sagte Teresa.

HOCHZEIT, 1943

Eva nutzte jede Gelegenheit, Herbert auf die Fliegerei anzusprechen und ihm ihre nationalsozialistischen Idealvorstellungen zu unterbreiten. Er begegnete ihren unverhohlenen Avancen mit undurchsichtiger Miene. Gelassen, zurückhaltend und immer freundlich. Teresa stellte es mit Genugtuung fest.

Doch in Evas Ansehen stieg er dadurch nur mehr. Bei allem, was Herbert betraf, schwang unverhohlene Bewunderung in ihrem Ton mit. So erklärte sie Teresa in seiner Gegenwart gerne, wie lebensgefährlich das Testen von Flugzeugen sei. Herbert war Testpilot bei der Luftwaffe.

»Da habt ihr ja«, äußerte er sich Teresa gegenüber, »eine wahre Hitlerfanatikerin in der Familie.«

Sie nahm es erfreut zur Kenntnis.

Und schon wenige Wochen nach seinem ersten Besuch machte Major Herbert Baldach Teresa einen Heiratsantrag, den sie ohne zu zögern annahm.

War Eva anfangs unruhig in der Wohnung umhergelaufen, häufig sogar früher als sonst nach Hause gekommen, legte sie nach der Bekanntgabe des Hochzeitstermins oft zusätzliche Nachtschichten im Krankenhaus ein.

Eines Abends, kurz vor ihrer Hochzeit, brachte Herbert Teresa später als vom Vater erlaubt nach Hause. Wohl ahnend, was das bedeutete, flehte Teresa ihren Verlobten an, sie hinauf bis an die Wohnungstür zu begleiten. Ihr bereits wie ein Zerberus neben der Türöffnung postierter Vater bemerkte ihn nicht und verpasste seiner jüngsten Tochter eine schallende Ohrfeige. Er hätte sich weiter an ihr ausgetobt, wenn Herbert sich nach dem ersten Züchtigungsversuch nicht sofort vor Teresa gestellt und ihm großmütig unterbreitet hätte: »Vadder, nu lass man gut sein, von heute an übernehme ich das!«

Völlig perplex brachte der Vater kein Wort mehr heraus.

Unter halb geschlossenen Lidern, mit knallroter Wange, blinzelte Teresa ihren Bräutigam an. Sie verstand, dass er den Schein wahren wollte, es seine Art war, sie zu schützen.

»Mach dir keine Sorgen«, teilte Herbert Teresa am nächsten Tag mit, »gleich nach der Hochzeit ziehen wir um nach Schwerin. Ich muss in der Nähe meines Luftwaffenstützpunktes wohnen. Dort gibt es auch weniger Bombenangriffe. Und freimütig vertraute er ihr an: »Fliegen, das ist für mich der Himmel auf Erden. Dafür nehme ich sogar die Goldfasane am Boden in Kauf.«

Goldfasane, so nannte er die ordensgeschmückten Parteibonzen, ein Begriff, der Teresa zuerst entsetzte – zu Hause wurden solche Männer bewundert –, den sie dann aber mit kindlicher Freude übernahm. Einmal, an einem Sonntag, war ihr der »Goldfasan« vor Eva herausgerutscht, sie hatte es als einen Versprecher entschuldigt und innerlich dabei gelacht.

Nach ihrem Umzug lebte Teresa, die früher oft wochenlang unter Hunger gelitten hatte, in relativem Luxus, und das mitten im Krieg. Nie zuvor hatte sie ihr Leben derart genossen. Wenn sie allein in der neuen Wohnung war, stand sie oft lange am Fenster. Sie erfreute sich an dem Ausblick auf die trutzigen Türme des Schweriner Schlosses, dessen Turmspitzen sich im Dunste des Nachmittagslichts majestätisch in den Mecklenburger Himmel reckten oder sich, vor strahlendem Himmelsblau, friedlich im See spiegelten. Ihre erste eigene Wohnung pflegte sie hingebungsvoll, wofür sie von Herbert dankbare Anerkennung erhielt. Unter dem aufmunternden Zuspruch ihres Mannes wurde sie ruhiger und selbstsicherer.

Aber immer wieder überfiel sie eine unbestimmte Angst.

»Ist deine Arbeit«, fragte sie dann, »nicht furchtbar gefährlich?«

»Ich bin nicht leichtsinnig«, beschwichtigte er sie, »mach dir da keine Sorgen ... Ich kenne meine Aufgaben und weiß, was ich tue.«

Er nannte ihr die Namen der verschiedenen in Parchow stationierten Jagdbombertypen, beschrieb ihr deren Funktionen, erzählte ihr von der Messerschmitt Me 163 Komet, der Messerschmitt Me 262 und der Heinkel He 111 mit den Flugbomben Hs 293, die er abwechselnd flog.

Aber manchmal, als ob sie sich damit auskenne, beschwerte er sich auch bei ihr: »Auch viermotorige Bomber sollen stürzen wie die Stukas. Was für ein Unfug, ausgedacht von Paragrafenheinis! Seit zehn Jahren wollen sie das und haben immer noch nicht gelernt, dass es einfach nicht geht.«

»Und die neuen Flugzeuge? Was passiert mit denen, wie läuft denn das ab?«

»Die Prototypen werden bei der Staffel in Empfang genommen, dann werden sie gründlich geprüft.«

»Was muss da denn noch geprüft werden, wenn sie doch neu sind?«, fragte Teresa, während sie eine handgestrickte Wollunterhose aufribbelte, das Geschenk einer entfernten Verwandten von Herbert, und den Faden auf ein sich rundendes Knäuel wickelte. Eine wollene Unterhose! Teresa hatte es ausprobiert: So etwas zu tragen war wirklich niemandem zuzumuten. Es kratzte fürchterlich und hinterließ juckende Muster in der Haut, weil es sich beim Hinsetzen eindrückte. Aber Tante Else hatte die Wollhose selbst gestrickt, aus neuer Wolle. Es war gut gemeint und die Wolle war dick genug für ein Paar Topflappen.

»Wichtig ist zum Beispiel die Übersichtlichkeit des Instrumentenbretts, weil du manchmal sekundenschnell reagieren musst. Da kann man nicht lange groß rumsuchen. Und der Steuerknüppel muss gut in der Hand liegen, die Pedale müssen an der richtigen Stelle sein, leicht zu erkennen, leicht zu erfassen, leicht zu handhaben, verstehst du? Dann noch die Steuerung der Leitwerke … ach, das musst du nicht alles verstehen, mach dir keine Sorgen. So wie ich nichts von dem weiß, was du hier im Haus für mich herzauberst.«

Teresa, die sich nach einem heruntergefallenen Wollknäuel bückte, blickte lächelnd zu Herbert auf. Er vertraute ihr. Doch sie las auch in seinem Gesicht, dass Gefahr bestand. Er hatte ihr eingeschärft, außer mit ihm, niemals, mit keinem Menschen, wie gut auch immer sie ihn zu kennen glaubte, politische Themen anzusprechen. Sie solle sich dumm und unwissend stellen, das stehe ihr gut und es mache sich »nach außen nicht schlecht für eine kleine deutsche Frau«. Dabei zwinkerte er ihr zu, und Teresa begriff, was er meinte. Sie lernte von ihm, dass es nicht stimme, dass sie als Deutsche zur »Herrenrasse« gehörte, wie es der Vater behauptet hatte.

»Eine anmaßende Überheblichkeit ist das«, empörte Herbert sich vor Teresa, »überlege dir das nur einmal! Welch ein Unsinn!« Zum ersten Mal dachte Teresa darüber nach, bisher hatte man es ihr völlig anders erklärt. Sie kam zu dem Schluss, dass ihr Mann einfach klüger, wesentlich klüger als all ihre Verwandten, Bekannten und Lehrer war. Selbst wenn sie nicht alles verstand, wusste sie, dass er von den Nazis nichts hielt. Er wollte nichts als seine Aufgaben perfekt erledigen, weil der Fliegerei, die er mit so großer Begeisterung ausübte, schon als Junge seine ganze Leidenschaft gegolten hatte. Wie sehr sie ihn bewunderte, ihren Herbert!

Es kam der Winter 1944/45. Teresa war jetzt auch nachts oft allein. Die meisten Einsätze von Herbert waren in die Nacht verlegt worden. Am Tage schlief er unruhig, sprach weniger und wirkte ernster als sonst.

Dennoch schrieb Teresa damals an Eva: *Herbert trägt mich auf Händen. Er erfüllt mir all meine Wünsche. Es könnte mir nicht besser gehen.* Teresa vermisste weder ihre Eltern noch ihre Schwester und schrieb ihnen selten.

Eines Morgens, im Februar 1945, klingelte es an ihrer Wohnungstür. Zwei Offiziere standen vor ihr stramm.

»Mit größtem Bedauern und in tiefer Anteilnahme«, sagten sie, »teilen wir Ihnen mit, dass Ihr Gatte, der Herr Major Herbert Baldach, in treuer Pflichterfüllung für das Vaterland sein Leben gelassen hat.«

Dann hörte Teresa noch das Wort »abgestürzt«, starrte auf die Abzeichen der Uniformen, schwankte und spürte ihre Knie einsacken. Einer der Offiziere bemerkte ihre Schwäche und führte sie zu einem Sessel im Wohnzimmer.

»Geht es wieder?«

Wie automatisch bejahte sie seine Frage.

Dann, als wolle er das Malheur entschuldigen, Herberts Fachkompetenz hervorheben, fügte einer der beiden verlegen hinzu: »Es war der Prototyp der Heinkel, He 111, der ist beim Sturzflug abgeschmiert, er hat ihn einfach nicht mehr hochgekriegt.«

Wie versteinert fixierte sie die beiden Offiziere und sprach kein einziges Wort. Und so wussten sie sich nicht anders zu helfen und redeten nach kurzem Blickaustausch untereinander weiter erklärend auf sie ein: »Weil die He 111 schneller als die meisten Jagdbomber des Gegners fliegt, wurde sie dringend benötigt. Zuvor hatte der Major einen Defekt bei der Maschine beanstandet, der war repariert worden, deshalb wollte er die Maschine selbst testen. Er stellte sich gegen die Anweisung, bestand darauf, wollte nicht einen jüngeren, weniger erfahrenen Kameraden fliegen lassen. Er wollte ja auch unbedingt jeden neuen Prototyp als Erster fliegen, weil er sich wirklich am besten auskannte. Jedenfalls hat er fast bis zur letzten Sekunde versucht, die Maschine zu retten, aber der Jagdbomber ist vor aller Augen explodiert. Der Major hat dem Vaterland heldenhaft sein Leben geopfert. Man wird es zu würdigen wissen. Unser Führer lässt die Witwen der für das Vaterland gefallenen Helden nicht im Stich. Sie werden zur Wiedergutmachung eine angemessene Pension erhalten. Und am Grab des Majors werden drei Ehrensalven für ihn abgefeuert werden.«

Abgestürzt, Leben geopfert für das Vaterland, Wiedergutmachung, Pension, Ehrensalve. Sie war einundzwanzig Jahre alt, ihr Leben hatte doch gerade erst begonnen. Herbert und sie, das konnte doch nicht schon vorbei sein. Nicht einmal zwei ganze Jahre hatten sie miteinander verbracht!

Abgestürzt, abgestürzt, abgestürzt. Stinkend und schwarz wie festgebrannte Soße auf einer Herdplatte verkrusteten sich die Worte in Teresas Kopf. Ein dröhnendes Trommelfeuer, das sie nicht abstellen konnte, hämmerte unentwegt auf sie ein und ergab doch keinen Sinn.

Es waren zwei verschiedene Dinge. Dieses Wort, abgestürzt, und die unbegreifliche Tatsache, dass Herbert nie mehr zurückkehren, nach Hause kommen, sie nie mehr in die Arme nehmen und küssen würde, wo er doch überall in ihrer Wohnung präsent war, wo sie ihn doch in allen Winkeln noch sah, ihn greifbar nah erlebte und immer noch hören konnte, wie er sich über die Goldfasane lustig machte.

Zu diesem Zeitpunkt donnerten die feindlichen Jagdbomber auch über Schwerin. Teresas Fantasie spielte ihr Streiche. Einmal, im Tumult eines Bombenangriffs, glaubte sie, Herbert von hinten zu erkennen. Mit rasendem Herzen drängte sie sich in seine Richtung, verrückt vor Freude, einem Irrtum zum Opfer gefallen zu sein. Doch dann starrte sie auf den Nacken eines wildfremden Mannes mit ungewaschenen, schmierigen Haaren. Unerbittlich schob die angstgetriebene Menschenmenge sie in einen stinkenden Luftschutzkeller, in dem es nach Erbrochenem, nach Schweiß und Urin roch. Anders als alle anderen hatte Teresa keine Angst. Sie wünschte oft, eine Bombe möge auch ihrem Leben endlich ein Ende setzen.

Zu Hause verdunkelte sie die Fenster. Von Migräneattacken überfallen kämpfte sie gegen grollenden Brechreiz an, aß tagelang nichts. Sie verließ ihre Wohnung nicht mehr, quälte sich nachts ruhelos, schweißnass im Bett und versank tagsüber in kurzen Phasen von Dämmerschlaf, ohne Hoffnung, für ein paar Stunden erquickenden Tiefschlaf zu finden. Sie führte stumme, nicht enden wollende Gespräche mit Herbert, versuchte, die Worte der Offiziere zu verdrängen, die unaufhörlich in ihrem Kopf hämmerten.

Mit ihrer Realität hatten sie nicht das Geringste zu tun. Es war wie damals, als Ina ertrunken war. Nur noch brennender, lodernder, überhaupt nicht zu bändigen. Und so eine unheimliche Leere.

Dann erwachte sie eines Tages fast wie erfrischt nach einer ersten durchschlafenen Nacht. Mit noch geschlossenen Augen sinnierend, bat sie Herbert um Rat zur Bewältigung ihrer Situation. Seine klare Antwort überraschte sie nicht einmal.

»Du musst aus dieser Sackgasse heraus *wollen*«, hörte sie ihn sagen. »In diesem gottverlassenen Krieg gibt es so viel Hunger, Elend und Schmerz. Du musst selbst etwas tun, gegen deine Trauer und für das Weiterleben der anderen.«

Da begriff Teresa: Was war mit den Ausgebombten, was mit den vielen anderen Menschen, die ihre nächsten Angehörigen verloren hatten, was mit den armen Schweinen an der Front, die nicht einmal etwas zu essen hatten und angeblich nur noch notdürftig medizinisch versorgt wurden? Und was geschah in diesen dubiosen von den Nazis eingerichteten Lagern, von denen man immer nur in Andeutungen sprach, in die sie Menschen schickten, die nicht zu der angeblichen »Herrenrasse« gehörten? Sie brauchte doch nur die Augen zu öffnen, sie war ja nicht allein mit ihrer Verzweiflung.

Nur in das vom Vater mit preußischer Autorität vergiftete Klima wollte sie nicht zurück, nicht nach der mit Herbert erlebten Zeit der Befreiung.

Und so fasste sie einen Plan.

ALICE

BOLIFUSHI, MALEDIVEN, AUGUST 1978

Alice hatte sich über das Angebot eines Tauchfreundes, sie mit dem schweren Gepäck zum Flughafen zu fahren, gefreut – bis er ihr kurz vor dem Sicherheitsbereich eine zylindrische Dose übergab.

»Damit du auf Bolifushi nicht verhungerst.«

Verblüfft hatte Alice den Aufdruck auf der Papierumwicklung angestarrt.

»He, ich hab Vollpension, was soll ich auf den Malediven mit Pumpernickel?«

»Das gibt es dort nicht.«

Alice hatte die Augen verdreht.

»Du meinst, wenn ich zu Hause schon kein Schwarzbrot esse, dann wenigstens Pumpernickel auf den Malediven?«

Sie hatte den Kopf geschüttelt und die Dose lustlos ins Handgepäck gesteckt, um den Freund nicht zu enttäuschen.

Drei Tage später sitzt sie um die Mittagszeit im Schatten von Palmen im Strandrestaurant. Einen tauchfreien Tag genehmigt sie sich, nur um nicht völlig blass wieder nach Hause zu kommen. Sie spielt mit bloßen Zehen im Sand und fixiert verdrossen den Brotbehälter auf dem Tisch. Brot wegwerfen kommt nicht infrage. Den Respekt vor Nahrungsmitteln hat Alice seit früher Kindheit am Vorbild der Mutter verinnerlicht. Teresa hatte hungern müssen, als Alice klein war. Widerstrebend betrachtet sie die geschmolzene Hotelbutter, schiebt den vor ihr stehenden Tiegel auf dem Tisch hin und her. Wenn sie Pumpernickel überhaupt mag, dann mit frischer, gut gekühlter, fester Butter. Nicht mit dieser warmen, öligen Soße. Aber nun würde sie ihre Tage auf Bolifushi so, mit je einer Scheibe Pumpernickel pro Tag, verbringen müssen. Also los, Alice, nun stell dich nicht so an, je eher daran, je eher davon, unser tägliches Pumpernickel gib uns heute ... Missmutig entnimmt sie der Dose eine der kreisrunden Scheiben und verteilt das zerlaufende Fett darauf.

Entschlossen beißt sie ein großes Stück ab, während sie mit den Augen die umliegenden Tische neidisch nach frisch serviertem Salat abtastet. Dabei fängt sie die Blicke von drei Japanern am Nebentisch auf. Sie tauschen sich ganz offensichtlich verwundert über die seltsame, vor Alice liegende, essbare Scheibe aus. In diesem Moment generiert Alice die Notlösung für ihr Dilemma. Derartiger lukullischer Höchstgenuss aus fernen deutschen Landen frisch auf den maledivischen Tisch würde bei Japanern bestimmt einen schwer überbietbaren Eindruck hinterlassen. Entschlossen ergreift sie die Brotdose und tritt beherzt an den Tisch der Japaner.

Sie hält ihnen die geöffnete Dose vor die Augen und erklärt auf Englisch, dass es sich bei den schwarzen Scheiben um eine deutsche Brotspezialität, »Pumpernickel«, handelt, die sie doch bitte probieren möchten.

Die drei waren ihr bereits am Vortag aufgefallen. Sie gehörten keiner der Tauchercliquen an. Auf Alice wirkten sie ein wenig verstört und seltsam deplatziert auf dieser Insel. Selbst in Urlaubskleidung strahlten sie die diskrete Eleganz von Menschen der Upperclass aus und aßen stets zusammen am gleichen Tisch. Alle drei trugen Polohemden von Ralph Lauren, der Mann zu Bermudashorts, die beiden Damen zu knielangen Röcken. Dabei ist Bolifushi eher ein Paradies für Sporttaucher als eine Insel für reiche Leute.

»*Hai*, Spezialität«, sagt der Japaner, und die zwei Frauen strahlen Alice an. »Vielleicht schmeckt es Ihnen, das würde mich freuen«, sagt Alice wahrheitsgemäß, »man bestreicht es mit Butter.« Die jüngere Frau blickt unsicher von einem zum anderen. Sie ist blass, wirkt verschüchtert und sieht unglücklich aus.

»Hier, bitte«, bietet Alice die Dose nun auch ihr an, »probieren auch Sie bitte davon.«

»*Hai*«, nicken alle gleichzeitig, offensichtlich erfreut über einen ersten Urlaubskontakt. »Thank you, ダンケ・シェーン; ダンケシェーン«, es hört sich an wie »arigato kosaimas«.

Der Mann, wahrscheinlich der Familienvater, übernimmt die Rolle des Vorkosters, wonach Alice die Dose nacheinander nochmals den Damen, Ehefrau und Tochter offensichtlich, entgegenstreckt. Auf deren Anstalten, das ach so verlockende Angebot, ohne es probiert zu haben, kopfschüttelnd und mit den Händen vor dem Gesicht abzuwehren, geht sie gar nicht ein. Sie schwingt lächelnd und unerbittlich ihre Dose über den Tisch. Nicht, dass sie sich nicht mittlerweile schon selbst mehr als aufdringlich vorkommt, aber wer behauptet, Japaner verstünden keinen Spaß? Womöglich zieren sie sich ja nur.

Sie begibt sich zu ihrem Tisch, kommt mit ihrer Restbutter zurück und reicht sie den Japanern. »Pumpernickel mit Butter«, wiederholt sie erneut, »Spezialität aus Deutschland.«

»Pumpelnigger«, wiederholt die ältere Frau vorsichtig und verteilt die inzwischen gänzlich verflüssigte Butter auf einer Scheibe.

Mit großem Ernst kaut der Familienvorstand an seinem ersten Bissen herum. Mutter und Tochter lächeln höflich.

Schwarzbrot connecting people, so what?, rechtfertigt Alice ihre Tat vor sich selbst.

Nach weiterer, sorgfältiger äußerlicher Begutachtung und durch wiederholt heftiges Nicken des Mannes ermutigt, geben sich nun auch die beiden Damen der Verkostung der immerhin feuchtfrischen Dosenbrotscheiben hin. Geschafft!

Andächtig, mit winzigen Bissen, kaut die japanische Familie fast zehn Minuten am Pumpernickel herum, bis die drei Scheiben vollständig verzehrt sind. Leider lehnen sie weitere Scheiben ab. Alice beschließt, es dabei bewenden zu lassen.

Mit einer Handbewegung, die hinter Alices Rücken weist, erklärt der Familienvorstand in vorzüglichem Englisch: »Unser Kurzurlaub mit unserer Tochter und unserem Enkelsohn geht nun schon morgen zu Ende.« Alice dreht sich um und bemerkt ein mandeläugiges, etwa siebenjähriges Kind. Ob sie dem Jungen auch eine Scheibe …? Leider ist er beschäftigt. Unermüdlich schüttet er sein mit weißem Maledivensand gefülltes Eimerchen über den Sandalen eines im Liegestuhl schnarchenden Touristen aus, danach schnappt er sich sein Schäufelchen, zur sofortigen Wiederholung dieser Aktion. Doch nicht zu dem Kind fliegen die Blicke seiner Angehörigen, sondern hin und her zwischen ihren drei heldenhaft geleerten, krümelfreien Tellern und Alice. Der Tourist würde Mühe haben, seine Sandalen später wiederzufinden. Alice beschließt, sich den Spaß nach dessen Aufwachen anzusehen und dem Mann bei der Suche notfalls zu helfen, als die jüngere Frau auf die Uhr schaut und etwas Unverständliches auf Japanisch sagt. Der Vater nickt zustimmend, erhebt sich und fragt mit einem Blick auf Alice: »Vielleicht haben Sie Lust auf eine Fahrt im Katamaran? Mit meinem Enkel Shinji?« Alice überlegt kurz und antwortet erfreut: »Gern, warum nicht? Ich habe heute Nachmittag nichts Besonderes vor.« Mal etwas anderes, wenigstens wird man dabei schön braun, denkt sie. Die junge Japanerin ruft nach dem Kind.

IN DER STRÖMUNG

Der italienische Bootsverleiher hat zwei maledivische Angestellte. Sie klettern behände aufs Boot und ziehen das Kind zu sich herauf. Weder die Mutter noch die Großeltern wollen den kleinen Shinji im Katamaran begleiten, die Familie vertraut ihn den blutjungen Maledivern an. Alices schlechtes Gewissen behauptet, dass sie zum Ausgleich für den unfreiwilligen Pumpernickelverzehr nun für die Familie das Kindermädchen spielen darf. Aber sie ist nicht der Typ, jetzt einen Rückzieher zu machen. Stattdessen gibt sie das beobachtete Sandalenbegräbnis zum Besten. »Gewitzter Junge«, lobt sie das Kind, »bereit, jedem Moment einen Spaß abzuringen.« Die Japaner lächeln ergeben. High, high, high Society. Merken sie wirklich nichts oder tun sie nur so?

In Sichtweite vor dem Strand liegt eine kleinere, unbewohnte Insel, die zu erkunden Alice seit Tagen reizt. Nun kommt sie an diese einmal näher heran. Nur hat sich der Himmel inzwischen bewölkt. Als der mit vier Personen besetzte Katamaran sich von den am Ufer winkenden drei Japanern entfernt, treibt eine aufkommende Windbö den Topcat blitzschnell auf das offene Meer und unerwartet nimmt die Windstärke mit der Entfernung vom Ufer zu. Weiße Gischt peitscht auf die Kufen des glasfaserverstärkten Bootsrumpfes wie auf einen störrischen Esel ein. Hinter der Insel werden die Wellen noch höher und heftiger. Wie im Galopp hechten sie über Alices Schenkel und zischend über die Beinchen des japanischen Jungen. Übermütig schreit das Kind gegen den Wind. Das Auf- und Abschwingen des Bootes scheint dem Jungen nichts auszumachen. Im Gegenteil. Er versucht, das Doppelrumpfboot schaukelnd noch mehr in Bewegung, in Schieflage zu bringen, um dessen Geschwindigkeit noch zu erhöhen. Dadurch neigt sich der Topcat immer häufiger, bald gefährlich tief auf die Seite. Ein Katamaran kippt nicht um, sucht Alice sich zu beruhigen, jedenfalls nicht so leicht, aber was, wenn der Wind weiter zunimmt, womöglich ein Unwetter aufkommt? Und wie schnell erreicht ein so stark böiger Wind in diesen Regionen Sturmstärke?

Sie befinden sich inzwischen weit hinter der vorgelagerten Insel, obendrein noch durch hohe Wellen versteckt. Einen Unfall würde man vom Strand aus nicht beobachten können. Zwar trägt das Kind eine Schwimmweste, und wahrscheinlich kann es auch schwimmen – hätten seine Eltern es sonst bei dem Wetter auf den Katamaran gesetzt? –, aber was, wenn es über Bord geht? Und wie wird es dann reagieren? Ungeachtet Alices Ermahnungen, noch unterstützt von dem jüngeren, etwa vierzehnjährigen maledivischen »Bootsmann«, übertreibt Shinji seine bedrohlichen Schaukelbewegungen. Als der Bootsjunge von dem Älteren auf die andere Seite gerufen wird, schaukelt Shinji weiter, lehnt sich weit über den Bootsrand.

Plötzlich, nach einem Brecher, hebt sich der Rumpf bedrohlich. Die Kufe, auf der Shinji und Alice sitzen, hängt hoch in der Luft, bevor sie mit einem heftigen Ruck zurück auf die Wasseroberfläche klatscht. Alice spürt es im Rücken, mit dem sie ohnehin ständig Probleme hat. Verärgert, mit verzerrtem Gesicht fixiert sie den Jungen und schreit gegen den Wind: »Stop it Shinji! Now!« Sie könnte genauso gut Deutsch sprechen, denn sie ist sich fast sicher, dass der Junge kein Englisch versteht.

Immerhin ist sie Gold-Taucherin und weiß Gott nicht zimperlich, doch vor der Unberechenbarkeit des Meeres hat sie großen Respekt. Was sich hier abspielt, hält sie für gefährlich. Zumal ihnen hier, unsichtbar weit hinter der Insel, niemand helfen wird. Außerdem ist die Strömung hier schon beachtlich.

»Stop it, listen to me, stop it now!«, ruft sie dem Kind zu, greift unmissverständlich nach seinem Arm. Dass er genau versteht, was sie meint, erkennt Alice an seinem maliziösen Grinsen und daran, dass er seine Anstrengungen jetzt noch verstärkt. Erst eine erneute, unerwartet heftige Windbö bringt das Kind zum Stocken und zur Besinnung. Doch da stellt sich der Katamaran bereits auf die Seite. Mit einem unheimlichen Ruck schnellt der Rumpf in die Höhe. Gerade gelingt es Alice und Shinji noch, sich am Tau festzuklammern, da werden sie wie auf einer Jahrmarktsschiffschaukel in die Höhe gehievt. Aber es ist keine Kirmes, auf der ihre Schaukel hoch in der Luft stehen bleibt und nicht mehr herunter findet. Mit mächtigem Krachen platscht der sieben Meter hohe Mast samt Fock und gehisstem Großsegel auf die Wasseroberfläche. Tief unter Alice und Shinji stemmt sich die Kielflosse seitlich gegen die Wellen, liegt flach auf dem Meer. Ohne Aussicht, den Katamaran aufrichten, die andere Rumpfseite durch ihr angehängtes Gewicht aus dem Wasser hieven zu können, klammern Alice und Shinji sich fest, baumeln an der aufragenden Rumpfkufe. Sie sind einfach nicht schwer genug. Beunruhigt hält Alice nach den beiden Bootsjungen Ausschau. Großer Gott, lass sie nicht von der Wucht des herabfallenden Mastes oder vom Ruder getroffen, womöglich erschlagen worden sein! Da sieht sie am unteren Bootsende den Kopf des älteren Bootsjungen auftauchen, dem kurz darauf der des jüngeren folgt. Strampelnd kämpfen sie gegen die Wellen, aber die Strömung ist mit ihnen, sie treiben auf den Topcat zu. Alice atmet auf. Zum Glück ist ihnen nichts passiert, die beiden waren auf der richtigen Seite, sonst hätte es fatal werden können. Sie haben sogar jeweils ein Tauende von der Innenseite zu fassen bekommen. Alice hofft inständig, dass die Sicherheitskenterleinen am vorderen Beam, mit denen man einen Katamaran nach dem Kentern aufrichten kann, fachgerecht befestigt sind. Als Shinji klagt, sich nicht länger halten zu können, versucht sie ihm zu erklären, dass er besser so lange wie möglich hier oben bleibt. Was, wenn er stürzt oder springt und sich an der herausstehenden Kielflosse verletzt? Er hätte keine Chance, gegen die Strömung zum Topcat zurückzugelangen. Alice fordert ihn auf, näher an sie heranzurutschen, wo er über der zwar aufgewühlten, aber zumindest unter ihnen kielfreien Wasserfläche schweben würde. Die andere Rumpfkufe ist jetzt vollständig im Wasser verschwunden. In diesem Moment stürzt Shinji ins Wasser, genau neben die seitlich auf der Wasseroberfläche liegende Kielflosse. Prustend, mit verdattertem Gesichtsausdruck, strampelt das Kind in der orangegrauen Schwimmweste zwischen den Wellen empor, wobei ihm immer neue Wogen kräftig ins Gesicht klatschen. Alice sieht, dass Shinji abtreibt und sich vom Topcat entfernt. Sie muss nicht groß nachdenken, springt ihm sofort hinterher. Nach ein paar kräftigen Schwimmstößen packt sie ihn unbeeindruckt von seinen unverständlichen, japanischen Schreien am Arm. Alice schreit lachend dagegen an, zwinkert ihm lustig zu, wackelt über den Wellen vergnügt mit ihrem Kopf und wirft den noch freien Arm in die Höhe, als bestünde keine wirkliche Gefahr, als riefe sie nur zum Spaß um Hilfe. Auf den verdutzt dreinblickenden Jungen wirkt das zunächst verwirrend, dann spielt er das Spiel mit, tut so, als hätte er keine Angst, tapfer bemüht, sich ebenfalls ein Grinsen abzuzwingen. Während die schmächtigen Malediver hinter ihnen verzweifelt versuchen, den Katamaran aufzurichten, lacht Shinji vergnügt und hebt ebenfalls seine Arme. Hauptsache, er wird nicht panisch, denkt Alice, als eine neue Woge über den Jungen drischt. Beängstigend schnell entfernen sie sich im maledivischen Drift von dem Katamaran, der, wie Alice mit Entsetzen wahrnimmt, inzwischen kopfüber gekippt ist. Wie ein zu kurzes Segel torkelt seine aufgerichtete Kielflosse auf den Wogen, die fuchtelnden Bootsjungen seitlich daneben. Den kriegen die nie wieder hoch, fürchtet Alice mit Grausen, während sie unentwegt weitere Grimassen schneidet, die Shinji übertrieben kopiert und zu ihr zurückwirft. Den Jungen fest am Handgelenk, späht sie nach Hilfe aus. Aber weit und breit ist kein Fischerboot, kein mit Touristen bestücktes Dhoni in Sicht. Über dem Meer liegt der dichte Grauschleier feinsprühender Gischt, und noch immer verdeckt die Insel die Sicht auf den Strand. Niemand sieht, niemand ahnt, was passiert ist, keiner wird ihnen zu Hilfe kommen, und die Strömung entfernt sie und das Kind weiter vom Katamaran. Alices einzige Sorge ist, das Kind bei Laune zu halten. Wenn Shinji panisch wird, muss sie ihn ohrfeigen. Daran mag sie nicht denken. Deshalb gebärdet sie sich wie ein Clown, schneidet gischtbeschäumte Fratzen, die beständig geschlagen und ausgepeitscht werden, von der Kraft immer härterer Wogen. Aber noch quiekt das Kind vor Vergnügen, und seine Beine bewegen sich ruhig. Denn auch darum sorgt sich Alice, für die sonst ein Tauchgang ohne Haie kein »richtiger« Tauchgang ist. Allzu heftige Beinbewegungen locken White- oder Black-Tip-Sharks an, die hastige Bewegungen zwangsläufig mit krankem Getier assoziieren und in der Annahme, Inadäquates entsorgen zu müssen, als zuverlässige Müllabfuhr des Meeres unweigerlich zuschnappen würden.

Unterdessen verfolgt Alice die Anstrengungen der beiden kleiner werdenden Malediver, denen es – kaum zu glauben und Alice begreift nicht einmal wie – inzwischen gelungen ist, die Kielflossen des Katamarans seitlich auf die Wasseroberfläche zurückzubefördern. Alice hofft inständig, dass sie sich auskennen und den Topcat wieder vollständig aufrichten können. Sie sorgt sich, ahnt, was es für die beiden bedeuten würde, zwei Touristen auf dem Gewissen zu haben. Selbst wenn sie überlebten, wären sie ihren Job los, die Einkommensquelle, von der eine ganze, weitab vom Touristengewimmel auf einer anderen Insel lebende Familie ernährt wird. Die Jungen, das weiß Alice, werden Unmögliches, ja Übermenschliches leisten, um das Boot auf Kiel unten zurückzubringen.

Im Sog immer höherer Wellen und stärker werdender Strömung kann Alice den Topcat kaum noch erkennen.

So weit vom Boot entfernt, verbietet sich Alice den Gedanken, mit dem Kind in eine der gefürchteten Strömungen zu geraten, für die die maledivischen Gewässer zwischen den Inseln berüchtigt sind. Sie konzentriert sich ausschließlich auf den ihr vertrauensvoll überantworteten japanischen Jungen. Ungeachtet dessen, ob der Junge sie versteht, greift sie nach einer, ihr unwahrscheinlich erscheinenden gedanklichen Krücke. Noch immer auf Englisch erklärt sie ihm:

»Du wirst es sehen, gleich kommen sie, ruck, zuck!, auf uns zugeschossen mit ihrem Katamaran.« Egal ob er sie versteht: Sie lacht ihn an, voller Zuversicht, als wolle, als könne sie ihn hypnotisieren. Auf seine immer ängstlicheren Schreie reagiert sie mit fortwährender Komik, mit kurzem, schrillen Lachen – ein jämmerlicher, ohnmächtiger Clown vor einem skeptischen Publikum.

Und endlich, es gleicht einem Wunder, glaubt Alice am Horizont einen weißen Fleck zu erkennen, genau in der Richtung, in der sie den Topcat vermutet. Er schält sich wie eine Leuchtfeuer aus dem Grau des über dem Meer hängenden, fast undurchdringlich gewordenen Gischtdunstes. Das ist doch ... – Alice starrt auf ein aufgerichtetes Großsegel und stößt einen Freudenschrei aus. Wieder schießt ihr Arm in die Höhe, mit Shinjis Arm aus dem Wasser heraus, diesmal ganz ohne Schauspielerei. Sie weist mit dem Kinn, mit dem Handgelenk, auf den Fleck, auf das Segel, als würde sie gerade das Schicksal beschwören. Beschleunigt durch Strömung und Wind, steuert der Katamaran in ihre Richtung, ohne dass die Bootsjungen ihre Köpfe zwischen den Wellen erkennen können, auch sie folgen bisher nur dem Drift. Als sie nahe genug sind, legt Alice ihre Schwimmweste ab, hebt sie so hoch sie kann in die Luft, den erschöpften Jungen jetzt noch fester im Griff. Die Bootsleute geben Zeichen, Alice legt die Schwimmweste wieder an. Der Katamaran rast auf sie zu.

Am Strand von Bolifushi verschwindet der Junge blitzschnell zwischen den Bungalows, ohne ihr auch nur noch zu winken.

Alice trifft die Familie erst wieder beim Abendessen, für das man die Tische mit farbigen Tischtüchern eingedeckt hat. Sie hat keine Ahnung, was der Junge erzählt haben mag. Das Familienoberhaupt, elegant gekleidet mit langer Hose, Krawatte und Sakko, als diniere er in einem Restaurant der Tokioter Oberklasse, tritt auf sie zu.

»Ist es wahr«, fragt er, »dass das Schiff gekentert ist?«

»Na ja«, beschwichtigt ihn Alice, »dank der beiden Bootsleute ging das Ganze noch glimpflich aus, aber wie ich Ihnen bereits sagte: Shinji ist erstaunlich agil, etwas zu sehr vielleicht. Er war nicht ganz unbeteiligt daran.«

Irritiert blickt der Japaner von ihr zu Shinji. Er verbeugt sich vor Alice und bittet sie, an den Tisch der Familie zu kommen, wo er den Damen mit ernster Miene etwas auf Japanisch mitteilt. Die Frauen senken ihre Augen auf die Tischdecke. Es folgt eine etwas schwerfällige Unterhaltung über Belanglosigkeiten, man vermeidet, den Vorfall noch einmal zu erwähnen.

Auf einmal, in eine Schweigepause hinein, sagt Shinjis Mutter: »Pumpelnigger!« Dabei lächelt sie.

Auf allen Gesichtern zeichnet sich erkennbare Erleichterung ab. Und als Alice ebenso unvermittelt erklärt: »Ich fliege in knapp zwei Monaten nach Tokio«, schlagen der betroffene Gesichtsausdruck und das diskrete Verhalten der Japaner zu ihrer Überraschung in freudige Erregung um. Als habe sich plötzlich ein Knoten gelöst. »Dann müssen Sie uns unbedingt anrufen, gleich nach Ihrer Ankunft, hier bitte, meine Visitenkarte«, sagt der Mann. Auch die Frauen kramen aufgeregt in ihren Handtaschen – auf einer liest Alice das Label Chanel, auf der anderen Hermès. Die Taschen tragen sie sogar hier im Strandrestaurant mit sich herum, wahrscheinlich zum Transport ihrer Visitenkarten und ihrer unvermeidlichen Kameras. Alice zeigt mit dem Finger darauf und fragt: »Wie heißt das auf Japanisch?«

»*Handobaggo-wa*«, antwortet die Ältere. »Handbag.«

»Ach so«, denkt Alice laut. So einfach ist also Japanisch?

»Ach so«, machen auch die beiden Japanerinnen. Ihre hohen Stimmchen produzieren ein piepsiges Lachen dabei. Aber noch wundert sich Alice nicht weiter darüber, dass man ihr das deutsche »Ach so« einfach so nachplappert.

Lächelnd nimmt sie nun auch noch die von Mutter und Tochter überreichten Visitenkarten entgegen, auf denen alles außer den Telefonnummern für sie unlesbar in *kanji*-Schrift steht.

»Bitte gleich uns anrufen, nach Ankunft, damit wir besser können planen«, erklärt die ältere der Japanerinnen eifrig, und Alice freut sich über diese neuerliche Aufforderung. Warum nicht, denkt sie. So hat sie in Tokio noch einen weiteren Kontakt, muss Frida und Jason nicht unentwegt zur Last fallen.

»Where is Pumpelnigger?«, erinnert die junge Frau Alice nun schon zum zweiten Mal an den Beginn ihrer Bekanntschaft.

Und wieder erweist sich für Alice die Völker verbindende Funktion von Pumpernickel.

»You're right, I should have taken it with me«, sagt sie schmunzelnd, »always! Pumpernickel is connecting people.«

TOKIO, 1978

Die Atemluft ist komprimiert, wie aus der Dose. Ihre Beine, ihr Nacken, ihr Rücken, alles ist steif. Einen Wald bräuchte sie nach diesem langen Flug, einen riesigen Wald, um stundenlang darin umherlaufen und Luft holen zu können.

Der Flughafen Narita ist erst vor Kurzem eröffnet worden. Seltsam, Alice kennt keinen anderen als Narita in Tokio. In Paris weiß sie von Orly und Charles de Gaulle, aber in Tokio? Narita, was sonst? Vielleicht hieß der alte ja auch schon so? Egal! Hauptsache, sie ist gelandet, müde, erschöpft, aber angekommen und Jason erwartet sie. Ein unglaubliches Gewühl, klimatisierte, eiskalte Luft, die wortlose Hektik stoisch dreinblickender, sich automatenhaft an ihr vorbeidrängelnder Reisender, eine olfaktorische Explosion von Schweiß, Parfum und muffigen Textilien und eine unaufhörliche Beschallung mit piepsigen Frauenstimmen durch die Lautsprecher – sie ist endlich in Japan! Dankbar für den Empfang und den Gepäcktransport lässt sie es geschehen, dass Jason ihr die Orientierung im Labyrinth des Flughafens abnimmt, etwas, das sie sich unter anderen Umständen verbeten hätte. Ebenso, dass er ohne Erklärungen den Weg durch die Flughafengarage zu seinem Wagen bestimmt. Schließlich soll sie später alleine zurückfinden. Sie ist zu müde, ihn danach zu fragen. Sie ist schnelles Gehen gewohnt, aber nun hat sie Mühe, Jasons Tempo zu folgen. Egal.

»Bis zum Zentrum von Tokio sind es gut sechzig Kilometer«, sagt er, während er ihr Gepäck in den Kofferraum lädt. »Frida ist wegen des Babys zu Hause geblieben.«

Danach eine schier endlose Fahrt auf der Autobahn. In Tokio-Stadt angekommen, quält Jason seinen Wagen durch die Schluchten von glitzernden Hochhäusern, Gebirgen aus Stahl, Glas und Beton, durch endlose Ketten nebeneinander fahrender Autos, vorbei an blinkenden Reklametafeln und großflächigen Werbefotos an Häuserseitenwänden, immer mit hellhäutigen, nordisch wirkenden Models in aufreizenden Posen. Und endlich ein Abzweig, heraus aus Bombastik, Autolärm, Gewühl und Gestank in eine ruhige Seitenstraße. Ab da wird es heiter und hell. Ein freundliches Villenwohnviertel, über dem eine milde Nachmittagssonne steht. Und darin, zwei Sträßchen weiter, eine Sackgasse, wo Jason Alice bittet, auszusteigen, weil er seinen Wagen in eine wie maßgeschneiderte Garage hineinfahren will.

»Zentimeterarbeit!«, staunt Alice, nachdem er sich aus dem Auto gezwängt hat.

Jason nickt. »Weihnachten kam aber auch schneller.«

»Weihnachten?«

»Na, bis ich das konnte, hast du gesehen, dass ich die Autotür beim Aussteigen gerade mal halb aufbekam?«

»Vielleicht, damit nicht noch gleichzeitig der Nikolaus einsteigt?«

Jason grinst. »Du greifst wohl jedes Thema gleich auf?«

Alice sieht sich um. Sie befinden sich in einer pieksauberen, sehr engen Gasse mit weiß gestrichenen einstöckigen Häusern. Vor jedem einzelnen ein winziger Vorgarten, wie sie ihn jetzt mit wenigen Schritten durchqueren. Darin ist gerade mal Platz für einen Kinderwagen, ein Fahrrad und ein Bonsai-Bäumchen. Das Ganze dennoch eingezäunt von einem weißen Holzgatter mit niedriger Gartentür.

»Was sagst du zu der Straße?«, fragt Frida Alice zur Begrüßung im Flur.

»Ziemlich eng, meinst du das?«

»Keine zwei Kinderwagen passen da aneinander vorbei!«, empört sich Frida.

»Dafür habt ihr es schön ruhig hier. Wo ist euer Baby?«

»Schläft.« Frida atmet tief durch.

»Dann bist du jetzt sicher erleichtert?«

»Kann man wohl sagen.«

Beim Auspacken der letzten drei Perry-Rhodan-Bände leuchten Jasons Augen. Alice hatte sich bei Frida nach einem Geschenk für ihn erkundigt. Allein wäre sie nie darauf gekommen: Jason ist ein veritabler Science-Fiction-Freak. Und dann endlich: der Genuss einer Dusche und frischer Kleidung.

Alice kommt in ein deutsch eingerichtetes Haus, mit deutschen Möbeln, Betten, Bildern, deutschem Geschirr und einem Baby-Laufstall mitten im Wohnzimmer. Auf dem Esstisch liegt eine Damasttischdecke, worauf ein deutsches Abendessen mit Scheibengraubrot, Butter, Aufschnitt, Radieschen in Rosenform und Tomaten mit einem Petersilienstrunk angerichtet ist. Eine *Frankfurter Allgemeine Zeitung* dekoriert eine der Tischecken. Zur Feier des Tages gibt es für jeden genau ein Glas Wein. Aber an diesem Abend empfindet Alice eine solche Gleichgültigkeit gegenüber all dem, was sie in Deutschland gelangweilt oder in die Flucht geschlagen hätte, dass es ihr leicht fällt, ein Gähnen zu

ALICE

unterdrücken. Bemüht, weder undankbar noch teilnahmslos zu erscheinen, zeigt sie sich erkenntlich für die empfangene Gastfreundschaft und an allem interessiert. Sie muss ja nicht lange hierbleiben.

Das Tischgespräch bestimmt Frida mit Themen wie Babynahrung und Babygewicht, Babykleidung und Babybedürfnissen, Jason mit Ergüssen über unverständige, dumme, lächerliche Japaner und Geschichten über seine bedauernswerte japanische Sekretärin, die als Frau in diesem Lande kaum Aufstiegschancen habe und zur Alkoholikerin geworden sei. Etwas das Alice interessiert. Die Frau würde sie gern einmal kennenlernen. Frida zieht den ganzen Abend über ein langes Gesicht. Alice beobachtet keine einzige Geste der Zärtlichkeit zwischen den Eheleuten.

Sie wird sich auf alles, was liebenswert an ihnen ist, konzentrieren. Sie ist nicht als Freundin und auch nicht als Paartherapeutin hierhergekommen.

»Kommst du mit Besorgungen machen?«, fragt Frida am nächsten Tag.

»Ja, gern. Darf ich nur kurz eine japanische Familie anrufen?«

»Natürlich nicht«, grinst Frida. »Aber mach bitte schnell.«

Die Schwarzbrotjapaner reagieren erkennbar erfreut auf ihren Anruf.

»Passt es Ihnen gleich morgen Vormittag um elf Uhr? Wir holen Sie ab, dort wo Sie wohnen. Wir werden Ihnen die Stadt zeigen«, schlägt Frau Fukuda vor.

»Wunderbar«, sagt Alice beglückt und erleichtert, »die U-Bahn-Station heißt …«

»Keine Sorge, unser Chauffeur kennt sich aus, bis morgen also.«

»Ja gut, danke und bis morgen!«

»Kommst du, Alice?« Frida schnallt Marc-Antoine im Babysitz fest. Es ist ein düsterer Tag, der nach einem heftigen

Platzregen sein Himmelsgrau über unzählige, aufgestaute Pfützen hängt, in die feiner Sprühregen nieselt.

Einkaufen. Was zu Hause für Alice ein zwar notwendiger, aber ungeliebter Zeitaufwand ist, bedeutet hier Zugang zum alltäglichen japanischen Leben, auf das Alice sich freut. Doch es regnet in Strömen und Fridas Interesse reduziert sich auf Besuche von gleich drei verschiedenen Supermärkten und Kaufhäusern nacheinander. Man kann sich über kaum etwas anderes als über Babyrückentragen, Babybefestigung im Kleinwagen und Windeleinkäufe mit ihr unterhalten. Immerhin bieten die Warenhäuser Alice eine eindrucksvolle Demonstration des großzügigen japanischen Plastiktütenkonsums.

Nach einem skeptischen Blick auf den Auffangbehälter unter einem Automaten am Ladeneingang, in dem sich längliche, durchsichtige, etwa einen halben Meter lange Plastiktüllen häufen, fragt sie nach dessen Funktion.

»Kondome«, sagt Frida lakonisch.

»Was!?«

»Die werden nach dem Verlassen des Supermarkts entsorgt.« Frida drückt auf einen Knopf, zieht eine Tülle aus dem Apparat und streift sie über ihren zusammengeklappten, noch träufelnden Regenschirm.

Alice lacht.

»Gegen die Feuchtigkeit«, erklärt Frida, »aus den fensterlosen Supermärkten oder Kaufhäusern kriegt man die sonst nicht mehr heraus.«

»Praktisch«, bestätigt Alice. Doch als Frida die Tülle nach dem Verlassen des ersten Kaufhauses wegwirft, sich vor dem zweiten eine neue herauszieht und zuletzt, vor einem Supermarkt, nach einem dritten »Kondom« greift, reagiert sie verwundert.

»Wieso behältst du die erste Tülle nicht einfach für alle weiteren Einkäufe?« Da schüttelt Frida energisch den Kopf.

»Das Kondom tropft doch«, sagt sie, »und ist feucht! So etwas benutzt man nicht zwei Mal! Das würde niemand hier machen, sieh dich mal um!«

Na dann.

Auf der Speisekarte im Kaufhausrestaurant schielt Frida hartnäckig nach annähernd europäischen Gerichten und entscheidet sich für Spaghetti. Während der Mahlzeit verteidigt sie vehement den immensen japanischen Plastiktütenverbrauch und Alice erinnert sich: In jeder Abteilung des Supermarktes wurden sämtliche bereits zellophanverpackten Lebensmittel ein weiteres Mal in Plastiktüten verstaut und pro Abteilung mit einem Gesamtpreisetikett versehen, bevor sich das in einer anderen Abteilung des Supermarktes wiederholte. An der Kasse wurden dann sämtliche doppelt verpackten Tüten abgerechnet und in eine weitere, sehr große Plastiktüte gesteckt. Zumindest könne man die Ware, hatte Alice protestiert, ohne die Riesentüten mitnehmen, was obendrein bequemer zu transportieren sei. Frida wehrte ab. Die Kassiererin sei verpflichtet, die Waren so einzupacken, jeder Japaner erwarte das. Verweigere Alice ein nochmaliges Verpacken, würde man ihr die Tüten gratis in die Hand drücken. Die Plastiktüten seien Bestandteil des Warenpreises und einkalkuliert, könnten folglich nicht herausgerechnet werden. Das Verkaufspersonal sei durch ein derartiges Ansinnen überfordert. So sei es zum Beispiel auch normal, dass man an japanischen Eisbuden maximal drei Kugeln Speiseeis, niemals aber vier Kugeln kaufen könne, was Frida mit der Unfähigkeit der Kioskverkäufer, einen vorgeschriebenen prozentualen Minderungsrabatt für mehr als drei Kugeln auszurechnen, begründet.

Geduldig erträgt Alice Fridas Klagen über das kostspielige Leben in Japan, wo japanische Babywindeln nicht nur viel teurer seien, sondern auch qualitativ nicht im entferntesten an deutsche Produkte heranreichten.

Sie fühlt sich schon fast wie ein Parasit, schiebt aber den Gedanken, in ein Hotel zu ziehen, beiseite. Ihre Gastgeber meinen es gut mit ihr. Sie wird sie nicht schockieren.

Und so lauscht sie auch weiterhin Fridas Klagen über das Fehlen von deutschen Kindergärten, mangelnde deutsche Nachbarschaftskontakte und in Tokio nicht zu bekommendes Schwarzbrot. Ohne jegliches Achselzucken.

Am Abend kommen Jasons leidige Pauschalabwertungen der Japaner hinzu.

Dann aber teilt er ihr mit, dass es seiner Sekretärin gelungen sei, für Alice ein Treffen mit einem gewissen Dr. Ohta, Oberarzt im Hiroshima-Rotkreuzhospital, zu arrangieren, wofür Alice ihm nicht genug danken kann. Der Mediziner habe sogar angeboten, Alice vom Bahnhof abzuholen, wobei ihr schleierhaft ist, wie der Mann sie oder sie ihn erkennen soll.

HIROSHIMA, 1946

»Ich ziehe zu Tante Else, auch sie ist verwitwet und braucht mich.«

»Ich kenne keine Tante Else«, antwortete der Vater barsch: »Wer soll das sein? Du wohnst bei uns und damit basta!«

Doch zum ersten Mal verweigerte Teresa ihrem Vater das, was Herbert sie gelehrt hatte, als unangemessenen Befehl wahrzunehmen. Tante Else, eine entfernte Verwandte von Herbert, hatte ihr nach dessen Tod mitfühlende Briefe geschrieben. Als Teresa ihr anvertraute, dass sie aus ihrer Schweriner Wohnung ausziehen müsse, sich jedoch auf keinen Fall erneut unter die Fittiche ihres Vaters zurückbegeben wolle, zeigte Tante Else nicht nur Verständnis, sondern reagierte mit einer spontanen Einladung.

Aber Teresa wollte aus Deutschland heraus. Nach allem, was sie durch ihre Gespräche mit Herbert gelernt hatte, gefiel es ihr in ihrer Heimat nicht mehr. Sie bewarb sich beim Internationalen Roten Kreuz, das selbst in der Zeit, als Deutschland in Trümmern lag, noch Hilfskräfte ins Ausland schickte. Da man über jeden Freiwilligen froh war, wurden geeignet erscheinende Bewerbungen ohne allzu komplizierte Verhandlungen positiv beschieden. Unter den teils apathischen, teils misstrauischen Musterungen abgerissen wirkender anderer Bewerber füllte Teresa, die sich in ihrem elegantesten Kostüm mit dazu passendem Hut dort vorstellte, sämtliche Unterlagen gleich vor Ort aus. So gekleidet war sie zuletzt zu ihrem Hochzeitstermin am Standesamt erschienen.

Teresas Familie lehnte ihre überstürzten Ausreisepläne ab: »Du bist ja verrückt, das schaffst du nie!«

»Ich weiß ja, dass Kiel völlig zerstört ist, aber auch anderswo gibt es viel Leid«, konterte sie schwach.

»Genau«, hatte der Vater geantwortet, »du kannst froh sein, dass du überhaupt einen Unterschlupf hast und hier bei uns wohnen kannst. An eine eigene Wohnung brauchst du nicht einmal zu denken.«

Sie zog vorübergehend zu Tante Else, aber dann überrumpelten sie die Nöte der Zeit. Nach nicht einmal einer Woche bot man ihr eine Stelle als Hilfskrankenschwester in Japan an. Im Sumpf der Argumente und Gegenargumente gefangen, fand Teresa aus dem Dilemma, ihre Flucht ausgerechnet nach Hiroshima anzutreten, nicht mehr rechtzeitig heraus. So nahm sie die Stelle – ohne groß nachzudenken – an. Sie wurde untersucht, geimpft und nur drei Wochen später teilte man ihr den Abfahrtstermin ihres Zuges nach Italien mit, von wo aus sie ein Passagierschiff durch den Suezkanal über das Rote Meer zunächst bis nach Aden bringen sollte.

Teresa schwirrte der Kopf. Müde, erschöpft und ausgelaugt, überreizt von Impressionen ihrer einmonatigen, schier endlos erscheinenden Schiffs-, Bahn- und Busreise, war sie nicht bereit, sich aufkommende Zweifel einzugestehen. Als sie Hiroshima klebrig, verstaubt und verschwitzt nach unzähligen verstörenden Eindrücken erreichte, hatte sie nicht mehr den ihr von der Ostsee vertrauten salzigen Geruch von Wind und Wellen in der Nase, sondern auch den von Erbrochenem, nach heftigen Stürmen, die das Schiff heimgesucht hatten, den der Küchendünste von Hammelfett und Soja und den Kotgeruch der ständig verschmutzten Bordtoiletten. Und sie hatte die verwirrenden und beschämenden Bilder elender menschlicher Kreaturen in den Häfen vor Augen. Aber sie trug auch die Erinnerung an den unendlichen, unfassbar bezaubernden, nächtlichen Baldachin der zum Greifen nah erscheinenden Sterne in sich, deren gleißendes Funkeln auf dem sich bis zum Horizont ausdehnenden, zeitweilig spiegelglatten Ozean.

TERESA

Teresa war Trümmerplätze, aufgerissene Straßen und Häuserruinen gewöhnt. Doch erst nachdem sie das Ausmaß der Verwüstung in den baumlosen Straßen von Hiroshima, die fliehenden Blicke der deprimierten, bis auf die Knochen abgemagerten, meist gebückt gehenden Menschen, die ihr nicht ins Gesicht sahen und deren Sprache sie nicht verstand, gesehen hatte, realisierte sie, worauf sie sich eingelassen hatte.

Der über den Städten wallende Schleier der Anonymität verdeckte die Angst der Unwissenden vor den Folgen atomarer Kontamination. Er erdrosselte die Betroffenen im Netz einer ihnen aufgezwungenen Scham. Die Blicke der Menschen glitten aneinander vorbei. Das Misstrauen verschnürte die Sehnsüchte, die Liebesbedürfnisse von ausgetrockneten Menschen, die wie aufgezogene Automaten umherliefen und nur noch funktionierten. Misstrauen hing in den Straßen der Stadt und nachts über den Schlafstätten wie ein unsichtbares Spinnennetz. Wo war die Geliebte während des *genbaku* gewesen, wo der überlebende Soldat? Die einen versteckten das peinliche Geheimnis, während der Explosion in Hiroshima gewesen zu sein, mit gesenkten Köpfen. Die vorsichtigen Blicke anderer kaschierten die Furcht vor einer unbeabsichtigten Kontamination. Über die tatsächlichen Gefahren atomarer Verstrahlung wusste niemand Bescheid.

Man hatte Teresa einen dünnen Futon zum Zudecken, zwei Laken und zwei winzige Handtücher ausgehändigt und sie zu einem Schlafsaal in einer Baracke geführt. Hier sollte sie, Bettgestell an Bettgestell, mit anderen Hilfskräften, deren Landessprache sie meist nicht verstand, in den nächsten zwei Jahren ihre kurzen Stunden der Ruhe verbringen.

Während ihrer Anreise hatte Teresa fast Tag und Nacht Englisch gelernt und sich fest vorgenommen, ihr Lernprogramm in Hiroshima fortzusetzen. Aber nach Dienstschluss war sie meistens so müde, dass ihr regelmäßig schon beim

Blättern in ihrem Englischlehrbuch die Augen zufielen. Dennoch lernte sie bei der Arbeit durch Nachfragen täglich dazu. Nach kurzer Zeit konnte sie sich, wenn auch grammatikalisch meist unkorrekt und holprig, mit Ärzten und Schwestern in für beide Seiten ausreichender, wenn auch nicht befriedigender Weise verständigen.

Die Erlebnisse an ihrem neuen Arbeitsplatz überstiegen Teresas bisherige Vorstellungskraft. Dem Horror der Welt verlieh sie, nun auch aus persönlicher Erfahrung, den Namen Hiroshima. Sie fragte sich nicht, ob sie das aushalten würde. Sie wusste, es gab für sie nun kein Zurück mehr.

Hiroshima wirkte auf sie wie eine Stadt des Todes. Fast täglich begegnete Teresa den in dicke weiße Overalls gehüllten Japanern mit ihren Geräten. Die Geigerzähler sollten das Vertrauen der Bevölkerung zu ihrer Stadt wiederherstellen. 1946 wurde offiziell bestätigt, dass zwanzig Prozent der Bevölkerung der siebtgrößten Stadt Japans dem Strahlungstod zum Opfer gefallen waren. Dabei blieb die Anzahl verstorbener Kriegsgefangener, hauptsächlich Chinesen und Koreaner, unberücksichtigt. Obwohl die Straßenbahnschienen auf Teilstrecken bereits neu verlegt waren, reichten die wenigen Züge nicht aus, um den Transport der vielen zum Wiederaufbau der Stadt benötigten Arbeitskräfte zu bewältigen. Bis auf die Knochen abgemagerte Menschen rieben sich zusammengepresst in überfüllten Straßenbahnen wie Ölsardinen in einer Büchse, hingen eng aneinandergeklammert in dicken Trauben an offenen Wagentüren und Fenstern der Waggons.

Wenn auf ihrem Fußweg zum Krankenhaus frühmorgens auf der Ladefläche Staub aufwirbelnder Lastwagen zusammengepfercht sitzende Arbeiter an ihr vorbeigekarrt wurden, senkte Teresa den Blick. Von in langen Schlangen hintereinander fahrenden Fahrzeugen stierten skelettartig dürre Männer mit leeren Blicken zu ihr herunter. Die erbärmlich aussehenden Asiaten wurden zum Arbeitseinsatz wie Vieh zur Schlachtbank transportiert. In Teresa beschwor das schreckliche Erinnerungen an Deutschland herauf.

Im Krankenhaus erkundigte sich Teresa bei der Oberschwester nach diesen Gefangenen.

»Das sind keine Gefangenen«, erklärte die Oberschwester, »es sind Tagelöhner. Einige Firmen haben sich auf den Arbeitskräftehandel spezialisiert. Es gibt Sammelstellen, wo sie für Hungerlöhne angeworben werden, eingekauft für den Wiederaufbau der Stadt. Diese Menschen haben die schwersten Arbeiten zu verrichten. Mit ihrer Hilfe wird die Infrastruktur unseres Landes erneuert. Aber wer will schon freiwillig so leben wie sie? Glauben Sie mir, Teresa, deren Einstellung wurde gewiss nicht ohne Gewaltanwendung organisiert.«

»Dass es das immer noch gibt«, antwortete Teresa empört, »ein Jahr nach Kriegsende!«

Den erstaunten Blick der Oberschwester fing sie nicht auf.

»Die meisten von ihnen wurden bereits in sehr jungem Alter aus Elternhäusern in ländlicher Umgebung herausgerissen und zwangsweise den Schrecken des Krieges ausgesetzt«, sagte sie. »Ich habe mehrere solche Neffen und weiß, wovon ich rede. Blutjunge Männer aus der Landbevölkerung, die man für den Kriegsdienst ihrer Unverdorbenheit und Jugend beraubt hat. Sie haben nie etwas anderes als den Krieg und dessen Grausamkeit kennengelernt.«

»Das muss sie innerlich furchtbar verändert haben.«

»So ist es. Inzwischen sind sie an weitaus Schlimmeres als das, was Sie jeden Morgen beobachten, gewöhnt.«

»Manche von ihnen sehen gar nicht wie Japaner aus«, sagte Teresa. Die Oberschwester lachte.

»Dass Sie den Unterschied schon herausgefunden haben! Viele von ihnen sind Koreaner oder zumindest koreanischer Abstammung, Arbeitskräfte, die das Land nun eigentlich verlassen könnten, um in ihre Heimat zurückzukehren.«

»Und warum tun sie das nicht?«

»Die Regierung hat strenge Ausfuhrbeschränkungen für mitgeführtes Bargeld erlassen, um ihre Rückkehr zu behindern. Die politische und wirtschaftliche Situation im unter amerikanischer Militärverwaltung stehenden Südkorea ist katastrophal. Wenn sie sich also in ihrer Heimat ohne ihr dafür angespartes Geld sowieso keine neue Existenz aufbauen können, macht es für sie keinen Sinn, überhaupt umzusiedeln.«

»Sie wirken so apathisch und desillusioniert«, äußerte Teresa mitfühlend, »wie aufgezogene Blechpuppen kommen sie mir vor.«

»Sie sind resigniert, hoffnungslos und innerlich zerbrochen«, erklärte die Schwester, »all diese Menschen gehören zu den neuen Armen Japans. Eines Tages, wenn sie erschöpft von der Arbeit, krank oder alt geworden sind, werden sie ohne jede Altersversorgung oder sonstige soziale Unterstützung auf dem Asphalt der Städte verkommen.«

Das Rotkreuzhospital war eines der wenigen Gebäude, das den Angriff einigermaßen überstanden hatte. Abgesehen von den umliegenden Militärkrankenhäusern, die mit Medikamenten und Personal besser ausgestattet waren, wurden die Kranken hier noch am besten versorgt. Aber für die kontaminierten Überlebenden der Atomkatastrophe gab es weder eine kostenfreie Versorgung noch auf ihre Leiden spezialisierte Abteilungen. Diese würden erst zehn Jahre nach Teresas Aufenthalt in Hiroshima eingerichtet werden.

Das Elektrizitätsnetz Hiroshimas war mittels provisorischer Überlandleitungen zu den meisten wichtigen Einrichtungen wieder aufgebaut. Zu allen offiziellen und wichtigen Institutionen bestanden wieder Telefonverbindungen. Dagegen war das gesamte Verkehrsnetz Hiroshimas noch immer zerstört oder in Mitleidenschaft gezogen. Man hatte behelfsmäßige Brücken errichtet, die erst nach und nach durch besser geplante ersetzt werden sollten. Noch immer gab es die notdürftig errichteten Krankenstationen vor Schreinen, Schulhöfen und in den Turnhallen. Die zur Verfügung stehenden Krankenstationen konnten die Vielzahl immer neuer Patienten nicht allein versorgen. Es gab zwar inzwischen genug Notstromgeneratoren und Tankwagen zur Wasserversorgung, aber noch immer mangelte es an ausreichendem und qualifiziertem Personal. Durch den Einsatz und die Unterstützung internationaler Hilfsorganisationen war zumindest eine provisorische medikamentöse Versorgung weitgehend sichergestellt. Doch viele Betroffene blieben den Krankenstationen fern oder konnten sie gar nicht erst aufsuchen. Dem Siechtum ausgesetzt zu sein, ihrer Bestimmung als Familienernährer nicht mehr nachkommen zu können, erfüllte viele der männlichen Hibakusha mit tiefer Beschämung. Manche flohen zu entfernter wohnenden Familienangehörigen. Dort duldete man sie zwar, setzte sie jedoch peinigenden Demütigungen aus. Meist waren finanzielle Gründe und mangelnde Information für die unzureichende ärztliche Versorgung verantwortlich.

Manchmal wurde Teresa vor dem Krankenhaus von japanischen Frauen abgefangen.

In der Hoffnung bei einer Ausländerin mehr Verständnis für ihre Situation zu finden, flehten sie sie an: »Können nicht Sie mir wenigstens helfen? Es wird bestimmt niemand erfahren. Es hilft mir sonst keiner hier, bitte, tun Sie es doch wenigstens!«

Viele der verzweifelten Frauen bemühten sich vergeblich, ihre Leibesfrucht durch einen diskret durchgeführten Abort loszuwerden, denn noch standen hohe Strafen darauf. Erst 1947, nachdem erschrockene Ärzte die Politiker mit Fotos oft monsterähnlicher, missgestalteter Wesen konfrontiert hatten, wurden Abtreibungen in manchen Fällen genehmigt. Die Verordnung besagte, dass Ausnahmen nur in staatlich genau überprüften Fällen bestätigter körperlicher Beeinträchtigung von Mutter oder Kind oder bei extremer sozialer oder wirtschaftlicher Notlage der Mutter durchgeführt werden dürften.

Teresa kam in ein ausgeblutetes, gedemütigtes, verwirrtes Nachkriegsjapan, das sich am Beginn eines totalen wirtschaftlichen und wertemäßigen Umbruchs befand. Der Staat machte sich kaum Gedanken um seine Fürsorgepflicht gegenüber den Strahlenopfern und überließ die Kranken weitgehend sich selbst.

Die Ärzte im Rotkreuzkrankenhaus arbeiteten fast bis zum Umfallen. Ungeachtet dessen stellten sie stets einen einfühlsamen, respektvollen Gesprächskontakt zu den Kranken her. Teresa bewunderte sie dafür und fügte sich wortlos ihren Anordnungen für das Krankenhauspersonal. Sie empfand schon ein Nicken der schweigsamen Ärzte als Anerkennung und fühlte sich für ihren Einsatz belohnt. Sie bemerkte, dass auch die Patienten, denen sie selbst sich zeitaufwendig zuwandte, ihre Aufopferung mit stummer Dankbarkeit quittierten.

Ein vierzehnstündiger Arbeitstag wurde bald auch für sie zur Gewohnheit. Erst spät in der Nacht reihte sie sich, manchmal taumelnd vor Erschöpfung, in die Schlange vor der Dusche ein. So kam es, dass sie nach kurzer Zeit ihre Kräfte schwinden fühlte. Wenn sie anfangs, kaum dass sie die Baracke erreicht, gegessen und geduscht hatte, fast schon im Stehen einzuschlafen glaubte, konnte sie später, aufgedreht und überreizt von den Eindrücken des Tages, oft keinen Schlaf mehr finden. Benommen und gleichzeitig hellwach starrte sie dann in den aus Eisenstangen und grauen Planen bestehenden Himmel über den Bettgestellen des Pflegepersonals.

In den Arbeitspausen, an ihrem freien Tag oder wenn sie wirklich einmal vor Einbruch der Dunkelheit aus dem Dienst kam, ging sie spazieren. Zwischen den trockenen, zerknitterten Seiten von Tageszeitungen, die sie nicht lesen konnte, presste sie Gräser und blühende Pflanzen, die sie zwischen Ruinen am Rande Hiroshimas entdeckt und gepflückt hatte. Nach wenigen Wochen hatte sie einen beträchtlichen Stapel unter ihrer Schlafstelle angehäuft, ein bescheidener, stetig verblassender Schatz filigraner, botanischer Kostbarkeiten, den sie vor dem Einschlafen zum Trost aufblätterte. Es gab nicht viel Schönes in dieser traurigen Stadt, das zu bewahren sich lohnte. Aber was glich dem Wunder, das die Natur der Zerstörung durch den Menschen bereits wieder an blühendem Leben entgegensetzte?

HALS ÜBER KOPF

Es geschah, als die Kommission der ABCC zum ersten Mal im Krankenhaus eintraf. Unverkennbar herrschte an diesem Tag im Sekretariat, der Aufnahmestation und selbst unter den sonst so beherrscht und gelassen auftretenden Ärzten eine auffällige Hektik und Nervosität. Der von der Kommission ausgehende Druck übertrug sich auf die Ärzteschaft und von dieser auf Teresas Vorgesetzte. In Gegenwart eines Kommissionsmitglieds fuhr einer der Mediziner Teresa an: »Wo sind die von Ihnen auszufüllenden Formulare für die Buchhaltung? Habe ich Sie und Schwester Matsuo nicht mehrfach angewiesen, dass ambulante Leistungen den Hibakusha in Rechnung gestellt werden müssen?«

Das Gegenteil war der Fall gewesen. Teresa wusste es genau. Zuvor hatte dieser Arzt die Oberschwester in ihrer Gegenwart und somit auch sie ausdrücklich ermahnt, bestimmte bei Hibakusha erbrachte Leistungen nicht an die Abrechnungsabteilung weiterzugeben. Demnach verstießen die Krankenhausärzte bisher zugunsten mancher Patienten bewusst gegen bestehende behördliche Vorschriften. Teresa verstand. Voller Respekt blickte sie zu dem Arzt auf, verbeugte sich wie eine Japanerin vor ihm und entschuldigte sich für ihr »Versehen«.

Die Leute der ABCC waren hauptsächlich abgesandt worden, um eine Untersuchung der Opfer von Hiroshima durchzuführen. Dafür hatte man ihnen eigene Räume zur Verfügung gestellt, selbst ein OP wurde leergeräumt, was bedeutete, dass noch weniger der dringend notwendigen Operationen durchgeführt werden konnten. Überall wimmelte es plötzlich von unbekannten, auch ausländischen Ärzten. Die weiblichen Patienten standen trübselig in nicht enden wollenden Schlangen vor den Untersuchungsräumen.

»Schwester«, rief eine Frau, aus deren Rückentuch ein Säugling mit einem riesigen Kopf hervorlugte, »wie lange dauert das hier noch? Meine Kinder warten zu Hause auf mich. Wir sind doch schon so oft untersucht worden.«

Die resigniert wirkenden, aber durch den Kriegsdrill disziplinierten Männer ertrugen die langen Wartezeiten stoisch, ohne zu murren. Sie schienen die ihnen verordnete Ruhepause vom erschöpfenden Arbeitsdienst zu genießen. Manche witzelten und lachten sogar miteinander. Doch waren es ausnahmslos ausgemergelte, traurige Gestalten. Viele von ihnen trugen behelfsmäßige Krücken, wiesen schwere Verstümmelungen auf. Es fehlte ein Fuß, ein Arm, ein Bein, aber sie lachten. Nur eine Person trat für Teresa in den Vordergrund, unterschied sich von den Männern seiner Altersgruppe nicht nur durch die alle anderen Japaner überragende Körpergröße.

Unwillkürlich blieb sie stehen. Er stand in der Schlange und las in einem Buch. Aber nicht nur seine traurigen Augen und seine Physiognomie beeindruckten sie. Es hatte etwas mit seiner Haltung, einer besonderen Ausstrahlung, der abgeschiedenen Ernsthaftigkeit, mit der er in das Buch vertieft war, zu tun. Sie ging um die Menschenschlange herum auf die andere Seite, um ihn näher betrachten zu können. Sie bemerkte seine sensiblen, feingliedrigen Hände, deren lange, matt schimmernde Finger auf dem Buchrücken lagen. Ungewöhnlich für die Zeit der Nachkriegsjahre in Japan trug er sein Haar schulterlang. Tiefschwarz und glattglänzend umrahmte es die feinen Züge seines ernsthaften, blassen Gesichts. Fasziniert von diesem großwüchsigen Japaner tat Teresa, als müsse sie an einem Rollschrank in seiner Nähe Ordnung schaffen, und musterte ihn von der Seite. Seine von auffällig langen Wimpern umrahmten Augen waren auf die Seiten des Buches gesenkt. Hinter vorgetäuschter Geschäftigkeit versteckt betrachtete Teresa ihn, bis sie verwundert feststellte, dass sie bei seinem Anblick Herzklopfen bekam. So etwas war ihr nicht einmal bei Herbert passiert. Verwirrt und beschämt hastete sie bis ans andere Ende des Flurs, als wolle sie vor ihren aufflammenden Gefühlen davonlaufen. Als sie zum zweiten Mal an ihm vorbeikam, trafen sich ihre Blicke und hielten sich einen kurzen Moment aneinander fest. Teresa hätte gern seine Stimme gehört. Sie wollte ihn schon nach der Uhrzeit fragen, da sprach er sie unerwartet auf Englisch an.

»Können Sie mir sagen«, fragte er, »wo hier die Waschräume sind?« Teresa schluckte. Ihr war, als habe sie gerade eine Walnuss verschluckt. Sie fürchtete, ihre Stimme würde sich entweder überschlagen oder heiser, wie bei einem Betrunkenen klingen.

»Soll ich Sie hinführen?«, fragte sie, »möchten Sie, dass ich sie Ihnen zeige?«

»Oh, danke, gern«, antwortete er, »das wäre schön.« Auf dem Weg dorthin schritt sie stumm neben ihm her, atmete seinen Geruch ein, so tief, als wolle sie ihn für immer in sich bewahren. Dabei ahnte sie seinen auf ihr liegenden aufmerksamen Blick, spürte, dass er ihr Profil musterte. Sie fühlte sich von seinen Augen wie in Seidenpapier eingehüllt.

»Ich hoffe«, sagte er, als sie die Waschräume erreichten, »ich werde Sie noch einmal wiedersehen.« Eine Stimme, dachte Teresa, mit der man sich zudecken möchte. So sanft und warm, wie wenn man unter ein Federbett schlüpft.

»Ja ... vielleicht ... später«, stotterte sie. Die Unsicherheit in ihrer Stimme verstörte sie und sie ärgerte sich über ihr

Zittern, als sie seine Fragen nach ihrem Namen und ihren Dienstzeiten beantwortete. Bevor er die Tür hinter sich ins Schloss fallen ließ, bedankte er sich ein weiteres Mal bei ihr. Doch obwohl Teresa noch mehrfach in der Schlange nach ihm spähte, begegnete sie ihm an jenem Tag nicht wieder.

Ihr Herz hüpfte immer noch, als sie zurück in das Schwesternzimmer kam. Dort vertrieb ein aufgeregtes Gespräch zweier Stationsärzte Teresas Höhenflug. Aufgeschreckt durch die ungewohnt harschen Laute und beunruhigt durch die angespannte Mimik der Ärzte, wandte sich Teresa flüsternd an eine Oberschwester.

»Worüber ärgern sich Hashimoto-san und Kurasaki-san so sehr, dass sie sich streiten?«

»Sie streiten sich nicht. Sie sind wütend auf die Kommission.«

»Worüber regen sie sich denn so auf?«

»Über die Methode, mit der die Strahlendosis gemessen wird.«

»Es klang so, als schimpften sie miteinander.«

»Nein, Teresa, sie sind nur anderer Meinung als die Kommission, die nicht einmal davor zurückschreckt, unsere Ärzte gegeneinander auszuspielen.«

Teresa machte große Augen.

»Und ich dachte, das sei typisch für Nazideutschland«, bekannte sie erstaunt. Von Japanern hätte sie das nicht erwartet. Nun war ihre Neugier geweckt.

»Was werfen die Ärzte der Kommission denn vor?«

»Dass mit angeblich wissenschaftlichen Methoden Ergebnisse verfälscht und verzerrt werden sollen durch von vornherein falsche Erhebungen.«

Teresa, die keine Ahnung von Statistik hatte, fragte nicht weiter nach. Sie fürchtete, es ohnehin nicht verstehen zu können. Kurz darauf lauschte sie einem Dialog in englischer Sprache zwischen einem ihrer japanischen Lieblingsärzte und einem französischen Assistenzarzt. Vermutlich war der

Franzose, wie sie selbst auch, durch einen Internationalen Hilfsdienst hierhergekommen. Sein Englisch klang merkwürdig und war schwer zu verstehen. An den Akzent von Englisch sprechenden Japanern hatte sich Teresa inzwischen gewöhnt. Aber sowohl der Japaner als auch der Franzose sprachen so langsam, dass Teresa ihr Gespräch beinahe vollständig verstand.

»Einerseits möchte ich unsere Vorschriften befolgen«, sagte der Japaner, »andererseits stehen dahinter Bürokraten, die von nichts eine Ahnung haben.«

Er klang verbittert und wirkte niedergeschlagen.

»... keine Frage. Es steht zu befürchten, dass die Patienten in den Kontrollgruppen ebenfalls gewissen Strahlungen ausgesetzt waren«, sagte der Franzose. »Die willkürliche Auswahl der Untersuchungs- und Kontrollgruppen wird das Ergebnis verfälschen.«

»Genau. Es ist beschämend, dass vermutete oder so genannte Niedrigbestrahlte gar nicht erst in die Stichprobe aufgenommen werden sollen.«

»Für deren Spätfolgen wird uns eines Tages der Etat fehlen, das steht mal fest. Nicht nur, dass es die jetzt nicht erfassten Betroffenen schädigt, es fällt auch auf uns zurück, denn in einigen Jahren werden wir es sein, die diese verfälschten Ergebnisse zu vertreten haben«, hörte sie den japanischen Arzt schimpfen, »weil die Spätfolgen bei den Niedrigbestrahlten statistisch nicht erfasst und deshalb nicht verfolgt werden können.«

»Wie erklären Sie sich die Tatsache, dass Ihre Regierung vermeidet, die tatsächlichen Sachverhalte zu dokumentieren?«, fragte der Franzose.

»Das, glauben Sie mir, fragen wir uns hier alle!« Der Japaner schnaubte, er hatte sich regelrecht in Rage geredet. Theresa hatte ihn noch nie so erlebt. Er war erbost, hatte sichtliche Probleme, das Gespräch weiterzuführen und wandte sich ab, doch der Franzose ließ nicht locker.

»Also haben die ihre Gründe, die exakte Anzahl der Opfer nicht bekannt zu geben ...?«

Der Japaner sah sich um. Leiser als vorher sagte er: »So scheint es. Besonders fragwürdig wird das Ergebnis der Untersuchung, wenn Sie an die unterschiedlich lange Latenzzeit bei verschiedenen Krebskrankheiten denken, manche Tumore werden erst viele Jahre nach der Bestrahlung auftreten, für uns ätiologisch eindeutig, aber was sollen wir diesen Leuten sagen? Wer kommt dann für deren Behandlung auf?«

»Da haben Sie ein Problem.« Der Franzose steckte die Hände in seine Kitteltasche. »Aber was wollen Sie machen? Aus unerfindlichen Gründen soll die Weltöffentlichkeit anscheinend nicht erfahren, wie verheerend die Wirkung der Atombomben wirklich war. Die Leidtragenden sind die Patienten. Ich frage mich wirklich, weshalb keine unabhängige Kommission eingesetzt wurde.«

»Eine weitere Frage, die wir alle hier uns stellen.«

»Ich habe vorher im Elsass gearbeitet«, sagte der Franzose. »Dort lernte ich ein deutsches Sprichwort: ›Wes Brot ich ess, des Lied ich sing ...‹«

Er zitierte es in einem trillernden Deutsch, versuchte, es dem Japaner mehr schlecht als recht ins Englische zu übersetzen. Teresa verkniff sich ein Lächeln. Es war das erste Mal, seit sie in Hiroshima war, dass sie jemanden Deutsch sprechen hörte. Seltsam ausgesprochen, aber es war immerhin Deutsch. Das versteht der Japaner selbst sinngemäß nicht, dachte sie, denn er verzog keine Miene. Doch seine Antwort bewies, dass er den Sinn dieses Sprichwortes sehr wohl verstanden hatte. Er antwortete mit finsterer Miene: »Genauso wird es auch in diesem Fall sein. Durch eine vorgeschriebene Unvollständigkeit des Untersuchungsaufbaus werden unsere Ergebnisse gezielt manipuliert, und wir alle werden zum Mitspielen gezwungen.«

Teresa verstand, dass auf Anordnung der japanischen Regierung offenbar bestimmte Patientengruppen benachteiligt werden sollten. Es bedrückte sie, ihre engagierten Vorgesetzten so verbittert zu sehen. Dann fiel ihr der Japaner aus der Warteschlange wieder ein und erneut hüpfte plötzlich ihr Herz. Noch dazu lösten die gerade gehörten acht deutschen Worte ein wunderbar leichtes Gefühl in ihr aus. Ein Stück Heimat rückte in ihre Nähe. Wes Brot ich ess ... – tat sie das denn nicht auch? Voller Stolz stellte sie fest, dass sie innerlich ganz auf der Seite der japanischen Ärzte stand.

Spätabends, auf dem Rückweg in die Schlafbaracke und auch noch vor dem Einschlafen, dachte sie an den großwüchsigen Japaner mit dem Buch. Was für ein wunderschöner Mensch! Sie erinnerte sich an die Art, wie er sie angesehen hatte und auf sie einging, an seine glatte, olivfarben scheinende Gesichtshaut, an die Form seiner traurig blickenden Augen und an seine Hände. Seit der Lektüre eines Kurzgeschichtenbandes von Stefan Zweig achtete sie bei Männern besonders auf den Ausdruck ihrer Hände. Teresa war sich sicher: Selten hatte ein Mann sie auf Anhieb so angerührt und seltsam erregt wie dieser Patient. Er hatte Englisch mit ihr gesprochen, wirkte gebildet und war der attraktivste Japaner, den sie jemals gesehen hatte.

Am nächsten Tag stand genau dieser Mann vor dem Eingang des Hospitals.

GESCHENKE

Alice freute sich darüber, zu der japanischen Familie Kontakt aufgenommen zu haben. So war sie nicht ausschließlich von ihren Gastgebern abhängig. Der Aufforderung der Fukudas, sie anzurufen, war sie gerne und arglos gefolgt, ohne zu ahnen, was das auf den Malediven verabreichte Nahrungsmittel bei seinen Empfängern in Gang gesetzt hatte. Honi soit qui mal y pense, sie tat es unvorbereitet, spontan, ohne die geringsten, daraus möglicherweise resultierenden Komplikationen auch nur in Erwägung zu ziehen.

Doch am Abend des darauf folgenden Tages schreibt Alice in ihr Tagebuch: *Ich habe die Schwarzbrotauswirkung gehörig unterschätzt, wahrscheinlich wissen Leute wie die Fukudas aufwendige kulinarische Genüsse wie Pumpernickel nur paradox zu beantworten.*

Das Miettaxi der Damen Fukuda hielt pünktlich vor dem Hauseingang von Alices Gastgebern, dessen Fenster Frida, mit Marc-Antoine auf dem Arm, bereits eine Viertelstunde lang schon voller Spannung im Auge behielt. Entschlossen, sich über »Alices Japaner« einen zuverlässigen, ihr augenscheinlich zustehenden Eindruck zu bilden, trat sie vor das Gartentor, um die Fukudas hereinzubitten. »Möchten Sie ein Erfrischungsgetränk? Oder vielleicht eine Tasse Kaffee?«

Frau Fukuda junior stieg gar nicht erst aus und ihre Mutter lehnte es entschieden ab, auch nur den Flur des Reihenhauses zu betreten: »Sie müssen es mir nachsehen, es geht wirklich nicht. Wir haben ein straffes Programm für Frau Amberg organisiert.«

Tatsächlich erschöpfte sich die Stadtführung der Fukudas nicht nach der Besichtigung des Tokio-Towers, von dessen Spitze Alice an diesem leuchtenden Herbsttag nicht nur den Hafen von Tokio und die im Sonnenlicht glänzende weiße Kuppe des fernen Fuji sehen konnte. Sie freute sich auch über die farbigen Wiesen auf den umliegenden Hochhäusern.

»Blütenteppiche auf den Dächern«, begeisterte sie sich, »gelb und weiß, welch wunderbare Idee!«

»Blüten? Wo sehen Sie Blüten?« Verdutzt suchten die Damen Fukuda die unter ihnen liegenden Hausdächer ab. Am Ende hatten sie keine Wahl. Entgegen dem japanischen Brauch, Gästen niemals zu widersprechen, sahen sie sich gezwungen, Alice eines Besseren zu belehren. Die weißen und gelben »Blüten« waren nichts anderes als verstreut herumliegende Golfbälle auf grünem Kunstrasen. Statt von Blumenwiesen hatte sich Alice von Golfplätzen hinreißen lassen.

»Nicht ganz so toll«, bemerkte Frau Fukuda mit dezent erhobenem Kinn, »aus Platzmangel spielen sie hier in Tokio auf den Dächern. Dort, wo wir wohnen, befindet sich der schönste Golfplatz Japans, da werden internationale Golf-Meisterschaften ausgetragen.«

An der Exklusivität der Wohngegend der Fukudas zweifelte Alice nicht. Und zwar nicht erst nach deren Führung durch die Imperial Gallery, eine Luxuseinkaufspassage gegenüber dem Kaiserpalast, die ihr im Anschluss an eine Außenbesichtigung des Kokyo, des Wohnsitzes der kaiserlichen Familie, geboten wurde.

»Bis auf sehr seltene Ausnahmetage ist der Garten des Kokyo für den Publikumsverkehr geschlossen«, entschuldigte sich Frau Fukuda, »aber mein Mann hat bei Bedarf täglichen Zugang zum Palast. Als ärztlicher Spezialist betreut er unter anderem auch Mitglieder der kaiserlichen Familie.«

Die Passage schien wie vom privilegierten Tokioter Geldadel gesponsert, als wolle der erlesene Kundenstamm exklusiver Juweliere und Pelzhändler hier, im Schatten des Imperial Palace, unter sich sein. Lag es vielleicht an der Mittagszeit, dass so wenige Leute diese Geschäfte besuchten?

Auch die Damen Fukuda steuerten, vorbei an den Luxusauslagen der exquisiten Läden, zielstrebig ein Geschäft an, dessen Interieur Alice mehr an eine Kunstgalerie denn an eine Speisegaststätte denken ließ. Die Chill-out-Atmosphäre, aufwendige Wanddekorationen und weit voneinander entfernt, hinter Wandschirmen stehende Tische, unterstrichen noch diesen Eindruck. Auf diese Weise müssen gewichtige Geschäftsverhandlungen mit folgenschweren Konsequenzen hier nicht im Flüsterton abgehalten werden, war Alices Erklärung für so viel Luxus.

Ein sehr feiner, köstlicher Essensduft umschmeichelte die Gaumen der drei Frauen schon beim Betreten des Restaurants.

»Wir möchten Sie zu einem *kaiséki* einladen«, sagte Frau Fukuda. »Das ist eine japanische Tradition, ein sehr festliches Menü.«

Aaaha! Die Antwort der Fukudas auf eine deutsche Pumpernickel-Spezialität war ein *kaiséki*. Ohne zuerst eine Speisekarte präsentiert zu haben, servierte eine zarte, kimonobekleidete Japanerin, die sich wie eine Geisha gebärdete, nacheinander diverse Gerichte auf ausgewähltem Geschirr von erlesener Qualität – nachahmenswert dekorierte, hohe japanische Kochkunst. Zu Alices Verführung entschwebten den von einem japanischen Meisterkoch kreierten gastronomischen Wunderwerken geradezu himmlische Aromen. Schweigend und bedächtig, mit kleinen Bissen, verzehrten die beiden Damen die jeweils winzigen Portionen, wobei sie Alice, die sich bemühte, es ihnen gleichzutun, immer wieder freundliche Blicke zuwarfen. Obwohl Alice die Handhabung der Essstäbchen in Deutschland geübt hatte, wollte es damit aber noch immer nicht so richtig klappen.

»Man klemmt sie von der Handinnenseite zwischen Mittelfinger und Zeigefinger«, lehrte Frau Fukuda, indem sie es langsam vormachte, »und hält sie von unten mit dem Daumen fest.« Auf einmal fiel es Alice ganz leicht.

Als zum Abschluss der schaumig geschlagene grüne Tee serviert wurde, fragte Alice: »Zu welchen Anlässen wird ein *kaiséki* normalerweise serviert?«

»Es sind immer besondere Anlässe. Verlobungen, Hochzeiten oder Ähnliches. Hat es Ihnen geschmeckt?«

»Es war exquisit. Ich wage nicht, Sie nach dem besonderen Anlass zu fragen, den ich das Vergnügen hatte, heute mit Ihnen gemeinsam zu feiern.« Eine gestelzte Ausdrucksweise erschien Alice mindestens angemessen für eine solche ihr erwiesene Ehre.

»Der Grund war, Ihnen hier bei uns wiederzubegegnen, Frau *Ambelg*, wir haben uns sehr darüber gefreut.«

Fremde Welt! Es soll ja auch Lottogewinner geben, flachste Alice im Stillen. Durch ihren Selbstkommentar fürs Erste beruhigt, bedankte sie sich ergeben bei ihren Gönnerinnen.

Was sie zu diesem Zeitpunkt nicht ahnte, war, dass die drei Scheiben Pumpernickel damit noch lange nicht abgegolten waren.

Von Verbeugungen der in einer Riege vor ihnen aufgebauten Restaurantangestellten umschmeichelt, traten die Damen Fukuda, mit Alice immer im Schlepptau, kurz darauf in die Passage zurück, und Frau Fukuda steuerte zielbewusst einen der nahe gelegenen Juwelierläden an, dessen Inhaber sie zu erkennen schien. Er begrüßte sie strahlend mit mehreren Verbeugungen und präsentierte ihr kurz darauf unaufgefordert eine Schale mit schimmernden Perlen.

Frau Fukuda betastete einzelne der Perlen mit zwei Fingern, hob einige davon auf, hielt sie ans Licht und prüfte sie eingehend.

So, wie es Alice mit dem Pumpernickel getan hatte, ließ Frau Fukuda Alice die Perlen in der mit dunkelblauem Samt ausgeschlagenen Schale bestaunen.

»Echte Akoya-Salzwasserperlen, Stück für Stück persönlich vom Juwelier ausgesucht.«

Alice vermutete, dass sie die zuvor bestellten Perlen bei dieser Gelegenheit nun abholen wollte. Sie nickte dem Inhaber bejahend zu und reichte das Schälchen an ihn zurück. Er übergab es einer hinter ihm stehenden Angestellten, die sich sogleich daranmachte, die kostbaren Kleinode auf Seidenfäden zu knoten. Danach ließ sie die fertige Kette in ein seidengefüttertes Kästchen gleiten, verpackte es dekorativ und bat Frau Fukuda mit einer Verbeugung, es entgegenzunehmen.

Diese bedankte oder verbeugte sich nicht vor ihr, sondern drückte es mit einer sehr schnellen Geste Alice in die Hand.

»Für Sie!«

Die völlig überrumpelte Alice wusste, was es enthielt. Eine Kette aus fein rosa bis zartgrün schimmernden, echten Perlen, erstanden bei einem der teuersten Juweliere Tokios.

Aber das ging Alice entschieden zu weit, auf keinen Fall würde sie ein solches Geschenk annehmen. »Nein, bitte, nein, wirklich!« Sie streckte die Arme aus, um es Frau Fukuda zurückzugeben, doch die wandte sich ab und verhinderte eine Rückgabe durch mehrfache abwehrende Handbewegungen.

Alice fühlte sich überrumpelt. Was sollte das alles? Wollte man sie beschämen? Warum taten die beiden das? Und wie verhält man sich in so einer Situation? Aufmerksam taxierte Alice ein weiteres Mal ihre Gönnerinnen, die zweifellos nicht unter finanzieller Not litten, es mussten andere Sorgen sein, die auf ihnen lasteten. Unschlüssig sah Alice von der einen zur anderen, mit dem Geschenk in den Händen. Die Angelegenheit wurde immer peinlicher, der Ladeninhaber senkte den Blick, die Angestellte drehte ihnen den Rücken zu und hantierte geschäftig an einer Vitrine herum.

Bedanke ich mich, dachte Alice, kann es als Akzeptanz des Geschenks missverstanden werden und die Möglichkeit einer späteren Rückgabe verhindern. Reagierte sie nicht, wäre es mehr als nur unhöflich. Grundgütiger, was erwartete man von ihr, was bedeutete ein solches Verhalten? Am Ende entschied sie sich, das Gebot der Höflichkeit zu befolgen, was blieb ihr anderes übrig? Sie entschloss sich zu einem ergebenen »Danke schön«, das obsolete, in Deutschland allzeit und überpräsente »Das wär doch nicht nötig gewesen« verkniff sie sich mit angespannt lächelnder Miene. Es muss mit Shinji zu tun haben, fiel ihr ein. Sie hatte den Vorfall vergessen. Was wäre passiert, wenn das Kind ohne sie abgetrieben wäre, damals auf den Malediven?

Es ging weiter. Im Taxi durchquerten sie verschiedene Stadtviertel, in ihrer städtebaulichen Unterschiedlichkeit faszinierend, aber auch frappierend was die Übereinstimmung der Schaufensterauslagen mit denen europäischer Großstädte betraf. Seltsam, dachte Alice, wie die Welt immer kleiner und gleicher wird. Als sie auf die die Uhr sah, war es kurz vor fünf.

»Und was machen Sie morgen?«, fragte Frau Fukuda in der Lobby des eleganten Hotelcafés, in dem sie Kaffee getrunken und europäisch anmutende Patisserien genossen hatten.

Alice zuckte zusammen. Sollte sie vorsichtshalber etwas erfinden? »Gut«, bestimmte Frau Fukuda, als Alice nicht sofort antwortete, »heute haben Sie kaum etwas von Tokio gesehen. Gehen Sie gern in Museen oder in Kunstausstellungen?«

»Sehr gern, aber bitte, Sie müssen sich nicht meinetwegen ...«

»Wir gehen sowieso hin! Dann erwarten wir Sie also morgen wieder um elf Uhr bei Ihnen vor der Tür!«

»Aber wir können uns doch auch vor dem Museum treffen? Ich kann doch mit der Bahn ...«

»Kommt überhaupt nicht infrage, wir holen Sie ab. Stört es Sie, wenn unser kleiner Junge, Shinji, Chiekos Sohn, dabei ist?«

Alice war fest entschlossen, sich nach dem Museumsbesuch mit einer Einladung zum Mittagessen zu revanchieren.

»Ganz und gar nicht.«

Zu Alices Erleichterung brachten sie das Kind am nächsten Tag aber dann doch nicht mit. In Gedanken hatte sie Shinji in der Galerie schon mit Farbtöpfen herumspritzen sehen. Aber als Alice nach dem Besuch einer Kunstgalerie – die Fukudas hatten eine Einladung zur Vernissage eines japanischen Künstlers – und einer weiteren Stadtrundfahrt, nach dem gemeinsamen Mittagessen – wo anders als in einem Edellokal? – einen Toilettenbesuch vortäuschte, um einer weiteren Einladung zuvorzukommen, scheiterte ihr Versuch einer vorzeitigen Rechnungsbegleichung. Es existiere keine offene Rechnung, bedeutete ihr die Bedienung unmissverständlich, sie sei hier als Gast der Familie Fukuda. Das veranlasste Alice, ihr Problem offen anzusprechen.

»Bitte«, sagte sie, »was muss ich tun, um Sie wenigstens zum Tee einladen zu dürfen?«

»Nichts«, bekam sie zur Antwort, »Sie können nichts tun. Es ist alles bereits beglichen.«

Und so wurde auch der Nachmittagstee ohne Alices finanzielle Beteiligung eingenommen. Aber anders als am Vortag suchte Chieko jetzt häufiger Alices Blick, und nachdem Frau Fukuda vorgab, einige Besorgungen machen zu müssen, sagte Chieko in fast akzentfreiem Deutsch: »Es ist lange her, dass ich in Deutschland war.«

Alice starrte sie an.

»Und das sagen Sie mir erst jetzt? Ihre Familie erinnert mich an ein Füllhorn, das laufend Schätze über mir ausschüttet.«

Chieko senkte den Kopf. Doch Alice bemerkte die Spur eines Lächelns.

»Wann und wie lange waren Sie dort?«, fragte Alice.

»Ich wohnte zwei Jahre in Warendorf. Vor meiner Eheschließung. Damals gehörte ich zur japanischen Olympiamannschaft und bereitete mich auf Springturniere vor.«

»Wow! Dann reiten Sie sicher täglich und bestimmt haben Sie eigene Pferde!« Es war mehr eine Feststellung als eine Frage.

Die Antwort kam zögerlich. »Na ja ...«

Chieko war keine Schönheit. Vor Alice saß eine traurige junge Frau. Sie hatte ein fliehendes Kinn, müde, erloschene Augen und frühzeitig eingefallene Wangen. Dabei war sie noch so jung. Alice fragte sich, was sie durchlitten haben mochte.

»Nicht mehr offiziell in der Mannschaft, aber regelmäßig bei uns draußen, außerhalb der Stadt. Seit ich verheiratet war und das Kind habe ...«

War?, fragte sich Alice. In Japan gleicht dies für eine so junge Frau einer Tragödie, erst recht wenn sie noch ein Kind hat. Das wusste Alice von Jason.

Später, nebeneinander im Fond des Wagens, taute Chieko noch mehr auf. Als befürchte sie, eine unwiederholbare Chance zu verpassen, vertraute sie Alice nach und nach ihre Leidensgeschichte an. Auf Deutsch, einer Sprache, von der Alice überzeugt war, dass Chiekos Mutter, die starr geradeaus blickend neben dem Chauffeur auf dem Vordersitz saß, sie nicht verstand.

»Mein Mann wollte sich nicht von mir scheiden lassen«, gestand Chieko betrübt, ohne Alice dabei anzusehen, »erst mein Vater hat mich von ihm befreit. Mein Mann, ein Berufskollege von ihm, war, was wir alle vorher nicht wussten, Alkoholiker. Deshalb war es schwer für meinen Vater, sehr schwer. Aber er hat mich geschlagen, mein Mann, vor dem Kind ... « Sie wandte den Kopf ab und sah mit leerem Blick auf die Hektik der Stadt hinter dem Wagenfenster. Geschieden, noch dazu mit einem Kind, würde sie in Japan keinen neuen Ehemann finden. Die von Alice auf den Malediven vermutete, unausgesprochene Tragik um Chieko lag nun ausgebreitet vor ihr.

Kurz vor der Abreise der Fukudas aus Bolifushi hatte Alice ihnen auch ihre eigene Visitenkarte überreicht. Ihr konnte man eine solche Wahrheit anvertrauen. Sie ist Psychotherapeutin, etwas, was es in Japan so gut wie nicht gibt. Sie würde Japan bald auf immer verlassen und Chiekos Geheimnis mit nach Deutschland nehmen. Das mochte ein weiterer Grund sein.

Alice konnte nicht viel mehr tun, als Chieko jene Trostmetaphern anzubieten, die sie sich vor Kurzem noch selbst aufgesagt hatte. Chieko saugte sie auf wie ein trockener Schwamm. Ihre ausdrucksverkümmerte Mimik und ihre traurigen Augen verrieten mehr über ihre bevorstehende Zukunft als alle Worte.

Alice überlegte, wer Teresa beigestanden haben mochte, damals, in Hiroshima, als sie so unglücklich war. Margots Pauschalabwertung japanischer Männer fiel ihr ein. Als gäbe es nicht auch in Deutschland genug Männer, die brutal reagierten, unter Alkoholeinfluss. Alice wurde klar, wie wenig sie eigentlich wirklich über Tadashi Yamamoto wusste. Wer war er wirklich? Hatte sie ihn bisher unbewusst verklärt, wie eine hormongeschädigte puerile Gans mit ausgeschaltetem Verstand? Und was war zwischen ihm und Teresa geschehen?

Zum Abschied überreichte Frau Fukuda Alice ein weiteres Päckchen. Der Inhalt fühlte sich weich an. »Bitte erst in Deutschland öffnen«, sagte Chieko, »und dann, bitte, denken Sie an mich.«

»Es ist eine Antiquität«, erklärte Frau Fukuda, »ein aus Goldfäden gewebter japanischer Hochzeitsschal.«

Alice war fassungslos und gerührt. Womit hatte sie all das verdient? Sie hatte nicht einmal daran gedacht, etwas aus Deutschland für Familie Fukuda mitzubringen. Sie verabschiedete und bedankte sich mit einer Umarmung von den beiden Japanerinnen, versprach, sich bei ihnen zu melden. Vielleicht könnte Chieko sie in Deutschland besuchen? Chieko senkte traurig den Kopf.

Als sie Jason und Frida am Abend von ihren Erlebnissen berichtete, schienen diese wenig erstaunt. »Typisch! Die berühmte, übertriebene und völlig verrückte japanische Geschenkekultur«, sagte Jason, »um uns Europäer gehörig zu demütigen.«

Rückblickend auf ihre Japanreise würde Alice später feststellen, dass ihre in Tokio zusammen mit Frida verbrachte Zeit mit kaum etwas anderem verrann als mit Einkäufen und dem Anhören des Nörgelns dieser freudlosen Frau.

Die mangelnde Identifikation von Alices Gastgebern mit ihrem Gastland erschöpfte sich nicht in Klagen über dieses. Es gab keine Spuren japanischer Kunst oder Kultur, weder in Gesprächen noch an den Wänden in Form von Bildern oder in den Bücherschränken. Zumindest übersetzte Ausgaben japanischer Gegenwartsliteratur hätte Alice darin erwartet, Bände japanischer Holzschnitte vielleicht. Informationen über japanische Sitten, Traditionen oder Brauchtum. Wie gern hätte sie hier vor dem Einschlafen Haikus gelesen. Als sie versteckt zwischen Bänden von Jasons Fachliteratur zufällig ein Kochbuch für japanische Gerichte fand, machte sie sich sogleich an eine Abschrift.

In dieser Zeit wuchsen ihr Wunsch und ihre Hoffnung, jenen Menschen zu finden, mit dem sie sich unbewusst verbunden glaubte, der all das verkörperte, was sie ihm heimlich und uneingestanden seit ihrer Kindheit zuschrieb. Ihn, der seine Ideale nicht verloren, nicht verraten hatte, der für den Erhalt von Traditionen, für Werte und Menschlichkeit eintrat und zu kämpfen bereit war. So stellte sie sich Yamamoto, nach dem Wenigen, was Teresa über ihn erzählt hatte, vor. Als einen empfindsamen, politisch denkenden und handelnden Moralisten, vergleichbar mit Heinrich Böll vielleicht, dessen Bücher sich zu Hause auf Alices Nachttisch stapelten. Selbst wenn sie ihn einmal treffen sollte, sie würde nie wagen, ihn anzusprechen, um ihm ihre Bewunderung direkt auszudrücken, obwohl er in derselben Stadt wohnte wie sie.

REISEN AUF JAPANISCH

»Teresa, du nervst.« Nie mehr würde ihr Telefon läuten, nachts um halb zwölf.

»Hallo, Alice, du schläfst doch auch noch nicht, oder? Ich sitze gerade an diesem *ZEIT*-Kreuzworträtsel, komme da einfach nicht drauf, aber du weißt das bestimmt, hör mal zu: Man kann sehr viel X haben und trotzdem wenig Verstand zeigen.«

»Icks haben?«

»Na, das ist das fehlende Wort, X.«

»Sagen die nicht, von wem das Zitat ist?«

»Doch, Lichtenberg.«

»Wie viele Buchstaben?«

»Warte mal ... sieben, fängt mit GE an hört mit N auf und in der Mitte ist ein S.«

»Gelesen?«

»Klar doch! Prima, hab ich mir doch gleich gedacht, dass ich dich nur anrufen muss. Wie geht es dir überhaupt? Also gestern, du, da war ich im Kino, alleine. Curt wollte nicht. Hast du den neuen Film von François Truffaut schon gesehen? Wie hieß der noch mal, hab den Titel vergessen ... Nein? Musst du unbedingt ...«

Verdammt, sie fehlt ihr! Und jetzt sitzt sie in diesem Vorortzug auf dem Weg nach Ise.

Teresa wird dadurch, dass sie in Japan einem ihrer potenziellen Lover nachspürt, nicht wieder lebendig. Aber eines ist klar: Nach ihrem Aufenthalt in Tokio und den Tauchferien in Miyako-jima ist es höchste Zeit, an ihre eigenen Ziele zu denken. Auf keinen Fall wird Alice ihre Suche nach Yamamoto aufgeben, sie will sich selbst ein Urteil über ihn bilden. Auch ihre ursprüngliche Idee, vielleicht über ihn Kontakte zu Hibakusha aufbauen zu können, hat sie nicht aufgegeben. Und so reist Alice von nun an allein durch Japan, in Richtung Hiroshima. Auf dem Weg dorthin wird sie der alten Kaiserstadt Kyoto einen dreitägigen Besuch abstatten und einen kurzen Abstecher zu der abseits ihrer geplanten Route Tokio-Kyoto-Hiroshima gelegenen Stadt Ise unternehmen. In Gedanken ist sie bei Dauthendey, schwebt mit seinen Geschichten über dem Biwa-See, »wenn wir lieben, sind wir zeitlos«, stellt sich seine acht Gesichter vor.

Jasons Realität ist eine andere.

»Gut«, sagte er, »meinetwegen, es lohnt sich auf alle Fälle. Aber als Frau, allein durch die japanische Provinz ... ich meine, du bist zwar Psychotherapeutin, aber ... also: Grundsätzlich ist es fast ein Ding der Unmöglichkeit für eine Frau, allein quer durch Japan zu reisen.«

»Nun mach aber mal einen Punkt«, widersprach Alice, »Japan ist ein zivilisiertes Land.«

Sie dachte an das mulmige Gefühl bei ihrer Durchquerung der Atacama-Wüste mit einem Pick-up, dessen Zustand, vorsichtig ausgedrückt, mit mehr als bedenklich zu beschreiben war. Nicht nur die laut kreischenden Geier, die sich in Abständen mitten auf dem hitzeflirrenden Asphalt vor ihr niederließen, waren beunruhigend. Viel schlimmer war, dass sie dort tagelang kaum einem Menschen begegnete. Nicht auszudenken, was ihr dort alles hätte passieren können! Und ihre erste Kubareise fiel ihr ein, 1970, als es dort kaum Reisebusse, schon gar keine Touristenbusse gab. Als dem Taxifahrer, der sie quer durch das Land kutschierte, mitten in der Ödnis das Benzin ausging und es weit und breit keine Tankstelle gab. Und dann erst, 1965, die Schnapsidee, es Brigitte Bardot nachzumachen und das Schott el Dscherid im Süden Tunesiens, durch das damals noch keine Straße führte, ausgerechnet nach einem kräftigen Regenschauer im September durchqueren zu wollen! Ihre Erlebnisse mit undisziplinierten Tauchern nicht einmal mit eingerechnet! Für wie zimperlich hielt Jason sie eigentlich?

»Dagegen«, empörte sie sich, »fühle ich mich in Japan so sicher wie hinter doppelten Klostermauern.« So leicht war sie nicht kleinzukriegen, sie nicht!

Trotzdem rüstete Jason sie mit einem dicken, zusammengehefteten Papierpacken aus, mit handgezeichneten Plänen von Straßen und Bahnhöfen, mit Telefonnummern und Adressen ihrer Hotels, An- und Abfahrtszeiten von Zügen und Shinkansen.

»Glaub mir, du findest den Anschlusszug vom Shinkansen zum Regionalbahnhof sonst garantiert nicht«, sagte er.

»Und wieso nicht, um alles in der Welt?«

»Weil es in der Provinz nur Beschilderungen in *kanji* gibt, weil kein Mensch dort Englisch spricht und du niemanden fragen kannst, deshalb.«

»Du machst dir Sorgen um mich, dass ich hier in Japan gefährdet sein könnte? Immerhin bin ich hier sicherer als beim Camping in Spanien! Hast du das gelesen? Südlich von Sant Carles de la Ràpita an der Costa Daurada in Spanien kam ein mit dreiundzwanzig Tonnen Propylen-Flüssiggas beladener Tanklastwagen von der Nationalstraße ab. Er durchbrach die Mauer des Campingplatzes Los Alfaques, wo er explodierte und den Platz in eine Flammenhölle verwandelte. Zweihundertsechszehn Menschen starben und über dreihundert Menschen wurden verletzt! Und vor Kurzem, am dritten September, da wurden tausend Menschen obdachlos, bei uns in Deutschland, auf der schwäbischen Alb, nach einem schweren Erdbeben!«

Dann aber sah sie auf den Papierstoß und war berührt von seiner Fürsorge. Er ängstigte sich um sie und hatte sich so viel Mühe gemacht! »Also gut, ich vertrau dir, schließlich weiß ich wirklich nicht, was hier auf mich zukommen kann«, sagte sie, »danke, Jason, womöglich wäre ich ohne dich absolut *Lost in Japan*.« Aber sie grinste dabei.

Alice gegenüber sitzt ein älteres Ehepaar und unterhält sich quer über den Gang laut schnatternd mit einer anderen Familie. Die runzelige Frau hat eine prall gefüllte Papiertüte in der Hand. Abwechselnd steckt sie sich und ihrem Mann daraus etwas hellbraun Kandiertes in den Mund, das Alice beim oberflächlichen Hinschauen für gebrannte Mandeln hält. Alice liebt gebrannte Mandeln. Nur deren Aroma scheint inzwischen verflogen zu sein, die gewohnt süßlich verführerischen Geruchsschwaden dringen nicht zu ihr herüber. Doch das beim Zerkauen von gebrannten Mandeln entstehende typische Mahlgeräusch ist unverkennbar.

Plötzlich fuchtelt das weibliche Gegenüber eifrig nickend mit der zerknautschten Tüte vor Alices Augen herum. Darin glänzt es hellbraun verlockend. Doch jetzt lässt es sich nicht mehr bestreiten, nach gebrannten Mandeln riecht es partout nicht, auch wenn es noch immer danach aussieht. Nach dem, was ein kurzer Blick in die Tüte ermöglicht.

Was soll schon passieren, denkt Alice, als sie ihren Irrtum erkennt, immerhin essen die Japaner das auch. Entschlossen, das bevorstehende kulinarische Erlebnis geschmacklich genau zu erfassen, überwindet sie sich, greift zu, schluckt dann in einem Anfall heldenhafter Selbstüberwindung das harte, kratzige Insekt unzerkaut schnellstmöglich hinunter. Die durch die Delikatesse ausgelöste Schürfung in ihrem Hals wird ihr noch zwei Tage lang heftigste Schluckbeschwerden bescheren. Sie hat gerade eine kandierte, lackierte Schabe oder aber eine ebenso zubereitete Heuschrecke gegessen. So genau lässt sich das im Nachhinein nicht mehr feststellen.

Alices spasmische Schluckbewegungen beim heroischen Verzehr dieser Köstlichkeit provozieren bei den Reisenden auf der benachbarten Abteilseite eine gesteigerte Aufmerksamkeit. Weitere Fahrgäste treten nun zahlreich heran. Neugierig fordern sie die großherzigen Spender auf, Alice ein weiteres Stück dieses kostbaren Ungeziefers zu verabreichen. Und das alles bei freiem Eintritt, denkt Alice, die sich vorkommt wie ein Schimpanse im Zoo. Schon wedeln die Tüteninhaber selbstlos mit der Tüte vor ihrem Gesicht herum. Es kostet Alice keine geringe Anstrengung, ihrem Publikum zu erklären, dass sie ihnen, denen ja doch nur eine einzige Tüte dieser Leckereien zur Verfügung steht, nun nichts mehr »wegessen« will. Sie sagt es auf Englisch und mit der Hoffnung, die berührende japanische Gastfreundschaft durch ihre diskriminierende Ablehnung nicht zu beleidigen. Die Japaner um sie herum reden in unverständlichem Kauderwelsch durcheinander auf sie ein. Keine Partei versteht die Sprache der anderen und doch scheint jede Seite amüsiert zu bemerken, was die andere zu verbergen sucht.

Am Bahnhof von Ise fragt sich Alice, wann ihre Bandscheiben ihr endgültig kündigen werden. Aber sie hat ihren Koffer schon bis vor die Ausgangstür gehievt. »Degenerationsphänomen«, hatte der Röntgenologe, zu dem Margot sie geschickt hatte, erklärt, »ich sage es Ihnen ehrlich, viel kann man da nicht mehr machen.« Grundgütiger! In ihrem Alter!

Zum Glück warten unten vor der Steintreppe zwei Taxifahrer. Alices ungelenker Versuch, gleichzeitig den Koffer durch die schwere, metallumrahmte Glastür zu hieven und diese dabei mit dem Fuß offen zu halten, bietet ihnen ganz offensichtlich Grund zu reichlichem Amüsement. Verwundert grinsen sie zu ihr herauf.

Wozu braucht diese *gaijin*-Frau so einen Riesenkoffer?, glaubt Alice in ihren Gesichtern zu lesen.

Sie weist mit dem Finger neben sich, dann nach unten.

»Taxi, please. Can you take me to a hotel?« Der erste Taxifahrer verfolgt jede ihrer Bewegungen, der zweite blickt in ein seitliches Nirwana.

»Taxi«, wiederholt sie, »please«, und zeigt erneut auf den Koffer.

Der erste Taxifahrer beugt sich flüsternd zu seinem Kollegen hinüber. Seine Bemerkung scheint es in sich zu haben. Beide lachen, ohne ihre Blicke von ihr zu wenden.

Die Botschaft ist unmissverständlich.

Langnasen-Frau, trag dein Gepäck gefälligst selber herunter!

Alice versucht es ein drittes Mal.

»Taxi, please!«

Sie zeigt auf den Koffer, dann auf ihren Rücken und bewegt den Zeigefinger zweimal hintereinander von links nach rechts.

Unten erfolgt ein weiterer Gesprächsaustausch. Zwei grienende Blicke signalisieren ihr ungerührt: Wir denken gar nicht daran!

Der Rechte fasst sich an den Schritt. Der Linke zieht lautstark seinen Rotz hoch und spuckt aus.

Was soll das sein? Eine Demonstration schnöder japanischer Stummelhirntraumatiker? Machismo mit Soße auf japanische Art? Lächerlich!

Alice wendet den Kopf ab. Igitt! Damit könnte man sie sogar bewegen, Reißaus zu nehmen! Es ekelt sie. Ihr Chauvis weigert euch also, einer Frau den Koffer zum Taxi zu tragen? Und was, wenn mal eine richtig schwer krank oder frisch operiert ist?

Hallo, nicht mit mir, meine Herren!

Vor ihrem Abflug hat Alice gelesen, dass sich an der Wertigkeit der Stellung des Mannes zur Frau in Japan seit Kriegsende nichts Entscheidendes geändert hätte. Selbst in Momenten akuter Gefahr, bei Erdbeben oder Schiffsuntergängen, entspreche es noch immer »der Ordnung«, dass Männer sich, vor Frauen und Kindern, zunächst selbst in Sicherheit brächten. Aber waren sie wirklich alle so? Alice weigerte sich, das zu glauben. Andererseits würde es das Verhalten der Taxifahrer natürlich erklären.

Dann müssen sie es eben lernen!

Alice macht es sich auf ihrem Koffer bequem, blickt auf die Uhr, setzt eine gleichgültige Miene auf und tut so, als blicke sie an den Taxifahrern vorbei.

Die scharren doch schon mit den Füßen, denkt sie. Sie sieht sich um. Alles, jeder hier wirkt in sich verschlossen, unbeteiligt, die Menschen um sie herum, die unter ihr liegende Stadt.

Aber was weiß ich denn schon von den Erfahrungen, vom Erleben der Japaner?

Alice will versuchen, sie zu verstehen. Was soll eine jahrhundertelange Erziehung zu Ergebenheit, tumbem Gehorsam einem Gottkaiser gegenüber denn aus einem Volk anderes machen? Was kann das Ergebnis ihrer einengenden Traditionen, Überlieferungen und religiösen Überzeugungen denn anderes sein? Kometenhaft, wie ein Phönix aus der Asche, gelang ihnen ein wirtschaftlicher Aufstieg aus dem totalen Nichts, nach begangenen und durchlittenen Dramen, Katastrophen unvorstellbaren Ausmaßes. Nach dem Zweiten Weltkrieg waren fast sämtliche Städte Japans zerstört. Die vom Krieg erschöpften, verarmten Menschen starben in den Straßen. Hungernde Japaner ernährten sich von giftigen Fuguabfällen, Sägemehl und Eicheln, von Teeblättern und Erdnussschalen. Wenn nicht durch Unterernährung, wurden sie durch die in den Städten grassierende Ruhr dahingerafft.

Alice will versuchen, ihnen unbeeinflusst zu begegnen, will kommunizieren, herauskriegen, wie sie denken und leben, dreiunddreißig Jahre nach dem Krieg. Wenn auch nicht um den Preis der Vernachlässigung ihrer eigenen Interessen. Natürlich nicht. Dafür gibt es auch gar keinen Grund.

Aber vor einem solchem Hintergrund darf man ihre Handlungsweisen nicht so abschätzig beurteilen, wie Jason es tut.

Sie seufzt.

Nach einer Viertelstunde steigt der erste Taxifahrer die Stufen zu ihr herauf. Wortlos, ohne sie anzusehen, schnappt er sich ihren Koffer und stellt ihn, unten angekommen, vor seinem geöffneten Kofferraum ab.

Alice sieht ihm direkt in die Augen.

Nach kurzem Zögern lädt er das Gepäckstück in sein Taxi. Er will keine weitere Viertelstunde riskieren.

»*Do itachi mashite*«, bedankt sie sich. So viel Japanisch hat sie gelernt.

Sein Kollege verfolgt das Spektakel. Mit spöttisch aufblitzenden Augen sieht er sie herausfordernd an, bevor er erneut die Pflastersteine fixiert. Jetzt zucken nur noch seine Mundwinkel.

»You American.«

Der erste Taxifahrer stellt es eher fest, als dass er fragt.

»No, Sir, I am German.«

Überraschend erhellt sich sein Blick. Alice versteht. Sie haben sie für eine Amerikanerin gehalten.

»*Ah so desu ka, desu ka doitsu, konban-wa, sumimasén!*«

Der Taxifahrer entschuldigt sich, er habe nicht gewusst, dass sie Deutsche sei, er wünsche ihr einen schönen Abend.

Sein verlegener Blick, seine Finger, die nach den seitlichen Hosennähten tasten, dann eine Verbeugung, ein unsicheres Lächeln. Mit behandschuhten Händen, über Kreuz vor der Brust, verbeugt sich nun auch der Kollege vor ihr. Ist da eine Spur von Verlegenheit in seinen Augen zu lesen? Aber schon heften sie sich wieder wie gleichgültig auf die Motorhaube seines Taxis.

Das Hotelzimmer im fünfzehnten Stock erinnert an eine Besenkammer, in der sich zuvor eine Schulklasse zum Rauchen verabredet hat. Penetranter Zigarettengeruch hängt wie eingefressen in Wänden, Bettwäsche und Handtüchern. Wie sehr sie das verabscheut, das Zimmer stinkt! Die winzigen Fenster lassen sich nicht öffnen, die Scheiben sind trüb von getrockneten Regentropfen, blind vor Staub. Dahinter liegt bereits jetzt eine finstere japanische Nacht. Aus dem Fenster sieht man direkt auf einen Friedhof. Vereinzelte Kreuze ragen aus der Schwärze eines schwach beleuchteten Platzes unter ihr auf. Praktisch, denkt Alice, wenn hier einer genug hat. Der Fleck gleich an der richtigen Stelle. So weit bin ich noch nicht.

Im Bad liegen, zellophanverpackt, ein Einmalrasierer, eine Einmalzahnbürste, eine Tube Rasierschaum, ein eingeschweißter Kamm, ein Rasierwasserfläschchen und männergerecht herb duftende Seife. Es gibt weder eine Duschhaube noch Duschgel oder gar Bodylotion. Anständige japanische Frauen reisen nun mal nicht in Provinzhotels herum. Und schon gar nicht allein.

Eigentlich ist das Bad eine Zelle. Ein in alle Richtungen ausgedehntes, nahtloses Stück Kunststoff. Waschbecken, Regal, Toilette, Klopapierrollenhalter, Seifenablage, Dusche, Wände, Boden, alles aus einem Guss. Wenn man von innen die Tür schließt, geht über dem Waschbecken das Licht an. Draußen drückt man bei geschlossener Tür auf einen Knopf und – pschhhhht! – wird innen das gesamte Bad gereinigt, gespült und getrocknet. Fertig für einen weiteren *okyakusan*, den nächsten ehrenwerten Gast.

Mit ausgestrecktem Arm berührt sie vom Bett aus die gegenüberliegende Raumwand, kann die winzigen, gedrungenen Kleiderschränke öffnen, in denen großzügig drei Bügel nebeneinander hängen. Außer einem dünnen Deckenlichtspot vor der Badekabine gibt es in dem Zimmer nur eine schwache Nachttischbeleuchtung. Alice schluckt. Etwas Dunkles frisst an ihrem Inneren. Die Enge und Schummrigkeit des winzigen, schlecht riechenden Zimmers verstärkt dieses Gefühl noch.

Aber das ist doch alles schon Luxus, redet sie sich ein.

Teresa hatte von Holzbaracken berichtet, in denen sie mit unzähligen anderen, der englischen Sprache kaum mäch-

ALICE

tigen Rotkreuzhelferinnen auf dem Boden schlafen musste. Nur mit einer dünnen Steppdecke versorgt, bei Temperaturen oft nur knapp über dem Gefrierpunkt. Eine einzige Duschmöglichkeit für dreißig Frauen. Mir gehts doch noch Gold, überlegt Alice. Sie denkt an Walter Kempowskis gerade erschienenes Buch, das durch die Feuilletons wanderte, kaum dass es veröffentlicht worden war.

Alice begreift, was Tadashi Teresa in Japan bedeutet haben musste. Ein Quell gegen Durst und Versengen, gegen das Ausdörren vor Einsamkeit. Von Anfang an. Was also war damals zwischen den beiden geschehen?

Ein viereckiger Aschenbecher steht auf dem winzigen Nachttisch, in der Schublade liegt ein verpacktes Kondom.

Alice greift nach ihrem Japanführer. Er ist so umfangreich, dass sie ihn auf dem Flug nicht durchbekommen hat. Aber sie legt ihn gleich wieder weg. Ihr steht nicht der Sinn danach, jetzt noch darin zu lesen.

Sie schaut zur Decke. Morgen, denkt sie, morgen werde ich in den Gärten von Ise unter Ginkgobäumen stehen und mit meinen Augen die schnellen Bewegungen bunt schillernder Kois in den Seerosenteichen verfolgen, hinter verlassenen, hölzernen Tempeln schilfversteckte Teiche aufsuchen, auf denen schwarze Schwäne majestätisch ihre Kreise ziehen. Schwarze Schwäne, die sie sich als Kind nicht vorstellen konnte. Sie sieht steinerne Schneelaternen an Rändern sauber geharkter Wege, die sich zwischen präzise geschnittene Azaleen- und Rhododendrenkissen ducken. Morgen, tröstet sie sich, werden die Alleen des Gartens um den Ise-Schrein im leuchtenden Schmuck der zwischen den Steinlaternen aufgestellten hochgebundenen Chrysanthemenkunstwerken stehen. Ockerfarben, weiß und strahlend gelb im Wechsel vor dem Hintergrund des roten Japanahorns. Sie träumt von bemoosten, hölzernen Zierbrücken und strohgedeckten Bambustoren, sieht flache Steinbecken, vor denen kimonobekleidete Japanerinnen demütig knien und sich den Rauch entzündeter Räucherstäbchen zufächeln. Ein Ort wie aus einem verzauberten japanischen Märchenbuch, hat Jason gesagt. Alice liebt Märchen, und es gibt Bücher, an die sie sich am liebsten anketten würde. Am Tag darauf wird sie nach Kyoto fahren, die Verbindung mit dem Regionalzug kennt sie ja jetzt schon.

Den Zigarettengeruch ihres Zimmers nimmt sie nicht mehr wahr.

KEIN »GUTER« JAPANER

Die Berge dunkel,
Die das Zinnoberrot
Des Ahorns rauben.

Busin (1715–1783)

In der vergangenen Nacht hatte es eine Stunde nach einem Fliegeralarm wieder Entwarnung gegeben. Yamamoto war spät, bei sternenklarem Himmel, vom Pressehaus nach Hause zurückgekehrt. Sein Anwesen lag in Hiratsuka-machi, knapp drei Kilometer vom Zentrum Hiroshimas entfernt. Auf die Geräusche der herankommenden Jagdbomber hatte er, wie seit Kriegsbeginn gewohnt, mit großer Nervosität und mit Durchfall reagiert.

An jenem strahlend blauen Augustmorgen trat er um acht Uhr dreizehn, nur mit einem weißen Unterhemd und einer kurzen Nachthose bekleidet, in den Vorhof seines Hauses.

Plötzlich umfing ihn ein ungeheurer, ein grellheller Blitz, tauchte alles um ihn herum in weiß gleißendes Licht. Panisch zuckte Yamamoto zusammen, warf sich zu Boden, stand wieder auf und torkelte wie automatisch ins Haus zurück, um nach seiner Kamera zu suchen. Drinnen zuckten kleine Blitze aus einigen Kabeln und an mehreren Stellen im Haus bildeten sich kleine Rauchwölkchen. Jedes Geräusch um ihn herum war verstummt, kein Vogel schrie, kein Insekt summte. Eine Totenstille schien die unter ihm liegende Stadt und auch den Hügel von Hiratsuka-machi wie ein erstickendes Laken zu überdecken. Gerade hatte er seine Kamera gegriffen, als diese Ruhe von einer Detonation zerrissen wurde. Sie war so stark, dass er glaubte zu stürzen. Er taumelte zum Ausgang, suchte dort Halt an einem Türgriff. Die wie bei einem Erdbeben erschütterten Wände seines Hauses schienen auf ihn zuzustreben. Er befürchtete, im nächsten Moment unter ihnen begraben zu werden. Mit einem Satz sprang er mit seiner Kamera vor die Tür. Da sah er einen weißgrauen, gewaltigen Pilz über der Stadt in den Himmel anwachsen, der sich vor dem Horizont zu einer Säule aufblähte. Automatenhaft, doch am ganzen Körper zitternd, schoss er mehrere Fotos. Als sich die Wände des Hauses nicht mehr bewegten, suchte er darin nach der Kleidung, die von der Militärhauptverwaltung ausgegeben worden war und bemerkte, dass diese, genau wie der Boden und alle Möbel um ihn herum, von einer dicken Staub- und Schmutzschicht überzogen war. Die Detonation hatte an einigen Stellen zu Rissen in den Wänden geführt und der Schmutz war durch den Druck rundum im Hause versprüht worden. Yamamoto schüttelte den Staub von der Kleidung, zog sie über und verließ, ohne sich weiter zu besinnen, den Vorgarten. Sein Fahrrad lag umgestürzt ein gutes Stück von der Stelle entfernt, an der er es in der Nacht abgestellt hatte. Bevor er losfuhr sah er, wie sich aus dem Pilz eine rotglühende Kugel entwickelte, in der, wie er später lernte, für eine Teilsekunde eine Temperatur von über einer Million Grad Celsius herrschte.

Die seit Tagen bettlägerige Frau seines Nachbarn lehnte wimmernd und kreidebleich mit erhobenen Händen an seinem Gartenzaun.

»Yamamoto-san, was ist nur geschehen?«, jammerte sie. »Was war das? Was ist da passiert?«

»Wenn ich das wüsste, Yagi-san«, antwortete er sanft, »ich fahre hinunter, um nachzusehen und gebe Ihnen danach Bescheid. Legen Sie sich wieder hin, beruhigen Sie sich, es ist gleich vorbei.«

Er hatte keine Vorstellung von dem, was geschehen war, und wusste nicht, was ihn in der Stadt erwarten würde. Vor wenigen Tagen hatte er sich durch einen unglücklichen Sturz von seinem Fahrrad eine Knieverletzung zugezogen, deshalb schob er es langsamer an als gewohnt. Fassungslos versuchte er sich zu erklären, von welcher Art Bombe Hiroshima getroffen worden sein könnte, da ließ ihn ein entsetzter, verzerrter Schrei seiner Nachbarin, »Vorsicht, Yamamoto-san, Hilfe!«, den Kopf nach ihr wenden. Ein Windstoß riss ihn zu Boden, schleuderte sein Fahrrad gute drei Meter den Weg hinab. Er richtete sich auf, musste sich dabei gegen den Wind stemmen. Als er sich anschickte, sein immer tiefer rutschendes Fahrrad einzuholen, hatte der Wind sich seltsamerweise schon wieder gelegt.

»Das ist wie verhext«, murmelte er verstört und wollte umkehren, um nach Frau Yagi zu sehen, als sein Blick auf eine ihm entgegenkommende Gruppe verstört wirkender Männer fiel. Einer von ihnen hatte ein stark aufgequollenes, blutendes Gesicht.

Beim Näherkommen stammelte ein anderer nur sehr schwer verständlich: »Nicht hinuntergehen, *sensei*, bleiben Sie hier.« Es klang wie ein Flehen. Der Mann, der selbst schwarz verbrannte Arme hatte, stützte einen blutenden Kameraden mit halb entstelltem Gesicht, zugeschwollenen, verklebten Augen und verkohlten Händen. Yamamoto richtete seine Kamera auf ihn und schoss kurz hintereinander gleich mehrere Fotos. Entsetzt aber unbeirrt zog er weiter in Stadtrichtung. Immer mehr Menschen in ähnlichem Zustand kamen ihm entgegen, Verkörperungen extremster Demütigung und unvorstellbaren Schmerzes.

Er hatte es nie wieder tun wollen. Noch dazu waren dies seine eigenen Landsleute. Doch wie automatisch, ohne das Auge vom Sucher zu nehmen, schoss Yamamoto weitere Fotos, bis ihn ein Schwindel, ein Übelkeitsgefühl erfasste. Er stockte, hielt inne. Fassungslos registrierte er die apathisch an ihm vorbeiziehenden Menschen, die stumm und kritiklos zuließen, dass er sie fotografierte. Von heftigen inneren Kämpfen, von Abscheu und Scham erfasst, löste er seine Augen vom Sucher. Die Menschen rannten, hinkten oder krochen wimmernd, manche mit erhobenen Armen, um die Verbrennungen an ihren Körpern nicht zu berühren, ihm entgegen. Im Bann seiner Fessel von Skrupeln, Bilder so unsagbaren Leidens voyeurhaft mit seiner Kamera einzufangen, machte er Fotos einer körperlichen Qual, von der er verschont geblieben war. Er ließ seine Kamera sinken.

Wieder ermahnte ihn ein entgegenkommender Flüchtling mit verbrannten, hinter den Kopf gestreckten Armen mühsam krächzend: »Gehen Sie auf keinen Fall weiter hinunter.«

Aber auch diese Warnung überging Yamamoto, lenkte uneinsichtig sein Rad gegen den Strom, schoss wie unter Zwang weitere Bilder. Er sah Menschen, die fast oder vollkommen nackt waren. Manche trugen Male von eingebrannten Kleidungsresten auf der Haut, anderen hingen zusammengeschmolzene, blutige Streifen von Bekleidungs- und Hautfetzen aus großflächigen, aufgerissenen Brandblasen vom Körper herab. Auf den staubigen, ausgetrockneten Wegen in der Morgenhitze jammerten sie alle nach Wasser.

Erschüttert erkannte Yamamoto, dass dieses Leid sich mit dem der von seinem eigenen Volk gequälten chinesischen Zivilisten, die er 1937 in China fotografieren musste, vergleichen ließ. Damals war er gezwungen gewesen, es für die Armee festzuhalten. Nun aber entwürdigte er durch die Fotos seine eigenen Landsleute aus freien Stücken.

In höchster Erregung und wie innerlich getrieben fuhr er hinab, weiter in Richtung Stadt, kopflos, konsterniert und ergriffen. Er erkannte die Stadt nicht mehr wieder. Irgendwann musste er absteigen. Die ehemaligen Straßen oder das, was er von ihnen zu erkennen glaubte, waren übersät mit brennenden Objekten, glühenden Holzbalken, Metallsplittern und bis zur Unkenntlichkeit verbrannten Dingen. Dazwischen hockten oder lagen wimmernde, verzweifelte

Menschen neben oder vor ihm auf dem Boden. Hilflos und gequält wandte er den Kopf ab. Er wusste nicht, wie er ihnen hätte helfen, was er hätte tun können. Es waren zu viele. Nicht ein einziger Arzt war zu sehen.

Je näher er der Innenstadt kam, desto heißer brannte der Asphalt unter seinen Füßen. Er drang durch die Sohlen seiner Schuhe. Bruchstücke schwarzgebrannter, hölzerner Trümmer von eingestürzten Häusern loderten neben ihm, der Wind trieb das Feuer zu den Überresten benachbarter, schon eingefallener Behausungen weiter. In der Luft hingen Rauchschwaden und der Geruch schwelender Stromkabel. Yamamoto hatte Schwierigkeiten, das frühere Stadtzentrum zu erkennen, es gab keine Wege, keine Straßen mehr. Einmal glaubte er, im Kreise gelaufen zu sein, schließlich orientierte er sich am Fluss und den eingestürzten Brücken. An beiden Ufern kauerten zwischen schwimmenden Leichen, nackte, haarlose Menschen im brackigen Wasser, die erbärmliche Schmerzensschreie ausstießen und Flusswasser tranken. Überall am Ufer lagen die Körper von Sterbenden verteilt wie gestrandete Lachse einer ganzen Fischschule.

Ein Militärpolizist auf einem Steinsockel hinderte ihn am Weitergehen. Unerschüttert, mit marmornem Ausdruck stand er hochaufgerichtet wie eine Verkehrsampel. Ganz offensichtlich selbst unversehrt, brüllte er in die Menschenhaufen hinein: »Im Namen des Kaisers: Alle die laufen können, nach Eimern suchen, mit Flusswasser füllen! Fangt endlich mit den Löscharbeiten an!«

Fassungslos über dessen Attitüde, die gequälten Kreaturen um ihn herum zu befehligen, angesichts einer Situation, in der Löscharbeiten nicht mehr das Geringste zu retten vermochten, starrte Yamamoto den Polizisten an. Voller Empörung überlegte er, ihn auf seinem Sockel zu fotografieren, mit den leidenden Opfern zu seinen Füßen, was einer verräterischen Auflehnung gegen die Obrigkeit gleichgekommen wäre. Da fachte ein weiterer plötzlicher Wind die Bodenbrände kurzzeitig an. Yamamoto verbarg seine Kamera schützend unter seinem Hemd. Urplötzlich wurde es dunkel, und alles und jeder wurde von einem Niederschlag überrascht, der zwanzig Minuten lang den herabsinkenden, radioaktiven, mit Sand und Ruß vermischten Staub des Wolkenpilzes auf ihre Körper wusch. Es war kein erlösender Regen, der auf die Menschen herabfiel. Es war grausige, ätzende Vernichtung. Der schwarze Regen Hiroshimas. Als er aufhörte, zeigte sich der Himmel wolkenlos, so strahlend blau wie zuvor.

Selbst für August war es ein extrem heißer Sommertag. Schon am frühen Morgen auf seiner Terrasse hatte Yamamoto die Sonne heiß auf seinen Wangen gespürt. Er war nur leicht bekleidet. Vom Regen verrußt, geschwärzt im Gesicht, an Haaren, Händen und Beinen wollte er jetzt nur noch nach Hause. Auf seinem Rückweg stadtauswärts suchte er unter den Trümmern der zerstörten Häuser nach einem funktionierenden Wasserhahn. Sämtliche Leitungen waren zerstört. Erschöpfte, sich hoffnungslos vorbeischleppende Menschen stöhnten, wimmerten verzweifelt nach Wasser. In der Ruine eines noch schwelenden Hauses stand eine Schlange Verletzter vor einem Wasserhahn, aus dem ein spärliches Rinnsal träufelte. Tadashi suchte nach einem Becher, um ihn den Durstenden zum Auffangen zu reichen, konnte aber nirgends in der Nähe etwas Brauchbares finden. Ein Mann hielt seinen durch Verbrennung entstellten, kaum mehr zu öffnenden Mund unter den Wasserhahn, aus dem es jetzt nur noch tröpfelte. Sein eigener brennender Durst verblüffte Yamamoto, der sich auf keinen Fall zu den weit Hilfsbedürftigeren in die Schlange stellen würde.

Es gab keine einzige freie Straße mehr. Umständlich fuhr er um Hindernisse herum oder hob sein Fahrrad darüber. Er trug es über verstümmelte Leichen auf seinem Weg, um stöhnende, auf allen Vieren kriechende und apathisch oder sterbend unter abgebrochenen Bäumen liegende Menschen.

Wo waren die Ärzte oder Sanitäter? Noch immer hatte er keinen einzigen gesehen. Umgekippte Bäume lagen quer über einer nur halbwegs als Straße erkennbaren Schneise. Ein Lastwagen versuchte, eine Ladung verwundeter Soldaten zu einer Krankenstation zu befördern. Vergeblich. Es gab kein Durchkommen, ein Polizist leitete ihn zurück in die Richtung, aus der er gekommen war. Die rot- und schwarzgesichtigen Soldaten stöhnten, reckten verbrannte Gliedmaßen in die Höhe. Noch immer lag diese unheimliche Stille über der Stadt, nur vom Stöhnen leidender Menschen angefüllt. Kein Vogel sang. Tadashi stand wieder am Fluss. Sein Wasser schien an einigen Stellen stillzustehen. Regungslos gekrümmt, wie ausgestellte Wachsfiguren standen Menschen darin, starrten ihm ungläubig mit leeren Augen entgegen, als warteten sie auf ein Wunder. Andere trieben in der Mitte, an Holzteile geklammert wie Treibgut in der Strömung.

»Töte mich, bitte«, jammerte ihm mit versiegender Stimme ein etwa Fünfundzwanzigjähriger entgegen, der mit blutendem Kopf im Schatten eines umgestürzten Brückenpfeilers lag.

»Reicht das denn noch immer nicht für China?«, stammelte Yamamoto verrückt vor sich hin.

Er ließ seine Kamera sinken. In ihm überschlugen sich Fragen, die einem inneren Aufschrei glichen: Schlug hier das Schicksal zurück? Hatte sein Volk es denn anders verdient? Ist dies die Antwort auf die Ruinen und Leichenfelder, die schwelenden Scheiterhaufen von Nanking, deren Anblick und Gestank sich aus seinem Gedächtnis nicht vertreiben ließ? War die Zerstörung Hiroshimas eine Japan verhöhnende Vergeltung?

Es war der Scheit für ein verheerendes Großfeuer in seinem Hirn. Zu tief, festgekrallt bis auf den Grund seiner Seele, verbargen sich seine Erlebnisse darin. Er begann zu begreifen, dass er der Gefangene dieser zwei Städte war, eingeschlossen hinter den Gitterstäben ihrer Geschichte, in ihre Kerker geworfen. Nanking und Hiroshima würden ihn nie wieder freigeben.

Kurz vor der Stadtgrenze hatte er Glück. Hinter einer Hausruine entdeckte er einen zerstörten Hydranten, aus dem ein dicker Wasserstrahl wie aus einer Fontäne hervorschoss. Mit ausgestreckten Armen sprang Yamamoto darauf zu. Kopf voran mit geschlossenen Augen stellte er sich in das erlösende Nass, entschwand für Minuten den rauchenden, flackernden Trümmern der Hölle Hiroshimas. Dann, fast beschämt, dass ihm zuteilwurde, was anderen nicht vergönnt war, öffnete er die Augen. Umgeben von Rauchschwaden türmten sich verkohlte Balken um ihn herum. Hier war weit und breit niemand zu sehen. So erfrischt konnte er wieder etwas klarer denken und ihm fiel ein, dass er die Hauptverwaltung in Tokio oder die Zeitung anrufen müsse. Dann realisierte er, dass vermutlich alle Telefonleitungen zerstört waren, und fragte sich, ob und wo man in Japan überhaupt bereits Kenntnis vom Geschehen und dem Ausmaß des Schreckens in Hiroshima erhalten hatte. Er würde es von Hiratsuka-machi aus versuchen.

Dort aber sank er auf seinen verstaubten Futon und begann hemmungslos zu weinen.

Man beorderte ihn vorübergehend zu einer Zeitungszentralstelle nach Tokio. Dort wurde in einem Krankenhaus bei ihm nur eine leichte Strahlenkrankheit diagnostiziert. Seine anfängliche Übelkeit klang bald ab und er glaubte sich körperlich fast schon gesund. Dennoch betrachtete er sich als gebrandmarkt, genetisch geschädigt. Er war achtundzwanzig Jahre alt und würde niemals eine Ehefrau und Kinder haben, niemals eine Familie gründen können.

Einige Zeit später verunsicherten ihn anhaltendes Unwohlsein, Müdigkeit und Appetitlosigkeit. Nach einer erneuten Untersuchung im Krankenhaus teilte man ihm mit, seine Abwehrkräfte seien stark reduziert, daher bestünde eine überdurchschnittliche Infektionsgefahr.

Yamamoto quälte sich mit dem Gedanken, dass er sich dem Stadtzentrum nicht hätte nähern, niemals nach Hiroshima hätte hinunterfahren dürfen.

Aber vor allem hätte er dem Befehl, nach Nanking zu fahren, nicht nachkommen dürfen. Denn auch wenn er ihm folgen musste, war, was er getan hatte, eine Versündigung. Zuletzt sogar freiwillig hatte er Fotos geschossen von gequälten, hilflosen, sterbenden Menschen. Fotos, auf die sich die Agenturen stürzten, die in internationalen Pressearchiven noch jahrelang für Furore sorgten.

Aus Tokio zurück in Hiroshima zog er wieder in sein Haus auf dem Hügel am Rande der Stadt. Zu diesem Zeitpunkt trat Teresa in sein Leben. Er traf sie nur wenige Monate nach ihrer Ankunft in Hiroshima, als er zu einer Routinekontrolle ins Krankenhaus bestellt worden war. Dort lief eine groß angelegte Untersuchung. Die Krankenhausgänge quollen über von Menschen, es herrschte ein ungewohntes Durcheinander und eine Kakofonie erfüllte die Flure. Menschenschlangen stauten sich vor verschlossenen Türen, die sich dann und wann öffneten, um Patienten heraus- und neue hineinzulassen.

Die Krankenschwester war ihm sofort aufgefallen, so überaus behutsam und geduldig, wie sie mit den ermüdeten, wartenden Menschen umging, die den vorbeizufahrenden Betten und Rollstühlen nicht im Wege stehen durften. Ganz offensichtlich war sie Ausländerin. Er sprach sie auf Englisch an, fragte nach den Waschräumen. Sie schien erfreut, ihm den Weg dorthin weisen zu können, vielleicht, weil zu ihr, die so fremdländisch aussah, sonst sicher kaum jemand Kontakt herstellte. Er räusperte sich, seine Stimme fühlte sich rau an, als er sie leise nach ihrem Heimatland fragte.

»I am from Germany«, antwortete sie flüsternd, als schäme sie sich dafür.

»Ah, *doitsu*.« Er warf ihr einen bewundernden Blick zu. »Sie kommen von so weit her, um uns in Hiroshima zu helfen?«

Sie heftete die Augen an ihre Schuhspitzen.

»Ja, warum denn nicht?«

»Verraten Sie mir, wie Sie heißen?«, fragte er vorsichtig.

»Teresa.«

Er wiederholte: »Te-re-sa«, und sie musste lachen. Es war ein offenes, herzliches Lachen. Etwas später beantwortete sie sogar seine Frage nach ihren Arbeitszeiten scheinbar ohne Hintergedanken.

»My name is Tadashi«, sagte er.

»Tad-da-shi«, wiederholte sie.

Einen Abend später erwartete er sie am Krankenhausausgang.

CHIMÄREN

Von diesem Abend an trafen sich Tadashi und Teresa fast täglich. Niemals zuvor hatte eine Frau Yamamoto auf eine so wunderbar positive Weise erschüttert wie Teresa. Keinem Menschen hatte er sich so stark zugehörig fühlen wollen wie ihr. Blickte er von der Balustrade seines Hauses auf dem Hügel hinab auf Hiroshima, suchten seine Augen das Krankenhaus, in dem sie arbeitete.

Teresa war schön. Sie war allein und sie brauchte ihn. In den Stunden mit ihr vergaß er die Erinnerung an seine furchtbare, sonst allgegenwärtige Vergangenheit. Als sei er aus der Schwärze der Hölle aufgetaucht in eine hellere, klarere, saubere Welt. Eine Welt, in der sich ihm die Chance bot, etwas wiedergutzumachen.

Er wollte nur eines und nichts so sehr wie das: Verantwortung übernehmen, für Teresa, für Teresa leben.

»Stell dir vor, Tadashi, wie verzweifelt diese Mütter sein müssen«, wandte sie sich eines Tages ergriffen an ihn, »die

Missgeburten oder lebensunfähige Embryos gebären müssen!« Sie schluchzte. »Auch noch das Letzte zu verlieren, was ihnen von dem Mann, den sie liebten, geblieben war, kannst du dir so eine Qual vorstellen?«
»Vielleicht liebten sie ihre Männer gar nicht, Teresa.«
»Ihren eigenen Ehemann? Wie kommst du denn darauf?« Entsetzt sah sie ihn an.
»Viele Frauen hier sind bestimmt nicht sehr glücklich in ihrer Ehe. Sie beugen sich den Anordnungen und Vorstellungen ihrer Familien, die ihnen die Ehemänner zuteilen. Es sind sehr selten Liebesheiraten.«
»Aber das ist ja furchtbar! Warum laufen sie dann nicht weg?«
Teresas Naivität und ihr Mitgefühl berührten Tadashi. Eine Deutsche, die täglich mit den Japanerinnen an den grausamen Folgen des *genbaku* litt, die trotz aller Hektik in der Kälte des Krankenhausbetriebs ihre Unverdorbenheit nicht verlor, ihren Charakter nicht veränderte. Eine Deutsche, die die Verbrecher ihres eigenen Landes anklagte und nicht die entfernteste Vorstellung vom Ausmaß der Grausamkeit japanischer Kriegsverbrechen hatte. Ihre Unverdorbenheit beschämte ihn und er wagte kaum, es sich selbst einzugestehen, noch, das Gefühl, das ihn erfasst hatte, vor sich selbst zu benennen. Obwohl er es anfangs nicht fassen konnte, es ungläubig zu verdrängen suchte, wuchs stetig an, was sich in ihm zu einem wiederkehrenden Wort ballte: Liebe.

Doch wie, unter dem Druck ihrer eigenen Belastungen, sollte sie nachvollziehen, verstehen können, was er getan, was er nicht verhindert hatte?

Mit solchen Gedanken befand er sich auf dem Weg zur Rotkreuzstation, um Teresa vor dem Zelt zu erwarten. Die Nacht lag drückend über der Stadt. Hoch oben in Hiratsukamachi roch sie jetzt, Ende Oktober, immer noch nach September und den Düften reifer, spätsommerlicher Früchte.

Teresa trat aus der Baracke mit den Duschräumen. Wie immer, wenn er sie in der Ferne erblickte, durchfuhr ihn ein Schauer der Erregung. Sie hatte ihre langärmelige Schwesterntracht gegen ein ärmelloses, mit roten Mohnblumen bedrucktes Kleid ausgetauscht. Bisher hatte er sie nur in ihrer Arbeitskleidung gesehen. Er wusste, dass sie sich für ihn, nur für ihn, schön gemacht hatte. Ihre entblößten Arme und Beine leuchteten in der Dunkelheit wie poliertes Elfenbein und sein Puls beschleunigte sich bei der Vorstellung, sie in seinen Armen zu halten.

Warum nur gelang es ihm nicht, glücklich zu sein?

Sein Traum, sie für sich zu gewinnen, hatte sich erfüllt. Ihre Gegenwart ließ seine uneingestandene Sehnsucht nach Leichtigkeit und innerem Frieden erwachen. Es war ein ihm unbekanntes Gefühl, ohne die bei japanischen Männern übliche Oberflächlichkeit in Liebesdingen, fern jener pervertierten Erotik, in der das Liebesspiel, künstlich aufgepeitscht, einem kümmerlichen Intermezzo gleicht.

Ungesteuert, wie durch ein Naturgesetz getrieben, völlig unvorstellbar für eine japanische Frau, lief sie ihm mit ausgebreiteten Armen entgegen. Als sei auch sie plötzlich von allem Schweren befreit. Teresa, mit ihrer unverstellten, unverständlichen Sehnsucht nach ihm, der ein einziger Blick genügte, um seinen Seelenzustand zu erkennen.

»Tadashi, was ist? Hattest du einen harten Tag?«

»Harte Tage sind eine Herausforderung an den Geist, sie zu überwinden unser Los.«

Verwundert sah sie zu ihm auf. Ernst und blass griff er nach ihrer Hand, küsste die sanfte Rundung ihrer Schulter. Er kannte das: Wie ein Wundermittel gegen Schmerz befreite ihn das Zusammentreffen mit Teresa jedes Mal von seinen selbstzerstörerischen Gedanken. Auch jetzt schmiegte sie sich an ihn. Ohne sich abgesprochen zu haben, schritten sie in die Richtung jener Bank am Flussufer, auf der sie bei ihrem ersten Rendezvous gesessen und sich unterhalten hatten.

Sie sah auf die Uhr, blieb plötzlich stehen.

»Fast zehn«, sagte sie und atmete tief aus, »ich bin seit halb sechs Uhr früh auf den Beinen, wie schön, endlich bei dir zu sein.«

Als er sie an sich zog, schlang sie ihre Arme um seinen Hals und kuschelte sich an ihn. Verlegen hoffte er, dass sie die durch seine sofortige Erektion entstandene Wölbung nicht spüren würde. Ihm wurde ganz mulmig dabei.

»Drück mich, drück mich ganz fest«, bat sie und schmiegte auch ihren Unterkörper fester an ihn, so natürlich, als verstünde sie, als sei sie gewohnt, was mit ihm geschah, wenn er ihren Körper so nah an sich fühlte. Die Erregung fuhr ihm jetzt bis in den Hals und ein Gefühl seelischer Schwerelosigkeit ließ ihn vibrieren und verwirrte ihn gleichzeitig.

Sie hatten das Flussufer erreicht und setzten sich auf ihre Bank. Teresa streckte sich darauf aus, bettete ihren Kopf auf seinem Schoß. Mit einem Gefühl der Geborgenheit sah sie wie aus einer Wiege staunend zum Sternenhimmel empor und spürte auf einmal, wie müde sie war. Wie immer hatte sie einen langen Tag hinter sich und die Beine taten ihr weh. Nun war ihr, als fiele aller Schmerz von ihr ab.

»Oh, Tadashi, wenn du nur wüsstest, wie gut du mir tust. Dich will ich, dich darf ich niemals verlieren, hörst du?«, sagte sie plötzlich sehr ernst und griff nach seiner Hand.

»Warum nicht?«, fragte er heiser.

»Nach dem Tod meines Mannes war ich wochenlang krank: Das darf mir nie wieder passieren, nie wieder, versprichst du mir das?«

Was sollte er darauf sagen? Er wollte doch Verantwortung für sie übernehmen.

»Weißt du, er war nicht der erste wunderbare Mensch, den ich verlor. Das darf mir nicht noch ein drittes Mal passieren.«

»Ein drittes Mal? Gab es noch einen anderen?«

»Du stellst Fragen! Keinen anderen, bei mir musst du nicht eifersüchtig sein, Tadashi. Nein, es war eine andere.«

Tadashi legte seine Stirn in Falten. Etwas hakte bei ihm, woran dachte er nur?

»Erzähl mir von … der anderen … Teresa.«

»Sie war meine Freundin, wir wohnten im gleichen Haus, dann ist sie bei einem Schulausflug ertrunken. Ich war zwölf, sie elfeinhalb.«

»Das hast du bis heute nicht vergessen?«

»Natürlich nicht. Sie fehlt mir bis heute. Ich hing fast so sehr an ihr wie später an meinem Mann. Ich habe furchtbare Angst, auch dich noch zu verlieren … jedes Mal, wenn ich jemanden so sehr geliebt habe, habe ich ihn verloren.«

»Ich verstehe. Das ginge mir sicher genauso, aber es gibt viele Probleme, Teresa.«

»Du meinst es doch ernst mit mir, oder?«

Schweigend griff er nach ihrer Hand.

»Sehr ernst, Teresa.«

»Versprichst du es?«

»Teresa, ich liebe dich doch.«

»Schau, der Mond, er badet im Fluss … Gemeinsam, glaub mir, gemeinsam schaffen wir alles.«

In der völligen Windstille wirkte das Abbild des Mondes am Nachthimmel wie ein Emblem auf dem Fluss. Wie wunderbar, dachte Tadashi, der Mond badet im Fluss, doch was er sagte war: »Es ist nur ein halber Mond.«

Ihr wunder Blick traf ihn wie eine aufkommende Windbö. Sie musste verletzt sein, doch wieder versuchte sie ihn zu trösten: »Nach allem, was jeder von uns durchgemacht hat – du in Hiroshima, während der Atomexplosion, ich in Schwerin und in Kiel –, wird jetzt bestimmt alles gut! Ist es denn nicht wunderbar mit uns beiden? Das steht uns auch einmal zu, wir haben es beide verdient.«

Sich wiederholende synaptische Fehlzündungen, die ihn quälten wie eine Reihe gezielt nach ihm geworfener kleiner Messer. Yamamoto wusste, was er zu tun hatte, und um ihr nicht ganz zu verfallen, floh er in einen inneren Dialog. Weder als Mensch noch als Mann, weder intellektuell noch als Repräsentant seines Vaterlandes wäre er von Bedeutung. Ein elender Hund, wenn er Teresa nicht beschützte. Es war ja nicht nur der schwarze Regen von Hiroshima. Es war, vor allem, Nanking. Er hielt sich für moralisch und körperlich untauglich. Für dieses Imperium, das ihn entsetzte und dessen Politik er infrage stellte, von keinerlei Wert.

Aber er hatte nicht das Recht, ihr ihre kurze Freizeit zu verderben. Das hatte sie nicht verdient.

Er begegnete ihrem fragenden Blick.

»Doch, Teresa, nur, na ja, vielleicht ist es viel zu schön?«

Als wolle sie ihn daran hindern, sich in weiteren Gedankenlabyrinthen zu verlieren, erhob sich Teresa und zog ihn zum Ufer des Ota. »Sieh mal, die Fische springen, als wollten sie den Mond fangen.« Wie immer versuchte sie, ihn aus seinen Gedanken zu ziehen. Er war gerührt. Aber wann würde er es ihr sagen können und wie sollte er es ihr erklären? Sollte er es weiter hinauszögern, sich selbst an seinem Egoismus ertränken? Er musste es gleich tun!

»Niemals habe ich so viel für eine Frau empfunden wie für dich«, begann er, »Teresa, ich möchte dich nicht verletzen.«

Sie kuschelte sich an ihn.

»Das tust du nicht, Tadashi, im Gegenteil, du bist der Einzige, den ich noch habe.«

Erneut spannten seine Gesichtszüge sich an.

Teresa bemerkte es und zupfte verloren am Saum ihres Kleides herum. Früher, auf dieser Bank, hatte er sie so unendlich zärtlich geküsst.

»Tadashi, du hast doch etwas! Sprich mit mir, sag mir doch, was dich bedrückt.« Sie legte ihre Hände auf seine Schultern.

Schweigend sah er sie lange an, dann sagte er: »Du bist sicher müde, Teresa, deshalb bringe ich dich jetzt am besten zurück.«

Erschrocken blickte sie zu ihm auf.

»Wir sind aber doch gerade erst angekommen.«

Sie klammert, dachte Tadashi, es gibt keine andere Lösung.

Teresa wandte den Kopf ab, erhob sich zum Gehen. Als er sanft ihre Fingerspitzen berührte, griff sie erleichtert nach seiner Hand und führte sie an ihre Lippen.

»Ich liebe dich und brauche dich so sehr«, sagte sie, und er antwortete: »So wie ich auch. Unermesslich. Wie der Kirschbaum den Regen ersehnt und seine Blüte ihn fürchtet.«

Teresa schien darüber nachzudenken. Zu Tadashis Erleichterung fragte sie nicht weiter nach.

Schweigend ging sie neben ihm zu ihrem Schlafzelt zurück.

Gelächter drang zu ihnen herüber. Teresa, das wusste Tadashi, würde jetzt nicht mit ihren Kolleginnen in den Feldbetten lachen können.

Ein Geruch reifer Pflaumen lag in der Luft, als sie sich voneinander verabschiedeten. Doch hier, in der Stadt, gab es keine Pflaumenbäume mehr, nicht in Hiroshima. Mit gesenktem Kopf schritt er durch das Dunkel, den Hügel hinauf zu seinem Haus.

Ohne sie, überlegte Tadashi, wird all meine Freude erlöschen. Aber ich muss zufrieden sein, habe einmal die Liebe erlebt, in all ihrem Glanz, ihrer Schönheit und Reinheit.

Er musste sich endlich entscheiden. Er wusste, es ging nicht anders. Die Wechselbäder seiner widersprüchlichen Wünsche und Forderungen machten ihn krank. Sie taten auch Teresa nicht gut. Lebte er nicht seit Wochen gespannt, unter ständigem Druck, fast so besessen wie ein Drogensüchtiger? Er musste Teresa von sich befreien.

In seinem Haus auf dem Hügel drehten sich die Gedankenkreisel weiter. Er ließ sich auf eine Bank auf der Terrasse sinken, neben ihm der leise Flügelschlag eines Sperlings, der aufgeschreckt davonflog.

Unten im Tal, im Mondlicht sanft glänzend, umarmte der träge dahinfließende, siebenarmige Fluss Ota die Stadt Hiroshima. Tadashi lächelte bei dem Gedanken an Teresas Worte von dem Mond, der darin immer noch »badete«.

In der Mitte eines kleinen Wasserbeckens neben der Bank zuckte eine Motte. Hilfloses Surren drang an Tadashis Ohr. Schläfrig näherte er sich dem Becken. Von dort, wo die filigranen Flügel des Insekts das Wasser berührten, breiteten sich rundum feine Ringe aus, eine Vielzahl konzentrischer Kreise, die zum Beckenrand strebten. Durch den Selbstrettungsversuch des kleinen Nachtfalters trübte sich die gesamte, zuvor spiegelglatte Wasseroberfläche. Es war wie ein Gleichnis, kam es Tadashi in den Sinn, für ihn und Teresa. So wie der Falter mit seinen Flügelschlägen die Wasseroberfläche veränderte, wirkte und beeinflusste seine Handlungsweise Teresas gesamtes weiteres Leben. Und er war dabei, es durch sein egoistisches Handeln in für sie tragischer Weise zu verändern.

In dieser Nacht fand er keinen Schlaf.

In den nächsten Tagen vermied er die Begegnung mit Teresa. Nachts quälte ihn die Vorstellung, dass sie ihn brauchte, auf ihn wartete. Er ahnte, wie sehr er sie durch sein unerwartetes Fernbleiben verletzte, stellte sich ihr tapferes Lächeln vor, ihre perlweißen Zähne, ihr unverdorbenes Gesicht, in dem die Bitte lag, er möge ihrer Sehnsucht nach Nähe nachgeben. Er ertrug eine Woche und zwang sich dann von Woche zu Woche zu noch einer weiteren ohne sie.

In den Nächten überfielen ihn nach wie vor diese Schockbilder, schoben sich quälend in seine Träume. Es gab keine Möglichkeit, sich dagegen zu wehren. Wenn er erwachte, war ihm speiübel. Jedes Mal hoffte er, sich übergeben zu können, um sich danach etwas besser zu fühlen, doch er erbrach sich nie. Und immer stellte er fest, dass der Grund für diese Übelkeit in seiner Erinnerung lag, die ihn bis in die Träume verfolgte.

Eines Nachts erwachte er von seinem eigenen gellenden Aufschrei. Diesmal war es nicht die junge Chinesin aus Nanking. Er hatte Teresa gesehen, mit dem Gesicht der Chinesin und dem gleichen, ballonartig aufgetriebenen Bauch.

Tadashi Yamamoto war ein realistischer und kein besonders gläubiger Mensch. Dennoch wiederholte sich in ihm der Gedanke, die Götter hätten sich, aus Rache für die Gräueltaten Japans in China, der Amerikaner in Hiroshima nur bedient. Und nein, an esoterischen Unfug wollte er nicht glauben, aber wusste er wirklich, ob es nicht doch etwas gab, das ihn bestrafte? Für China. Für die Schwangere und die Fotos? Für all das, was er nicht verhindert hatte, 1937 in Nanking getan hatte, 1945 in Hiroshima.

Doch Teresa war in ihm, war immer bei ihm. In den Zeiten, in denen er ihr fernblieb, träumte er ihre Gestalt zwischen die silbernen Perlenschnüre der Tropfen eines plötzlichen Mittagsregens. Seine Fantasie malte ihr Gesicht an die frisch gekalkten Wände und Mauern seines Hauses, legte es auf die schimmernde Strömung des Ota in der Morgendämmerung, wenn er nach einer fast schlaflosen Nacht früher als sonst hinaustrat und auf ihn hinuntersah. Er schrieb ihren Namen in die hoch aufgerichteten weißen Wolkenberge vor dem stahlblauen Himmel Hiroshimas hinter den *shojis*. Und jedes Mal beschwor er die Wolken, sie möchten an der Stelle verharren, ihren Namen nicht von ihm forttragen. Doch der Strom des Himmels trug ihn von ihm fort.

Er hörte den Klang ihrer Stimme im sanften Rauschen des Ahornbaumes in der Abenddämmerung, wenn sich der

Himmel blutrot verfärbte und Ahornbaum und Himmelsrot miteinander vermählte.

Immer noch einen Tag und einen weiteren zwang sich Tadashi, die Zeit ohne Teresa auszudehnen. Bis seine Standhaftigkeit in sich zusammenfiel, er es nicht mehr ertrug und ihr schuldüberladen und seelisch erschöpft auf ihrem abendlichen Nachhauseweg entgegenlief.

Wie sollte Teresa verstehen, was in ihm vorging? Teresa, die von allem Hässlichen so unberührt schien.

Er war der Verrückte auf dem Hügel über der Stadt. Übergenug hatte er die Götter bereits herausgefordert.

RYOKAN

»Du musst unbedingt, wenigstens einmal, in einem Ryokan gewohnt haben«, hatte Jason gesagt und ihr durch seine Sekretärin ein Zimmer im »Yuhara-Inn« reservieren lassen, einem original japanischen Hotelchen, schmal wie ein Handtuch, an einer schmalen Straße und an einem ebenso schmalen Flussläufchen gelegen.

Nach geglücktem Umsteigemanöver aus dem Regionalzug an einem Provinzbahnhof ohne lesbare Hinweisschilder erreicht Alice Kyoto am Spätnachmittag mit dem Shinkansen. Für ihren ersten Abend hat sie sich bewusst nichts vorgenommen. Sie will es ruhig angehen lassen, ihre Japankenntnisse im Kunstführer vertiefen und sich Gedanken über ihr Vorgehen in Hiroshima machen.

Aber jetzt liegt sie hier, in einem Vier-Tatami-Raum, auf dieser Unterlage, die man in Deutschland Futon nennt, unter einer fadenscheinigen Decke, die man in Japan Futon nennt, und friert fürchterlich. Von Nebenan hüstelt sie einer an. Man könnte meinen, dieser Mensch stünde neben ihr, mitten in ihrem Zimmer, so dünn sind die Wände. Hoffentlich schnarcht der nicht auch noch, hofft Alice.

Alices »Zimmer« im Ryokan ist äußerst spärlich möbliert. In einer Ecke steht eine Kleiderstange, mit gerade zwei Bügeln bestückt. Auf dem Boden liegt nur diese schmale Matratze auf den Tatamis und an der Wand hängt, als einziges Schmuckstück, ein *oshi-e*, ein japanisches Rollbild, von dem ein Samurai mit gezogenem Schwert finster auf Alice herabblickt. Hinter dem Kopfende des Futons auf dem Boden befindet sich ein pergamentbespannter Fensterdurchlass, der auf die Hoteltreppe führt.

»Der Herbst in Japan ist ausgesprochen mild«, hat Jason gesagt, und entsprechend hat Alice ihren Koffer gepackt:

mit Baumwollhosen und -shirts, Sommerensembles und Übergangsblazern.

Eine dicke Fliege kriecht, als sei sie müde oder krank, langsam über den *oshi-e*. Vielleicht ist auch ihr kalt, überlegt Alice, zusammengekauert mit angezogenen Beinen auf dem Futon. Ihre Augen tasten die Wände des winzig kleinen Raumes nach weiteren Insekten ab, bis sie erneut an dem Samurai hängen bleiben. Mit der für einen Samurai typischen, durch Pflicht und Überlieferung gefrorenen Erstarrung in seinem Blick erinnert er sie an die Wirtin des Hauses, Frau Yuhara. Alice lässt ihren Kopf auf den Futon fallen und seufzt. Unter dem bedrohlich erhobenen Schwert kommt sie sich verlassen und klein vor. Die Zimmerwände zittern. Ein merkwürdiges Geräusch lässt sie aufhorchen.

Ach so, da fährt eine U-Bahn unter dem Haus durch, auch nicht anders als in Berlin oder Paris. Schade, in ihrem Kyoto-Stadtplan war keine Haltestelle in der Umgebung des Hotels zu finden gewesen. Sie hatte den langen Weg vom Bahnhof zum Ryokan einfach zu Fuß zurückgelegt.

Da hört sie es erneut, dieses Geräusch. Alice blättert nach dem Erscheinungsdatum ihres Reiseführers. Er ist schon etwas älter, vielleicht gibt es ja doch eine U-Bahn hier in der Nähe. Spart Zeit und Taxigeld, schlussfolgert sie.

Vor der Tür niest jemand. »Gesundheit«, sagt Alice laut. Wie eine alte Frau, jetzt spreche ich schon mit mir selbst.

Sie grinst dümmlich vor sich hin. Seit knapp einer Woche reist sie allein. Bisher ist sie keinem einzigen fließend englisch sprechenden Menschen begegnet. Ist es das, was sie so erschöpft? In Ise ist sie stundenlang stumm und allein durch die Gärten gezogen. Außer mit den Taxifahrern und den Leuten an der Hotelrezeption bei ihrer Ankunft ergab sich kein einziges Gespräch, weder im Schrein noch im Supermarkt, wo sie sich Joghurt, Kekse und Obst gekauft hatte, nicht einmal im Hotel. Dort hatte ihr selbst der Mensch am Empfang wortlos die Rechnung überreicht und deren Begleichung lediglich mit einer Verbeugung quittiert. Zeit und ungestörtes Alleinsein, wonach sich Alice zu Hause oft sehnte, hat sie hier plötzlich im Überfluss. Tagelang überhaupt nicht zu sprechen, das ist sie einfach nicht gewohnt.

In Japan, hat sie gelesen, sei das Single-Dasein verpönt. Man interpretiere es als Ausdruck ungesunder, übersteigerter Individualität. Gruppenzusammenkünfte organisieren sich hier wie von selbst, da jeder Einzelne für sein ungetrübtes Selbstbild die Gemeinschaft der anderen benötigt.

Sogar Frau Yuhara war bei Alices Ankunft argwöhnisch aus dem *genkan*, der japanischen Eingangsdiele, hinaus auf die Straße getreten. »Are you alone? All alone?«, hatte sie gefragt und um die Ecke geäugt, nach dem potenziellen Jemand schielend, den Alice womöglich noch mit sich im Schlepptau führte.

Und so wiederholt sich in Alices Kopf nun ein Lied von der Knef. Immer wieder von vorne. Musizismus, Alice weiß, was das bedeutet. Egal, sie fährt einfach fort, es leise zu singen: »In Japan ist alles so klein, so klein, in Europa ist alles so groß ...«

Auf ihren Ryokan und das eiskalte Tatamizimmer trifft es jedenfalls zu. Sollen die Leute in den Nachbarzimmern doch denken, was sie wollen!

Hinter der milchig-weiß verklebten Fensteröffnung über dem Kopfende ihres »Bettes« wird es laut. Von dort vernimmt Alice ein hastig abwärtsgehendes Poltern, ein auffälliges Rumpeln. Na toll, ein weiterer Stilbruch, neben hustenden, niesenden Nachbarn und dem ständigen Rattern der U-Bahn: Sollte Kyoto nicht die Stadt der Ruhe und Kontemplation sein? Über ihrem Kopf hört es ebenfalls nicht auf. Es trippelt, stapft, murmelt und klappert treppab.

Weit mehr beunruhigt Alice, dass sie so friert. Innerhalb dieser wackelnden Wände ist ihr kalt, schrecklich, fürchterlich, eisig kalt. Was gäbe sie jetzt für eine heiße Badewanne!

ALICE

Herrje, wieso hat sie auch nicht ihren dicken, weißen Aran-Pullover mitgenommen? Sie wird Frau Yuhara fragen müssen, wo man hier ein Aspirin bekommt.

Frau Yuhara scheint den Ryokan mit ungeteilter Autorität allein zu führen. Von ihrem ebenfalls im Hause lebenden Ehemann – Jason hatte Alice von seiner großartigen Bonsai-Zucht berichtet – hat Alice bisher weder etwas gehört noch gesehen.

Überkorrekt und adrett, in ihrem steifen Kimono und ihren *tabí*, den weißen, japanischen Socken mit ausgeformtem großen Zeh zwischen den Riemen ihrer klappernden Holzsandalen, empfing die Ryokan-Inhaberin Alice nicht gerade sehr freundlich. Eine kleine, agile Person, die bei der Führung durch den Ryokan nicht ein einziges Mal gelächelt hat und Alices Koffer abschätzig taxierte. Ihr hervorstechendstes Merkmal, neben ihrem merkwürdigen Englisch, war eine tiefe, steile Stirnfalte, die ihrem Gesicht einen gebieterisch-mürrischen Ausdruck verlieh.

Auf dem Weg zu Alices Zimmer, gleich neben der Treppe im ersten Stock, erklärte sie eindringlich, in umständlichem englischen Kauderwelsch (sie verwechselte ständig das l und das r) die Hausordnung des Ryokan.

»Auf gal keinen Farr, Sie dülfen benutzen Schuhe von Tatami-Laum dlaußen in Frul, da extla Sandaren, Sandaren Tatami Laum ausschrießrich fül Zimmel bestimmt.«

Unter dem wachsamen Blick von Yuhara-san zog Alice artig ihre Zimmersandalen an, stellte ihr Gepäck auf den Tatamis ab und wurde sogleich wieder hinausbeordert. Mit steifem Finger wies die Ryokan-Chefin auf ein vor Alices bleistiftdünner Holztür abgestelltes anderes Paar Strohsandalen, deren Riemen man, wie bei denen aus Holz, neben dem großen Zeh einklemmen muss.

Also zog Alice ihre Zimmersandalen aus und schlüpfte in die Flursandalen. Yuhara-san führte sie durch einen engen, schwach beleuchteten Gang, eine schmale Stiege hinauf, zu einem flachen, steinernen, etwa drei Meter langen Waschtrog, der wie eine Kuhtränke aussah, und über dem in Abständen mehrere Wasserhähne angebracht waren.

»Da waschen, Zähne putzen.«

Welch überaus prickelnde Gelegenheit, kombinierte Alice, Kontakt zu anderen Reisenden herzustellen. Männlein und Weiblein sittsam nebeneinander vor einem Kuhtrog beim morgendlichen Zähneputzen.

Diensteifrig schlurften Yuhara–sans in *tahí* und Holzsandalen steckende Füße weiter vor ihr her.

»Da Toirettenlaum«, sagte sie und zeigte auf eine Tür, die wie ein Wandverschlag wirkte.

Davor abgestelltes Schuhwerk bedeutete demnach: »Vorübergehend besetzt«, folgerte Alice. Immerhin wusste sie nun aber auch schon, wo sich das gewisse Örtchen befand. Doch ungeachtet des Sandalensignals hatte Yuhara-san plötzlich die Toilettentür geöffnet. Die eindrucksstarke, vor dem Waschtrog erhaltene Belehrung noch im Ohr, erschrak Alice für einen Moment. Sollte man etwa auch hier nebeneinander …?

Doch ihr flüchtiger Blick streifte ein leeres, fensterloses Verlies mit in den Boden eingelassenem Porzellanbecken. Es erinnerte sie an französische Plumpsklos in Paris. Sie würde sich, wie in ihrer Studentenzeit, auf eine mindestens fünftägige Konstipation einstellen müssen.

»Auf gar keinen Fall«, eiferte sich Frau Yuhara, »sie dürfen betreten Toilettenraum mit Schuhe von Flur! Immer Schuhe für Toilette anziehen, ich kontrollieren.«

Tatsächlich stand neben dem sauberen, weiß-emaillierten Bodenloch ein weiteres Paar bereits feuchter Sandalen, nur für den Plumpskloraum gedacht, nacheinander benutzbar für Hunderte nackter Touristenfüße, kyotostaubig oder sauber, bei Durchfall, Fieber, Zahnschmerzen oder Fußpilz. Alice würde den Raum, wenn irgendwie vermeidbar, sowieso nicht benutzen.

Das Getrabe auf der Treppe und im Flur beginnt jetzt schon wieder, diesmal geht es treppauf. Neugierig geworden setzt Alice sich auf, hievt sich ans Bettende und öffnet die Tür, kniend, vom Futon aus. Der Türgriff befindet sich gleich über dem Fußende.

Etwa fünfzehn Amerikaner, unverfälscht mit Hängebauch und Reeboks, ziehen kurzatmig im Gänsemarsch mit verstörtem Gesichtsausdruck an ihr vorbei.

»Anything wrong?«, fragt sie forschend in die Schlange hinein.

»Earthquake!«

Ein offensichtlich erfahrener, kreideweißer Fleischkloß, wahrscheinlich aus den erdbebenbegünstigten Gefilden nahe der kanadischen Grenze stammend, schaut sie fragend an.

»Did you stay in your room all the time?«

»Of course, nobody told me«, entgegnet Alice. Sie hatte ja niemand gewarnt.

Also doch keine U-Bahn. An ein Erdbeben hat sie überhaupt nicht gedacht. Aber Yuhara-san muss es wissen. Sie schickt die Leute ja alle schon wieder auf ihre Zimmer zurück.

Kein Wunder, denkt Alice, so etwas ist hier an der Tagesordnung.

Doch die Kälte, Enge und Kargheit ihrer heizungslosen Bleibe machen ihr zu schaffen. Sie will auf keinen Fall krank werden. Trübsinn kriecht über spröde Tatamimatten, seufzt und klagt über schon tagelanges Alleinsein, beginnt, es mit Einsamkeit und Verlassenheit zu verwechseln. Wie soll sie es den ganzen Abend in dieser Kälte mit Schüttelfrost, einer beginnenden depressiven Verstimmung und obendrein Erdbebenalarm aushalten? Sie hat sich alles viel leichter vorgestellt.

Da packt sie ihre Rührseligkeit bei den Ohren: Du bist in Kyoto! Hier gibt es verwunschene Dichtertempel, goldene Pagoden, romantische Kaisergärten! Was brauchst du? Einen Gutschein, um deinen Hintern hochzukriegen?

Viele Möglichkeiten lässt das nicht offen. Die Läden würden sicher bald schließen, für Besichtigungen von Museen oder Schreinen ist es zu spät, also erst mal raus hier.

Sie wird sich im Takashimaya-Kaufhaus einen warmen Pullover kaufen. Dort würde es sicher auch ein Restaurant für einkaufswütige japanische Hausfrauen geben. Plötzlich ist sie wie aufgedreht. So eine heiße Misosuppe, diese aus einer Gemüsepaste mit heißem Wasser aufzugießende Suppe, wäre jetzt genau das richtige, und danach gleich noch eine zweite. Wenn auch wenig gehaltvoll, würde Miso sie immerhin aufwärmen. Und danach, Alices Fantasie gleitet leichtfertig ins Fabelhafte ab, ein *tempura* vielleicht, ein *gyuiniku teriyaki* oder gar ein *yakitori*, wie sie es in Tokio genossen hat? Sie ist plötzlich so hungrig, dass sie fast schon die Kochdünste riecht.

Sie erhebt sich, schlüpft in ihre Zimmersandalen, greift nach ihrer Handtasche und ist schon aus der Tür.

Im *genkan* erwartet Yuhara-san sie mit böse funkelnden Augen.

Verdutzt fragt sich Alice nach dem Grund.

»Sandaren farsch, ich gesagt, nul in Zimmer tlagen!«

Vor so viel kontrollierter Reinlichkeit muss Alice kapitulieren.

In der Tat hat sie den Flur, die Treppe und fast sogar den terrakottagefliesten *genkan* mit den Zimmersandalen betreten, während die Flursandalen noch immer wie zwei standhafte Frontsoldaten ihre Zimmertür bewachen. Alice hat ihre erste Todsünde im Ryokan begangen.

»Oh, I am so sorry, Yuhara-san«, stottert sie, schon zur Treppe gewandt, »*sumimasén*, Entschuldigung!«

»Nix *sumimasén*«, blitzt Yuhara-san sie an, die Alices Vorhaben ahnt und diese am Arm festhält.

Alice will hinaufspringen, die Zimmersandalen zurückbringen, jene vor ihrer Tür anziehen und das kurze Treppenstück mit den Flursandalen wieder hinuntereilen, aber Yuhara-san ist unerbittlich.

Sie untersagt ihr, in ihren Raum zurückzugehen, sie brächte ihr – letztmalig! – neue Sandalen

Japaner, erinnert sich Alice, seien gegenüber Motiven von Ausländern misstrauisch. Die anerzogene Kluft zwischen ihren vorgegebenen und wahren Motiven verführe sie dazu. Glaubt Yuhara-san etwa, sie wolle absichtlich ihre Hausordnung stören? Unter diesen Umständen vergisst Alice, nach einer Apotheke und nach Aspirin zu fragen.

Sie bedankt und entschuldigt sich zweimal, deutet sogar eine Verbeugung an, sucht aus dem friedlichen Nebeneinander der Straßenschuhe der anwesenden Hotelbewohner ihre eigenen heraus, schlüpft hinein und tritt auf die Straße hinaus.

EINKAUFSWAHNSINN UND DELIKATESSEN

Die schattige Uferallee stößt an ihrem Ende auf eine Hauptstraße, die direkt zum Bahnhof führt. Mit schnellen Schritten kämpft Alice gegen ihr Frösteln an, als ihr auf der gegenüberliegenden Seite der Straße etwas auffällt, das wie ein Antiquitätengeschäft aussieht. Neugierig überquert sie die Straße und betritt einen schummrigen Verkaufsraum.

Hinter der halb geöffneten Eingangstür begegnet sie dem wachen Blick eines schmächtigen Japaners, mit faltig zerknittertem Gesicht und tief liegenden, freundlichen Augen. Ein aufrecht sitzender Aristokrat aus einem Nō-Bühnenstück. Scheinbar unbeteiligt verfolgt er jede ihrer Bewegungen in seinem Reich. Es riecht nach altem Papier, Schimmel und Staub. Das Kloßgefühl in ihrem Hals führt Alice auf den muffigen Geruch und die orakelhafte Düsternis des Ladens zurück. Doch nach kurzer Zeit – Alice stellt es mit Verwunderung fest – umgeben die Augen des alten Mannes sie wie eine warme, schützende Hülle, als übertrügen sie seine ihm eigene Ruhe noch bis in die dunkelsten, entferntesten Ecken des Verkaufsraumes. Sie ist völlig entspannt, vergisst, was sie ursprünglich vorhatte, taucht immer tiefer in diese schlauchartige Höhle ein, spürt nicht einmal mehr die Kälte. Behutsam windet sie sich zwischen den auf wackelige, schmale Tischchen getürmten, seltsamen und fragilen Kostbarkeiten hindurch, tastet sich seitlich an hohen Vitrinenschränken, an Konsolen, messingbeschlagenen, kurzfüßigen Tischchen, geschnitzten Rosenholzschränken und mit verstaubten Objekten vollgestellten Kommoden vorbei. Sie hat ihren eigenen Tempel in Kyoto gefunden, dringt immer tiefer in das Labyrinth des Ladens.

Auf einmal umfängt sie ein warmer, süßlicher Parfumschwall, der sich beim Weitergehen auflöst und sie deshalb einen Schritt zurücktreten lässt. Schnuppernd richtet sie ihre Nase nach dem Duft aus. Er entströmt dem durchlöcherten Deckel eines Keramikschälchens. Als sie ihn instinktiv hebt, quillt das verlockende Aroma aus einem weißlich wächsernen Kloß in das schummrige Dunkel des Raumes. Wie ein entfesselter Flaschengeist. Ambra, vermutet Alice, das muss Ambra sein.

Uralte, gewundene Glaskaraffen, antike Keramikbecher in verschiedenen Größen reihen sich daneben auf dem Regal. Und dort steht sie: eine zylindrische, weidengeflochtene Ikebanakorbvase mit sehr hohem Bügel, weißschimmelig angegraut. Herrje ist die schön! Die ist es. In Deutschland würde sie so etwas nie finden!

Aber wollte sie nicht ins Takashimaya?

Jetzt sieht sie antike, zweifellos wertvolle Bücher mit ledernen Buchrücken, kostbare, in *kanji* verfasste Folianten, findet perlmuttverzierte Schwerter und Dolche neben eisernen Kerzenleuchtern und an ihren Rändern abgeplatzte, eingebeulte, rissige *kabuki*-Masken mit strengem, angsterregendem Ausdruck.

Warum sehen nur alle so grimmig aus? Gibt es in diesem Land keine freundlichen Männer?

ALICE

Alice seufzt. Seit sie wie eine Katze auf der Suche nach Vogelnestern in sein Reich eingedrungen ist, hat sich ihr runzeliger Beschützer nicht von der Stelle bewegt. Den Kopf in ihre Richtung gewandt, sitzt der alte Mann unverändert am Eingang und lächelt Alice mit einem kaum merklichen Nicken zu. Sie will über einen Parallelgang zum Ausgang zurück, aus diesem Laden hinaus, sie muss unbedingt, sie will doch … schließlich kann sie doch nicht, das ist doch völlig verrückt! Aber sie kommt nicht voran. Fasziniert entdeckt sie japanische Brettspiele, bestaunt kostbare, alte Schriftrollen, Rollen mit japanischer Tintenmalerei, Trinkgläser und handbemalte Keramikteller. An einer Wand, halb versteckt hinter einem Vitrinenschrank, hängen mit Goldfäden durchwirkte, antike japanische Mäntel, verschiedene Kimonos, *yukata* und Blusen.

Vor einer eigenartigen Handwaage mit einem, an einer drehbaren Holzrolle befestigten Bambusgriff bleibt sie längere Zeit stehen. Dieses Ding würde sie, genau wie die Ikebanakorbvase, am liebsten sofort kaufen, plant es insgeheim ein, während sie bereits weiter dem Ausgang zustrebt.

Sie sollte nun endlich ins Takashimaya …

Sie hat den Ausgang beinahe erreicht, als sie auf einem Regal in der Nähe des Fensters sechs hauchzarte, durchsichtige Porzellanschälchen stehen sieht, mit handgemaltem, rostfarbenem Ming-Drachen-Motiv, genau passend zu den Meißener Mokkatassen, an denen Teresa so hing. Sie stammten aus ihrer Schweriner Zeit. Alice hat sie bisher nicht einmal abgeholt.

Vorsichtig nimmt sie eines der Schälchen in ihre Hände und tritt fragend auf den alten Mann zu. Es ist so klein und zart, sie könnte es als Süßstoffbehälter benutzen.

»Wieviel?«

Er schenkt ihr ein gewinnendes Lächeln. »Das ist sehr, sehr alt.«

»Fül Sie hundeltsechzig Dollal, sechs zusammen.«

Sie hätte ihn stundenlang anschauen, seine Falten studieren, sein Gesicht eines guten japanischen Gottes auf einem Zeichenblatt festhalten mögen. Aber sie muss auf den Boden der Tatsachen zurück. Er will alle sechs zusammen verkaufen und nennt ihr einen Touristenpreis. »Fül Sake«, erklärt er, »das ist fül Sake fül dlink.«

Alice hat nicht vor, demnächst in Deutschland Sake zu trinken. In zwei Tagen wird Dr. Ohta vom Hibakusha-Hospital sie am Bahnhof in Hiroshima abholen. Sie kann dort unmöglich mit einem Pappkarton ankommen. Japaner reisen eine Woche lang mit einem Koffer im Aktentaschenformat quer durch Europa. Für deren Verhältnisse hat sie ohnehin zu viel Gepäck dabei.

Sie braucht einen warmen Pullover, sie muss ins Takashimaya! Trotzdem: Es fällt ihr schwer, diese Schatzkammer zu verlassen.

Sie bedankt sich. Er lächelt sie an. Ein wirklich freundliches Lächeln. Eilig verlässt Alice den Laden.

Am Eingang des Takashimaya verbeugen sich zwei maskenhaft geschminkte Japanerinnen in Livrees vor ihr. Ihre Bewegungen gleichen den Marionetten einer daueraufgezogenen Spieluhr. Ihre piepsigen Stimmchen grüßen und danken und verabschieden, spulen unaufhörlich die gleichen Worte herunter: *konichi wa, arigato gosaimasu, dōitashimashite, abunai kudasai!*

Alice durchquert die geballten Duftwolken der Parfum- und Kosmetikstände im Erdgeschoss, die Lederwarenabteilung, in der sich Krokodillederhandtaschenkollektionen verschiedener europäischer Stardesigner häufen, entkommt den – *Ohayō gosaimasu konichi wa, ohaio dōitashimashite gosaimasu! Domo arigato gosaimasu!* – labernden, weiß geschminkten Fahrstuhlhostessen mit Lippen wie aufgeblühter Klatschmohn. Und während sich ihr und den anderen Konsumenten amerikanische Lovesongs unter die Haut schmeicheln, stiehlt sie sich vorbei an Tischen mit Sonderangeboten von Porzellan – hatte sie sich nicht schon in Tokio vorgenommen, japanisches Geschirr einzukaufen? –, flieht aus dieser Abteilung mit Unmengen verschiedener Speiseschalen, Gläser, Kännchen, Becher in allen möglichen Größen, aus Keramik, Holz, Bambus, Glas oder Porzellan, und findet sich – endlich – in einer Bekleidungsabteilung wieder.

Auch hier: ein Überangebot an hauchdünnen – Designer! – Pullovern, ab Größe sechsunddreißig abwärts. Irritiert sieht Alice sich um. Ihre vergebliche Ausschau nach Kindern beweist, dass sie sich sehr wohl in der Erwachsenenabteilung befindet. Sie wünscht alle teuren Designer zum Teufel. Es ist kein einziger dicker und warmer Pullover in Größe achtunddreißig zu haben, und die Klimaanlagen tun ihr Bestes, sie weiter das Frieren zu lehren.

Raus hier, nichts wie hier raus! Sie flüchtet an den sich roboterhaft verbeugenden Hostessen vorbei auf die um die vorabendliche Zeit belebte und lärmerfüllte Hauptstraße. Am Tourist Information Center TIC staut sich eine Schlange erschöpft wirkender Touristen bis zur Mitte des Bürgersteigs. Spanische Wortfetzen mischen sich mit französischen. Bestimmt sind all diese Leute in einer Gruppe angereist, haben warme Pullover im Koffer und ein richtiges Hotelzimmer nach westlichem Standard. Alice würde sich am liebsten dazustellen, sie ansprechen, nur um endlich mit jemandem, in welcher Sprache auch immer, zu kommunizieren. Ihr Kopf schmerzt vor Hunger und Einsamkeit, denn seit ihrem frugalen Frühstück vor der Fahrt im Shinkansen, hat sie noch nichts gegessen. Inzwischen ist es fast achtzehn Uhr. Automatisch nimmt sie den Flyer entgegen, den ihr eine ältere, gebückt gehende Japanerin dankbar lächelnd zusteckt. Und es ist nur dieses Lächeln, das Alice daran hindert, den Flyer gleich in den nächsten Müllkasten zu entsorgen.

Auf dem Rückweg zum Ryokan, etwa auf der Höhe »ihres« Antiquitätenhändlers, weht ihr der Hauch eines warmen

Fleischgerichtes und heißer Sojasoße entgegen. Sie schaut sich um, entdeckt aber nur einen unscheinbaren Lebensmittelladen, an dem sie schon ein paar Mal vorbeigegangen sein muss. Wie Jean-Baptiste Grenouille folgt sie allein dem Geruch. Die Frontseite des Ladens besteht aus einer winzigen Fensterscheibe und einer engen Glastür, hinter der sich ein mit Lebensmitteln vollgestopfter, eiskalter und ebenfalls höhlenartiger Schlauch erstreckt, in dem es weit weniger gut riecht. Aber was soll sie ohne Dosenöffner mit Dosenthunfisch oder Corned Beef anfangen – was mit Wasabi, gepressten Algenblättern in verschiedenen Längen, Breiten und Gewichtsgrößen? Alice ernährt sich seit Tagen fast ausschließlich von Joghurt. Auch jetzt kauft sie Joghurt, einen Tetrapak Milch und, wie seit Ise gewohnt, eine Packung Kekse ein.

Im Vorbeigehen gönnt sie sich einen weiteren begehrlichen Blick in das Schaufenster des Antiquitätenladens nebenan und auf die Ming-Drachen-Schälchen, die sie von draußen sehen kann. Der runzelige Japaner verbeugt sich lächelnd. Alice hebt ihre Hand zum Winken. Es ist so schön, von jemandem erkannt zu werden.

Im Ryokan fragt Alice Yuhara-san nach einem Löffel. Diese entrüstet sich, ihr Ryokan sei kein Speiserestaurant, hier gäbe es keine Löffel. Alice wünscht sich nach Australien, wo es in jedem Hotelzimmer coffee making facilities gibt, einen elektrischen Tauchsieder, Dosenöffner, Servietten, Geschirr und Besteck. Wo man sich sogar noch bei Außentemperaturen von fünfunddreißig Grad im Zimmer hätte aufwärmen können, wo Tütenschokoladenpulver, Kaffee- und Teebeutel, Milch und Zucker bereit lägen.

Mit klammen Fingern, im Schneidersitz auf dem Futon, drückt sie an dem eiskalten Joghurtbecher herum, presst die so gelockerte gelatinegebundene Masse löffellos aus dem Becher in ihren Mund. In dem falsch gelagerten Tetrapak treiben Eisschollen gefrorener Milch. Zur Eismilch isst sie nach und nach die gesamte Packung der seltsam fade schmeckenden Kekse auf, mit dem Ergebnis, dass ihr nun noch kälter ist als vorher.

Soll sie den Abend hier frierend mit dem Kunstreiseführer verbringen?

Gelangweilt greift sie nach dem Flyer vom Tourismusbüro, den sie im Supermarkt in eine Plastiktüte gesteckt hatte. Nichts außer Werbung für ein Touristenspektakel. Kyoto sei das Zentrum der Sadō-Teezeremonie und des Ikebana sowie die Geburtsstätte der klassischen japanischen Theaterkünste Nō-Theater, *kyōgen* und *kabuki*. Kostproben dieser Künste, auch Musikstücke auf der *shakuhachi*, einer japanischen Bambusflöte, würden Touristen allabendlich in einem Theater geboten …

Pro Gruppe ein kleiner Japaner, malt Alice sich aus, jeweils mit einem Fähnchen vorneweg. *Gaijin*, in acht bis zehn Bussen bis vors Theater gekarrt, wie zu einer zwangsweisen Reihenuntersuchung. Vor Alices innerem Auge taucht der bleiche, langnasige Mann mit dem schwarzen Zylinder und dem gebogenem Zeigefinger auf dem Plakat der früheren amerikanischen Rekrutierungsbüros auf: The Army needs you! Das fehlt ihr gerade noch! Für so etwas fängt sie niemand ein, sie nicht!

Jajaja, Jason, eine Frau, allein, in der japanischen Provinz!

Sicher ist es draußen auch schon dunkel, überlegt sie, ein Fenster gibt es in ihrem Zimmer ja nicht. Frustriert wirft sie sich auf den Futon. Andererseits, soll sie den Abend, umgeben von unbekannten Schniefern und Schluckaufspechten, frierend zwischen diesen dünnen Wänden verbringen?

Achtung! Sind Nō-Theater, *kyōgen* und *kabuki* etwa keine Traditionen? Hier werden Künstler dafür ausgebildet, um sie zu bewahren.

Traditionen sind Werte! Sie legitimieren die Identität eines Volkes!

Ist zu weit weg vom Yuhara Inn, mault die andere Stimme in ihr, die erste entscheidet sich für einen Zeitabgleich.

Wann soll die Vorstellung beginnen? Um sieben? ... Und jetzt ist es schon ... viertel vor ...? Himmel!

Blitzschnell springt sie auf. Vergisst nicht, die Tatamisandalen im Zimmer zu lassen, die Flursandalen gleich vor der Tür anzuziehen, die Haussandalen unten an der Treppe abzustellen, ihre Straßenschuhe erst dort anzuziehen.

Yuhara-san bestellt ihr ein Taxi zum Theater, dem mit der Aufführung japanischer Traditionskünste.

»Ist es sehr weit von hier entfernt?«

Frau Yuhara schüttelt den Kopf.

»Sie fragen Taxifahrer, ich nicht wissen.«

Aber auf keinen Fall, betont Yuhara-san, dürfe sie zu spät zurückkommen. Punkt dreiundzwanzig Uhr würde die Eingangstür verschlossen.

Selbstverständlich, verspricht Alice, selbstverständlich kommt sie sofort nach dem Theater zurück. Hat sie eine andere Wahl?

THEATER

Die gerade verlaufende Hauptstraße ist ewig lang und beidseitig von garagenähnlichen Läden gesäumt, von denen jeder eine Nummer trägt. Das erinnert Alice an Verkaufsbuden in arabischen Basaren, nur die breite Allee davor und die Ladennummern, die inzwischen vierstellige Zahlen erreichen, stören das Bild.

Endlich, an einer Straßengabelung, weist der Fahrer mit dem Finger in eine Gasse. Sie müsse, erklärt er Alice in holprigem Englisch, die Einbahnstraße nur ein Stück geradeaus gehen, dann liefe sie genau auf das Theater zu.

Über den beschlagenen Dächern, auf dem feuchten Asphalt liegt der Abend glänzend im Schimmer der Straßenbeleuchtung. Aus den Küchenfenstern einer Seitengasse wehen verführerische Essensdüfte herüber, gelbe Reklameschilder werben für anheimelnd wirkende Restaurants.

Die gläsernen Eingangsportale des Theaters sind schon geschlossen, als Alice den Theatervorplatz erreicht. Hinter den Scheiben stehen zwei Platzanweiserinnen in Theater-Livree, vornübergebeugt, die Hände vor ihre lachenden Münder gepresst. Wenn die sich mal nicht gerade über fettleibige Touristen amüsiert haben, spekuliert Alice, als sie ihr doch noch die Tür öffnen.

Der abgedunkelte Theaterraum scheint bis in die letzten Reihen besetzt. Aber als sich ihre Augen an die Dunkelheit gewöhnt haben, bemerkt Alice am anderen Ende der Reihe genau neben ihr noch mehrere leere Plätze. Superplätze! Fast mittig und nah vor der Bühne im Parkett. Ein Glücksfall, obwohl sie so spät dran ist.

Halbwegs auf Zehenspitzen, vorn auf der Bühne fuchteln Schauspieler in weißen Mänteln bereits mit Schwertern herum, schleicht Alice sich durch den hinteren Theaterraum um die Sitzreihen bis an das andere Ende der noch halb leeren Reihe heran. Ohne überhaupt jemanden zum Aufstehen bewegen zu müssen, steuert sie auf einen Blonden in der Mitte der Reihe zu, der aussieht wie eine Kreuzung des »Jungen auf der Zwiebacktüte« und Robert Redford. Nur dass er über seiner schmalen, überlangen Nase einen Bürstenhaarschnitt trägt.

Alice hasst Bürstenhaarschnitte. Da weht sie ein Männerduft an. Sie weiß nicht, ob der Duft von ihm oder aus der Reihe vor ihr kommt. Alice schnuppert: riecht wirklich nicht schlecht.

Ungerührt blickt der Blonde zur Bühne und tut, als hätte er nicht wahrgenommen, dass sie – einen Sitz zwischen sich und ihm frei lassend – neben ihm Platz genommen hat. Alice versteht nicht, was sich da vor ihr abspielt und schielt zu ihrem Nachbarn hinüber. Die kichernden Japanerinnen am Eingang haben ihr kein Programmheft angeboten und er scheint auch keines zu haben. Ach Gott, wie der seine Nase in Richtung Bühne reckt! Fast muss sie lachen.

Eine Kindheitserinnerung steigt in ihr auf. »Fräulein Alice, bei Ihrem Näschen lohnt sich aber keine Erkältung!« Damals war sie dreizehn und massierte sich danach monatelang abends im Bett ihre Nase, in der Hoffnung, sie würde ein klein wenig größer. Sorgen, die der Typ neben ihr nie gehabt hat. Die Samurai auf der Bühne treten ab.

Nun präsentieren zwei weiß geschminkte, kimonobekleidete Geishas mit akkurat gefalteten obi und anmutigen Bewegungen die Teezeremonie. Ablenken soll die, rekapituliert Alice, von den Oberflächlichkeiten des Lebens. Dafür muss man sich aber ziemlich weit herunterbücken. In gleicher Haltung betreten drei weitere Geishas das Podium. Nacheinander, lächelnd und steif, verbeugen sie sich vor einem Rollbild in einer Nische, wo sie mit gekreuzten Beinen vor einem danebenstehenden Räucherbecken auf dem Boden Platz nehmen.

Meine Güte, wundert sich Alice, was ist bloß mit Bürstenhaarschnitt los? Aus den Augenwinkeln bemerkt sie jetzt schon zum dritten Mal, dass er sie anstiert. Als sie spürt, dass er sich abwendet, riskiert sie einen Blick auf ihn. Europäer, tippt sie, Schwede oder Norweger wahrscheinlich. Autistisch wahrscheinlich.

Zumindest zunicken hätte er ihr ja wohl können! Sie nimmt ihre Handtasche vom Schoß und platziert sie auf dem freien Sitzplatz zwischen ihm und ihr.

Ein Gong ertönt. Gebückt treten die Geishas durch die Tür in ein anderes Bühnenbild. Dort wandeln die Damen eine Weile umher, bis ein mehrfacher Gongschlag ertönt, der sie in den Raum mit dem Rollbild in der Nische zurücktreten lässt, wo das Rollbild gegen ein Ikebana-Gesteck ausgetauscht worden ist.

Die Geishas nehmen kniend um ein kurzbeiniges Tischchen herum Platz und präsentieren dem Publikum die Utensilien für die Teezeremonie. Dem Kessel auf dem Holzkohlebecken entweicht heißer Wasserdampf. Daneben stehen eine Teedose, ein aus Bambus geschnittener, glänzender Teebesen, fünf Keramikteeschälchen, ein Gefäß für überflüssiges Wasser, ein Schöpflöffel und ein Ständer zum Ablegen der Kelle.

Wer hat in Tokio heute noch so viel Zeit, fragt sich Alice. Vielleicht machen es noch einige traditionelle Familien auf dem Land? Die Geishas reinigen umständlich den Bambusbesen und den Löffel mit heißem Wasser und trocknen beides mit einem speziellen weißen Leinentuch ab, dem *fukusa*, das die Geishas nun hochheben, um es dem Publikum zu zeigen.

O je, das dauert, denkt Alice angeödet.

Jede Geste ist einstudiert und muss genau eingehalten werden, weiß sie aus dem Japanführer. Schon der Text hat sie beim Lesen gelangweilt. Die Keramikschälchen werden, sehr langsam, mit je drei Teelöffeln Teepulver gefüllt und mit heißem Wasser aufgegossen. Der Schöpflöffel darf zunächst nur zu dreiviertel gefüllt werden, damit er ein weiteres Mal eingetaucht und aufgefüllt werden kann. Das wiederum hat Alice im Flyer gelesen. Nun schlägt die Geisha den Sud mit dem Bambusbesen zu einer dicken, sämigen Brühe auf, zeigt es den Zuschauern und reicht den so zubereiteten Tee kniend ihren um sie herum knienden Gästen. Na dann!

Pause. Das Licht geht an. Alice erwartet einen weiteren Blick ihres Nachbarn. Doch Bürstenhaarschnitt starrt geradeaus auf die unbeleuchtete Bühne.

Was die maskierten Figuren in den folgenden Episoden bitterböse macht, sie eigenartige Töne ausstoßen und mit furiosem Gesichtsausdruck heftige Bewegungen vollführen lässt, versteht Alice nicht. Das Unverständnis in den Gesichtern der anderen Zuschauer, die die Handlung ganz offensichtlich genauso wenig begreifen, ist immerhin tröstlich.

Die Einführung des Publikums in die Ikebana-Blumensteckkunst durch zwei Geishas interessiert Alice wirklich. Sie will diese Techniken zu Hause anwenden und passt jetzt auf. Den Gedanken an die zylindrische Ikebanavase mit Henkel bei »ihrem« Antiquitätenhändler hat sie ohnehin noch nicht aufgegeben. Da! Wieder schielt ihr Sitznachbar zu ihr herüber.

Hatte ihr nicht einmal jemand gesagt, dass man das Alter einer Frau an den Händen erkennt? Na klar, und der will wissen, ob sie verheiratet ist! Er mag vielleicht fünf, sechs Jahre jünger sein als sie, nicht mehr. Ja und?

Standing Ovations sind es nicht gerade, die das Publikum spendet. Es erhebt sich nach nur mäßigem Beifall und strebt ungerührt den Ausgängen zu. Aber bei einem derartigen *gaijin*-Andrang, überlegt Alice, müsste es hier eigentlich einen »richtigen« Waschraum mitsamt dazu passendem Sitzklo geben. Dann hätte sie das schon mal hinter sich.

Als sie die Toilettenräume verlässt, ist der Theatervorraum so gähnend leer wie bei ihrer verspäteten Ankunft. Die Glastür spuckt sie als Letzte hinaus die Nacht. Hinter ihr verschließen die Hostessen den Eingang, und von dem tapfer flatternden Fähnchen ihres Guide bewacht, wird eine letzte, doppelreihige Menschenschlange von einem Touristenbus verschluckt, der kurz darauf in der Einbahnstraße verschwindet. Gedankenverloren wendet sich Alice in dieselbe Richtung, um in der Hauptstraße nach einem Taxi zu suchen.

Modern geformte Neonlampen spenden der apathischen Fläche des Platzes ihr fantasieloses Licht. Doch der Platz ist nicht ganz leer. Unter einem der Leuchtkörper steht eine einzelne Person und sieht ihr entgegen, der blonde Sitznachbar aus dem Theater! Alice wendet den Kopf zur Eingangstür zurück. Hinter ihr ist niemand zu sehen, es ist ihr keiner gefolgt. Im Strahlenfeld des blauweißen Neonlichts wirken das blasse Zwiebackjungengesicht und der schmale Hals noch weißer, als Alice es in Erinnerung hatte. Über ihm sirrt ein Mückenschwarm, zusammengeballt wie ein Wattebausch.

Jetzt gibt sie sich einen Ruck. »Missed your group?«, fragt sie, noch bevor sie ganz neben ihm steht.

Sie betrachtet seine leicht glänzende Stirn mit beginnenden Geheimratsecken vor dünnblondem Haaransatz, entdeckt in einem länglichen Gesicht zwei meerblaue Augen, so eine Art karibisches Meer, auf das immer Sonne fällt. Sie sieht zwei sich vertiefende, markante Falten, die sich von den Nasenflügeln bis zu einem schön geformten Mund mit fast mädchenhaft vollen Lippen ziehen. Darunter fügt sich ein perfekt ausgeprägtes, harmonisches Kinn, nicht zu weit vorstehend, nicht fliehend, nicht breit und nicht spitz, vollendet zu diesem Profil und der hellen, fast durchscheinenden Gesichtshaut passend.

»I haven't got any group.«

O je!, ein Akzent, als läge London mitten in Hessen! Alice muss lachen.

»Na, dann können wir wohl deutsch miteinander reden! Haben Sie heute Abend schon gegessen?«

»Ja, aber Essen ist für mich so etwas wie eine Lieblingsbeschäftigung, nicht nur in Japan.«

»Sieht man Ihnen aber nicht an.«

Etwa eins fünfundachtzig, schätzt Alice, leptosomer, schizoider Typ. Er grient und schüttelt den Kopf.

»Bevor ich mich zu einem speckumrollten Tournedos Rossini entwickle, tu ich etwas dagegen, vorher nicht.«

Zumindest hat er Humor.

»Dann haben Sie die Seitenstraßen-Restaurants auf dem Weg hierher bestimmt schon gesehen?«

»Nö.« Es kommt zögernd, klingt vorsichtig. Befürchtet er etwa, sie einladen zu müssen?

Los, Alice, jetzt frag ihn schon!
»Würden Sie mit mir dort essen gehen?«
»Würden Sie mich denn mitnehmen?«
Sie grinst zurück.
»Aber nur, wenn Sie mich nicht verpflichten, dort Joghurt oder Kekse zu konsumieren. Seit Tagen ernähre ich mich von nichts anderem.«
»Und das, obwohl man hier in den meisten Läden vierundzwanzig Stunden am Tag etwas einkaufen kann?«
»Kann man das?«
Auf die Idee, abends nach acht irgendwo noch nach Lebensmitteln zu suchen, wäre Alice nie gekommen. In Deutschland schließen die Lebensmittelläden pünktlich um achtzehn Uhr. Ohne Pardon.

Je näher sie den Restaurants kommen, desto appetitlicher wallt ihnen der Essensgeruch entgegen, jedenfalls kommt es Alice so vor. Der Blonde stakst, passend zu seiner Frisur, wie ein Kranich neben ihr her.

In jedem Märchen gibt es eine Fee, die dir zuflüstert: Du hast drei Wünsche frei. Alice würde jetzt antworten: erstens ein warmes Essen in einem schnuckeligen Restaurant und zweitens einen munteren Menschen von Unterhaltungswert. Es muss ja nicht gleich Robert Redford sein. Einen Wunsch hätte sie ja noch frei.

Augenblick mal, überlegt Alice, was passiert denn hier gerade? Bin ich in einem Märchen gelandet? Nur nicht zu lange überlegen, die enden meist viel zu schnell.
»In welches möchten Sie gehen?«, fragt er.
»Wir schauen uns erst mal das erste an und dann sehen wir weiter, okay?«
»Klingt gut. Auch beim Weitersehen bin ich dabei ...«
Er lächelt bedeutungsvoll und durch das Hellblau seiner Augen zieht plötzlich ein blitzender Sternschnuppenschwarm, nur für diese knappe Sekunde, bevor er in ein spitzbübisches Lächeln abgleitet.

Was war das denn da eben? Das ist ja völlig verrückt, denkt Alice. Noch weiß sie nicht, dass sie für den Rest ihres Lebens nach solchen Sternschnuppen suchen wird.

DAS VERSPRECHEN

Sie entscheiden sich für ein Restaurant in der zweiten Seitengasse, aus dessen Eingang ihnen wohlige Wärme und der verlockende Geruch von gebratenem Fleisch und Teriyakisoße entgegenquillt. Mit um Entschuldigung bittender Geste bietet ihnen der Kellner, Koch und Schankwirt in einer Person die einzigen noch freien Plätze an einem Tresen an.

»Dann werde ich gleich aber ganz klein«, klagt Bürstenhaarschnitt.

»Wieso denn das?«, fragt Alice erschrocken.

»Ich bin ein Sitzzwerg, mit viel zu langen Armen und Beinen, der lebende Beweis für Darwins Abstammungslehre …«

»Und ich für gesunden Ausgleich: Dann sind wir eben abwechselnd *Big in Japan*: Sie im Stehen, ich im Sitzen.«

Aus dem Lautsprecher klingt *Who are you* von The Who. Dabei fällt Alice ein, dass er sich ihr nicht einmal vorgestellt hat. Sie sich ihm aber auch nicht.

»Ich dachte es doch gleich im Theater«, sagt er, »für Diabetiker sind Sie nicht zu empfehlen.«

Verblüfft forscht sie in seinem Gesicht. »Für Diabetiker, wie meinen Sie das?« Mit trauriger Miene und todernster Stimme antwortet er:

»Na, Sie wissen das doch bestimmt: Die dürfen nichts Süßes …«

Grundgütiger! Alice macht eine abwehrende Handbewegung. Schließlich will sie nur mit ihm essen. Ein leises Glucksen kann sie aber doch nicht unterdrücken.

»Na, lernen Sie mich erst einmal kennen!«

»Wenn Sie es erlauben – nichts lieber als das. Ich therapiere unterdessen meinen Diabetes.«

Na warte!, denkt Alice. »Mal back to the roots: Hat sich schon mal jemand darüber beschwert? Über Ihre langen Extremitäten, meine ich.« Alice denkt an seine Nase und grient innerlich.

»Nö, aber vielleicht stehen *Sie* ja nicht gerade auf Affen.«

Die Vorstellung, dass er die Bemerkung nicht auf seine Nase bezieht, hat etwas Pikantes und so macht sie weiter: »Kommt auf die Umgebung an. Im Urwald, zusammen mit einem Tarzanruf, kanns doch ganz lustig sein.« Sie stehen noch immer vor dem Tresen.

»Den Tarzanruf können Sie aber schon?« Alice sieht ihn kokettierend an.

»Müsste ich hinkriegen«, beiläufig deutet er auf die Barhocker. »Wollen wir?«

»Okay«, sagt Alice und streicht sich die Haare zurück. Zum Glück ist es hier drinnen schön warm, langsam tauen sogar ihre Füße auf. Alice spürt seinen Atem auf ihrer Stirn, erkennt den Duft aus dem Theater.

»Was ist das für ein Parfum?« Sie schnuppert in seine Richtung. »Das ist gut!«

»Eau de Cologne, Grey Flannel«, sagt er. »Heißt das, Sie können mich riechen?«

»Bleibt abzuwarten, riecht und klingt schon mal seriös!«

Sie hieven sich auf die Hocker vor dem Tresen. Ziemlich hoch für die kleinen Japaner, denkt Alice, und Bürstenhaarschnitt, als könne er ihre Gedanken lesen, kommentiert: »Diese Barhocker wurden entweder für *gaijin* oder zu Wettbewerbszwecken angeschafft.«

Witzbold, denkt Alice, scheint immer einen doppelsinnigen Spruch auf den Lippen zu haben. Tatsächlich baumeln seine Beine bis fast auf den Boden hinunter und über dem Polster sind sie beinahe gleich groß.

»Wettbewerbszwecke? Wie meinen Sie das?«

»Der Letzte der oben ist, bezahlt die nächste Runde Sake.«
Anders als bei Jason klingt es bei ihm aber nicht abwertend. Alice dreht sich um. Die kleinwüchsigen Japaner unter ihnen sitzen vor normalen Tischen, auf Stühlen. Am nächsten Tisch diskutieren lautstark einige Herren, die von Zeit zu Zeit auffällig vor Lachen losbrüllen. Wahrscheinlich schon reichlich mit Sake abgefüllt. Unter den Gästen befinden sich auch zwei sehr junge Paare die, einander eng zugewandt, miteinander tuscheln.

»Sie mögen Japaner?«

»Aber sicher«, entgegnet er, »wäre ich sonst hier? Sie nicht?«

»Natürlich, speziell ihre Küche!«

Nach einem Blick in die Speisekarte tippen beide auf das gleiche Menü und auf die Frage nach einem zum Essen passenden Getränk präsentiert ihnen der Kellner, Koch und jetzt auch noch Sommelier in einer Person eine Flasche Wein.

»Völlig verrückt«, sagt Bürstenhaarschnitt, während er das Etikett studiert, »ein Rheingau.« Auf ein Nicken von Alices Begleiter öffnet der Kellner die Flasche und schenkt ihnen ein.

Tatsächlich, Oestricher Lenchen in Kyoto!

»Passt zwar überhaupt nicht zu japanischem Essen«, bemerkt Alice, die lieber literweise heißen grünen Tee in sich hineingekippt hätte, »aber ich fühle mich trotzdem wie in einem Märchenbuch.« Entschlossen, das Märchenbuch diesmal zu öffnen, prostet sie ihm zu: »Auf Tarzan und Jane in Kyoto.«

Doch auch dieser Wink verfehlt seine Wirkung. Er kommt nicht darauf, sich ihr vorzustellen.

»Auf Jane im japanischen Urwald!«, antwortet er strahlend.

Alice kennt das, Wein, wenn sie müde ist, obendrein noch auf nüchternen Magen, putscht sie auf. Nach nur wenigen Schlucken fühlt sie sich wie beschwipst und ist froh, als kurz darauf ihre dampfende Vorspeise vor ihnen steht: Jakobsmuscheln mit Shitake Pilzen, in einem Bambuskästchen serviert.

Tarzan isst bedächtig, als spüre er andächtig dem Geschmack des zartfesten Muschelfleisches nach. Alice mag Genießer. Auch den nächsten Gang, im Teigmantel gedünstetes Krebsfleisch, vertilgt sie schneller als er, woraus sie schließt, dass er in der Mittagspause über mehr Zeit als sie verfügt, sein Essen in Ruhe in einer Firmenkantine einnehmen kann und nicht, wie sie selbst, auch noch kochen muss.

Doch die Vertrautheit, mit der sie zusammen vor ihren Tellern sitzen, kommt ihr seltsam vor, schließlich haben sie nicht im Sandkasten miteinander gespielt. Und als hätten sie beide das Gleiche gedacht, lächeln sie sich wie auf Verabredung an, verschmitzt wie zwei ausgelassene, von zu Hause ausgerissene Teenager.

Plötzlich horcht Alice auf. Sie glaubt, an dem Tisch unter ihnen, an dem seit Längerem lautstark diskutiert wird, deutlich den Namen Yamamoto Tadashi gehört zu haben. Angestrengt lauscht sie in die Richtung des Tisches, von dem nichts als japanisches Kauderwelsch zu ihr hochdringt. Kurz darauf zuckt sie zusammen. Sie glaubt, das englische Wort *scandal* im Zusammenhang mit dem Namen Yamamoto aus dem zunehmend erregten japanischen Stimmengewirr herausgehört zu haben. Konzentriert versucht sie, noch mehr aufzuschnappen, doch hat man sich am Tisch jetzt beruhigt. Den Namen vernimmt sie nicht noch einmal. Yamamotos gibt es in Japan wahrscheinlich so viele wie Müllers und Meiers in Deutschland. Also kann es sich genauso gut um eine völlig andere Person handeln, falls es nicht ohnehin nur ein Streich ihres Unterbewusstseins war, dem sie gerade erlag.

Ein Blick auf den undefinierbaren Gesichtsausdruck ihres Begleiters, der schweigend an seinem Glas nippt, reißt sie aus ihren Gedanken.

»Innerlich gerade irgendwo spazieren gegangen?«, fragt er.

»Ach, ich glaube, ich hab einen Schwips. Passiert mir regelmäßig, wenn ich längere Zeit nichts Alkoholisches getrunken habe.«

»Raus mit der Sprache! Woran haben Sie gerade gedacht?«

Na dann. Muss eben die Nase herhalten.

»Ach, an etwas völlig Idiotisches, das mir einmal jemand gesagt hat«, lügt sie. »Obwohl das«, fügt sie mit einem Zwinkern hinzu, »umgekehrt, für einen Mann vielleicht sogar schmeichelhaft wäre.«

Aber was soll das? Sticht sie jetzt der Bambus weils hier keinen Hafer gibt?

»Ich mag Schmeicheleien von Frauen, und vielleicht haben wir ja dann beide etwas zu lachen, erzählen Sie es mir?«

Sie lächelt ihn kokett an. »In meiner Jugend sagte mir mal jemand, dass sich eine Erkältung bei meiner winzigen Nase wohl nicht lohne.«

Er lacht. »In Ihrer Jugend! Fishing for compliments? Ich mag Ihre Nase, sie gefällt mir. Fast ein bisschen japanisch, würde ich sagen, auch wenn Sie sich ja nicht gerade wie eine Geisha verhalten.«

Das hat gesessen! Recht hat er, sie benimmt sich völlig unmöglich!

»Danke, mittlerweile gefällt sie mir auch.«

»Ach, und bei mir, denken Sie, ist es umgekehrt?«

Sie kichert. »Schlimm?«

»Im Gegenteil. In meinem Beruf trifft man selten auf amüsante Frauen wie Sie. Wem auch immer ich dafür danken soll«, – Na, der Fee, ulkt Alice innerlich – »freue ich mich, dass Sie mir gerade heute begegnet sind.«

Sein Lächeln ist offen und sympathisch.

Gerade heute? Wieso?

»Übrigens brauchen Sie sich wegen der Erkältung keine Sorgen zu machen. Ich arbeite seit fast fünf Jahren bei der gleichen Firma ohne einen einzigen Tag Arbeitsausfall.«

Aaaha! Passend zum Parfum. Ein loyaler Mensch!

»Und?«, forscht Alice. »Wohnen Sie auch in einem Ryokan?« Es werden immer weniger. Sie hat keine Ahnung, wie viele es davon in Kyoto noch gibt.

»Nein, wir wohnen in einem Hospiz«, entgegnet er treuherzig.

»In einem Hospiz?«

Als Alternative zu einem Ryokan kann sich Alice zwar noch eine Jugendherberge, in der sie ihn jedoch nicht sieht, sonst aber nur ein Hotel vorstellen. Hospiz? Oh je.

»Genau.« Er lächelt bescheiden. »Das haben unsere in Tokio lebenden Freunde für uns organisiert.«

Jetzt erst fällt es ihr auf. Alice erschrickt. *Wir*, wir wohnen in einem Hospiz. Für *uns* reserviert! Von wegen seriös. Frau bleibt allein im Hospiz, kombiniert sie, Monsieur geht auf Jück, um Kyoto by night aufzumischen, und fängt erst mal brav im Theater an. Starrte er deshalb auf ihre Hände? Der aspiriert doch wohl nicht auf einen problemlosen One-Night-Stand mit einer einsamen Touristin, die keinen Ehering trägt! Großer Gott! Hat sie sich derart getäuscht?

Na prima, liebe Fee! Auf solche Wunder kann ich verzichten.

Freundlich nickend entfernt der Japaner die Bambuskörbchen vor ihnen. Mister Saubermanns Blick streift arglos die Wand hinter dem Tresen.

Warum kontrolliert sie auch nicht wie jede normale Frau bei Männern zuerst, ob sie Eheringe tragen? Zu spät! Um keinen Preis sieht sie da jetzt noch hin.

»Dann sind Sie also ebenfalls auf Einladung von Freunden hier?«

Er nickt treuherzig. »Wieso? Sie auch?«

»Ja, aber in Tokio, in Kyoto bin ich nur auf der Durchreise ...«

»Genau wie ich. Unser Gastgeber ist Stipendiat des japanischen Kultusministeriums in Tokio. Kurz vor seiner Abreise aus Deutschland hat er eine Pfarrerstochter geheiratet, was unsere Unterkunft in diesem Hospiz erklärt.«

Nach einem vielsagenden Lächeln fährt er fort. »Wir alle kennen uns schon seit der Schulzeit. Eigentlich wollten wir zu viert hierher kommen, dann hat mich meine Freundin kurz vor der Abreise verlassen.«

»Oh je, wie lange waren Sie mit ihr ...«

»Sieben Jahre.«

»Tut mir leid.«

»Jedenfalls bin ich deswegen heute allein. Für die zwei, mit denen ich hier bin, ist das eine Art Ersatz-Hochzeitsreise. Sie gaben mir zu verstehen, dass sie gerne mal einen Abend allein verbringen möchten ... womöglich, ich scherze, durch meine Gastgeber in Tokio stimuliert ... die haben hier sogar Nachwuchs bekommen.«

»Ihre Gastgeber? Sagen Sie das noch mal!«

Er lächelt großmütig. »Jajaja, kann mir schon denken, wie Sie das sehen. Kinderkriegen wird langsam zu einer Seltenheitserscheinung, in Japan genau wie bei uns, die Frauen ...«

»Nein, bitte, das ist es nicht. Ich meinte die vielen Übereinstimmungen, meine Gastgeber wohnen ebenfalls in Tokio und ...«

»Verstehe, Sie haben völlig recht«, unterbricht er sie ruhig, »zwei Deutsche, beide Gäste in Tokio, sitzen in Kyoto im gleichen Theater, noch dazu nebeneinander ... das gibts nur in billigen Schmökern – haben Sie auch eine Rundreise gemacht?«

»Aber es geht ja noch weiter, warten Sie«, sie fängt einen verdutzten Blick von ihm auf, »also, hören Sie, das muss ich Ihnen jetzt erzählen! Also: Nachdem ich eine knappe Woche bei ihnen in Tokio war, flog ich zusammen mit meinen Bekannten für eine Woche zum Tauchen nach Miyako-jima, einer Insel südlich von Okinawa.«

»Ist das ein japanisches Urlaubsparadies?«

»Kam mir nicht so vor, war nicht sehr touristisch.«

»Dann sind Sie Sporttaucherin?«

Alice nickt zustimmend. »Ja, ist mein Hobby. Als Anreiz für mich, sie hier zu besuchen, buchten meine Gastgeber für mich einen Höhlentauchkurs bei einem berühmten Taucher, der Sendungen für Nippon Television macht.«

»Dann sind Ihre Freunde ebenfalls Taucher?«

»Nein. Aber sie brachten mich morgens zum Tauchboot und holten mich abends am Hafen wieder ab. In der Zwischenzeit erkundeten sie mit ihrem Baby auf dem Rücken die Insel.« Spitzbübisch sieht sie ihn an.

»Ihre Freunde haben ein Baby?«

»Genau. Das ist es ja gerade. Die haben in Tokio Nachwuchs bekommen, vor etwa sechs Monaten – sagen Sie mal, wie oft haben Sie mir eigentlich schon nachgeschenkt?«

»Nur, wenn Ihr Glas leer war.«

»Ich sagte Ihnen aber doch, dass ich …«

»Keine Sorge, bei mir sind Sie in Sicherheit. Ich bringe Sie hinterher wohlbehalten nach Hause. Also, diese Babygeschichte ist ja wohl total verrückt.«

Tatsächlich scheint ihn die mehr zu verwundern als alle anderen Übereinstimmungen zusammen. Vor Verblüffung bleibt ihm der Mund offen stehen, sinnierend sieht er sie an.

»Womöglich«, sagt Alice, »haben unsere deutschen Gastgeberinnen sogar ihren Schwangerschaftskurs zusammen absolviert? Die Welt ist klein. Sagen Sie jetzt aber nicht, Sie wohnen im Rheinland in der Nähe von Köln!«

»Wäre das so schlimm? Nein, zu Ihrer Beruhigung: Ich wohne in Frankfurt.«

Klar doch, der hessische Akzent.

»Sind Sie schon lange in Japan?«, fragt er.

»Gut zweieinhalb Wochen, und Sie?«

»Zweieinhalb. Morgen besichtige ich den Kaiserpalast. Dafür muss man sich zwei volle Tage vorher anmelden.

Übermorgen gehts schon nach Tokio zurück. Dort bleiben mir nur noch knappe drei Tage.«

Vor ihnen bereitet der Koch jetzt auf der heißen Edelstahlkochplatte ihr Hauptgericht, ein *gyuniku teriyaki*, vor. Dafür taucht er glasierte Rindfleischscheiben nacheinander in eine Teriyaki-Soße, legt sie auf die mit Sojaöl bestrichene, rauchende Edelstahlplatte, grillt sie genau eine Minute auf jeder Seite, benetzt das duftende, hellbraune Fleisch mit ein wenig Glasur, würfelt es mit einem scharfen Messer, garniert es mit einem Stängel Koriander und lässt es geschickt auf zwei vorgewärmte Teller gleiten. Als Beilage reicht er angebratene Gemüsescheiben.

Eine Weile genießen beide schweigend ihr Essen, dann hebt Alices Begleiter sein Glas und fragt: »Und? Haben Sie neben der Pflege lebensgefährlicher Hobbys noch andere auffällige Merkmale?«

»Haben Sie die nicht bemerkt? Tauchen ist nicht gefährlich, da gibt es Schlimmeres, es sei denn ... « Alice stockt.

»Es sei denn ... was?«

»Tauchen mit einem unzuverlässigen Buddy kann so gefährlich sein wie das Zusammenleben mit einem ebensolchen Ehepartner.«

Er versucht nach ihrer Hand zu greifen. Sie zieht sie wie aus Versehen zurück.

»Schlechte Erfahrungen gemacht?«

»Bisher nicht. Meine diesbezüglichen Erfahrungen sind ausschließlich beruflicher Art.« Zu ihrer eigenen Überraschung stößt sie ganz plötzlich hervor: »Mal ganz was anderes, haben Sie eigentlich viel Gepäck?«

»Nein, wieso?«

Wieder dieser leicht irritierte Blick. Gut, dieser Überfall ist ziemlich dreist, aber sie hat, was sie ansteuert, seit geraumer Weile im Hinterkopf. Ihren Übermut wird sie später dem Wein, der befreiten Stimmung oder der ungewöhnlichen Situation zuschreiben. Außerdem, wer ahnt denn, unter welchem Druck sie die ganze Zeit steht? Warum soll sie sich, erst recht in ihrer Situation, nicht auch mal ein paar Verrücktheiten zugestehen?

Das idiotische Theater mit den Sakeschälchen, dem blöden Geschirr, hat sie schließlich nicht gemacht, um die marode japanische Konjunktur anzukurbeln und dann ihre bescheuerten Hausfrauentüddeleien! Alles Fluchten, Ausweichmanöver, Ersatzhandlungen, wer wüsste das besser als sie? Förmlich riechen kann man doch daran! Dazu braucht man keinen Magister in Psychologie oder Medizin! Margot hat vollkommen recht, sie soll Leichtigkeit, Freude und Spaß haben! Und wenn nicht mal eine halbe Weltkugel weiter, wo dann? Alles Schwere gehört nach Hause, in eine Therapiestunde, dafür sind jetzt andere zuständig. Jetzt ist Schalk angesagt, und wenn es dabei um Geschirr geht, dann ist das eben so. Also, mach Butter bei die Fische und frag ihn!

»Na ja«, druckst sie herum, »wie gesagt, mein eigentliches Ziel ist Hiroshima. Dort holt mich ein mir unbekannter Japaner am Bahnhof ab, ein für mich beruflich wichtiger Kontakt. Kann da unmöglich mit einem Pappkarton ankommen ...«

»Pappkarton? Haben Sie auch Ärger mit Ihrem Koffer gehabt?«

»Wieso, nein, ist Ihrer denn weggekommen?«

»Nein, den habe ich erst einmal aufgegeben.«

»Also haben Sie die ganze Zeit ohne Ihre Sachen ...?«

»Nein, ich sagte doch, ich habe ihn aufgegeben.«

Alice starrt ihn an. Wenn er ihn aufgibt, dann ist er doch weg ... Der Typ sagt das absolut ernst. Ein Spaßvogel! Also, da wollen wir doch mal sehen!

»Ich auch«, sagt sie.

»Was?«

»Na, ich hab meinen auch aufgegeben.«

Also doch! Er lacht und zwinkert ihr zu. Ein heiliger Himmelhund!

»Na dann, also haben wir noch was gemeinsam! Klar habe ich meinen wiedergekriegt, allerdings in einem geometrisch eher weniger gut zu beschreibenden Zustand. Mein Bier, was reise ich auch mit einem Leichtmetallkoffer!« Verdammt, er lenkt ab, jetzt bloß nicht den Faden verlieren!

»Geometrisch zu beschreibender Zustand, sind Sie Mathematiker, Informatiker oder so was?«

»Elektroniker.«

»Und Sie haben den also wiederbekommen!«

»Sie doch auch, oder? In Narita kommt doch nichts weg. Wieso reisen Sie mit einem Pappkarton?«

»Mach ich nicht, jedenfalls noch nicht, wenn es sich irgendwie vermeiden lässt. Lachen Sie nicht, ich trau mich gar nicht, zu fragen, so verrückt ist das.« Was sagte Teresa immer? Ist der Ruf erst ruiniert, lebt man gänzlich ungeniert.

»Verrückt ist gut.«

»Wieso?«

»Weils sonst viel zu langweilig wäre.«

»Meine Einstellung!« Alice strahlt ihn an. »Na, dann: Ich würde hier gern etwas einkaufen. Zufällig fand ich in einem Antiquitätenladen einige Sachen, die ich gern ...«

»... mit nach Deutschland nehmen würde?«

Er lächelt ermutigend.

»Wie groß wäre denn das Paket?«

»Na ungefähr so ...« Alice macht eine undeutliche Handbewegung.

»Ich würde es so verschnüren lassen, dass man es als Handgepäck mitnehmen kann. Es gibt doch diese einhakbaren Holzgriffe ...«

Das bedeutungsvolle, hellblaue Funkeln unter seinen Wimpern sucht seinen Spiegel in ihren Augen, klammert sich eine Weile darin fest.

»Ok, geht in Ordnung«, sagt er ruhig und Alice fügt schnell hinzu: »Zum Dank lade ich Sie hinterher in Köln zu einem japanischen Essen ein. Bei mir zu Hause.«

Ihr Lachen verebbt, gibt unerwartet einem längeren Schweigen Raum. Alice fixiert die Tischkante des Edelstahltresens. Als sie aufschaut, kommt es ihr vor, als hätten seine Augen geraume Zeit auf ihrem Gesicht gelegen.

»Japanisches Essen«, sagt er freundlich, »selbst gekocht? Dann fehlt Ihnen wirklich nur noch der Kimono.«

»Wie meinen Sie das?« Alice zieht ein erschrockenes Gesicht.

»Oh, nein, nein, nicht dass Sie Schlitzaugen hätten oder so ... mir gefällt ihr langes, glattschwarzes Haar, ihr leicht gebräunter Teint, ich finde das sehr attraktiv.«

Solche Bemerkungen haben Alice schon früher irritiert. Sie gibt Teresas Erklärung locker an ihn weiter: »Meine beiden Eltern hatten slawische Vorfahren und was die Bräune angeht, Anfang September war ich eine Woche auf den Malediven.«

»Sie reisen wohl ziemlich oft?« Plötzlich sprudelt er wie ein Jacuzzi. »Keine Sorge, das mit dem Transport ist für mich kein Problem, bis Köln sind es nur knappe anderthalb Stunden, meine Firma liegt sogar einige Kilometer in Ihrer Richtung.«

»Ja, aber das Geschirr hätte ich natürlich gern früher, bevor Sie zum Essen kommen. Vielleicht könnten Sie es mir mit der Post schicken. Ich erstatte Ihnen dann natürlich das Porto.«

Alice strahlt ihn hoffnungsvoll an. »Also abgemacht?«

»Abgemacht.«

Aber wie immer, wenn etwas zu einfach ist, kommen ihr Zweifel. Wie schnell er auf ihre Bitte eingegangen ist! Er kennt sie doch gar nicht! Was, wenn sie ihm Sprengstoff, Drogen oder sonst etwas unterjubeln will? Worauf lässt dieser Mensch sich da leichtfertig ein?

Da ist er wieder, sein Duft einer frisch gemähten Wiese, der Geruch frischen Heus. Erinnerungen an Kindheitsferien in Schleswig-Holstein, an Sommerwiesen, Bauernhöfe, Katenschinken und ihr allererstes Eis am Stiel. An Pferdekoppeln und alte Tonkrüge voller Petersilie und Schnittlauch. An Gedichte von Sarah Kirsch.

Prüfend sieht sie ihn an. Wie soll sie ihn später bloß Margot beschreiben? Bei seinem Anblick assoziiert wahrlich niemand einen nordischen Sexmythos oder den Siegfried aus der Sage, aber wie ein norddeutscher Bauer sieht er nun mal auch nicht aus.

Ach was, vor allem darf sie ihn jetzt nicht zu lange ansehen, sonst beginnen ihre Knie unter dem Tresen womöglich zu zucken. Vor seinen Augen. Quatsch aber auch, du bist blau, werd jetzt langsam wieder normal!

Der Japaner serviert das Dessert.

Alice will ihre Sache abschließen. »Also fahren Sie schon übermorgen?«

»Genau. Morgen Vormittag besichtige ich den Kaisergarten. Wenn Sie mir ihr Päckchen übergeben wollen, könnten wir uns danach treffen, um zwölf.«

»Zwölf Uhr, prima, ja, das müsste klappen.«

Alice überlegt. Den japanischen Hochzeitsschal der Maledivenjapaner wird sie, wenn er kommt, zur Tischdecke umfunktionieren und das Ikebanagesteck in der Vase vom Antiquitätenhändler daraufstellen. Im Takashimaya wird sie morgen gleich um einen etwas größeren Karton bitten, wenn sie das preiswerte Geschirr einkauft. Anschließend, auf dem Weg, kann sie dann noch den Higashi-Honganji-Tempel besichtigen.

»Und Sie wollen das wirklich für mich tun?«

»No Plobrem«, antwortet er amüsiert.

»*Do itashi mashite!*« Sie lacht.

»Und was machen Sie morgen?« Er sieht sie forschend an.

»Ooch, eigentlich wollte ich in den Tempel mit diesem Zopf! Aber sehen Sie mal, das ist ja zauberhaft!«

Das Dessert ist ein kleines Kunstwerk. In einem mit Wasser und Eiswürfeln gefüllten Bordeauxglas schwimmt eine gelbe Chrysantheme. Auf dem Kelch liegt ein konkaves Glasschälchen, auf dem, ebenfalls mit einer winzigen Chrysantheme dekoriert, eine hellgrüne Sorbetkugel schmilzt. Alice kostet davon und schmeckt ein zartblumig-herbes Aroma auf der Zunge – ungewohnt, aber irgendwie ... Auf jeden Fall muss sie unbedingt auch noch solche Glasschälchen besorgen. Darin wird sie ihr Dessert, wenn er kommt, genauso präsentieren.

»Schmeckt es Ihnen?«

Er probiert einen weiteren Teelöffel davon, überlegt, schnalzt mit der Zunge und lächelt.

»Interessant, vor allem nicht zu süß, was ist das?«

»Aus diesem grünen Pulvertee, vermute ich«, diagnostiziert sie, »dieses Teepulver von der Teezeremonie vorhin, etwas Ähnliches habe ich in Tokio schon einmal getrunken, ich frag mal nach.«

Mit geweiteten Pupillen nickt der Restaurantchef, als sie das Tea-Powder erwähnt. »Macha!«, sagt er, nickt und nennt eine Zahl. Er greift hinter sich nach einer Teedose, öffnet sie und lässt Alice hineinsehen und daran riechen. Alice prägt sich das Aussehen der grünlich pudrigen Masse ein.

»Fourhundredeightynine, *hai, hai*, Tea-Powdel, *hai, hai*«, wiederholt er freundlich. Alice versteht nicht, was er ihr zu sagen versucht. So viele Teesorten gibt es doch gar nicht.

»Wissen Sie, was er meint?«, wendet sie sich an ihren Begleiter. Dessen Hand liegt so nah an ihrer, dass sie sie jetzt am liebsten berühren möchte.

Er greift nach der Teedose, dreht sie um, studiert den *kanji*-Text und verspricht: »Ich bringe Ihnen den Tee morgen mit.«

»Können Sie *kanji* lesen?«

Er tut geheimnisvoll. »Nein, aber ich weiß, wo ich diese Nummer finde.«

»Ach so«, sagt sie verlegen, und auch der Wirt sagt, »ach so«.

»Und was machen Sie morgen Nachmittag?«, fragt er.

»Eigentlich wollte ich in den Shisendô, ich weiß nur noch nicht, wie ich dahin komme.«

»Shisendô? Davon habe ich noch gar nichts gehört.«

»Das ist ein Dichtertempel, umgeben von einem traumhaften Garten, der zu Beginn des siebzehnten Jahrhunderts von einem Dichter und Samurai namens Ishikawa angelegt wurde. Dort wächst seit Jahrhunderten an einer geheimen Stelle das ›heilige Moos‹, es soll so dick und glänzend sein wie mit Zuckerglace überzogen und wird strengstens bewacht. Demjenigen, der es betritt, soll es Glück bringen. Leider ist das aber nur wenigen Personen vorbehalten.«

»Den Garten würde ich mir auch gerne ansehen und mit den Straßenbahn- und U-Bahn-Netzen kenne ich mich inzwischen ganz gut aus. Wenn Sie mir die Haltestelle nennen, könnte ich Ihnen den Weg dorthin zeigen.«

»Wirklich? Sehr gerne!«

Also diese Fee ist ja wirklich zum Küssen!

»Wie spät ist es eigentlich?«

»Viertel vor elf.«

Wie ein Pfeil aus dem Köcher schnellt Alice senkrecht auf ihrem Platz hoch und springt auf den Boden hinunter.

»Bitte«, fleht sie den Japaner an, »machen Sie mir sofort die Rechnung fertig! – Ich bezahle!«, wendet sie sich an ihren Begleiter.

»Nein, bitte, lassen Sie mich das – nein …«, bedeutet er dem Japaner.

»Bitte«, fleht sie beunruhigt.

»Gut, aber dann machen wir Betse-betse!«

»Betse-betse?«

»Es bedeutet so viel wie halb und halb, jeder zahlt für sich.«

»Ok, nur bitte gleich, ich muss um elf Uhr im Ryokan sein!«

Sie steht unter Druck wie mit sechzehn, sonntags nachmittags nach dem Tanztee, wenn sie pünktlich um sieben zu Hause sein musste.

Der japanische Wirt lacht. Das Verhalten der beiden *gaijin* unterscheidet sich deutlich von den ihm bekannten Rechnungsbegleichungsritualen seiner Landsleute, die sich im Kampf um die Vorrangstellung beim Bezahlen oft fast die Köpfe einzuschlagen drohen. Dagegen läuft das hier problemlos ab. Die getrennten Rechnungen präsentiert er so rasch wie die Vorspeisen. Alice bezahlt ihren Anteil als Erste und, bereits im Türrahmen, ruft sie dem Bürstenhaarschnitt zu: »Ich lauf schon mal vor, ich muss noch ein Taxi finden.«

»Ich bringe sie hin!«, ruft er ihr nach. Draußen auf der Straße folgt er ihr, wie ein Delfin einem Ausflugsschiff.

Aber ohne sich nach dem hinterherhechtenden Mann umzusehen, hetzt sie den Weg bis zur Hauptstraße entlang.

Nicht noch einmal will sie Yuhara-san vor den Kopf stoßen. Erleichtert, gleich an der Ecke ein Taxi zu finden, steigt sie ein, zeigt dem Fahrer einen Zettel mit der Adresse und kurbelt ihre Fensterscheibe herunter. Im anfahrenden Wagen fragt sie: »Wo treffen wir uns, morgen um zwölf?«

»Kennen Sie das TIS im Hauptbahnhof?«

»Tourist Information Center«, ruft sie, »ich weiß, wo das ist.«

»Gut, also bis morgen um zwölf am TIS.« Ein wenig verloren schaut er ihr nach, als sich das Taxi entfernt. Darüber, dass er das Center TIS, nicht TIC ausgesprochen hat, macht sie sich keine Gedanken.

Sie kennt seinen Namen nicht und er nicht den ihren. Und keiner von beiden weiß, wo der andere wohnt oder wie er zu erreichen ist.

TADASHI YAMAMOTO

GEWISSENSBISSE

Auch an diesem Abend lief Teresa auf ihn zu, strahlend vor Freude, die langen Haare umweht von der Brise der Nacht, und wie immer, wenn er ihr am Abend entgegenging, spürte Tadashi ein wildes Herzklopfen bei ihrem Anblick. So unbefangen, wie sie auf ihn zukam, drängte sich ihm der Vergleich mit einer Magnolienblüte kurz vor der Öffnung auf, so rein, frisch und unverdorben kam sie ihm vor. Und wieder sackten all seine Fluchtgedanken zusammen wie ein baufälliges Teehaus nach einer Erderschütterung. Diesmal musste er es ihr sagen, er durfte sie nicht weiter verletzen. Er sah ihr direkt in die Augen und trat mit festem Schritt auf sie zu. Dieses Mal würde er dabei bleiben. Was zählte, war das Ergebnis. Er musste verhindern, die Dinge nach kurzer Zeit in ihrer Gegenwart wieder in einem ganz anderen Lichte zu sehen.

»Wir müssen uns trennen, Teresa.«

Ein Zittern, als wäre sie von einem Stromschlag getroffen worden, durchlief Teresas Körper. Doch als sie forschend in sein Gesicht sah, las sie dort nichts anderes als einen Ausdruck aufrichtigen, tiefen Bedauerns und großen Schmerzes. Was ging bloß in ihm vor, was folterte diesen Mann innerlich, und warum quälte er sie so? Sie schluckte, nahm alle Kraft zusammen und fragte: »Wenn du mich nicht liebst, wieso sagst du es dann nicht?«

»Weil es nicht zutrifft, Teresa. Möglicherweise liebe ich dich viel zu sehr. Dass es das gibt, hätte ich vorher nicht einmal vermutet. Und genau das ist der Grund für mich, Verantwortung für dich zu übernehmen. Ich will dich nicht weiter verletzen.«

»Das ist paradox, Tadashi. Was glaubst du, was du gerade tust, wenn du von Trennung sprichst, obwohl ich dir erklärt habe, was das für mich bedeuten würde. Sag endlich, was du wirklich willst. Ein solches Verhalten kann niemand verstehen.«

Es war einfach nur peinlich. Gegen ihren Willen füllten sich ihre Augen mit Tränen. Nein, sie durfte jetzt nicht an ihren Vater denken, daran, wie er ein solches Verhalten bewerten würde. Aber er hatte ja recht, Tadashi demütigte sie, sie konnte ihm doch nicht nachlaufen!

»Ich darf dich nicht lieben Teresa, ich darf es nicht.«

Sie sah ihn schmerzerfüllt an.

»Du bist dir nicht sicher? Warum hast du dann … nach allem, was ich dir erzählt habe …«

Er suchte nach einer Begründung.

»Meine Abwehrkräfte sind stark herabgesetzt.«

»Darüber brütest du nach? Du musst doch wissen, dass ich alles tun würde, dich nicht zu gefährden. Ich würde doch warten, bis es dir besser geht. Befürchtest du, dass ich nicht beharrlich genug bin, dass ich für dich nicht auf irgendwelche Annehmlichkeiten verzichten kann?«

Es gelang ihr jetzt gar nicht mehr, ihre Tränen zurückzuhalten, sie flossen ihr nicht nur über die Wangen, es kam Teresa so vor, als überströmten sie ihr ganzes Gesicht. Nun zog sie sich von ihm zurück, sie durfte sich nicht mehr an ihn schmiegen, wie sie es früher getan hatte.

»Ich will nur verstehen, was los ist, ob zwischen uns alles in Ordnung ist.«

Es ist nicht in Ordnung, dachte er. Nichts ist in Ordnung. Aber sie drehte ja völlig durch. Sie durfte nicht leiden. Nicht seinetwegen. Das hatte sie nicht verdient.

»Ja«, sagte er, »zwischen uns ja, sicher, es hat nichts mit dir zu tun. Lass es uns versuchen, abwarten, ob es besser wird. Außerdem muss ich … weißt du, ein Leben mit mir, bei allem, was ich vorhabe, wäre für dich nicht bequem. Es ist sogar möglich, dass ich irgendwann im Gefängnis lande, dann wärst du unversorgt. Ich will dich da nicht reinziehen, dich damit nicht belasten. Was du nicht weißt ist, dass hier in meinem Land vieles schon seit langer Zeit nicht mehr stimmt. Ich muss, nein, ich werde vielen Leuten hier unbequem werden, daran geht kein Weg vorbei. Sonst ändert sich hier nie etwas. In Japan bewegt sich nichts. Wenn es nach unserer Regierung geht, soll hier alles beim Alten bleiben. Alles läuft langsamer, als eine Schnecke kriecht, und keiner muckt auf, ich bin anders, ich muss ...«

Sie schluchzte auf und er schloss seine Arme um sie.

»Drück mich, Tadashi«, sagte sie, »drück mich ganz fest. Verzeih mir, es ist bei mir immer so, ich kann nichts dafür, dass ich weine, ich stehe kurz vor meiner Regel ...«

Sie errötete.

»Du musst es nicht sagen, ich verstehe das, wir sind beide erwachsene Menschen, nicht wahr?«

Sie wird es schaffen, dachte er, mit der Zeit wird sie sich von mir lösen können. Warum aber durchschaute sie ihn nicht, schrie ihn an, reagierte empört oder beleidigt? Das würde alles um so vieles leichter machen. Warum bloß verzieh sie ihm alles? Wollte sie es darauf ankommen lassen, ein kontaminiertes Kind auf die Welt zu bringen?

Er fürchtete, sie würde selbst dieses Risiko eingehen.

Teresa hielt sich an die getroffene Vereinbarung, brach niemals aus, er sah sie nicht mehr, traf sie niemals »zufällig« auf seinem Weg. Sie blieb ihm fern aus Respekt, hoffte, er würde erneut auf sie zukommen, sowie es ihm besser ginge. Aber je länger sie ihm fernblieb, desto stärker befiel ihn eine Angst: Sie war schön, sie war einsam und sie brauchte jemanden! Aber was, wenn sie sich einem anderen Japaner zuwandte? Er selbst, er brauchte sie doch auch! Hatte er nicht lange genug gelitten? Sie war doch die Einzige, die er jemals begehrt hatte!

Allabendlich nach Sonnenuntergang schritt er unruhig auf seiner Terrasse auf und ab. Auf Zehenspitzen, am Rande seines Grundstücks blickte er durch die Büsche zum erleuchteten Krankenhausportal hinunter. So verging eine Woche und bald eine zweite und dritte.

Dann kam der Tag, an dem er es wieder einmal nicht mehr ertrug. War es nicht verständlich, dass ein Mann wie er, bei allem was er durchgemacht hatte und so sehr wie er sich zu Teresa hingezogen fühlte, war es nicht normal, dass er seinen Hunger nach ihr stillen wollte? Er konnte sich auf nichts anderes mehr konzentrieren. Wenn er an sie dachte, befiel ihn ein Schwindelgefühl und ein Beben durchlief seinen Körper. Wie getrieben zog es ihn in die Stadt, vor die Tore des Krankenhauses, hinunter zu ihr. Er wartete. Aus vertrockneten Unkrautbüscheln am Wegesrand drang das durchdringende Zirpen der Zikaden. Ab und an fuhr ein Windhauch durch seine Haare, dann strich er sie mit den Fingern zurück. Er erwartete Teresa auf ihrem Weg am Eingang des Schlafzeltes der Rotkreuzschwestern. Wie ein Panther in einem Käfig lief er hin und her, auf und ab. Die Schritte waren die gleichen wie jene, die er auf seiner Terrasse tat, wenn er sie unten in Hiroshima wusste und ruhelos nach ihr ausspähte, ohne sie erkennen zu können. Erst nach zwei Stunden, deutlich später als üblich, trat sie aus der Tür des Krankenhauses heraus. Sie machte Überstunden. Zusammengesunken, mit eingefallenen Schultern und gesenktem Blick schritt sie, ohne ihn zu bemerken, in seine Richtung. Als sie ihn erkannte – er bemerkte es im letzten Moment –, sank sie beinahe zu Boden. Erschrocken fing er sie auf und erschöpft, aber wie erlöst hing sie in seinen Armen. Er fand sie vernachlässigt, bleich und abgemagert. Nach der kurzen Zeit wirkte ihr Körper wie ausgehöhlt, was ihn noch mehr erschreckte. Als er sie hochhob, kam sie ihm leicht vor, wie eine Feder. Sein Herz krampfte sich zusammen und er presste sie an sich. Seine Anspannung ließ nach, aber er fühlte sich grausam und schuldig.

Als Teresa seine Tränen auf ihrer Wange spürte, tastete sie ergriffen, stumm nach seiner Hand.

An jenem Abend beschwor sie ihn, er möge sie nie wieder so lange ohne Nachricht von sich lassen, sie ertrüge es nicht. Wenn er es wünsche, benutze sie einen Mundschutz, um ihn nicht zu gefährden, sie tue alles für ihn, nur wolle sie ihn nie, niemals mehr verlieren. Er bettete ihren Kopf an seiner Brust und küsste sie über und über, und weil sie am nächsten Tag frei hatte, mietete er einen Pferdewagen und sie fuhren hinauf in sein Haus auf dem Hügel von Hiratsuka-machi.

Auf der Fahrt dorthin fragte sie ihn, was er gemeint habe, als er sagte, dass er vielleicht ins Gefängnis müsste. »Es ist nichts«, antwortete er, »beunruhige dich nicht.«

Doch diesmal ließ sie nicht locker.

»Gehörst du einer Partei an?«, fragte sie.

»Ja«, sagte er, »aber eine Partei kann Menschen wie mich nicht gebrauchen. Dort bringen es nur beflissene Jasager zu etwas, Kriecher, die ihre persönliche Würde der Macht opfern. Neue Ideen und der Kampf für Gerechtigkeit werden im Keime erstickt. In Japan herrscht das Gebot des Herunterschluckens, des Schweigens. Man braucht dort niemanden, der sich für die Rechte des Volkes, von Frauen oder Hibakusha einsetzt. Devote Bürokraten, ja, die bringen es dort vielleicht zu etwas, nicht ich. Nicht ein Mann mit eigener Persönlichkeit, einer, der sich für die Abtreibungsfreiheit von Frauen, für kostenlose Krankenhausversorgung von Atombombengeschädigten einsetzen will. Denn, was glaubst du, wozu sie bereit sind, um auf der Leiter der Macht ein kleines bisschen höher zu steigen? Und was glaubst du, wozu sie bereit sind, um diese Macht zu erhalten? Unsere Politiker können sich keine Neinsager leisten. Hier in Hiroshima mag ich zum Sprachrohr für viele werden. Weil kaum jemand unbetroffen blieb und die meisten, für deren Rechte ich mich einsetzen will, entsetzlich gelitten haben. Sie sind kraftlos geworden, können nichts mehr riskieren und wollen deshalb, trotz all dem, lieber im Schatten bleiben. Aus gutem Grund. Denn was glaubst du, wie lange es gut gehen wird, ein Nein gegenüber der Obrigkeit zu wagen?«

Teresa sah bewundernd zu ihm auf.

»Das hast du getan, dich für Abtreibungen eingesetzt?«

»Selbstverständlich, ich lerne täglich, auch von dir, aber denk doch einmal an dich, Teresa. Mit so einem Mann wie mir ist das Leben gefährlich. Eine gefährliche, undankbare Liebe. Was würde aus dir, hier, allein in Hiroshima, wenn ich dir nicht mehr helfen könnte? – Ach, komm, Teresa, wir sind jetzt beieinander, ich habe so lange nur darauf gewartet, auf diesen einen Moment. Lass uns an uns denken, jetzt. An nichts anderes als nur an uns.«

Teresa schmiegte sich an ihn. »Nur an uns«, seufzte sie und griff nach seiner Hand.

In jener Nacht sog er ihre stumme Erleichterung wie ein Schwamm in sich ein. Yamamoto war sich sicher: So uneigennützig, so treuherzig wie Teresa würde sich ihm eine japanische Frau niemals nähern, so uneingeschränkt würde ihm keine ihre Liebe offenbaren. Und er ahnte, dass keine ihm so voller Wärme, so ungetrübt aufrichtig begegnen würde wie sie. Hatte er etwas so Wunderbares nicht endlich verdient?

Bevor sich der neue Tag mit einem jubelnden Vogelchor und einem rosenfarbigen Himmel ankündigte, fanden ihre Körper zueinander, in einem wilden Aufbäumen gegen ihre bis dahin verleugnete, verdrängte, sich selbst verbotene Leidenschaft, getrieben von einer einzigen, unendlichen Sehnsucht nach unverfälschter, andauernder Verbundenheit. Und sogar Tadashi glaubte in diesem Moment daran.

Teresa spürte, dass alles in ihm zu ihr drängte. Sie beschloss, seine Fluchtgedanken als etwas ihm Eigenes, immer wieder Vorübergehendes zu akzeptieren, ahnte sein verzweifeltes Verlangen nach Nähe und Beständigkeit.

Im Augenblick ihrer erfüllten Sehnsucht vertraute sie ihm aus den tiefsten Schichten ihrer verwundeten Seele und ihres als erlöst empfundenen Verstandes. Sie bat ihn, all seine Ängste und Zweifel, seine Scham und Betroffenheit, seine Verletzungen und Betrübnisse, jegliche Unstimmigkeiten mit ihr gemeinsam zu überwinden.

Ich werde ihn pflegen, wenn er krank wird, ihn ermutigen, wenn es Rückfälle gibt, beschloss sie. Und wieder verband sie ihre Zukunft in Gedanken auf immer mit ihm.

OUVERTÜRE FÜR EIN RENDEZVOUS

Punkt neun Uhr betritt Alice den Laden des Antiquitätenhändlers und wie beim ersten Mal begrüßt er sie mit einem unbeteiligten, entrückten Lächeln. Und wieder ist sie seine einzige Kundin. Routiniert, als kenne sie den Laden auswendig, sucht Alice nach der hölzernen Waage, der Ikebanavase, den sechs teuren Sakeschälchen und trägt sie nach vorne zu »ihrem« Japaner. Wenn sie bei vergleichbaren Gelegenheiten sonst wie ein nordafrikanischer Straßenhändler feilscht, hält sie eine solche Preisverhandlung angesichts der würdevollen Ausstrahlung des Alten zunächst für unangemessen. Doch durch den errechneten Gesamtpreis des Alten vergisst sie ihre Skrupel und versucht ihre arabische Basarmentalität nun doch preismindernd einzusetzen. Am Ende reduziert der Japaner die Summe um fünfundzwanzig Prozent. Alice ist mehr als zufrieden.

»For the pleasure of serving you«, sagt er lächelnd.

Im Laden nebenan, einem 24-Hours-Market, kauft Alice gleich zwei Flaschen Trinkjoghurt, Äpfel und Bananen. Beladen mit einer Plastiktüte und ihrem staubigen, an den Ecken ausgefransten Paket betritt sie den Vorraum des Ryokan, wo der schmutzige, abgenutzte Pappkarton Yuharasans gestrengen Blick auf sich zieht.

Zumindest die Sakeschälchen, überlegt Alice, sollte sie begutachten dürfen, vielleicht stimmt sie das etwas versöhnlicher.

Sie stellt den Karton auf den Boden. »*Konichi-wa*, Yuharasan, darf ich Sie um Ihre Einschätzung bitten?«

Vorsichtig wickelt Alice eines ihrer Ming-Drachen-Heiligtümer aus dem Zeitungspapier. Sie reicht es Frau Yuhara, die es neugierig von allen Seiten betrachtet und aufmerksam die auf der Rückseite eingebrannten Schriftzeichen studiert. Dabei nickt sie bedeutsam und gibt wohlwollende Laute von sich. Schließlich kommentiert sie mit zustimmendem Nicken, dass sie sehr alt, rar und kostbar seien.

Na also! Dann passten sie zu Teresas gutem alten Meißener.

Endgültig überzeugt trägt Alice das Paket in ihr Zimmer.

Kurz darauf kauft sie im Takashimaya die Dinge, von denen sie annimmt, sie daheim nur sehr schwer zu bekommen. Misosuppenpaste, Wasabi, Reispapier, getrocknete und gepresste Algen sowie diverse Gewürze und anderes gefälliges Kleinod zum originaljapanischen Anrichten.

Zurück im Ryokan breitet sie all ihre Schätze auf den Tatamis aus, um sie bruchsicher in einem größeren Karton zu verpacken. Den versprochenen, an der Verschnürung einhakbaren Holztragegriff hat sie allerdings nirgends auftreiben können. Japaner tragen nun mal keine großen Pakete. Ein Blick auf die Striemen an ihren Händen reicht: Der blonde Robert-Redford-Ersatz tut ihr jetzt schon leid.

Beim Verlassen des Hauses, den schweren Karton unterm Arm, begegnet Alice erneut Yuhara-sans fragendem Blick.

»Bekannte«, erklärt sie ihr strahlend, »haben versprochen, mein Paket schon mal mit nach Deutschland zu nehmen.«

»Ah, *doitsu*«, nickt Yuhara-san verständnisvoll: Deutsche! Die japanische Affektion für alles Deutsche zaubert ein Lächeln auf ihre eingefallenen Wangen. Immerhin hat Alice ihr Sandalenritual inzwischen gelernt.

Am Eingang des Higashi-Honganji-Tempels wirft der Pförtner einen kritischen Blick auf Alices Karton und stürzt wild mit den Armen fuchtelnd aus seinem Häuschen. »No-no-no«, schimpft er. Um ihn zu beruhigen, fragt Alice ihn sogleich auf Englisch nach einer Gepäckaufbewahrungsstelle. Auf seiner grobporigen Haut strotzt eine wulstige Narbe.

Sie zieht sich von der Wurzel der platten Nase bis unter die zusammengekniffenen Lippen und wölbt sich auf der Wange seines grobflächigen Gesichts. Sein unverständlicher Wortschwall regnet wie ein Hagelschauer auf Alice nieder. »No-no-no!«

Unvermindert freundlich fragt sie, ob sie den Karton für die Zeit ihrer Besichtigung in seinem Häuschen deponieren könne. Nein, auch das sei nicht erlaubt, nicht einmal den Tempelvorplatz dürfe sie mit so einem Karton betreten. No! Sie bittet ihn, das Paket ausnahmsweise vor der Tür seiner Loge abstellen zu dürfen. Nein, auch das gehe nicht, auf gar keinen Fall.

Was bleibt ihr anderes übrig? Solchen kulturfeindlichen Vorschriften zu folgen hat Alice weder die Zeit noch die Absicht. Sie hat von Japanern im Shinkansen gelernt. Die schnappen dir vor deiner Nase den einzigen noch freien Platz weg und schauen dich dabei nicht einmal an; egal was du sagst oder tust, blicken unbewegt in ihre Zeitung oder starr geradeaus.

Ihre Handinnenflächen zeigen rote Striemen. Kurz entschlossen stellt sie den Karton vor der Pförtnerloge ab und eilt zielstrebig in Richtung Tempel. Aufgeregt wie eine ihre Küken verteidigende, flügelschlagende Ente watschelt die gedrungene Gestalt des Wächters laut schimpfend und heftig gestikulierend hinter ihr her.

Sorgfältig geharkter, schneeweißer Kies knirscht unter ihren Füßen. Alice beschleunigt ihre Schritte. Die Loge am Eingang ist unbesetzt. Der Zerberus muss sowieso umkehren, spätestens in der Mitte des Tempelvorplatzes. Aber was immer er vorhat, bringt ihn gleichermaßen in Bedrängnis. Ein typischer Fall von Vermeidungs-Vermeidungskonflikt, weiß Alice, und in dem weitläufigen Tempel muss man sie erst einmal ausfindig machen. Ihren Eintritt hat sie bezahlt.

Schon kurz nach elf! Sie will noch vor zwölf in die Bank, um Geld abzuheben.

Schon nach einem Viertel des Weges zieht der Enterich seinen Hals ein und macht eine Kehrtwendung. Vor seinem Häuschen erwartet ihn eine Touristenschlange.

Und da hängt er vor ihr, in einem hohen, viereckigen Glaskasten: der lange, dicke Zopf aus schwarzem Frauenhaar, der eines der wichtigsten Hilfsmittel beim Wiederaufbau des Higashi-Honganji-Tempels war. Paradigmatisch für Japan, denkt Alice, in der Gemeinschaft mit Millionen anderen erweist sich die Kraft sogar eines einzelnen Haares. Zehntausende japanischer Frauen opferten ihre Haarpracht, als nach einem Brand im Jahr 1895 der schwarzbraune Holztempel im alten Stil erneuert werden sollte und für die Wiederaufrichtung der Holzbalken dicke Seile fehlten.

Andächtig durchschreitet Alice das ehrwürdige Meisterwerk buddhistischer Architektur und versucht, ihr unwürdiges Eintrittsverhalten zu verdrängen. Die offenen Gänge seitlich der Haupthalle im oberen Tempelgeschoss durchweht eine weiche Oktoberbrise. Eine Balustrade am Treppenrand gibt den Blick auf die Tempelanlage und die uralten Bäume im Innenhof frei. Bei der Vorstellung dessen, was sich vor wenigen Minuten dort unten abgespielt hat, errötet Alice. Aber gleichzeitig muss sie fast lachen.

Eben erst hat sie die Haupthalle durchquert, den Amida-Buddha, die Rollbilder und teilweise aus dem dreizehnten Jahrhundert stammende handgeschriebene Bücher – in *kanji*-Schrift natürlich! – bestaunt, als es Zeit ist, sich in Richtung Bahnhof aufzumachen. Alice erinnert sich: Genau neben dem Tourist Information Center TIC befindet sich eine Bank. Vor ihrer Verabredung will sie dort einen Reisescheck einlösen, auf jeden Fall aber rechtzeitig beim TIC sein. Bürstenschnitt-Redford-Tarzan, wie immer er heißen mag, soll nicht auch noch auf sie warten müssen.

Ihren neben der Pförtnerloge abgesetzten Pappkarton schnappt sie sich so schnell, dass sie im Vorbeiflitzen an seinem Fensterchen gerade noch die weit aufgerissenen Augen des Pförtners erkennen kann. *Sumimasén* – Entschuldigung!, ruft sie ihm zu und ist schon verschwunden. Der Enterich hat nicht einmal Zeit, seine Kabine zu verlassen, um laut schimpfend erneut mit den Flügeln zu schlagen.

DAS GEFÄNGNIS

Mit verwundertem Blick hatte Yamamoto auf Teresas Füße gestarrt und nach ihrer Schuhgröße gefragt.

»Schuhgröße neununddreißig, wie die meisten Frauen«, sagte sie lächelnd, »in meiner Größe sind sie immer als Erstes weg.« Hatte Herbert ihr nicht mehrfach erklärt, alles an ihr sei so erfrischend normal? Darauf, dass so große Füße einem Japaner gewöhnungsbedürftig, geradezu unästhetisch erscheinen könnten oder Tadashi solche Sichtweisen teilen könnte, wäre sie niemals gekommen. Teresas Füße waren zart und weiß und es geschah, was Tadashi nicht für möglich gehalten hätte: Selbst in ihre Füße war er vernarrt.

Spätestens nach ihrer ersten gemeinsamen Liebesnacht gestand er sich ein, nie eine Frau so sehr begehrt zu haben wie sie. Was hatte Teresa, das ihn so faszinierte? Sie war nicht einmal sonderlich gebildet, las, wenn überhaupt, einfache Liebesromane, schwärmte für Operetten. Operetten! Ihr Englisch war mäßig, ihre Kenntnisse all der Bereiche, die ihn interessierten, wie Politik, Fotografie, Malerei, Literatur, klassische Musik, waren weniger als gering. Weder bewegte sie sich mit der grazilen Vornehmheit der japanischen Frauen noch entsprach ihre Körpergröße dem japanischen Schönheitsideal, und ihre Brüste waren eindeutig zu groß und zu schwer. Auch wenn Yamamoto solche Normen für unsinnig hielt, hatte er sich eine potenzielle Partnerin rein äußerlich doch völlig anders vorgestellt. Er suchte nach Erklärungen für sein suchtartiges Verlangen nach Teresa, seine mangelnde Selbstdisziplin und erhöhte Labilität beunruhigten ihn.

Womit hatte Teresa ihn nur so aus der Bahn geworfen? Yamamoto verstand es nicht. Den Gedanken, es könne sich um eine vorübergehende psychophysische Gegenreaktion auf das in Nanking Erlebte handeln, wies er zurück. Tief in seinem Inneren gab es eine Gewissheit: Er war ein Gefangener seiner irrationalen Begierde, einer zerstörerischen Leidenschaft ohne Perspektive. Er liebte alles an dieser Frau, er würde sie immer lieben.

Abends, allein auf seinem Futon, stellte er sich ihr fast entrücktes Lächeln vor, wenn er ihre festen, vollen Brüste mit seinen Fingerspitzen umkreiste, seine Hände ganzflächig quer über ihren kleinen, flachen Bauch strichen, seine hungrigen Finger sich sehnsuchtsvoll in die Kuhle über ihrer kräftigen Schambehaarung drängten. »My little pond«, hatte sie die Kuhle genannt. Obwohl er das mit dem Teich nicht verstand, ersehnte er nichts mehr, als ihn zu erwärmen, in ihm zu schwimmen, mit ihr gemeinsam darin zu versinken.

Er genoss ihre Verzückung, wenn sie sich entkleidet an seinen nackten Oberkörper schmiegte, seinen Geruch einsog, als wolle sie ihn für immer in sich verwahren, und diese Angewohnheit in ihrem schlechten Englisch mit »I like so much to smell you« begründete. Er war verrückt nach ihren kleinen, schrillen Schreien in den Momenten ihrer größten Lust, die ihn hilflos machten, wie einen nach seiner Mutter gierenden Säugling.

Seine Gedanken kamen nicht von ihr los. Seine Ratio brach zuweilen völlig zusammen. Am Tag nach ihrer ersten gemeinsamen Liebesnacht hatte er endlich die ersehnte Veröffentlichungszusage vom Chefredakteur der *Hiroshima-Post* für von ihm verfasste, kritische Artikel erhalten. »Jemanden wie Sie, Yamamoto-san«, hatte ihm dieser bestätigt, »und genau solche Beiträge braucht Hiroshima. Haben Sie mehr davon?«

Als Yamamoto zögerte, machte er eine ungeduldige Handbewegung.

»Schreiben Sie, schreiben Sie, ich räume Ihnen Platz für eine regelmäßige Kolumne ein.«

Es war das, was er angestrebt, worauf er gewartet hatte, seit er aus China zurück war. Es traute sich ja sonst keiner, den Mund aufzumachen. Tadashi gedachte, die Gunst der Zeit kurz nach dem Krieg, die Unruhe und Unübersichtlichkeit zu nutzen. Sein Ziel war es, seine Landsleute aufzurütteln, sie aus ihrem Dornröschenschlaf zu erwecken, zu mehr Eigenverantwortung anzuregen, dazu, ihren jahrzehnte-, jahrhundertealten stoischen, unreflektierten Gehorsam zu hinterfragen. Er wusste, was das bedeutete. Er betrachtete es als eine Herausforderung. Er war seiner Zeit weit voraus. Aber plötzlich konnte er sich nicht einmal mehr auf seine Arbeit konzentrieren.

Hatte er Abstand von Teresa, war er sich sicher: Er war Japaner, sein Land war ihm wichtig. Er würde kämpfen und niemals nach Europa gehen. Teresa durfte nicht in Hiroshima bleiben. Es wäre verantwortungslos.

Es gab keine Verhütungsmittel in Japan. Obwohl er sich vorsah, kreisten Tadashis Gedanken um die Vorstellung, dass Teresa schwanger von ihm werden könnte. Deshalb war es an ihm, eine Entscheidung zu treffen. Doch das, was ihm als Lösung einfiel, war unvorstellbar. Es war Trennung und Abschied.

So schnell bekommt man kein Kind, rechtfertigte er sich vor sich selbst, als verfügte er in Sachen Schwangerschaft über ausreichende Erfahrung. Aber vielleicht war es noch nicht zu spät.

Wurde nicht, bei männlichen Strahlenopfern, von erheblicher quantitativer Spermienverringerung, einer oft lang anhaltenden, sogar teilweise permanenten Reduktion berichtet? Zuversichtlich, Teresa bisher nicht geschadet zu haben, wog er das Risiko weiterer Treffen mit ihr ab. Was, wenn sie sich nicht von ihm lösen wollte? Und wenn es ihm unmöglich schien, die Beziehung zu ihr zu beenden, wie sollte es mit ihnen weitergehen?

Waren sie nicht seelisch aneinander gekettet wie siamesische Zwillinge, überzeugt, dass das Leid des einen dem anderen unendlichen Schmerz zufügen würde?

Es war die Zeit, in der Teresa ihm von immer häufiger auftretenden Fehl- und Totgeburten berichtete, Indizien für genetische Defekte durch zu hohe Strahlenbelastung. Viele im Mutterleib bestrahlte Säuglinge wiesen Mikrozephalie, mentale Retardierung oder eine langsamere Entwicklung als andere Kinder auf. Unvorstellbar, Teresa Vergleichbares zuzumuten. Auf keinen Fall dürfte ihr so etwas durch ihn widerfahren, zumal er ja wusste, wie sie darüber dachte.

Yamamotos Gedanken waren ein verrückt gewordenes Karussell, das sich mit höchster Geschwindigkeit drehte. Sein Rücken quälte ihn seit Tagen, seine Halsmuskeln waren verspannt, er kämpfte mit Schwindel und plötzlichen Anfällen von Übelkeit. Überzeugt, dass er sich von Teresa trennen musste, war er sich des bohrenden Schmerzes, der ihn danach einholen würde, bewusst. Benommen und konzentrationsunfähig haderte er mit seinem Schicksal.

Im egozentrischen Auf und Ab seiner Stimmungen verfing er sich im Schleier einer selbstquälerischen Schuld, ohne Teresa die Wurzeln seiner Selbstanklagen aufzudecken.

Dann kam der Tag, an dem er ein weiteres Mal versuchte, den Vorwand einer Kontamination einzusetzen, halbherzig, wie immer.

Sie standen am Ufer einer der Gabelungen des Ota. Ein rotgoldener Abend kroch zwischen den Ahorn- und Khakibäumen hervor und Teresa hielt ihren Kopf an seine Schulter geschmiegt. Sie liebte die Duftmischungen der herbstlichen Natur. Teresa war glücklich. Der würzig-herbe Geruch von Tadashis Haut vermischte sich mit der aufsteigenden Feuchtigkeit des modrigen Laubes am Boden. Auf dem Stumpf eines blattlosen, astlosen Baumes, einem guillotinierten Symbol der jüngsten Geschichte Hiroshimas, tschilpte hilflos ein junger Vogel.

Teresa atmete tief durch. Sie war gekettet in Zärtlichkeit. An eine harte Schulter.

Tadashi hatte lange geschwiegen.

»Warum wirkst du nur wieder so ernst?«, fragte Teresa.

»So darf es einfach nicht weitergehen«, sagte Yamamoto. Es glich einem Überfall.

»Wovon redest du?« Teresa, der es fast die Sprache verschlagen hatte, starrte ihn erschrocken an. »Was soll nicht weitergehen?«

»Es ist zu gefährlich, Teresa.«

Schon wieder! Teresa zog es das Blut aus dem Kopf, ihre Lippen zitterten. Ein Blütenblatt, auf dem sich eine Hornisse niedergelassen hat. Sie war ohnehin von ihrer Arbeit erschöpft, die sie mehr mitnahm, als sie es sich selbst eingestand.

»Was ist gefährlich? Was um Himmels willen meinst du denn bloß?«

Er stierte auf den Boden und schwieg.

»Wenn dich meine Krankenhausberichte belasten, dann rede ich nicht mehr darüber«, sagte sie. »Warum bist du nur so unzufrieden mit mir?«

Ihre Augen röteten sich. Sie suchte nach dem Stofftaschentuch in ihrer Kitteltasche.

Tadashis Lippen bebten. Er durfte nicht mehr einknicken, er durfte es nicht.

»Ich bin nicht unzufrieden mit dir, Teresa, im Gegenteil, ich finde dich so wunderbar, dass ich …«

Seine Stimme klang unerwartet sanft.

»Dann verstehe ich dich nicht«, flüsterte sie hilflos, »immer wieder fängst du so an.«

»Ich möchte … für dich soll alles gut werden, Teresa. Wenn du wüsstest, wie sehr ich dich begehre … aber ich … ich muss dich endlich freigeben.«

»Freigeben?« Ungehemmte Bäche von Tränen stürzten aus ihren Augen, rannen ihr über die Wangen, schienen nicht mehr zu stoppen zu sein. »Ich liebe dich aber doch!«

Sie schluchzte nicht, klagte ihn nicht an, versteifte sich und verstummte. Warum machte sie es ihm nur so schwer? Ihre Worte hallten in ihm nach, ihre Betroffenheit erschütterte ihn.

»Bitte, Teresa, es ist doch nur zu deinem Besten.«

Doch ihr war, als höre sie die abwertenden Worte ihres Vaters, und sie sah ihn ausdruckslos an.

»Nach allem, was ich dir von mir erzählt habe, was du von mir weißt?« Sie erhob sich. Tränenüberströmt blickte sie ein letztes Mal zu ihm auf. Ihre Stimme klang gepresst.

»Good-bye, Tadashi, *sayonara*«, sagte sie, wandte sich um, nahm entschlossen den Weg zurück in Richtung des Wohnzeltes auf, den Kopf starr auf den Boden gerichtet, und blickte sich kein einziges Mal mehr nach ihm um.

Teresa, das wusste Yamamoto, würde nicht umkippen, nicht mehr, sie nicht. Die Zeit mit der einzigen Frau, die er geliebt und durch seine eigene Entscheidung verloren hatte, war vorbei. Sie würde in seinem Gedächtnis liegen wie einer jener großen, schweren Steine, an denen die Tami zur Erde zurückkommen, um die Geister der Toten zu erlösen.

Jahrelang versuchte er, diesen Stein zuzudecken, ihn zu vergessen. Doch selbst zugedeckt sah er ihn weiter vor sich, fühlte ihn schwerer und schwerer wiegen. Und mit den Jahren gehörte der Stein, der Erinnerung hieß, so sehr zu ihm wie seine eigenen Hände und Füße.

ALICE

IN DER WARTESCHLEIFE

Dem Bahnhof von Kyoto genau gegenüber, unmittelbar neben dem Tourist Information Center TIC, hievt Alice ihren Karton eine Treppe hinauf, in das Obergeschoss der Bank. Dort stellt sie sich das Ende einer längeren Schlange vor einem Schalter. Es ist elf Minuten vor zwölf, als sie sich zum ersten Mal fragt, wie viel Geduld ihr dienstbarer Geist vor dem TIC für sie aufbringen wird. Um zwei Minuten vor zwölf ist sie noch immer nicht dran. An Alices Handinnenseiten schmerzen die Striemen der Paketschnüre. Punkt zwölf fragt Alice auf Englisch eine Bankkundin hinter sich, ob sie ihr den Platz in der Schlange für einen Moment frei halten könne, sie wolle »unten nur kurz jemandem Bescheid geben«.

»Sure, of course!«, antwortet die Amerikanerin.

Die belebte Straße vor der Bank ist gut zu überblicken. Mit dem Pappkarton in der Hand sieht Alice sich suchend um. Mr. No-name ist nirgends zu sehen.

Was, wenn er zu spät kommt und sie nicht findet? Er wird vermuten, dass sie schon gegangen sei. Verflixt!

Beunruhigt schleppt sie ihr Paket nach oben zurück, nimmt ihren Platz zwischen den Wartenden wieder ein. Sechs Minuten nach zwölf bittet Alice noch einmal darum, kurz hinuntergehen zu dürfen. Aber diesmal lässt sie den Karton auf dem Boden stehen.

Draußen erschwert reger Fußgängerverkehr mittlerweile den Überblick, doch nach längerem Umherschauen ist sie sich sicher: Er ist noch immer nicht da. Beunruhigt hastet sie erneut zu den Wartenden hinauf, die ihre Blicke erleichtert von Alices Karton lösen.

Um genau acht Minuten nach zwölf übergibt ihr der Bankangestellte ein Formular. Ungeachtet der aufgestauten Warteschlange hinter ihr, verfolgt er ihr hastiges Gekritzel mit der undurchschaubaren Miene einer jahrhundertealten Daikoku-Statue, ohne in der Zwischenzeit etwa eine der nachfolgenden Personen zu bedienen. Danach prüft er Reisescheck und Formular, greift nach einem spitzen, sehr dünnen Bleistift, streicht das von Alice eingesetzte Jahresdatum aus, setzt die Zahl sechsundfünfzig darüber, gleich an zwei verschiedenen Stellen, und paraphiert das Formular mit gestochen scharfer Schrift. Davon, dass es in Japan eine Zeitrechnung gibt, die mit jeder letzten Kaiserkrönung erneut beginnt, hat Alice gehört, aber dass diese altertümliche Zeitrechnung auch im Bankwesen verwendet wird …! Kaiser Hiroito ist seit sechsundfünfzig Jahren an der Macht, folglich entspricht 1978 dem Regierungsjahr sechsundfünfzig der Ära Showa.

Nun aber, endlich. Alice atmet aus, tritt von einem Bein auf das andere. Doch gerade, als sie ernsthaft glaubt, im nächsten Moment im Besitz ihres Geldes zu sein, legt der Kassierer Scheck und Formular auf ein flaches tellerartiges Geflecht, das er mit schlaffer Geste an eine hinter ihm sitzende Angestellte weiterreicht. Durch die Blätter einer Yucca-Palme beobachtet Alice, wie sich die Frau in eine Ecke des Raumes verzieht, wo sie Reisescheck und Formular fotokopiert und die nun insgesamt vier Stück Papier bedächtig in das Körbchen zurücklegt.

Ein Hautfitzel am Nagelbett ihres linken Zeigefingers macht Alice zu schaffen. Sie fummelt mit Daumen und Zeigefinger daran herum. Er wird immer länger. Sie versucht, ihn mit den Vorderzähnen abzubeißen, reißt dabei ihr Nagelbett ein.

Ob Mister Namenlos wirklich gleich wieder geht, wenn er sie nicht findet? Wenn nicht, wie lange würde er wohl auf sie warten, wenn er annimmt, dass sie schon gegangen ist? Aber was, wenn er überhaupt nicht gekommen ist, jetzt, wo sie schon alles eingekauft hat?!

Mit zufriedenem Gesichtsausdruck befördert die Assistentin das Körbchen zu einem anderen Bankangestellten.

Dieser studiert zunächst gleichmütig dessen Inhalt. Dann wendet er sich um, öffnet einen hinter ihm stehenden Schrank und entnimmt ihm einen Ordner. Alice sieht ihn sorgfältig abgeheftete Klarsichtfolientaschen mit offensichtlich unterschiedlichen Scheckkopien durchblättern. Nach seinem gewissenhaften Vergleich von Alices Scheck mit den vorrätigen Mustern sind zwei weitere Minuten vergangen.

Alice lutscht an ihrem Zeigefinger herum.

Die Schlange reicht jetzt bis in die Mitte der Treppe und von den Wartenden dringen unmissverständliche Laute des Unmutes herüber. Der Bankangestellte hinter dem Schalter blickt in die Luft.

Der Sachbearbeiter mit dem Ordner greift sich Alices aus vier Blättern bestehenden Vorgang, paraphiert jedes Papier einzeln, klopft den dünnen Stapel begradigend auf die Schreibtischplatte und bindet um die vier Blätter – ein Schleifchen! Mit zufriedener Miene legt er das repräsentativ verschnürte Päckchen in das Körbchen zurück und erhebt sich gemächlich. Von der Qualität seiner Arbeit offenbar vollends überzeugt, trägt er es persönlich zu seinem Abteilungsleiter, dessen Schreibtisch der größte im Raum ist.

Alice bemüht sich, den nun zwischen zwei Vorderzähnen klebenden Hautfetzen mit der Zunge zu entfernen. Das Gemurmel hinter ihr wird immer lauter.

Der Abteilungsleiter unterzeichnet stoisch mehrere vor ihm liegende Formulare, legt sein Schreibgerät beiseite und schießt plötzlich senkrecht wie eine Luftwurzel in die Höhe. Alice erschrickt. Was ist denn nun los? Er atmet tief durch, blickt einmal rundum und greift – ist es die Möglichkeit? – entschlossen nach Alices Körbchen. Ein gemächliches Öffnen des Schleifchens, ein wohlwollend über die darin liegenden Papiere gleitender Blick, ein nicht enden wollendes, bedächtiges Studium dieser Myriade von Blättern, eine sorgfältige Kontrolle der darauf enthaltenen Unterschriften und dann – endlich! – zeichnet er die Bögen nacheinander ab und legt sie in das Körbchen zurück.

Mit einer kurzen Kopfdrehung und einer lässigen Handbewegung bedeutet er dem Kassierer, dass der den Vorgang nun übernehmen darf.

Vor Erleichterung hätte Alice fast einen Juchzer von sich gegeben. Sie wischt sich den Schweiß aus dem Gesicht. Ein feiner roter Blutstreifen zieht sich quer über ihre Wange. Vom Sicherheitsprinzip japanischer Banken restlos überzeugt bückt sie sich, schnappt nach ihrem auf dem Boden stehenden Karton und schreitet in Richtung Ausgang. Immerhin hat sie es geschafft, in den kostbaren Besitz einiger Tausend Yen aus dem eisern verbarrikadierten Besitz ihres Kontos in Deutschland zu gelangen. Sie schließt die Augen wie nach einem Lottogewinn und zwängt sich, vorbei an der inzwischen bis auf die Straße reichenden Warteschlange, die Treppe hinunter ins Freie. In ihrer Handinnenfläche brennt eine von der Paketschnur gebildete Blase.

Zum dritten Mal verlässt Alice das Bankgebäude, es ist dreiundzwanzig Minuten nach zwölf. Die Straße vor dem TIC ist wie leergefegt. Hätte sie seiner heftigen Hilfsbereitschaft gleich misstrauen sollen? Von einem blonden Gepäckträger keine Spur. Und das jetzt, wo sie so viel eingekauft hat, überzeugt, das Transportproblem sei gelöst. Das Herz pocht ihr bis an den Hals. Mist, Mist, Mist!

Und wenn er die U-Bahn verpasst hat? Fünfundzwanzig Minuten nach zwölf. Herrje, was soll sie nur mit dem Pappkarton machen? Sie kann ihn unmöglich mit zurück in den Ryokan nehmen. »Meine deutschen Freunde haben es sich plötzlich anders überlegt?« Peinlich. Aber mit Pappkarton zu Dr. Ohta auf den Bahnhof von Hiroshima? Unmöglich! Das geht einfach nicht.

Und Bürstenhaarschnitt? Was sollte der sich auch mit fremder Frauen Gepäck herumschlagen! Spätestens bei seiner Rückkehr ins Hospiz musste ihm das aufgegangen sein.

Überhaupt, warum wartet sie noch immer auf ihn, noch dazu bei der Kälte? Ihr Leben ist keine Penelopiade und er wahrlich nicht ihr Odysseus.

»Until I find you«, steht auf dem Cover eines Buches, das ein vorbeieilender Passant in der Hand hält. Immerhin tröstlich, ein Japaner, der John Irving statt Mangas liest.

Um genau neunundzwanzig Minuten nach zwölf bückt Alice sich nach ihrem Paket, um es über den weitläufigen Vorplatz zum Bahnhof zu schleppen. Gerade verschwindet der Japaner mit dem Buch hinter dem gläsernen Bahnhofsportal. Alice holt einmal tief Luft. Werd endlich wieder vernünftig, ermahnt sie sich. Sie wird sich ein Schließfach suchen. Später wird sie dann weitersehen. Das Leben ist spannend. Man weiß nie, was passiert.

Wegen des Zebrastreifens folgt sie der Straße um eine Ecke und überquert den wenig belebten Bahnhofsvorplatz von Kyoto.

Seitlich des gläsernen Bahnhofsportals befindet sich ein unscheinbares Ladenfenster. Darauf prangen hellblau die Großbuchstaben TIS. Darunter steht in kleinerer Schrift: Tourist Information Service.

Mit bedrücktem Gesichtsausdruck, die Augen zerstreut auf den Boden geheftet, schreitet ein langer, blonder Mann davor auf und ab. Er scheint nicht mehr zu hoffen, dass sie noch kommt. Mit einem Seufzer tritt Alice auf ihn zu.

TENIMOTSUAKARI

»Wenn man auf einen TIC eingeschworen ist, kommt man erst gar nicht auf TIS.« Alice schwenkt ihren Arm in die Richtung, aus der sie kommt. »Ich habe dort drüben auf Sie gewartet, am Tourist Information Center, erinnern Sie sich? Hatte ich im Taxi noch deutlich gesagt. Ein TIS kannte ich gar nicht.«

Er hebt den Kopf langsam, genau wie am Vorabend, als sie ihn auf dem Theatervorplatz ansprach. Und wieder, jetzt sogar am helllichten Tag, schießt ein Schwarm funkelnder Sternschnuppen durch seine Augen. Und noch ein zweiter. Sie hätte sich vielleicht etwas wünschen sollen. Doch vielleicht ist das gar nicht mehr nötig?

Er reicht ihr seine Hand. »Wir haben uns nicht einmal vorgestellt, ich heiße Alex, Alex Ander ...«

Ein vorbeifahrender Bus schluckt den nachgeschobenen Nachnamen. Unwichtig, in diesem Moment ist nichts mehr wichtig ...

»Alice«, antwortet sie lächelnd.

»Wie schön, Alice und Alex.« Er betont die As.

Noch so ein komischer Zufall!

»*It's magic*«, sagt er, als beantworte er ihren Gedanken, und fügt einen Moment später hinzu: »Kennen Sie das Lied?«

»Die Coverversion des uralten Schlagers von Doris Day?«, fragt Alice gerührt.

Er nickt.

»Wunderschön ...«, sagt sie und hat den Liedtext bereits im Kopf:

»Fantastische Dinge beginnen ...«

»Genau«, sagt er, als hätte er ihrer inneren Stimme gelauscht, »unsere Begegnung ist schon irgendwie – sonderbar.« Er neigt den Kopf auf die Seite und fragt: »Sicher haben Sie auch heute wieder kaum etwas gegessen?«

»In Tokio habe ich jede Gelegenheit wahrgenommen, japanisch essen zu gehen, aber hier ...«

Alex schnappt sich Alices Paket, hebt es an und sagt: »So groß haben Sie das gestern aber nicht angezeigt – aber versprochen ist versprochen, ich nehm es als Handgepäck mit.«

Erleichtert blickt Alice zu ihm auf. »Danke.«

»Nun, gut, aber zuerst müssen wir es mal loswerden«, sagt Alex, »danach schauen wir nach einem – wie haben Sie das gestern genannt?«

ALICE

»Einem schnuckeligen Restaurant? Das wär toll!«

»Okay, ein schnuckeliges Restaurant also, damit Sie etwas in den Magen bekommen. Was machen Sie nur nach meiner Abreise?«

Sie zwinkert ihm zu. »Als Frau bleibt man auf jeden Fall schlank, außerhalb Tokios.«

»Man sieht tatsächlich fast ausschließlich Männer in den Restaurants. Das war in Tokio ganz anders.«

Sie finden die Schließfächer in einer Ecke der Bahnhofshalle, doch sind sie bestenfalls geeignet, ein Gepäckstück von der Größe einer Handtasche darin zu verstauen.

»Tenimotsuakari«, sagt Alex.

»Wie bitte?«

Er weist auf ein über der Rolltreppe angebrachtes Piktogramm. »Gepäckaufbewahrungsstelle, eine Etage tiefer!«

Auf Zehenspitzen blickt Alice sich um.

»Wo steht das? *kanji*-Schrift kann ich nicht lesen!«

»Sprachführer Japan«, stichelt er. »Hab mich schlau gemacht. Hatte vorhin ja jede Menge Zeit dafür.«

Sie nehmen die Rolltreppe ins Untergeschoss und finden sich in einer Shopping-Mall wieder. Obwohl größenmäßig nicht mit jener im Tokioter Shinjuku-Bahnhof vergleichbar, hat Alice eine solche Einkaufsstraße hier, im kleinen, konservativen Kyoto, nicht vermutet.

»*Ah so desu ka* – ach so!« sagt sie und komplizenhaft, wie gleichgesinnte Zwillinge lachen sie sich an. Es ist wie ein wärmender Sonnenstrahl in diesem künstlichen Unterweltlicht. Nach der Gepäckabgabe weist Alex mit dem Finger auf eine gegenüberliegende Vitrine.

»Alles aus Plastik«, stellt er mit Blick auf die naturgetreu nachgebildeten Gerichte fest, bevor sie sich entscheiden, das Restaurant zu betreten.

Alex empfiehlt ihr eine Art japanische Involtini: »So etwas habe ich hier schon mal gegessen.« Die hauchdünnen, mit mariniertem Gemüse gefüllten Rindfleischscheibenröllchen schmecken Alice so gut, dass sie sich den Namen des Gerichts aufschreibt: *gyuniku no yasai maki*.

Während des Essens bemerkt sie, dass Alex ihre Hände betrachtet. Dabei fällt ihr die noch nicht gestellte Frage wieder ein.

»Warum haben Sie im Theater eigentlich ständig auf meine Hände geguckt?«

»Habe ich das?«

»Ja.«

»Nun gut. Sie saßen die ganze Zeit über auf meinem Programm!«

»Aber ... ich hatte doch extra einen Sitz zwischen uns frei gelassen!«

»Stimmt, doch um weitere Unterbrechungen zu vermeiden, bin ich zur Seite gerückt, als ich Sie kommen sah. Nur mein Programmheft hatte ich auf dem Nebensitz liegen lassen. Sie haben es im Dunkeln nicht gesehen und sich darauf gesetzt, ganz einfach.«

»Achsodeska!« Alice kichert.

»Jetzt müssen Sie sich die Hand vor den Mund halten«, sagt er.

»Ich rede zu viel, Pardon! Berufskrankheit, außerdem ...«

»Das meinte ich nicht. Japanerinnen machen das ständig, wenn sie lachen.«

Er greift quer über den Tisch nach ihren Händen, dreht sie, um sie nacheinander zu küssen. Als er sich aufrichtet, sieht er ihr in die Augen und stellt fest: »Ihre Augen sind so braun wie Schokobonbons – gut dass Sie nicht wissen, wie süchtig ich nach Schokolade bin.«

Alice lässt es geschehen, doch ihr Herz klopft bis an den Hals, und als sie das Restaurant später verlassen, folgt sie ihm wie in Trance. Vor dem Bahnhofsausgang bleibt er stehen und zieht Alice an sich heran.

»Hier fällt es nicht auf«, sagt er und bevor sie nachfragen kann, was er meint, spürt sie seinen Kuss auf den

Lippen. Er hat den feinen, würzigen Geschmack der Teriyaki-Soße.

Danach öffnet er die Augen, lächelt, und Alice sieht ihn noch einmal, den Sternschnuppenschwarm.

Wenn er so ist wie sein Lachen, denkt sie und hört schon wieder ein Lied ...

Später erinnert Alice sich nicht mehr, von wo genau aus sie den Zug in Richtung des nordöstlichen Kyoto nahmen. Wie am Vorabend vereinbart, machen sie sich auf den Weg zum Dichtertempel Shisendô. Expertenmäßig allwissend, was die Verkehrslinien um Kyoto angeht, stakst Alex mit seinem Kranichgang neben ihr her und Alice, gefangen von einer Vielzahl von Eindrücken und widersprüchlichen Empfindungen, ihm nach.

Irgendwann offenbart sie ihm, Füße wie »die reinsten Eisklumpen« zu haben.

»Auf dem Rückweg«, sagt er, »besorge ich dir ein paar ganz dicke Socken, ich weiß auch schon wo.« Vor dem Eingang der Station des Vorortzuges hält er inne, kramt in seiner Lederjackeninnentasche herum und überreicht ihr ein japanisch-schön verpacktes Päckchen.

»Hier, das hätte ich jetzt beinahe vergessen!«

Es ist eine kleine, fest verschlossene Dose mit dem kostbaren Pulvertee für das Teesorbet, für das sie die Glasschalen noch nicht gefunden hat.

IM VORORTZUG

»Die Fahrt dauert zwanzig Minuten«, erklärt Alex, nachdem er die Fahrkarten gelöst hat. Alice überrascht die zuversichtliche Selbstverständlichkeit, mit der sie sich Alex nach so kurzer Zeit anvertraut. Sie betrachtet sein Profil und bemerkt ein vielsagendes Ziehen im Unterbauch. Sie muss sich ablenken.

Das einförmige Ambiente im Abteil wird durch monotones Geschwafel und grelle, schnell wechselnde Reklamebilder aus einem über ihren Köpfen angebrachten Farbfernseher bestimmt.

Die Fahrgäste, japanische Männer und Frauen unterschiedlichen Alters, wirken marionettenhaft. Sie sehen einander weder an, noch reden sie miteinander, stieren nur stumm auf die Bildschirme.

Alice hat nicht vor, ihrem Beispiel zu folgen.

»Soll ich dir eine Geschichte erzählen?«, wendet sie sich an Alex.

Gespannt sieht er sie an.

»Nur zu, ich liebe Geschichten. Vor allem bei grausigen Werbefilmen in japanischen Vorortzügen.«

»Ein Shogun«, beginnt Alice, »hatte ein Problem. Hohe Offiziere, Höflinge und weise Männer umstanden ihn. Er führte die Anwesenden zu einem riesengroßen Türschloss, so groß, wie es noch keiner von ihnen jemals gesehen hatte. Es sei das größte und schwerste Schloss, das es jemals in der Hauptstadt, ja in allen japanischen Provinzen gegeben hätte, erklärte er und fragte, ob sich einer von ihnen in der Lage sähe, es zu öffnen.«

Hier macht Alice eine Pause. Alex sieht sie aufmerksam an.

»Mit seinem Langschwert locker in der Hand, seinem Kurzschwert im Gürtel über der seidenen Kimono-Uniform befahl der Shogun: ›Einer der Anwesenden soll vortreten, das Schloss begutachten und es zu öffnen versuchen. Sollte es ihm nicht gelingen, wird ihm nichts geschehen. Jeder aber, der danach versucht, es zu öffnen, ohne es zu schaffen, riskiert, auf der Stelle niedergestreckt zu werden.‹ Sogleich schüttelte ein Teil der Höflinge verneinend den Kopf. Einer, der zu den Weisen zählte, trat vor, schaute sich das Schloss näher an, gab aber bald zu, es nicht öffnen zu können. Als der Weise gesprochen hatte, war sich auch der Rest des Hofstaates einig, dieses Problem sei zu schwer, als dass es gelöst werden könnte.«

Wieder macht Alice eine Pause.

»Und?«, fragt Alex.

»Was würdest du tun, in so einer Situation?«, fragt Alice.

»Moment mal, was ich tun würde? Zunächst einmal wäre ich gleich als Erster gegangen, der Erste bekam den Kopf nicht abgeschlagen, richtig? Dabei würde ich mir das Schloss von allen Seiten anschauen, es auf verschiedene Weisen zu bewegen versuchen, es mit den Augen und den Fingern rundherum untersuchen, notfalls auseinandernehmen, eventuell auch mit einem Ruck daran ziehen ...«

Alice sieht ihn fragend an. »Glaubst du denn, dass du es aufkriegen würdest?«

»Aber sicher, es ist doch nur ein Schloss, so schnell gebe ich nicht auf. Und? Wie geht die Geschichte denn nun aus?«

»Genau so. Nachdem der erste Weise ablehnend zurückgetreten war, trat ein mutiger Samurai vor. Er tat genau das, was du gerade gesagt hast, er zog daran und siehe, das Schloss öffnete sich ganz leicht. Es war nur angelehnt gewesen, nicht einmal ganz zugeschnappt, und es bedurfte nichts weiter als des Mutes und der Bereitschaft, dies zu begreifen und zu handeln.«

»Und im Märchen bekomme ich jetzt die Prinzessin?« Er lacht.

»Die kriegst du, wenn du so bist, im Leben sicher auch ... oder machst du da alles anders?«

»Eigentlich nicht.« Er beugt sich zu ihr herüber, zieht sie mit einer John-Wayne-Geste an sich und küsst sie auf den Mund. Keiner der anwesenden Japaner verzieht auch nur eine Miene.

Beim Verlassen der kleinen Bahnhofsstation kommt ihnen eine verrückt geschminkte Person mit einer Fahne in der Hand entgegen. Sie zieht ein Wägelchen hinter sich her, greift nach zwei der darin liegenden beschrifteten Zetteln und reicht jedem der beiden einen davon. Trotz ihrer Schminke wirkt die traurige Gestalt äußerst erbärmlich. Mein Gott, die arme, alte Frau, denkt Alice, als sie an ihnen vorbeistapft. Ihr folgt im Gänsemarsch eine Gruppe von fünf teils maskierten, teils stark geschminkten, eigenartig gekleideten Personen. Auf ihren Köpfen wackeln, im Takt mit ihren merkwürdigen Körperbewegungen, abstruse schwarze und rote Perücken. Die Gestalten bewegen sich langsam schaukelnd an ihnen vorbei. Dabei lassen sie Schellen ertönen und trommeln Alice und Alex die Ohren voll, hämmern, was das Zeug hält, auf ihre Instrumente ein. Laut gestikulierend verkündet eine der Personen in der Reihe unverständliches Zeug. Alice fühlt sich für einen Moment in das Japan des achtzehnten Jahrhunderts versetzt und wendet sich verwundert an Alex. »Was soll ... was ist das?«

»*Chindonya*. Wir haben Glück!«

»Eine kostenlose Zirkusnummer?«

»*Chindonya* sind äußerst selten, sieht man heutzutage eigentlich gar nicht mehr, in Kyoto vielleicht gerade noch so.«

Erstaunt sieht Alice ihn an. Das Wort *chindonya* ist selbst in ihrem guten Reiseführer nicht vorgekommen, da ist sie sich sicher. Aber warum erklärt er ein Wort mit dem gleichen Wort?

»Gut, aber was heißt das, *chindonya*?«

»Weiß ich auch nicht.«

»Ist das ein Lautenspieler, der in der Mitte? Und was steht denn da auf diesem Zettel?«

»Genau, das ist eine japanische Laute, ein *shamisèn*-Spieler, aber was da drauf steht, kann ich auch nicht lesen.«

»Also eine Art Straßentheater?«

Er lacht.

»Neiiiin! *Chindonya* – das weckt heutzutage sogar bei Japanern noch nostalgische Gefühle. Sie hatten ihre Blütezeit in den fünfziger bis sechziger Jahren. Damals sah man sie oft in den Straßen.«

»Ja, aber was …?«

»Ist doch toll!«, begeistert er sich. »Alles anscheinend noch genauso wie früher, die grotesken Hüte, die Masken und die komische Kleidung. Vorneweg läuft immer ein Fahnenträger, der Zettel verteilt, und in der Mitte proklamiert einer seinen Spruch.«

Warum beantwortet er nicht meine Frage, sagt mir nicht, was er weiß?, fragt sich Alice genervt.

Sie wendet den Kopf, sieht der japanischen Kleingruppe nach. Richtig bedauernswert sehen sie aus, irgendwie chancenlos, als seien sie ganz ohne jegliche Hoffnung. Alex guckt unbeteiligt in der Gegend umher. Hans-guck-in-die-Luft.

Ungeduldig startet Alice einen neuen Versuch: »Ja, aber wozu machen sie das, was soll denn das Ganze? Hätten wir ihnen Geld geben sollen?«

»Glaube ich nicht, das hätte sie vermutlich beschämt. Aber arm sind sie sicher. Früher rekrutierten sie sich aus arbeitslosen Künstlern, vielleicht auch heute noch, so wie sie aussehen. Meist waren es Musiker, Wanderschauspieler oder alternde Varietéartisten.«

»Aber worum geht es denn dabei, was für ein Spruch wird da proklamiert? Für wen? Außer uns ist doch niemand auf der Straße!«

»Na ja, vielleicht meinten sie ja uns.«

»Chrrrr!«

»Hast du noch nie von den *chindonya* gehört?«

»Nein, stell dir vor!«, sagt sie verärgert.

»Also ich«, sagt er, »hätte das hier auch nicht vermutet. Viele machen das wohl noch hobbymäßig nebenbei, also Laien, die sich als Werbespezialisten ein paar Yen dazuverdienen wollen.«

»Also Werbung?«

»Ja sicher, was sonst?«

Na endlich! Warum sagt er das nicht gleich? Komischer Kerl!

»Ach so, und für was werben die?«

»Na, für alles Mögliche, ich verstehe kein Japanisch, für kleinere Einzelhandelsgeschäfte in der Nähe vielleicht, *pachinkos*, Supermärkte, Fitnesscenter, Nachtclubs, Love-Hotels, Kabaretts, was weiß denn ich.«

Wie ein verlaufenes Huhn steht Alice mitten auf der Straße und sieht Alex nachdenklich an. Dann wendet sie den Kopf ab, blickt versonnen den *chindonya* nach und gibt sich einen Ruck.

TERESA

DIE VÖGEL DES KUMMERS

Teresa saß am Ufer einer Bucht mit Blick auf die Wasser der Inlandsee, abseits des Hafens Miyajima-guchi. Tränenschwer, tief und grau hing der Himmel über dem Meer. Ein weißer Reiher flog vor ihr auf, segelte mit breit ausladenden Schwingen in ihre Richtung, ließ sich unweit von ihr entfernt auf einem im flachen Wasser stehenden Poller nieder.
An so einem kalten Oktobertag war sie einmal mit Tadashi hier gewesen, auf genau dieser Wiese, unter diesem riesigen Ginkgobaum. Sie hatten sich aneinander gewärmt, den vorbeiziehenden Wolken zugesehen und gebannt von der Naturgewalt des dunklen, wild aufgewühlten Meeres seinem anschwellenden Rauschen gelauscht, der hintergründigen Botschaft unaufhörlich anrollender Wellen.

»Kennst du das Gedicht vom Ginkgo-Biloba?«, hatte Tadashi sie plötzlich gefragt. Sie hatte verneint.

»Aber das ist doch von eurem Goethe.«

Doch als er es auf Englisch zitierte, erinnerte sie sich daran. Eva hatte es einmal vorgetragen. Eines nachts, kurz vor dem Einschlafen. Danach hatte sie lange an die Decke gestarrt. Ein Baum, der weder ein Laub- noch ein Nadelbaum ist, dessen Blätter in ihrer Mitte fast zweigeteilt sind. Eva, die die Namen Hitlers und Goethes in einem Atemzug nennen konnte, weil sie beide verehrte …Kein Wunder, dachte Teresa, dass ich das Gedicht bald vergessen habe. Nun gab ihr dessen Symbolik zu denken.

> … Ist es ein lebendig Wesen,
> Das sich in sich selbst getrennt?
> Sind es zwei, die sich erlesen,
> Dass man sie als eines kennt?
> Solche Fragen zu erwidern,

> Fand ich wohl den rechten Sinn.
> Fühlst du nicht an meinen Liedern,
> Dass ich eins und doppelt bin?

Eins und doppelt. Als hätte dieser Goethe Tadashi gekannt, dachte sie. Ob auch er, wie Tadashi, zwei so schrecklich unterschiedliche Seiten hatte? Am Boden welkten die Ginkgoblätter und vor ihr lag blank das Meer, wie eine riesige Öllache, kaum von einer einzigen Welle gekräuselt. Von hier aus konnte Teresa weder das *torii* noch den roten Tempel Miyajimas sehen. So verweint, mit geschwollenen Lidern wollte sie sich nicht unter die Menschen auf der Fähre zur Insel mischen. Die Erinnerung brach über sie herein.

Seit Tagen befiel sie eine unbekannte Übelkeit, wenn sie morgens erwachte. Auch ihre Menstruation war seit gut zehn Tagen überfällig. Wie oft hatte ihre Mutter ihr diese Symptome erklärt? Nach ihrem Treffen am Ota war sie Tadashi nicht mehr begegnet. Doch trotz ihres sich selbst gegebenen Schwurs, ihn nie wieder sehen zu wollen, wartete sie dennoch auf ihn.

Wenn sie am Anfang noch darauf gehofft hatte, dass er sich besinnen würde, folterte sie sich in den Nächten mit Selbstvorwürfen.

Aufgrund ihres Schlafmangels war sie tagsüber beständig müde und nervös, hoffte verzweifelt auf ein Zeichen, eine Nachricht von ihm. Sie fragte sich, warum er sie dermaßen demütigte, sie klein und beschämt werden ließ, obwohl er ihr doch immer versichert hatte, sie über alles zu lieben? Wie sollte sie ein solches Verhalten verstehen?

Ihre sehnsuchtsvollen, ihm unaufhörlich zuströmenden Gedanken ließen ihr sein Fortbleiben noch unmenschlicher, noch härter erscheinen. Von Herbert war sie Erklärungen, Worte als Ausdruck von Mitgefühl, Nähe als Zeichen der Zusammengehörigkeit gewohnt.

TERESA

Tadashis unerwartete Fluchten, sein unverständliches, schwach begründetes Fortbleiben, sein plötzliches Verschwinden aus dieser ohnehin kargen Welt, sein tagelanges Schweigen hatten ihren Verstand gelähmt, ihre Verzweiflung geschürt.

Worte sind Leben, sind Hoffnung, Schweigen ist Tod, dachte sie, es lässt jegliche Hoffnung sterben.

Sie wünschte sich nichts mehr, als noch einmal in seinen Armen zu liegen, von seiner Stimme sanft eingelullt, sehnte sich nach seinem warmen, vom süßen Plum Wine durchdrungenen Atem auf ihrem Gesicht, dem Gefühl seiner kundigen Hände auf ihren Brüsten. Bei dem Gedanken an diese sinnlichen Erfahrungen erzitterte sie und ein stechender Schmerz fuhr in ihre Schläfen. In ihren einsamen Nächten allein auf dem Feldbett führte sie stumme Gespräche mit seinen Augen, schwarze Turmaline auf jadeschimmernder Haut, brennende, verletzende, nicht enden wollende Dialoge. Manchmal glaubte sie auch, seinen Duft wahrzunehmen, diese Mischung aus wilden Tabakpflanzen, Moschus und Sandelholz, bis sie, durch ein Geräusch aus ihren Träumen gerissen, nur noch den dumpfen Geruch schmutziger, staubiger Wäsche, den Karbolgeruch einer Schwester neben sich wahrnahm, als gäbe es Tadashi nicht, als sei sie ihm niemals begegnet.

Ihre zarten, getrockneten Pflanzen, verblasste Erinnerungen an eine unbeschwerte Zeit, entsorgte sie auf dem Müll.

Die Frauen im Schlafsaal hatten sich im Laufe der Zeit zu kleineren Gruppen zusammengeschlossen. Teresa gehörte keiner von ihnen an, allzu nachhaltig hatte die Beziehung zu Tadashi den Kontakt zu den anderen Frauen beeinträchtigt. Teresa schämte sich für ihren Wunsch, sich den Frauen jetzt plötzlich nähern zu wollen. Sie war die Einzige mit einem japanischen Freund und natürlich bemerkten nun alle, dass er nicht mehr kam. Den Rest verriet ihnen Teresas Mimik. Aschgrau fand sie sich morgens im Spiegel wieder, und genauso fühlte sie sich, aschgrau, so wie ihr Leben jetzt war. Sie hörte die anderen Frauen tuscheln, spürte ihre forschenden, verhaltenen Blicke, aber keine tat einen Schritt auf sie zu.

Und gewiss hatten sie den Vorgesetzten ihre Zerschlagenheit, ihre mangelnde Konzentrationsfähigkeit, ihre morgendliche Übelkeit und ihre plötzlichen Tränenausbrüche bereits zugetragen.

Stumm und bewegungslos auf seinem Poller, reckte der Reiher seinen Hals in ihre Richtung.

Die Inlandsee hatte nichts Tröstliches mehr. Über ihrem bleiernen Spiegel, in ihrem mystischen Dunst, hing wie ein unzerreißbarer Schleier ein dichtes Gewebe von Traurigkeit. Darunter, für Teresa zunächst diffus, dann gleißend hervorschnellend und vernichtend, lag die blanke Klinge einer schneidenden, alles zerstörenden Angst. Die Luft stand still. Der graudüstere Himmel über Teresa wölbte sich wie ein riesiger, schwergewichtiger Baumwollpacken, der jeden Moment auf sie herabstürzen konnte.

TERESAS ENTSCHEIDUNG

> Dass die Vögel der Trauer und der Verzweiflung
> über deinem Haupte schweben, kannst du
> nicht ändern, aber dass sie Nester in deinen Haaren
> bauen, das kannst du verhindern.
>
> (Chinesisches Sprichwort)

»Und schlepp uns kein Balg mit nach Hause! Nur ein Flittchen läuft einem Mann hinterher.«

Die Worte ihres Vaters, eingefressen in ihr wie eine eitrige Entzündung, saßen tiefer als Teresas Bedürfnis nach Erklärungen, tiefer noch als ihre Sehnsucht nach Tadashi.

Als hätte es ihn jemals gegeben, den deutschen Soldaten, der sie auch nur geküsst hätte, dem sie doch weder vor noch nach Herbert jemals wie Tadashi begegnet war! Der Krieg war vorbei. Ihr war unwohl. Aber ein Kind von Tadashi, von diesem unbegreiflichen Mann, den sie über alle Maßen liebte und der sie nicht wollte, ihrer unendlichen, verschlossenen Liebe? Mit Herbert hatte es niemals geklappt, warum jetzt?

Eine Abtreibung genehmigte man hier nicht einmal den verstrahlten japanischen Frauen mit der *genbaku-bura-bura*-Krankheit, der langwierigen Krankheit, wie sie sie nannten. Doch selbst wenn es erlaubt wäre, ein Kind von Tadashi, wie könnte sie sich je davon lösen? Aber wo sollte sie es aufziehen, mit ihm leben und wovon? Ach, wie weit sie entfernt war von ihrer zerbombten deutschen Stadt. Aber nach Hause zurück? Das ging erst recht nicht.

Deutschland, das war ihre Kindheit zwischen zwei Weltkriegen, das heimliche Versteckspielen in den Höhlen der Forstbaumschule oder hinter den Kastanien des Forstbotanischen Gartens und den Ruinen baufälliger, zum Abriss vorgesehener Häuser, das waren pieksende Federbetten und Fettaugen auf der Hühnersuppe der Mutter. Deutschland, das war das schleimig aufgeschlagene Zimtzucker-Ei ihrer Großmutter und Küken unter der Wärmelampe im eiskalten Elternschlafzimmer, das war ihre Jugend nach einem verlorenen und vor einem beginnenden Krieg, eine Adoleszenz unter Bombenalarm, zwischen über Nacht zerstörten Nachbarhäusern und aufgerissenen Straßen. Deutschland war die donnernde Stimme des Vaters, zu dem sie – vor allem mit einem Kind – auf keinen Fall zurückkehren wollte. Aber vor allem war Deutschland: nie wieder Herbert.

Warum nur hatte er sterben müssen? Der einzige Mensch, der Ruhe und Sicherheit, Zuversicht und Geborgenheit für sie bedeutet hatte. Für den all das selbstverständlich war, was sie jetzt dringend von Tadashi gebraucht hätte. Ihr fielen die Männer ein, die an der Kieler Förde angelten. Sie hatte ihnen als Kind dabei zugesehen. Ich bin wie einer dieser Fische, denen die Angler – zu klein, zu unbedeutend, für wertlos befunden – den Angelhaken aus dem Maul gerissen haben, dachte Teresa. Achtlos in den heißen Sand geworfen, wo sie zappelnd in der Sonne verenden und vertrocknen mussten.

Wie sanft die Inlandsee an diesem Tag war! Verstört erhob sich Teresa und trat in das Wasser. Sie spürte die Kälte nicht. Der Meeresboden unter ihren Füßen war seicht und weich wie ein Moorsee, bei jedem Schritt sank sie tiefer ein. Sie watete geradeaus, immer geradeaus. Jeder weitere Tag gliche doch nur einem weiteren Aufreißen einer nicht verschorfenden Wunde, einer Freilegung lähmender Traurigkeit, wäre ein Herumstochern im rohen Fleisch ihrer Demütigung. Sie hatte überhaupt keine Wahl!

Der Reiher, nun fast neben ihr, entfaltete seine Flügel, legte sie an, öffnete sie erneut. Mit gespreiztem Gefieder verharrte er eine Weile mit zum Himmel gerecktem Hals. Noch immer schien er zu Teresa hinüberzublicken. Er zuckte mit dem Kopf, setzte zum Flug an, die Schwingen bis aufs Äußerste gestreckt, und erhob sich gen Himmel. Teresas Blick folgte seinem Flug, bis er sich in der letzten Lichtfarbe, im dunstigen Blau der zum Meer hin offenen Inlandsee verlor.

Sie stand jetzt bis zu den Schenkeln im Wasser. Ein Windstoß ließ ihr Haar auffliegen. Vom offenen Meer wehte ein aus der Heimat bekannter Algengeruch zu ihr herüber. Eine Möwenschar flog kreischend von der Böschung auf, kreiste eine Weile über ihrem Kopf und entfernte sich zum Ende der Bucht hin. Teresa hielt plötzlich inne. Ein Kalenderblattspruch fiel ihr ein, ein chinesischer Vierzeiler, den sie kurz vor ihrer Abfahrt aus Deutschland gelesen hatte. Eine Krücke für schwierige Situationen, hatte sie damals gedacht, für Menschen in Hiroshima vielleicht.

> Dass die Vögel des Unglücks und der Trauer
> über deinem Kopfe schweben,
> kannst du nicht verhindern.
> Aber dass sie Nester in deinen Haaren bauen,
> das kannst du verhindern.

Erinnerungsfetzen stoben auf, von ihrer zerstörten Heimatstadt, dem Fotografen in der Hansastraße, ihrer Familie. Sie erinnerte sich an das verzagte Lächeln von Curt, Herberts Freund aus der Fliegerstaffel, der sie bei der Abreise bis an den Zug begleitet, sogar extra eine Bahnsteigkarte für sich gekauft hatte. Seltsam, sie hatte kein einziges Mal an ihn gedacht, hier in Hiroshima. Weil ihre gesamte Aufmerksamkeit fast unmittelbar nach ihrer Ankunft Tadashi zugeflogen war? Curts Gesichtsausdruck hinter dem heruntergelassenen Fenster, als sie schon im Zug saß, fiel ihr ein. Sie hatte deutlich gespürt, dass er ihr noch etwas sagen wollte, es sich dann aber aus irgendeinem Grunde verboten hatte. Etwas, was er damals für verfrüht hielt? Vor ihrer Ehe mit Herbert war sie ihm einmal zusammen mit Eva begegnet. Dabei hatte sie einen Blick von ihm aufgefangen, den zu interpretieren sie sich damals nicht getraut hätte. Seine Eltern waren, wie Alices gesamte Familie auch, Schlesienflüchtlinge gewesen, aber er, wie sie selbst, war in Kiel geboren. Bei seinem Kondolenzbesuch kurz nach Herberts Tod in Schwerin war er mehr als erschüttert gewesen: »Ich weiß, dass dein Schmerz sich mit meinem nicht vergleichen lässt, aber glaub mir, auch ich habe meinen wertvollsten Freund verloren. Und es schmerzt mich, dass es ausgerechnet einer Frau wie dir, die ich schon immer bewundert habe, passieren muss.«

Unverhofft gewann sein Verhalten einen bisher verborgenen Sinn. Hatte er heimlich das Foto aus dem Schaufenster des Fotografen gestohlen und sie selbst nach der Heirat nicht aus seinem Gedächtnis gestrichen? Als öffnete sich plötzlich ein Vorhang, ahnte sie, was dieser Mann empfunden, aber nie zu äußern gewagt hatte. Was inzwischen aus ihm geworden war, wusste nicht.

Die Vögel des Kummers über deinem Kopf. Es war, als erwache Teresa, sie erbebte, spürte auf einmal die stechende Kälte. Sie drehte sich um, watete zum Ufer zurück und zog sich an Grasbüscheln, Steinen und Strauchästen die Böschung hinauf.

Am nächsten Tag übergab man ihr eine schriftliche Vorladung zum Chefarzt. Morgen früh, noch vor dem Termin, dachte sie, morgen werde ich mich hinsetzen und Briefe schreiben. Oder besser noch heute. Sie würde den anderen zuvorkommen, um eine Genehmigung für ihre Rückreise bitten. Sie hatte keine Wahl. Kurz nach Weihnachten, vielleicht schon zu Sylvester könnte sie wieder zu Hause sein. Vielleicht würde sich auch Eva ihr gegenüber nun anders verhalten, immerhin hatte sie einiges dazugelernt. Die Unterschiede zwischen den deutschen und japanischen Krankenstationen, die Art, wie Ärzte und Schwestern hier interagierten, das alles würde sie interessieren. Vielleicht wäre Eva jetzt sogar ein klein wenig stolz auf sie. Ach, sie könnten sich so viel erzählen, es gab so viele Informationen auszutauschen! Teresa stellte sich die erste Nacht zu Hause vor, nebeneinander mit Eva im Bett, wo sie kichernd wie kleine Mädchen ihre Erfahrungen austauschen würden. Es gab zwischendurch immer auch Heiteres zu berichten, ohne das all das Schwere auf den Krankenstationen überhaupt nicht zu bewältigen wäre. Eva würde zum ersten Mal auch von ihr, Teresa, etwas lernen können, ja, da war sie sich sicher, Eva würde ihre Rückkehr begrüßen und neugierig auf ihre Erfahrungen sein. Auf See würde es dieses Mal noch rauer werden, sie würde es durchstehen. Später würde sie noch einmal zu Tante Else ziehen und irgendwann eine eigene Wohnung beantragen. Immerhin war sie die Witwe eines Fliegers und Kriegshelden obendrein.

Mit dieser Entscheidung fühlte sie sich frei. Frei, Tadashi noch ein einziges Mal zu besuchen. Eine gedemütigte, geschlagene, schuldbewusste Königin, die endlich eine plausible Erklärung für seinen Rückzieher erzwingen wollte, um diesen Zustand quälender Unsicherheit zu beenden. Um ihm, und mit ihm Japan, Adieu zu sagen. Nur ihr Geheimnis, das würde sie niemandem preisgeben.

SHISENDÔ

Fast wären sie daran vorbeigelaufen. Der Zugang zum Dichtergarten Shisendô, sogar das winzige Hinweisschild, ist von Büschen verdeckt. Natursteinstufen führen über einen mit weißen Kieselsteinen in viereckigen Mustern geharkten Vorhof zur Eremitage hinunter, einem halb mit Stroh, halb mit Schindeln gedeckten, hölzernen Gebäude. Unterhalb seiner Terrasse erstreckt sich der Garten des Dichters, von außen nicht einsehbar, mit weißen Sandflächen, Kiefern, Buchsbäumen und beschnittenen Azaleenbüschen bestückt.

Alex und Alice stehen vor einem Gatter aus ungehobelten Baumstämmen, auf deren seitlichen Stützpfeilern japantypische schmiedeeiserne Kappen sitzen. Die Veranda wird zum Garten hin durch das Gatter begrenzt und gibt einen märchenhaften Blick in dessen in ein mildes Herbstlicht getauchte Landschaft frei.

»Ein Paradies«, schwärmt Alice, »hier wäre ich auch gern zum Eremiten geworden, wie der Samurai Ishikawa.«

Alex nickt.

»Andererseits fehlt mir die Fantasie, was so einen ausgegrenzten Samurai damals bewegt haben mag«, sagt Alice. »Er soll sich gegen mehrere Erlasse des Shoguns von Tokugawa, Ieyasu, aufgelehnt haben, weshalb er von ihm in die Verbannung geschickt wurde. Hier hat er bis zu seinem Tod gelebt, sich ausschließlich der Dichtung, der Philosophie, der Teekunst und der Gartengestaltung gewidmet.«

Alex nickt und blickt stumm in der Parkanlage umher. Sein Heugeruch vermischt sich mit dem aufsteigenden Duft der umstehenden Kiefern und Pflanzen, deren Namen Alice nicht kennt. So viel süßliche Schönheit ist ihr fast zu viel. Seine schlanken Hände mit den gepflegten Fingernägeln, die neben ihren auf der Balustrade der Veranda liegen, sehen nicht aus, als hätten sie je solche Kiefern oder andere Bäume beschnitten. Alice steckt die Hände in ihre Jackentaschen. Alex sieht es, greift nach der Hand auf seiner Seite, zieht sie aus der Tasche heraus und hält sie fest. Hand in Hand steigen sie die Holztreppe vom Pavillon hinab in den Garten.

Umgeben von einer fast heiligen Stille schlendern sie die Wege entlang, bewundern die wechselnden Pflanzengruppierungen abseits der schmalen Pfade des Gartens und lauschen den Gesängen der zahlreichen, in den Hecken und Büschen verborgenen Vögel. Exakt geschnittene Hibiskus- und Azaleenkugeln stehen neben Kameliensträuchern und unzähligen, selbst um diese herbstliche Jahreszeit noch blühenden Staudenarten vor reinweißen Flächen aus schneefarbenen Kieselsteinen.

Rilke, denkt Alice, Rilke hätte diesen Garten geliebt. Was geschieht auf einmal mit ihr?

> Wie soll ich meine Seele halten,
> dass sie nicht an deine rührt,
> wie soll ich sie hinheben
> über dich zu anderen Dingen …

Wie im Traum schreitet sie neben Alex her, in einem Meer von Gefühlen, trunken von den weichen, gedämpften Farben und Düften, die sie umgeben. Als befände sie sich auf einem romantischen Flug, schwebend über japanischem Wunderland.

Der Wegrand wird von auf Drahtgerüsten zu Türmen hochgezogenen Chrysanthemen in unterschiedlichen Farben begrenzt. Eine flach wachsende, immergrüne Pflanze mit ausladenden Blättern steht im Kontrast zu dunklen Nadelgehölzen oder Laubbäumen, vor Ahorn, Weide und Ginkgo. Sonnenstrahlen zaubern Hunderte glitzernder Krönchen aus funkelnden Wassertröpfchen auf ihre Blattflächen. Gruppierungen verschiedener zueinander ausgerichteter, unterschiedlich hoher Steine wirken wie zufällig niedergefallen. In diesem Garten ist alles harmonisch: Pflanzen, Farben, Steine, Gewässer. Plätschernde Bäche winden sich unter geschwungenen Holzbrücken. Im flüsternden Dialog mit auf ihrem Boden ruhenden, abgerundeten weißen Steinen fließt das Wasser an den ihre Ufer säumenden Steinlampen vorbei.

»Dieses heilige Moos«, fragt Alex, »hast du eine Idee, wo das ist?«

»Müsste an einer besonders geschützten, feuchtwarmen Stelle sein, meinst du nicht?«

> ... an einer fremden, stillen Stelle,
> die nicht weiterschwingt,
> wenn deine Tiefen schwingen ...

Sie befinden sich auf einem Pfad, der beidseitig durch an Bambusstützpfeilern hängende Eisenketten begrenzt ist. Von der Anhöhe eines Hügels an ihrer Seite winken dichte Stauden, Kiefern und junge Nadelgehölze zu ihnen herunter.

Ein livrierter Wärter kommt ihnen entgegen.

»Können Sie uns sagen«, wendet sich Alex auf Englisch an ihn, »wo sich das heilige Moos befindet?« Der Mann weist mit seinem Finger auf genau diese Anhöhe.

Unmissverständlich verbietet er ihnen in holprigem Englisch, das Moos zu betreten, um gleich darauf hinter einer Ecke zu verschwinden. Der Pfad ist übersichtlich und frei.

»Los, Alice, mach schnell, klettere nach oben!«

»Im Ernst?«

»Tu es, ich stehe hier unten Schmiere!«

»Wirklich?« Aber schon huscht sie über die Kette und schon den Hügel hinauf.

Auf dessen Buckel, bis an seinen äußersten Rand und den Abhang überlappend, wuchert hoch aufgebauscht ein kräftiger, sich in alle Richtungen ausbreitender Moosteppich.

Er schimmert feucht im matten Spätnachmittagslicht, scheint wie mit einer dicken Lackschicht überzogen. Es gibt keinen freien Platz, keine Lücke, auf der Alice hätte stehen können, um ihn zu schonen. Sie sinkt knöcheltief ein, in seine frische, weiche, grün glänzende Pracht, bückt sich, um die samtigen Stängel zu befühlen. Dabei überkommt sie ein seliges Gefühl. Gleichzeitig befangen und scheu, die Minuten hier oben allzu lang auszudehnen, ergötzen sich ihre Augen an dem unzugänglichen, sanften, geheimnisvollen Idyll.

Noch länger an diesem magischen Ort zu verweilen, kommt ihr wie Frevel vor und schwer zu ertragen. Sie macht eine Blitzlichtaufnahme: Hin- und hergerissen zwischen dem Traum, hier oben Wurzeln zu schlagen, und dem Wunsch, das verbotene Terrain baldmöglichst wieder zu verlassen, öffnet und schließt sie ihre Augen hintereinander zu einer Art Blitzlicht. Die wenigen Minuten haben ausgereicht, ein vollendetes, unvergessliches Bild in ihr Gedächtnis zu brennen.

Durch das Randbuschwerk sieht sie zu Alex hinunter. Hinter ihm dehnt sich eine weite, von Stauden umrahmte Wiese, in deren Gras sich vereinzelte, steinerne Schneelaternen ducken. Die Ecke, hinter der der Wärter verschwunden ist, ist von oben nicht einsehbar.

»Unten alles frei?«, ruft sie, bemüht, möglichst leise zu sprechen.

»Alles okay, nimm dir Zeit da oben!«, antwortet Alex, viel zu laut, wie sie findet.

Gebückt, aber schnell und behände klettert Alice über Steine und Wurzelwerk den Abhang hinunter, tritt über die Eisenkette in erlaubte Bereiche zurück, richtet sich auf und atmet aus.

Ein verliebter Wind fasst die am Boden liegenden Blätter, wirbelt sie selig im Tanze herum und über ihnen reckt eine gewundene Kiefer ihre schamhaft in Nadelkissen versteckten

Zapfen gegen das Nachmittagsblau. Darunter steht Alex, in der Mitte des Pfades, und erwartet sie mit ausgebreiteten Armen. Alice schmiegt sich in sie hinein, legt ihren Kopf in die Mulde seiner Achseln, wie sie es als Kind bei ihrem Vater tat, und Alex, genau wie Curt, verschließt seine Arme hinter ihr auf dem Rücken.

Sie stehen noch immer so da, als der Wärter seine neue Runde beginnt.

Gaijin! Respektlose Langnasen, wird er sich denken. Na und?

Alice löst sich aus Alex' Armen. Was ist das gerade gewesen, fragt sie sich. Eine heilsame Portion echter Geborgenheit? Oder wieder nur eine ungesalzene Schmalzstulle?

Du bist in Japan, schilt sie sich.

Schmalzstullen kennt man hier nicht.

HIROSHIMA, 1978 – TEKITO UND MATISSE

Auf die Minute genau fährt der Shinkansen im Bahnhof von Hiroshima ein. Zwar hatte sich Herr Dr. Ohta bei Jason nach Alices Ankunftszeit in Hiroshima erkundigt, eine Beschreibung ihrer Person aber nicht erfragt. Alices Skepsis zum Trotz tritt der Arzt zielstrebig, als trüge sie ein Schild um den Hals, auf sie zu. Zuvor hatte sie endlose Abteile auf der Suche nach einem freien Sitzplatz durchquert. Im Zug saß ein Arsenal ausschließlich männlicher Geschäftsleute, uniform, gleicher Anzug, gleiche Frisur und gleiches Schuhwerk. Alice begegnete keiner einzigen allein reisenden Frau. Nichts also leichter, als eine Ausländerin ohne zusätzliche Kennzeichen auszumachen.

Der Oberarzt des Hiroshima Atomic-Bomb Survivors Hospital ist ein unscheinbarer Mann um die fünfzig, von gedrungener Gestalt, mit verkümmertem Haarwuchs. Er begrüßt sie korrekt mit einer knappen Verbeugung. Über seinen schmalen Schultern trägt er einen schlecht sitzenden, mausgrauen Anzug, dessen mindere Qualität von einer dünnen, wenig ansprechenden Krawatte noch unterstrichen wird. Seine Gestik und Mimik sind spärlich.

Bemüht, dabei nicht allzu sehr zu schnaufen, schleppt Alice ihren Koffer zu seinem vor dem Bahnhofseingang geparkten Wagen. Er holt sie vom Bahnhof ab, zum Koffer schleppen hat man ihn nicht abkommandiert. Hallo? Er ist Japaner, ja wo sind wir denn? Alice ist froh, nicht auch noch ihren Pappkarton dabeizuhaben.

In Kyoto hat sie niemand am Bahnhof erwartet. Dort, vor einer aufsteigenden Treppe auf dem Bahnsteig, hatte sie ein hochgewachsener, europäisch gekleideter Japaner angesprochen. Sie möge bitte ihren Koffer kurz abstellen, damit er ihn für sie hinauftragen könne.

Das gibt es in Japan also auch.

Wortlos, mit undurchsichtigem Gesichtsausdruck fährt Dr. Ohta sie in seinem Wagen zu ihrem Hotel. Er ist so klein, dass er seine Arme zum Steuer hochrecken muss. Es sitzt ihm fast unter dem Kinn. Alice fallen seine langen, wie ihr scheint riesengroßen Ohren auf, wobei sie sich fragt, wie groß ihre eigenen eines Tages wohl werden würden. Im Lauf der Jahrzehnte trocknen unsere Bandscheiben aus. Wir sacken alle ein bisschen zusammen. Unsere Ohren hingegen wachsen einfach weiter.

Da er nicht spricht und kein Radio läuft, vernimmt sie die Stimme ihres grummelnden Magens umso deutlicher.

Jetzt eine Portion *okonomiyaki*, denkt sie, diese Spezialität von Hiroshima! Sie hat davon bisher nur gelesen. Eine Art Crêpe, auf dem in feine Streifen geschnittener Kohl mit Fleisch oder Meeresfrüchten gegart wird. Doch angesichts des auffallend distanzierten Verhaltens ihres Begleiters schwindet ihre Hoffnung auf ein unkompliziertes Kennenlernen bei einem gemeinsamen Mittagessen mit jeder Minute der gemeinsamen Autofahrt. Es ist gleich halb zwei. Noch hofft sie, dass er ihr zumindest Gelegenheit gibt, sich nach der Bahnfahrt irgendwo frisch zu machen und eine Kleinigkeit zu essen. Ihr Magen mault immer störrischer. Am liebsten würde sie ihn zum Teufel schicken.

Du bist in Hiroshima! Die Überlebenden des 6. August 1945 hatten weit Schlimmeres zu verkraften als so ein bisschen Magengrummeln. Also reiß dich gefälligst zusammen.

»Bitte bringen Sie ihr Gepäck auf Ihr Zimmer. Ich erwarte Sie in fünf Minuten in der Lobby«, bestimmt Dr. Ohta vor dem Hoteleingang. Er wirkt völlig verschlossen, seine Miene todernst.

Der reinste Empathiebolzen!

Ihr Unbehagen versetzt Alice einen Stich. Hat sie, wie in Kyoto, schon wieder gegen irgendein ihr unbekanntes *Angemessenes* verstoßen? Hat man ihn gezwungen, sich um sie zu kümmern? Folgte er nur widerwillig irgendeinem *tekito* aus dem undurchschaubaren japanischen Kodex »angemessenen« Verhaltens, einem oktroyierten starren Protokoll? Hätte sie ihn besser mit »*sensei*« anreden sollen? Wenn sie es zunächst aufmerksam fand, dass er sie vom Bahnhof abholte, bedauert sie es in diesem Moment. Verflixt, sie ist Ausländerin, wie soll sie wissen, was er von ihr erwartet?

Sie nimmt an der Rezeption ihren Zimmerschlüssel entgegen, wartet, mehrfach nervös auf die Uhr blickend, auf den irgendwo stecken gebliebenen Fahrstuhl.

Den unnahbaren Dr. Ohta nach Tadashi Yamamoto zu fragen, wäre ja auch zu leicht gewesen. Egal, sie wird die Leute am Empfang bitten, ihn für sie ausfindig zu machen. Einen Portier hat das Hotel ja anscheinend nicht.

Alices Zimmer liegt im achten Stockwerk und ist etwas größer als das in Ise. Die Ausstattung ist ähnlich: ein typisch japanisches Männerzimmer im American Style, in dem der dumpfe Geruch von Zigarettenqualm hängt. Dementsprechend liegen neben der herb riechenden Seife weitere auf Männerbedürfnisse ausgerichtete Utensilien auf der Konsole im Bad. Na und? Dann würde sie eben nach Mann riechen. Nach Einheitsmann. Keine Minute, ihr Eau de Toilette herauszukramen, kaum Zeit, auch nur in den Spiegel zu schauen. Dennoch öffnet sie die Nachttischschublade und muss grinsen. Darin fehlt das obligatorische Kondom. Also hat man in diesem rechtzeitig für sie gebuchten, *anständigen* Hotel tatsächlich eine Frau erwartet. Wieso dann Rasierschaum und ein Einmalrasierer im Bad liegen, bleibt ein Rätsel. Ein schneller Blick aus dem Fenster zeigt Reklameschilder mit bunten *kanji*-Symbolen in einer baumlosen Straße, über die sich Straßenbahnoberleitungen in verschiedene Richtungen spannen. Alice steht schon an der Tür und besinnt sich. Vorsichtshalber auf die Toilette zu gehen sollte zeitlich ja wohl noch drin sein.

Ohne sie über sein weiteres Vorhaben zu informieren, führt Dr. Ohta sie mit gesenktem Blick erneut zu seinem Wagen, kutschiert sie dann immer noch schweigend und scheinbar endlosen Straßenbahnschienen folgend durch die Straßen Hiroshimas. In Gegenwart eines so stummen Chauffeurs fühlt Alice sich zunehmend unbehaglich. Warum wirkt er, als sei er vor ihr auf der Hut? Er parkt seinen Wagen vor einem der typischen, kubisch strukturierten Flachdachneubauten im japanischen Stil der klassischen Moderne. In einem künstlich angelegten Kanal plätschert das Wasser über verschiedenfarbige Steine in unterschiedlichen Größen, umfließt das von Farnen und hohen Schilfgräsern gesäumte Haus. Über einen Weg aus aneinandergereihten, profilierten Tropenholzplatten führt Dr. Ohta Alice zum Eingang, der versteckt hinter einer den Kanal überführenden, kurzen Holzbrücke liegt. Die Anlage erinnert sie an das Museum für ostasiatische Kunst in ihrer Stadt. Über dem Eingang hängt das farbige Ausstellungsplakat eines ihr unbekannten Bildes von Matisse, dessen Name groß und lesbar neben einer Reihe von *kanji*-Zeichen prangt. Erstaunt fixiert sie den

Rücken von Herrn Ohta, der sich im selben Moment zu ihr umdreht, offensichtlich, um ihre Reaktion zu erspähen. Er hat sich an das Ende einer Schlange vor einer Kasse gestellt, um Eintrittskarten zu besorgen. Zum ersten Mal entdeckt Alice den Anflug eines Lächelns um seine Mundwinkel. In seinem etwas holprigen Englisch verkündet er mit unverhohlenem Stolz:

»Matisse, exposition in Hiroshima!«

Perplex fragt sich Alice, was ihn bewogen haben mag, sie gleich nach ihrer Ankunft ausgerechnet in eine Kunstausstellung einzuladen, statt zu einem zumindest der Tageszeit angemessen erscheinenden Mittagessen. Meint er, ihr das wiedererreichte kulturelle Niveau der Stadt demonstrieren zu müssen? Oder ist es nur eine unbeholfene, private Geste einer Besucherin Hiroshimas gegenüber?

Ohne den Bildern in den zwei kleinen Ausstellungsräumen groß Beachtung zu schenken, führt er Alice wortlos und im Eilschritt daran vorbei.

»Haben Sie die Ausstellung schon besucht, kennen Sie alle Kunstwerke bereits?«, fragt Alice.

Er verneint kurz angebunden, verfolgt Alices Reaktionen vor den einzelnen Werken aber aufmerksam.

Von so viel Steifheit und Förmlichkeit innerlich verkühlt, entschließt sich Alice zu Aktivität. Schließlich soll ihre respektvolle Befangenheit nicht noch den ganzen Tag lang ihre Ruhe beeinträchtigen.

»Sie sind beruhigend, diese Bilder von Matisse, in ihrer ausgewogenen Komposition, ihren strahlenden Farben, nicht wahr?«

»*Hai*«, sagt er, unbestimmt lächelnd, »ausgewogen, *hai*«.

»Ich erinnere mich, gelesen zu haben«, fährt sie fort, »dass dieser Eindruck von Leichtigkeit, die Form bis zur Unkenntlichkeit zu vereinfachen, falsch ist. Dass Matisse ein kühler Methodiker war, der nichts, aber auch gar nichts dem Zufall überließ.«

»*Hai*«, sagt er, »kein Zufall, *hai*«, ohne sie dabei anzusehen. Immerhin, ein schwaches Lächeln umspielt jetzt seine Mundwinkel.

Im zweiten Raum sieht er plötzlich auf die Uhr, beschleunigt noch mehr seine Schritte und jagt Alice zum Ausgang, ohne sich in ein einziges der Exponate vertiefen zu wollen. Seit ihren Kommentaren, denen er entweder nichts hinzuzufügen hat oder es nicht will, kommt es ihr vor, als betrachte er sie etwas respektvoller. Wenn Alice inzwischen schon selbst eine gewisse Fremdenfeindlichkeit bei manchen Japanern vermutet, scheint dies für sein Verhalten aber nicht ursächlich zu sein, trotz seiner anfänglich ausdruckslosen Mimik und Gestik. Dennoch beunruhigt sie die verschlossene Tür seiner hölzern wirkenden Reserviertheit.

Der Mann musste doch irgendwie aufzutauen sein! Im Museumsvorraum bemüht sie sich ein weiteres Mal um ein Gespräch. Als er an der Garderobe auf seinen dünnen Gabardine-Mantel wartet, fragt sie ihn, ob es ihn nicht mit Stolz erfülle, als Bewohner einer Stadt wie Hiroshima den Namen ihres siebenarmigen Flusses Ota zu tragen.

»Ota without h«, erwidert er. Er spricht es wie *age* aus, *ein Fluss ohne Alter*, ein altersloser, uralter, ewiger Fluss. Sinnierend wiederholt sie die Worte, fügt hinzu: »Wie das Leben selbst. Wie viel menschliches Leid mag den Fluss bis zu seinem jetzigen Alter begleitet haben?«

Auf ihre doppeldeutige Wortspielerei reagiert er mit einem erneuten Lächeln.

Wenngleich sie seine Geste nicht unsympathisch findet und eine solche Ausstellung in Deutschland sicher nicht versäumt hätte, hat sie mit ihrer Bemerkung versucht, ihn in Richtung des Anlasses ihres Hiroshimabesuches anzustupsen. Er nickt aber nur kurz und wie geistesabwesend.

»*Hai*«, sagt er ernst, um auf dem Weg zu seinem Wagen erneut in Schweigen zu versinken.

ALICE

Alice sieht sich suchend um, entdeckt aber nirgends eine Cafeteria, in der sie sich mit der Einladung zu einer Tasse Tee bedanken und ihren knurrenden Magen vielleicht an einem Kuchenbuffet besänftigen könnte.

In der Nähe der Ruine des ehemaligen Gebäudes der Industrie- und Handelskammer, dem als Mahnmal belassenen Wahrzeichen der Stadt, parkt er seinen Wagen auf einem Seitenstreifen. Sie würden, erklärt er, nun zu Fuß weitergehen. Das steinerne Bauwerk mit seinem halbrunden, stählernen Eisenkuppelskelett ist eines der wenigen nicht völlig zerstörten Gebäude Hiroshimas.

Im Eilschritt hetzen sie über eine Brücke auf die andere Flussseite, zum Garten des Friedensgedenkparks. Die feuchte Schwüle des ungewöhnlich warmen Oktobertages, das anhaltende Schweigen ihres Begleiters und ein beginnendes Schwächegefühl machen Alice zunehmend zu schaffen. Vor ihnen, am Eingang, sieht sie wieder so ein großes mit *kanji*-Lettern beschriftetes Plakat. Dahinter liegen zu einem hohen Haufen gestapelte Origamis in Taubenform.

Herr Ohta zeigt auf ein auf drei Füßen stehendes Denkmal, auf dessen oberem Rundrücken sich die Figur eines Mädchens mit gen Himmel gestreckten Armen befindet, zu deren Füßen Tausende bunter Origamis liegen.

Und endlich beginnt Dr. Ohta zu sprechen.

Das Monument erinnere an Sadako Sasaki, die am Katastrophentag in Hiroshima zwei Jahre alt gewesen sei.

»Im Alter von dreizehn Jahren starb sie in unserem Krankenhaus an Leukämie.« Er sagt es betroffen, als hätte er damals eine persönliche Beziehung zu ihr gehabt.

»Das kleine Mädchen«, erklärt er, »wollte eintausend papierne Kranichorigamis anfertigen. Es heißt, dass man sich bei einer solchen Anzahl etwas wünschen darf, was dann in Erfüllung geht. In Ermangelung von ausreichend Papier brachte sie es aber nur auf knapp siebenhundert, bevor sie der Tod ereilte. Im Gedenken an Sadako falten unsere Lehrer regelmäßig mit ihren Schülern Tausende von Origamis, die sie hier auf einem Haufen stapeln.«

Einer dieser Lehrer, eine in Reih und Glied marschierende Mädchenschulklasse im Gefolge, überquert mit erhobenem Fähnchen vor ihnen den Friedensplatz. Ebenso schnellen Schrittes folgt Alice ihrem eigenen Guide. Wortlos passieren sie die Friedensglocke, den Kenotaphen, ein Grabmal für die unbekannten, unauffindbaren und unbenennbaren Toten um den Ground Zero des 6. August 1945, vor dem Museumseingang. Dann betreten sie schweigend das Atombomben-Museum, das heute Friedensmuseum heißt.

FRIEDENSMUSEUM

Nach dem Zank Betrunkener
Die Stille wieder einkehrt:
Der Strom des Himmels.

Tomoji (geb. 1906)

Das Stück Mauer wird Alice niemals vergessen: von der Strahlung schneeweiß gebleicht und schwarz darauf eingebrannt der Schattenriss eines zusammengekauerten Menschen.

»Direkt vom Atomblitz getroffen«, sagt Dr. Ohta ausdruckslos. Eine Antwort erübrigt sich. Jede Diskussion darüber erübrigt sich. Alices Gesicht nimmt die Farbe von Elfenbein an.

Festgebannt starrt sie kurz danach das Foto eines schwarzweiß gestreiften Kinder-T-Shirts in einem Glaskasten an. Das eigentliche Exponat, ein Hemdchen, bestehend aus weißen Stoffstreifen, die nicht miteinander verbunden sind, liegt daneben. Die schwarzen, einst sekundenschnell mit einem Kinderkörper verschmolzenen Querbahnen fehlen. Ein

Streifen Weiß, ein Streifen Nichts, ein Streifen Weiß ... Ein dünner Faden hält seitlich zusammen, was bei einer schwarzen Naht auseinandergefallen wäre. Der Nahtfaden läuft da, wo Nichts ist, ins Leere.

Wie ein Negativ davon wirkt das Exponat eines weiteren Schaukastens: darin die Ablichtung eines menschlichen Rückens mit auf ihm eingeschmolzenen schwarzen Textilbahnen. Dazwischen helle Streifen – zumindest äußerlich – unversehrter Haut.

Immer noch wortkarg, doch jetzt geduldig, geleitet der Arzt sie von Exponat zu Exponat, lässt ihr sogar Zeit, Erlebnisberichte von Hibakusha zu lesen.

Alice passiert die einzelnen Museumsräume verstört, in einer Art schmerzlich ergriffenem Trancezustand. Es sind nagende Eindrücke, Dokumente des Grauens und unvorstellbaren Leides, von denen sich zu dissoziieren ihr nicht gelingt.

Plötzlich, als fasse er ihre Gedanken zusammen, sagt Dr. Ohta: »History in the human mind is like an extinguished funeral pyre.«

Gibt es wirklich so wenig Hoffnung? Reicht das alles hier nicht aus als Mahnung? Bleibt im Gedächtnis der Völker nicht mehr als ein erloschener Scheiterhaufen? Lernt die Menschheit denn niemals aus ihrer Vergangenheit? Sterben Kurzsichtigkeit, Engstirnigkeit, Dogmatismus nie aus?

Alice hält Familien für die kleinsten Zellen der Gesellschaft. Strukturen, die sich im Gefüge der internationalen Weltgemeinschaft im Großen wiederfinden.

Sie erfährt, dass viele bedeutende Staatsmänner, Persönlichkeiten des öffentlichen Lebens, auch Friedensnobelpreisträger aus aller Herren Länder, das Museum besucht haben.

»Personen, die ohnehin keine Atomwaffen gegen andere Staaten einsetzen würden«, wendet sich Alice an Dr. Ohta. »Allen übrigen müsste man einen Besuch dieses Museums zwangsaufzuerlegen. Um sich mit der Thematik auseinanderzusetzen und anschließend vor ihrem jeweiligen Parlament Stellung dazu zu beziehen.«

Ach je, all das, was man »müsste« oder »sollte«! Als wäre ihr die Naivität ihrer Bemerkung nicht klar.

»*Hai*«, murmelt Dr. Ohta versonnen. Er schaut auf seine vor sich ausgestreckten Finger, wendet ihr sein Gesicht zu und blickt ihr ernst in die Augen, riskiert zum ersten Mal einen längeren, direkten Blickkontakt. Bildet sie es sich nur ein oder liegt Respekt, vielleicht eine Spur Dankbarkeit in seinem Blick?

Sie verlassen das Museum um viertel vor sechs, Alices Hungergefühl ist verflogen. Sie ist müde, will duschen, etwas essen und nur noch ins Bett. Der Arzt fährt sie zu ihrem Hotel, begleitet sie in die Hotelhalle, nimmt dann aber unerwartet auf einer Art Tatamipodest in einem Sessel Platz. Zu ihrer Überraschung zieht er eine Mappe mit Statistiken, Grafiken und Balkendiagrammen über Krankheitsverläufe und Todesfälle von Strahlungsopfern aus seiner Aktentasche. Er ist wahrlich gut vorbereitet. Vor so viel nicht abgesprochener Planerfüllung muss Alice kapitulieren. Sie bittet ihn lediglich, kurz eine gewisse Räumlichkeit aufsuchen zu dürfen und nimmt den Fahrstuhl zu ihrem Zimmer. Aus dem Badkabinenspiegel starrt ihr, strähnig umrahmt, ein kalkweißes Gesicht mit bläulichen Augenringen entgegen. Besser, sie hätte gar nicht erst hineingeschaut.

Unbeeinflusst von solchen Äußerlichkeiten hält Dr. Ohta ihr die Ergebnisse einer Langzeitstudie über die gesundheitliche Entwicklung von Hibakushas vors Gesicht.

Nur, dass alles, auch die Anmerkungen unter den grafischen Abbildungen und Kurven, in *kanji* verfasst ist. Obendrein, als stünde er zeitlich unter Druck, klingt seine Stimme jetzt wieder gehetzt. Mit kleiner, gestochener Handschrift – offenbar eine japanische Eigenheit – schreibt er ihr Notizen auf Englisch an die Textränder.

ALICE

Alice konzentriert sich mit Mühe darauf. Sie reibt sich das Kinn. Sie muss all diese Randnotizen verstehen und später zuordnen können.

»Die häufigste Erkrankungsart war Magenkrebs, später kam es unerwartet zu einer drastischen Häufung anderer Krebsarten, vor allem an der Schilddrüse, der Speiseröhre, der Lunge, des Knochenmarks. Einige Jahre später kam es zu einer signifikanten Häufung von Leukämie und Katarakten ... diese Aufzeichnungen hier«, er zieht einen weiteren Papierstapel hervor, »beziehen sich ausschließlich auf Langzeitstudien bei *Kindern*!«

Plötzlich unterbricht er sich und blickt zu ihr auf.

»Das Rotkreuzhospital«, sagt er lächelnd, »wurde, erdbebensicher, von einem deutschen Architekten entworfen. Eines der wenigen Gebäude, die hier nicht völlig zerstört waren.«

Alice sieht zu ihm hinüber.

»Deutsche Wertarbeit!«, insistiert er auf Deutsch, mit seiner verkrochenen Stimme, seinem schwer verständlichen Akzent. Dann fährt er auf Englisch fort: »1956 wurde dann das Atomic-Bomb Survivors Hospital eingerichtet.«

Alice erschrickt.

»Erst 1956?«

Er verzieht keine Miene. »Davor wurden die Strahlenopfer im Rotkreuzhospital versorgt. Allein in Hiroshima starben am 6. August 1945 zweihunderttausend Menschen direkt durch die Katastrophe. Ungleich mehr starben später an den unsichtbaren Folgeschäden der A-Bombe, dazu dieses statistische Material hier. Von 1956 bis jetzt behandelten wir etwa fünfundsiebzigtausend Patienten, im Schnitt derzeit täglich etwa siebenundsiebzig Patienten in der Inneren Medizin. In der chirurgischen Abteilung werden pro Tag etwa sechsunddreißig Operationen durchgeführt.«

»Doch noch so viele, nach all den Jahren?«

»Es ist noch lange nicht zu Ende. Seit der Eröffnung des Hospitals verstarben etwa zweitausendfünfhundert der bei uns behandelten Patienten, die genauen Anzahlen finden Sie in diesen Tabellen.«

Alice befürchtet, dass sie später Probleme haben wird, die Ziffern und Fakten zuzuordnen. Sie kann sich das unmöglich alles merken.

»Darf ich eine Zwischenfrage stellen?«

»*Hai.*«

Sie hat gelesen, dass Versorgungsregelungen für Hibakusha erstmals 1957 beschlossen worden seien. Aber nur offiziell angemeldete Überlebende hätten ab 1958 eine kostenlose ärztliche Behandlung erhalten. Dreizehn Jahre nach der Explosion! Doch gab es bis weit nach Mitte des zwanzigsten Jahrhunderts Neumeldungen von Überlebenden, die sich aus Scham, Unkenntnis und Angst vor sozialer Diskriminierung der Registrierung entzogen hatten. Darüber wüsste sie gern mehr, aber dann säßen sie sicher noch die halbe Nacht hier.

»Was ist mit einer kostenfreien ärztlichen Versorgung für die Strahlenopfer? Ich meine, die Leute waren doch nicht versichert, hatten alles verloren, waren krank, konnten sich nicht selbst kurieren und hatten vermutlich nicht die Mittel, einen Arzt zu bezahlen?«

Zuckungen an seinen Händen und Halsmuskeln verraten seine Anspannung. Er will das Ganze nun offenbar möglichst schnell hinter sich bringen. *Tekito* hin, *tekito* her, denkt Alice. Sie kann sich die Antwort denken, dennoch stellt sie die Frage: »Wenn das Hibakusha-Hospital so spät eröffnet wurde, ab wann hat die Regierung sich eigentlich um die Hibakusha gekümmert? Welche ersten Maßnahmen wurden getroffen? Welche materiellen Entschädigungen hat man für die Betroffenen bereitgestellt?«

Er räuspert sich verlegen.

»Die ersten Maßnahmen wurden vor Ort durchgeführt«, antwortet er ausweichend.

Vor Ort?, fragt sich Alice, vor Ort war doch alles zerstört!

»Das war vor allem die Dekontamination als erste medizinische Versorgung der Opfer. Der Medizin sind Grenzen gesetzt, wie Sie wissen.«

»Verstehe. Zuerst musste die Einwirkzeit der radioaktiven Substanzen verkürzt werden«, sagt Alice. »Ich vermute aber, dass das viele Betroffene zunächst gar nicht wussten? Wie konnten die radioaktiven Substanzen bei der Vielzahl der Überlebenden entfernt werden, waren die Wasserleitungen nicht ebenfalls zerstört?«

»Es gab Erste-Hilfe-Stationen zur unmittelbaren medizinischen Versorgung an verschiedenen Stellen der Stadt. Natürlich war das nicht ausreichend. Auch unter medizinischem und Krankenhauspersonal gab es viele Opfer.«

»Stand den Hospitälern denn überhaupt genügend Jod für die Krebsprävention der Kontaminierten zur Verfügung? Gab es genügend Antibiotika? Wie war unmittelbare Hilfe möglich, wenn Radioempfänger, Telefone, Leitungen zerstört waren?«

»Es wurden sehr schnell Hilfskolonnen nach Hiroshima geschickt, zur notdürftigen Wiederherstellung der Infrastruktur. Natürlich brauchte das alles seine Zeit.«

Er weicht aus. Sehr schnell, was genau hieß das wohl damals? Es hat keinen Zweck, es würde immer so weitergehen. Japaner verraten ihr Land nicht, stellen ihre Regierung nicht an einen Pranger. Immer so weiter.

Wie fühlt er sich als Mensch? Wie rechtfertigt er, dass die Regierung in Tokio sich erst im April 1952 durch den Erlass eines Gesetzes »zur Versorgung der Kriegsversehrten und Kriegshinterbliebenen« offiziell zu ihrer staatlichen Fürsorgepflicht gegenüber den Strahlenopfern bekannt hat? 1952! Wie, dass es noch weitere sechs Jahre dauerte, bis das Gesetz in die Tat umgesetzt wurde? Wie, dass wegen unzureichender Aufklärung der Bevölkerung selbst dann nur ein Teil aller Betroffenen davon profitieren konnte? Wie stand er als Mensch und Mediziner dazu, dass sich dieses Gesetz ausschließlich auf Patienten bezog, die sich zum Zeitpunkt der Detonation im Staats- oder Kriegsdienst befunden hatten? Dass »normale« Bürger weiterhin auf Hilfe und Unterstützung aus regionalen Initiativen angewiesen waren? Und was geht vor in einem Menschen, dem das alles bewusst ist, der aber gleichzeitig gezwungen ist, darüber zu schweigen?

»Dann frage ich Sie einmal nicht in Ihrer Funktion als Arzt, sondern als einen Menschen, der vielleicht selbst Verwandte verloren hat: Sind Sie der Meinung, dass der Staat alles getan hat, um die betroffenen Zivilisten in angemessener Weise zu unterstützen und zu entschädigen? Sowohl medizinisch als auch psychologisch und materiell?«

Seine Augen tasten die Lobby nach einem Fluchtweg ab, bleiben an der Tür des verschlossenen, aber gläsernen Eingangsportals hängen. Er schafft sich eine symbolische Öffnung. Alice bedauert seine Bedrängnis.

Und natürlich, als kenne er ihre Vermutungen, beantwortet er Alices brisanteste Fragen nicht. Aber sie erfährt seine Unterstützung auf andere Weise.

»Morgen klappt es nicht, aber übermorgen werde ich Ihnen zwei Überlebende vorstellen. Ehemalige Kinder von Hiroshima, die bereit sind, über das Erlebte zu sprechen. Sie als Psychologin können sicher besser mit diesen Menschen umgehen als wir.«

Also hat Jason es tatsächlich fertiggebracht, sie ihrem Ziel ein Stück näher zu bringen.

Inzwischen ist es sieben Uhr geworden. Dr. Ohtas Papierstapel häufen sich. Er macht immer weiter, die Erklärungen zu den Daten dauern mindestens noch eine weitere Stunde lang an, er erklärt ohne Unterlass. Längst ist Alice klar, dass sie nicht die Hälfte seiner Notizen wird zuordnen können, aber er treibt seine Sache voran, als sei er es sich, nicht ihr schuldig, spult sein Programm herunter wie ein herabgefallenes Knäuel, das unbedingt aufgerollt werden muss. Unmöglich, ihn dabei zu unterbrechen. Statistiken, du meine Güte. Die lassen sich je nach Intention der Auftraggeber und Fragestellung verfälschen. Was meint er, mir beweisen zu müssen? Aber auch diese Frage braucht sie ihm gar nicht zu stellen.

Mehrfach unterdrücktes Gähnen treibt ihr Tränen in die Augen. Ihre Aufmerksamkeit ist fast auf dem Nullpunkt, aber erst kurz nach zwanzig Uhr ist es so weit.

»Maybe you are tired«, stellt Dr. Ohta fest, »maybe you want me to stop it now?«

Alice bejaht, erklärt, sie sei hungrig und würde, bevor das Restaurant schließe, gern noch etwas essen.

Ein schneller, ausweichender Blick und er erhebt und verabschiedet sich, verspricht, sie am übernächsten Tag morgens um halb neun Uhr im Hotel abzuholen. Die zwei Hibakusha seien für neun Uhr einbestellt.

Alice hat ohnehin vor, die Umgebung ein wenig kennenzulernen.

»Schauen Sie sich Miyajima an«, rät er, »Sie müssen unbedingt Miyajima besuchen.«

Lächelnd erhebt er sich.

Es fliehen ja nicht alle, die dir den Rücken zuwenden, denkt sie.

HUNGER IN HIROSHIMA

Eine kurze Dusche in der fensterlosen Kabine, einen frischen Baumwollbody unter die Jeans gezogen, den dünnen Blazer drüber und fertig, bloß raus aus dem engen Hotelzimmer. Im Nu erreicht Alice das Erdgeschoss, durchquert die Lobby und betritt hastig das fast leere Hotelrestaurant. In ihrem Magen knurrt eine hungrige Wildkatze.

Sie steuert geradewegs auf einen Zweiertisch zu und winkt nach dem Kellner. Wie nicht anders erwartet ist die Speisekarte in *kanji*-Zeichen verfasst. Kein Problem, wenn es nicht gerade kandierte Heuschrecken sind, schmeckt ihr die japanische Küche. Alice will nur schnell etwas Warmes essen und dann früh ins Bett, endlich einmal ausschlafen. Mit dem Finger tippt sie auf das unbekannte mittlere Menü und bestellt ein Mineralwasser dazu.

»*Hai*«, sagt der Kellner, entfernt sich mit der Speisekarte unter dem Arm in Richtung Restauranteingang und bleibt dort neben einem Kollegen stehen.

Alice holt einmal tief Luft und atmet aus. So!

Sie drückt ihren Rücken gegen die Stuhllehne, entfaltet die vor ihr liegende Serviette und entspannt sich. Endlich! Ach ja, einen grünen Tee hat sie vergessen, sie wird ihn gleich noch bestellen und sich zum Abschluss einen Plum Wine genehmigen, dick und süß, mit dieser besoffenen grünen Pflaume darin, ausnahmsweise. In Frankreich, überlegt sie, bekäme man jetzt schon mal vorab ein Amuse-Geule, oder Amuse-Bouche, wie sie es neuerdings nennen. Aber so dringend wie jetzt hat sie es sich dort niemals gewünscht. Sie kennt das: Ausgehungert und verspannt bekommt sie ihre idiotischen Kopfschmerzen noch gratis dazu! Was solls, dafür verwöhnt man sie hier hoffentlich mit einem unerhört leckeren Hauptgang. Sie hat ja keine Ahnung, was genau sie bestellt hat. Hauptsache schnell und schön heiß!

Sie blickt sich um. Im Restaurant befinden sich wenige Gäste, und zwar ausschließlich Männer. In Tokio sah man oft Paare zusammen essen, das scheint hier wohl nicht üblich zu sein. Wahrscheinlich alles Geschäftsleute, denkt Alice. Wie im Shinkansen: gleicher Anzug, gleicher Haarschnitt, gleiche Mimik. Nach einer Weile des Wartens wird sie unruhig. Wenigstens ihr Mineralwasser hätte man ihr inzwischen servieren können. Bei so wenig Betrieb sollten die Kellner nicht überfordert sein. Was ist? Haben die ihre Bestellung vergessen? Geduld, meine Güte, beherrsch dich, du bist in Hiroshima!

Es vergehen weitere fünf Minuten, in denen die zwei Kellner untätig am Eingang herumstehen, ohne ihr wenigstens das Wasser zu bringen. Alice winkt nach dem Kellner.
»Ist mit meiner Bestellung alles in Ordnung?«
»This not possible.«
Verdutzt sieht Alice ihn an.
»Verzeihung, was genau ist nicht möglich?«
Gemessenen Schrittes tritt der Kellner zurück, holt die Menükarte, klappt sie vor ihr auf und tippt mit dem Finger auf das mittlere, von ihr bestellte Gericht.
»This not possible.«
Ach so! Warum sagt er das nicht gleich! Erleichtert atmet sie auf. Das wird dann wohl aus sein. Sie tippt mit dem Finger auf das erste Gericht. Nur schnell soll es jetzt gehen! »Und bitte«, sagt Alice, »bringen Sie mir noch eine Kanne heißen grünen Tee dazu.«
»*Hai*«, nickt der Kellner – warum grinst der so? – begibt sich zu seinem Kollegen am Eingang, wechselt mit ihm ein paar Worte und legt die Speisekarte auf eine Ablage neben sich. Alice verfolgt jede seiner Bewegungen. Beide Kellner fixieren den Steinboden so angestrengt, als wollten sie ihn hypnotisieren. Irritiert beobachtet Alice jetzt noch, dass den männlichen Gästen auf deren Zeichen Bier und Sake serviert wird, während ihr Mineralwasser noch immer auf sich warten lässt.
Herrgott, immerhin wohne ich in diesem Hotel! Ihr dröhnender Kopf und ihr Magen verstehen nun nicht mehr viel Spaß. Ungeduldig winkt sie ein drittes Mal nach dem Kellner, fragt auf Englisch, ob er ihre Bestellung an die Küche weitergegeben habe.
»This not possible.«
Wie bitte? Was für ein dreckiges Spiel erlauben sich diese Leute eigentlich mit ihr?
»Okay«, sagt sie prononciert, »dann bestätigen Sie mir jetzt aber bitte das dritte Menü, und zwar hier und jetzt gleich.«

»*Hai*«, antwortet er, fügt dann aber, bevor er sich wieder entfernt, hinzu: »This not possible.«
Das reicht. Jetzt wollen wir doch mal sehen!
Wütend und ohne ihn eines weiteren Blickes zu würdigen, rauscht Alice an den Kellnern vorbei zur Rezeption.
»Kein Problem«, erwidert der Empfangsangestellte höflich, »selbstverständlich können Sie bei uns essen, Sie sind doch Hotelgast.«
Das will sie meinen.
Er begleitet sie zurück an ihren Tisch, zieht ihr den Stuhl zurecht und bittet sie, erneut Platz zu nehmen. Erkennbar belustigt verfolgen die Kellner am Eingang den Eifer des Hotelangestellten.
Inzwischen ist es fast schon halb zehn. Na wartet!, denkt Alice. Seit dem mageren Frühstück in Ise hat sie weder etwas gegessen noch getrunken. Aber ganz offensichtlich gelingt es den Kellnern zunehmend, die Verhandlungsargumente des Empfangsangestellten abzuschmettern. Alice erkennt es an ihren triumphierenden Mienen. Am Ende gibt er sich kleinlaut nickend geschlagen, versteckt seine Hände in den Hosentaschen und zieht sie erst wieder heraus, als er mit gesenktem Blick an ihren Tisch tritt.
»I am very sorry, Sie können in diesem Restaurant nicht essen. Es ist nicht möglich.« Keine weitere Begründung. Die Kellner am Eingang versuchen jetzt nicht einmal mehr, ihr verschlagenes Grinsen zu verstecken.
Zunächst völlig verdattert, packt Alice jetzt hilflose Wut. Ein Kloß wächst in ihrem Hals und zu allem Überfluss drücken sich ihr Tränen der Demütigung in die Augen. Sie ist eben völlig erschöpft.
»Aber, Sie sagten doch selbst gerade ...«
»It's not possible.«
Ihr Magen hängt in den Kniekehlen, sie ist verletzt, diesen idiotischen Leuten hier ausgeliefert, aber ist es denn nötig, sich obendrein noch vor denen zur Heulboje zu degradieren?

ALICE

Fahrig vor Empörung und Scham greift sie nach ihrem Zimmerschlüssel und rauscht zum Ausgang. Bloß raus hier!

Auf der Treppe übersieht sie eine Stufe. Fast wäre sie gestolpert. Getrieben von Müdigkeit, Hunger, Scham und Enttäuschung – nur weg von diesem Hotel! – hastet sie hinaus auf die Straße.

Das Tageslicht hat die Stadt schon lange verlassen. Das Viertel wirkt wie ausgestorben. Eine reine Wohngegend, wie soll sie hier bloß ein Restaurant finden? Noch dazu um diese Zeit? Sie hat keine Ahnung, wie es die Japaner hier in der Provinz mit ihren Abendmahlzeiten halten. In Tokio waren die Restaurants bis spät in die Nacht hinein geöffnet.

Zu allem Überfluss beginnt es zu nieseln. Alice hat weder einen Mantel noch einen Regenschirm dabei. Die Straße glänzt feucht wie ein frisch gewischter Krankenhausflur. Kopflos biegt sie nacheinander in verschiedene Seitenstraßen ein, bevor sie beschließt, sich wenigstens die Reklameschilder an den Straßenecken zu merken.

Jetzt aber! Hinter einem beleuchteten Glasrahmen hängen Abbildungen verschiedener Speisen. Zwei Stufen auf einmal nehmend steigt sie eine steile Treppe hinauf. Die Holzstiegen in dem düsteren Treppenhaus knarren. Die Gaststätte befindet sich im ersten Stock.

Sie öffnet eine Schwingtür und betritt einen schmalen, schwach beleuchteten Gastraum. Dunkel gebeizte, glänzende Kaffeehausstühle stehen aufgereiht wie zu einer Militärparade vor scharf an die Wand gezwängten, ungedeckten Holztischen. Das Restaurant ist völlig leer. Es riecht auch nicht nach Essen. Plötzlich, wie eine hingehauchte Erscheinung, ragt am Ende des Raumes die Silhouette eines Mannes aus dem Dunkel. Bewegungslos, die Arme auf dem Rücken verschränkt, steht er vor einer Art Tresen. Hinter ihm ächzt ein Holzpaternoster.

Als er Alice erblickt, wendet er den Kopf ab und reckt ihn, wie auf Kommando, gegen die Holzdecke.

Alice klopft auf den Tisch. Widerwilligen Schrittes, mit knarzenden Schuhen, bewegt er sich in ihre Richtung. Sie öffnet eine Speisekarte, tippt auf das erste in *kanji* darin aufgeführte Gericht.

»Guten Abend. Ist Ihre Küche noch geöffnet?«

»*Hai.*« Er nickt. Sein Gesicht ist verschlossen wie eine Maske.

»Bekomme ich hier etwas Warmes zu essen?«

»*Hai.*«

Aber sie ist vorsichtig geworden.

»Geht es schnell?«

Auch darauf folgt noch dieses anscheinend unvermeidliche »*hai*« aus seinem flachen Gesicht. Dann aber sagt er: »Is not possible, this not available.«

Ja was denn nun? Alice schluckt. Ihre Kehle ist wie ausgetrocknet. Eine letzte Chance gibt sie sich noch. Sie tippt mit dem Finger in die Speisekarte.

»Vielleicht diese Speise, oder diese?«

Noch bei dem letzten Gericht sagt der Kellner: »*Hai!*«

Aber *hai* heißt doch Ja, verdammt noch mal!! Überhaupt, warum sagen die ständig Ja, wenn sie Nein meinen? Das ist doch wohl kafkaesk! Das glaubt einem zu Hause keiner.

Ihre Geduld ist jetzt schneller zu Ende. Mit ihrem Hotelzimmerschlüssel fest in der Hand macht sie eine Kehrtwendung. Bloß nur nicht zu viel nachdenken. Hastig, viel zu hastig, drückt sie gegen die Flügel der Tür und verlässt grußlos den Raum.

Gottogott, wo ist sie hier nur gelandet, tief im japanischen Mittelalter? Muss man sich etwa die Füße verstümmeln lassen oder benötigt man eine Geschlechtsumwandlung, um als Frau in dieser Stadt etwas zu essen zu kriegen? Sie sieht an sich hinunter, auf ihre an den Hüften bereits schlabberige Hose. Seit ihrer Ankunft in Tokio hat sie mindestens drei Kilo verloren.

Trübes Laternenlicht lässt den feuchten Bürgersteig, auf dem welkes Herbstlaub wie nasse Wäsche klebt, glänzen.

ALICE

Alices Magen signalisiert sein Leeregefühl mit einem lang gezogenen eindeutigen Geräusch. Auf keinen Fall will sie ins Hotel zurück. Unter dem dünnen Blazer pappt ihr weißer Baumwollbody auf der Haut wie Butter zwischen zwei Knäckebrotscheiben. Ein anfallartiges Zittern lässt ihren Körper erschauern. Sie tastet nach einem neuen Papiertaschentuch. Sie will nicht mehr zittern. Schon gar nicht vor spitzen, schwarzen Schuhen, in denen selbstgefällige Kellner den eiskalten *yakuza* markieren.

Doch noch zwei weitere Versuche laufen immer gleich ab.
»I am one person; can I get something to eat in here?«
»No possible.«
Zumindest waren es klare und vor allem schnelle Antworten auf ihre Frage.

Alices aufgesetzte Selbstsicherheit steht kurz vor dem Zusammenbruch, doch sie läuft einfach weiter. Zu allem Überfluss gießt es inzwischen in Strömen. Plötzlich dringen aus einem Kellergeschoss Stimmengewirr, Tellerklappern und ein würziger Geruch zu ihr herauf. Wie automatisch folgt sie dem verführerischen Duft, betritt ein absteigendes, hell ausgeleuchtetes Treppenhaus. Sie schüttelt sich die Regentropfen aus den Haaren, wischt sich die Feuchtigkeit aus dem Gesicht. Dann öffnet sie eine Schwingtür und befindet sich unmittelbar neben der Essensausgabe einer Küche. Kellner mit dampfenden Gerichten eilen zielstrebig an ihr vorbei. Eine heiter anmutende Kakofonie hallt gegen die niedrigen Decken des dunsterfüllten Raumes.

Freundlich tritt ein jüngerer Kellner auf sie zu.
»I am one person«, beginnt sie, »I am very hungry, can I get anything to eat here – alone?«
»Of cols!«
Als sei es die selbstverständlichste Sache der Welt, greift er nach einer Speisekarte, führt Alice an den einzigen noch freien Tisch in einer Ecke, zieht ihr den Stuhl zurecht und entfernt im Nu das zweite Gedeck.

Alice entfährt ein Seufzer.

Die Speisekarte führt die Gerichte in *romaji*, ins Englische übersetzt auf. Der Kellner schickt sich zum Gehen an.

»Bitte«, sagt sie, »gehen Sie nicht, ich nehme das hier.« Sie zeigt blitzschnell auf *sukiyaki* – »Und einen grünen Tee, bitte.«

»*Hai*«, lächelt der Kellner sympathisch und ist schon verschwunden, um die Bestellung aufzugeben. Hier heißt »*hai*« ganz offensichtlich tatsächlich Ja!

Der Albtraum ist zu Ende. Alice fühlt sich wie knapp einer Vorhölle entkommen. Die Wärme des Raumes füllt sie wohltuend mit Sicherheit. Die Kellner schleppen ständig neue Karaffen mit Sake an die umstehenden Tische. Junge Frauen diskutieren angeregt mit ihren Partnern. Sie mögen im Schnitt etwa sechs bis zehn Jahre jünger sein als Alice, flirten und scherzen mit ihren Freunden, nicht anders als deutsche Mädchen in einem Studentenlokal. Wenige Minuten später steht eine dampfende *sukiyaki*-Pfanne vor Alice, dazu ein Teller mit Gemüse, *konnyaku*, japanischen Nudeln, Tofu, Frühlingszwiebeln, frischen Shitake-Pilzen, Spinatblättern und hauchdünnen Rindfleischscheiben. Alice entfährt ein Seufzer der Erleichterung. Als der Kellner die wohlriechende *warishita*-Brühe in die Pfanne füllt, ein wenig *mirin* dazugibt und sogar ihr ein kleines Gläschen Sake dazustellt, fragt sich Alice, ob es irgendwo auf der Welt etwas gibt, das so köstlich, so wunderbar duftend, so frisch und befriedigend ist wie *sukiyaki*.

Ein Gefühl tiefer Zufriedenheit breitet sich in ihr aus. In der warmen Luft trocknen ihre angefeuchteten Haare, ihre Füße erwärmen sich, und ihre Wangen beginnen zu glühen.

Da fällt es ihr plötzlich ein. Wie konnte sie das nur vergessen? Jason hatte es ihr doch erklärt: Japaner können nicht Nein sagen. Wenn immer ihnen etwas aus irgendeinem Grunde nicht möglich ist, seien sie verzweifelt bemüht, dennoch Ja zu sagen. Also hatte es gar nichts mit ihr zu tun, wahrscheinlich gab es jeweils ganz andere Gründe, sie nicht zu bedienen, aber Theorie fühlt sich am eigenen Leib eben doch völlig anders an.

Nach und nach löst sich Alices Hungergefühl auf. Sie lässt weder von dem Fleisch noch vom Gemüse etwas übrig, entscheidet sich am Ende, auch die Brühe noch auszulöffeln.

»Darf ich Ihnen noch etwas Reis bringen?«, fragt der freundliche Kellner plötzlich neben ihr. Sie stutzt. Was musste der Mann bloß von ihr denken? Da fällt ihr ein, dass der Reis in Japan erst zum Schluss gereicht wird, zur Brühe also.

»*Arigato gosaimasu!*« Sehr gerne, danke!

»*Do itashi mashite!*« Bitte, gerne!

Wer weiß, wann sie das nächste Mal etwas zu essen bekommt, hier in Hiroshima! Alice ist vorsichtig geworden.

Gegen halb zwölf Uhr nachts begibt sie sich in die Nähe der Essensausgabe. Um diese Zeit weniger beansprucht, stehen die Kellner dort lässig herum und unterhalten sich. Alice will sich bei ihnen bedanken, zahlen und schnellstmöglich zurück ins Hotel.

Da trifft es sie wie ein Blitz: Die Handtasche mit dem Portemonnaie liegt in ihrem Hotelzimmer. Sie wollte ihr Abendessen auf die Hotelrechnung setzen lassen, etwas, das sie bei ihrer Flucht aus dem Restaurant völlig vergessen hat.

Na super, das einzige Speiselokal, in dem man sie anständig behandelt hat, und sie steht wie eine Zechprellerin da!

Vergeblich tastet sie ihre Blazerinnentaschen nach einem zufällig vergessenen Schein ab, dann gibt sie klein bei und erklärt dem Kellner ihr Dilemma.

Er scheint wenig beunruhigt. »Kein Problem, dann zahlen Sie morgen.«

Sie zeigte ihm den Hotelzimmerschlüssel. »Ich komme sofort zurück.«

»Nicht nötig, wirklich kein Problem!«
Draußen hat es aufgehört zu regnen.

EIN JAPANISCHES BAD

Alice zieht sich die Schuhe aus und wirft sich aufs Bett. Der Kellner hat recht: Es ist nicht nötig, durch den Regen noch einmal zum Restaurant zurückzugehen, denn dann hätte er ja noch auf sie warten müssen. Die Rechnung kann sie auch morgen begleichen. Auch Kellner haben einen Anspruch auf ihren Feierabend.

Was für ein Tag! Alex' Worte zum Abschied fallen ihr ein: »Wer sorgt jetzt dafür, dass du etwas Anständiges zu essen bekommst?« Wie fürsorglich sein Blick dabei gewesen war! Überhaupt, was für ein lieber Mensch – und wie faustdick er es hinter den Ohren hatte!

Sie erinnert sich an den Abend nach dem Besuch des Shisendô. »Ich geh kurz ins Hospiz, mich duschen und umziehen«, informierte er sie vor dem Ryokan, »danach hole ich dich hier ab.«

Unser letzter gemeinsamer Abend, hatte Alice gedacht und festgestellt, dass sie es bedauerte.

»Wir könnten uns doch auch dort treffen, vor dem Restaurant.«

»Kommt nicht infrage, bis gleich!«

Yuhara-san stand vor der Tür. Ihr Adlerblick wanderte von Alex' Bürstenkopf abwärts bis zu seinen Schuhspitzen. Startbereit, sich des unberechtigten Eindringlings beim bloßen Betreten ihres *genkan* kämpferisch zu erwehren, schien sie sich jedes Detail der vermuteten aufkommenden Gefahr genauestens einprägen zu wollen.

Als sie bemerkte, dass Alex keinen Fuß in ihr Haus zu setzen beabsichtigte, begrüßte sie Alice mit einem versöhnlichen: *komban-wa*, was diese ermutigte, sich nach einer Duschmöglichkeit zu erkundigen.

Ein dienstbeflissenes »*Hai*«, und sie führte Alice die Treppe hinauf, an dem Kuhtränkenwaschtrog vorbei, erneut eine schmale Stiege hinunter, um eine dunkle Ecke herum, einen fensterlosen Flur entlang. Mit einem hastig aus ihrer Hosentasche hervorgezauberten Schlüssel öffnete sie an dessen Ende eine Tür. Eine heiße Dampfwolke schlug ihnen aus einem quadratischen, bis an die Decke weiß gekachelten Raum entgegen. Frau Yuhara deutete auf ein Paar bereitstehende Gummisandalen, schlüpfte selbst in ein anderes und betrat mit ihr den dunstigen Raum. Von diesem überraschenden Überangebot feuchter Hitze überrumpelt, war Alice nach kurzer Zeit schweißgebadet. Gezwungen, Yuhara-sans dienstfertiger Bedienungsanleitung dieser Räumlichkeit samt darin enthaltener Utensilien zu folgen, realisierte sie erst jetzt, dass sie ja noch immer Alex' Wollsocken und zwei ihrer dicksten Pullis übereinander trug. Ihre erste Begeisterung war unter solchen Umständen eher gebremst.

Außerdem war da diese dampfende, fast bis zum oberen Rand gefüllte Edelstahlbadewanne. Irritiert starrte Alice sie an. Wieso war die Wanne schon voll? Hatte kurz vor ihr jemand baden wollen und sich plötzlich anders entschieden? Nur gut, dass sich ihre Erinnerung an die kratzigen Stimmen von Helga Feddersen und Didi Hallervorden automatisch in diese dunstigen Schwaden schwang: Die Wanne ist voll! Duhuhu, die Wanne ist voll ... So ließen sich Dampf, Hitze, durchtränkte Klamotten und vor allem Yuhara-san gleich wesentlich besser ertragen. Letztere wies gerade auf einen in Kniehöhe aus der Wand ragenden Wasserhahn und eine blaue, viereckige Plastikschüssel. Neben einem kurzbeinigen, gelben Plastikschemel baumelte ein roter Gummischlauch aus dem Nebel.

»Das kaltes Wasser«, erklärte Yuhara-san. Ihre Hände fuchtelten in Richtung Schlauch, dann zeigte sie auf den Hahn, »da Wasser, heiß«, danach auf die blaue Schüssel,

»erst Wasser waschen« und zum Schluss auf den Hocker, »Sie, Sitzplatz hier!«

Wasser waschen?

Mit spitzen Fingern wies sie auf ein lose auf dem Boden liegendes Stück Seife.

»Waschen mit Seife.« Mit was denn sonst? »Sie nicht gehen in Wanne, bevor waschen. Wenn sauber, dann gehen in Wanne. Wasser hier«, sie zeigte erneut auf Schüssel und Schlauch.

Die Wanne ist voll, krähte Helga Feddersen munter in Alices Kopf. Unter dem Dampf war das Wasser glasklar, schien tatsächlich ungetrübt. Dennoch beschlich Alice ein unheimlicher Verdacht.

»Das Badewasser, ich meine, gehen da alle Hotelgäste nacheinander hinein? Nein, oder?«

»In Badewanne ja, aber erst Wasser waschen, bis sehr sauber! Sie nicht sitzen in Badewanne, wenn nicht sehr sauber! Wasser sauber für andere Gäste sitzen in Badewanne!«

Alice verstand. Erst Wasser waschen. Sie sollte das Wasser aus dem Warmwasserhahn in die Schüssel füllen und sich nach dem Einseifen über den Rücken gießen. Die merkwürdige Waschprozedur würde sie irgendwie hinkriegen. Aber, gewaschen oder ungewaschen, auf keinen Fall würde sie diese Wanne besteigen, in der sich vor ihr schon das halbe Hotel getummelt hatte!

Die spinnen, die Japaner!

Noch immer von einer inneren Stimme der wundervollen Frau Feddersen begleitet, mit krebsrotem Gesicht, feuchtem Haar und nur spärlich bekleidet, betrat Alice mit einem inzwischen gut durchtränkten Packen abgelegter Kleidungsstücke die eiskalten Tatamis ihres Zimmers. Ein neues Problem tat sich auf. Was sollte sie anziehen zur Feier des letzten Abends? Bisher hatte sie befürchtet, zu dünne Kleidung dabeizuhaben, plötzlich war nichts mehr *fein* genug.

Alles erschien altmodisch, gerade gut für die Kleidersammlung. Sie sah auf die Uhr. Sollte sie noch mal ins Takashimaya springen? Um dort nur Klamotten in Größe vierunddreißig zu finden und abgehetzt nach erfolgloser Suche doch ihre eigenen Sachen anzuziehen? Auf keinen Fall! Ein schneller Blick auf die Kleiderstange, und sie entschied sich für einen blassgelben Hosenanzug aus Leinen-Baumwoll-Gemisch. Dünn war er auch, sie würde frieren darin. Die Hose war etwas verknittert. Ach was, knittert Leinen nicht bekanntlich edel? Nicht einmal eine Wollstola hat sie dabei. Was tun? Den ollen Trenchcoat drüberhängen? Lieber fror sie sich ihren Busen ab! Keine Frage, der Ausschnitt des Oberteils brachte ihn in Starposition. Im letzten Sommer waren ihr die Blicke der Männer in Düsseldorf nur so zugeflogen. Der Clou war das handgroße seitliche Loch in Taillenhöhe, durch das man ihre nackte Haut sehen konnte. Und? Wem nützt das, Ende Oktober? Wenn sie ihr Haar offen trug, reichte es bis fast auf dieses Loch herab. Im Kunstlicht des Restaurants würde es auf dem hellgelben Stoff wie schwarzer Lack glänzen.

Bei der Vorstellung, Alex' Hand glitte durch das Loch ihrer Jacke von der Taille den Rücken hinauf, überfiel sie eine Gänsehaut. Ihr war, als wehte sein Heuduft sie an.

Also zog sie den Hosenanzug an, in der Hoffnung, auf dem Rückweg gewärmt zu werden ...

Jetzt schnell noch die Haare belüftet, den Kopf dazu in den Nacken gelegt, ein kräftiges Bürsten gegen den Strich, das Korallenrot dick auf die Lippen gepinselt und einen warmen Goldton in die Lidfalten und auf die Oberlider verteilt – ein letzter Blick in den Spiegel und fertig!

Vor dem Ryokan, bevor er zurück ins Hospiz ging, hatte Alex überraschend gefragt: »Und was, wenn ich einfach noch einen Tag bleibe?«

»Und deine Freunde?«

»Die können schon mal vorfahren, Shinkansen gibt es hier mehr als genug.« Ach Alex!

Wie kommt sie nur an diesen Tadashi Yamamoto heran? Gleich morgen früh wird sie sich bei dem hilfsbereiten Herrn am Empfang nach ihm erkundigen.

Mit diesem Gedanken kuschelt sich Alice in ihre Schlafposition und schläft bald darauf ein.

MIYAJIMA-GUCHI

Alice hatte sich am Hotelempfang nach den Zug- und Fährverbindungen erkundigen und beiläufig nach Tadashi Yamamoto fragen wollen. Doch nach Konsultation seiner Tabelle der Verkehrsverbindungstabellen führte der befragte Hotelkaufmann sie sogleich vor die Hoteltür. Er winkte einen der dort wartenden Taxifahrer heran und beauftragte ihn, sie umgehend zum Bahnhof zu befördern, damit sie den Anschluss zur Fähre nach Miyajima nicht verpasste. Und so erwischt sie den Vorortzug zur Anlegestelle Miyajima-guchi gerade noch rechtzeitig und ergattert sogar einen Sitzplatz darin.

Ihren heutigen freien Tag will Alice nutzen, um die durch ihr Wahrzeichen, das im Wasser stehende, leuchtend rote *torii* aus Kampferholz, berühmte Insel in der Inlandsee zu besichtigen. Die Frage nach Yamamoto kann sie am Empfang auch am Abend noch stellen.

Ein tadellos rasierter, schneidiger Japaner im Einreiher mit perfekt geschnittenen Haaren, schwarz glänzenden Halbschuhen und grauer Krawatte steht neben ihr. Mit der einen Hand hängt er schwankend an einem Deckengriff, mit der anderen hält er eine raumgreifende Zeitung, hinter der er nun schon zum zweiten Mal geräuschvoll seinen Naseninhalt nach oben zieht. Vor Alices Augen oszillieren von oben nach unten verlaufende Zahlen- und Zeichenreihen, die eher zu einem Wetterbericht als zu einem Wirtschaftsblatt zu passen scheinen. Bei ihrer Abfahrt in Hiroshima nieselte es, aber eine ganze, bildfreie Zeitung allein fürs Wetter? Jedenfalls sind Mangas darauf ausnahmsweise einmal nicht zu erkennen. Vermutlich also doch ein Wirtschaftsblatt, sinniert Alice, als die Bahn hält und eine hochschwangere Japanerin einsteigt.

Alice sieht sich im Abteil um. Miyajima ist ein touristisch bedeutsamer Ort, dennoch scheint sie, wie außerhalb Tokios mittlerweile gewohnt, die einzige Ausländerin im Zug zu sein.

Sie erhebt sich, nickt der Schwangeren zu und bietet ihr per Fingerzeig ihren Sitzplatz an. Sekundenschnell und blasiert wie ein Pfau setzt sich der coole Zeitungsleser auf den neben ihm frei gewordenen Platz.

»Hallo«, empört sich Alice auf Englisch, »den Platz habe ich für die Dame frei gemacht, nicht für Sie!«

Er blickt nicht einmal auf. Welch eindrucksvoller Quell von menschlicher Reife, Rücksicht und Nächstenliebe! Als ginge ihn seine Umwelt nichts an, blickt er in seine Zeitung. Alice ist fassungslos. Vielleicht ist er hörgeschädigt? Sie denkt an die Taxifahrer von Ise, an Alex' Interpretation von japanischer Scham. Scham? Der hier ist schamlos. Der Gesichtsausdruck der Schwangeren schwankt zwischen Gleichgültigkeit und Resignation.

Alice tippt dem Mann auf die Schulter: »Hello, Sir!«

Sein Empfindungsvermögen für taktile Reize scheint so gestört wie seine akustische Wahrnehmung.

Mit Empörung im Blick wendet sich Alice der Schwangeren zu. Die lächelt verlegen und zieht ihre Brauen nach oben. Mit einer abwehrenden Handbewegung, als sei sie peinlich berührt, sagt sie leise in tadellosem Englisch. »Machen Sie sich nichts daraus, ich kann stehen. So sind sie, unsere Männer.«

Ungerührt, die Köpfe abgewandt, blicken die umstehenden Fahrgäste auf den Boden oder sehen unbeteiligt aus dem Fenster, bedenken weder den Zeitungsleser noch die Schwangere oder Alice mit einem einzigen Blick. Als befänden sie sich in einem menschenleeren Raum.

Aber was ist denn nun los? Alice drücken sich Tränen in die Augen. Ein Erregungsgefühl überfällt sie heftig und überraschend wie eine Krankheit. Sie wird doch wohl nicht schon wieder zu heulen anfangen, vor allen Leuten, hier mitten im Zug? Doch für sie selbst unbegreiflich rinnen ihr Tränen übers Gesicht, unaufhaltsam, lassen sich überhaupt nicht mehr stoppen.

Verwundert sieht die Schwangere sie an.

»Don't worry«, sagt sie mitfühlend.

Alles was recht ist, das ist nicht mehr normal. Okay, okay, der Typ ist ein Arschloch, aber was ist mit *ihr* los?

Sie braucht dringend neue Papiertaschentücher. Auf dem Fußweg zur Anlegestelle in Miyajima-guchi findet sie eine Apotheke.

»*Konichi-wa*«, begrüßt sie den Apotheker mit matter Stimme. Er blickt auf, erkennt sie anscheinend sogleich als eine Ausländerin.

»*Nihongo ga jouzu desu ne*«, lobt er ihre Sprachkenntnisse.

Mit ihren geschwollenen, stark geröteten Augen ist Alice froh, seine einzige Kundin zu sein. Nicht einmal seine Schmeichelei über die von ihr selbst als rudimentär eingeschätzten Japanischkenntnisse stoppt den hervorströmenden Schwall aus ihren Tränendrüsen.

»Ich verstehe kein Japanisch«, quetscht sie auf Englisch heraus. Der Apotheker sieht sie aufmerksam an.

»Und ich begreife nicht, wieso ich seit einigen Tagen ganz plötzlich und absolut unmotiviert losheulen muss. Mir ist das ganz furchtbar peinlich, aber es scheint immer schlimmer zu werden, sehen Sie mich mal an!«

»Darf ich fragen, seit wann Sie in Japan sind?«

Alice überlegt.

»Seit knapp drei Wochen?«

»Und in dieser Zeit, haben Sie sich da ausschließlich japanisch ernährt?«

Er betrachtet sie mit so großer Ernsthaftigkeit, dass ihre Skepsis gegenüber der ihr unsinnig erscheinenden Frage verschwindet.

»Ja, aber leider oft nur zweimal am Tag.«

»Nichts anderes dazu, nur japanische Kost?«

»Nein, wieso? Das japanische Essen schmeckt mir sehr gut.«

»Verstehe, aber dann ist es auch klar. Akuter Vitamin-B-Mangel, vor allem B6 und B12«, diagnostiziert er, »das passiert Ausländern häufig nach längerem Aufenthalt bei uns.«

Wie tröstlich. Alice hat davon gehört, dem aber keinen Glauben geschenkt. Noch immer schniefend kauft sie ein teures, angeblich hoch dosiertes Multivitaminpräparat und bedankt sich für das ihr gleich dazu gereichte Glas Wasser. Wie überaus beruhigend, eine japanspezifische Begründung für seine Störungen erhalten zu haben!

»Japaner sind überzeugt, organisch anders zu funktionieren als wir«, hat Jason gesagt. »Angeblich produzieren ihre Körper andere Enzyme.«

Aber für Alice kommt überhaupt nicht infrage, sich von seinen Negativprognosen beeinflussen zu lassen. Wie will er das denn beurteilen? Er isst ja so gut wie niemals Japanisch! An ihren in Deutschland gefassten Vorsatz wird sie sich auch weiterhin halten: in Japan ausschließlich japanische Küche! Gegen zusätzliche Vitamintabletten zur Überbrückung von Anpassungsschwierigkeiten ist nichts einzuwenden.

Alice hält noch immer ihr tränendurchweichtes Papiertaschentuch in der Hand. Der Apotheker betrachtet sie mitleidig. »Bald geht es Ihnen besser«, tröstet er sie.

Alice verlässt die Apotheke, eilt zur Landungsbrücke und passiert im letzten Moment die Gangway der Fähre, die kurz danach ablegt.

Eine Meeresbrise kühlt ihre geröteten Wangen, Alices Haar flattert im Wind. Als eine plötzliche Gischt seitlich auf das

Deck spritzt, tritt sie mit einem kleinen Aufschrei zurück und streicht ihr durchnässtes Hosenbein mit den Händen glatt. Dabei hat sie den Eindruck, es beobachte sie jemand.

Sie sieht sich um und blickt in die eisblauen Augen eines halb ergrauten, etwa fünfundvierzigjährigen, europäisch aussehenden Mannes. Er scheint zu einer Gruppe zu gehören, in der sich auch einige Japaner und zwei japanische Damen befinden. Ohne Alice aus den Augen zu verlieren, unterhält er sich mit seinen Begleitern. Alice schluckt, wendet ihren Blick dem Meer zu und hält sich den Fotoapparat vor das Gesicht. Ungeachtet der beträchtlichen Schwankungen der Fähre trotzt sie dem kräftigen Wind auf dem Deck und versucht, das rote, aus einem schneeweißen Gischtbett herausragende *torii* auf ein Foto zu bannen.

»Sie müssen warten, bis wir näher dran sind«, sagt der Graumelierte, der plötzlich neben ihr steht und sie mustert.

»Ich will es aber so, in der Weite des Meeres«, entgegnet sie, »nah dran geht ja später auch noch.«

»Stimmt auch wieder. Sind Sie ganz allein unterwegs?«

Sein Englisch trägt einen russischen Akzent.

Alice nickt.

»Darf ich fragen, woher Sie kommen – Sie sind doch Europäerin? – und was Sie allein machen – in Japan?«

Sie berichtet von ihrem für den kommenden Tag geplanten Termin. Er zeigt sich immer interessierter.

»Wir sind auf Einladung der MAAW, einer japanischen Unterorganisation der ›Medecins Against Atomic War‹ hier. Wir bekommen eine Führung durch die Museen und essen danach gemeinsam in einem Restaurant. Darf ich Sie einladen, uns zu begleiten? Ist für Sie doch bestimmt auch netter, als allein über die Insel zu ziehen?«

Dankbar sieht Alice zu ihm auf. »Sehr gern, wenn es die anderen Teilnehmer nicht stört?«

Er schüttelt verneinend den Kopf. Mit wachen Augen und einem Kopfnicken weist er auf einen etwa sechzigjährigen Japaner, neben dem eine wesentlich jüngere Frau mit strengem Haarknoten steht.

»Das ist unser Gastgeber, Kobota-san, Chairman der MAAW Japan, die Dame links neben ihm seine Ehefrau, mein Name ist Boris Boridenko.«

Alice schaut zu den Japanern hinüber und begrüßt beide mit einem Kopfnicken.

Boridenko reicht ihr seine Visitenkarte, die ihn als Professor für Kardiologie und Leiter der kardiologischen Abteilung eines Moskauer Krankenhauses ausweist. Alice gibt ihm ihre eigene, mit honorigen Titeln wesentlich bescheidener bestückte Karte. Nacheinander stellt er sie den anderen Gruppenmitgliedern vor, was einen regen wechselseitigen Visitenkartenaustausch zur Folge hat.

Rein berufliche Gesprächsthemen erschöpfen sich rasch. Vermutlich sucht Boridenko Abwechslung in dieser trockenen Männergesellschaft, folgert Alice.

Getreu der japanischen Überzeugung, sein »eigenes Ich am besten im Gemeinschaftsleben aufgehen« zu lassen, versucht sie, sich in die Gruppe einzufügen. Die Wolken sind verflogen, Alices Himmel ist wieder heiter. Die Einladung gleicht ebenfalls einer Erlösung. Die Tabletten scheinen zu wirken, sonst hätte sie diesmal womöglich vor dankbarer Rührung zu flennen begonnen.

Schneller als erwartet passiert das Schiff das rote *torii* und legt im winzigen Hafen der Insel an.

»Nennen Sie mich Boris«, sagt Boridenko, der nicht von Alices Seite weicht.

Kurz darauf testet Boris ihr Wissen über russische Literatur, nicht gerade Alices Spezialgebiet, und während sie den berühmten roten Itsukutsima-Schrein aus dem neunten Jahrhundert bestaunen, gesteht er ihr unerwartet ein: »Wir Russen sind schwermütige Romantiker, wissen Sie, manchmal schreibe ich sogar Gedichte, zur Ablenkung von meiner Arbeit.«

»Ich auch«, springt Alice, erfreut über so viel Spontaneität und Offenheit, darauf an. Wie erfrischend, wie wohltuend so etwas nach Tagen der Einsamkeit ist. Alice kennt keine Russen. Ob sie alle so wunderbar unverstellt reagieren?

»Manchmal werden sie in unserer Tageszeitung veröffentlicht. In Russland lesen die Leute gerne Gedichte. Lyrik wird bei uns recht erfolgreich publiziert.«

Alice bekennt, dass es in Deutschland kaum einen Markt dafür gibt.

»Lyrik liest bei uns kaum jemand.« Sie erntet sein strahlendes Lächeln.

Gemeinsam durchschreiten sie die rotlackierten Korridore des Tempels, die dessen unter Denkmalschutz stehende Schreine miteinander verbinden, folgen dem für die Gruppe gemieteten Führer zu einer Freilichtbühne, einer Morgengebetshalle und einem dazugehörenden erdbebensicheren Schatzhaus.

Sie entfernen sich immer mehr von der Gruppe. Als ihnen auf dem Weg zum Senjo-kaku, der »Halle der tausend Matten«, dem Aufbewahrungsort für Sutras, heilige Schriften, Samurai-Schwerter, Rüstungen, Waffen und alte Kostüme, mehrere furchtlose Rehe über den Weg laufen, vergrößert sich der Abstand so sehr, dass es Alice fast peinlich ist. Boris scheint das nicht zu stören. Die Tiere staksen erhobenen Hauptes knapp neben Alice und ihm her. Eingebunden in ihre Unterhaltung und durch die Betrachtung der Rehe, scheint ihm das Zurückbleiben hinter der Gruppe völlig egal zu sein. So frei und so nah außerhalb eines Geheges hat Alice, die seit ihrer Kindheit ein Faible für Rotwild hat, es bis dahin nie zuvor gesehen. Zutraulich treten die Tiere an sie heran, lassen sich von ihr streicheln, und Boris hört nicht auf, sie dabei zu fotografieren. Allein hätte sich Alice viel länger bei ihnen aufgehalten, doch als die geführte Gruppe bereits den nächsten Tempel erreicht hat, bittet sie Boris schweren Herzens, den Anschluss zur Gruppe wiederherzustellen.

Das Mittagessen findet auf einer sandigen Anhöhe in einem von Kiefern umstandenen pittoresken Inselgasthof statt, von wo aus das Meer nicht zu sehen ist. Man erwartet sie mit einer liebevoll gedeckten Mittagstafel in einem Seitenflügel des Restaurants, hat sogar diskret und blitzschnell ein Gedeck für Alice hinzugefügt. Boris gegenüber sitzt Alice zwischen zwei russischen Gastroenterologen und genießt die ihr entgegengebrachte Akzeptanz.

Das Hauptgericht wird serviert, ein mariniertes, sehr kurz angebratenes Stück Rindfleisch. Als der japanische Vorsitzende seinen Gästen verkündet, dass es sich selbstverständlich um japanisches Rindfleisch handelt, hält Alice ihren Augenblick für gekommen. Auch wenn sie nicht unbedingt mit ihrer Rindfleischgeschichte beginnen will, erhofft sie sich doch eine Beantwortung einer schon länger in ihr schwelenden Frage von den Internisten.

»Hier wird vieles vor dem Import einer Zulassungsprüfung auf Japanertauglichkeit unterzogen, ausländische Medikamente zum Beispiel«, flüstert sie ihrem Tischnachbarn zu. »Angeblich glauben Japaner, sie seien eine ›Rasse für sich‹.«

Der linke Tischnachbar grinst vielsagend. Lakonisch schaltet sich der links neben ihm ein: »Aber sicher doch! Ihre Därme sind ja auch alle um einen Meter länger als unsere.«

Die umsitzenden russischen Kollegen lachen auf. Alice fürchtet das Phänomen der selektiven Wahrnehmung, doch können die Japaner am gegenüberliegenden hinteren Tischende von dem Gesprächsinhalt eigentlich nichts mitbekommen haben.

»Ich kam durch das rote Fleisch darauf«, fährt sie leise fort. »Vielleicht ein Thema für Gastroenterologen: Kürzlich verkündete der Vorsitzende des japanischen LDP-Forschungsrates für Landwirtschaftspolitik in einer Rede in Washington, dass ›amerikanisches Rindfleisch zur Verdauung durch Japaner nicht geeignet‹ sei, ›der japanische Verdauungstrakt‹ würde ›nur sehr schwer mit rotem Fleisch fertig‹.«

Erneut zeigen sich die Russen heftig belustigt. Auch Boris zwinkert amüsiert zu ihr herüber. Leider kaschieren die Russen ihre wachsende Erheiterung nicht – ohnehin sprachen sie dem bereitgestellten Sake für Alices Geschmack etwas allzu ungehemmt zu und jetzt fängt Alice einen ersten irritierten Blick des japanischen Vorsitzenden auf. Boris aber strahlt zu ihr herüber und erklärt: »Früher war das reine Kriegspropaganda. Man wollte die Bevölkerung mit der schlechten Lebensmittelversorgung versöhnen. In konservativen Köpfen scheint sich das aber bis heute gehalten zu haben. Deshalb liefern Japaner, die noch heute an solchen Sprüchen hängen, gleichzeitig den Beweis für ihre eigene These A: Japaner sind eine Rasse für sich – die sich langsamer als der Rest der Welt umstellen kann.«

Ungebremstes russisches Gelächter erfüllt den Raum. Im Zusammenhang mit solchen Überlegungen verfehlt der ausgeschenkte Sake seine Wirkung nun offenbar überhaupt nicht mehr.

Dafür aber empfängt jetzt Alice einen deutlich strafenden Blick des Oberamtmanns unter dem Wohltätigkeitsschleier. Es schickt sich in diesem Rahmen nicht für eine Dame, Männer um sich herum laut zum Lachen zu bringen. Nicht nur, dass sie sich erdreistete, schamlos seine Spendengelder aufzubrauchen. Noch dazu wird sie erkennbar zur Urheberin schlechten, russischen Benehmens. In seiner erlesenen Gruppe ist sie eine notgedrungene Fehlbesetzung. Alice wird erst viel später klar, dass er ein typischer Vertreter jener unflexiblen, sich für vorbildlich haltenden Japaner ist, die von der Einzigartigkeit ihrer Kultur, der Besonderheit ihrer Sitten, Lebensauffassung und Überzeugungen geradezu verblendet sind.

Ungeachtet der Tatsache, dass ihr Gastgeber am anderen Tischende sie von nun an demonstrativ übersieht, entspannt sich Alice. Die heiter-ausgelassene Stimmung ihrer Tischnachbarn tut ihr gut. Sie braucht dafür keinen Alkohol, und auch Boris, bemerkt sie, nippt immer noch an seinem ersten Glas. Weiterhin fällt ihr kaum auf, dass auch die beiden entfernt sitzenden japanischen Damen ihr keinerlei Beachtung schenken, denn das haben sie schon auf dem Schiff nicht getan. Anders als sie, die während des Essens vor allem stumm das Tischtuch fixieren, genießt Alice die Einbindung in die Gespräche ihrer Tischnachbarn. Daran, dass das Verhalten der Japanerinnen in diesem Lande als damenhafter und weitaus vorbildlicher eingeschätzt wird als ihres, denkt sie nicht einmal. Derartige Kontakte von Kongressen gewöhnt, empfindet sie ihre Kommunikation als völlig angemessen, weder lacht sie ungebührlich laut, noch spricht sie dem Alkohol zu. Aber zweifellos unterscheidet sie sich in ihren Jeans, dem weißen Baumwollpullover und ihren weißen Sneakers nicht nur rein äußerlich von den japanischen Damen. Trotz der bevorstehenden Höhenwanderung tragen sie elegant geschnittene Kostüme, hochhackige Pumps und ihre Haare passend dazu streng nach Großmutterart am Hinterkopf aufgesteckt. Zum Glück kann Alice ihre verkniffenen Gesichter kaum sehen, deshalb macht sie sich keine Gedanken.

Nach dem Essen wandert die Gruppe zum Misen Berg, der höchsten Erhebung der Insel. Der Weg führt durch einen lichten, mit noch jungen Bäumen bestandenen Wald, über holprige Pfade, vorbei an Bächen, über Steine und herabgefallene Äste und Zweige.

Oben angekommen erklärt einer der japanischen Ärzte, dass der Misen fünfhundertdreißig Meter hoch sei, seine Hänge als heilig verehrt würden. Der Rundblick von dieser kiefernbesetzten Bergspitze auf die strahlend blaue Inlandsee wird für Alice zu einem unvergesslichen Erlebnis. Überrascht entdeckt sie nun selbst die ihr vom Foto bekannten unzähligen Inseln, die im aufsteigenden Meeresdunst des weichen Nachmittagslichts zu träumen scheinen.

»Wie unter dem weiten Schleier, geborgen und beschützt von milden japanischen Gottheiten«, erinnert sie sich. Soviel Schönheit hatte das Foto im Wohnzimmer ihrer Eltern nicht eingefangen.

Beeindruckt von der Harmonie dieser einzigartigen Landschaft schreitet Alice beim Abstieg behutsam und still neben den zwei umständlich über den Waldboden stöckelnden Japanerinnen her, als die Frau des Gastgebers sie unvermittelt fragt: »Sind Sie eigentlich verheiratet?«

Erschrocken ob der Kälte des Tonfalls ist Alice weder bereit sich abwerten noch ihre wunderbare Stimmung zerstören zu lassen.

»Ja, warum fragen Sie?«, lügt sie. Ihr Privatleben ist allein ihre Sache, es geht die piekfeine Japanerin nichts an.

»Wieso aber«, der Ton der Frau wird unverhohlen spitz, ihr Blick ist voller Herablassung, »wieso tragen Sie dann ihre Haare offen wie ein junges Mädchen?«

Über dem Gewoge der Baumwipfel hängt eine sanfte Nachmittagssonne. Boris ist irgendwo hinter ihr in ein kollegiales Gespräch verwickelt. Alice, die Frau mit dem Gang einer Pantherin auf der Jagd, empfindet auf einmal wieder alle Ängste und Unsicherheiten der Nichtzugehörigkeit. Gleichzeitig ballt sich Wut in ihr, Wut über so eine scheinheilige Frage. Wieso gelingt es genau solchen Frauen, sie zu verunsichern? Weil sie auf ein derartiges Niveau nicht herabsteigen, sich im Privatleben nicht auf gleicher Ebene bewegen, solchem Überlegenheitsdünkel und dieser Festgefahrenheit nichts Provokantes entgegensetzen *will*. Dabei ist sie wahrhaftig keine Heilige und austeilen kann sie zuweilen selbst auch ganz schön.

Aber was zählt ein mit der Note »hervorragend« abgeschlossenes Studium, wenn diese Frauen statt dessen erfolgreiche Ehemänner vorzuweisen haben und sich mehr darauf einbilden, als sie sich selbst wert sind? Was zählen Alices selbstfinanzierte, kostenintensive Weiterbildung, der mühsame Aufbau ihrer eigenen Praxis, die anstrengenden, letztendlich aber erfolgreichen berufspolitischen Auseinandersetzungen mit einem Heer von Juristen der Vereinigung der Kassenärzte? Was die parallel zu all ihrem Stress durchgestandene Krise nach dem Tod ihrer Eltern? Für solche Frauen ist Alice nichts anderes als eine leichtfertige *gaijin*, die offenbar keinen abbekommen hat. Die Lüge ist aufgebaut und ihre Wut nicht verflogen, aber wenigstens – dem Apotheker sei Dank! – muss sie jetzt nicht mehr heulen. Hier gilt es, die negative Situation für sich zu nutzen.

»Bei uns in Deutschland«, erklärt Alice so freundlich, dass sie sich für ihre eigene Scheinheiligkeit fast schämt, »entscheiden die Frauen selbst, wie sie ihr Haar tragen. Das sagt nichts über ihren gesellschaftlichen Stand aus, aber das können Sie ja nicht wissen. Vielleicht werde ich mir die Haare morgen auch einmal so hochstecken wie Sie. Ich muss Ihnen sagen, dass mir das ausnehmend gut an Ihnen gefällt.«

Schwache, durch die Baumwipfel dringende Sonnenstrahlen verteilen Flecken auf den sprachlosen Gesichtern von Alices Begleiterinnen. Sie fassen sich schnell, setzen ein japanisch-höfliches Lächeln auf und nicken, als hätten sie verstanden. Das haben sie aber nicht.

Im Weitergehen spürt Alice ihre hinterhältigen Seitenblicke, den andauernden Austausch abwertender Kommentare und bissiger Bemerkungen wie kleine Messerstiche in der Brust. Ist ihre Empfindlichkeit auch nur eine Folge akuten Vitamin-B-Mangels?

Nutzen!, weist Alice sich an. Es ist so ein schöner Tag!

Beherzt und fest entschlossen, ihrem unangenehmen Gefühl endlich ein Ende zu setzen, beschließt sie, den Spieß umzudrehen. Wie aus Versehen, aber so nah wie möglich, tritt sie an die Damen heran und verkündet, den Blick auf die unbeschwert in den Wipfeln der umstehenden Kiefern tanzenden Sonnenstrahlen gerichtet: »*Tenki-wa, kirei des ne?*«

Ihre Feststellung, dass das Wetter einfach herrlich sei, einer der wenigen vollständigen Sätze, die Alice auswendig auf Japanisch aufsagen kann, lässt die Damen förmlich zusammenfahren. Die *gaijin* spricht und versteht womöglich auch Japanisch!

Eine jähe Starre überzieht die Gesichter der beiden Frauen, die vermuten, Alice habe ihrer bis dahin unbedacht geführten Konversation gelauscht. Unter dem hellen Gesichtspuder plötzlich erblasst, stammelt die Freundin der Gastgeberin etwas auf Japanisch, dass Alice nicht versteht, obwohl ein *sumimasén* darin vorkommt.

»Schon gut«, sagt Alice vieldeutig lächelnd, »ich schlage vor, dass wir uns fortan auf Englisch unterhalten. Sicher ist das – für jeden Beteiligten – *höflicher*. Auch haben Sie meinen fürchterlichen deutschen Akzent, wenn ich Japanisch spreche, leider gerade gehört. Bestimmt ist Ihr Englisch wesentlich besser als mein Japanisch, für mich eine sehr schwere Sprache, ich schaffe es nicht, sie richtig auszusprechen.«

Worauf sie das »*nihongo ga jouzu desu ne*« heute schon zum zweiten Mal vernimmt, nur unverfrorener, verlogener als von dem Apotheker, und sich dafür noch einmal auf Japanisch bedankt, womit die vermutete Tatsache für die beiden besiegelt ist. Selbst wenn es nur der zweite Satz auf Japanisch ist, den Alice kennt.

Für eine Weile verstummen die Damen. Jetzt sind sie es, die verunsichert neben Alice herlaufen müssen. Genau der richtige Moment, erste Nachforschungen über Yamamoto anzustellen. Wenn seine Fotos in Europa bekannt waren, müsste ihn hier jeder kennen. So groß ist Hiroshima nicht. Womöglich wohnt er ja in ihrer Nachbarschaft?

»Vermutlich kennen Sie Herrn Yamamoto Tadashi?«, beginnt Alice unvermittelt. »Seine Fotos …« Wie in Japan üblich, nennt sie seinen Nachnamen zuerst.

Es ist wie Öl in offenes Feuer gießen.

Beide Damen springen gleichzeitig auf den Zug. Die Freundin der Gastgeberehefrau diesmal zuerst. »Das haben Sie auch schon gehört? Bei Ihnen, in Deutschland? Ein unglaublicher Skandal, nicht wahr? So etwas gehört sich doch nicht!!«

Der Frau des Gastgebers scheint diese Offenheit peinlich. Sie gibt ihrer Freundin mit den Augen zu verstehen, dass sie sich zurückhalten soll.

»Aber sicher sieht man das bei Ihnen ganz anders?«

Alice hat keine Ahnung, wovon sie spricht und schüttelt verneinend den Kopf.

»So einen Mann sollte man gar nicht mehr erwähnen«, ergänzt die Frau des Gastgebers, »wenn man bedenkt, dass er jahrelang unserer Zeitung als Chefredakteur vorgestanden hat, einfach beschämend.« Alice erschrickt. In welches Wespennest hat sie da denn gestochen? Ob es sich bei der genannten Person wirklich um »ihren« Tadashi Yamamoto handelt?

Zweifellos, denn jetzt fügt die Freundin hinzu: »Seine Fotos, seine Fotos, das ist schon lange her, ich weiß nicht mal, ob er wirklich schon so ... anderseits haben Sie recht, wenn Sie von den Fotos sprechen. Früher war er doch nur ein einfacher Pressefotograf! Was der sich im Laufe der Jahre herausgenommen hat und dass der sich im Ernst einbildet, sich so benehmen zu können! Er hat sich ein wenig selbst überschätzt, finden Sie nicht auch? Ich meine, so etwas macht man doch nicht, das schadet unserem Land, was soll man denn im Ausland von uns denken. Apropos, wie denkt man denn bei Ihnen in Deutschland darüber?«

»Ich gebe Ihnen da recht, viele sehen das genauso, zumindest so ähnlich wie Sie«, antwortet Alice, deren Herz so laut klopft, dass sie fürchtet, die beiden könnten es mitkriegen. Ehemaliger Pressefotograf! Also muss er es sein! Ist er inzwischen zum Chefredakteur avanciert oder liegt doch eine Verwechslung vor? Begierig, noch mehr an Informationen aus ihnen herauszulocken, überlegt sich Alice ihre nächste Frage, als sich Boris zu ihnen gesellt und sie aus der sie nun gar nicht mehr erdrückenden Umklammerung ihrer scharfzüngigen Gastgeberinnen befreit.

»Kommen Sie«, sagt er bestimmt, »lassen Sie uns ein wenig über moderne deutsche Literatur reden.« Was soll sie da machen?

JAPANISCHE EHRLICHKEIT

Zurück auf der Fähre sorgt Boris für Alices Beförderung bis vor die Tür ihres Hotels in Hiroshima in dem für die Gruppe angemieteten Bus. Im Gegenzug muss sie zum Abschied versprechen, ihm eine Auswahl ihrer Gedichte nach Moskau zu senden. Er möchte sie von seiner in Deutschland studierenden Tochter übersetzen und in einer Moskauer Tageszeitung veröffentlichen lassen.

Alice hat die Lobby kaum betreten, da eilt der Rezeptionschef aufgeregt, heftig gestikulierend und mit irgendwelchen Papieren herumwedelnd auf sie zu. Er übergibt ihr den zusammengehefteten Papierstoß, den Jason vor Wochen minutiös für sie zusammengestellt hat: Alices wertvollsten Reisebegleiter, ohne den sie wegen der darin enthaltenen Terminpläne, Aufzeichnungen von tageweisen Hotelreservierungen, Adressen, Telefonnummern, Flug-, Shinkansen- und Regionalzugverbindungen im *kanji*-Wald Japans verloren gewesen wäre. Der Packen ist angegraut, mit Eselsohren verunstaltet, sieht absolut bedeutungslos aus – sie hat ihn im Inselgasthof auf Miyajima vergessen. Aber die japanische Ordnung musste wiederhergestellt werden, und der hilfsbereite Finder orientierte sich an Jasons chronologisch aufgeführten Tageseinträgen. Er transportierte den unansehnlichen Stapel quer über die Insel, mit der Fähre aufs Festland, mit Bahn und Bus bis nach Hiroshima in ihr Hotel, wo er die für Alice unentbehrlichen Belege schon ablieferte, bevor sie selber eintraf. Er ersparte ihr sogar das Erschrecken bei der Feststellung des Verlustes.

Patterns of Japan, freut sich Alice. »Pedantische Ordnungsliebe«, hat Jason es genannt. Für Alice symbolisiert es die allerumsichtigste Hilfsbereitschaft. Dafür muss man sie einfach lieben, die Japaner!

Sie ruft sich ihr Erlebnis bei der Zwischenlandung in Okinawa wach, auf dem Rückflug ihres Tauchurlaubs in Miyako-jima. Frida mit dem Baby, Jason und sie saßen im Flughafenrestaurant und warteten auf den Aufruf zum Weiterflug nach Tokio. Das Flugzeug hatte Verspätung, deshalb kramte Alice ihre im chinesischen Meer geschossenen, auf Miyakojima entwickelten Unterwasserfotos heraus, die sie kurz vorher beim Fotografen abgeholt hatte. Sie zeigte Frida und Jason die Bilder und sortierte die misslungenen Farbfotos dabei gleich aus. Ein Abfalleimer war nirgends zu sehen, deshalb stapelte Alice die aussortierten Fotos in der Tischmitte und stellte einen gläsernen Aschenbecher darauf.

»Geht nicht«, behauptete Jason.

»Das kann die Kellnerin doch hinterher zusammen mit dem Geschirr abräumen.«

»Erstens ist das hier ein Selbstbedienungsrestaurant nur mir Reinigungspersonal, ohne Kellner, zweitens: Du kannst hier nichts liegen lassen.«

»Ach so, die machen die Tische nicht sauber?«

»Darum geht es nicht, klar machen die das, aber du kannst nichts *verlieren*.«

»Ach so meinst du das. Keine Sorge, ich mach das schon.« Alice fischte Bonbonpapier, ungültig gewordene Eintrittskarten, zerknüllte Papiertaschentücher aus ihren Blazertaschen, legte die Abfälle in den leeren Aschenbecher auf dem Stoß aussortierter Tauchfotos und schob alles zurück in die Tischmitte. Der darunterliegende Fotostapel war jetzt kaum noch zu sehen.

»So!«, sagte sie selbstgefällig und zwinkerte amüsiert zu Jason hinüber.

Der verfolgte einigermaßen gefasst den von Alice veranstalteten Aktionismus. Frida lächelte sibyllinisch.

»Klappt nicht, was wollen wir wetten?«, sagte Jason. Seine Japanerverdummungsideologien verärgerten Alice mittlerweile heftig.

»Hör mal, das sieht jetzt ja wohl jeder, dass das Abfall ist – aber wenn du meinst …«

Alice grinste, erhob sich, holte einen weiteren von Zigarettenkippen überquellenden Aschenbecher vom Nebentisch und stellte ihn zusätzlich auf den Stapel.

»Du weißt einfach nicht, wie das hier abläuft, Alice. Da wird ameisenartig eine Maschinerie in Gang gesetzt und der Ramsch landet wie durch ein Wunder wieder bei dem, der sich des Abfalls bereits entledigt zu haben glaubte. Ob du willst oder nicht und ob du es glaubst oder nicht: Sie tragen dir deinen Müll hinterher.«

»Aber warum denn?«

»Weil sie annehmen, du hättest ihn versehentlich verloren oder vergessen. Japaner vergessen ständig etwas, weil sie gelernt haben, an alles Mögliche sowieso erinnert zu werden. Dann muss die Ordnung wiederhergestellt werden. Lass es dir gesagt sein, es geht nicht!«

»Schmeißen Japaner denn nie etwas weg?«

»Das ist nicht die Frage, sie sind keine *gaijin*.«

»Verstehe ich nicht.«

Die Lautsprecher kündigten eine weitere Verspätung der Maschine nach Tokio an. Frida drückte Jason das Baby in den Arm. Die Frauen verließen Vater und Stammhalter für einen babyfreien Bummel durch die Ladenpassagen des Flughafens, die von grellbuntem, geschmacklos kitschigem Souvenirkram nur so überschwappten: Andenken im American Style, Waffenreproduktionen, Helme, Plastikmahnmale aus Okinawa und Pearl Harbour, reproduzierte Schwarz-

Weiß-Fotos ehemaliger Soldaten und ganzer Soldatenregimenter. Angewidert wies Frida auf eine Reihe in unlesbarem kanji beschrifteter Flaschen, auf deren Böden man bei näherem Hinsehen eine zusammengerollte, graugelbe Schlange erkannte. Sie lag in einer hellgelben Flüssigkeit.

»Hochgiftig«, sagte Frida.

»Wozu soll das gut sein?«

»Sake«, sagte Frida, »sie trinken das schlückchenweise, täglich ein Glas, schweineteuer das Zeug, guck mal auf den Preis.«

Alice war perplex. »Und so gelb. Ich dachte, Sake sei klarflüssig wie Schnaps?«

»Vielleicht vom Schlangengift, was weiß ich. Soll aphrodisische Wahnsinnseffekte produzieren und alle möglichen Heilwirkungen haben. Davon träumen Japaner anscheinend massenhaft: sich mittels irgendwelcher Zaubermittel wie kleine Satyrn über ihre Tatamis rollen zu können.«

»Nur über Tatamis?«, kicherte Alice.

Bei der Rückkehr der beiden Frauen war Jasons Unmut über Alices Uneinsichtigkeit noch immer nicht verflogen. Er kannte doch die Japaner! Das schlafende Kleinkind im Arm und noch immer kritisch gestimmt, fixierte er störrisch die vom Aschenbecher verdeckten Fotos. Dann kam der Aufruf zum Einchecken. Als sei er erleichtert, rang er sich ein besonders gönnerhaftes Grinsen ab.

»Hier, komm.« Alice griff nach einer am Boden liegenden leeren Plastiktüte, faltete sie zusammen und legte sie über den Müll in der Tischmitte.

»Beruhige dich, die werden schon begreifen, dass das alles nur Abfall ist.«

Unbeirrt stierte er den aufgetürmten Müllberg an.

»Wir werden ja sehen!«, sagte er eingeschnappt.

Endlich war es soweit. Sie überquerten zu Fuß das Rollfeld des kleinen Flughafens. Kurz vor dem oberen Ende der Flugzeugtreppe spürte Alice einen Rippenstoß. Triumphierend, mit rollenden Augen funkelte Jason sie an.

»Alice«, flötete er, »das Christkind kommt mit Geschenken!«

Alice sah eine kleine, dunkelblau uniformierte Gestalt im Eiltempo über das Rollfeld staksen. Anscheinend vor lauter Hektik knickte sie mit ihren Stöckelschuhen um, verzog schmerzerfüllt ihr Gesicht; lief keuchend und schwitzend weiter, steuerte direkt auf die Treppe zu, drängte sich atemlos an den anderen Fluggästen auf der Treppe vorbei und überreichte tatsächlich Alice den gesamten Stapel der von ihr zuvor ausrangierten Fotos. Danach, stolz wie eine Spanierin, es gerade noch geschafft zu haben, entfernte sie sich, erkennbar erleichtert, mit seligem Gesichtsausdruck.

Kopfschüttelnd drehte sich Alice zu Jason um.

»Unglaublich«, sagte sie, »dann entschuldige bitte.«

Im Flugzeug überprüfte sie die zurückgegebenen Bilder. Sie war auf keinem der Unterwasserfotos zu erkennen.

»Und, was habe ich gesagt?«

»Ich fasse es nicht!« Sie tippte sich gegen die Stirn. »Wie machen die das? Sie kam ja auch direkt auf mich zu.«

»Sie entwickeln geradezu detektivische Meisterleistungen in solchen Fällen«, triumphierte Jason. »Soll ich dir erzählen, was einem Kollegen von mir passiert ist? Da legst du die Ohren an!«

Frida versuchte, den wimmernden, zahnenden Marc-Antoine zu beruhigen, gleichzeitig zwinkerte sie Alice zu und Alice verstand.

»Okay, Jason, leg schon los.«

»Ein englischer Kollege von mir wohnte in einem Hochhaus in Tokio. Seine Zeit bei uns war nach zweijährigem Aufenthalt abgelaufen. Er freute sich, endlich zu seiner Familie nach Hause zurückzukommen. Beim Ausräumen der Schränke sortierte er einige am Kragen zerschlissene Hemden aus und warf sie in den Müllschluckerschacht seiner Mietwohnung. Jedes Appartement dieses Hochhauses, in dem Hunderte von Leuten wohnen, verfügt über eine solche Küchenklappe, ist ja auch praktisch.« Jason sprach immer lauter, sein Gesicht rötete sich.

»Der Kollege glaubte, seine Hemden nun los zu sein, hatte sie bereits völlig vergessen, als es einen Tag später, kurz vor seinem Aufbruch zum Flughafen, an seiner Gegensprechanlage klingelte. – Jetzt ahnst du schon, was passiert war. Hast es ja gerade erlebt. – Verwundert fragte er sich, wer das wohl noch sein könnte, bediente den Drücker und öffnete neugierig seine Wohnungstür. Aus dem Fahrstuhl trat ein junger, ihm bekannt vorkommender Japaner und übergab ihm mit einem erleichterten Lächeln ein sauber verpacktes Paket. Darin lagen seine sämtlichen entsorgten Hemden, gewaschen, gebügelt und sauber gefaltet.«

»Ja, aber wie ...?«

»Die Müllmänner hatten die Hemden gefunden und festgestellt, dass es sich nicht um japanische Fabrikate handelte. Bestimmt hatte ein armer verwirrter *gaijin* mit falschen Enzymen sie aus Versehen in den Müllschlucker geworfen. Wie gut also, dass sich das Etikett einer anständigen japanischen Wäscherei ordnungsgemäß in jedem der Hemden befand. Dort erkannte man die Hemden als die des englischen Stammkunden. Den Rest kennst du. Der Wäschereiboy war ein einfacher Junge, der kein Wort Englisch sprach. Der Kollege konnte sich ihm nicht erklären. Wohl oder übel musste er seine Hemden mit nach England zurücknehmen. Das Risiko, dass die Japaner sein Flugzeug auf halber Strecke zur Umkehr bewegen würden, war ihm dann doch zu groß.«

»*Hai*«, griente Alice, »*ah so desu ka*. Verstanden, kapiert, ein für alle Mal. Sorry, Jason, du bist der Größte!«

NUR EIN TAPFERER HIBAKUSHA

Nur die Melone
Weiß nichts vom scharfen Winde
Am frühen Morgen.

Sodô (1641–1716)

Mir geht es doch wirklich gut, denkt Koïchi Ishigura. Nicht einmal sein dummes Knie schmerzt heute beim Gehen.

Er befindet sich auf dem Nachhauseweg vom Atomic-Bomb Survivors Hospital, einer Unterabteilung des Hiroshima Rotkreuzhospitals, wo sich die Überlebenden der Katastrophe vom August 1945 einmal monatlich zu einem Erfahrungsaustausch treffen. Anfangs hatte er sich gegen die Teilnahme daran gewehrt, mittlerweile ist sie ihm unersetzlich geworden, obwohl er so oft den Verfall der Menschen, die er dabei kennengelernt hat, miterleben musste. Von früher sechs Gruppen mit je etwa fünfundzwanzig Hibakusha existiert heute nur noch eine mit fünfzehn Teilnehmern.

Er hat die Biegung des Flusses erreicht, die Stelle, an der um diese Zeit immer die Enten an der Böschung liegen. Von hier an säumen flache Häuser das Ufer des Ota, die Straße verengt sich und es ist nicht mehr weit bis nach Hause. Byung-Soon wartet auf ihn, seine Frau, das Beste, was das Leben ihm bisher geschenkt hat.

Laut krächzend fliegt dicht vor ihm eine Krähenschar auf. Koïchi erschrickt. Das Flattern der aufgescheuchten Vögel hat das Gesicht von Masumi verwischt. Sie ist ihm das wichtigste Mitglied der Gruppe und er denkt oft an sie. Sie hat Leukämie, er weiß nicht, wie viel Zeit ihr noch bleibt. Überhaupt scheint die Zeit, seit es ihm besser geht, viel zu schnell zu verrinnen.

Dabei hat sich schon vieles verbessert. Vor Kurzem entschied die Regierung, den Krankenhäusern einen Zuschuss für die Atombombenopfer zu gewähren, wovon ein kleiner Bus für sie angeschafft wurde. Auf diese Weise kommt die Gruppe jetzt manchmal sogar aus der Stadt heraus. Koïchi erinnert sich an den ersten gemeinsamen Ausflug. Es war einer der ersten strahlenden Frühlingstage nach langen, grauen Wochen gewesen. Fahrig vor Freude über die bevorstehende Abwechslung, hatte er seine Medikamente zu Hause vergessen und es der im Bus neben ihm sitzenden Masumi gestanden. Sie sorgte diskret dafür, dass ein anderer Teilnehmer ihm die benötigten Präparate auslieh.

Es tut ihr gut, sich um einen Mann zu kümmern, denkt Koïchi, einen, der sie mag. Nicht ihren Vater, den man eigentlich umbringen müsste! Sie braucht jemanden, der sie nicht ständig verletzt. Sie hat schon zu viel durchgemacht. Schade, dass sie eine Frau ist. Ein Mann findet leichter jemanden, der ihm hilft.

Unter seinen Füßen raschelt trockenes, gelb- und rotfarbenes Laub. Darunter kleben Blätter matschig und feuchtschwarz am Boden. Es sind diejenigen, die niemand mehr hört.

»Irdische Dinge sind so vergänglich. Wie schnell doch die Schönheit vergeht.« Das waren Masumis Worte auf dem Kirschblütenfest.

Was wollte sie damals von ihm, mit ihm tanzen? Das hätte ihr sicher gutgetan. Eine Abwechslung für sie, die so allein ist, seit so vielen Jahren, nur mit der Pflege ihres sadistischen Vaters beschäftigt, der schon ihre verstorbene Mutter auf dem Gewissen hat. Um sie selbst hat sich nie jemand gekümmert, denn Masumi, ein weiblicher Hibakusha, findet nicht einmal einen Koreaner, um sie von diesem Unhold zu befreien.

Aber mit ihr tanzen? Nein, das gehörte sich nicht. Koïchi ist verheiratet. Und es gehört sich nicht, weil es schon immer so war, dass sich so etwas dann nicht gehört, nicht für einen Mann und erst recht nicht für eine Frau.

Etwas später an jenem Frühlingstag war Masumi ganz plötzlich zusammengebrochen, musste vorzeitig zurückgefahren werden. Niemand glaubte, dass sie im nächsten Jahr noch dabei sein würde. Aber damals überlebte sie und stärkte damit in den anderen die Hoffnung, dass eine weitere stationäre Behandlung nicht unbedingt das Ende des Lebens bedeuten muss.

»Schon im ersten Regen, nach viel zu kurzer Pracht, verliert die Kirschblüte ihre Herrlichkeit«, hatte Masumi ihm unter den Bäumen zugeflüstert.

Koïchi hatte nur ihren grausamen Vater im Sinn und sie beschworen: »Deshalb musst du dir Hilfe holen, Masumi.«

»Die Kirschblüte«, hatte sie geantwortet, »richtet sich nach dem Ablauf und der Ordnung der Jahreszeiten. So wie sie füge ich mich den Regeln des Schicksals.«

»Was du sagst, gilt für jeden von uns. Wir alle hier werden diese Aufgabe mit Würde erfüllen, wenn es eines Tages soweit sein sollte«, war seine Antwort darauf gewesen.

Was er wirklich dachte, sagte er nicht. Dieser Frau war die Freude der Jugend, die Entfaltung der Blüte ihres Lebens niemals vergönnt gewesen. Wie er selbst war sie vom *genbaku* und dem schwarzen, radioaktiven Regen überfallen worden. Ein heimtückisches Raubtier, das, einmal eingedrungen, in ihnen allen weiterlebte und unaufhaltsam einen nach dem anderen von ihnen auslöschen würde. Zudem musste Masumi noch dieses andere, menschliche Raubtier ertragen. Sie tat ihm unendlich leid.

»*Ummei* ist es«, sagte Masumi, als hätte sie seine Gedanken erraten, »Schicksal. Niemand kann sich dagegen wehren. Man hat die Pflicht, es geduldig zu ertragen.«

Ein plötzliches Bremsen und laut quietschende Reifen auf der Straße neben ihm reißen Koïchi aus seinen Gedanken. Eine Gruppe von Jugendlichen entfernt sich von ihm, der Wagen fährt an Koïchi vorbei. Er geht achtsam, Schritt für Schritt, stellt vorsichtig Bein vor Bein und kommt nur langsam voran. Er stört sich nicht daran. Seine Spaziergänge am Flussufer im Wechsel der Jahreszeiten sind für ihn zu etwas Besonderem geworden. Neben ihm glänzen Sonnenstrahlen über dem Wasser des Ota, hüpfen gleißend über die Strömungskrausen in der Flussmitte. Wie unendlich dunkel sein Leben einst war, in jenen Monaten, als er all das nicht mehr sehen konnte! Wie ein böser Geist muss er damals auf andere gewirkt haben. Auch später noch, als es seinen Augen schon besser ging, er aber ständig nach den großen, flachen Felsenstellen Ausschau hielt, zu denen die *kami*, die Geister, auf die Erde zurückkommen. Die Geister seiner Mutter und seiner Schwester, die ihn, Koïchi, dort suchen würden. Das war ja der Grund gewesen, weshalb er unbedingt überleben musste. Denn die Geister, sie suchten ja ihn, ihn allein. Wie sollten die Mutter und die Schwester sonst je ihre Ruhe finden? Sie hatten auf Erden ja niemanden anders als ihn.

Er denkt an die Ehre, die Dr. Ohta ihm und Masumi zuteilwerden lässt. An dieses Interview mit der Deutschen am kommenden Tag. Auch wenn es Byung-Soon, das weiß er genau, nicht gefallen wird. Sie will, dass man ihn in Ruhe lässt.

Voller Zuversicht betritt Koïchi seinen Vorgarten.

Sie hat das Gartentor ins Schloss fallen hören, überlegt er, nun ist sie beruhigt, ihr Ehemann ist zurück, heil und gesund.

Koïchi durchquert den *genkan*, um seine Frau zu begrüßen.

Auf dem schwarzen Herd drängen sich mehrere Eisentöpfe und ein warmer Duft von *mirin* hängt über dem Raum.

»Setz dich schon mal«, sagt sie und reicht ihm ein heißes Tuch zum Reinigen seiner Hände.

Sie bewohnen ein traditionelles altes Haus, weit draußen am Rande der Stadt. In den gut dreißig Jahren seit seiner

Errichtung hat das Herdfeuer die Decken und Wände dunkel werden lassen, an manchen Stellen fast schwarz. Die kümmerliche, durch das Schiebefenster zum Garten eindringende Abendsonne kann den Raum kaum erhellen.

»Morgen muss ich noch einmal ins Krankenhaus«, sagt Koïchi. »Dr. Ohta hat uns ausgewählt, mich und Masumi.«

»Ausgewählt? Wozu?«

»Eine *doitsu* wird uns interviewen. Wir sollen ihr von unseren Erfahrungen nach dem *genbaku* berichten. Es ist meine Pflicht.«

»Kriegen diese Journalisten denn nie genug? Die sollen dich endlich in Ruhe lassen. Jetzt kommen die sogar schon aus Deutschland hierher! Und überhaupt: wieso immer du?«

»Außer mir und Masumi kann kaum jemand Englisch in der Gruppe. Außerdem ist sie keine Journalistin. Eine Psychologin, hat Dr. Ohta gesagt. Weißt du, was das ist?«

»Nein, aber das interessiert mich auch nicht! Warum sollst unbedingt du das machen, frage ich mich? Immer du!«

»Ich habe damals doch Englisch gelernt, neben der Töpferei, auch wenn es wegen der Besatzer verpönt war. Aber ich wollte etwas Sinnvolles tun. Was hätte ich denn tun sollen, in all der Zeit, immer krank, ohne Arbeit? Ich war ja froh, dass mein Kopf, meine Augen wieder funktionierten, fühlte mich reich von den Göttern beschenkt. Ich ahnte ja nicht, dich eines Tages zu finden. Tagelang, monatelang, jahrelang war ich allein. Für mich gab es nichts, außer dem, was unter meinen Händen entstand und was mein Mund wieder hervorbringen konnte. So lernte ich töpfern, so lernte ich Englisch.«

Byung-Soon senkt den Kopf.

»Du bist etwas ganz Besonderes«, sagt sie, »und wirst es immer sein. Komm, lass uns essen.«

ZWEI VERSELBSTSTÄNDIGTE GEWISSEN

Die Birnen blühen
Nachdem die Schlacht zu Ende
Um Häusertrümmer.

Tôgai

Eigentlich ist das doch gar keine richtige *gaijin*, denkt Koïchi. Ihre Nase ist auch nicht viel größer als die von Masumi oder Byung-Soon. Anders geformt, das schon. Etwas ist seltsam, er kann es sich nicht erklären. Je länger er sie ansieht, desto mehr beschleicht ihn ein Gefühl der Vertrautheit. Den Gedanken, sie schon einmal gesehen zu haben, schließt er aus. Er kennt überhaupt keine Deutschen.

Dr. Ohta zieht ihr einen Stuhl zurecht, setzt sich, nachdem sie Platz genommen hat, neben sie. Wie gewohnt blickt er abwechselnd entweder auf seine Hände oder Füße.

Die Frau sieht ernsthaft von einem zum anderen.

»Zunächst«, sagt sie, »möchte ich mich bei Ihnen bedanken«, sie macht eine Pause, bevor sie fortfährt, »für Ihre Bereitschaft, mir, einer Ihnen fremden Person, von Ihren Erfahrungen zu berichten.« Mit einem Seitenblick auf Dr. Ohta sagt sie: »Es ehrt mich, dass Sie mir aus Ihrer jetzigen Sicht einen Eindruck von Ihrer Entwicklung geben wollen.«

Wieder wirft sie einen Blick auf Dr. Ohta. Wahrscheinlich erwartet sie, dass Dr. Ohta sie vorstellt. Aber bis der etwas sagt ...

Koïchi hat eine eher vollschlanke, hellhäutige, blonde Frau erwartet, allenfalls eine Brünette, keine mit gebräunter Haut, die ihr langes Haar noch dazu offen trägt. Dabei ist sie bestimmt schon um die dreißig. Deutsch an ihr ist allenfalls, dass sie Masumi und ihn um gut eine Kopfgröße überragt. Aber wieso ist sie so dünn?

KOÏCHI ISHIGURA

Koïchi kennt Deutsche nur aus dem Fernsehen. Musste nicht anlässlich eines Staatsbesuchs für einen Minister sogar einmal ein Stuhl mit doppelter Breite angefertigt werden? Doch, genau, Koïchi erinnert sich daran, so war das damals gewesen. Manche von denen kennen kein Maß, womöglich essen sie anderen Leuten noch das *shizo*-Blatt vom *ebi*! Leute, die niemals Hunger hatten und was übrig bleibt einfach wegwerfen. Er beugt sich Masumi zu und flüstert: »Die *doitsu* ist auch nicht verheiratet!«

Er registriert ein Lächeln der Frau und senkt erschrocken den Kopf. Sie wird doch nicht etwa Japanisch verstehen?

Masumi zuckt bloß mit den Achseln und bedeutet ihm, jetzt besser zu schweigen.

Dr. Ohta sagt: »Frau Ambelg ist Psychologin. Sie möchte Ihnen einige Fragen stellen und Sie haben sich damit einverstanden erklärt. Sie ist Deutsche und Sie wissen, dass die Deutschen unsere Freunde sind. Bitte helfen Sie ihr, unsere Situation besser zu verstehen.«

Koïchi hat sie sich steifer und formeller vorgestellt, ähnlich wie Dr. Ohta. Auf jeden Fall anders als diese Frau, die ihm in die Augen sieht, als könne sie seine gesamte Vergangenheit darin ablesen. Aber schließlich ist er noch keiner Psychologin begegnet. Und doch ist da … er kann es nicht beschreiben … etwas Überraschendes an ihrer äußeren Erscheinung. Irgendetwas stimmt nicht.

Er durchforstet seine Vergangenheit, doch sein Gedächtnis lässt ihn im Stich.

»Herr Dr. Ohta«, erklärt die Deutsche mit leiser, aber fester Stimme, »hat mir Ihr Friedensmuseum gezeigt. Dort habe ich Berichte von Hibakusha gelesen und Fotos von Opfern gesehen. Und doch weiß ich, dass ich nichts gesehen habe, gar nichts, dass ich keine Vorstellung von dem Ausmaß dessen habe, was Sie als Kinder und in den vielen Jahren danach durchlitten haben müssen.«

Dr. Ohta starrt noch immer auf seine Finger, krümmt und streckt sie, legt sie auf seine Knie, krümmt sie erneut und streckt sie wieder.

»Deshalb wünsche ich mir heute zunächst, dass jeder von Ihnen sich auf eine Situation besinnt, irgendeine, in der Sie sich in letzter Zeit wohlgefühlt haben, eine, an die Sie sich gerne erinnern.«

Koïchi fällt spontan der Ausflug vom letzten Frühlingsfest ein, aber jetzt berichtet Masumi als Erste davon und er hat ein Problem. Es sei so schönes Wetter gewesen, sagt sie, sie habe sich so glücklich gefühlt, weil Koïchi und alle anderen so freundlich zu ihr gewesen seien.

»Und Sie, Koïchi-san, was ist Ihre schöne Erinnerung?«

»Der Tag, an dem Masumi nach ihrer schweren Krankheit wieder in unserer Gruppe erschien.«

»Sie beide verstehen sich gut und haben sich wohl sehr gern«, sagt die Psychologin. Masumi nickt so heftig und erfreut, dass Koïchi rote Augen bekommt.

Dr. Ohta erhebt sich. »Für alles Weitere«, sagt er, »lasse ich Sie jetzt allein. Rufen Sie mich, wenn Sie mich brauchen sollten, dann stehe ich Ihnen zur Verfügung.«

Er verschließt die Tür hinter sich und die Psychologin verrät ihnen, dass sie gar kein »richtiges« Interview mit vorgefertigten Fragen mit ihnen führen will. Sie will die Gespräche nicht mal auf Tonband aufnehmen. Ein unverstellter menschlicher Kontakt bedeute ihr mehr als eine präzise Aufzeichnung. Augenblickliche Gedanken und Ansichten, also Schlüsse, die er und Masumi aus dem Erlebten für sich gezogen hätten, seien ihr wichtiger als das, was man in Zeitungen oder historischen Zeit-dokumentationen nachlesen könne. Man möge ihr nur erlauben, sich manchmal einige Notizen zu machen.

Masumis Wangen sind vor Anspannung gerötet, aus ihren Augen leuchtet Sympathie.

»Fängst du an, Koïchi?«

Mit gedämpfter Stimme, nach einem schnellen Blick auf die verschlossene Tür sagt er: »Mich ärgert der Missbrauch, den unser damaliger Kriegsminister Anami an dem Vertrauen des japanischen Volkes begangen hat.«

Einen solchen Einstieg hat die Psychologin anscheinend nicht erwartet. Koïchi glaubt es an einem Aufleuchten in ihren Augen zu erkennen. Er hat keine Ahnung, wie weit er geschichtlich ausholen muss, die Frau ist um einiges jünger als er.

Für kurze Zeit verdichtet sich ein Schweigen im Raum, dann wendet sich die *doitsu* an Masumi.

»Und Sie, Masumi-san, gibt es auch etwas, worüber Sie sich geärgert oder gefreut haben?«

Zunächst zögernd, dann zunehmend entschlossen sagt Masumi: »Ich verstehe nicht, warum Hibakusha bis heute keinen Rechtsanspruch auf staatliche Hilfen zur Deckung der Behandlungskosten haben. Schließlich können wir nichts für das, was geschehen ist.«

Die *doitsu* nickt. Man sieht ihr an, wie sehr Masumis Antwort sie berührt.

»Möchten Sie fortfahren, Koïchi?«

Er beschließt, ihr zunächst die historischen Ereignisse ins Gedächtnis zu bringen.

»Anfang Mai 1945«, beginnt er, »war Europa befreit. Die Deutschen hatten sich den Amerikanern bedingungslos ergeben und viele europäische Soldaten durften von da an in ihre Heimat zurück. Die Amerikaner verlangten unsere Kapitulation und unser damaliger Ministerpräsident Suzuki wollte den Krieg beenden. In den Augen der Welt, so muss man das heute sehen, hatten wir Japaner uns wahrlich genug geleistet. Schließlich war unsere Armee ab 1931 nicht nur in die Mandschurei, in Korea und Indochina eingefallen, sondern hatte nach und nach auch Peking und Schanghai besetzt. Fünfzehn Jahre lang haben wir Krieg gegen China geführt, fünfzehn Jahre lang!«

Erstaunen sie seine Geschichtskenntnisse? Ihre weit geöffneten Augen lassen es vermuten. Diese Augen. Dieser Gesichtsschnitt. Die leicht hervorstehenden Wangenknochen. Selbst ihre Stimme. Wieso kommt ihm die Frau nur so bekannt vor? Merkwürdig. Er stockt. »Möchten Sie das überhaupt hören?«, fragt er.

»Sehr gern. Sie sind bemerkenswert gut über die politischen Hintergründe informiert, daher fühle ich mich durch Sie bereichert.«

»Hibakusha unterscheiden sich von ihren Landsleuten in mehreren Punkten. Wir tauschen uns aus, reden mehr miteinander, als es bei anderen Menschen, vor allem Männern, in Japan üblich ist.«

»Außerdem«, fügt Masumi leise hinzu, »hatten wir in Hiroshima mutigere Modelle. Anders als in den anderen Provinzen gab es hier einen unerschrockeneren Journalismus, eine weniger zurückhaltende Presse. Dadurch erhielten wir ein deutliches Mehr an Informationen. Der Chefredakteur unserer Tageszeitung war einer von uns, selbst betroffen, vielleicht deshalb auch ungewöhnlich engagiert …«

An dieser Stelle blickt die Deutsche erwartungsvoll von Masumi zu ihm. Sie kann die Bemerkung natürlich nicht einordnen, wie soll sie auch? Koïchi schickt sich an, ihr die Hintergründe zu erklären, als sie, offensichtlich beunruhigt zu viel Zeit mit Nebensächlichkeiten zu verlieren, sagt: »Kritischer Journalismus, verstehe. Unter den gegebenen Voraussetzungen galten hier sicher andere Bedingungen als anderswo … wollen Sie fortfahren, Koïchi?«

Ohne es zu bemerken, hat sie ihn abgewürgt. Von dem Fall Yamamoto hat sie entweder noch gar nichts gehört oder ihn bereits ad acta gelegt. Wenn die wüsste, denkt Koïchi, bevor er fortfährt: »Allein in China soll es bis Kriegsende acht Millionen tote Zivilisten durch unsere Armee gegeben haben. Das muss man sich einmal vorstellen! Die Amerikaner haben uns mehrfache Warnsignale gegeben. Man kann es heute nicht mehr anders sehen, selbst wenn keiner es so richtig zugeben will, es ist historisch belegt. Ist Ihnen bekannt, dass Oppenheimer, sozusagen als stärkstmögliche Warnung für uns und die Welt, eine Atomexplosion in Anwesenheit japanischer Zeugen demonstriert hat, um den Bombenabwurf noch zu verhindern? Niemand aus der normalen Bevölkerung wusste das hier, es war nur der Regierung bekannt! Oppenheimer selbst wurde zum Opfer der McCarthy-Ära. Anami siegte und wurde so zum Verlierer.

»Unser damaliger Ministerpräsident und seine Berater«, schaltet sich Masumi ein, »das waren alte, erfahrene Männer. Aber unser Kriegsminister Anami, der junge Heißsporn, warf ihnen mangelnde Kaisertreue vor. Können Sie sich vorstellen, was das bedeutete, mangelnde Kaisertreue? Es glich einer Gotteslästerung! Dadurch wurden die alten Herren zuerst in die Enge und am Ende in die Resignation getrieben. Vor lauter Halsstarrigkeit glaubte Anami selbst nach dem Kriegsende in Europa noch, siegen zu können. Erst viele Jahre später waren Historiker und – was sehr selten bei uns in Japan ist – wenige Journalisten mutig genug, so unpopuläre Tatsachen aufzudecken und anzusprechen. Seitdem wissen wir, dass Japan die Atombombenabwürfe hätte verhindern können, auch wenn es ein Zusammenspiel unglücklicher Umstände war, das letztlich zum *genbaku* geführt hat.«

Die Psychologin nickt versonnen, streicht sich die Haare zurück und sieht sie aufmerksam an, während Koïchi fortfährt: »Also führten die Amerikaner am 16. Juli 1945 ihren ersten Atombombenversuch durch. Ungeachtet des deutlichen Oppenheimer-Signals ignorierte unsere Regierung die Botschaft, wie war das möglich? Wo, dachten die, sollte die Bombe wohl eingesetzt werden, wenn nicht bei uns? Heute weiß man das, aber damals war ich ein Kind und meine Familie, die Öffentlichkeit ahnte nichts davon. Spätestens, als die Russen in den Krieg eintraten, hätte man das Volk informieren müssen, was die Stunde geschlagen hat.«

»Verzeihung«, unterbricht ihn die Psychologin, »soll das heißen, Sie sprechen den Amerikanern die Verantwortung für den Abwurf der A-Bombe ab?«

»Auf keinen Fall, nein, nichts, aber auch gar nichts rechtfertigt eine solche Entscheidung. Nur versuche ich, die Situation differenzierter zu betrachten, aus einer weniger einseitigen Perspektive, als es die meisten meiner Landsleute, mit wenigen Ausnahmen, noch heute tun.«

Die Psychologin wirkt plötzlich angespannt, scheint etwas fragen, sie aber nicht unterbrechen zu wollen.

Koïchi beobachtet sie einen Moment, bestätigt dann aber Masumis Aussage, ohne näher darauf einzugehen, während die Frau weiterhin schweigt.

»Es sind unpopuläre Tatsachen, es waren unglückliche Umstände.« Stichworte, die Koïchi mit Yamamoto assoziiert, und auf einmal fällt ihm ein, wo er das Gesicht schon einmal gesehen hat. Doch widerstrebend wehrt er den Gedanken auch dieses Mal ab. Erstens sehen diese *gaijin* sich sicher ohnehin ähnlich und zweitens spricht die Zeit dagegen. Das Ganze liegt zu lange zurück, die Frau, an die er sich erinnert, müsste heute wesentlich älter sein. Damals war er ja noch ein halbes Kind.

Aber muss er deshalb seinen Faden verlieren?

»Ich kann Masumi-san nur zustimmen«, nimmt er ihn wieder auf, »als Roosevelt im April 1945 verstarb, soll sein Vize und Nachfolger Truman weder über die Entwicklung noch über die Einsatzbereitschaft der A-Bombe informiert gewesen sein. Bei seinem unvorgesehenen Amtsantritt soll Truman völlig überfordert gewesen sein. In eine so komplexe und schwierige Sache musste er sich erst einmal einarbeiten, und zwar unter Bedingungen heftigsten Intrigantentums in seinem politischen Umfeld. Es gab in Amerika also eine Situation, die mit der unseren durchaus vergleichbar war, Einstellungen und Interessen standen gegeneinander. Natürlich unter anderen ideologischen Gesichtspunkten. Nach Meiji lebte unser Volk anfangs noch fast wie im Mittelalter.

Und noch etwas: Truman soll nach erster Kenntnisnahme sogar argumentiert haben, der Einsatz der A-Bombe verstoße gegen die Genfer Konvention, gegen das Kriegsrecht. Kurz gesagt, er war schwach und schlecht vorbereitet, man hat ihn überrumpelt. Wahrscheinlich sind hier wie dort die Vernünftigen überstimmt worden. Die Amerikaner hatten den Ehrgeizling Byrnes in ihrem Ausschuss, der Präsident werden wollte, und wir glaubten dem Karrieristen Anami. Das nimmt sich nicht viel.«

»Eine sehr interessante und moderne Sichtweise«, stellt die *doitsu* fest, »woher beziehen Sie ein derart differenziertes Wissen? Sie sagten, nur wenige Journalisten hätten den Mut gehabt, objektiv zu berichten. Gab es solche Aufklärer«, an dieser Stelle lächelt sie, »auch in Hiroshima?«

»Wo, wenn nicht hier? Gerade wir wollten ja wissen, was sich wirklich abgespielt hatte!«, ereifert sich Masumi, »aber erst Ende 1945, Anfang 1946 muss das gewesen sein, wurde die Zeitung für uns zu einer Informationsquelle, erst ab dann wurde versucht, etwas ungeschminkter über Missstände zu berichten und aufzuklären, als andere Blätter es taten. Das begann mit dem neuen Chefredakteur unserer *Hiroshima-Post*. Nach allem, was man uns zuvor vorenthielt, war er genau der Mann, den wir hier am dringendsten brauchten und oft genug wurden ihm deshalb Steine in den Weg gelegt.«

Sichtlich nervös blättert die Psychologin plötzlich in ihrem Aufzeichnungsblock herum und macht sich eine Notiz. Als sie aufsieht, wirkt sie sehr gefasst.

»Sprechen Sie von Tadashi Yamamoto?«

»*Hai*«, strahlt Masumi und blickt freudig zu der *gaijin* auf. »Sie kannten ihn?«

»Nicht persönlich, aber ich stelle fest«, sagt sie lächelnd, »dass mir Herr Dr. Ohta gleich zwei besonders engagierte und gut informierte Interviewpartner vermittelt hat.«

»Von dem, was du erkennen und messen willst, muss du Abschied nehmen, wenigstens auf Zeit«, sagt Koïchi, »dann wird es klarer. Das habe ich mir irgendwann zur Devise gemacht.«

»Darf ich Sie nach dem Grund fragen, warum Sie das hier jetzt zitieren, Koïchi-san? Ich verstehe den Zusammenhang nicht.«

»Herr Yamamoto schrieb es einmal in der *Post*, und ich habe es mir gemerkt.«

DAS GESCHENK

Der sittliche Mut ist es, der die höchste Stufe der Menschlichkeit kennzeichnet: Der Mut, die Wahrheit zu suchen und zu sagen. Der Mut, gerecht und rechtschaffen zu sein.

Samuel Smiles (1812–1904)

Die kritischen Äußerungen der Hibakusha verblüffen Alice. Irgendwo hat sie gelesen, dass es nicht einmal unter japanischen Journalisten eine »Kultur der Kritik« dem – absolut unangreifbaren! – Staat gegenüber gibt. Man diskutiert dessen Gesetze nicht, man ordnet sich ihnen unter, akzeptiert ungeprüft Vorschriften und Entscheidungen. Man fügt sich und gehorcht.

Diese beiden Hibakusha dagegen berichten mit einer Offenheit aus ihrem Leben, die Alice so nicht erwartet hat. Kurz überlegt sie, es darauf zurückzuführen, dass sie hier fremd ist, ihnen niemals wieder begegnen wird. Dann aber verwirft sie diese Erklärung. Denn gerade vor Ausländern gilt es, den Staat angemessen zu vertreten und zu beschützen. Drückt Dr. Ohta ihr durch seine Auswahl zweier so unabhängig denkender Zeitzeugen indirekt aus, was er selber denkt?

Masumi bittet darum, sich kurz entfernen zu dürfen, und als sie zurückkommt, hat Koïchi seine eigene, Masumi bekannte Geschichte erzählt. Nun bittet er darum, sich eine Weile entfernen zu dürfen.

»Wie werden Sie mit den angesprochenen Informationen umgehen?«, fragt Masumi, nachdem er das Zimmer verlassen hat.

»Überaus diskret«, versichert ihr Alice. »Sollte es zu Veröffentlichungen kommen, werden Ihre Namen nicht erwähnt. Haben Sie bestimmte Befürchtungen in diesem Zusammenhang?«

»Nicht für mich, es geht um Koïchi.«

»Um ihn? Aber was soll ...«

»Koïchi ist ein *ningenkohoho*!«, erklärt Masumi ehrfürchtig. Ihre hingebungsvollen Blicke sind Alice nicht entgangen, aber mit dem Begriff »Ningenkohoho« kann sie nichts anfangen.

»Ich verstehe nicht ...«

»Er ist ein lebender Nationalschatz. Er hat die höchste Würdigung für einen Kunsthandwerker erhalten. Das alles«, sie senkt die Augen, »trotz seiner, nein, *mit* diesen Händen!« Alice hat sie gesehen, die dicken Narben darauf.

Viel mehr als eigene Erlebnisse zu beklagen, ist sie bestrebt, Alice Details von Koïchis Leidensweg, seine entfernte Familie, seine Eheschließung, und seine zunehmende politische Empörung zu beschreiben.

Er sei, so berichtet sie, außerhalb Hiroshimas von entfernten Verwandten wie ein Tier in einem unhygienischen Verlies versteckt gehalten worden, wodurch sich seine am ganzen Körper verteilten Brandnarben entzündet hätten, selbst im Gesicht und an den Händen.

»Niemand gab ihm die geringste Überlebenschance, nicht einmal ein schließlich herbeigerufener chinesischer Arzt. Als die Narben wie durch ein Wunder dann doch noch zu heilen begannen, schwollen sie dick an, vergrößerten sich auf das Doppelte bis Dreifache ihres ursprünglichen Zustandes. Diese Keloide wurden in mehrfachen Ansätzen operativ entfernt, und nur anderthalb Jahre nach dem *genbaku* begann Koïchi bei einem Töpfereimeister zu arbeiten, zuerst nur als Zuschauer und Lehrling.«

Im Laufe der darauffolgenden Jahre sei er an der Schilddrüse, an der Lunge, am Magen und am Darm operiert worden. Sein Leben habe aus einer endlosen Aneinanderreihung von schwierigen Operationen bestanden. Immer wieder seien neue medizinische Interventionen erforderlich gewesen, kaum dass er jemals für längere Zeit zur Ruhe gekommen sei. Erst viele Jahre nach der Kontamination habe man ihm endlich eine konsequente Behandlung auf Staatskosten angedeihen lassen. Und das nur, weil er, seiner Arbeit leidenschaftlich ergeben, inzwischen die allerhöchsten Ansprüche traditioneller japanischer Töpfereikunst erfüllte.

Masumis Bericht schwebt im Raum wie der Duft einer heimlichen Liebeserklärung, aber Alice wird blass, sie spürt, wie sich in einer Wallung das Blut aus ihrem Kopf zieht vor Scham.

Die Narbe im Gesicht des Pförtners vom Higashi-Honganji-Tempel ist ihr eingefallen. Wenn sie das geahnt hätte, um Gottes Willen, wie verdammt oberflächlich sie gewesen ist ... Sie hätte ihn doch nie so behandelt, sie ...

Masumis eigene Geschichte ist noch ergreifender, noch bemitleidenswerter als die von Koïchi.

Masumi war sieben Jahre alt, als die Atombombe Hiroshima traf. Vermutlich entsprechen ihre Erfahrungen weitgehend denen der meisten überlebenden weiblichen Personen. Es sind schwarze Kaleidoskope des Schmerzes, aber auch der Geduld, Überwindung und äußerster Selbstdisziplin. Beweise der Hoffnung und eines unbedingten Lebenswillens von Frauen, die sich trotz wiederkehrender, unbeschreiblicher körperlicher und psychischer Leiden nur eines wünschen: zu überleben.

Auf Masumi hat Dr. Ohta Alice vorbereitet. Sie ist bedrohlich an Leukämie erkrankt, mit derzeit nur noch geringen Überlebenschancen. Und noch etwas wusste er zu berichten: Sie ist noch immer jungfräulich.

Ihre gesamte Familie, bis auf den spät heimgekehrten, schwer verwundeten Vater, kam in Hiroshima um. Zwar habe man irgendwann entfernte Verwandte des kleinen Mädchens gefunden, doch hätten es ebenso Fremde sein können. Von ihnen sei weder normale Zuwendung noch Zärtlichkeit zu erwarten gewesen. Sie hätten ihr zu verstehen gegeben, dass sie bei ihnen unerwünscht war.

Am Anfang oft stockend, dann flüssiger und immer bewegter, als ergösse ein Wasserfall sich tosend in eine Schlucht, berichtet Masumi von ihrem monotonen Leben nach dem *genbaku*, in einem Schwall von Eindrücken, Gefühlen und unausgesprochenen Anklagen.

»Aber noch schlimmer als die Isolation, die Ausgrenzung, die Unmöglichkeit, jemals das Leben einer normalen Frau führen zu können«, sagt sie, »ist mein Vater. Wenn ich daran denke ...«

Masumis Augen füllen sich mit Tränen. Sie senkt den Blick.

»Vor dem *genbaku*, als ich noch ein Kind war, konnte ich meiner Mutter nicht helfen. Ich verstand nicht, was wirklich hinter seinen Schreien, Anklagen und Schlägen stand. Ich hätte meiner Mutter damals beistehen müssen, ich hielt sie für schuldig, glaubte, sie wäre ihm vielleicht keine gute Frau. Jetzt weiß ich es besser. Er richtet die gleiche Grausamkeit gegen mich. Aber er ist mein Vater. Seit seiner Entlassung aus dem Kriegsdienst pflege ich ihn zu Hause.«

Und dann, überraschend, als wolle sie sich ablenken, sich neuen Mut geben, kommt Masumi auf das Thema zurück, das sie zuvor entzückt zu haben scheint.

»In all diesen Jahren hat mich das Engagement eines Menschen ermutigt«, Masumis Augen glänzen, »mir Kraft gegeben und mich immer wieder aufgerichtet. Zuerst hieß es, dass er, ein ehemaliger Fotograf, obwohl es zu seinen beruflichen Pflichten gehörte, sich weigerte, das Leid der Zivilbevölkerung fotografisch festzuhalten. Es seien Blitzlichter des Schmerzes gewesen, soll er gesagt und sich verweigert haben.«

»Yamamoto Tadashi?«

»Ja, er. Blitzlichter des Schmerzes. Es gibt hier Frauen, die der Schmerz niemals verlassen hat, *sensei* Yamamoto hat das verstanden.«

»Er scheint Ihnen und auch Herrn Koïchi sehr viel zu bedeuten ...«

»Nicht allein uns, vielen Menschen in Hiroshima. Koïchi verdankt ihm sogar seine Frau ... seine Ehe ...«

»Seine Ehe?«

»Bald nach Kriegsende schrieb Herr Yamamoto regelmäßige Kolumnen für die *Hiroshima-Post* und gewann zunehmend an Popularität. Entgegen den damals vorherrschenden Vorurteilen empfahl er den Hibakusha darin, Mischehen einzugehen. Es spräche nichts dagegen, schrieb er, wenn sie Koreaner oder Chinesen ehelichten. Dieser Aufruf schlug damals wie eine Bombe hier ein.«

»Herr Koïchi und Herr Yamamoto, waren die einander bekannt?«

»Glaube ich nicht, nicht persönlich jedenfalls ... Er war ein sehr scheuer Mann, der in der Arbeit aufging ...«

»Meinen Sie Koïchi-san oder Herrn Yamamoto?!«

»Ich meinte ... Sie haben recht, eigentlich trifft das auf beide zu.«

Unwillkürlich, wie eine vom Lehrer beim Schwatzen erwischte Schülerin, verstummt Masumi. Dr. Ohta betritt, begleitet von Koïchi, den schmucklosen, weißgetünchten Raum. Nach einem demonstrativen Blick auf die Uhr verabschiedet er die Hibakusha so sachlich und kühl, wie er sie vorgestellt hat.

Alice unterdrückt ihren Impuls, Masumi zum Abschied in die Arme zu schließen. So viel Nähe hätte Masumi nicht annehmen können. Alice weiß das, und doch richtet sich ihre Nichtreaktion gegen ihr tiefstes und aufrichtigstes Bedürfnis und so kommt ihr das »*Sayonara*« bei der Verabschiedung dieser winzigen, tapferen Frau lächerlich und hilflos vor. Masumis Einsamkeit, ihr Wunsch nach Nähe und ihre gleichzeitige Unnahbarkeit stehen in so krassem Gegensatz zueinander, dass Alices Wunsch eine blanke Ungeheuerlichkeit wäre. Sie hätte sie in die Arme schließen, dann aber niemals mehr loslassen dürfen. Deshalb steht sie ihr steif und fast unbeweglich gegenüber, eine armselige Psychologin vor einem Fall unfassbaren Leidens, und kann ihr nichts anderes bieten als ihr durch Mimik und Körpersprache ausgedrücktes Mitgefühl, ihr Verständnis und ihren großen Respekt. Alice empfindet die Begegnung mit Masumi als ein Geschenk.

Auch ihr Eindruck, Dr. Ohta tue ihr gegenüber nicht mehr als seine Pflicht, ist durch seine Auswahl der beiden Hibakusha verflogen. Mit einem Gefühl der Bereicherung folgt sie seiner Aufforderung, ihn in sein Büro zu begleiten, wo er sie erstmals persönlich anspricht:

»Fühlen Sie sich wohl in Hiroshima? Sind Sie mit dem Hotel und Ihrer Unterkunft zufrieden?«

Überrascht sieht Alice ihn an. Hat man ihm etwas zugetragen? Das Erlebnis im Hotelrestaurant ist eine unverschlossene Wunde. Er bietet ihr vielleicht die Gelegenheit, den Hintergrund zu verstehen, deshalb berichtet sie ihm von ihrem Erlebnis. Mit einem Ausdruck tiefster Bestürzung hört der Arzt zu, fummelt nervös in seiner Kitteltasche herum, fördert ein Notizbuch zutage, sucht eine leere Seite und trägt sorgfältig etwas darauf ein.

»Ich verstehe das einfach nicht. Können Sie mir das erklären?«, fragt Alice.

Verlegen, als sei er für das Desaster persönlich verantwortlich, starrt er auf seine Hände, bevor er mit heiserer Stimme herauspresst: »Sie können sicher sein, dass sich so etwas nicht wiederholt. Ich entschuldige mich bei Ihnen für dieses Verhalten.«

Wieso er?, denkt Alice, nachdem sie sich bedankt und von ihm verabschiedet hat. Also doch wieder: die kollektive Verantwortungsübernahme.

Durch die Krankenhausgänge sucht Alice den Weg Richtung Ausgang. Durch eine Krankenzimmertür dringt eine Instrumentalversion von *Love is a many splendored thing* an ihr Ohr. Ob Alex überhaupt noch an sie denkt? Gerade jetzt fällt er ihr ein, nachdem sie von Masumis Einsamkeit, dem von Koïchi durchgestandenen Leid erfahren hat.

Glück und Unglück, hatte La Rochefoucauld gesagt, hängen nicht nur vom Schicksal, sondern auch vom Charakter ab. Zu seiner Zeit gab es noch keine Atombomben. Aber Kriege, denen Menschen hilflos ausgesetzt waren, die ihren Charakter verformten, hat es zu jeder Zeit gegeben. Also was für ein Quatsch! Was redete dieser elitäre Schwachkopf? Verglichen mit dem von Masumi kommt Alice ihr Leben ungezügelt, unwürdig und nach ihren letzten Erlebnissen reichlich frivol vor. Sie darf gar nicht daran denken, wie oft sie La Rochefoucauld früher zitiert, mit den gleichen Worten argumentiert hat wie dieser oberflächliche französische Adlige aus einem zurückliegenden Jahrhundert. Unverständig wie sie ist, weil sie zufällig beschenkt wurde – mit einer anderen Zeit, einem anderen Leben.

Alex' Heuduft fällt ihr ein, seine Sternschnuppenaugen, ihre letzte Nacht in Kyoto mit ihm. Eine fast peinliche Erinnerung nach den eben gehörten Berichten, die sie aber dennoch in federweiche Gefilde zurückwirft, und wie ein rasch über eine Wasserfläche ziehender Wolkenschatten überfliegt ein Lächeln ihr Gesicht. La Rochefoucauld, denkt Alice, hat doch recht: In manchen Situationen ist es durchaus ratsam, für sein Glück ein Stück selbst zu sorgen – mit positiven Erinnerungen. Aber wie ausgelassen, flatterhaft, wie gottverdammt leichtfertig sie sich verhalten! Dennoch ist sie da und gehört zu ihr, die Erinnerung an ihre vorletzte Nacht in Kyoto, in Yuhara-sans Ryokan.

WENN ES NACHT WIRD IM RYOKAN

Der blaue Himmel
Wölbt sich als Schutzdach
Auch für Spatzenkinder.

Tôgai

Öffne mich, flüsterte die Tür.

Etwas schabte, krabbelte, kratzte daran. Alice rieb sich die Augen. Träumte sie oder war da etwas gewesen, draußen, vor ihrer Tür? Sie saß stocksteif am Kopfende des Futons und lauschte zum Flur hin, als es erneut über das Holz schabte. Diesmal hatte sie es deutlich gehört. Erschrocken sprang sie auf, hielt inne und verharrte, blieb wie angewurzelt in der Mitte des Raumes stehen, den Blick gebannt auf die Tür gerichtet. Instinktiv strich sie ihr langes Batistnachthemd glatt. Mein Hui-Buh-Nachthemd nennt sie es, und genauso fühlte sie sich in diesem Moment. Wie ein Nachtgespenst.

Hier gibt es Viecher, sinnierte sie.

Da kratzte es wieder.

Und dann vernahm sie es deutlich, ein sehr leises Flüstern: »Alice?«

Im Nu öffnete sie die Tür. »Alex, sind Sie wahnsinnig?«

»Du«, sagte er. Mit dem Zeigefinger auf dem Mund schob er sie sanft, aber bestimmt zur Seite und drängte sich in ihr Zimmer.

Ungeachtet des gestrengen Blickes des schwertschwingenden Samurais an der Wand verschloss sie hastig die Tür hinter ihm.

Sie schnappte nach Luft. »Woher kennst du mein Zimmer?«

Er tat geheimnisvoll. »It's magic«, sagte er – das reinste Lamm –, umfing sie sanft und verschloss ihren Mund mit einem weichen Kuss. Der schmeckte noch nach Sake und vermischte sich mit dem Heuduft seines Grey-Flannel-Parfums.

Eine Gänsehaut wuchs auf ihren Armen, als sie flüsterte: »Hier hört man doch alles!«

»Drum! Man hört auch, wenn du beim Küssen laut schmatzt, also schmatz nicht!«, sagte er ernst und küsste sie auf den Mund. Sie löste sich von ihm und prustete los.

»Wie bist du an Yuhara-sans Detektivblick vorbeigekommen?«

Dabei tapste sie auf Zehenspitzen zu ihrem Futon und zog sich die Decke über die Brust.

Im Nu war er bei ihr und beugte sich über sie. Ohne auf ihre Frage einzugehen, flüsterte er verschwörerisch: »Euer Ritter steigt unter Aufbietung all seiner magischen Kräfte zu mitternächtlicher Stunde todesmutig in Eure Kemenate und Ihr verkriecht euch vor ihm? Erlaubt mir, Euch unter der Decke euren Keuschheitsgürtel zu öffnen oder gesteht: Habt ihr vor einem mir unbekannten fernen Gebieter ein Treue-gelübde abgelegt?«

Alice gluckste und kicherte verwegen: »Hast du denn das Werkzeug dabei?«

»Den sofortigen Beweis zu erbringen, bin ich mehr als bereit!«

»Hör mal, wir schreiben das Jahr 1978 und befinden uns in Japan, nicht bei den alten Rittern.« Alice betrachtete ihn fasziniert, sog seinen Geruch ein, öffnete schon sein Hemd und ließ ihre Hand hinein gleiten. Mit geschlossenen Augen strich sie ihm über den Brustkorb, ertastete seine Brustwarzen. Auf seinem Rücken umrundeten ihre Fingerspitzen ein pfenniggroßes Muttermal. Sie legte ihm ihren Kopf auf die Brust, kuschelte sich an ihn und flüsterte gerührt: »Jetzt bist du mein Samurai.«

»Und du schickst mich auch nicht in die Verbannung?« Auf seinem Oberkörper, den Oberarmen, selbst auf seinen Schultern fühlte Alice kräftigen Haarwuchs.

»Wieso nicht? Wenn ich dich heimlich im Shisendô besuchen kann, aber das weißt du doch«, flüsterte sie, »wie spät ist es eigentlich?«

»Schon null Uhr dreißig, tut mir leid, früher ging es nicht, du hast zwar gesagt um halb zwölf …«

»Was habe ich?«

»Hast du es vergessen? Wir waren verabredet!«

»Nie im Himmel!«

»Genau dort. Du sagtest vorhin, zwischen halb zwölf und Mitternacht, im Himmel.«

»Das war in einem ganz anderen Zusammenhang, und du weißt das genau! Was, wenn dich Yuhara-sans Bonsai züchtender Shogun mit einem einzigen Schwerthieb köpft?«

Mit seiner linken Hand schob er ihr Nachthemd hoch, mit der rechten fasste er darunter, effleurierte mit den Lippen ihre Brustwarzen und forschte danach mit der Zunge ganz offenbar nach etwas Süßem an ihrem Hals.

»Die frühesten bisher entdeckten Abhandlungen über die Untersuchung von Kriminalfällen«, flüsterte er verschwörerisch zwischen den Küssen, »wurden nicht von Japanern, sondern von Chinesen verfasst. Folglich ist der japanische Spürsinn noch eher unterentwickelt. Deshalb finde ich bestimmt einen Weg, den locus commissi delicti unbeschadet und in meiner kompletten Herrlichkeit zu verlassen.«

»Den Lokus was?« Alice kicherte wie ein Schulmädchen.

»Na, diesen kriminell schönen Tatort, den ich schon ab morgen leider nicht mehr aufsuchen kann.«

Dieser Aussage war schwer zu widersprechen. Für einen Rückzug war es zu spät, und so ließ sich Alice hineinfallen in einen lang vermissten, herrlichen Sog, von dem sie nicht wusste, wie weit er sie erfassen, wohin er sie wirbeln, in welche Tiefe er sie ziehen würde. Unter halb geschlossenen Lidern hielten ihre Pupillen seine wasserblauen, glänzenden Augen fest. Ein letzter, mehr als unzulänglicher Versuch, sich einzureden, es seien ehrliche Augen, ein halbherziges

Aufbäumen, um ihre wachsende Faszination zu unterdrücken.

Ehrliche Augen? Ein so gerissener Fuchs, der es fertigbringt, Yuhara-sans Jägerblick zu entkommen? Jedenfalls herrlich gerissen, befand sie. Der Wolf hatte seine weiße Tatze vor das Fenster gelegt, war ganz und gar kein Lamm, und sie ergab sich in eine Verlorenheit, in ein Abenteuer, das ihr gänzlich unwirklich vorkam.

War es der Sake?

War sie nicht sowieso *Lost in Japan*?

»Ist das so gut?«

Seine Stimme klang trocken, etwas heiser, wie aufgeraut. Er lächelte, als sie ihre Augen kurz öffnete.

»Willst du mehr?«

»Mehr«, seufzte sie, fand sich ungeheuer verwegen und flüsterte: »Was hab ich gesagt? Da lohnt sich doch eine Erkältung.«

»Dann bin ich chronisch erkältet«, stöhnte er, warf sein Hemd, seine Hose und seine Slipper neben den Futon und zog ihr das Nachthemd erst über die Brust, dann über den Kopf. Dabei küsste er sie auf den Hals, glitt küssend hinunter bis an ihre Scham. Über ihr kniend betrachtete er hingerissen ihren Körper.

»Wie schön du bist«, hauchte er.

»Du hast Lippen wie Echnaton, ganz weich«, flüsterte sie zwischen den Küssen, dachte, der ist ja sa-gen-haft und beschloss, endgültig zu ihm zurück, unter die Oberfläche der Welt, in eine gemeinsame Tiefe abzutauchen.

»Denk dran, wir sind in Japan und schreiben das Jahr 1978!«, flüsterte er, bevor er ihren Mund erneut mit seinen Lippen verschloss. Und so folgte sie verzückt dem Gefühl seiner kundigen, zärtlichen, stöbernden Berührungen, wollte sich ihnen schon gar nicht mehr entziehen, begann ihnen bald seufzend, bald mit schneller werdendem Atem hinterherzujagen.

Die knarrenden Dielen unter dem Futon ersetzten die gewohnten quietschenden Bettfedern und taten ihr Bestes, die Wände zum Beben zu bringen. Alice und Alex fühlten sich, als ergäben sie sich den seismografischen Wellen der Kontinentalplatte. Sie befanden sich schließlich tatsächlich in Japan. Und da beben die Wände eben immer ein bisschen.

Etwas später, beseligt in seinem Arm liegend, fragte sich Alice, wie sie diese Erfahrung je wieder vergessen sollte. Wie weh es tun würde, wieder allein zu sein, sie war nicht so cool, wie sie tat.

»Wie willst du hier bloß wieder rauskommen?«

»Du hast doch erdbebensichere Papierfenster«, flüsterte er heiser.

»Hello? *Sumimasén*?« Es klopfte an der Tür.

Alices Herz machte einen Satz.

Yuhara-san!

»Einen Moment, bitte!«

Geistesgegenwärtig entfernte sie den Futon ein Stück von der Wand, wies Alex mit ausgestrecktem Finger an, sich in den so entstandenen Spalt zwischen Futon und Wand auf den Boden zu legen, streifte blitzschnell ihr Nachthemd über, legte ihm seine Hose unter den Kopf, packte seine herumliegenden Schuhe neben seinen Hals in die Ritze zwischen ihn und die Wand, drapierte die Decke und das Plaid darüber, noch halb über das Bett. Ihren Trenchcoat legte sie über seine Beine, ein paar Pullover darüber und oben drauf, ganz zum Schluss, ihren Kyotoführer, ihm genau auf den verborgenen Kopf – als es zum zweiten Mal klopfte.

Da stand sie bereits vor der Tür, die sie nur ein klein wenig öffnete und flüsterte: »Frau Yuhara, etwas nicht in Ordnung?«

Durch den Türspalt, ihre Hand fest am Türrahmen, den Hals halb ins Zimmer gereckt, spähte Yuhara-san die Zimmerecken aus, lugte über den leeren Boden, suchte die

Raumwände ab, linste über Alices tadellos verwühlten Futon und den flach darüber liegenden Trenchcoat. Halb vertraulich, halb misstrauisch blinzelnd fragte sie: »Sie nicht gehört starkes Rumpeln?«

Da öffnete Alice ihr großmütig die Tür, gab den Blick auf die Tatami-matten und ihr leeres, ungemachtes Bett frei.

»Ja, schon«, gab sie an, »das war merkwürdig. Ein seltsames Kratzen und Schaben, ein Rumpeln, haben Sie Haustiere? Einen Hund vielleicht oder einen Kater? Als ich die Zimmertür öffnete, sah ich gerade noch einen ziemlich dicken Schwanz um eine Ecke verschwinden, ich glaube, er hatte ...«

Das Tier in der Ritze japste leise. Alice räusperte sich und hielt dann die Luft an.

»Hier keine Hunde gibt«, unterbrach sie Yuhara-san, neugierig auf den aufgetürmten Kleiderhaufen zwischen Wand und Bett schielend, »auch keine Katzen.«

»Übrigens gut, dass Sie da sind, es zieht hier nämlich gewaltig«, sagte Alice, »sehen Sie mal, was ich alles brauche, um mich zu wärmen«, dabei wies sie auf ihrem Mantel und die über Alex liegenden Kleidungsstücke. »Hätten Sie vielleicht noch eine zweite Decke für mich? Ich benutze schon alles, was ich dabei habe.«

»Sie nicht gehölt, so ein Beben?«, fragte Yuhara-san ungläubig und durchforstete das Zimmer weiter mit ihren Blicken.

»Ach so, das war ein Erdbeben!«

»Also Sie auch gehölt Lumpern und keine Angst?«

»Angst diesmal nicht, aber Sie haben recht, man weiß ja nie, was noch kommt.« Yuhara-san drehte sich um und inspizierte den Flur.

Das Tier im Versteck begann leise zu schnaufen, was wiederum Alice gleich mehrmals hintereinander zu lautstarkem Räuspern veranlasste. Es war höchste Zeit! Alice legte die Hand auf den Mund. Unverhohlen und demonstrativ fing sie zu gähnen an und sagte: »Entschuldigen Sie, Yuhara-san, pardon, ich bin ziemlich müde, aber Sie hatten schon recht, hier haben die Wände ein bisschen gebebt! Danke, dass Sie mich diesmal gewarnt haben.«

Frau Yuhara zog ihren Kopf zurück. »Molgen ich blingen zweiten Futon.«

»Das wäre wirklich sehr nett, ich brauche momentan wirklich sehr viel Wärme ... *arigato gosaimasu*, danke schön!«

»*Do itashi mashite*, bitte, gern geschehen!«

»*Oyasuminasai!*«

»Ihnen auch eine gute Nacht!«

Nachdem Alice die Tür hinter Yuhara-san verschlossen hatte, befreite sie Alex' Kopf von dem Buch und den Decken und legte ihm ihren Finger auf den Mund. Yuhara-sans Schritte hatten sich noch nicht entfernt.

Alice fiel ein Evergreen ein, *Love is a many splendored thing*, den sie leise vor sich hin summte, bis Yuhara-sans Schritte über den knarrenden Dielenboden die Treppe hinunter zum *genkan* schlurften.

Kurze Zeit später öffnete sich nebenan eine Tür. Jemand trat in die Flurschlappen, nahm den Weg zum Waschtrog, weiter zum Klo und zum Waschtrog zurück. Dann lief der Wasserhahn eine knappe Minute lang. Mr. Schluckauf machte Katzenwäsche.

Alice saß auf dem Futon und streichelte Alex' von Mantel und Bücherberg befreites Gesicht, während ihr Finger noch immer auf seinem Mund lag und sie zum Flur lauschte. Dann entstieg Echnaton ruckartig seinem Klamotten-Sarkophag.

»Starker Tobak, ich bin fast vor Lachen geplatzt in der Ritze. Mein Schwanz machte immer noch schwer auf Mount Everest. Hätte sie die Kleider entfernt, sie wäre in Ohnmacht gefallen ...!«

»Also Alex!« Sie grinste.

»Na hör mal, du Nefertari, Nefertiti, oder wie immer die Frau von Echnaton hieß, wer hat denn all die Zweideutigkeiten von sich gegeben? Ich bin fast geborsten vor Lachen, he, komm, geh nicht weg, komm her zu deinem Samurai, du durchtriebenes Prachtweib …«

»Wir sind vielleicht schlimm, meine Güte, aber Frauen waren Samurais, soviel ich weiß, doch gar nicht erlaubt …«

Er beugte sich über sie und rieb seine Bartstoppeln an ihrer Wange.

»Wieso schlimm?«, widersprach er, »nur verliebt, dann komm noch mal runter zu deinem Kater und seinem riesigen …!«

»Alex!«

»Hat doch geklappt, mein Kätzchen, was beschwerst du dich?«

Ausgelassen fiel er noch einmal über sie her, drehte sie auf den Rücken und dann wieder auf den Bauch und eine Weile leckten, lutschten, pressten und wälzten sie sich tatsächlich herum wie zwei unbesonnene Löwenjunge. Alice fühlte sich locker wie Eischnee.

»Geht es dem Katzenbaby auch richtig gut?«

»Weich, als sei es ein Eierpfannkuchen, nur wie kommst du hier bloß wieder raus?«

»Du machst dir vielleicht Sorgen – ich fliege«, antwortete er.

»Ich doch auch, immer noch«, flüsterte sie, »aber wir müssen uns jetzt endlich beruhigen.«

Sie kuschelte sich an ihn und schlief sofort ein.

Bevor Alice richtig erwachte, glaubte sie, Yuhara-sans harte, verknöcherte Finger an ihren Armen zu fühlen, ihre verkrümmte Gestalt über sich gebeugt zu sehen. Die Nacht konnte noch gar nicht zu Ende sein, schon wieder ein Erdbeben? Irgendetwas rüttelte an ihr.

Sie fuhr hoch. Sie bekam ihre Lider nicht richtig geöffnet. So gut es in ihrem verschlafenen Zustand möglich war, blinzelte sie um sich. Neben ihr kniete Alex, fertig angezogen. Alice riss erschrocken die Augen auf und sah auf die Uhr.

»Himmel, Alex, es ist halb sechs!«

»Beste Zeit zu verschwinden.«

»Wieso?«, gähnte sie.

»Weil Frau Yuhara um diese Zeit aufsteht und ihren *genkan* putzt, den Rest erkläre ich dir später.«

»Woher weißt du das?«

»Komm, zieh dich an, hilf mir, hier rauszukommen.«

»Wie denn, zu dieser nachtschlafenden Zeit?«

»Ich muss ins Hospiz, duschen, meinen Koffer packen, bezahlen und anschließend deinen Karton am Bahnhof von der Gepäckaufbewahrung abholen. Wir sehen uns um halb elf am Bahnhof, falls du mich noch zum Zug bringen willst, aber bitte diesmal am TIS, nicht am TIC!«

Er küsste sie sanft auf den Mund und fuhr ihr durch die Haare.

Taumelig vom Schlaf erhob sich Alice und griff, ohne erst nach einem Slip zu suchen, nach ihrer Jeans. Sie würde ohnehin gleich ins Bett zurücksinken.

»War schön mit dir«, sagte er frech.

»Was soll ich tun?«, murmelte sie müde.

»Du gehst runter in den *genkan* und putzt deine Schuhe.«

Mit einem Ruck setzte sie sich auf.

»Was, bitte schön, soll ich!? Um halb sechs Uhr morgens?«

»Na und? Du bist eine *gaijin*! Du weißt doch, die sind alle verrückt. Wir haben doch andere Enzyme.«

Er lächelte spitzbübisch und sie fand ihn unwiderstehlich.

»Ich warte hier oben hinter der verschlossenen Tür. Wie du ja aus Erfahrung weißt, hört man alles genau. Wenn Yuhara-san losgeht, um im hinteren Hausteil das Putzwasser auszuleeren, hustest du, aber erst, wenn sie ganz sicher weg ist ...«

»Woher weißt du, dass sie das macht?!«

»... dann singst du das Lied von gestern.«

»Welches Lied?«

»Na, unser Lied: *Love is a many splendored thing.*«

»Witzbold! Sag mir nur eins: Wieso weißt du hier so gut Bescheid, wieso kennst du die Gepflogenheiten von Yuhara-san besser als ich?«

»Später«, sagte er, »um halb elf am Bahnhof.«

»Na, dann«, flüsterte sie. Er küsste sie auf die Stirn und schob sie sanft aus der Tür. Trunken vor Müdigkeit begann Alice, die Herrlichkeit auf Erden zu besingen.

»Doch nicht jetzt schon!«, hörte sie ihn durch die Tür flüstern.

Sie summte einfach weiter. Es beruhigte sie und außerdem sollte seine Flucht erst durch ihr Husten ausgelöst werden, er hatte es selbst angeordnet!

Ihr war eben einfach nach singen!

ANAGAMA

Kurz vor dem Krankenhausausgang blickt Koïchi sich um, als suche er jemanden. Die Psychologin tritt auf ihn zu.

»*Sumimasén*, Koïchi-san, erwarten Sie jemanden oder darf ich Sie noch etwas fragen, jetzt, wo wir allein sind?«

Er sieht auf die Uhr.

»Nein, ja ... bitte, fragen Sie«, antwortet er höflich.

»Während unseres Gesprächs schien es mir, als sei Ihnen doch etwas eingefallen. Sie waren für kurze Zeit abwesend. Wollten Sie mir etwas sagen, oder habe ich mich getäuscht?«

Also hat er recht gehabt, vorhin. Die Frau kann Gedanken lesen.

Verunsichert sieht er sie an.

»Es ist richtig. Ich habe an meine erste Begegnung mit Herrn Yamamoto gedacht. Ich bin ihm nur zweimal im Leben begegnet, aber ich verdanke ihm viel. Das erste Mal«, er zögert, »aber das ist schon sehr lange her, und ... na ja, es gab da etwas, das mich irritierte und das fiel mir ein ...«

»Und es beunruhigt Sie so, dass Sie noch immer darüber nachdenken müssen?«

Einem Mann so intensiv in die Augen sehen, ganz ruhig, das würde keine Japanerin tun. Nicht mal eine Ehefrau. Er weicht ihrem Blick aus.

Aber sie ist eine *gaijin*, womöglich ist das bei denen so üblich.

»Na ja«, stammelt er kleinlaut, »da war etwas, es ... ist wahrscheinlich Unsinn und ich bilde mir das nur ein.«

»Manchmal wird einem selbst etwas klarer, wenn man mit anderen darüber spricht, und ein völlig fremder Mensch erkennt manchmal mehr als man selbst. Vielleicht gelangen wir, wenn Sie es mir erzählen, zusammen zur Auflösung Ihres Problems.«

Nein, das glaubt er in diesem Fall ganz und gar nicht, aber das muss sie nicht wissen.

»Wenn Sie möchten, erzähle ich Ihnen von meiner ersten Begegnung mit Herrn Yamamoto. Das hat ja auch etwas mit meiner Entwicklung zu tun, dem Thema, weshalb Sie mit uns sprechen wollten!«

»Gerne.« Die Psychologin blickt unruhig den Gang entlang. Befürchtet sie, von Dr. Ohta gesehen zu werden, ihm dieses nachträgliche Gespräch erklären zu müssen?

»Dort drüben ist eine Besucherecke, wir könnten uns hinsetzen und wären ungestört«, schlägt er vor und führt sie in einen offenen, türlosen Raum, von dem aus man das Geschehen im Flur verfolgen kann. Sie nehmen auf zwei Stühlen einander gegenüber Platz.

»Es war zu Beginn meiner Lehrzeit, auf dem Gelände von Herrn Shiramoku, meinem ehemaligen Meister. Ich arbeitete an einem Ofen in der Nähe eines Bambuswäldchens. Wie gesagt, ich war noch sehr jung, als das mit dem Ofen geschah, es ist wirklich schon sehr lange her ...«

Über ihrer Nase bilden sich zwei steile Falten, als verstehe sie nicht ganz, was er meine, höre ihm aber angespannt zu.

»Dort traf ich Herrn Yamamoto zum ersten Mal.« Etwas peinlich ist es ihm nun schon, doch er gibt sich einen Ruck und fügt hinzu: »Er war in Begleitung einer Dame, darüber habe ich nachgedacht.«

Die Deutsche errötet.

»Ja?«

»Es muss gegen Ende 1946 gewesen sein, etwa eineinhalb Jahre nach dem *genbaku*. Zu dem Zeitpunkt war ich schon lange und immer noch häufig krank, gerade gesund genug, um mich ständig bei einem Meister für traditionelle Keramik herumzutreiben, weshalb mir der Meister schließlich eine Lehrstelle anbot. Ich freute mich darüber sehr. Aber der Meister nahm damals fast jeden, Kinder wie mich, aber auch sehr alte, erfahrene Erwachsene, jeden, der annähernd etwas vom Töpfern verstand oder auch nur Interesse zeigte. Die Männer waren zu Tausenden im Krieg gefallen und mit Kunst war kaum Geld zu verdienen. Sämtliche Arbeiten, die man mir übertrug, liebte ich über alles, oft befreiten sie mich sogar von meinen Schmerzen.«

Die Deutsche fährt sich mit den Fingern durchs Haar und wirkt irgendwie nervös. Von Töpferei scheint sie nicht viel zu verstehen, genau wie die andere.

»Ich langweile Sie hoffentlich nicht?«, fragt Koïchi.

»Im Gegenteil«, entgegnet sie, »bitte fahren Sie fort.«

»Den Töpfermeister faszinierten alte Brenntechniken, vor allem die unterschiedlichen, traditionellen Ofentypen alter Ofenbaumeister. Er hatte sich eine Sammlung von Brennöfen zusammengestellt, die er auf seinem Gelände für die Öffentlichkeit ausstellte. Da es aber nur wenige Interessierte anzog, waren es entweder fachinteressierte, traditionsbewusste oder intelligente, sehr ernsthafte Leute, die uns besuchten. Kaum jemand hatte Zeit, die Werte und Schätze des Volkes zu bestaunen. Wie gesagt, ich war damals ein blutiger Anfänger, wenn auch neugierig und an allem, was mit Töpferei zusammenhing, geradezu enthusiastisch interessiert.

Meine Aufgabe bestand darin, die verschiedenen Holzarten kennenzulernen und zu gruppieren, sie zu den verschiedenen *kama*, den Brennöfen, auf dem Gelände zu bringen. Zu diesem Zeitpunkt sammelte ich Erfahrungen, in welchen der verschiedenen Ofentypen – *noborigama, anagama* oder *takagama* – welche Ofenatmosphäre herrscht und wie viel Holz bei welchem Heizrhythmus von welchem Ofentyp verbraucht wird, was von entscheidender Bedeutung für die Glasurfarben ist und Auskunft über die Effektivität des jeweiligen Ofentyps gibt.«

Draußen fährt lärmend ein Notarztwagen vor. Unwillkürlich denkt Koïchi an Masumi und auch die *gaijin*-Frau wendet den Kopf.

»Haben Sie sich jemals mit traditioneller japanischer Töpferkunst beschäftigt?«, fragt er.

Als sie verneinend den Kopf schüttelt, gerät er ins Schwärmen.

»Wissen Sie, solche Objekte sind nicht nur Gerätschaften zur Verwendung als Vase, zum Aufbewahren von Lebensmitteln oder anderer Waren. Es sind wertvolle Kunstprodukte, so zerbrechlich und verletzbar wie lebende Wesen. Es sind viele Einflüsse, die ihre Wirksamkeit auf sie entfalten, aber die besondere und jedes Mal wieder einzigartige Schönheit der Scherben liegt gerade in ihrem Mangel an Perfektion. Sie sind ein Produkt unserer Erde selbst und das Ergebnis von Traditionspflege und der Wirkungskraft des Materials, der inneren Einstellung, Individualität, ja, der Seele des Töpfers, unter dessen Händen die Gefäße entstehen.«

Ob sie seine Begeisterung in seinen Augen lesen kann? Wie soll sie denn nachfühlen können, was das Töpfern ihm damals bedeutete? Doch er empfängt ihren anerkennenden Blick, ganz offensichtlich freut sie sich über das Gespräch.

»Ich zeichnete gerade einen bestimmten Ofentyp, einen *anagama*, um mich mit ihm vertraut zu machen, als neben mir plötzlich etwas durch das kleine Feuerloch aus der ersten Brennkammer gekrochen kam. Ich erschrak furchtbar und zitterte am ganzen Körper, hielt das, was dort entwichen war, für einen Ofengeist. Eine so hellhäutige Frau, eine Deutsche, hatte ich vorher noch niemals gesehen, wir hatten ja keinen Fernseher, und weil ich so sehr in meine Zeichnung vertieft war, hatte ich nicht bemerkt, wie sie in den Ofen hineingekrochen war. Genauso wenig wie Herrn Yamamoto, der mich ohne mein Wissen die ganze Zeit beobachtet hatte und nun von hinten an mich herantrat. Er stellte mir sich und die Dame vor und erklärte, dass er ihr die Schönheit traditioneller japanischer Töpferkunst näherbringen wolle. Schon damals war ich von ihm beeindruckt, deshalb erinnerte ich mich noch Jahre später genau an seine Worte. Er war ein Mensch von enormer Ausstrahlung.«

Eilig fahren zwei Krankenpfleger ein Rollbett, auf dem eine leichenblasse junge Frau liegt, an ihnen vorbei. Erschrocken versucht er sie zu erkennen und die Psychologin folgt seinem Blick. Es ist nicht Masumi. Gott sei Dank.

»Ich kann mir diese Öfen nicht vorstellen. Die waren also gerade nicht beheizt?«

Koïchi lacht. »Nein, natürlich nicht, ich sagte doch, ich machte mir Notizen, war dabei, den Brennofen zu zeichnen, und vorher selbst drin gewesen, um ihn mir einzuprägen.«

»Woher wissen Sie, dass die Frau, die aus dem Ofen kam, eine Deutsche war?«

»Von Herrn Yamamoto. Den hatte der Meister zu mir geschickt, damit ich ihm die schönsten Stücke aus seiner Sammlung zeigte. Ich fragte ihn, was er sehen wollte, die Brennofensammlung oder die riesigen, oft bis zu einem Meter sechzig hohen Töpfe vor der Werkstatt. Er sagte: beides. Dabei fragte ihn die Dame etwas, worüber er lachen musste, und er übersetzte es mir.«

»Ja?«

»Sie wollte die Drehscheiben für die riesigen Töpfe sehen! Drehscheiben! Daraufhin erklärte mir Herr Yamamoto, dass man in Deutschland, von wo seine Verlobte stammte, so große Tonkrüge nicht kenne und wohl auch nicht herstelle.«

»Es sagte, dass sie seine Verlobte war? Nannte er Ihnen den Namen der Frau?«

»Natürlich war sie das, aber den Namen weiß ich nicht mehr, nach so langer Zeit ... noch dazu ein ungewohnter deutscher Name, das konnte ich mir nicht merken. Aber an die Begegnung erinnere ich mich gut, weil sie mich sehr beeindruckt und noch lange beschäftigt hat. Einer Europäerin – noch dazu einer so schönen Frau – war ich noch niemals begegnet, und die Art, wie sie miteinander umgingen, beeindruckte mich. Das kannte ich nicht und es war auch ...«

»Ja?«

»Na ja, irgendwie schockierend für mich ... etwas ganz Besonderes.«

»Was fiel Ihnen denn Besonderes auf?«

Koïchi zögert eine Weile, dann sagt er: »Ich habe gesehen, wie er sie küsste. Das war ungewöhnlich. In Tokio ist das heute vielleicht schon normal, aber das tat man damals nicht in der Öffentlichkeit, und ich war ja noch ein Junge. Ich hatte das vorher noch niemals gesehen, einfach so, unter freiem Himmel!«

»Wie alt waren Sie denn damals, Koïchi-san?«

»Knapp vierzehn Jahre alt, glaube ich.«

»Fiel Ihnen sonst noch etwas auf? Erinnern Sie sich an etwas Besonderes aus der Unterhaltung der beiden?«

»Sie redeten sehr freundlich miteinander, allerdings nur auf Englisch. Es war verpönt, die Sprache der Besatzer zu sprechen. Ich lernte sie trotzdem gerade, verstand aber alles nur bruchstückhaft.«

Es kommt ihm vor, als betrachte ihn die *doitsu* nun besonders aufmerksam. Jetzt greift sie nach ihrer Handtasche und nestelt darin herum.

»Vielleicht erinnern Sie sich an den Namen, wenn ich ihn Ihnen nenne. Sprach Herr Yamamoto die Dame mit dem Namen Teresa an, Te-re-sa?«, fragt sie aufgeregt.

Koïchi wiegt seinen Kopf hin und her. »Daran kann ich mich nicht erinnern, nein, wirklich, das weiß ich nicht mehr.«

Sie kramt ein Portemonnaie heraus, fördert ein Porträtfoto hervor und zeigt es ihm. Koïchi zögert, bevor er sich zu einer Antwort entschließt.

»Ja, das könnte sie gewesen sein, sie sieht Ihnen so ähnlich, das war es ja, weshalb ... Verzeihung, ich möchte Ihnen nicht zu nahe treten.«

»Das tun Sie ganz und gar nicht. Diese Frau war – meine Mutter.«

KOÏCHI ISHIGURA

Für einen kurzen Moment erfasst Koïchi das gleiche Gefühl, wie es ihn überkommt, wenn der Brennofen einen besonderen, ganz und gar ungewöhnlichen Scherben freigibt. Es erregt ihn jedes Mal in einer Weise, dass er glaubt, sein Innerstes kehre sich nach außen, für jedermann einsehbar. Für ihn verbindet es sich mit dem Rauschen von Eichen der Sorten *nara* und *kunugi*, aus deren Scheiten er als Junge Holzbündel gefertigt hat. Jene Holzbündel, von denen es über zweitausend bedarf, um eine Woche lang die notwendige Temperatur zu erreichen, um im *anagama*, dem primitiven Höhlenofen, auf der unglasierten Töpferware eine natürliche Glasur entstehen zu lassen. Zusammen mit dieser speziellen, aus der Verbindung von Feuer und Rauch entstehenden Asche, die auf dem Töpfergut schmilzt und jenen unbestimmbaren, natürlichen Glanz entstehen lässt. Einen Glanz, wie ihn nur die Produkte der Erde selbst hervorbringen, deren klare, reine, unvorhersehbare Schönheit sich gerade durch ihren Mangel an künstlicher Perfektion offenbart.

KOÏCHIS LIEBESGESCHICHTE

Tadashi Yamamoto wusste um die Diskriminierung der Hibakusha durch die japanische Bevölkerung. Inzwischen hatte auch der dümmste Japaner von Erbgutschädigungen gehört. Selbst in dem unwahrscheinlichen Fall, dass ein potenzieller Heiratskandidat, aus welchen Gründen auch immer, keinen ausgeprägten Kinderwunsch hatte, einen Hibakusha wollte niemand zum Partner. Deshalb startete Yamamoto eine Aufklärungskampagne mit regelmäßigen Kolumnen zu dieser Thematik und rief einen neuen Berufsstand ins Leben: den des Heiratsvermittlers für Atombombenüberlebende.

Koïchi hatte die Hoffnung auf eine Heirat schon aufgegeben, als ihn sein Onkel, ein im Distrikt Kinki wohnender Bruder seiner verstorbenen Mutter, auf Yamamotos Aktion in der *Hiroshima-Post* hinwies und fragte, ob er notfalls mit einer fremden Frau, *yoso no hito*, einverstanden wäre.

In der Familie hatte es aufgrund einer solchen Überlegung damals heftige Diskussionen gegeben. Doch es war so und alle wussten es: Keine japanische Familie würde einem wie ihm ihre Tochter anvertrauen.

Als sich seine Verwandten endlich entschieden, einen der neuen Heiratsvermittler zu beauftragen, um nach den traditionellen Bräuchen eine Verlobung zu organisieren, war es für diesen nicht einfach. Die Suche blieb lange Zeit erfolglos.

»Wieso nicht?«, hatte Koïchi dem Vermittler auf dessen Frage, ob es notfalls eine Koreanerin sein dürfte, geantwortet.

Der Onkel, zu dessen Lieblingsschwestern Koïchis Mutter gehört hatte, zeigte Verständnis für seine Entscheidung und versprach, sich vor den anderen Familienmitgliedern dafür einzusetzen. Koïchi wusste, was man von ihm erwartete. Nicht nur deshalb war er nicht in der Lage, klar und deutlich Position zu beziehen. Sie waren es doch, die ihn aufgenommen, versteckt und am Ende gepflegt hatten, in seinem minderwertigen, verstrahlten Zustand.

Und nun, so viele Jahre danach, sollte der Familie durch ihn wegen der Aufnahme einer *tanin*, einer Fremden, erneute Schmach drohen? Koreaner galten als minderwertig. Die koreanischen Kriegsgefangenen hatte man im Krieg für die gefährlichsten Einsätze, in der Rüstungsindustrie und für die niedrigsten Arbeiten eingesetzt. Koreaner waren sogar schlimmer als *tanin*, Fremde. Sie waren ausgeschlossen vom *amae* des japanischen Denkens. Koreaner waren Feinde.

Gaman suru, nur die Geduld nicht verlieren, beschwor sich Koïchi. Eines Tages war er nach Tokio gefahren, um sich einer japanischen Tradition folgend von einem Vogel in einem Käfig eine Glücksbotschaft ziehen zu lassen. Eine Woche später, nach so vielen ergebnislosen Jahren der Suche, hatte ein Heiratsvermittler ihm Byung-Soon vorgestellt. Am Tage vor dem *omiani*, dem ersten Treffen einer vermittelten Ehe, war er so aufgeregt, dass er die ganze Nacht über wach lag. Sie gefiel ihm sofort. Seit diesem Tag war sie in seiner Nähe geblieben, denn es verging keine Nacht, in der er nicht von ihr träumte. Obwohl er am Anfang versuchte, es zu verstecken, ließ es sich bald nicht mehr verheimlichen: Seine Laken mussten jeden Morgen gewechselt werden. Die Frauen der Familie flüsterten, wenn sie ihn sahen. Koïchi fürchtete, dass Byung-Soon bei zu langem Zögern der Familie einem anderen zugesprochen werden würde. Erst nach einem Vierteljahr gaben sie ihm ihren Segen. Einvernehmlich benachrichtigte die Familie den Heiratsvermittler. Vielleicht wollten die Frauen die Aufgabe der regelmäßigen Lakenwäsche fortan einfach nur auf Byung-Soon übertragen.

Es war eine bescheidene Zeremonie gewesen. Koïchis Familie bestand nur noch aus seinem einzigen Cousin und dessen Tochter Yumi, seinem Onkel und den Familien ihrer Frauen. Sie alle lebten unter kargen Bedingungen, daher waren die Hochzeitsgaben gering. Es war ein Tag Ende April. Die Vögel jubilierten im Einklang mit einer Melodie, die Koïchi seit Jahren im Herzen trug, und die Kirschblütenblätter tanzten im leichten Frühlingswind.

Am Anfang wusste Byung-Soon kein einziges japanisches Gericht zuzubereiten, war unbeholfen und unsicher. Auch sprach sie vor lauter Schüchternheit und Angst kaum ein Wort, aber Koïchi aß geduldig, was sie ihm servierte, und war bemüht, die Speisen ihrer koreanischen Heimat zu loben. Nach und nach lernte sie, auch japanisch für ihn zu kochen. Anders als die meisten japanischen Männer wollte er alles tun, um seiner Frau das Leben so angenehm wie möglich zu machen. Er hatte sich vorgenommen, ihr bis zu seinem Tod seine ungeteilte Zuneigung zu zeigen. Sie verdiente es. Sie verdienten es beide. Byung-Soon hatte gelitten, es nicht leicht gehabt, aber sie war noch jung. Er dagegen fühlte sich steinalt. Dabei musste er nicht einmal an die vielen überstandenen Operationen denken. »Eine Operation für jedes zweite Lebensjahr«, pflegte er im Hibakushakreis zu sagen. Sein Körper war so vernarbt, dass er anfangs nicht wagte, sich seiner Frau entkleidet zu präsentieren. Wie zu erwarten war, konnte sie ihr Erschrecken auch nur schwerlich verbergen, als sie ihn zum ersten Mal nackt sah. Er war sich nicht einmal sicher gewesen, ob sie nicht nur aus Mitleid oder Angst bei ihm blieb. Bis sie ihm eines Tages gestand, dass sie sich nicht vorstellen könnte, jemals einen anderen Mann zu lieben. Jeden Abend vor dem Schlafengehen bete sie, dass er ihr noch lange erhalten bleibe.

SUMIMASÉN
—
EINE JAPANISCHE ENTSCHULDIGUNG

Die Kellner starren auf den Boden, als Alice das Hotelrestaurant betritt. Mit kurzem Kopfnicken, scheinbar unberührt von den Geschehnissen am Abend ihrer Ankunft in Hiroshima, steuert sie auf ihren »Stammtisch« zu. Sie hat gerade Platz genommen, als ein etwa vierzigjähriger, auffällig kurzbeiniger Japaner, die Karikatur eines Fischreihers in zu kurzem Beinkleid, hereinkommt. Er trägt einen eisgrauen Anzug und seine schlackernde Hose schreit förmlich nach einem Bügeleisen. Nach kurzem Austausch mit den Kellnern schreitet Eisgrau-San, den angegangen dreinblickenden Empfangschef und die beiden Kellner im Schlepptau, gemessenen Schrittes auf Alices Tisch zu. Eine höchst offizielle Abordnung also. Vor ihr aufgereiht wie zu einer Militärparade, die Arme gekreuzt vor die Brustkörbe gelegt und mehrfach *sumimasén* murmelnd, vollführen sie gleich mehrere überaus artige Verbeugungen vor ihr. Innerlich verdreht Alice die Augen. Brauchte sie Dr. Ohta als Anstandswauwau, um menschenwürdig behandelt zu werden? In ihrem Hotel? Der Eisgraue unternimmt einen weiteren Schritt auf Alice zu und stellt sich ihr als der Hoteldirektor vor.

Ungewöhnlich, Hoteldirektor und derart ungebügelt?, wundert sich Alice. Einen zweiten Schritt aus seiner Umrahmung heraustretend, steht er nun genau neben ihr. Pauschal, ohne Begründung für das Verhalten des Kellnerduos, bittet er um Entschuldigung. Zum Zeichen der Buße, doch ebenfalls ohne erkennbare Anzeichen von Mitgefühl, überreicht er ihr einen riesigen zellophanverpackten rot-schwarz-*kanji*-beschrifteten Holzlöffel. Solche Dinger hat Alice zuhauf in den Souvenirshops der Flughafenpassage von

Okinawa gesehen – und einen gehörigen Bogen um sie gemacht. Aus welchen Gründen auch immer gehören sie ganz offensichtlich zum Must-have jedes ehemaligen GI im Boom des amerikanischen Nachkriegstourismus. Und jetzt sollte Alice, die schon damals nichts Eiligeres zu tun hatte, als sich schleunigst aus der Sperrzone solcher Scheußlichkeiten zu entfernen, derartigen Kitsch sogar stolz ihr Eigen nennen? Im Zimmer liegen lassen oder irgendwo aus Versehen »verlieren« kann sie den Plunder ja nicht. Wenigstens das hat sie inzwischen gelernt.

Sie wünscht sich, sie wäre in dem Studentenlokal geblieben, wo sie kurz vorher ihre Rechnung bezahlt hat und der nette Kellner nicht einmal ein Trinkgeld annehmen wollte. Nur Dr. Ohtas wegen kam sie zum Essen hierher. Sie glaubte, es ihm wegen der von ihm vorgenommenen Reklamation schuldig zu sein. Und jetzt das! Heute wie vorgestern will sie nur eine Kleinigkeit essen, und zwar in Ruhe, ohne Verpflichtung, dafür anschließend eine vorsintflutlich anmutende Keule quer durch Japan schleppen zu müssen. Eisgrau-sans triumphierendes Gesicht signalisiert, dass damit die Angelegenheit nun aber erledigt zu sein habe und er übergeht ihre Frage nach dem Grund der gestrigen Zurückweisung genauso ungerührt wie ihre Bitte, das hölzerne Monstrum aus Fluggepäcksgewichtsgründen zurückzunehmen.

Da eröffnet ihr der Hoteldirektor überraschend das Privileg, in Begleitung »zweier sehr interessanter Freunde des Hauses« auf seine Kosten speisen zu dürfen. Er betrachte es als eine Ehre, sie den Herren vorstellen zu dürfen und bitte sie, ihn in ein anderes Hotelrestaurant zu begleiten.

Na, wunderbar!, erkennt Alice ironisch auf dem Weg in den anderen Hotelflügel. Damit das mal klar ist: Essen ja, aber bitteschön umrandet von zwei hauseigenen Bodyguards!

Kurzzeitig keimt in Alice die Hoffnung auf, die ortsansässigen Herren könnten ihr bei ihrer Suche nach Yamamoto behilflich sein. Das ändert sich bei deren Anblick sofort. Wie unüberlegt diese Schlussfolgerung ist, ahnt Alice noch nicht, und die demonstrierte, scheinheilige Reue des Direktors führt keineswegs zu einer besseren Tat.

Aus dem Restaurant im Japanese Style dringt würziger Geruch von sojamariniertem, gebratenem Rindfleisch bis in den Flur. Alice fühlt sich sofort verführt, was vom Anblick der nicht schwer zu erkennenden beiden »Stammgäste« im Lotussitz auf den Tatamiböden leider abgeschwächt wird.

Zwei unter rabenschwarzen Haarschöpfen plötzlich emporschießende Oberkörper, blitzend gebleckte Zähne und vorgeschobene Unterkiefer: Gierig nach Beute sichtende Barrakudas spähen zu ihr herüber.

»Frau Ambelg ist Psychologin«, stellt Eisgrau-san sie ihnen vor. Typische Aufreißer, noch frei von grauen Strähnen an den Schläfen, knapp unter fünfzig, schätzt Alice. Na super, ein Abendessen im Schneidersitz, mit Raubfischen auf Beutezug! So bekommt Frau also hier etwas zu essen, zwangsrekrutiert zum Begleitservice für solche Typen. Na dann.

Mit hochgezogenen Augenbrauen und dilatierten Pupillen quittieren sie ihre »Übergabe« durch den Eisgrauen und suchen nach dessen Abgang ihre Unsicherheit durch cooles Zementgrinsen zu kaschieren. Eine kimonobekleidete Kellnerin räumt mehrere leere Sakeflakons vom Tisch. Zweifellos haben die Herren schon einiges getrunken.

Der kleinere von beiden stellt sich Alice als Architekt vor. Beidseitig auf seiner Oberlippe spreizt sich ein scharf geschnittener Bart, den Alice mit zwei geschliffenen Dolchen assoziiert. Als Stadtplaner habe er wesentlich am Wiederaufbau von Hiroshima mitgewirkt. Der gedrungen wirkende Zweite trägt kurz geschorene Haare, hat ein breitflächiges, feistes Gesicht und im Nacken strotzende, glänzende Speckfalten. Er gibt an, Mitglied im Stadtrat von Hiroshima zu sein. Sie möge ihn doch Tamiki nennen, bitte. Spricht es mit bleistiftdünnen Lippen, die einen Kontrast bilden zu seinen kurzen und wurstartigen Fingern, mit denen er unruhig nach seinem leeren Sakeglas greift, in das er dann blöde hineinstarrt.

»Amberg«, stellt Alice sich ihnen noch einmal vor, »mit R«. Sie deutet mit dem Kopf eine leichte Verbeugung an, reicht jedoch keinem von ihnen die Hand. An Tamikis Wurstringfinger protzt ein dicker, goldener Ring mit einem auffälligen gelben Stein, an dem, samt dazugehörigem Handschweiß, sie vor dem Essen ungern herumdrücken will.

»Hiroshi«, stellt sich nun auch der Stadtplaner mit leicht erhobenem Hintern und einer schwankenden Verbeugung namentlich vor. Die beiden gemahnen Alice eher an kaltgestellte *yakuza* denn an seriöse Beamte, noch dazu aus Hiroshima.

Hiroshis schwarzes Jackett liegt neben ihm auf dem Boden, seine oberen Hemdknöpfe sind geöffnet und die Krawatte ist gelockert. Alice, die schnell friert, findet es nicht zu heiß in dem Raum, doch beiden Männern glänzt klebriger Schweiß auf Stirn, Nase und Kinn. Die Gesellschaft und die Ausdünstungen dieser schmierigen Herren, sie ahnt es bereits, werden sie eher zum Kochen als zum Frösteln bringen.

Tamikis Hemd ist ihm vorne am Bauch aus der Hose gerutscht, und ein Hemdknopf hat sich an der Stelle aus dem dazugehörigen Knopfloch befreit, wo sein Bauch über dem Gürtel hängt. Immerhin trägt er noch sein Sakko, dessen zerknitterter Zustand sein lamentables Erscheinungsbild allerdings noch unterstreicht.

Selbstgefällig rücken sie auseinander, um Alice den Platz in ihrer Mitte anzudienen, wo sie ihren Po auf die Tatamis senkt, die Beine zur Seite schiebt und zusammenpresst. Eins zu null für die beiden! Warum hat sie auch nicht gleich protestiert! Gewohnt, alles im Restaurant mitzukriegen, setzt sie sich gewöhnlich mit Blick in den Raum an die Wand und im Kino in die letzte Reihe. Mangelnde Umstellungsfähigkeit, schimpft sie sich selbst aus, denn zwar überblickt sie von hier aus das Restaurant und die Gäste, doch ist sie gezwungen, den Kopf entweder nach links oder rechts zu verrenken, um ihre Tischpartner zu sehen. Keine Chance für Mimikstudien des jeweils abgewandten Gesprächspartners also.

Ein unklares Spiel erfordert eine undifferenzierte Miene!

»Sind das Ihre Familiennamen, Tamiki und Hiroshi?«, fragt sie unvermittelt. »Die nennt man, soweit ich weiß, in Japan zuerst, nicht wahr?«

»Nein, unsere Vornamen. In Ihrem Land redet man sich ja sofort mit dem Vornamen an, deshalb haben wir Ihnen auch unsere persönlichen Namen genannt«, antwortet Hiroshi. Bei uns? Sofort? Das wüsste sie aber! Die kimonobekleidete Serviererin kniet sich vor sie hin, entfaltet und reicht ihr eine heiße Serviette.

Mach was draus, sagt sich Alice.

»Champagner«, ruft Tamiki, wichtigtuerisch mit dem Arm in Alices Richtung weisend, der vorbeihuschenden Kimonofrau zu. Auf dem Tisch stehen schon wieder zwei leere Sakekaraffen.

»Soso, Sie führen also Interviews durch«, konstatiert er breit grinsend, an Alice gewandt.

»Ich merke schon, man hat sie bestens informiert.«

Ihre nassforsche Antwort verunsichert die Herren nicht. Denn eines ist klar: Beruflich nimmt keiner der beiden sie ernst. An ihr sind sie bestenfalls als paradiesvogelartige *gaijin*-Frau interessiert, keinesfalls am Grund ihrer Anwesenheit in Hiroshima. Für Tamiki ist sie wahrscheinlich nicht mehr als eine desperate *doitsu* auf der Jagd nach einem jener wertvollen männlichen Markenartikel, für die sie sich offensichtlich halten. Wer weiß denn, durch wie viele verzweifelte

Japanerinnen sie für diese Einstellung bereits Bestätigung erfahren haben?

Entgeht ihnen denn gänzlich, fragt sich Alice, dass sie sich dabei auf das Niveau der nicht minder begehrten Markenartikel herablassen, nach denen Japanerinnen so unermüdlich schielen? Die eingängige, im Bewusstsein japanischer Männer überaus schmeichelhafte Jagd der Japanerinnen im heiratsfähigen Alter nach dem »Mann von Qualität« scheint zu einer Art weiblichem Nationalsport geworden zu sein. Alice fragt sich nur, ob das auch für Frauen außerhalb Tokios gilt oder eher einer bestimmten Bildungs- oder Sozialschicht zuzuordnen ist. Zweifellos halten sich ihre beiden Tischnachbarn für besonders exklusive Markenexemplare. Alberne Gockel, denkt Alice amüsiert, plustern sich zunehmend hier vor mir auf, immerhin wechseln sie für mich schon die Gattung, mutieren vom Raubfisch zum Federvieh. Klar, dass ihr durch den Alkoholkonsum lautstärkemäßig angeschwollenes Krähen bewirken soll, von den übrigen Gästen mit einer *gaijin*-Frau wahrgenommen zu werden. Von den Ausdünstungen des schwitzenden Tamiki zunehmend olfaktorisch beeinträchtigt, empfängt Alice immer häufiger deren verstohlene Blicke.

Bemüht, auf ihre oft zweideutigen Bemerkungen so gelassen und humorvoll wie möglich zu reagieren, dreht Alice den Kopf mal nach rechts, mal nach links. Noch hat sie ihr Vorhaben, sich unauffällig nach Yamamoto zu erkundigen, nicht aufgegeben. Das, und eine ausgesprochene Unlust, sich erneut hungrig auf eine Odyssee zu begeben, hilft ihr, die kümmerlichen Plattitüden und das offensichtliche Bestreben der beiden Herren, ihr mit durchsichtigem Machogehabe zu imponieren, eher erheitert und mit Gleichmut zu ertragen. Alices gewachsenem Bedürfnis nach menschlicher Begegnung zum Trotz langweilen diese Männer sie wie eine fade Misosuppe.

Bis sie beschließt, der faden Brühe etwas mehr Würze zu verleihen.

TADASHIS WEISSER SCHATTEN

Den Hund zu werfen
Ist nicht einmal ein Stein da
Im Schnee des Abends.

Taigi (1709–1771)

Verblüffend schnell und kunstfertig mit ihren Stäbchen jonglierend, schaufeln Tamiki und Hiroshi unter Zuführung von reichlich Sake laut schmatzend das Essen in sich hinein. Sie sind bereits fertig, als Alice ihr japanisches Nudelgericht nicht einmal bis zur Hälfte aufgegessen hat.

Da hält Alice ihren Augenblick für gekommen. Sie lehnt sich entschlossen zurück und sagt: »Wenn es Ihnen nichts ausmacht, würde ich mich gern Ihnen beiden gegenüber, auf die andere Seite setzen.« Sie hätte es schon vor dem Essen tun sollen.

Ein verdutzter Blick, doch dann erhebt sich Tamiki leicht schwankend. Dabei streift er mit dem Knie das gerade nachgefüllte Sakekännchen. Es zerbricht und bespritzt seine Hose mit der hellgelben, lauwarmen Flüssigkeit. Auf Alice wirkt er nun wie eine urinbesprenkelte Karikatur des *yokai*, einer für das Böse verantwortlichen japanischen Gottheit.

Bei ihrem Platzwechsel bemerkt Alice, dass ihr achtungsvolle Blicke der anderen Gäste zufliegen, die sie nicht einordnen kann.

Beiläufig führt sie das begonnene Gespräch fort: »Was halten Sie eigentlich von der Angelegenheit Yamamoto Tadashi?« Dabei lässt sie ihre Stimme so gelangweilt klingen, als spreche sie über das Wetter.

Erst danach blickt sie auf, bekommt gerade noch einen schnellen Blickaustausch zwischen den Männern mit.

Tamiki zupft seine locker sitzende Krawatte zurecht.

»Sie meinen«, erwidert er misstrauisch, »den Chefredakteur der *Hiroshima-Post*?«

»Genau«, sagt sie schnell, »der frühere Foto ...«

Hiroshi greift sich ans Ohr, als gäbe es bei dem Namen eigentlich gar keinen Zweifel und unterbricht Alice: »Also deswegen sind Sie hier, wegen *der* Sache?«

Soo betrunken, in dieser Angelegenheit nicht misstrauisch zu werden, sind sie anscheinend doch nicht.

»Ich bin hier weil ...«

»Investigativer Journalismus, verstehe. Ihre europäischen Politiker sind schließlich auch keine Lämmer, oder?«

Wie der Schatten eines lautlos patrouillierenden Haifischs streift Eisgrau-san durch den Raum und so schnell, wie er aufgetaucht ist, entfernt er sich wieder in Richtung Flur, begleitet von Hiroshis und Tamikis verkniffenem Lächeln.

Eines ist sicher, die Sache scheint ziemlich brisant zu sein. Yamamotos Fotografien sind als Aufhänger nicht mehr geeignet. Ist er einem politischen Skandal auf der Spur und deshalb bestimmten Kreisen unbequem geworden? Der Mann wird von Tag zu Tag interessanter.

»Da sagen Sie etwas! Aber meine Herren, ich bitte Sie, letztendlich sind Politiker doch überall auf der Welt getarnte Wölfe im Schafspelz. Und natürlich gibt es das bei uns auch! Ich erinnerte mich nur gerade an die Fotos, weil ...«

»Die er um die Welt schickte. Na fein! Welche haben Sie denn bewundern dürfen, die von Tanakas Festnahme oder die der Lockheed-Prototypen?«

Ach, darum geht es! Na klar, die Damen auf Miyajima deuteten es an, und hatte sie es nicht vor ihrer Abfahrt in Deutschland gelesen? Yamamoto musste wohl ihren ehemaligen Premierminister angeschwärzt haben. Genau. Japan hat als eine der ersten Nationen eine Großbestellung dieses noch unausgereiften Lockheed-Prototypen aufgegeben. Nur glaubte sie damals ja noch, Yamamoto sei Pressefotograf, deshalb interessierte sie das nur am Rande. Tamikis und

Hiroshis Einstellung dazu liegt ja klar auf dem Tisch, sie braucht nur in das gleiche Horn zu blasen, welches die zwei »gesellschaftsfähigen« Damen auf Miyajima ihr gereicht haben.

»Also, meine Herren, wen fragen Sie da eigentlich, natürlich gehört es sich nicht, jemanden öffentlich anzugreifen, solange keine endgültigen Beweise vorliegen.«

Tamiki rückt sein neben sich liegendes Nadelstreifenjackett zur Seite. Die Blicke der Japaner begegnen sich.

Offensichtlich hat sie mit einer Nadel in etwas gestochen, wenn sie nur genau wüsste, um was es sich handelt. Falls beide nun weiter schweigen, wird sie sich dumm stellen müssen und später noch einmal nachfassen.

»Bisher glaubte ich, dass er ein recht beliebter Hibakusha war, dieser Yamamoto?«, versucht sie es mit einem seitlichen Köderwurf. »Dann hatte ich da wahrscheinlich etwas missverstanden.« Bewusst wählt sie die Vergangenheitsform. Sie sollen glauben, dass er es jetzt auch für sie nicht mehr ist.

»Ein Hibakusha? Der doch nicht!«, winkt Tamiki abfällig ab, »wenn überhaupt, war er nur ein ganz leichtes Strahlenopfer. Der wohnte damals weit oben, in Hiratsuka-machi, also kann es ihn so stark gar nicht erwischt haben.«

»Hmm«, macht Alice gedehnt. Hiratsuka-machi, das muss sie sich merken.

»Aber da siehst du es«, wendet sich Tamiki an Hiroshi, »genau das, was ich dir sagte, als er sich den Zugang zum Presseklub versperrte, der machte uns allen etwas vor!«

Verdammt, in welche Ölspur ist sie denn jetzt getreten? Es besteht Rutschgefahr. Stichwort Presseklub, was ist denn da wohl passiert? Unter Presseklub stellt sich Alice eine Art Privatklub nach Londoner Vorbild vor, zu dem nur Presseleute Zutritt haben, und vermutet eine private Streitigkeit.

»Ja, davon hörte ich auch schon. Aber was genau ist dort denn wirklich passiert?«

Der Stämmige aus dem Stadtrat antwortet mit boshaftem Grinsen: »Dass er ausgeschlossen wurde, das ist passiert. Die Bedingungen waren ihm vorher bekannt. Folglich hat er sich selbst hinauskatapultiert. Das Risiko nahm er in Kauf und ruinierte sein Leben. So einfach war das.«

Tadashi Yamamoto: ein Aussteiger? Nach allem, was Alice bislang von ihm gehört hatte, ist er ein Kämpfer für Anstand und Gerechtigkeit. So einer steigt doch nicht aus, das muss einen Grund haben.

»Dann hat man ihm sicher einiges übel genommen?«

»Kann man wohl behaupten! Er brachte unser Land auf internationaler Ebene in Misskredit, was 1974 letztlich zu Tanakas Rücktritt geführt hat. Aber wer ist so dumm zu glauben, einen Mann wie Tanaka in die Knie zwingen zu können? Wie läuft so etwas denn bei Ihnen in Deutschland ab? Waschen die Journalisten die Wäsche der Politiker dort ebenfalls in der Öffentlichkeit?«

»Wenn sie gefunden wurde und auffallend schmutzig ist, sicher. Sie tun es im Namen der Demokratie mit dem Recht einer freien Meinungsäußerung.«

»Solange er Mitglied eines Presseklubs war, hätte er es überhaupt nicht nach außen tragen dürfen, schon gar nicht ins Ausland. Aber er hat zu früh frohlockt. Tanaka hat einen weitreichenden Einfluss.«

Tanaka also. Er ist bis vor vier Jahren japanischer Premierminister gewesen. Dem also hatte Tadashi auf die Finger gehauen. Was für ein Mann! Verdammt, warum erfährt man in Deutschland so gut wie nichts über japanische Innenpolitik?

»Das kann ich mir vorstellen. Und Yamamoto wollte ihn in die Knie zwingen, sagen Sie? Wie denn das?«

»Nennen Sie es, wie Sie wollen«, sagt Tamiki, »aus seinem Presseklub erfuhr er jedenfalls nichts mehr.«

Er fängt Hiroshis mahnenden Blick in seinem Redeeifer nicht auf – Alice aber wohl – und fährt fort: »Entscheidet sich, in der Position, als freier Journalist – in der Position! –, die Sensationslust der Massen zu bedienen, die Pfeife! Das ist krank, wenn Sie mich fragen.«

»Vielleicht war er ein Hibakusha und wirklich krank?«, macht Alice weiter auf naiv.

»Pfff! Der? Sie kennen doch sicher Molière? Un malade imaginaire bestenfalls. In der kaiserlichen Armee hatte er es nicht mal zum Leutnant gebracht. Wahrscheinlich krümmte er sich schon damals vor lauter Mitleid mit unseren Feinden.«

»Ein Hypochonder also«, stellt sie fest, »die gibt es überall! Aber darüber wüsste ich gern mehr!« Sie hofft, dass der Punkt, wo der Sake die Zungen der beiden nachhaltig löst, endlich erreicht ist. Doch minutenlang kommt nun nichts mehr. Aber bevor Alice unruhig wird, wirft sie einen weiteren Ball in die Luft.

»Für seine Familie kann das dann aber auch nicht leicht gewesen sein, der hatte doch sicher auch Frau und Kinder?«

Diesmal fangen sie wechselseitig ihre vielsagenden Blicke auf.

»Der? Frau und Kinder?«, höhnt Hiroshi, »der interessierte sich für alles Mögliche, aber bestimmt nicht für Frauen. Wenn der überhaupt noch Familie hatte, dann höchstens die Lehrerin, seine Schwester Etsuko.«

Tamiki wirft Hiroshi einen gläsernen Blick zu und stößt ihn in die Seite, doch jetzt ist er kaum noch zu bremsen.

»Hör mal, Tamiki, da gabs doch so ein Gerücht? Soll der nicht sogar mal eine deutsche Geliebte gehabt haben?«

Wie elektrisiert beugt Alice sich vor. Jetzt, jetzt muss sie vorpreschen. Scheinbar unbeteiligt nippt sie an ihrer Schale grünem Tee. Dann sagt sie beiläufig: »Eine Landsmännin von mir? Interessant! Aber mir fällt auf, dass Sie in der Vergangenheitsform von ihm sprechen, wohnt er nicht mehr in Hiroshima?«

»Schon, jedoch unter etwas anderen Bedingungen«, ölt Tamiki mit widerlichem Grinsen. Eine verzerrte Maske aus einem Nō-Bühnenstück.

Hiroshi grient wie ein Honigkuchenpferd. »Unter anderen Bedingungen, das ist gut.«

Der Mann aus dem Stadtrat wirft Alice einen seltsamen Blick zu. Seine Augen ähneln gefährlichen Schlitzen.

»Also sind Sie doch deswegen hier?«, bringt er bedrohlich langsam heraus.

Alice ist noch nicht bereit, die Kontrolle über den Gesprächsverlauf abzugeben. Dumm stellen, einfach dumm stellen.

»Wirklich, ich weiß nicht, was Sie meinen, kennen Sie Herrn Yamamoto denn näher?«

»Das kann man wohl sagen, wir haben beide mal eine Weile bei der *Hiroshima-Post* gearbeitet«, sagt Tamiki und nimmt, plötzlich ernüchtert, Haltung an, als wolle er sein bisheriges Bild korrigieren. Ihm scheint nun doch etwas aufgefallen zu sein. Misstrauisch sucht er Blickkontakt zu Hiroshi, der den offensichtlich nicht richtig zu deuten weiß.

Lallend doziert er weiter: »Den Moralisten hat er gespielt. Erinnerst du dich, Tamiki, 1947? Als er sich wie ein Verrückter aufgeführt hat? Um für weibliche Strahlenopfer die Möglichkeit zur Abtreibung durchzusetzen, weißt du das noch? Das war doch nicht mehr normal!«

Am liebsten hätte sie eingeworfen, dass ihre Mütter und Schwestern zum Zeitpunkt des Atombombenabwurfs wohl außerhalb der Stadt gewesen seien, aber sie nimmt sich zusammen.

Trotz eines erneuten Seitenhiebs von Tamiki fährt Hiroshi unbeirrt fort. »Dazu kann ich nur den treffenden Satz wiederholen, den ein Kollege damals in unsere Bierrunde schleuderte: Er habe genug von diesem ›hysterischen Weib, dieser feministischen Ausgeburt‹. Jeder wusste, wer damit gemeint war. Yamamoto führte sich wie ein Waschweib auf, als gehöre es zu seinen ›Frauenanliegen‹ auch so wie diese herumzicken zu müssen. Und dann sein jahrelanges Getue um die Einführung der Pille! Sowieso war Empfängnisverhütung ja ein Lieblingsthema von ihm, wir haben uns totgelacht. Über die gesetzlichen Grundlagen bei der Abtreibung entscheiden noch immer wir Männer, für den Rest sind dann gerne die Frauen zuständig!«

Triumphheischend, mit hochrotem Kopf stiert Hiroshi Alice an. Er hat sich warm geredet, ist kaum noch zu stoppen.

»Aber die Blaustrümpfe liebten ihn! Bei uns zu Hause war er oft wochenlang das Lieblingsthema. Die Freundinnen meiner Frau hoben ihn in den Himmel. Wenn er gewollt hätte, hätte der halb Hiroshima vögeln können ...«

Tamiki fixiert ihn von der Seite wie eine Schlange ihr Opfer. Als Hiroshi seinen irritierten Blick endlich auffängt, bezieht er ihn aber nur auf seinen verbalen Ausrutscher, denn schon setzt er nach: »Na ja, spätestens seit der Geschichte mit Tanaka war es sowieso für ihn aus. Damit hat er sich die wichtigsten Leute zu Feinden gemacht.«

Als habe er endlich begriffen, worum es Tamiki ging, fügt er kleinlaut hinzu: »Ja, daran wirds wohl gelegen haben.«

»Das besagt doch rein gar nichts«, ereifert sich Tamiki rot angelaufen, »der war verrückt, kurzsichtig und völlig verrückt war der!«

Alice zuckt zusammen. Was meint er denn damit? Die beiden sind plötzlich verstummt. Sie muss am Ball bleiben, unbedingt irgendetwas sagen. Tausend Fragen gehen ihr durch den Kopf. Dumm stellen, sie hat keine andere Wahl, die Tour von Inspektor Columbo, einfach dumm stellen.

»Na ja, dann ist es ja gut, dass er keine Verwandten mehr hat«, versucht sie das Gespräch auf die Frage, die ihr unter den Nägeln brennt, zurückzubringen, und der betrunkene Hiroshi geht darauf ein.

»Doch, der hat doch Etsuko, oder, Tamiki? Die Lehrerin. Weiß gar nicht, ob die noch lebt. Hatte die nicht Leukämie?«

»Kann sein, meine Frau erwähnte mal so etwas. Bis vor Kurzem war sie Lehrerin unseres Sohnes. Selbst wenn die krank wäre, ginge sie damit aber sicher nicht hausieren, da ist sie ihrem Bruder nicht unähnlich«, lallt Tamiki.

Ach wirklich?, echauffiert sich Alice innerlich. Gerade noch unterstellten sie ihm eine in die Öffentlichkeit getragene Hypochondrie.

Also Etsuko. Was aber, wenn sie verheiratet war, einen anderen Nachnamen trug?

»Und die Schwester, hat die denn Familie?«

»Keiner von denen war verheiratet«, tönt Hiroshi und rülpst. »Hier in Hiroshima, da mag sich ja jeder denken, was er will.«

Also heißt Etsuko auch Yamamoto. Geschafft! Ohnehin will Alice am nächsten Tag das Hiroshima Children's Museum besichtigen. Wenn Etsuko Lehrerin ist, wird man sie dort sicherlich kennen, falls sie noch lebt. Nur eines will sie noch klären.

»Ich habe Sie das vorhin schon einmal gefragt. Sprechen Sie deshalb in der Vergangenheitsform von Yamamoto, weil Sie jetzt nicht mehr bei der Zeitung, sondern im Stadtrat arbeiten?«, wendet sie sich an Tamiki. Der sieht sie irritiert an.

»Aber der ist doch seit einem halben Jahr tot«, sagt er, »Suizid.«

»Yamamoto?«, entfährt es Alice. Sie schluckt. Ein Frösteln überläuft ihren Rücken.

»Ach wissen Sie, in Hiroshima hat es so viele Selbstmorde gegeben, da kommt es auf einen mehr oder weniger nicht an, er ist nur einer von vielen.«

Tamikis kalter Blick trifft die Tischplatte.

Nur einer von vielen, so ein Dreckskerl! Also wirklich! Die Selbstgefälligkeit und Aggressivität der beiden Männer wird unerträglich. Alice kreuzt ihre Hände vor der Brust und streicht sich über die Oberarme.

»Frieren Sie?«, fragt Hiroshi.

»Ja, ich finde es kalt hier, die ganze Zeit schon.« Sie will endlich von diesen Typen weg.

»Stimmt«, sagt Tamiki und fährt mit der Hand über sein unter den Achseln verschwitztes Hemd, »die Tür steht offen. Unangenehmes Wetter in Hiroshima, Ende Oktober.«

Wie zur Bestätigung fummelt er an seinem Hemdknopf unter dem Krawattenknoten herum.

»Wenn es Ihnen nichts ausmacht, würde ich mich jetzt gerne zurückziehen«, erklärt Alice. Sie erhebt sich, nickt den beiden zu und verlässt eilig das Restaurant.

Die Nachricht von Tadashis Tod löst ein so tiefes Gefühl von Trauer in Alice aus, dass es sie selber verwundert. Jahrelang hat sie geglaubt, er sei für sie völlig bedeutungslos. Doch spätestens seit dem Tod ihrer Eltern, besonders seit sie in Japan ist, ist eine diffuse Wertschätzung für ihn in ihr gewachsen. Eine intensive Verehrung, wie man sie früher für einen Teenagerschwarm hegte. Die Nachricht von seinem Tod, jetzt wo sie glaubte, ihm greifbar nahe gekommen zu sein, erlebt sie wie einen Betrug. Das Geheimnis um ihn fasziniert sie, hält sie gefangen. Jetzt erst recht, denkt sie, sie will endlich verstehen, was los ist, was es damit alles auf sich hat. Es würde sie sonst nie mehr loslassen. Und viel Zeit hat sie nicht mehr.

Bleibt also Etsuko Yamamoto.

Falls sie noch lebt.

EINE BEGRÜSSUNG DER BESONDEREN ART

> Vor jedem Hause
> Die Windenblüte aufging
> Im Blättermonde.
>
> Ryôta (1718–1787)

Am frühen Nachmittag, nach einem nur zwanzigminütigen Fußweg, erreicht Alice ein dreistöckiges, modernes Gebäude mit begrünten Balkonen. Auf der Klingelanlage am Eingang steht der Name Yamamoto sowohl in *kanji*- als auch in *romaji*-Schrift. Das ist wie eine Einladung auf gut Glück zu läuten. Womöglich ist Etsuko gar nicht zu Hause. Doch nach einem Summton springt auch schon die Haustür auf, und irgendwo in einem oberen Geschoss öffnet sich eine Tür.

Alices Herz stolpert vor Aufregung. Zwei Stufen auf einmal nehmend hastet sie die Treppen hinauf. Vor einer geöffneten Wohnungstür in der dritten Etage steht mit einer brennenden Zigarette in der Hand eine unscheinbare, etwa fünfzigjährige Frau.

»*Konichi-wa*«, grüßt Alice und stellt sich auf Englisch vor: »Mein Name ist Alice Amberg. Meine Mutter war eine frühere Bekannte von Herrn Yamamoto Tadashi. Spreche ich mit seiner Schwester?«

Die kleine Japanerin antwortet nicht. Ein Schatten überfliegt ihr Gesicht. Sie mustert Alice mit ernstem Gesichtsausdruck. Dann, untypisch für eine Japanerin, streckt sie ihr ihre sehnige Hand entgegen. Japaner begrüßen einander nicht mit Handschlag. Alice unterdrückt einen Seufzer und ergreift die Hand der zierlichen Frau. Erfreut legt sie auch noch ihre Linke darüber.

Die mit dünner, gefleckter Haut überzogene Hand wirkt wie eine selbstverständliche Fortsetzung des knabenhaft drahtigen Körpers der Frau. Ihr dunkles Haar ist straff über den Kopf gespannt und zu einem strengen Nackenknoten zusammengezogen, was die wenigen weißen Strähnen perfekt zur Wirkung bringt.

»Sie kommen aus Deutschland?«

Alice bejaht und tritt ein. Die Frau, die sie hereinbittet, muss Etsuko sein. Wer sonst sollte von Tadashis Bekanntschaft mit einer Deutschen wissen? Verwundert registriert Alice ihren argwöhnischen Blick. Es ist in Japan nicht üblich, Ausländer in seine Wohnung einzuladen, und Alice fragt sich, ob sie mit dem unangekündigten Besuch eine sehr schlimme Regelverletzung begangen hat. Sie hat den *tekito*-Verstoß bewusst in Kauf genommen, ihr bleibt ja nicht mehr viel Zeit.

»Nun ja, das erstaunt mich jetzt nicht.« Die Mundwinkel der Frau ziehen sich deutlich in Richtung Kinn. Sie spricht ein reines Oxfordenglisch mit einem nur schwachen japanischen Akzent, hat eine hohe, spitze Stimme, die zusammen mit ihrer fast ausgemergelt zu nennenden Statur und ihren wachen Augen dem Klischee einer Lehrerin bestens entspricht.

Durch einen Vorraum führt sie Alice in einen hellen, trotz der am Boden liegenden Tatamimatten ungewöhnlich unjapanisch wirkenden Raum. Diskret sieht Alice sich um. Die reinste Holzausstellung: Rosenholz, Mahagoni, Ahornwurzel, Buche. Kein einziges Möbelstück passt stilistisch oder nur farblich zum anderen. An den Wänden hängen Drucke französischer Impressionisten in verschiedenen, farblich unpassenden Wechselrahmen: Reproduktionen von Monets Venedigbildern und Seerosenteichen, Van Goghs Sonnenblumen und Degas' blauen Tänzerinnen. Motive, die Alice an ihren eigenen Wandschmuck in den engen Zimmern ihrer Studentenzeit erinnern. Neben dem Eingang befindet sich eine aufwendig mit Ahornwurzelfurnier verzierte, englisch anmutende Kommode, auf der sich Bücher, Wäsche und Kleidungsstücke stapeln. Auf einer Rosenholzanrichte unter einem Fenster steht neben einem Arrangement aus verstaubten Seidenblumen ein ungeleerter Aschenbecher, aus dem milchige Schwaden von Zigarettenrauch durch den Strahl des hereinfallenden Nachmittagslichts ziehen. Mit seinem Mangel an warmer Atmosphäre scheint der unangenehm riechende Raum die traurige Ausstrahlung der Frau widerzuspiegeln.

»Bitte, nehmen Sie Platz«, sagt Etsuko und weist auf ein ledernes Mokassin-Sitzpolster, wie Alice es aus nordafrikanischen Souks kennt. Es wirkt seltsam deplatziert auf dem Tatamiboden, vor dem mit einer Glasplatte zum Couchtisch umfunktionierten Kotatsu. Und es wurde für Afrikaner in weiten Hosen und Djellabas, für kaftan- oder abbaya-bekleidete Frauen, die wohl nicht lange darauf sitzen bleiben sollten, gemacht.

Diese Etsuko, deren prüfender Blick auf ihre eigene Garderobe Alice nicht entgangen ist, hätte sich mit ihrem engen, hellgrauen Kostümrock jedenfalls nicht darauf niederlassen können, denkt Alice. Genau wie die Damen auf Miyajima mustert Etsuko ungeniert Alices offenes Haar. Ihr Blick streift den dünnen Pullover, gleitet über den mittellangen Rock bis hinab zu Alices am Hotelschuhputzautomaten schnell noch gewienerten Pumps.

Und tatsächlich zieht sich diese Etsuko den einzigen im Blickfeld befindlichen Stuhl im antiken Thonet-Stil heran, um darauf Platz zu nehmen.

Die streng zurückgekämmten Haare geben ihrem Gesicht etwas seltsam Frettchenhaftes, und der Ausdruck ihrer schräg geschnittenen Augen lässt sie verhärmt wirken, wozu ihre kurze, flache Stirn und ihre eingefallenen Wangen noch beitragen. So verhärtet und wenig lebensfroh wie sie wirkt, kann sich Alice kaum vorstellen, dass sie jemals verliebt war oder gar Kinder geboren hat, und sie fragt sich, welche durchlittenen Qualen zu derart verbitterten Zügen geführt haben mögen.

Ihre Verwandtschaft mit Tadashi Yamamoto hat Etsuko bisher mit keinem Wort bestätigt. Außer dem überbordenden Aschenbecher, den sie allein zu füllen scheint, gibt es in dieser Wohnung nichts, was auf einen männlichen Lebenspartner hinweist. Alice ärgert sich über ihren Mangel an Indiskretion. Sie hätte sich bei Etsukos ehemaliger Schülerin im Children's Museum näher nach ihr erkundigen sollen. Aber wie auch in diesem Moment lebt sie ständig mit der Befürchtung, gegen irgendwelche ihr unbekannten *tekito* zu verstoßen. Denn was, wenn Etsuko womöglich schwer krank ist?

Die verletzende Schroffheit ihrer Stimme, ihre angespannte Mimik und die abweisenden Gebärden verunsichern Alice. Sprachlich ungelenk, nur um das drückend gewordene Schweigen zu brechen, fragt sie: »Kannten Sie meine Mutter?«

»Nein«, antwortet Etsuko gedehnt und fügt nach einer Pause hinzu: »Mein Bruder hätte es mir niemals erlaubt.«

Also ist sie es! Aber warum ist sie so unfreundlich?

»Ich sah sie nur ein- oder zweimal. Sicher werden Sie besser wissen als ich, wie lange das her ist.«

Was meint sie denn damit? Befangen wartet Alice auf eine Erklärung, die ein solches Verhalten verständlicher machen würde.

Etsuko holt den Aschenbecher von der Kommode, stellt ihn auf den eigenwilligen Kotatsu-Couchtisch und zündet sich eine neue Zigarette an. Über die Tatamis flackern Flecken von Sonnenlicht, das aus einem Fenster hereinfällt.

Eingesackt auf dem unbequemen Sitzpolster stellt Alice ihre Beine quer und fragt sich, wie Etsuko auf die Idee zu einer solchen Anschaffung gekommen sein mag. Sie ist froh, keinen allzu engen Rock angezogen zu haben. Etsuko, auf dem Stuhl gegenüber, hat eine Position eingenommen, die ihr erlaubt, auf Alice herabzublicken. Ihr Benehmen ist so merkwürdig, dass Alice sich fragt, ob sie ihr bisheriges Bild von japanischer Höflichkeit nicht endgültig korrigieren sollte. Der Japaner im Vorortzug Hiroshima-Miyajima, der der Schwangeren den Sitzplatz nahm, fällt ihr ein, als Etsuko mit schmalen Augen und zuckenden Mundwinkeln hervorstößt: »Dann hat der Notar Sie also endlich gefunden!«

Alice fährt zusammen. »Wie bitte? Welcher Notar?«, stammelt sie.

»Na, deswegen sind Sie doch hier, oder? Jetzt, wo mein Bruder nicht mehr lebt.« Ihre Stimme ist kälter als jene von Eisgrau-san.

Erschrocken starrt Alice auf die Frau gegenüber. Hat sie richtig gehört? Ein Missverständnis, es muss ein Missverständnis sein. Wird sie mit jemandem verwechselt oder ist diese Frau psychisch krank? Etsuko fixiert sie wie ein Wachhund. Alices auffällige Schluckbewegungen sind ihr bestimmt nicht entgangen.

»Verzeihung, hier muss ein Missverständnis vorliegen. Mein Name ist Alice Amberg. Sind Sie nicht Frau Etsuko Yamamoto, die Schwester von Herrn Tadashi Yama…«

Etsuko unterbricht sie mit einer unwilligen Armbewegung, blickt zur Seite, als müsse sie eine solche Frage nicht beantworten. »Kommen Sie doch bitte zur Sache. Nachdem er seit sechs Monaten tot ist, haben Sie sich endlich zu einem Besuch durchgerungen, um ihn zu beerben? Was sind Sie denn für eine Tochter!«

Alices soeben noch schamrot überzogenes Gesicht nimmt eine wachsbleiche Farbe an. »Entschuldigen Sie, Frau Yamamoto, meine Eltern sind beide Deutsche.«

»Eben.«

Eben? Was soll das heißen? Jetzt reicht es ihr. Sie blickt Etsuko in die Augen, ruhig und fest. »Was Sie sagen, kann niemand verstehen. Erklären Sie mir bitte, wie ich gleichzeitig die Tochter ihres Bruders und die meiner Eltern sein kann!«

Alice denkt an das versäumte Gespräch mit Teresa. Ihr ist jeglicher Durchblick versperrt, als befände sie sich in einer Nebelbank. Neun Monate, schon oft hatte sie nachgerechnet. Auf einmal friert sie, als hätte sie jemand in einen oben zugebundenen Eisbeutel gepackt.

Etsuko schnippt die Zigarette über eine noch freie Ecke am Aschenbecherrand und sagt: »Sie sind es doch, oder haben Sie noch eine Schwester? Darf ich fragen, wann Sie geboren sind?«

Verärgert, einem inquisitorischen Verhör wie vor einem unbelehrbaren Tribunal ausgesetzt zu sein, fragt sich Alice, ob Etsukos *tekito* sich ausschließlich auf den Umgang mit Japanern beschränkt. Andererseits ist ihr unangemeldetes Erscheinen vor Etsukos Haustür auch nicht gerade höflich gewesen. Aber sie ist hier eine Fremde, man kann nicht erwarten, dass sie sämtliche Sitten des Landes kennt. Alles, was sie sich am Vorabend für dieses Gespräch zurechtgelegt hat, fällt plötzlich in sich zusammen.

Im artigen Tonfall eines schuldbewussten Schulmädchens antwortet sie: »Am 30. Juli 1947 in Kiel. Aber nun sagen Sie mir bitte, Yamamoto-san, warum fragen Sie mich das?«

Mit der Schärfe eines frisch geschliffenen Küchenmessers in der Stimme greift Etsuko sie an: »Können Sie nicht rechnen? Sie haben mich bestens verstanden. Was wollen Sie mir überhaupt weismachen? Mein Bruder hat sein Leben lang auf Sie gewartet, und Sie kommen jetzt, wo er tot ist? Das ist schändlich!«

Was Alice erlebt, erinnert sie an das Nō-Bühnenstück, das sie schon in Kyoto nicht verstanden hat.

Hastig fährt sie sich mit dem Handrücken über die Augen. Auch das nun schon wieder, Queen of Selbstmitleid, denkt sie. Sie fühlt sich, als explodiere gerade eine Granate in ihrer Brust. Teresa, das weiß sie, hat Hiroshima Anfang

Dezember 1946 verlassen. Der Verdacht ist berechtigt. Beides ist möglich. Curt, denkt sie, Teresa, kann das denn wahr sein? Habt ihr mich über all diese Jahre betrogen? Um einen Vater wie Tadashi Yamamoto?

Etsuko zündet sich eine neue Zigarette an.

»Ist Ihnen nicht gut?«, fragt sie. Ihre Stimme klingt jetzt nur noch rau und gedämpft. Sie öffnet den Mund, zögert, schließt ihn wieder und neigt ihren Kopf zur Seite.

»Nun beruhigen Sie sich erst einmal«, sagt sie heiser, erhebt sich, bleibt vor Alice stehen, berührt deren Schulter mit den Fingerspitzen und sagt mit glanzloser Stimme: »Mein Bruder hat ihre Mutter geliebt. So unrealistisch es war, so unverständlich sein Verhalten gewesen sein mag, er vergötterte diese Frau. Die Trennung raubte ihm fast den Verstand. Dass sie ihn verlassen hat, hat ihn fast umgebracht. Aber Sie, Sie hätten sich doch bei ihm melden müssen, spätestens, nachdem Sie achtzehn geworden sind. Er hat auf Sie gewartet, sein Leben lang, hat immer an Sie, seine einzige Tochter gedacht. Ist es in Ihrem Land normal, die eigenen Eltern nicht zu besuchen? Es war meines Bruders sehnlichster Wunsch, eine Familie zu haben. Auch wenn Sie das jetzt verletzt, ich nehme es Ihnen und Ihrer Mutter sehr übel, dass Sie sich nie mehr gemeldet haben …«

Das Messer in Etsukos Stimme ist stumpf geworden. Ihr nicht mehr beendetes »… und jetzt, wo es um die Erbschaft geht …« versackt so leise, dass es kaum noch zu hören ist.

Alice fühlt sich beschädigt wie ein angeschlagenes Gefäß. Sie will zumindest versuchen, die Form zu bewahren. Sie erhebt sich zum Gehen und streicht ihren Rock glatt.

»Frau Yamamoto, Sie verletzen und beschuldigen mich grundlos. Ich hatte niemals Veranlassung, mich mit den Affären meiner Mutter vor ihrer Eheschließung auseinanderzusetzen und vor allem kam ich nicht wegen eines Erbschaftsanspruchs nach Hiroshima. Ich hatte einen Besprechungstermin hier, im Atomic-Bomb Survivors Hospital, der ohne mein Wissen von Tokio aus von einem deutschen Freund für mich vereinbart wurde. Dieser Freund hat, das weiß ich genau, nicht gewusst, dass zwischen Ihrem Bruder und mir irgendein Zusammenhang besteht. Weder bin ich Ihretwegen noch wegen einer Erbschaft hier und wurde auch niemals von einem Notar kontaktiert. Ich habe auch keinen Grund zu der Annahme, in irgendeiner verwandtschaftlichen Beziehung zu Herrn Yamamoto zu stehen. Deshalb würde ich eine Erbschaft sogar dann ausschlagen, wenn Sie recht hätten. Vaterschaft reduziert sich für mich nämlich nicht auf genetische Voraussetzungen. Aber mir ist unbegreiflich, wie Sie darauf kommen, ich könnte die Tochter Ihres Bruders sein. Welche Beweise liegen Ihnen dafür vor?«

Etwas Dumpfes, Bedrohliches hat sich in Alices Eingeweiden festgekrallt. Die Umstände der Überbringung dieser Nachricht sind so kafkaesk, dass sie sich vorkommt wie in einem bösen Traum. Sie war eine Närrin zu glauben, auch nur die geringste Unterstützung für ihre Recherchen durch Etsuko erhalten zu können. Zumindest nimmt sie das in diesem Moment an.

Andererseits ist sie sich auf einmal über gar nichts mehr sicher. Woher weiß sie denn, ob sie nicht, anders als von Teresa behauptet, statt eines Siebenmonats-, ein Neuneinhalb- oder sogar Zehnmonatskind ist? Früher wurden Föten nicht wie heute üblich geholt, wenn die Zeit überfällig war. Und natürlich hat sie Teresas Aussagen vertraut, warum auch nicht, schließlich war sie ihre Mutter! Ein Frühchen wäre sie gewesen, schon so viele schwarze Haare hätte sie gehabt bei der Geburt, deren ungeklärte Umstände nun plötzlich Albtraumcharakter annehmen. Teresa hatte ihr erzählt, dass Curt kurz nach der Geburt auf ihre Frage, ob sie nicht süß sei, geantwortet hatte: »Kann ich nicht finden, sieht ja aus wie ein Affe, das Wesen!« Könnte das nicht bedeuten, dass er sie als ein Kuckuckskind wahrnahm?

Sie lässt sich fallen, sackt zusammen auf diesem Mokassin-Kissen. Nein, sie darf nicht flüchten, muss Licht in die Sache bringen, geduldig sein, nachfragen. Ihr bleibt kaum noch Zeit in Hiroshima. Schweigend beobachtet sie ihr in sich zusammengesunkenes Gegenüber. Sie muss so schnell wie möglich heraus aus diesem abstrusen Gedankengestrüpp. Was also weiß Etsuko?

DER UMSCHWUNG

Der Sturzbach winters,
Wenn die Sonne zurückweicht,
Sein Tosen ändert.

Saitō Sanki (1900–1962)

»Yamamoto-san, ich möchte Sie wirklich gerne verstehen. Ich weiß so gut wie nichts über Ihren Bruder und die Art der Beziehung, die er und meine Mutter unterhielten.«
Etsuko betrachtet sie skeptisch. »Wie kommen Sie überhaupt an meine Adresse?«
»Ich erhielt sie von einer ihrer ehemaligen Schülerinnen im Hiroshima Children's Museum. Sie bat mich, Sie herzlich zu grüßen.«
Alice glaubt, in Etsukos Gesichtsausdruck zu erkennen, dass ihr Unmut schwächer wird.
»Meine Mutter hat mir viel von Ihrem Bruder erzählt. Bereits in Deutschland, als ich die Einladung nach Japan erhielt, beschloss ich, ihn zu kontaktieren. Meine Eltern kamen vor einem halben Jahr bei einem Autounfall ums Leben, ich bin darüber noch nicht hinweg. Ich wollte versuchen, Ihren Bruder ausfindig zu machen und ihn besuchen.«
»Aber weshalb?«
»Ich will ehrlich sein, dafür gab es zwei Gründe: Ich wollte dem Vorleben meiner Mutter nachspüren, aber ins-

geheim wünschte ich mir auch, Ihr Bruder könne mir bei den Recherchen zu meinem Projekt behilflich sein!«

»Und was soll das für ein Projekt sein?«

»Ich stelle derzeit Material für einen Bericht über die damaligen Kinder von Hiroshima zusammen. Deshalb hatte ich eine Verabredung mit Herrn Dr. Ohta aus dem Atomic-Bomb Survivor Hospital, der mir Interviews mit zwei Hibakusha ermöglichte.«

Etsuko hebt ihren Kopf und blickt Alice versonnen an.

»Glauben Sie mir bitte, ich war regelrecht erschüttert, als ich zufällig von seinem Selbstmord erfuhr.«

Etsukos Körper durchfährt ein Ruck und ihre Augen werden schmal. Sie schnaubt etwas Unverständliches auf Japanisch. Ihre Stimme überschlägt sich fast, zerschneidet die sich gerade anbahnende Entspannung wie ein frisch geschärftes Messer. »Selbstmord?! Mein Bruder hat sich nicht umgebracht! Wer hat Ihnen das erzählt?«

Alice zuckt zusammen. »Das war gar kein …? *Sumimasén*, oh, ich bitte Sie um Entschuldigung! Das habe ich gestern zufällig gehört.«

Etsukos Füße wippen wie der Fuß eines Schlagzeugers an der Basstrommel. »Mit wem haben Sie über meinen Bruder geredet?«

»Ich kenne die Leute nicht einmal, es war eine Zufallsbegegnung. Einer sagte, er sei Stadtplaner, glaube ich. Warten Sie, er hieß Hiri, Hiros…« Sie zieht die Augenbrauen hoch, aber der Name will ihr nicht einfallen. »Und sein Freund, Tami…«

»Hiroshi und Tamiki! Na fein. Da waren Sie ja in bester Gesellschaft! Die größten Intriganten von Hiroshima … ach, es hat keinen Zweck, ich muss aufhören, sonst werde ich ausfallend.« Sie drückt ihre zu einem Stummel heruntergebrannte Zigarette aus, zieht gierig eine neue aus einem abgegriffenen Lederetui und zündet sie mit einem Feuerzeug an. Sie nimmt einen tiefen Zug und bläst den Rauch aus.

Plötzlich, als sei ihr eben etwas klargeworden, richtet sie ihren Oberkörper auf und sagt: »Haben Sie eigentlich eine Ahnung, was los ist in einem Land wie Japan, auf dem ewig langen Weg vom Ideal des Kollektivismus hin zum Individualismus? Sein Leben lang hat Tadashi gegen rückständige und borniert Leute wie die, mit denen Sie gestern zusammensaßen, angekämpft. Er setzte seinen Verstand gegen ein Heer von Politikern und Bürokraten ein. Ausländer missverstehen die japanische Loyalität, sie wissen nicht, worin sie wirklich besteht. Aber es traut sich ja niemand, Verantwortung zu übernehmen. Jeder versteckt sich hinter den Rücken von zehn anderen, hier bei uns siegen einzelne Bürokraten mit großartigen Machtdemonstrationen und niemand verhindert deren Einschüchterungsrituale und korrupte Machenschaften, die allein die Funktion haben, ihre Macht aufrechtzuerhalten, ohne jemals einen Funken Veränderung oder Innovation zuzulassen!«

Noch immer wie unter Schock nickt Alice stumm. Das alles ist ihr zu abstrakt, zu pauschal, und sie hat weder die Ruhe noch genügend Hintergrundwissen, um darauf reagieren zu können, und will es auch gar nicht. Was hat das mit ihr zu tun?

Etsuko setzt ihre Brille ab. Und wieder auf. Alices Füße beginnen nun ebenfalls am Boden zu federn, im Rhythmus einer Nähmaschine bei einer sehr langen Naht.

»Aber wenn einer mit Durchblick wie mein Bruder sich wehrt und versucht solche eingefahrenen Strukturen aufzubrechen, wird er versenkt, und zwar richtig, am besten unauffindbar, unüberprüfbar wie in einem Moorsee. Seit einem halben Jahr liegt Tadashis Tod jetzt im Dunkeln, nichts wurde seitdem geklärt. Wenn sich die Leute in der Meute das Maul zerreißen, sind sie beschäftigt, das erspart ihnen das Nachdenken und eigenes Engagement. Die Wirklichkeit eines Staates, in dem der eigentliche Machthaber nicht klar definiert ist, wo selbst lokale Regierungen bei zentralen Bürokraten antichambrieren müssen, um notwendige Haushaltsmittel zu erbetteln, ist nicht nur kaum zu begreifen, sondern bleibt provokant unangreifbar«, wettert Etsuko.

Dranbleiben, denkt Alice, einfach nur dranbleiben. Wer außer Etsuko kann sonst das Geheimnis um Tadashi Yamamoto erhellen? Sie muss sie dahin zurückführen. »Nach allem, was ich gehört habe, war Ihr Bruder sehr populär und bestimmt auch recht einflussreich – als Chefredakteur?«

»Weder das eine noch das andere.« Etsuko klingt verbittert.

»Ich habe viel Positives über sein soziales und politisches Engagement gehört.«

»Und wer dankt ihm das jetzt? Wer nimmt ihn sich zum Vorbild, führt weiter, was er begonnen hat? Alle schweigen, niemand muckt jetzt mehr auf. Tadashi wusste, wie viel Zeit es brauchen würde, hier etwas umzusetzen. Er wollte rechtzeitig Anstöße geben. Aber wirksame Veränderungen, hier bei uns? Da kriecht eher eine Schnecke in aller Ruhe rund um die Welt! Japan müsste und könnte dringend mehr tun, es versteckt sich bis heute hinter den USA.«

»Gut, dann verstehe ich, dass er aneckte. Wenn ich Sie richtig verstehe, war er sich über die Konsequenzen seines Handelns dann aber im Klaren.«

Etsuko erlaubt sich keine Pause mehr. »So ist es! Er war ein Kämpfer und Idealist! Deshalb hätte Tadashi auch niemals Suizid begangen, wo denken Sie hin? Er wusste ja, dass er recht hatte! Haben Sie denn nicht von der Tanaka-Affäre gehört? Mein Bruder verfügte über eindeutige Belege für die Bestechung Tanakas durch Lockheed! Und er hat maßgeblich an Tanakas Rücktritt mitgewirkt, den Preis für seine Aufklärungsarbeit einkalkuliert. Er hätte die lange Wartezeit bis zur Verurteilung des gerissenen und einflussreichen ehemaligen Premierministers ausgesessen! Warum also sollte er, dessen Engagement durch die Festnahme Tanakas endlich gekrönt worden wäre, sich umbringen?«

Etsuko schweigt eine Weile. Ihr Blick verliert sich traurig im Staub der Blumen in der Ikebanaschale. Einerseits scheint sie über den Bruder sprechen, andererseits den von ihr selbst eingeschlagenen Weg nicht zu Ende gehen zu wollen.

»In unserem Land«, sagt sie, »gibt es ökologische Probleme. Sie müssen wissen, nur wenige Gebäude sind wirklich wärmegedämmt, im Sommer wird alles hier elektrisch tiefgekühlt und im Winter überheizt, ökologisch eine Todsünde, und es gibt Probleme, die aus der zunehmend älter werdenden Bevölkerung resultieren.«

Was soll denn das jetzt, fragt sich Alice, was hat das mit mir zu tun?

»Wissen Sie, dass man hier alles Mögliche tut, um alte oder allein lebende Menschen, Junggesellen zum Beispiel, mit elektronischen Hilfsangeboten zu überfrachten? Sind solche Maschinen vielleicht Prothesen, die einen zwischenmenschlichen Kontakt ersetzen könnten – ein Ersatz für eine reelle Kommunikation? Können Sie sich denken, welche Probleme daraus resultieren? Wenn das politisch kein Thema ist, was wird dann langfristig aus einem Volk?«

Hohlwangig saugt sie an ihrer Zigarette.

Ersatzbemerkungen, Ersatzhandlungen, Surrogate wie ihre Zigarette auch, denkt Alice, die sich dieser Frau zunehmend hilflos ausgesetzt fühlt. Jesses, was war mit der jahrzehntelangen sozialen und medizinischen Vernachlässigung der Hibakusha? Und warum hält sie ihr Vorträge über korrupte japanische Verhältnisse, wenn sie nach einem Beleg für Tadashis Vaterschaft befragt wird?

»Am Anfang brachte er das Thema Geburtenkontrolle voran«, schweift Etsuko weiter ab. »Mein Bruder war einer der wenigen, der die Sorgen der Frauen ernst nahm. In einem Land mit rückläufigen Geburtenstatistiken kämpfte er für Chancengleichheit im Studium und bei den Gehältern, für ausgewogene Verantwortungsübernahme von Männern und Frauen. Natürlich machte er sich damit in bestimmten Kreisen keine Freunde, doch darüber setzte er sich hinweg.«

Alice ist die Letzte, die etwas gegen Klimaschutz und Chancengleichheit hat, aber sie möchte endlich Belege für Tadashis Vaterschaft!

Es ist zum Verrücktwerden. Ihr fallen die in Japan verbreiteten, beheizten Klobrillen ein. Sie ertappt sich bei dem Gedanken an den Unsinn solcher Energieverschwendung und, spontan wie sie ist, hätte sie es beinahe erwähnt.

Konzentrier dich! Du lenkst dich ja selbst ständig ab. Die Tanaka-Affäre ist immer noch undurchsichtig und die Sache mit den Presseklubs hat sie ebenfalls nicht erklärt! Die Vaterschaft! Was ist mit der Vaterschaft?!

Ein bekümmertes Lächeln bewegt Etsukos Mundwinkel.

»Stimmt, ich habe mich auch schon über den ungeheuren Plastiktütenverbrauch hier gewundert. Bei uns versucht man, die Abfallentstehung einzuschränken und geht zu Papiertüten oder abbaubaren Produkten über.«

Etsuko schweigt und Alices Blick fällt auf einen mit Plastiktüten vollgestopften Papierkorb.

Verdammt, was passiert hier gerade? Komm endlich zum Thema!

»Das alles ist weit mehr«, sagt Alice, »als meine Mutter mir jemals berichtet hat. Ihr Bruder muss ein sehr untypischer Japaner gewesen sein.«

»Das war er. Wussten Sie, dass er, bevor er Ihre Mutter traf, in China war? In Nanking?«

»Nein.«

»Nun ja, vergessen wir das.« Etsuko legt den Kopf auf die Seite und beißt auf ihren Lippen herum.

Alice kommt sich vor wie ein Musiker, der versucht, einem alten Waschbrett melodiöse Töne zu entlocken. Bisher hat Etsuko nichts gesagt, was ihre ursprüngliche Unterstellung hätte zementieren können.

Zweifellos ist sie noch nicht bereit, sich ihr zu öffnen. Was aber will sie bewirken? Alice wird ungeduldig. »Möchten Sie mir erzählen, was genau Ihrem Bruder zugestoßen ist?«

»Haben Sie nicht verstanden? Glauben Sie es immer noch nicht? Finden Sie den zeitlichen Zusammenhang seines Todes mit dem Unfall Ihrer Eltern nicht selbst merkwürdig?«

»Wie bitte ...?«

Alice ist fassungslos. Das wird ja immer verrückter! Was hat das eine mit dem anderen zu tun?

»Meine Eltern kamen bei einem Autounfall ums Leben.«

»Davon hörte ich, ja.«

»Aber durch wen denn? Durch wen haben Sie davon gehört? Meine Eltern standen nicht gerade im Licht der Öffentlichkeit wie ihr Bruder vielleicht, sie hatten auch keinen Kontakt zu ihm.«

»Wissen Sie, Städte sind wie Hörrohre.«

»Ich weiß nicht, Yamamoto-san, vielleicht in Bezug auf bestimmte Leute, bei meinen Eltern erscheint mir das sehr unwahrscheinlich.«

Etsuko steckt sich eine neue Zigarette an. »Tadashi und ich hatten eine gemeinsame Bekannte. Sie arbeitet für die japanischen Kulturinstitute in Köln und Berlin.«

»Dann kann das mit dem Hörrohr nicht stimmen. Meine Eltern sind schon vor Jahren nach Süddeutschland verzogen. *Ich* wohne in Köln. Es wäre doch merkwürdig, sich an meine Eltern zu wenden, wenn man an mich sehr viel einfacher herankäme!«

»Ich traf Tadashi kurz vor seinem Tod. Sie haben ihn nach Tokio ausgeflogen.«

Jetzt stockt Alice der Atem. »Nach Tokio? Hoffte man, dort mehr für ihn tun zu können?«

»Das hatte andere Gründe, glauben Sie mir.«

»Die wollen Sie mir aber nicht nennen, obwohl Sie vermuten, dass ich seine Tochter bin?«

»Das kann doch nicht so schwer nachzuvollziehen sein. Hiroshima ist eine kleine Stadt, Tokio ist weit weg.«

»Wollen Sie damit sagen, dass Unkorrektheiten in Tokio besser vertuscht werden können?«

»Genau.«

»Sie gehen also von einem Mord aus? Einem politischen?«

Etsuko schweigt.

»Wohin hat man ihn denn gebracht?«

»In das Imperial Hospital von der Todai Universität.«

»In die Tokyo-*daigaku*?«

»Ja.«

»Könnte die Entscheidung, ihn dorthin zu bringen, nicht medizinische Gründe gehabt haben, um ihm dort besser helfen zu können?«

»Sie können glauben, was Sie wollen, ich weiß, wer dahintersteckte, wenn ich auch nicht genau weiß, wer die verantwortlichen Ausführenden waren.« Etsuko erhebt sich, kramt in einer Schublade der Anrichte herum und kommt mit einem zerknitterten Zettel zurück.

»Aber Sie sagten doch, Sie hätten Ihren Bruder noch persönlich sprechen können.«

»Als ich in Tokio ankam, war er noch kurz bei Besinnung, er konnte schon nicht mehr sprechen, krächzte nur noch, doch übergab er mir dies hier.«

Etsuko reicht Alice einen handgeschriebenen Zettel, auf dem allerdings nur wenig, und das noch in *kanji*-Schrift, steht.

»Sie können sich sicher denken, dass ich *kanji*-Schrift nicht lesen kann.«

»Ich habe es fotokopiert, Sie können es überprüfen lassen. Es gibt auch in Deutschland Dolmetscher, aber ich kann Ihnen den Inhalt übersetzen: ›Teresa will es nicht zugeben, aber sie hat eine Tochter von mir. Ich habe einen Notar beauftragt, um nach ihr zu suchen.‹ – Stört Sie der Rauch?«

Mehr hat sie nicht? So etwas gibt er ihr, in der Stunde seines Todes? Ungläubig starrt Alice das Stück Papier an. So ein Quatsch! Und selbst wenn? Was beweist das? Er kann alles Mögliche behaupten!

»Nein, nicht der Rauch. Nur, wie gesagt, habe ich niemals eine Nachricht, ein Anschreiben oder Ähnliches erhalten. Wenn meine Adresse einem Notar oder Tadashi, pardon, Ihrem Bruder bekannt war, wieso hat er sich nicht direkt an mich gewandt? Ich wäre dem nachgegangen, das können Sie mir glauben! – Verzeihung, macht es Ihnen etwas aus, wenn wir die Fenster doch kurz etwas öffnen?«

Etsuko erhebt sich und schreitet, die Zigarette im Mundwinkel, zum Fenster.

Wie mager und bleich sie ist!

»Mein Bruder war kein Dummkopf, wissen Sie. Er liebte Teresa noch immer. So rücksichtslos, einen Keil zwischen Sie und Ihre Mutter zu treiben, wäre er niemals gewesen.«

»Nach allem, was ich bisher über ihn gehört habe, war er ein Mann von Charakter.«

Sie sitzen sich stumm gegenüber. Eine Weile versinken beide in Schweigen, dann fragt Alice: »Haben Sie eine Ahnung, was die beiden auseinandergebracht hat, Teresa und Tadashi? Wie erklären Sie sich ihre Trennung? Woher wusste er, dass meine Mutter von ihm schwanger war? Ein uneheliches Kind wäre für Teresa unter damaligen Verhältnissen nicht gerade eine ideale Voraussetzung gewesen, um nach Deutschland zurückzukehren, im Gegenteil. Außerdem, danach zu urteilen, wie positiv meine Mutter über ihn sprach, kann sie ihn unmöglich von sich aus verlassen haben.«

Im Bleigrau der zum Fenster ziehenden Schwaden kauert sich Etsuko Alice gegenüber auf den Tatamiboden. Ihr enger Kostümrock spannt sich über ihren schmalen Oberschenkeln.

Längere Zeit betrachtet sie Alice schweigend. Dann sagt sie leise, mit einer Stimme, die resigniert klingt und voller Trauer: »Ich weiß es nicht. Vielleicht war das der einzige Fluchtpunkt im Leben dieses Mannes, der vor nichts zurückwich? Vielleicht hatte er Angst vor der Endgültigkeit ...«

»Eine Flucht? Vor Teresa?«

»Kennen Sie das nicht? Es gibt Menschen, die man sich nicht zugesteht. Man flieht vor dem unbegreiflichen Abgrund tiefer, endgültiger Erfüllung. Vielleicht war Teresa für ihn so ein Mensch.«

Etsuko sieht auf die Uhr und erhebt sich abrupt. »Verzeihung«, sagt sie, »fast hätte ich es vergessen, ich bin viel zu spät dran, ich habe einen Termin.« Sie weist mit dem Finger auf ihr Kostüm. »Sehen Sie, ich hatte mich bereits dafür umgezogen.«

»Darf ich Sie noch einmal besuchen, bevor ich abfahre?«

Nervös sieht Etsuko ein weiteres Mal auf die Uhr, notiert sich den Namen von Alices Hotel und ihre Zimmernummer. Sie werde es sich überlegen und dann dort anrufen.

PRESSEKLUBS

Etsukos Anruf erreicht Alice am Abend um kurz nach halb acht. Als man ihn ihr durchstellt, atmet sie erleichtert auf. Wenn sie den letzten von Jason für sie in Tokio vereinbarten Termin wahrnehmen will, muss sie spätestens am nächsten Tag abreisen.

»Ich könnte in einer halben Stunde bei Ihnen sein«, schlägt sie Etsuko vor.

»Gut, aber wären Sie damit einverstanden, dieses Treffen auf spätestens zweiundzwanzig Uhr dreißig zu begrenzen?«

»Sehr gerne, selbstverständlich.«

Alice betrachtet sich im Spiegel und beschließt, sich nicht noch einmal umzuziehen. Ihre Haare riechen noch immer nach Zigarettenrauch, sie wird sie später waschen. Mit nach vorne gebeugtem Kopf bürstet sie ihre Mähne ein paar Mal kräftig gegen den Strich, dann hebt sie den Kopf, schüttelt das Haar und bürstet es noch einmal durch. Sie wäscht sich das Gesicht und cremt sich die Hände ein, verschließt ihre Zimmertür und steckt den Schlüssel in ihre Jackentasche.

Alice hofft inständig, diesmal mehr aus Etsuko herauszubekommen, und nimmt sich vor, das Gespräch mit einer, wie sie glaubt, unverfänglichen Frage nach den Presseklubs zu beginnen.

Sie geht zu Fuß, die kühle Luft tut ihr gut. Wach und konzentriert steht sie vor der Klingelanlage von Etsukos Wohnhaus, atmet einmal tief durch und drückt den Klingelknopf.

Etsuko hat inzwischen gelüftet. Alice nimmt einen unbekannten, für sie undefinierbaren Blumenduft wahr. Die Wäsche ist weggeräumt, der Aschenbecher geleert. Auf dem Tisch steht ein Teller mit heißen *mochis*, den Alice aus Kyoto bekannten Reisküchlein, daneben ein Sojasoßendipp. Auf zwei Grillöfchen glimmen kleine Holzkohlenscheite und Tannenzapfen.

»Darauf werden die *ebis* gegrillt«, erklärt Etsuko, »bitte, nehmen Sie Platz.« Sie weist zum Tisch, an dem zwei »westliche« Stühle stehen, und stellt noch zwei Schälchen Garnelen und eines mit eingelegtem, sauren Gemüse darauf. Etsukos Lächeln, das sich im Raum ausbreitende Kiefernaroma und eine aufkommende Zuversicht beflügeln Alice. Für einen Moment schwimmt sie auf der Welle eines verwandtschaftlich-vertrauten Gefühls.

Etsuko sitzt Alice friedfertig gegenüber. Einträchtig nippen sie an ihrem Tee, genießen die köstlichen Snacks und Alice suhlt sich in entspannter Zufriedenheit. Alles ist gut. Alles ist gut. Wie Butter auf milder Flamme schmilzt sie in dieser noch vor Kurzem als wenig heimelig empfundenen Wohnung dahin. In einer Art gefühlsmäßiger Symbiose akzeptiert sie fast schon die Verwandtschaft mit dieser ihr fremden Frau und ihrem mysteriösen Bruder. Dabei hat sie sich fest vorgenommen, von Etsuko weitere Beweise für eine Vaterschaft Tadashis zu fordern. Mit einem Umweg über die japanischen Presseklubs hofft sie, Etsuko zu näheren Angaben ermutigen zu können.

»Bitte, Etsuko-san, erklären Sie mir die Funktionsweise der japanischen Presseklubs. Ich weiß zu wenig darüber und kann Tadashis Austritt daraus nicht richtig einordnen.«

Etsuko zuckt zusammen und blickt Alice misstrauisch an. »Das wissen Sie also auch schon! Den Grund für seinen Austritt hat man Ihnen aber wohl nicht genannt?«

»Nur in dubiosen Andeutungen.«

»Ja,« sagt sie gedehnt, »die sind auch kein Zufall, diese Andeutungen, sondern beabsichtigt.«

»Andererseits hörte ich, dass es im Leben eines Journalisten ein wichtiger Karriereschritt ist, dort aufgenommen zu werden und Mitglied zu sein.«

»Nicht unbedingt. Mein Bruder war Chefredakteur bei einer der führenden Tageszeitungen Japans. Sie gehört zu den sogenannten Inside-Medien, was eine Mitgliedschaft in einem Presseklub zwingend voraussetzt, weil man nur dort an wichtige Informationen herankommt. Wird eine dort erhaltene Information allerdings als vertraulich eingestuft, darf diese nicht veröffentlicht werden. Deshalb zog Tadashi es – nach vielen Jahren der Mitgliedschaft! – am Ende vor, als freier Journalist für ein Wochenmagazin zu arbeiten, um über die skandalösen Vorgänge berichten zu können. Damit setzte er sich dem Vorurteil aus, verantwortungslos dem Sensationsjournalismus zu huldigen. Als Presseklubmitglied hätte Tadashi über die Machenschaften unseres korrupten Premiers nicht berichten dürfen.«

»Ich glaube gelesen zu haben, dass es dabei um Bestechung durch die amerikanische Firma Lockheed ging?«

»Und ob, obwohl das nicht Tanakas einziges Vergehen war … All das sollte nicht nur verschleiert, sondern gezielt verheimlicht werden.«

»Ist Pressefreiheit denn hier nur ein Wort? Ich hielt Japan bisher für ein demokratisch geführtes Land.«

Sie schnauft. »Die Frage ist mehr als berechtigt. In der Tat ist das System der japanischen Presseklubs ungewöhnlich und weltweit einzigartig. Möchten Sie mehr darüber erfahren?«

»Ja, bitte. Gibt es viele davon in Japan? Presseklubs, meine ich.«

»Etwa achthundert. Sie sind meist einer Institution, einer Partei zum Beispiel, einem Ministerium oder Industrieverband zugeordnet und befinden sich meist in deren Gebäuden.«

»Direkt in deren Gebäuden? Das begünstigt doch geradezu das, was wir in Deutschland eine Filzokratie nennen.«

»Wem sagen Sie das! Ihre Sichtweise hätte Tadashi erfreut. Hier bei uns stand er allein damit. Ausschließlich Journalisten der Presseklubs gelangen an bestimmte Informationen, die sonst niemandem zugänglich sind und strengster Geheimhaltung unterliegen. Er war Mitglied eines solchen.«

»Sie sprechen von Inside-Medien, gibt es auch Outside-Medien?« Alice schmunzelt.

»Ja, natürlich, und zum Lachen ist das leider nicht. Grundsätzlich unterscheidet man bei japanischen Journalisten und Medien zwei Gruppen: Die Mitglieder der Presseklubs, die Angestellte der bedeutenden Inside-Medien sind, also Journalisten der großen nationalen Tageszeitungen, des staatlichen Fernsehens NHK, der Radiosender und der japanischen Nachrichtenagenturen, und die Nichtmitglieder, denen der Zutritt zu den Presseklubs verwehrt bleibt. Nicht aufgenommen werden Journalisten, die bei den sogenannten Outside-Medien arbeiten. Dazu gehören ausländische Zeitungen, Zeitschriften, Privat-TV-Sender und alle Nachrichtenagenturen, aber auch japanische Wochen- und Monatszeitschriften, freie Journalisten und private Radiosender. Diese sind vom Informationsfluss in den Presseklubs ausgeschlossen.«

»Dann kommen die internationalen Nachrichtenagenturen, also auch unsere Auslandskorrespondenten, an wichtige Insiderinformationen über Japan gar nicht erst heran?«

»Genau.« Etsuko nickt. »Auf diese Weise wird gezielt verhindert, dass Nachrichten über Japan ungewollt ins Ausland gelangen.«

Überrascht bemerkt Alice, dass ihr Mund offen steht, sie schließt ihn und schluckt.

»Journalisten der Inside-Medien können also Kenntnis von schmutzigen Geschäften und Korruptionen von Politikern, Industriellen oder Gewerkschaftlern haben, ohne dass diese befürchten müssten, durch die Presse öffentlicher Kritik ausgesetzt zu werden?«

»So ist es.«

»Und alle Mitglieder halten sich daran?«

»Richtig.«

»Dann verstehe ich, weshalb Tadashi, pardon, Ihr Bruder aus seinem Presseklub austrat, das hätte ich auch getan!«

»So? Das erfordert aber eine Menge innerer Unabhängigkeit, man muss dafür ziemlich viel ertragen können. Diskriminierung, soziale Ächtung, Hohn und Spott. Er wollte frei sein, das war der Grund dafür, dass er schließlich bei einer Wochenzeitschrift arbeitete, die weder einer Zensur unterliegt noch daran gehindert werden kann, Informationen an das Ausland zu liefern. Aber man bezichtigte ihn mangelnder Loyalität, nannte ihn einen Verräter. Nachdem sich, ausgelöst durch seine Veröffentlichungen, die amerikanische Presse darangemacht hatte, die Lockheed-Bestechungen genauer zu untersuchen, und dafür Bestätigung aus Kreisen von Lockheed selbst erfuhr, gelangte die Information an die japanischen Presseklubs zurück und löste eine Art Großbrand in den japanischen Medien aus. Denn nun war man gezwungen, das Thema ebenfalls, auch öffentlich, aufzugreifen.«

»Unglaublich. Dann müsste Ihr Bruder aber doch eigentlich zu einer Art Nationalheld geworden sein?«

»Ha«, entrüstet sich Etsuko, »das Gegenteil war und ist noch immer der Fall. Wir sind hier nicht in Europa oder in Amerika, wir sind in Japan.«

»Aber jetzt, ich verstehe das nicht, inzwischen müsste doch alles bereinigt sein?«

»Eben nicht. Das hängt mit dem überdurchschnittlichen Vertrauen zusammen, das die offiziellen Zeitungen und das Fernsehen, die von den Inside-Medien bedient werden, besitzen. Es sind nicht nur die hohen Einschaltquoten und die enormen Auflagen, die die weitaus größte Menge der Zuschauer und der Leserschaft beeinflussen. Viel schlimmer: Die Medien stimmen auch den Tenor ihrer Berichterstattung untereinander ab, mit dem Ziel, möglichst wenig in die Tiefe zu gehen. So wurden die Korruptionsvorwürfe gegen Tanaka nach dessen Rücktritt von den sogenannten seriösen Medien auf billigen Sensationsjournalismus reduziert, was umso leichter gelang, als Tanaka noch immer nicht verurteilt worden war. Dessen Rücktritt als Ministerpräsident liegt mittlerweile bereits vier Jahre zurück, und bisher ist noch immer kein Urteil gegen ihn ergangen. Im Gegenteil, momentan scheint er überall wieder hoch im Kurs zu stehen!«

»Unglaublich, das klingt nach einer geradezu mafiösen Struktur. Eines verstehe ich aber immer noch nicht. Normalerweise befinden sich Tageszeitungen in einer Wettbewerbssituation, die sie drängt, sich gegenseitig mit Informationen zu übertrumpfen. Es sind doch Wirtschaftsbetriebe. Mal angenommen, eine Zeitung würde auspacken, und es würde sich enorm auflagensteigernd auswirken, würden die anderen dann nicht nachziehen?«

»Nein. Ich habe gerade versucht zu beschreiben, warum die Gefahr durch feste Regeln und Vorschriften der Presseklubs von vornherein eingedämmt wird. Würden sie von auch nur einer einzigen Person nicht eingehalten, hätte das eher den Ausschluss sämtlicher Mitarbeiter der Zeitung zur Folge, als dass sich andere mit ihnen solidarisieren würden.

Die Zeitung würde landesweit von sämtlichen anderen Medien niedergemacht und ihre Angestellten und Kader auf immer aus den Presseklubs ausgeschlossen werden. Auf seine Presseklub-Mitgliedschaft will niemand, der sie endlich errungen hat, verzichten. Noch nie wurde auch nur ein einziger der dort bekannten Wirtschafts- oder Bestechungsskandale durch einen Journalisten eines Presseklubs aufgeklärt oder auch nur angesprochen.«

»Dann hat Ihr Bruder mit seinem Austritt verursacht, dass viele Leute entlassen wurden? Das würde die Anfeindungen ja erklären.«

»Tadashi ist zuerst ausgetreten, was keiner verstand, und hat dann nach seinem Wechsel die Informationen preisgegeben. Natürlich fühlten sich dennoch viele Leute dadurch in Misskredit gebracht. Übrigens ist dieses Thema bei uns in Hiroshima noch immer etwas, womit Sie ein Streichholz an einen trockenen Heuboden halten.«

»Unfassbar.« Alice schüttelt ungläubig den Kopf. »Und deshalb tut das dann keiner.«

»So ist es. – Wurden denn nicht in Deutschland ebenfalls Schmiergelder für Starfighter-Einkäufe bei Lockheed gezahlt? Wird denn bei Ihnen darüber berichtet?«

»Ja, ich habe davon gehört, aber so genau konnte ich das in letzter Zeit nicht verfolgen. Mehrere europäische Politiker – ich glaube sogar ein Monarch – sollen darin verwickelt sein, unter anderem unser ehemaliger Verteidigungsminister Franz-Josef Strauß, dem man bisher aber nichts nachweisen konnte. Doch ich bin mir ganz sicher, dass auch bei uns bereits Untersuchungen zu den Lockheed-Bestechungen laufen.« Alice sieht auf die Uhr. Die Zeit rennt. Schließlich war es Etsuko gewesen, die um eine zeitliche Begrenzung gebeten hatte. Was war es denn nun wirklich, Mord oder Selbstmord?

»Verzeihen Sie, Etsuko-san, so präsent wie Ihnen ist mir vieles leider noch immer nicht. Was genau hatte Tadashi über Tanaka denn nun herausgefunden?«

»Wider sämtliche Expertengutachten zwang er als Ministerpräsident der staatlichen Fluggesellschaft ANA auf, die Tristar L1011-1 von Lockheed anzuschaffen und kassierte vom Hersteller dafür Schmiergelder in Millionenhöhe. Weder hatte er überhaupt eine Ahnung, noch folgte er den gegenteiligen Expertenmeinungen und er kam damit durch! Das ist Japan. Eine absolut unausgereifte Passagiermaschine, die kaum jemand auf der Welt kaufen wollte und von der bisher bereits zwei explodiert sind. Lockheed waren die Mängel bekannt, deshalb arbeiteten sie noch an Verbesserungen, aber Tanaka, ein absoluter Laie auf diesem Gebiet, bestellte die unausgereiften Prototypen. Ausschließlich wegen der Bestechungsgelder – *bakaro!*«

»Gut, aber wenn sogar Beweise für all das vorlagen, warum sollte dann jemand ihren Bruder ermorden?«

»Tadashi hatte sich festgebissen. Er hätte die Angelegenheit weiter unerbittlich verfolgt und auch nach weiteren Skandalen geforscht. Was, wenn Tadashis Beispiel Schule gemacht hätte? Das mussten Tanaka und seine Hintermänner zumindest befürchten. Was Tanaka bei sich selbst für möglich hielt, traute er auch anderen intelligenten Menschen zu. Nehmen wir einmal an, er befürchtete, eine Organisation mit anders gerichteten Interessen hätte meinen Bruder für seine Recherchen oder sein vorbildliches Verhalten lukrativ entlohnt. Jeder Mensch schließt doch von sich auf andere. Dass es Menschen wie meinen Bruder gibt, aus völlig anderem Holz geschnitzt, nämlich uneigennützig und idealistisch, und dass der aus einer ganz anderen Motivation heraus handelte, geht in solche Holzköpfe nicht rein. Ein machtgeiles Scheusal wie Tanaka kann sich das gar nicht vorstellen. Er und sein Clan fühlten sich durch Tadashi bedroht und sie haben ihn kaltgestellt, wie genau, weiß ich nicht, aber damit das nicht herauskommt, verfrachteten sie ihn ja nach Tokio. Als ich endlich dort war, lebte er nur noch wenige Minuten. Er muss bis zuletzt an Ihre Mutter und Sie gedacht haben, anders ist es nicht zu erklären, dass er mir diesen Zettel übergab.«

Nach mehr als dreißig Jahren gibt er ihr am Sterbebett einen Zettel und denkt ausgerechnet an Teresa? Was, wenn Etsuko nicht gekommen wäre? Irgendetwas stimmt nicht.
»Bitte, nehmen Sie mir meine Frage nicht übel, Etsuko-san, aber wenn Sie vermuten, dass es kein Selbstmord war, haben Sie dann … Ich meine, wurde von Seiten des Krankenhauses dann nicht die Polizei mit der Aufklärung des Falles beauftragt? Woran ist er denn eigentlich gestorben?«
»Da gibt es nichts zu vermuten. Niemand, der die Mächtigen angreift, ist bei uns sicher! Tanaka trat 1974 zurück, gezwungenermaßen und nur unter dem enormen Druck der Veröffentlichungen, aber erst 1976, als die Schmiergeldsummen von Lockheed bestätigt wurden, wurde er verhaftet – um nur wenige Monate später gegen Kaution wieder freigelassen zu werden!«
Etsuko sieht auf die Uhr.
Es ist zwanzig Minuten vor elf. Alice erhebt sich.
Überrascht sieht sie Tränen über Etsukos Wangen perlen. Bei ihr sicher kaum eine Folge von Vitamin-B-Mangel. Sie, die die ganze Zeit über so überaus beherrscht und kontrolliert war, weint jetzt ganz still und ohne zu schluchzen. Alice sucht in ihrer Blazertasche nach einem Papiertaschentuch und reicht es Etsuko, die es hastig ergreift und sich vor das Gesicht hält. Alices Wut ist verflogen. Doch über die fragwürdige Vaterschaft weiß sie noch immer kaum mehr.
»Tadashis Leben war wie ein Erdbeben«, sagt Etsuko zum Abschied, »gewaltig, bewegt und verstörend. Zugleich war er ein Mann von großer Verletzlichkeit, berührender Aufrichtigkeit und wirklicher Loyalität seinem Land gegenüber. Nur, dass das kaum jemand erkannte.«
Auch hier hat Alice das Bedürfnis, diese igelige Frau einfach in die Arme zu nehmen, entscheidet sich aber, wie bei

Masumi, dagegen. Sie braucht ihre Stacheln ja noch. Vielleicht und hoffentlich sogar noch länger als Masumi.

Später denkt sie noch einmal darüber nach. Sie hätte es einfach tun sollen, diesmal.

HEIMKEHR

Heimkehr
Beim ersten Schneien
Das Meer ein wenig ferner
Doch wo die Berge?

Shiki (1867–1902)

Teresa ahnte seinen Gesichtsausdruck, bevor sie ihn in der Menschenmenge auf dem Bahnsteig entdeckte. Dann hielt er sie lange mit geschlossenen Augen fest an sich gedrückt.

Leise, fast flüsternd begrüßte er sie: »Wie wunderbar, du bist wieder da.«

»Lieb von dir, dass du gekommen bist, Curt.« Teresas Stimme klang matt. Von ihrer Familie war niemand zu sehen.

Der Kieler Bahnhof war ein gewölbtes Gerippe aus Stahl. Er sah kaum anders aus als bei ihrer Abfahrt, noch keine einzige zerstörte Scheibe war ersetzt worden. Gerade mal die Schuttberge in der Halle hatten sie entfernt. Wie damals liefen abgerissen wirkende, blasse Gestalten mit suchenden Blicken die nach Kohlendunst stinkenden, nasskalten Bahnsteige entlang. Ausgemergelte Männer und Frauen in dünnen Mänteln fielen sich weinend um den Hals. Schwarze Krähen flogen durch das offene Bahnhofsdach und Schneeregen rieselte herein.

»Deine Eltern warten zu Hause auf dich, deine Mutter hat einen Rosinenkuchen gebacken«, sagte Curt.

»Und was sagt Eva dazu, dass ich schon wieder zurück bin?«

Teresa blickte ihm fest ins Gesicht, suchte nach einer ehrlichen Antwort. Curt zögerte, fasste sich an sein rechtes Ohr.

»Teresa, es gibt etwas, das du noch nicht weißt.«

Teresa sah müde zu ihm auf. »Hat sie geheiratet?«

Seine Augen klammerten sich an seinen Schuhen fest, dann sah er ihr fest in die Augen. Stockend, mit heiserer Stimme brach es aus ihm heraus: »Teresa … deine Schwester … sie ist verunglückt.«

»Sind sie deshalb nicht da? Liegt sie etwa im Krankenhaus?«

»Sie ist tot.«

»Was?!«

»Erinnerst du dich an die Schienen unten an der Hansastraße, gleich hinter der Kurve? Dort ist es passiert, sie kam im Dunkeln von der Arbeit nach Hause. Beim Überschreiten der Gleise wurde sie von einer Lok erfasst und überfahren.«

»Nein!!«

Er glaubte zu wissen, woran sie dachte: erst Ina, dann Herbert und nun auch noch Eva.

»Wir haben dir nach Hiroshima geschrieben, deine Eltern und auch ich. Vermutlich braucht die Post dorthin wohl sehr lange. Ein Telegramm mit dieser Nachricht, das wollten wir nicht. Wahrscheinlich hast du die Information deshalb noch nicht bekommen. Gerade deshalb waren wir alle froh, als dein Telegramm kam.«

Wir alle, wer war das, ihre Eltern, er? Gehörte er schon zur Familie?

»Und warum sagst gerade du mir das mit Eva?«

»Ich habe es deinen Eltern versprochen. Wir haben lange überlegt. Sie bringen es nicht übers Herz, dich ausgerechnet mit so einer Nachricht zu empfangen, wir haben uns gedacht …«

»Schon gut, ich verstehe. Danke, dass du es mir gesagt hast.«

Er warf ihr einen traurigen Blick zu.

»Ich bin froh, dass du wieder da bist, Teresa.« Er fuhr ihr tröstend durchs Haar. »Ich habe so lange auf dich gewartet.«

Teresas Blick folgte den schmutzigen Schuhabdrücken im wässrigen Schneematsch der Bahnhofshalle. Wie benommen trat sie in die Stapfen hinein, mit jedem Schritt ein Stück weiter in diese neue deutsche Welt, in der nun auch Eva fehlte. Schon auf dem Bahnsteig, bevor sie die Bahnhofshalle erreichten, hatte Curt ihr den kleinen Pappkoffer abgenommen. Als er die Ausgangstür öffnete, schlug ihnen ein eiskalter Wind entgegen. Die herabfallenden, am Boden zerrinnenden Schneeflocken durchnässten Teresas dünnes Schuhwerk im Nu.

Ihre Heimatstadt Kiel, alte Frauen mit Kopftüchern auf rostigen Fahrrädern, quietschende Straßenbahnen mit Holzbänken, Matsch aufspritzende, vorbeiknatternde Mopeds und Lastwagen und schmutziger Schnee, das war jetzt wieder ihr Deutschland, ein gleiches, ein anderes Deutschland. Müde und matt sah sie zu Curt auf. Aber es gibt doch noch ihn, sagte sie sich, seine ruhige, sichere Nähe. Die Wärme seiner Stimme.

Vom Ende des Bahnhofsvorplatzes wehte ein warmer Fleischgeruch herüber. Aus einem notdürftig aufgesteckten Abzugsrohr stieg weißer Rauch aus einer Bretterbude auf.

»Heiße Brühe«, schnarrte eine Männerstimme von dort. »Heiße Erbsensuppe!«

»Möchtest du eine Erbsensuppe, Teresa?«

»Nein, aber für eine heiße Fleischbrühe könnte ich jetzt sterben.«

»Ist die mit Einlage?«, fragte Curt den Verkäufer, als sie die Bude erreicht hatten.

»Das ist beste Brühe, guter Mann, allerfeinste Rinderbrühe. Da sind keine Nudeln drin, falls Sie das meinen.«

»Schon gut, Curt, ich will keine Nudeln, nur die Brühe trinken, darf ich?«

Curt bezahlte mit Reichsmark, Teresa erschrak, aber jetzt war es zu spät. Die Brühe kostete ein Vermögen! Sie hielt ihm ihre heiße, noch halb volle Tasse entgegen.

»Komm, dann probier du aber auch mal!« Er schüttelte den Kopf.

»Ganz allein nur für dich«, sagte er.

Im Schneegriesel, vor den fehlenden Fensterscheiben ihrer grauen, skelettartig abgemagerten Heimatstadt, vor den mit Einschussspuren versehenen Hauswänden der umliegenden Ruinen pustete Teresa genussvoll auf die Brühe, die wohltuende Flüssigkeit abwechselnd kühlend und schlürfend.

Hier am Ende des Platzes erhoben sich seitlich der freigeräumten Hauptstraße, entlang den Schienenpaaren der Straßenbahnen noch immer riesige Schutthalden. Mit den Augen verfolgte Teresa ein paar abgerissen wirkende Gestalten, die verschreckt umherlugend aus Lücken zwischen den Schutthalden hervortraten, um nach kurzer Zeit wieder wie flinke Wiesel dahinter zu verschwinden. Scheue Menschen, dunkel gekleidet, vorsichtig umherspähend, die hastig und immer von anderen gefolgt in den Ruinen verschwanden und kurze Zeit später wieder auftauchten, um alsbald erneut unsichtbar zu werden.

»Schwarzhändler«, sagte Curt, »hier am Bahnhof versuchen es alle. Aber ohne sie hätte deine Mutter keinen Rosinenkuchen für dich backen können. Ein Pfund Zucker kostet hundertzwanzig Reichsmark, ein Pfund Kaffee kriegst du nicht unter fünfhundert.«

»Meine Güte, das ist ja fast wie in Hiroshima.«

»Kann ich mir vorstellen. In den Wochenschauen habe ich gesehen, wie es dort aussieht. Dabei habe ich immer an dich gedacht, war in Gedanken bei dir, Teresa. Du warst sicher besser versorgt als die dortige Bevölkerung, oder?«

»Ich weiß«, flüsterte Teresa überrascht. Curt hatte offenbar eine realistischere Vorstellung davon, wie es in Hiroshima aussah, als sie es bei ihrer Ankunft in der zerstörten Stadt hatte.

»Und bei den Preisen hat Mutti wirklich einen Rosinenkuchen gebacken ...?«

»Sie haben es gern getan, und es ist gut, dass du einschätzen kannst, was es bedeutet, die beiden haben allerhand dafür riskiert.« Curt ergriff ihren Arm und ging eine Weile still neben ihr her.

Teresa blickte zu ihm auf. Was mochte in ihm vorgehen? Er war mager und blass, doch um seine Mundwinkel lag ein entschlossener Zug und um seine Augen gruppierten sich noch immer die Lachfältchen, an die sie sich, kniehoch im Wasser von Miyajima–guchi stehend, erinnert hatte. Schlagartig wurde ihr klar, dass hier in ihrer Heimat jemand auf sie gewartet hatte, ein anständiger Mensch, Herberts ehemaliger Kamerad und Freund. Inmitten von Kälte, Chaos, Not und Zerstörung.

Und sie begriff, dass er den Kontakt zu ihren Eltern hergestellt und gehalten, ihnen beigestanden hatte, nur um ihr, Teresa, nahe zu sein. Hatten sie sich darüber ausgetauscht, ob es Neuigkeiten von ihr aus Japan gäbe? Mit Ausnahme der Ankündigung ihrer Heimreise hatte Teresa niemandem aus Hiroshima geschrieben.

»Da ist noch etwas anderes, Teresa, etwas, das ich dir sagen möchte, bevor wir bei deinen Eltern eintreffen.« Er wusste nicht, ob der Moment günstig war, fragte sich auch nicht mehr wie bei ihrer Abreise, wie sie es aufnehmen würde, ob sie die Tiefe und Bedeutung seiner Worte ermessen konnte. Er wollte nur endlich sagen, was er bisher immer zurückgedrängt hatte, weil der richtige Zeitpunkt dafür niemals gekommen zu sein schien. Doch nun, bevor sie im erdrückenden Rahmen des Wohnzimmers ihrer Eltern sitzen würden, sollte sie es erfahren. Und Teresa, als hätte der Wind eine dicke Wolke vor der Sonne entfernt, wusste, was er ihr gestehen würde.

Er war ihr die ganze Zeit nahe gewesen. Während der Zeit ihrer Liebe zu Tadashi, während ihrer Enttäuschung und Verzweiflung. In der Realität war sie niemals allein, niemals wirklich verlassen gewesen in Japan.

»Teresa, ich habe dich immer geliebt, lange bevor du Herbert überhaupt kennengelernt hast. Ich war jung, ich traute mich nicht, es dir zu sagen. Dein Vater, der war ja ziemlich berüchtigt …«

»Dann warst also du das? Der mit dem Foto?«

»Es steht noch immer auf meinem Nachttisch.«

»Du warst das!« Teresa sah ihn erstaunt an. »Aber warum hast du nie …«

»Theresa, ich will nicht noch länger schweigen, wir sind beide erwachsen, nun muss es endlich heraus: Ich möchte gern für dich sorgen, auch wenn es beruflich zur Zeit etwas schwer für mich ist. Aber ich kann in meinen alten Beruf zurück und ich werde es für uns beide zu etwas bringen, wenn du nur bei mir bist, gibt mir das Mut. Deshalb frage ich dich, ob du es dir vorstellen kannst, meine Frau zu werden?«

Doch selbst jetzt, wo es heraus war, kam es ihr unwirklich vor. Wie ein Schutzengel war er ihr in ihren Gedanken erschienen, in jener Bucht an der Inlandsee, im lebensentscheidenden, wichtigsten Moment.

»Ich erwarte keine sofortige Antwort, ich will nur, dass du es endlich weißt.«

Beklommen blickte sie zu ihm auf. So unbefleckt, so unschuldig, wie er glaubte, war sie ja nicht, nicht mehr die bemitleidenswerte Witwe des ehemaligen, von ihm so verehrten Vorgesetzten.

»Deine Eltern haben ein Zimmer für dich hergerichtet. Wirst du es bei ihnen aushalten?« Sein Versuch, in ihr Schweigen hineinzuspüren, rührte sie an.

»Ich werde es versuchen. Was deinen Heiratsantrag angeht, möchte ich dir danken, wirklich«, sie blieb stehen und sah ihn liebevoll an, »aber auch ich muss dir etwas mitteilen. Gib mir, bitte, noch zwei oder drei Tage Zeit, wäre das möglich?«

Er griff nach ihrer Hand.

Er ist es, dachte sie. Wieso hatte sie das nicht schon viel früher erkannt? Wie weit muss man sich von einem Menschen entfernen, um zu begreifen, wie nah er einem ist? Das gestohlene Foto! Nie wäre sie auf ihn gekommen!

Sie würde ihm alles erzählen, er musste es wissen, erst danach würde er sich wirklich für sie entscheiden können. Das Ergebnis, wie auch immer es ausfiel, würde sie akzeptieren. Er sollte sie nicht auf einen Sockel stellen, sollte wissen, was ihr passiert war, verstehen, dass es kein Betrug an ihm war.

Aber dann, quälend wie immer wieder auf ihrer Heimreise, tauchte Tadashis Gesicht vor ihr auf. Und noch ein ganzes weiteres Jahr lang fast täglich. Erst mit den Jahren wurde es seltener. So wie Herbert mit der Zeit in ihr verblasst war, geschah es mit Tadashi nie. Sein Bild erschien ihr immer wieder, solange sie lebte.

ABSCHIED VON HIROSHIMA, 1978

Es ist ein Uhr mittags. Der Koffer muss nur noch verschlossen werden, Alice ist fertig zur Abreise. Hiroshima, vor ihrem Fenster, ertrinkt nass, grau und verlassen im Regen. Hinter den geschlossenen Scheiben peitscht der Wind durch die Straßenfluchten und wie wild in die Pfützen, die er aufspritzen, ausbrechen oder verboten aufschäumen lässt. Baumstämme schwanken bis an ihr Wurzelwerk, ihre kahlschwarzen Zweige schnellen wie Geißeln durch die Luft. Was für ein Sturm! Alice hat ohnehin geplant, ein Taxi zu nehmen, statt zu Fuß zum Bahnhof zu gehen.

Noch bleibt etwas Zeit. Mit angezogenen Beinen sitzt sie auf ihrem ungemachten Bett und versucht, Dr. Ohtas Randnotizen auf den statistischen Ausdrucken nachzuvollziehen, weil sie andernfalls alle nutzlos wären. Unbearbeitet würde sie sie nie mehr zuordnen können, es sind zu viele Informationen, die sie sich merken, übersetzen muss. Die Luft im Zimmer ist schwül. Immer wütender, immer despotischer donnert der Regen gegen die Fenster ihres Zimmers.

Sie konnte nicht einschlafen in der vergangenen Nacht, wälzte sich grübelnd im Bett hin und her. Zu Hause hätte sie sich zur Beruhigung eine heiße Milch mit Honig zubereitet oder eine mit Gelbwurz und Kardamom. Danach, mit einem Buch in der Hand, wäre sie schnell eingeschlafen. So aber verbrachte sie Stunde um Stunde, grübelnd und wach.

Sie hat schlechte Filme schon immer gehasst, sich selten dafür eine Karte gekauft. Passierte ihr trotzdem ein Fehlkauf, verließ sie schnellstmöglich das Kino. Aus diesem Film kam sie die halbe Nacht lang nicht heraus, und er ist noch nicht zu Ende – aber was jetzt? Sie kann es nicht fassen. Wieso trifft das gerade sie? Kein Verleger der Welt, böte man ihm eine derart konstruierte Geschichte an, würde je so etwas veröffentlichen! Allein das mit Alex war ja der Gipfel des Vorstellbaren, aber alles was recht ist, dass sich einem Menschen plötzlich eine völlig neue Familienkonstellation offenbart, noch dazu in einem fremden Land, in das man mehr aus Zufall gereist ist? Unmöglich!

Der idiotische Spruch von dem Elefanten, den man schon vor die Apotheke hat kotzen sehen, fällt ihr ein! Und wenn doch? Hat sie ihr Engagement – das genug Leute für übertrieben halten –, ihre Affinität zum Journalismus und zur Literatur von Tadashi? Ihre dunkle Augen- und schwarze Haarfarbe, ihre kleine Nase von ihm? Aber ihre Augen, was ist mit dem Augenschnitt? Der sieht doch völlig normal aus! Werden japanische Mandelaugen nicht dominant vererbt? Gibt es ein Gen für Aufmüpfigkeit, Engagement und Unverbiegbarkeit?

Verdammt, warum erinnert sie sich nicht! Klar, dass sie sich als Kind dafür interessierte, warum Teresa mehrfach mit ihr diesen Augenarzt, an dessen mächtige Stimme und Körperfülle sich Alice sehr wohl noch erinnern kann, aufgesucht hat. Aber sie weiß nicht mehr, weshalb sie dorthin gebracht wurde und was genau dort mit ihr gemacht wurde. Es war ja auch nie von Bedeutung. Sie war sich immer völlig normal vorgekommen. Von grausamen Hänseleien durch Mitschüler oder Nachbarskinder befindet sich nichts, rein gar nichts in ihrem Gedächtnis.

Und wieso zuckst du dann immer zusammen, wenn jemand wie Alex völlig absichtslos nur eine geringe Anspielung auf dein andersartiges Aussehen macht?

Ach, Alex! In einem plötzlichen Zärtlichkeitsschub bückt sie sich zu ihrem noch offenen Koffer hinunter, greift nach der seidenen *yukata*, die er ihr kurz vor der Abfahrt, auf dem Bahnsteig geschenkt hat.

»Damit auch du ein Päckchen zu tragen hast, wenn es auch weniger schwer ist als deines«, hatte er gesagt und hinzugefügt: »Damit deine Haut an mich denkt, bis zum Ende der Reise. Danach sorge ich wieder selbst dafür.«

Sie zieht die *yukata* noch einmal heraus, streichelt über die feine Textur, legt sie sich über die Schultern und tritt vor den winzigen Spiegel der Nasszelle. Hellgelb, ihre Lieblingsfarbe, die so gut zu ihren Haaren passt. Sie hat es ihm niemals gesagt.

Ihre Gedanken und Träume spielen mit ihr Blinde Kuh. Die Melodie ihrer Kindheit fällt ihr ein, Ta-da-shi, Ta-da-shi, der Küchenlappen, den Teresa nach ihr warf, und Bruchstücke, Wiederholungen aus Etsukos Berichten, brennende Sätze, scharf wie ein Löffel voll Wasabi.

Was hat sie eigentlich mit all dem zu tun? Wo bleibt ihr eigenes Leben? Ihr ist, als befände sie sich in einem Strudel, einem Sog aus Teresas Vergangenheit, der ihren Verstand durcheinanderzuwirbeln droht. Kann es denn wirklich wahr sein, dass Teresa und Curt sie die ganze Zeit, wenn auch in der Annahme, es sei zu ihrem Besten, stillschweigend belogen haben? Ihr eine Wahrheit vorgelebt haben, um eine andere zu kaschieren? Ihr bewusst ihren wahren Vater und die Entwicklung einer Beziehung zu ihm vorenthalten haben? Und was Teresa angeht: Hatte sie nicht den Eindruck erweckt, sie wolle ihrer Tochter eines ihrer amourösen Abenteuer erzählen? Hatte sie, Alice, das denn alles nur projiziert? Davon, dass der Mann, den sie bisher dafür gehalten hatte, gar nicht ihr Vater wäre, ist nie die Rede gewesen! In einem solchen Fall hätte Teresa aber doch kämpfen, sich bei ihr, einem damals pubertierenden Gör, durchsetzen müssen, statt ihrem eigenen Bedürfnis nach Erleichterung nachzugeben und die Geschichte für den Rest ihres Lebens unter den Teppich zu kehren.

Und dieser Tadashi? Was für eine tragische Figur! Die uralte Thematik des edlen Ritters von der traurigen Gestalt zur Abwechslung mal in der Moderne!

In der vergangenen Nacht, als sie mit offenen Augen gegen die Decke starrte, waren ihr die Worte von Musils

Ulrich eingefallen: »Man kann seiner eigenen Zeit nicht böse sein, ohne selbst Schaden zu nehmen.«

Ach, sie schweift ab, kann sich einfach nicht konzentrieren. Die verschrobene Handschrift von Dr. Ohta, die Ziffern auf den Statistikblättern verschwimmen vor ihren Augen.

Verdammt, sie ist durcheinander, geschockt und verwirrt. Alles ist so verdammt hanebüchen, und sie fühlt sich so unendlich müde. Erneut geht sie ans Fenster, vergleicht ihre fliegenden Gedankenfetzen mit den durch die Ströme des Himmels gepeitschten Wolken.

Unmöglich, sich unter solchen Bedingungen zu konzentrieren, erst recht auf japanische Statistiken.

Es ist wie vor zwei Wochen, als sie auftauchen wollte aus dieser Unterwasserhöhle bei Miyako-jima, vor deren Öffnung die Glasfischschwärme einen dichten Vorhang bildeten. Fast hätte sie dadurch den Höhlenausgang verpasst, der Blick auf die Öffnung und die Sicht auf den freien Ozean waren völlig versperrt. In fünfzig Metern Tiefe, mit abnehmendem Sauerstoffvorrat in der Tauchflasche. Genauso fühlt sie sich jetzt.

Etwas ist wie verschleiert, versperrt, Alice erkennt den Ausgang nicht.

Wieso konnte sie sich vor Etsuko so klar von diesem Gerücht distanzieren und ist ihr hier im Hotelzimmer so hilflos ausgeliefert?

Aufdringliches Telefonklingeln lässt sie zusammenfahren. Wer kann sie hier denn schon anrufen? Missmutig nimmt sie den Hörer ab.

»*Sumimasén* ...« Es folgt ein japanisches Kauderwelsch, von dem Alice kein Wort versteht.

»Hallo? Ist dort die Rezeption?«

Wieder das Kauderwelsch, dann wird der Hörer offensichtlich weitergereicht. Im Hintergrund vernimmt Alice ein Gespräch auf Japanisch.

»Hello? Miss Amberg? Hier ist der Empfang. Wir möchten uns für Ihren Aufenthalt in unserem Hause bedanken und höflich anfragen, wann Sie planen, Ihr Zimmer zu räumen. Heute Abend findet bei uns eine Tagung statt und wir sind völlig ausgebucht. Das Zimmermädchen …«

Jajaja. Alice bittet darum, ihre Rechnung fertig zu machen und ein Taxi für sie zu bestellen, in zehn Minuten. Sie reckt sich und erlaubt sich einen deftigen Gähner.

Dann faltet sie die *yukata*, legt sie sorgfältig in die Mitte des Koffers zurück, verstaut die Statistikblätter in einer Seitentasche des Handgepäcks – das kann sie auch noch im Flugzeug durchsehen –, zieht den Reißverschluss zu und hakt das Nummernschloss ein. Mit dem Gepäck in der Hand schließt sie die Zimmertür hinter sich, begibt sich zum Fahrstuhl und fährt hinunter zur Rezeption. Dort erkundigt sie sich nach einem Blumengeschäft. Man könne das für sie erledigen, sagt der Mensch vom Empfang, ein anderer als der, den sie kennt. Sie beschreibt zwei ihrer Visitenkarten mit einem Dankesgruß und bittet darum, diese an die Blumensträuße zu heften. Einen für die Ehefrau des Präsidenten der japanischen Gruppe der Ärzte gegen den Atomkrieg und einen für Etsuko Yamamoto. Bei Dr. Ohta hat sie sich bereits mündlich bedankt und verabschiedet. Von Masumi, der Frau, die sie am meisten berührt hat, kennt sie weder die Adresse noch den Nachnamen.

»What kind of flowers?«

»Orchideas.«

Alice verausgabt sich bei den Blumen, aber was sein muss, muss sein. Sie bezahlt ihre Hotelrechnung, legt ihren Zimmerschlüssel auf den Empfangstisch und besteigt kurz darauf das bestellte Taxi. Der Einfachheit halber, um nicht zu lange im Regen zu stehen, will sie selbst ihren Koffer in die Gepäckklappe heben, doch der Taxifahrer winkt ab.

Erstaunt sieht Alice ihn an.

Patterns of Japan, denkt sie. Man darf eben nichts verallgemeinern.

»Bitte zum Bahnhof«, weist Alice ihn an und gleich darauf schieben sich die Scheibenwischer quietschend über die Windschutzscheiben. Alice sucht in ihrer Jeanstasche nach einem Papiertaschentuch, findet keines, greift in die Blazertasche und hält den Zettel mit Etsukos Adresse in der Hand.

Anscheinend soll es so sein. Sie reicht ihn dem Taxifahrer nach vorne.

»Bitte«, sagt sie, »ich habe es mir anders überlegt. Fahren Sie mich zuerst zu dieser Adresse.«

Shinkansen fahren allstündlich und in Tokio erwartet sie niemand, also: Was solls? Als sie Etsukos Klingelknopf bedient, hört unverhofft auch der Regen auf.

ETSUKOS BERICHT

»*Sumimasén*, Entschuldigung, Etsuko-san, darf ich Ihnen, bevor ich abreise, noch zwei Fragen stellen?«

Etsuko sieht auf Alices Rollkoffer, verbeugt sich und lächelt. Sie trägt einen Kimono, auf dem Paradiesvögel ihre Flügel spreizen und einen farblich dazu passenden, zweifarbigen *obi* um ihre Taille. Ihre Füße stecken in *tahí*, den weißen japanischen Zehensocken, wie sie Yuhara-san trug. Mit den zwei großen Kämmen in ihrem Haar wirkt sie auf Alice tröstlich japanisch.

»Schön, Sie noch einmal zu sehen, Alice. Bitte, treten Sie ein.«

Zum letzten Mal nimmt Alice auf dem marokkanischen Puff Platz. Diesmal fühlt sie sich wesentlich wohler dabei, nicht nur, weil sie für die Reise ihre Jeans angezogen hat.

»Darf ich kurz Ihre Toilette benutzen?« Etsuko erhebt sich, um sie Alice zu zeigen, und sagt: »Ich bereite uns derweil einen Tee.«

Im Vorbeigehen entdeckt Alice in einer Flurnische einen traditionellen, für japanische Haushalte typischen kleinen Altar, vor dem man den Geistern seiner Ahnen huldigt. So etwas hätte Alice bei Etsuko nicht vermutet. Führt sie zum Kirschblütenfest bei sternenklarem Himmel wider Erwarten nächtliche Gespräche mit ihren Vorfahren, ihren Eltern oder gar mit Tadashi? Glaubt sie im Geheimen doch noch an eine Wiedergeburt? Für Alice ist das alles ein einziger Widerspruch. Bis auf die Tatamis ist im Zimmer kaum etwas japanisch. Wieso dann der Kimono? Erwartete sie noch Besuch? Alice versteht diese Frau nicht.

Egal. Diesmal wird sie sich nicht ablenken lassen. Sie weiß immer noch nicht, wie es zu dem Bruch zwischen Teresa und Tadashi kam und ob Etsuko überhaupt Belege für die Vaterschaft anführen kann. Außerdem will sie herausfinden, wie und woran Tadashi tatsächlich verstorben ist.

Aber Etsuko scheint den Verlauf des Gesprächs auch diesmal bestimmen zu wollen. Sie stellt ein Tablett mit zwei Teeschalen auf dem Beistelltisch ab, bevor Alice ihr überhaupt eine Frage stellen kann, und beginnt zu reden.

»Ich habe über unser Gespräch nachgedacht und sollte vielleicht noch erwähnen, dass man Tadashi und mir von Kindesbeinen an die Grundideen des Schintoismus eingebläut hat. Schauen Sie sich die Spiele unserer Kinder in den Straßen an. Sie kämpfen mit Schwertern, begehen lachend *seppuku*! Selbst unsere Märchen handeln von aggressiven Auseinandersetzungen mit feindlichen Personen. Man bietet unseren Kindern hehre, kriegerische Modelle an, so werden sie gleich auf die richtige Schiene gesetzt, geradezu aufgefordert zur kritiklosen Nachahmung von zu Heroen hochstilisierten Idioten.«

Sie schüttelt den Kopf und ihr Gesicht nimmt dabei einen bitteren Ausdruck an.

»Wir glaubten an Helden, an die Wünsche und Bedürfnisse der Geister, denen wir, angeleitet von unseren Eltern,

Opfergaben darbrachten. Wir glaubten an die mehrfache Wiedergeburt nach dem Tode, in vielfältiger Gestalt, an die Treue unter Einsatz des Lebens zur Verteidigung unseres Kaisers und bedingungslos an die ewigen Siege des Imperiums, denn unser Kaiser war ein Gott.«

Alice ist bis aufs Äußerste angespannt. So kann das noch ewig weitergehen. Wie viele Shinkansen soll sie wegfahren lassen? Sie hält die Luft an, um sich zu beherrschen.

Ich gebe ihr noch maximal fünf Minuten, dann unterbreche ich sie. Herrgott im Himmel, ich will wissen, was zwischen Teresa und Tadashi war. Wie auch immer die Wahrheit aussieht, sie soll endlich damit herausrücken!

»Nach Absolvierung seiner Wehrpflicht wurde Tadashi vom Militärdienst freigestellt, für seine Arbeit als Pressefotograf. Er begegnete dem Horror des Kriegsgeschehens als damals sehr junger Mann – an der chinesischen Front, als Begleiter eines Kriegsberichterstatters. Er verabscheute die Arbeit als Kriegsfotograf. Was er gesehen und erlebt hat, war für ihn mit Kaisertreue nicht mehr in Verbindung zu bringen. Spätestens seit seiner Rückkehr aus China schwor er jeglichen kriegerischen Bestrebungen der Regierung ab. Aber hier konnte er seine Kritik an den expansiven Absichten und der aggressiven Umsetzung japanisch-imperialistischer Politik niemandem mitteilen, mit niemandem über seine Erlebnisse und Einsichten reden. So wurde er zu einem stillen, verschlossenen Einzelgänger, kam seiner Pflicht als Berufsfotograf nur noch widerwillig nach und zog sich mehr und mehr vom Schintoismus und von uns, seiner Familie, zurück. Die undifferenzierte Loyalität seiner Landsleute dem Staat gegenüber, bis hin zu Auswüchsen extremer Grausamkeit gegenüber Andersdenkenden, empfand er als unerträglich ignorant. Sie erfüllte ihn mit Abscheu.«

»Er war seiner Zeit weit voraus«, sagt Alice, die Etsuko in diesem Moment wieder alles verzeiht. Was für ein wunderbarer Mann, dieser Tadashi, denkt sie.

»Dem gottgleichen Status des Kaisers konnte er nichts abgewinnen. Er hielt ihn für etwas Dummes, Groteskes, Lächerliches und verband ihn mit der Manipulation eines seinen Traditionen ergebenen Volkes.«

Trotzdem, sie ist nicht hier, um sich in den Mann zu verlieben wie ihre Mutter. Diese Informationen bringen sie nicht näher zu ihrem Ziel, deswegen ist sie nicht hier.

»Bitte, Etsuko«, sagt sie behutsam, »mir bleibt nur sehr wenig Zeit. Bitte erzählen Sie mir, was Sie über die Beziehung Ihres Bruders zu meiner Mutter wissen.«

»Gut«, sagt Etsuko, »lassen Sie mich Ihnen vorab nur noch eines sagen. Wenn auch oft schwierig und widersprüchlich, war mein Bruder ein Mann von rührender Sensibilität.«

»Nach allem, was ich inzwischen über ihn gehört habe, besteht für mich daran keinerlei Zweifel. Sie hatten Konflikte zwischen sich und ihm angedeutet. Bis zu welchem Zeitpunkt hat er sich Ihnen denn noch anvertraut?«

»Bis zu meinem achtundvierzigsten Geburtstag, nach einem Streit, den er wegen Teresa mit einem entfernten Cousin von uns austrug. Dreißig Jahre nach dem Abbruch seiner Beziehung zu Teresa! Wobei ich hinzufügen muss, dass ich davor schon wochenlang gewartet hatte, ohne etwas von ihm zu hören.«

»Einerseits beschreiben Sie Tadashi als einen ruhigen Einzelgänger, andererseits als einen recht streitbaren Geist. Führte er viele solche Auseinandersetzungen?«

»Sie haben das sehr gut beobachtet. Oberflächlich betrachtet war Tadashis Verhalten durchaus nicht pazifistisch. Bevor er alles hinschmiss ...«

»Bevor er was hinschmiss?«, fragt Alice.

»Lassen Sie mich meinen Gedanken bitte erst zu Ende bringen. Früher galt er als selbstdiszipliniert und beherrscht wie ein Offizier der japanischen Armee. Aber nach Teresa plante er sein Leben mit der Genauigkeit eines Chronometers, als müsse er etwas kompensieren, und nichts, was sich ihm in den Weg stellte, konnte ihn aufhalten oder ablenken.«

Endlich, freut sich Alice. Zu seiner Beziehung mit Teresa, da will sie hin! Sie muss sie jetzt nur auf der Spur halten.

»Nach Teresa, sagen Sie, was war zwischen ihr und ihm denn geschehen?«

»Ich hatte mich schon damit abgefunden, einen eigenwilligen, sozial schwer zugänglichen Bruder zu haben. Aber dann, in der kurzen Zeit mit Teresa, war er plötzlich völlig verändert. Gut, das ist lange her. Aber damals konnte ich auf einmal ...«, sie sprach langsam, fast andächtig. »Ich schäme mich nicht, es Ihnen zu sagen, auf einmal konnte ich das Glück in seinen Augen tanzen sehen.«

Unwillkürlich hebt Etsuko ihre Hände aus dem Schoß, reibt sie verlegen gegeneinander und legt sie auf ihre Knie zurück.

»Aber wodurch ist das anders geworden, was ist passiert? Für Teresa, so wie ich sie erlebt habe, war er doch der Inbegriff all ihrer Träume, Wünsche und Hoffnungen, sie ...«

»Nein, nein, es war nicht Teresa. Er war es, der sich gegen eine Verbindung mit ihr durchgerungen hat. Er traf die Entscheidung gegen sein eigenes Gefühl und erkaltete danach innerlich. Von diesem Zeitpunkt an veränderte sich auch unsere Beziehung zueinander.«

»Sie deuteten an, Ihr Verhältnis zu ihm sei gestört gewesen, warum?«

»Richtig, unser Verhältnis war angespannt, das hat sich auch nie ganz gegeben. Es war meine Schuld.«

Den Schuldbegriff hat Alice wie jegliches monotheistische Gedankengut immer gehasst. Ihr ist es immer um Erkenntnis, Klarheit über den Weg des Verstehens gegangen. Aber Etsuko ist nicht ihre Patientin, dies ist kein exploratives Therapiegespräch. Alice ist angewiesen auf das, was sie ihr preisgibt. Sie hat Etsuko aufgesucht und nicht umgekehrt.

Etsuko streicht mit der Hand über ihren festgezogenen Haarschopf, bevor sie fortfährt: »In meiner Jugend war ich ignorant und so starrköpfig wie Tadashi auch. Aber im Gegensatz zu ihm verehrte ich unsere Soldaten. Ich hielt es für eine besondere Reife, mich unter Ausschaltung des eigenen Verstandes wie eine getreue Staatsbürgerin zu verhalten, durchschaute nicht die perfide eingefädelte Manipulation von oben, war wie besessen und von vergleichbarer Ignoranz wie unsere jungen Soldaten, die stolzgeschwellt in den Krieg zogen, und hörte nicht auf, meinen Bruder mit in diesem Tenor geäußerten Bemerkungen zu provozieren.«

Blindgläubig wie diese merkwürdige Tante Eva gewesen sein muss, vermutet Alice.

»Japanische Frauen unterstützen ihre Männer und Söhne bei deren Heldenwahn, überzeugt, ihnen nach dem Tode wieder zu begegnen. Das hilft ihnen, den Schmerz des Verlustes zu ertragen.«

»Tadashi, sagten Sie, sei diszipliniert wie ein Soldat gewesen?«

»Im Berufsleben, ja, er war wie besessen bei der Verfolgung von Fällen sozialer Ungerechtigkeit, Frauenthematiken, entwicklungsspezifischen Problemen und der Versorgung bei Krankheit und im Alter. Später hat er sich dann auf die Korruptionsfälle gestürzt. Zunächst aber leistete er Widerstand gegen jeglichen militärischen Fanatismus. Das resultierte aus dem, was er in China gesehen hatte. Seine dortigen Erlebnisse hatten sich in seine Gegenwart gekrallt wie ein Krebsgeschwür. Paradox ist, dass er auch selbst später oft schwer nachvollziehbar und extrem reagierte, aggressiv und zerstörerisch. Zum Schluss gab es bei ihm keine Grautöne mehr, nur noch schwarz oder weiß. Er verhielt sich undiplomatisch und störrisch. Selbst wenn er ganz sicher recht hatte, war das nicht klug. Er führte einen Kampf gegen eingefahrene Strukturen, hat auch wirklich vieles bewirkt, aber allmählich wuchs sich das Unheil in ihm aus. Sein geistiger

Mut war ein Schwert, leider ruhte es nicht immer in der Scheide der Klugheit. Es hat ihn am Ende zerstört.«

Ihre Augen fixieren den Tatamiboden, gedankenlos streicht sie mit dem Fuß eine darauf liegende Zigarettenkippe beiseite.

Sie dreht sich im Kreis, stellt Alice, die vieles noch immer nicht einordnen kann, fest und fragt: »Sehen Sie die Wurzeln des Unheils, von dem Sie sprachen, in seiner Erziehung, oder war es eine Folge seiner Erlebnisse in China?«

Etsuko greift ihr Bild auf. »Sie bildeten sich in seiner Pubertät, wurden sperriger und fester in China und verzweigten sich in Nanking zu einem Knäuel. Dann, durch den *genbaku*, den Tod unserer Mutter und schließlich die Trennung von Teresa, wurden sie praktisch unentwirrbar.«

Nanking, denkt Alice, da ist es schon wieder, warum weiß sie darüber so wenig?

»Bitte, dieser Zusammenhang erscheint mir bedeutsam, können Sie mir Näheres dazu sagen?«

»Von unserer Familie haben nur er und ich den *genbaku* überlebt. Ich wohnte damals mit meiner Mutter zusammen nahe dem Stadtzentrum. Sie war am Vortag aufs Land gefahren und wollte an jenem Morgen zurück sein. Es muss sie auf dem Rückweg getroffen haben. Doch entgegen jeder Logik hoffte Tadashi noch jahrelang, sie würde eines Tages wieder auftauchen. Eine abstruse Vorstellung! Ein Mann seiner Intelligenz! Weil er sie so selten besucht hat, merkte man nicht, dass das Band zwischen ihm und unserer Mutter dennoch so fest wie ein Stahlseil war. Am Tag des *genbaku*, das muss man sich einmal vorstellen, dachte er an seine Zeitung, die Präfektur, an die Zentrale in Tokio, an Nanking! Aber seine Fantasie verbot ihm, sich seine Mutter oder seine Schwester so zugerichtet vorzustellen wie die Leute, die er in Hiroshima sah, als er kurz nach dem Unglück in die Stadt lief. Später erzählte er mir, dass er selbst darüber verwundert gewesen sei. Er, der über einen so klaren, präzisen Verstand verfügte, bekam es gefühlsmäßig nicht auf die Reihe, den Tatsachen ins Auge zu sehen. Manchmal glaube ich, verzeihen Sie mir diese Vermutung, dass er seine Liebe zu Teresa aus Scham für unsere verbrannte Mutter opferte. Als eine Art Selbstbestrafung. Wer kann denn sagen, was in ihm vorging?«

Etsuko ist dabei, sehr schmerzvolle Erinnerungen zuzulassen. Sie öffnet Alice eine lange in ihrem Innern verschlossene Tür. Ihr, einer Fremden, von der sie spürt, dass sie mitfühlt und sich anrühren lässt. Eine Weile sitzen sie sich reglos und stumm gegenüber.

Später, im Shinkansen, denkt Alice, dass sie ja einfach hätte aufstehen und gehen können.

Vielleicht wäre das sogar besser gewesen, als sich immer tiefer in dieses Labyrinth von Spekulationen zu verstricken. Aber möglicherweise wusste Etsuko tatsächlich nicht mehr über Teresa und Tadashi zu berichten, als sie preisgab. Dann hätte das Thema abgehakt werden müssen, aber hätte sie sich dann wohler gefühlt? Innerlich waren Etsuko und sie inzwischen nah aneinandergerückt, aber Tadashi gab noch immer zu viele Fragen auf.

Die Zeit drängt. Nur eine letzte Frage will Alice Etsuko noch stellen, ohne zu ahnen, wohin sie damit trifft:

»Was genau«, fragt sie, »was genau ist eigentlich in Nanking passiert?«

TADASHIS GESCHICHTE

»Am Abend meines achtundvierzigsten Geburtstags«, erzählt Etsuko, »nachdem alle Gäste gegangen waren, blieb Tadashi noch da. Das war ungewöhnlich, und ich vermutete, dass es nicht in der Absicht geschah, mir beim Aufräumen zu helfen, aber er tat es. Ich ahnte, dass er mit mir reden wollte, was sehr selten geschah. Er war sehr aufgewühlt. Eine respektlose Anspielung eines entfernten Cousins hatte ihn maßlos verletzt.

An diesem Abend war reichlich Sake geflossen. Das war sicher auch ein Grund dafür, dass dieser Cousin, langjährig verheiratet, ein paar ziemlich gehässige Bemerkungen über Tadashis seit Jahren unverändertem Junggesellenstatus machte. Teresa hätte ihm offenbar aus triftigen Gründen den Laufpass gegeben, sagte er. Und dann ist Tadashi wütend geworden, hat ihn, seine Frau und seine Kinder rausgeschmissen, aus meinem Haus, an meinem Geburtstag. Der Cousin war extra aus Tokio gekommen. Wir haben keine anderen Verwandten mehr hier.«

Im Zug nach Tokio hat Alice dann Zeit, über Tadashis Geschichte nachzudenken. Über seine Erlebnisse in Nanking, die zum Grund für die Trennung von Teresa wurden.

Mit den Tabletts voller schmutziger Gläser in den Händen standen sie sich gegenüber und sahen sich einfach nur an. Bruder und Schwester, so nah und so fremd wie schon lange nicht mehr, rührten sich nicht, sahen sich einfach nur an. Und Tadashi begann plötzlich zu schluchzen.

»Nach all den Jahren ist es noch immer die alte Geschichte?«

Er nickte.

»Du denkst noch immer an sie?« Sie reichte ihm ein Taschentuch.

Stumm presste er es sich vor die Nase, hielt eine Weile die Luft an, doch es beruhigte ihn nicht.

»Willst du mir nicht erzählen, was damals geschehen ist? Du hast sie doch geliebt. Warum hast du sie gehen lassen?«

»Ich musste es tun.«

»Was musstest du tun?«

»Wenn ich es dir erzähle, versprichst du mir dann«, mit rot umränderten Augen sah er ihr forschend ins Gesicht, »schonungslos deine Meinung zu sagen, ohne dich in Bezug auf meine Person zurückzuhalten?«

»Ja, natürlich, aber ...«

»Versprichst du es?«

»Es ist dir wichtig, Tadashi, also verspreche ich es.«

Er nahm in der Mitte des Raumes mit gekreuzten Beinen auf den Tatamis Platz. Mit einer schwachen Handbewegung bat er sie, sich ihm gegenüber hinzusetzen.

»Ich sagte, ich würde sie nicht genug lieben.«

Etsuko schluckte.

»Was hast du? Aber ... aber warum nur?«

»Hör mich bitte an.«

Sein Schweigen hing über den Tatamis wie ein Schwelbrand, den Etsuko nicht zu ersticken wagte. Mit gesenktem Kopf ertrug sie die klebrig gewordene Stille.

»Ich war in Nanking«, stieß er endlich hervor. »Dir ist es als eine Tatsache bekannt. Aber was es mit mir gemacht, für mich bedeutet hat, das hast du niemals erfahren, und Teresa hat es nicht einmal geahnt.«

Sein erneutes Schweigen stahl ihr die Luft zum Atmen, bis er fortfuhr: »Bis du siebzehn warst, warst du auf der Seite unserer kaiserlichen Soldaten. Wie oft haben wir uns deshalb gestritten. Dann aber habe ich sie kennengelernt, diese Soldaten, und das, was ich dabei erfuhr, übertraf meine Vorbehalte bei Weitem. Bis auf seltene Ausnahmen hatten meine Kameraden ihren Tod für die Ehre, im Namen des Kaisers sterben zu dürfen, nämlich bereits eingeplant. Das machte sie maßlos und hemmungslos. Ich war damals einundzwanzig und hatte keine annähernde Vorstellung davon, was ich sehen würde und tun müsste. Wie soll es die menschliche Vorstellungskraft auch nicht übersteigen, wenn acht Millionen Zivilisten regelrecht abgeschlachtet werden? Acht Millionen durch uns Japaner. In China, Korea, in Burma und auf den Philippinen!«

Etsuko starrte auf die frischen, noch grünlichen Binsenmatten.

»In Nanking«, fuhr Tadashi fort, »kämpften wir, bis uns die Munition ausging, dann steckten wir unsere Bajonette auf und stürmten mit Kriegsgeheul wie eine Herde wilder Tiere auf die Chinesen zu, auf Zivilisten!«

»Wir? Aber du doch nicht, du warst Fotograf!«

»Ich bin Japaner. Ich gehörte dazu, war ja immer dabei.« Er schüttelte den Kopf, bevor er fortfuhr: »Zu unserer Rechtfertigung auf der Reinheit des Todes beharrend, trennten wir ihnen die Köpfe ab. Wir plünderten die Häuser der Chinesen, steckten ihre Kornspeicher in Brand. In unserer eigenen, blinden Not wurden wir immer verruchter, gewalttätiger. Und wir soffen. Abends in den Lagern, unter Alkoholeinfluss, stritten wir untereinander. Ich war einundzwanzig, mein Leben begann doch gerade erst und war schon zu Ende, denn ich war dabei und war einer von ihnen.«

»Tadashi, ich kenne dich, zu so etwas bist du nicht fähig, und du hast niemals gesoffen.«

»Du irrst dich. Auch ich habe gesoffen, denn ich habe Menschenberge gesehen, aufgestapelte Leichen, vermengt mit noch lebenden, verwundeten Menschen, übereinandergestapelt wie gepresste Karosserien auf einem Schrottplatz. Etsuko, sie haben daraus Scheiterhaufen errichtet! Der Geruch verfolgt mich bis heute. Er drang mir unter die Nägel, in die Haare, die Kleidung, aber am schlimmsten, er durchtränkte meine Seele, mein Herz, vergiftete jede Pore meines Körpers, imprägnierte mich bis auf die Knochen. Wie soll man ihn jemals vergessen, einen solchen Geruch? Ich werde ihn nie wieder los.«

Sie sah ihn mitleidig an, streckte ihre Hand nach ihm aus, doch er wich vor der Berührung zurück.

»Es gab niemanden, der bei den Gräueltaten nicht mitmachte. Selbst bei den schlimmsten Grausamkeiten wiesen die Offiziere mich an zu fotografieren. Höhnisch lachend. Alles zu fotografieren, die ganze Schamlosigkeit. Am Anfang benutzte ich oft Ausreden, ich müsse mal pinkeln, sagte ich. In Wirklichkeit übergab ich mich in irgendeiner Ecke. Bis sie es durchschauten. ›Piss doch auf die‹, sagte unser Kommandant eines Tages. Grölend hielten sie mich fest, zwangen mich, auf eine zusammengekauerte, halb tote Chinesin zu urinieren.«

Etsuko war bemüht, sich ihre Verwirrung über den fehlenden Zusammenhang zu seiner Trennung von Teresa nicht anmerken zu lassen.

»Aber du warst kein Soldat, was hättest du tun können? Du hattest keinerlei Möglichkeit, etwas zu ändern!«

Nach kurzem Schweigen redete Tadashi weiter.

»Es gab Soldaten, in anderen Einheiten, die wahnsinnig wurden. Sie ertrugen die körperliche und psychische Belastung nicht. Anfangs beneidete ich sie. Die, dachte ich, kriegen es wenigstens nicht mehr mit. Manchen gelang es, sich selbst zu erschießen. Andere versuchten es und wurden daran gehindert. Einer rannte plötzlich laut schreiend los. Da wandte sich das Heer mit all seiner Brutalität gegen ihn. Man fesselte und schleifte ihn mit einem Strick um den Hals hinter einem Karren her, um vor der Truppe ein Exempel zu statuieren. Mein Truppenführer wies mich an, das mit der Kamera festzuhalten. Er ahnte, wie es in mir aussah. ›Damit du Bescheid weißt‹, sagte er und zwang mich, hinter dem japanischen Opfer herzulaufen. ›Damit die anderen hier wissen, wies aussieht und wie lange es dauert‹, sagte er. Irgendwann stolperte ich, fiel hin, lag mit dem Gesicht im Sand, in meinem eigenen Erbrochenen. Der Offizier holte mich ein, trat mich in die Seite und schrie: ›Yamamoto, sofort aufstehen, oder wollen Sie gleich im Anschluss das Rollwürstchen spielen?‹«

Etsuko saß leichenblass neben ihrem Bruder und rührte sich nicht.

»Abends, in betrunkenem Zustand im Zelt, brüsteten sich die Kameraden gegenseitig mit ihren Vergewaltigungen chinesischer Frauen und Kinder. Sie schienen sich gegenseitig rein quantitativ übertrumpfen zu wollen, aber das Schlimmste ...«

Stocken. Erneutes Schweigen.

»Das Allerfurchtbarste, also das, was der Grund war ...«

ALICE

»Ja?«

Tränen liefen ihm über das Gesicht.

»Sprich es aus, Tadashi, sag es. Was hast du gesehen?«

»Ich sah ... ich musste ...«

Zunächst zögernd und bruchstückhaft, dann immer schneller und verzweifelter brach es aus ihm heraus.

»Der Truppenführer ... war einer der besonders ambitionierten Soldaten. Kantig und kalt ... wie ein Eisberg. Die abgebrühtesten Kameraden, sogar die, scharten sich schlotternd vor Panik um ihn herum. Was dann eines Tages geschah, verfolgt mich bis heute in meine Träume. Aber am schlimmsten war es in der Zeit mit Teresa.«

»Wenn sie bei dir war?«

»Nein, spätnachts, wenn ich alleine war, ohne sie. Es wiederholte sich, kam immer wieder, noch heute, wenn ich an sie denke, ich kann es einfach nicht vergessen.«

»Sag es, Tadashi, sprich es aus, was war da, was ist dir passiert?«

»›Sie‹, schrie der Soldat mich an, ›Sie, Yamamoto! Jetzt aber!‹ Sein Grinsen öffnete den Eingang zur Hölle. Es war eine junge Chinesin ... schwanger, ihre Mutter stand vor ihr, stellte sich schützend vor den Bauch ihrer Tochter. Das brachte den Gruppenleiter erst auf eine Idee.

›In den Bauch‹, schrie er. Am ganzen Leib begann ich zu zittern, aber ich hob meine Kamera. Sogar die Kameraden um mich herum schienen zu erstarren, weil sie ahnten, was jetzt passieren würde. Ich wusste, es gab keinen Ausweg mehr für mich, krümmte mich, mir wurde übel, ich wusste nicht, was sie ihr antun wollten, weshalb ich meine Kamera auf sie richten sollte.

›Nicht die Kamera, Yamamoto‹, schrie der Soldat, riss sie mir weg und warf sie zu Boden. Stattdessen presste er mir sein Bajonett in die Hände. Die Mutter brüllte mit aufgerissenen Augen, schrie wie ein todkrankes Tier. Die Schwangere wimmerte.

›Sie, Yamamoto!‹, herrschte mich der Soldat mit versteinerter Miene an.

›Ich bin Fotograf, kein Soldat‹, wehrte ich mich, da richtete er seine Waffe auf mich, trat hinter mich und schrie: ›Im Namen des Kaisers, das ist ein Befehl. Ich werde Sie nicht erst vor ein Kriegsgericht stellen, Sie feiger Hund. Lange genug habe ich Sie beobachtet. Sie wissen, was Ihnen blüht.‹

Wie niemals zuvor flehte ich die Götter an, beschwor sie, bat sie inständig mich aufzulösen, mich auf der Stelle zu töten. Nichts geschah, niemand erbarmte sich meiner. Da war kein barmherziger Gott, keine Götter, weder für mich noch für die schwangere Chinesin. Ich wurde noch nicht einmal ohnmächtig. Der Truppenführer wusste, dass ich es nicht hätte tun können. Und dann geschah es. Von hinten. Ein entsetzlicher, mächtiger Schlag, ein ungeheurer, zielgerichteter Stoß. Der Soldat hinter mir rammte mich mitsamt dem Bajonett in meinen Händen gegen den Leib der hochschwangeren Frau. Dann erst kippte ich um. Die Tritte des Soldaten spürte ich nicht, hörte nur seine Stimme, die sich mit den Schreien der Mutter überschlug. ›Ihr seid keine Menschen, nicht einmal Tiere, ihr seid Teufel‹.

›Yamamoto‹, schrie der Soldat, ›tun Sie Ihre Pflicht, ein Foto des Opfers!‹ Er trieb mir meine Kamera zurück in die Hände, während ich noch am Boden lag.

›Bestien‹, schrie die Mutter, ›schlimmer als Tiere, Teufel seid ihr!‹ Und als sie sich über die Tochter warf, köpfte sie der Soldat mit einem einzigen Hieb. ›Ein Foto, Yamamoto, ein Foto, das ist Ihre kaiserliche Pflicht.‹

Wie von Sinnen fotografierte ich die verblutenden, übereinanderliegenden Chinesinnen, während der Soldat mit den Füßen erst nach ihnen und dann nach mir trat.«

Tadashi war leichenblass. Er holte tief Luft, hob den Blick und sah seine Schwester an.

»Es waren Zivilisten, Etsuko, Zivilisten! Ich weiß bis heute nicht, wie ich das überlebt habe, weiß nicht einmal, wie ich ins Lager zurückgekommen bin, weiß nur, dass mein ganzer Körper bebte und zuckte. Es war überhaupt nicht mehr zu stoppen, ich hatte die Kontrolle über mich völlig verloren. Ich erinnere mich, dass der Soldat mich voranstieß und weiter verhöhnte. Den Rest kennst du. Dass sie mich auf eine Krankenstation brachten, war wie ein Wunder. Der Truppenführer hatte mir nur eine Rippe gebrochen, mehr nicht. Er stellte sich vor mein Krankenbett. ›Ein Wort, Yamamoto, nur ein Wort, dann gibt es einen Unfall, aus Versehen. Ein Wort, Yamamoto.‹

Die Tritte des Truppenführers retteten mich.«

Ein Zucken durchfuhr seinen Körper. Er hielt kurz inne, atmete tief durch und sagte: »Ich musste Teresa vor mir schützen, verstehst du? Es ging nicht, verstehst du das? Sie durfte nicht schwanger werden, ich sah diesen Bauch vor mir, immer den Bauch, den Bauch der Chinesin mit dem Gesicht von Teresa, und dann ...«

Etsuko legte ihre Arme um ihn. Er ließ es geschehen und sie atmete auf.

»Dir, Tadashi, dir hat man etwas angetan! Du bist der Hölle von Nanking wie durch ein Wunder entkommen. Du warst fast noch ein Kind, als sie dich dorthin schickten. Es ist nicht deine Schuld.«

»Ich war ich.«

»Und weil du du bist, durfte Teresa nicht bei dir bleiben und schwanger von dir werden, wenn sie es doch wollte?«

»Ich musste sie freigeben. Sie liebte mich, ahnte ja nicht, wer ich war und was ich getan habe. Wenn sie durch mich ein behindertes Kind ...«

Etsuko sah in sein von Qual verzerrtes Gesicht.

»Du wolltest mir eine Frage stellen.«

»Ja.« Es klang zögerlich.

»Willst du das immer noch? Und du willst meine Meinung dazu wirklich hören?«

»Ja.«

»Gut, stell mir deine Frage!«

»Du bist eine Frau. War es aus deiner Sicht richtig und zu ihrem Besten, dass ich auf Teresa verzichtet und sie nach Deutschland zurückgeschickt habe?«

»Gut möglich, vielleicht …«

»Sag mir, was du wirklich denkst!«

»Vielleicht wäre es richtig gewesen, wenn du sie nicht, so wie du es getan hast, überrumpelt, bevormundet und entmündigt hättest.«

»Ich wollte sie beschützen. Sie hätte eine solche Wahrheit niemals verkraftet.«

»Darum geht es nicht. Du hättest es ihr ja nicht erzählen müssen, nicht so im Detail, und vielleicht hätte dich das sogar entlastet. Dann hätte sie die Chance gehabt, dich und deine Reaktionen zu verstehen. Warum musst du immer gleich das Schlimmste vermuten? Wolltest du ihr die Verantwortung für ihr eigenes und das Leben ihres Kindes abnehmen? Was deine potenzielle Kontamination angeht, hat Teresa genau gewusst, von wem sie womöglich ein Kind zur Welt bringen würde. Sie war informiert, kannte sich aus. Du lerntest sie im Krankenhaus kennen, wo du untersucht und behandelt wurdest. Du hättest die Verantwortung für eine Schwangerschaft mit ihr teilen und ihr das Recht, mitentscheiden zu können, geben müssen. Deine Erfahrungen in Nanking gehörten der Vergangenheit an. Hättest du die nicht als ein vorbildlicher Vater am besten bekämpfen können? Sagtest du nicht gerade selbst, dass die Bilder verschwanden, wenn Teresa in deiner Nähe war?«

Etsuko bemühte sich, ihre Stimme nicht vorwurfsvoll, sondern zärtlich klingen zu lassen. Wie die einer Mutter. Der Mutter, die sie, außer für Tadashi, für niemanden gewesen ist.

»Ist das deine Überzeugung, Etsuko?«
»Ja, du hattest mich darum gebeten. In einer Partnerschaft trägt niemals einer allein die Verantwortung, so sehe ich das, vielleicht ist das der Grund dafür, dass ich bis heute alleine bin. Aber das ist meine feste Überzeugung.«

Mit versteinertem Gesicht war Etsuko aufgestanden. Alice, leichenblass, griff sich an den Hals. Sie drehte sich um und sprang auf. Die von den Fernsehsendern so oft angeboten Horrorszenarien oder Kriegsfilme hatte sie sich noch nie ansehen können, ohne von einem Gefühl des Entsetzens erfasst zu werden. Bei solchen Szenen beeilte sie sich, möglichst schnell abzuschalten. Solche Szenen sollten gar nicht erst in ihr Hirn eindringen können. Nun zog sich etwas in ihr zusammen, ihr Kopf war wie taub und so leer, als hätte jemand alle Flüssigkeit aus ihm herausgezogen. Sie fürchtete, jeden Augenblick rückwärts von diesem arabischen Kissen hinunterzukippen.

»Ich hole uns eine Flasche Wasser«, hatte Etsuko gefasst gesagt. Als sie zurückkam, hatte Alice gefragt: »Das hat er Teresa aber nicht erzählt, oder?«
»Niemals. Das ist es ja gerade. Er konnte es nicht.«

ZURÜCK IN TOKIO

»Wirf den Schlüssel, bevor du abfliegst, einfach in den Briefkasten«, lautete Fridas Anweisung vor Alices Abreise. »Den klaut keiner, er könnte hier mitten auf der Straße liegen.«
Mit geweiteten Pupillen betrachtet der Taxifahrer das Einfamilienhaus. Und Alice, noch unter dem Eindruck der räumlichen Dimensionen der zuletzt von ihr bewohnten Hotelzimmer, ist es, als bezöge sie gerade den Buckingham-Palast.

Innen schwillt ihr Verlassenheit entgegen. Die Zimmer riechen stickig, das Bad modrig feucht. Sie fährt die elektrischen Rollläden hoch und öffnet die Fenster. Entzückt vom Anblick der Walmdächer umstehender neuer Häuser bleibt sie eine Weile davor stehen und atmet die *mirin*getränkte Tokioter Herbstluft ein. Die letzten zwei Tage wird sie es allein bewohnen, Jasons und Fridas Haus, zur Einstimmung auf die Heimreise nach Deutschland erscheint ihr das auf einmal perfekt.

Im Kühlschrank findet sie eine Packung Schwarzbrot – ha! connecting people! –, eine angebrochene Packung Schwarzwälder Schinken, ein geöffnetes, noch halb volles Glas saure Gurken, eine Tube Meerrettich – Meerrettich, nicht etwa Wasabi! –, eine grüne Gurke, zwei Tomaten, ein halb volles Glas Oliven, etwa ein Viertelpfund frisch aussehende Butter, einige Eier, eine Flasche Moselriesling mit aufgeklebtem Zettel: »Für dich vor dem Einschlafen, für einen angenehmen Abschied von Tokio!« Außerdem verschiedene, noch halb gefüllte Konfitürengläser.

Selbst restemäßig, stellt Alice fest, sähe der Inhalt ihres Kühlschranks hier anders aus, er wäre anders gefüllt, wenn auch bestimmt weit weniger überbrückungsgeeignet. Mit Sojasoße, Wasabi und Algenblättern hätte sie jetzt eher wenig anfangen können. Eindeutig sind Frida und Jason also die effektiveren Gastgeber.

Plötzlich beunruhigt geht sie hinauf in ihr Zimmer und sucht nach der Visitenkarte von Herrn Dr. Fukuda, den sie insgeheim noch immer liebevoll »mein Schwarzbrotjapaner« nennt. Sie blickt auf die Uhr. Es ist halb zehn Uhr abends und draußen bereits stockdunkel. Ob es sehr unhöflich ist, um diese Zeit noch dort anzurufen? Japaner kommen normalerweise erst nach Mitternacht nach Hause, aber die Fukudas sind keine »normalen« Japaner. Andererseits bleibt nicht mehr viel Zeit. Ein Versuch? – Besetzt!

Sie schlurft in die Küche, öffnet die Flasche Weißwein – bis zu ihrer Abreise wird sie die ohnehin nicht allein austrinken können –, schmiert sich eine Scheibe Brot. Bevor sie sich zum Essen hinsetzt, geht sie noch einmal ans Telefon.

»*Moshi moshi?*«

»Alice Amberg am Apparat, Frau Fukuda?«

»*Hai*, Alice, hier ist Chieko, soll ich meine Mutter holen?«

»Chieko, wie geht es Ihnen? Ich wollte mich noch einmal bei Ihnen bedanken und mich von Ihnen verabschieden.«

»Oh, das ist sehr nett, warten Sie, ich hole meine Mutter.«

»Einen Augenblick, Chieko. Wäre es möglich, kurz Ihren Vater zu sprechen? Ich möchte ihn etwas fragen.«

»Ja, selbstverständlich, er ist da.«

»Ich würde ihn gern etwas fragen, in einer mir sehr wichtigen Angelegenheit.«

»Einen Moment bitte, ich hole ihn.«

Alice hat es nicht anders erwartet. Natürlich will Herr Dr. Fukuda sich am Telefon darüber nicht unterhalten. »Was halten Sie von morgen Nachmittag?«, fragt er. »Ist Ihnen siebzehn Uhr recht?«

Japaner können eben nicht Nein sagen.

Als Treffpunkt schlägt er die Lobby eines Hotels in der Innenstadt vor.

»Morgen Nachmittag passt es mir gut. Vielen, vielen Dank.«

Alice kennt das Hotel. Jason hatte es ihr gezeigt, wegen seines in der Hotelhalle angelegten botanischen Gartens, seiner ausgefallenen tropischen Pflanzen.

Und so hat Alice am nächsten Tag gleich zwei Verabredungen, eine vormittags an der Todai Universität und nachmittags die mit dem honorablen Dr. Fukuda.

Alice klappt den Laufstall zusammen, räumt ihn in eine halbwegs freie Küchenecke und baut sich vor Jasons Bücherschrank auf, lässt ihre Augen über die Buchrückenaufschriften gleiten und zieht ein Comicheft mit dem Titel

»*Gaijin*« daraus hervor. Schnappt es sich und lässt sich damit in einen der Wohnzimmersessel fallen. Der Autor trägt einen englischen Namen. Hah! Ein *gaijin*! Gleich auf einer der ersten Seiten findet sie ihn comichaft in der U-Bahn wieder, mit hochfliegender Melone und weit aufgerissenen Augen schießt er senkrecht in die Höhe. Auf seine beiden Schultern hatten zwei mitreisende Japaner ihre Köpfe gelegt. Alter Hut, schmunzelt Alice. Wo bleibt die hohlwangige, von Menü-Schaubild zu Menü-Schaubild hastende Deutsche, die, wenn sie am Ende schließlich bedient wird, kein Geld zum Bezahlen dabeihat?

Immer wieder, wie damals, als sie ein Kind war, zwingen sich Alice seit dem letzten Gespräch mit Etsuko entsetzliche Bilder auf, sind ihr tief ins Gedächtnis gebrannt, nur lassen sie sich diesmal weder durch lautstarkes Singen noch durch den Wurf feuchter Küchenhandtücher verbannen. Alice will Tadashis Vergangenheit so intensiv nicht im Gedächtnis behalten. Gegen traurige Gedanken kann man nur selbst etwas tun. Sie sucht nach etwas Erheiterndem. Und vielleicht ist so ein englischer Comic da für den Anfang nicht einmal das Schlechteste.

DR. FUKUDA

»Yamamoto Tadashi? *Hai*, selbstverständlich habe ich von ihm gehört.« Dr. Fukuda senkt seine Stimme und blickt sich in der Hotelhalle um. Alice folgt seinem Blick. Die Sessel vor den angrenzenden Couchtischen sind unbesetzt. Etwas weiter entfernt führt eine Gruppe amerikanischer Geschäftsleute ein diskretes Gespräch, eine Touristengruppe wartet mit dem Rücken zu ihnen vor der Rezeption. Weitere Hotelgäste bestaunen das ungewöhnliche Arrangement tropischer Pflanzen, die seitlich davon hinter Glasscheiben gen Himmel ranken.

»Ich bin verunsichert, versuche, mir ein Bild von ihm zu machen, kann das, was ich bisher über ihn in Erfahrung gebracht habe, nicht unkommentiert stehen lassen, deshalb wäre ich Ihnen für eine hilfreiche Einschätzung dankbar.«

»Ein ungewöhnlicher, ein besonderer Mann.« Herr Fukuda sieht verlegen auf den Boden. »Warum interessieren Sie sich für ihn? Er ist tot.«

»Ich weiß, aber ihn selbst kann ich nicht mehr befragen, wie ich es ursprünglich vorhatte. Deshalb bin ich auf die Hilfe von anderen angewiesen, deshalb bat ich Sie um dieses Treffen.«

»Gut, Frau Ambelg, aber warum fragen Sie mich das? Ich bin keine Detektei!«

Sein abweisender Ton ist unmissverständlich. Erschrocken will Alice sich erklären, als er bereits fortfährt.

»Wofür benötigen Sie überhaupt Auskünfte über diesen Mann? Sie sagten, Sie seien Psychologin. Arbeiten Sie nicht in Wirklichkeit eher als Klatschkorrespondentin für irgendein Auslandsjournal?«

»Um Gottes willen, nein! Ihre Verunsicherung in Bezug auf meine Person verstehe ich sehr gut, Herr Dr. Fukuda. Sie sind aber der Einzige, der mir noch helfen könnte. Leider habe ich sonst keine Ansprechpartner in Japan. Die Leute, die mich einluden, sind Deutsche und können mir gar nicht helfen. Ihre Frau und Ihre Tochter waren so liebenswürdig, mich sehr zu verwöhnen. Es ist aber so, dass mir materielle Geschenke weit weniger bedeuten als immaterielle. Ein solches, für mich bedeutsames Geschenk könnten Sie mir jetzt machen, sozusagen in letzter Minute, weil ich übermorgen abfliege. Ich weiß nicht, wen ich sonst fragen könnte. Ich wüsste hier auch niemanden, zu dem ich, gerade in einem solchen Zusammenhang, ähnliches Vertrauen hätte wie zu Ihnen …«

»Vertrauen? Sie kennen mich doch gar nicht, also wenn dieses Treffen einen politischen Hintergrund hat …« Er erhebt sich.

»Bitte, Herr Dr. Fukuda, wenn Sie darauf bestehen, werde ich Ihnen den Grund für meine Nachforschung erklären, bitte bleiben Sie! Es ist nur, nun ja, ein wenig delikat, eine sehr private Geschichte. Es geht dabei um meine vor Kurzem verstorbene Mutter, sie kannte Herrn Yamamoto, und ich ...«

»*Ah so desu ka.*« Erleichtert hebt Dr. Fukuda den Kopf, schickt ein verständnisvolles Lächeln zu ihr herüber und setzt sich wieder.

»Herr Yamamoto war also ein Freund ihrer Familie. Hat er Sie in Deutschland besucht?«

»Nein, das heißt, ich kann es nicht sagen, ich weiß es nicht einmal. Nur ist es so, dass ich speziell seinetwegen nach Hiroshima reiste. Ich wollte ihn treffen und persönlich befragen.«

»Gut, aber ich verstehe nicht ...«

Alice senkt den Kopf. »Meine Mutter arbeitete 1946 im Rotkreuzhospital in Hiroshima, lernte Herrn Yamamoto dort kennen und freundete sich mit ihm an.«

Sein sich erhellendes Gesicht ist Aussage genug. Alice begreift, dass persönliche Dramen spätestens seit dem Unglück seiner Tochter für ihn kein Fremdwort sind. Sein Misstrauen scheint fürs Erste gebannt.

Eine Minute lang sitzen sie sich schweigend gegenüber, dann überfliegt ein Lächeln Herrn Fukudas Gesicht.

»Also gut, Frau Ambelg, stellen Sie mir Ihre Fragen.«

In diesem Moment tritt ein Kellner an sie heran.

»Als vertrauensbildende Maßnahme würde ich nun gern einmal Sie einladen, Herr Dr. Fukuda. Vielleicht hilft uns ein kleines Venenum?«

Für einen kurzen Moment sieht er sie kurz irritiert an, lacht dann aber herzlich.

Das Eis ist gebrochen.

»Einen grünen Tee vielleicht? Ein Glas Champagner?«

»Gern ein Glas Wasser, sehr gerne.«

Als der Kellner kurz darauf eine Flasche Mineralwasser mit zwei Gläsern und eine Kanne grünen Tee mit zwei Keramikschälchen serviert, blickt Dr. Fukuda auf sein Mineralwasserglas und sagt sehr ernst: »Ungetrübt, gut getarnt, glasklar.« Diesmal ist es Alice, die nicht sofort schaltet. Sie stockt, bevor sie ihm lachend zunickt und zu erzählen beginnt.

»Lassen Sie mich Ihnen zunächst sagen, dass ich es als ein Privileg betrachte, dass Sie gekommen sind, um mir zu helfen. Ich habe bisher mit niemandem darüber gesprochen, eine völlig abstruse Geschichte, regelrecht peinlich.«

»Frau Ambelg, lassen wir das. Stellen Sie mir Ihre Fragen.«

»Na gut, zur Not, falls Sie es für erforderlich halten, erzähle ich Ihnen die privaten Hintergründe dann später, wenn, ich … aber gut, also: Was war er für ein Mann, dieser Tadashi Yamamoto?«

»Ich sagte es bereits. Er war ein hochmoralischer und empfindsamer Mensch, der dem Klischee des typischen Japaners unserer Zeit nicht entsprechen wollte. Ein außergewöhnlich engagierter Idealist, der sich gegen die Verlogenheit verkrusteter, veralteter Konventionen auflehnte, eingefahrene Missstände aufdeckte und thematisierte und nicht davor zurückschreckte, das morsche Gebälk eines Staatsapparats, der gewissenlose, korrupte Politiker in seinen obersten Rängen duldet und protegiert, freizulegen. Dafür nahm er selbst das Risiko extremer persönlicher Verunglimpfung auf sich, als hätte er nichts zu verlieren, und hat das …«

»Mit seinem Leben bezahlt?«

»So könnte man es ausdrücken. Nur halte ich ihn nicht für so unbedarft, dass er die Konsequenzen seines Handelns nicht vor Augen hatte. Er wusste genau, was er tat.«

»Also war es doch Selbstmord? Diese Frage interessiert mich eigentlich am meisten, zumal Ihre Ehefrau mir verriet, dass Sie am Krankenhaus der Todai Universität arbeiten.«

»Das wird von manchen behauptet, ja ... ich meine nicht, dass ich nicht manchmal im Todai arbeite, denn das trifft natürlich zu.«

»Dann ist sein Suizid also nur eine vorgeschobene, offizielle Version?«

»Dazu kann ich nichts sagen.«

»Verstehe, die ärztliche Schweigepflicht.«

Er nickt geistesabwesend.

»Es soll eine Autopsie angeordnet und im Universitätskrankenhaus durchgeführt worden sein.«

»Nicht unter meiner Leitung.«

»Aber das Ergebnis der Untersuchung ist Ihnen bekannt?«

»Ja.«

»Sind die Ergebnisse – aus ärztlicher Sicht – für Sie denn schlüssig?«

»Es wird immer Leute geben, die dennoch Zweifel anmelden.«

»Herr Fukuda, ich habe Verständnis für Ihre Verschwiegenheit und werde das respektieren. Das betrifft auch Ihre persönliche Meinung. Aber mein Interesse, die Todesursache zu erfahren, ist ein rein privates, und wenn Sie den Grund wüssten, davon bin ich überzeugt, könnten Sie das nachvollziehen. Ich schlage daher vor, mit dem Versteckspiel aufzuhören. Damit meine ich nicht Sie und Ihre Schweigepflicht.«

Er fixiert sie eine Weile durchdringend, fast verärgert. Dann plötzlich verändert sich seine Mimik.

»Gut, nennen Sie jetzt bitte den Grund.«

»Darf ich dabei genauso auf Ihre Diskretion vertrauen wie Sie in diesem Fall auf die meine?«

»Selbstverständlich.«

»Ich sagte bereits, dass meine Mutter vor ihrer Eheschließung in Hiroshima tätig war. Nun behauptet die Schwester von Herrn Yamamoto, eine Lehrerin namens Yamamoto Etsuko aus Hiroshima, dass Herr Yamamoto mein Vater sei. Deshalb interessiert mich die Todesursache nicht nur aus klinischer Sicht.«

Herr Fukuda lacht auf. »Was erzählen Sie mir da? Sie, eine Halbjapanerin? Niemals!«

Alice hätte ihn am liebsten umarmt.

»Das glauben Sie doch nicht im Ernst?«, setzt er nach.

Alices Augen werden vor Erleichterung feucht. Sie atmet tief durch.

»Sie ahnen nicht, Herr Dr. Fukuda, was, wider besseres Wissen, diese Behauptung der Schwester in Hiroshima in mir angerichtet hat und wie sehr Ihre Einschätzung mich entlastet.«

»Kann ich mir vorstellen. Wissen Sie, die da unten sind alle ein bisschen merkwürdig. Der Atombombenabwurf ist an der Bevölkerung nicht spurlos vorbeigegangen. Als Psychologin wissen Sie aber doch, was solche Traumata bei Menschen auslösen und nach sich ziehen können.«

Alice richtet sich auf.

»Yamamotos Schwester gab an, er habe das ihr gegenüber noch auf dem Sterbebett behauptet.«

»Das passt zu seiner Symptomatik.«

»Aber sagten Sie nicht gerade selbst, dass er ein großartiger Mann war?«

»Eines schließt das andere nicht zwangsläufig aus. Solche Krankheitsbilder kennen Sie doch. Ich meine, Sie haben doch bestimmt auch Psychiatriepraktika absolviert?«

»Psychopathologie war sogar mein Wahlpflichtfach, ich habe mich freiwillig prüfen lassen, obwohl das für Psychologen nicht erforderlich ist.«

»Herzlichen Glückwunsch, dann sollten Sie ihre vorübergehend induzierte Identitätskrise aber soeben überwunden haben.«

Erleichtert lacht Alice auf.

»Verstehe. Darf ich Ihnen einen Vorschlag machen?«

»Bitte.«

»Ich fasse meine bisherigen Vermutungen zusammen. Wenn Sie meinen, dass das, was ich sage, zutrifft, schweigen Sie, falls nicht, bewegen Sie den kleinen Finger der rechten Hand, damit ich darüber noch einmal nachdenken kann. Wäre das akzeptabel für Sie?«

»Sollten Sie jedoch arg danebenliegen, trinken Sie den Schierlingsbecher anschließend bis zur Neige aus, ich passe auf!«

Der nächste, der mir erzählt, Japaner hätten keinen Humor, der legt sich mit mir an, denkt Alice. Ungezwungen zwinkert er ihr zu und fährt sich mit der Hand durch sein perfekt sitzendes glattes Haar.

»Und ich gebe acht, dass wir nicht womöglich die Gläser vertauschen.«

Alice nimmt einen Schluck von ihrem Tee, überlegt einen Moment und beginnt: »Ich habe viel darüber nachgedacht. Bereits vor unserem heutigen Treffen kam ich zu dem Schluss, dass Yamamoto sich und seinem Idealismus am Ende untreu geworden ist. Mit der Aufgabe seines Postens als Chefredakteur hatte er alles riskiert. Er hatte auf die Presseklubmitgliedschaft verzichtet und demütigende Diffamierungen, sogar aus seinen eigenen Reihen, von ehemaligen Kollegen, ertragen. Er hatte nichts mehr zu verlieren. Als er dann feststellen musste, dass sich Tanaka, trotz all der von ihm gelieferten Beweise, unbeschadet aus der Affäre ziehen konnte, griff er zum äußersten Mittel. Er beging Selbstmord – ich vermute mit Gift –, weil er wusste, dass sein Tod zumindest Zweifel säen würde, dass seine Sympathisanten den offiziellen Verlautbarungen über die Todesursache misstrauen würden. Yamamoto opferte sein Leben, um die Skepsis gegen Tanaka und Konsorten aufrechtzuerhalten.«

Während sie spricht, liegt Alices Blick auf Dr. Fukudas Hand. Sie hat sich bisher nicht bewegt. Ermutigt fährt sie fort: »Das Vertrauen der Bevölkerung sollte noch einmal erschüttert werden, niemand sollte dem korrupten Tanaka-

Regime noch Glauben schenken. Er sah keine andere Lösung, und es machte ihm nichts mehr aus, den Preis für mehr politische Wachsamkeit in Japan mit seinem Leben zu bezahlen. Sein Suizid sollte unglaubhaft wirken. Das war seine letzte Waffe. Yamamoto beabsichtigte, eine Art Mythos aus sich selbst zu machen. All seine Anstrengungen, all seine Kämpfe wären sonst sinnlos gewesen. Er war am Ende, wollte aber wenigstens noch ein paar Samenkörner des Zweifels aufgehen lassen, wenn nicht einen Skandal provozieren, und das Interesse der ausländischen Medien noch einmal erwecken. Nach dem Bekanntwerden seines Todes sollte auf immer ein Mordverdacht über Tanaka und seinen Hintermännern schweben.«

Alice lehnt sich schweigend zurück und auch Dr. Fukuda schweigt. Seinen kleinen Finger hat er kein einziges Mal bewegt und ebenso blieb sein Glas unangetastet.

»Wenn man es richtig bedenkt«, sagt Alice, »bediente er sich eines sehr alten japanischen Ritus, denn was war *seppuku* anderes, als das, was Yamamoto am Ende durchlitt? Wenn er dabei innerlich, statt wie beim *harakiri* für jedermann sichtbar verblutete, so waren zumindest die Schmerzen vergleichbar. Aber auch das ist nur ein Gleichnis.«

Dr. Fukuda erhebt sich und lächelt.

»Sie haben meinen vollen Respekt. Ich bin froh, meiner Frau und meiner Tochter mitteilen zu können, dass wir uns in Ihnen nicht getäuscht haben, allerdings fürchte ich …«, er zögert, und ein verschmitztes Lächeln umspielt seine Mundwinkel. »Sie könnten vielleicht doch Yamamoto Tadashis Tochter sein.«

Er kreuzt seine Arme über der Brust und verbeugt sich.

»Ich freue mich, Ihnen begegnet zu sein.«

Als Alice am nächsten Morgen erst um halb neun Uhr erwacht, ist sie froh, endlich alles hinter sich zu haben. Vor ihr liegt ein letzter, herrlich freier Tag. Sie richtet sich auf

Schlendern ein, auf ein Stück ungestörte Freiheit in Tokio. Sie wird die U-Bahn nach Shinjuku nehmen, dort vielleicht etwas einkaufen und später zu Mittag essen. Die schwache Herbstsonne fällt durch das Fenster auf ihren Frühstückstisch. Es ist noch Schwarzbrot da.

Als sie gerade etwas Honig über die gekühlte Butter auf die Scheibe Vollkornbrot streichen will, klingelt es. Alice erhebt sich und sucht nach dem Telefon.

Wenn es Bekannte von Jason und Frida sind, wird sie ihnen mitteilen, dass die bereits abgereist sind.

»*Moshi, moshi*«, spricht sie gutgelaunt in den Hörer.

Am anderen Ende der Leitung meldet sich jemand auf Englisch. Alice erkennt die Stimme von Herrn Dr. Fukuda.

»Ich möchte mich bei Ihnen bedanken.«

Seine Stimme klingt rau.

»Ich habe nachgedacht und finde Ihre Analyse beeindruckend. Ich werde das Beispiel, das Herr Yamamoto uns Japanern gegeben hat, und Ihre gestrige Interpretation nicht vergessen. Ich wünsche Ihnen einen guten Rückflug. Auf Wiedersehen.« Die letzten beiden Worte sagt er auf Deutsch.

»*Domo arigato gosaimasu*«, verbeugt sich Alice vor dem Anrufer. »Auch ich habe Ihnen und Ihrer Familie zu danken, am meisten für Ihr Vertrauen. Auf Wiedersehen.«

Versonnen schreitet sie zum Frühstückstisch zurück und bestreicht eine Scheibe deutsches Vollkornbrot mit deutschem Honig.

ABFLUG

Ein unverständliches Wort, eine Frage, bis Alice versteht, was der Mann meint und ihm eifrig zunickt. »*Hai, hai*, Lufthansa!«

»Telminar 1«, bestimmt der Taxifahrer.

»Okay«, sagt sie, »Terminal 1 und 4F, im Südflügel.« Aufmerksam bahnt sie sich ihren Weg durch den weitläufigen

Flughafen. Seltsam, wundert sich Alice, ein internationaler Flughafen, aber um sich herum sieht sie fast ausschließlich Schlangen von Asiaten. Das Schild mit der Aufschrift PSFC-Charges, 2,040 Yen bemerkt sie erst kurz vor dem Einchecken. O je, die Flughafengebühren, die hat sie vollkommen vergessen, dem Taxifahrer ihre letzten Yen als Trinkgeld gegeben. Sie sucht nach einer Bank, reiht sich in die Schlange vor dem Schalter ein und hofft, diesmal zügiger als in Kyoto abgefertigt zu werden.

Kyoto! Plötzlich hat sie die heilige Mooswiese im Shisendô und Alex' Gesicht vor ihrem inneren Auge. Ob er überhaupt noch an sie denkt?

Ihr bleibt keine Zeit, darüber noch groß zu sinnieren, hier geht es schnell, und kurz darauf steht Alice mit dem Geld in der Hand bereits wieder in der Schlange vor dem Schalter zum Einchecken. Gleich danach wird sie den Duty-free-Shop aufsuchen, um dort Grey Flannel, ein neues Parfum für sich selbst und einige Tüten der grünen Wasabi-Chips zu erstehen.

Eine erwartungsvolle Erregung rumort in ihrer Brust. Sie freut sich auf ihre eigene Wohnung, ja sogar auf ihre Praxis zu Hause, darauf, dort vielleicht Alex, auf jeden Fall aber Margot und ihre Patienten wiederzusehen. Ja, sie freut sich sogar auf ihre Arbeit.

Mit welcher Ruhe die Leute hier vor dem Check-in-Schalter stehen, verglichen mit der Hektik unter den Urlaubern am Köln-Bonner Flughafen! Nur ein hektisch quer durch die Halle hastender Flughafenangestellter fällt aus dem Rahmen von so viel Gelassenheit. Paradox, denkt Alice, ein hastiger Japaner. Ausnahmen bestätigen eben die Regel. Seltsam nur, dass dieser eilige Mensch direkt auf sie zu läuft. Der wird die Reihe der merkwürdigen Zufälle jetzt noch abrunden, frotzelt sie innerlich, vollends überzeugt, dass das nicht sein kann. Doch der Mann blockt wirklich unmittelbar vor ihr sein Tempo ab und streckt ihr etwas Etuiartiges,

Braunes entgegen. Ihr Portemonnaie! Beladen mit ihrem Koffer und dem übergewichtigen Handgepäck hat sie es am Bankschalter neben sich liegen lassen.

Ohne Papiere wäre sie hier nie pünktlich weggekommen, peinlich! Doch entgegen ihrer Erwartung signalisieren die ausnahmslos freundlichen, verständnisvollen Blicke der umstehenden Reisenden: Macht doch nichts, ist uns auch schon passiert! Ganz ohne Häme.

Alice fragt sich, wie es möglich ist, dass sie in Japan nun schon zum dritten Mal etwas verloren hat. Sie ist schließlich noch keine Alzheimer-Patientin. Verführen Ehrlichkeit und vermehrte Aufmerksamkeit der Umwelt derart schnell zu vermehrter Nachlässigkeit, selbst bei erwachsenen Menschen? Alice vermutet hier einen untersuchungsbedürftigen Zusammenhang. Trotzdem, sie ist ganz schön durcheinander.

Am Schalter wird Alice noch einmal zum Grund von Verzögerung. Es gäbe da noch eine kleine Umstellung, wegen ihres Sitzplatzes. Vage deutet die Hostess es an.

»Wieso denn das?«

Keine Sorge, man werde sich gleich um sie kümmern.

Immerhin wiegt sie Alices Gepäck schon mal ab, vor Alices Augen rollt es auf dem Förderband davon. Irgendwie beruhigend.

»Don't worry«, lächelt die Hostess.

Unter dem Schalter schnappt Alice nach ihrem unzulässig schweren Handgepäck.

Eine Japanerin im Lufthansa-Kostüm tritt auf sie zu und strahlt sie an: »Sorry – you Mrs. Alice? Sie bitte mitkommen.«

Gelassenen Schrittes führt sie Alice zum First-Class-Schalter. Alice traut fast ihren Augen nicht. Dort steht ganz am Ende der langen Schlange Dr. Kobota, ihr ungeliebter Big Spender aus Miyajima, der japanische Vorstand der MAAW. Sie richtet sich innerlich auf, als die Bodenhostess sie an ihm vorbeiführt. Höchste Zeit, dass die berühmte Fee ihre gerechte Hand wieder einmal wohltuend ins Spiel bringt. Am Schalter in der Schlange vor Dr. Kobota spürt Alice dessen verdutzten Blick im Rücken. Man übergibt ihr ein fertig ausgestelltes Erste-Klasse-Ticket mit der diskreten Begründung, die Touristenklasse sei überbucht. Ein deutlicher Verstoß gegen die unumstößlichen, hierarchischen Bestimmungen von Dr. Kobota, erkennt Alice innerlich grinsend. Nicht nur, dass sie vor ihm abgefertigt wird, sie fliegt auch noch in derselben, privilegierten Klasse wie er.

Wow! Gut, hätte sie jemand gefragt, wäre sie lieber Boris noch einmal begegnet, aber was solls. Aufgewertet durch eine neue Bordkarte, begegnet Alice im Vorbeigehen Dr. Kobotas verwundertem Blick, den sie mit einem schwachen, dezent-freundlichen Kopfnicken beantwortet. Ihre Ergötzung darüber muss er nicht unbedingt mitkriegen. Wie selbstverständlich und mit einer Allüre, als schreite sie zu einer privaten Beratung mit dem Tenno persönlich, schwebt sie an Dr. Kobota vorbei.

Der Zufälle nicht genug, platziert man sie auf der Gangseite, nur durch einen freien Sitzplatz getrennt, ausgerechnet neben dem Fensterplatz Dr. Kobotas! Alice verschafft das nicht nur mehr Beinfreiheit, sondern auch die Möglichkeit, sich jederzeit unabhängig von ihm bewegen zu können.

Den freien Platz zwischen seinem und ihrem Sitz benutzt er als Ablage für seine Fachzeitschriften.

Kurz überlegt Alice, eine der Stewardessen zu bitten, sie neben einen anderen Fluggast zu setzen, dann aber beschließt sie, dass ihre Nähe nur für ihn einen Bruch seines sozialen Werteschemas darstellt, und so mutet sie sich ihm weiterhin zu. Sie, die noch nie in der ersten Klasse geflogen ist, wird diesen Flug sogar neben Herrn Dr. Kobota zu schätzen wissen.

Immerhin begrüßt er sie höflich distanziert und bedankt sich für die seiner Ehefrau übersandten Blumen. Gönnerhaft lässt er sich sogar herab, ihr das Ziel seiner wichtigen Reise mitzuteilen: ein Ärzte-Kongress in den Niederlanden. Ein kurzer Austausch von Substanzlosigkeiten, dann verschanzt er sich hinter seinen Zeitschriften und schläft irgendwann neben ihr ein.

Wenn nicht der freie Sitz zwischen beiden, so ist es der überaus beträchtliche Klassenunterschied, der Alice in diesem Fall einen weiteren, an ihre Schulter gelehnten japanischen Männerkopf erspart.

Als der japanische Vorsitzende der Internationalen Organisation der Ärzte gegen den Atomkrieg ihr auf dem Schiff seine eng beschriftete, einseitig sogar in *romaji* gedruckte Visitenkarte ausgehändigt hatte, geschah es, um sie von Anfang an wissen zu lassen, mit wem sie es zu tun hatte. Seine Einladung war nicht mehr als ein unfreiwilliges Zugeständnis an den russischen Kardiologieprofessor und wird, wie Alice vermutet, aus Spendengeldern bezahlt. Doch für Alice sind alle Mitglieder dieser Organisation, mit deren offiziell deklarierten Zielen sie uneingeschränkt übereinstimmt, very important people. Auch er.

Und so genießt sie entspannt den vorzüglichen Bordservice, ein letztes, köstliches *bento* und im Anschluss daran die Lektüre von Haikus in englischer Übersetzung. Sie hatte sie am Vortag bei ihrem Bummel in einer kleinen Buchhandlung in Shinjuku gefunden.

Das Ende ihrer Japanreise verbringt Alice in samtweicher Stimmung.

Ihr Haus in Köln-Junkersdorf ist stark ausgekühlt, und Alice zittert vor Kälte und Übermüdung, aber auf dem Küchentisch steht ein Paket, dessen Seiten mit japanischen Schriftzeichen bedruckt sind. Also hat Alex das Paket frühzeitig abgeschickt und ihre Nachbarin, der sie einen Schlüssel gegeben hatte, damit sie nach dem Haus sehen und die Pflanzen gießen kann, muss es in Empfang genommen haben.

Sie stellt die Heizung hoch, öffnet die Fenster kurz sperrangelweit, um einmal kräftig durchzulüften, packt ihre Koffer aus, dehnt sich unter der Dusche. Kurz vor dem Einschlafen klingelt das Telefon.

Als sei es das Selbstverständlichste der Welt, berichten sich Alex und Alice gegenseitig die Vorkommnisse der letzten Tage. Bezüglich ihrer Einladung nach Köln bittet Alice Alex um ein wenig Geduld, da sie vorab etwas klären müsse.

Gleich am nächsten Wochenende fliegt sie nach München, dort nimmt sie sich einen Mietwagen.

DÄMMERUNG

In dichtem Nebel
Was wurde dort gerufen
Zwischen Boot und Hügel?

Kitô (1740–1789)

Das Haus liegt am Waldrand, in einem abgelegenen, bayerischen Dorf. Einer der Gründe, aus denen Alice ihre Eltern nach deren Umzug so selten besuchte. Es befand sich einfach niemals auf ihrem Weg.

Sie klopft sich den Schnee von den Schuhen, dreht leise den Schlüssel herum, öffnet die schwere Eichentür so vorsichtig, als schliefen sie noch, oben in ihrem Zimmer.

Nur spärliches Tageslicht dringt durch die Mattglasscheiben der Eingangstür in den Flur. Bis sie sich zum Lichtschalter am Treppenaufgang vortastet, haben sich Alices Augen an das Halbdunkel der Diele gewöhnt. Im Haus riecht es muffig, schlecht gelüftet. Seit mindestens einem halben Jahr hat hier niemand die Fenster geöffnet. Sie hätte besser einem der Nachbarn einen Schlüssel gegeben, aber nicht einmal die Namen der Bauern, denen die angrenzenden, weitläufigen Grundstücke und Äcker gehören, sind ihr bekannt. Und bei ihren seltenen, kurzen Besuchen ist sie nie zufällig jemandem begegnet. Auf den Tod ihrer Eltern war sie nicht eingestellt.

Sie betritt nicht das Wohnzimmer, nicht das Esszimmer oder das Durchgangszimmer, in dem der Flügel steht, auf dem sie als Kind üben musste und den sie nicht mitnehmen konnte, weil die von ihr nach und nach bezogenen Wohnungen dafür immer zu klein waren. Sie öffnet nicht einmal die Läden der Fenster und Terrassentüren, um Licht hereinzulassen.

Alice sucht eine andere Lichtquelle.

Sie läuft geradeaus, direkt auf die Treppe zum Obergeschoss zu, deren Holzstufen sogar dann knarren, wenn sie niemand betritt. Sie nimmt zwei Stufen auf einmal, genau wie früher, und auf dem Podest holt Teresas vertraute Stimme sie ein: »Hast du auch gut abgeschlossen, Alice?«

Sie hört sich wie gewohnt murmeln: »Hab ich, schlaf gut, schlaf weiter«, schleicht am verschlossenen Elternschlafzimmer, am halb geöffneten Elternbad, aus dem es noch immer ein wenig nach Fichtennadelöl riecht, vorbei. Bildet sie sich auch das nur ein? Sie knipst den Lichtschalter zum Obergeschoss an, nimmt drei Stufen auf einmal, überwindet den letzten Treppenaufgang, der knarrt, obwohl er dick mit flauschigem Teppichboden belegt ist, und ihre Tritte bis an die Dachbodentür nicht verschlucken will.

Die Tür ist leicht angelehnt, als bäte sie jemand herein. Die Holzkiste steht in der Mitte der eichenen Holzdielenfläche, vor der Steinwand des Kaminschachts. Sofort vermutet Alice, dass sie vor nicht allzu langer Zeit geöffnet worden ist. Aber wann? Gleich nach ihrem Anruf, vor Curts Geburtstag? Der Deckel liegt lose obendrauf. Alice hatte ihn stets einrasten lassen, in die inneren Kerben der Truhe, eine Gewohnheit, die Teresa amüsiert hatte. »Immer perfekt? Selbst hier, bei dem alten Kram?« Bei jedem ihrer seltenen Besuche zu Hause kramte Alice Curts Aquarellblock hervor, auf der Suche nach neuen Bildern von ihm. Sie wollte nicht, dass sie verstauben.

Immer wenn Curt von seinen Langstreckenflügen zurückkam, aus Bangkok, Hongkong, aus Santiago de Chile und Rio de Janeiro oder von einem der Lufthansa-Trainings, die sich über eine ganze Woche hinzogen, befanden sich neue Aquarelle in diesem Block. Später, als Curt nicht mehr flog, waren es schnell hingeworfene Landschaften, oft unvollständige, an Wochenenden gefertigte Skizzen von Orten, die er besuchte, wenn Teresa das Obst aus dem Garten einkochte, denn andere als ihre Konfitüren aß er nicht. Seine Bilder aber, »Nimm sie mit, wenn sie dir gefallen«, verstaubten unbeachtet in dieser Kiste, allein von Alice bei jedem ihrer Besuche hervorgekramt und bestaunt. Sie hatte diese Aquarelle – Bilder von Wüstenlandschaften mit Kaktushecken, an denen gelbbraune, stachelige Früchte hingen – schon immer geliebt! Figues de Barbarie, Kaktusfeigen, hatte Curt ihr als Kind erklärt. Darunter, Blatt für Blatt, seine ihr unbekannten, fernen Welten in Aquarellen, Kohlezeichnungen, Gouachen und bloßen Bleistiftskizzen: verhüllte Gestalten aus fremden Ländern, Minarette und Andenlandschaften, Meerbilder und Seenlandschaften. Sein, wie sie als Kind fand, schäbiger Aquarellkasten – »der ist doch nicht schmutzig, Kind, er ist benutzt!« – und die Pinsel im Glas stehen dahinter, auf dem Regal an der Wand.

Unter den Bildern liegt auch der Umschlag mit den »schönen« Fotos. Sie kennt sie alle, braucht gar nicht hineinzuschauen, weiß genau, was er enthält: Curt auf einem Kamel, vor den Pyramiden von Gizeh – »Papa, das bist ja du, warum trägst du ein Geschirrtuch über dem Kopf?« –, aber auch uralte, sepiafarbene Daguerreotypien der Familie des Großvaters. Fotos von unbekannten Fliegern, auf denen neben einem mit Tinte aufgemalten Kreuz ein handgeschriebenes Datum steht, Hochzeitsfotos, Geburtstagsfotos, Schwarz-Weiß-Fotos, auf denen oft zwei besonders großwüchsige

Personen hervorstechen: Curt und Herbert. In Fliegeruniform, auf manchen Fotos allein nebeneinander, auf anderen in der Staffel, im Kreis der Fliegerkameraden. Genau daneben, auf gleicher Höhe im Stapel, die welke, braune Hülle, auf der mit Teresas runder Kinderschrift TADASHI geschrieben steht, der Umschlag mit den schrecklichen Fotos. Nur das, was darunter weiß leuchtet, ist neu, ist das, wonach Alice sucht. Sie erkennt es sofort, obwohl sie es bisher niemals gesehen hat: Es ragt seitlich aus dem Stapel heraus. Ein Umschlag, so schneeweiß und sauber, als sei er erst vor Kurzem in die Kiste gelegt worden. Teresa kannte ihre Tochter, wusste genau, wo sie etwas verstecken musste, wenn sie es Alice finden lassen wollte.

Zugeklebt und hinten zweifach mit durchsichtiger Klebefolie gesichert.

»Für Alice«, steht in der Mitte des Briefumschlags.

DER STROM DES HIMMELS

Wann hat sie jemals einen Brief mit solcher Unruhe geöffnet? Zitternd zieht Alice die Klebestreifen ab, klemmt ihren Zeigefinger unter die Klappe und reißt den prall gefüllten Umschlag auf.

Vier Briefumschläge fallen ihr daraus entgegen, durchnummeriert. Drei davon, an Teresa adressiert und mit japanischen Briefmarken frankiert, sind oben sorgfältig aufgeritzt. Die Briefmarken tragen Blumenmotive. Zwei Umschläge tragen Teresas Kieler, einer die bayerische Adresse, in einer unbekannten, wie gestochen wirkenden Handschrift. Die darin liegenden Briefe sind in englischer Sprache verfasst und alle beginnen mit den Worten:

»Teresa, love of my life«

Alice steckt sie zurück in die Umschläge.

Sie öffnet den verschlossenen Brief, auf dem »Für Alice« steht und eine große, mit einem Filzstift umrundete Eins.

ALICE

Liebe Alice,
ich beginne diesen Brief nun zum dritten Mal, weiß nicht, wie ich anfangen soll, die bisherigen landeten im Papierkorb. Wenn also irgendetwas nicht so perfekt sein sollte, versuche bitte (wenn du diesen Brief zu Ende gelesen hast) zu verstehen, wie es mir beim Schreiben jetzt geht. Als reine Vorsichtsmaßnahme möchte ich dir etwas mitteilen, das nicht dich oder dein Leben, sondern ausschließlich meine Vergangenheit betrifft. Für dich ändert sich durch diese Mitteilung nichts. Gar nichts, hörst du? Ich schreibe nur vorsorglich, damit du niemals in Zweifel gerätst. Das Leben hält manchmal verwirrende Überraschungen für uns bereit.
Typisch Teresa, denkt Alice, sie wiederholt sich.
Ich will diese Information nur für alle Fälle hinterlegt wissen – jetzt schon zum dritten Mal! –, auch wenn Curt es für unwichtig und geradezu lächerlich hält, was ich hier »wieder veranstalte«. Er sagt, dass es nicht wichtig sei und darauf nicht ankäme. Dass du, im Gegensatz zu mir, ein realistisch denkender Mensch seist. Du kennst deinen Vater, du weißt, wie er ist. Aber mich hat das Leben gelehrt, dass manchmal, ganz plötzlich, Zweifel entstehen, die entkräftet werden müssen, um wieder ruhig schlafen zu können, was oft nicht leicht ist, das Entkräften meine ich. Oft braucht man dafür Informationen oder Unterstützung von anderen Personen. Warum ich das schreibe, erkläre ich gleich.
Dass ich in Japan war, bevor Curt und ich heirateten, weißt du ja. Auch dass ich in Hiroshima am Ende sehr unglücklich war, habe ich dir erzählt. Ich hatte mich in Tadashi Yamamoto verliebt, glaubte vor meiner Abreise sogar, schwanger von ihm zu sein. Deshalb quälte mich, als Curt mir nach meiner Rückkehr einen Heiratsantrag machte, ein schlechtes Gewissen. Ich beichtete

ihm meine Affäre mit Tadashi. Und nun komme ich zum Grund, weshalb ich dir diese Zeilen schreibe.
Eines Tages tauchte bei uns eine Bekannte von Tadashi auf, die darum bat, mich alleine zu sprechen. Die Frau heißt Seishi Chihiro und arbeitete damals in einem japanischen Kulturinstitut (vielleicht hat sie dich inzwischen ja auch schon aufgesucht und du suchst bereits nach einer Antwort, wenn du diesen Brief findest. Chihiro ist übrigens der Vorname). Sie fragte mich sehr persönliche Dinge, was mir seltsam vorkam. Wie es mir in meiner Ehe ginge, ob ich glücklich sei, ob Curt und ich Kinder hätten, und ohne mir etwas dabei zu denken, beantwortete ich unter anderem auch ihre Frage nach deinem Alter.
Wenige Wochen nach diesem Besuch erhielt ich einen Brief von Tadashi. Es ist der Brief Nr. 2, ich habe die Ziffer auf dem Umschlag vermerkt, du erkennst es am Datum. Darin beschwört mich Tadashi, zurückzukommen, ihm zu gestehen, dass du seine Tochter seist, es gäbe für ihn keinen Zweifel, er habe nachgerechnet usw., lies es selbst nach. Daraufhin schrieb ich ihm, dass ich damals selbst glaubte, schwanger zu sein, als ich Japan verließ. Die Bauchschmerzen und die Übelkeit ließen plötzlich nach, traten später, nach meiner Ankunft in Kiel aber umso schlimmer wieder auf. Ich schrieb Tadashi, was tatsächlich geschehen ist, dass ich hier in Kiel einen Arzt aufgesucht hatte, angetrieben von dem um mich besorgten Curt, und dass mir das vielleicht das Leben gerettet hat, denn ich stand kurz vor einem Blinddarmdurchbruch. Ich war sogar so ehrlich, ihm zu gestehen, dass meine innere Ablösung von ihm, Tadashi, unerwartet lange gedauert hat, was Curt, trotz meiner häufigen Zweifel und emotionalen Rückfälle, bewundernswert tapfer mit mir durchgestanden hat. Ebenfalls schrieb ich ihm, dass ich sicher sei, in Curt genau den wunderbaren, beschützenden Lebenspartner und Ehemann gefunden zu haben, den er,

Tadashi, mir in Hiroshima gewünscht hatte, und dass Curt nicht nur dein Erzeuger, sondern auch ein guter Vater unserer gemeinsamen Tochter sei. Im Nachhinein, schrieb ich, sei ich ihm daher sogar dankbar für seinen Rat, Japan zu verlassen. Curt und ich unterschrieben den Brief gemeinsam und schickten ihn ab. Leider haben wir von diesem Brief keine Kopie angefertigt, sonst hätte ich ihn dir hier noch beigefügt. Wir glaubten ja, das Problem damit aus der Welt geschafft zu haben.
Tadashis dritten Brief lege ich ebenfalls bei. Darin besteht er selbst nach dem Erhalt meiner Antwort darauf, dein Vater zu sein, und verlangt ein erbbiologisches Gutachten. Es scheint sinnlos, ihn davon zu überzeugen, dass Curt dein Vater ist.
Seinen ersten Brief, Nr. 4, hatte ich vorher niemals erhalten. Er übersandte ihn mir als Kopie, dem ersten von ihm erhaltenen Brief Nr. 2 beigefügt. Er muss ihn kurz nachdem ich Hiroshima verlassen hatte geschrieben haben. Wie du dem Brief entnehmen kannst, vermutete er bereits darin eine Schwangerschaft und seine Vaterschaft. Ehemalige Kolleginnen von mir hätten ihm nach meiner Abreise von meinen morgendlichen Übelkeitsanfällen berichtet. Er ertrüge es nicht, wenn ich durch »seine Ekstase der Liebe zu mir« ohne ihn und seinen Beistand ein vielleicht missgestaltetes Kind zur Welt bringen müsste. Das falsche Geständnis, mich nicht zu lieben, hätte er niemals gemacht, wenn ihm bekannt gewesen wäre, dass ich schwanger von ihm war. Er hätte nur zu meinem Schutz so gelogen. Ich solle zu ihm zurückkommen, er wolle dem Kind und mir ein über alles liebender Vater und Ehemann sein. Er stehe zu seinem Wort, und selbst wenn ich nicht käme, werde er sich niemals mehr einer anderen Frau zuwenden. Er warte auf mich, solange er lebe. Seine Sehnsucht nach mir flöge über den Ozean, hinüber nach Westen, würde niemals erlöschen usw. usw., lies es selbst.

Ich weiß nicht, ob du dir vorstellen kannst, wie froh ich im Nachhinein bin, dass mich aus irgendeinem Grund dieser Brief nie erreicht hat. Vermutlich war es wieder einmal mein Vater, dein Opa, der ihn mir gezielt vorenthielt, ich weiß es nicht. In meiner damaligen Verfassung hätte mich dieser Brief in größte Verwirrung gestürzt. Wahrscheinlich hätte ich nach der Blinddarmoperation verwirrt, verliebt und verzweifelt, wie ich damals noch war, doch noch das nächstmögliche Passagierschiff bestiegen, um mich in seinen Armen wiederzufinden.
Liebe Alice, du siehst, diese Erfahrungen betreffen nur mich allein, sie müssen dich also nicht beunruhigen. Ich versichere dir eines, und das ist der Grund dieses Briefes: Du wurdest gezeugt in einem Moment tröstender Wärme, die zu einer dauerhaften Liebe geworden ist. Und ich hoffe, du hattest Gelegenheit zu erkennen, dass die Liebe deiner Eltern immer auch zu dir zurückgeflossen ist.
Sollte je jemand versuchen, dich von etwas anderem zu überzeugen, hast du hiermit die Möglichkeit, alle Zweifel auszuräumen.
Deine Mutter.

Deine Mutter. Sie unterschrieb nicht mit ihrem Namen. Hatte es Teresa gestört, wenn sie sie mit ihrem Vornamen anredete? Warum hatte sie dann nie etwas gesagt?

Vor dem Kippfenster im Dach ist der Himmel noch hell. Pinkfarbene Wolkenfetzen spreizen sich quer über den Winterhimmel wie ausgefranste Blütenblätter von Pfingstrosen. Dazwischen taucht eine bleiche Mondsichel auf. Alice fröstelt, ein Schauer durchzieht ihren Körper. Das dämmrige Licht im Haus verstärkt noch ihr Kältegefühl. Sie steigt in die Küche hinab, sucht im Küchenschrank nach einer Teedose, findet in einer Schublade sogar noch eine Packung Teefilter. Der Wasserhahn spuckt eine kräftige, rostbraune Brühe aus. Sie dreht ihn auf, bis das Wasser klar wird, dann füllt sie den Teekessel und setzt ihn auf die angerostete Herdplatte.

Keine zwei Minuten später blickt sie mit aufgestützten Armen im Zimmer umher. Früher vermittelten die Bilder und Schränke um sie herum ihr das Gefühl, die Tochter wohlhabender Eltern zu sein. Jetzt wirken sie abgelebt, die verblichenen Vorhänge mit dem altmodischen Blumenmuster beinahe ärmlich. Relikte einer verstaubten Vergangenheit, der Vergangenheit von Teresa und Curt. Teresas Vorhaben, neue Gardinen anfertigen zu lassen, fällt Alice ein. Die feucht gewordenen Tapeten im Wohnzimmer verströmen den muffigen Geruch eines monatelang ungelüfteten Hauses, der ihr plötzlich unerträglich vorkommt. Alice erhebt sich, öffnet Fenster und Fensterläden. Kalte Abendluft schlägt ihr scharf ins Gesicht. Der Blick auf den alten Steinbrunnen im Garten lässt Erinnerungen an vergangene Sommer aufkommen. Sommer, in denen die Fontänen noch sangen, deren Düsen nun feuchtwelke Blätter verstopfen. Alles scheint schon so lange zurückzuliegen. Die dünnen Lichtstrahlen der jetzt silbrigen Mondsichel berühren nicht einmal die Terrassensteine, der Garten wirkt düster, traurig und verlassen. Wie mag der Mond jetzt wohl in Japan aussehen und wie herum steht er dort eigentlich? Dass sie sich das einfach nicht merken kann, manche Dinge bekommt sie nie in den Kopf. Sie beschließt, Alex nach einer Gedankenbrücke dafür zu befragen. Irgendwann wird sie es hinbekommen.

Sie schließt die Terrassentür, sucht nach der Teekanne und einer Tasse. Der Orange-Pekoe-Darjeeling ist trocken, riecht aber noch gut. Sie füllt einen gehäuften Esslöffel davon in den dünnen Papierfilter, hält ihn am oberen Ende in der Kanne fest, während sie das kochend heiße Wasser darüber fließen lässt, und klemmt die prall gewordene Filtertüte zwischen Kannenrand und Deckel ein. Suchend blickt sie sich nach dem durchbrochenen Messingstövchen um, das wie gewohnt auf einem Beistelltisch steht. Früher regelmäßig von Teresa geputzt, hat es eine bräunlich matte Farbe angenommen. Nach dem Einschenken bemerkt sie, dass der Farbton des Tees in ihrer Tasse dem des vernachlässigten Stövchens entspricht. Eine matte, feine Kalkschicht schwimmt auf der Oberfläche ihrer Teetasse. Alice beschließt, das Stövchen mitzunehmen und zu putzen. In Köln, wo das Wasser ebenfalls so hart ist, dass sie ihren Tee mit Mineralwasser kocht.

Sie hatte sich dem Geheimnis von Teresa so nahe geglaubt, nun kommt es ihr unklar und wenig verändert vor.

Kann die Bewusstheit des Unergründlichen zu einer Offenbarung werden? Wie tief liegen die Geheimnisse des Lebens eines jeden Menschen versteckt? Unsere Ahnen tragen sie von uns fort in eine stete Vergangenheit, wenn wir unser Interesse nicht rechtzeitig anmelden, nicht früh genug fragen und nachhaken.

Der Himmel hat sich bezogen, aus den rosa Streifenwolken sind schwere, umherziehende Schafe geworden, die sich schwarz und schnell über bleigraue Himmelsuntiefen bewegen. Der Strom des Himmels, denkt Alice, das Gleichnis für das Leben selbst.

Wieder einmal hat die Vergangenheit sie eingeholt, ihr Gelegenheit geboten, aus ihr zu lernen. Aber manchmal, sinniert Alice, überholt sie uns, und wir müssen sie wieder und wieder durchstehen, wie es Teresa ergangen ist. Denn wie oft geschieht es, dass man nicht gleich beim ersten Mal lernt?

»Von dem, was du erkennen und messen willst, musst du Abschied nehmen, wenigstens auf Zeit.«

Sie hatte sich vorgenommen, diesen Satz von Koïchi nicht zu vergessen, und ausgerechnet jetzt fällt er ihr ein. Alice zieht ihre Beine an, lässt eine weitere Tasse des heißen Getränks in sich hineinfließen und greift nach den drei anderen Briefen.

Nacheinander liest sie Tadashis Briefe durch und noch ein zweites Mal. Sie steckt sie in ihre Umschläge zurück und lässt sie in ihren Schoß sinken. Stumm und versonnen schaut sie darauf, als hinge ihr Blick daran fest. Es sind die schönsten Liebesbriefe, die sie jemals gelesen hat.

DIAGNOSE

Ja was denn nun, Blinddarmreizung oder Schwangerschaft? Alice hatte sich die Frage noch im Haus ihrer Eltern gestellt. Bis sie es begriff: Man kann auch in schwangerem Zustand am Blinddarm operiert werden, und selbst Kindern werden manchmal die Augen operiert. Aber konnte man das auch damals schon? Noch in München befragte sie einen Chirurgen dazu.

»Richtig«, erklärte ihr dieser, »Schlitzaugen werden dominant vererbt, also immer. Vielleicht in abgeschwächter Form, wenn nur ein Elternteil sie hat. Und ja, bereits seit den fünfziger Jahren war es möglich, Augen von asiatischen Kindern so zu operieren, dass sie eine westliche Form annahmen. Im günstigsten Fall bleiben die Augen, trotz Wachstums im Kindesalter, in dieser nicht mehr schlitzäugigen Form bestehen.«

War sie also nicht mehr als ein günstiger Fall? Sie traute sich nicht, ihn zu fragen, ob er die Durchführung einer solchen Operation an ihr nachweisen könne. War es ihr lieber, das so genau nicht zu wissen?

Wo war ihr eigenes Leben geblieben seit dem Tod von Teresa und Curt? Wo ihre Freiheit, sich mit anderen Dingen zu beschäftigen als mit dem Leben von Teresa, Curt und Tadashi?

»Von dem, was du erkennen und messen willst, musst du Abschied nehmen, wenigstens auf Zeit.«

Zurück in Köln beschloss Alice, innerlich Abschied zu nehmen. Von Teresa und Curt, von Tadashi und Etsuko. Abschied für ihr eigenes Leben. Sie hatte fürs Erste genug zu verarbeiten. Mehr als genug gesehen und gehört, um daraus zu lernen. Für sich, für ihr eigenes Leben, das sie nur einmal hat. Die Probleme mit der Vereinigung der Kassen-

EPILOG, 2010

ärzte waren auch noch nicht gelöst. Und was das Geheimnis von Teresa betraf, würde, da war sie sich sicher, die Vergangenheit sie irgendwann einholen.

UNERWARTETES

Keiner der Japaner hörte je wieder von Alice. Der versprochene Bericht wurde niemals verfasst. Kurz vor Weihnachten, nur wenige Wochen nach ihrer Rückkehr, gab es in Alices Privatwohnung einen Schwelbrand. Die pergamentenen Wände einer antiken japanischen Bodenlampe aus Rosenholz, von Alice am letzten Tag in Shinjuku erstanden, waren über Nacht abgebrannt und hatten sämtliche Aufzeichnungen, alle Adressen, sogar das von Alice in Japan geführte Tagebuch vernichtet.

Ein Jahr später ging die »Zeitschrift für Kindheit« ein, noch bevor sich die Atombombenabwürfe von Hiroshima und Nagasaki zum fünfunddreißigsten Mal jährten. Die Zeitschrift wandte sich hauptsächlich an pädagogische Einrichtungen und Erzieher. Kinder haben keine Lobby, und den Institutionen fehlt das Geld für die Abonnements. Das vom Herausgeber Ferency so ambitioniert und idealistisch begonnene Projekt wurde aufgegeben.

Aus der Vereinigung der Kassenärzte trat Alice aus. »Was ich verdiene, reicht für uns zwei«, hatte Alex gesagt, und so konnte sie das tun, was sie schon immer tun wollte, und schrieb die Geschichte von Teresa und Tadashi, von Koïchi und Byung Soon auf. Ihre eigene Geschichte hatte ja noch Zeit.

EIN TAG IM JAHR 2010

Peters Stimme klang merkwürdig, als er Alice am Vortag gefragt hatte, ob sie seinen Brief gelesen hätte. Aber das lag nicht daran, dass er mit dem Mobiltelefon aus dem Auto telefonierte.

»Wieso, was steht denn drin in dem Brief?«, fragte Alice, überrascht, dass er sie deswegen anrief. Sie hatte keinen erhalten. Als er stockte und auswich, wurde sie neugierig. Seine Heimlichtuerei ließ auf ein Ereignis von Bedeutung schließen.

»Warte die Post ab!«, sagte er nur.

Wer Alice kannte, machte sich nichts vor: Mit ihrer Ungeduld stand sie seit jeher auf Kriegsfuß. Kommt nicht manchmal spät nachmittags noch Post?, fragte sie sich, ging noch einmal zum Briefkasten, vorsichtshalber, obwohl es nieselte und sie dafür extra ihre Straßenschuhe anziehen musste. Der Briefkasten befand sich im Vorgarten, ein gutes Stück vom Haus entfernt. Sie bückte sich und öffnete den Kasten. Da lag er, Peters Brief. Auf den Umschlag hatte ein Nachbar geschrieben: »Wurde versehentlich bei mir eingesteckt.«

Sekundenlang fraß die Zeit ihren Atem. Regentropfen verschmierten die mit Tinte geschriebene Anschrift auf dem Kuvert, das Alice schon im Hausflur aufriss. Peter schrieb Briefe, und er liebte nun mal seinen Füllfederhalter.

Ihr Sohn schrieb, dass er heiraten wolle, bat sie um Mitteilung, wann er ihr seine zukünftige Frau vorstellen dürfe – eine Japanerin!

Am Tag zuvor hatte Margot ihr ein sprödes, knochentrockenes Wurzelgebilde überreicht: »Eine Rose von Jericho.« Verwundert hielt Alice das verästelte Nest in ihren Händen.

»Die Pflanze kommt jahrelang ohne Wasser aus«, erklärte Margot, »aber einmal in ein Glas mit ausreichend Wasser getaucht, belebt sie sich wieder, breitet sich aus und füllt am Ende das gesamte Gefäß aus.«

Es sei wie mit den Erinnerungen.

Und plötzlich stand Japan vor Alice wie eine Vision. Das Bild von Alex tauchte vor ihr auf. Im Shisendô in Kyoto. Alex, Peters Vater, den sie so kurzfristig nach ihrer Rückkehr aus Japan geheiratet hatte wie Teresa damals ihren Curt. Als die Welt ungeachtet der japanischen Schreckensbilder schon wieder nuklear aufrüstete, hatten Alex und Alice sich etwas vorgenommen: Wenigstens für sich selbst, für ihr unbedeutendes, kleines Leben, wollten sie versuchen, aus der Vergangenheit zu lernen, und für ihr eigenes Glück sorgen.

Nun war Alex schon seit drei Jahren tot, ganz plötzlich in seinem Büro an einem Herzinfarkt gestorben.

Schatten von der Farbe des Japanahorns zogen durch das Album von Alices Erinnerung. Als hätte ihr Leben Tentakel, die sich immer wieder nach diesem Lande ausstreckten. Rose von Jericho.

Was hatte ihre Familie nur immer wieder mit Japan zu tun?

Wie diese Pflanze hatten Alices Erinnerungen unbemerkt über Jahre hinweg geschlummert. Die Erinnerung an jene folgenreiche Reise im Jahre 1978. Sie würde ihr wieder Wasser geben. Unaufhaltsam, bis an die gläsernen Wände ihres heutigen Lebens, würde sie sich in ihr ausbreiten.

Ihr Leben lang hatte Alice gegen die Erstarrung gekämpft, gegen Verkrustungen, festgefahrene Gedanken, eingeengte Gesichtsfelder, die den Blick auf die Weite und Vielfalt menschlicher Möglichkeiten versperrten. Gegen das, was sie »das Verharren der Steine« nannte. Nun kam ein neuer Stein ins Rollen, und die Vergangenheit holte sie ein. Und wie eine Mahnung tauchten die leeren, regennassen Straßen von Hiroshima vor ihr auf, verschwommene Gesichter von Menschen, denen sie dort begegnet war. Alice dachte an Tadashi, dem die Erinnerung einen Pflock ins Herz gerammt hatte, an Koïchi, der die Hölle von Hiroshima durchlebt hatte und trotzdem ein *ningenkohoho* geworden war, ein lebender Nationalschatz. Der vierzig Jahre alt werden musste, bevor er die erste und einzige Frau in seinem Leben lieben durfte, und an Masumi, deren Lippen niemals geküsst worden waren und die sicher schon lange nicht mehr lebte. Ebenso wie Etsuko.

EPILOG, 2010

Ach, Etsuko!

Plötzlich fühlte sich Alice wieder wie mit zweiunddreißig, als sie sich fragte, ob Alex die Liebe ihres Lebens werden und die zweite Hälfte des Lebens mit ihr teilen würde. Alex, der sie das heilige Moos im Shisendô hatte betreten lassen und mit dem sie tatsächlich glücklich geworden war.

Und nun würde Peter eine Japanerin heiraten. Peter, der niemals Schlitzaugen hatte, obwohl diese dominant vererbt werden. Es hörte und hörte nicht auf.

Alice war glücklich.

Ihr Blick fiel auf ein Foto an der Wand. Darauf lachte Alex, umgeben von fünf Japanerinnen im Kimono, die mit ihren Fingern das Victoryzeichen machten.

Es klingelt an der Tür. Ein entspanntes Lächeln umspielt Peters Mund. Er küsst seine Mutter auf die Wange, streichelt die Schnauze von Emir, Alices letztem, noch jungen Saluki.

Kurz darauf tobt er mit dem Hund durchs Wohnzimmer und Alice muss lachen.

»Wie ein Fünfzehnjähriger!«, sagt sie zu Etsuko – ihre zukünftige Schwiegertochter heißt tatsächlich Etsuko!

Am Himmel reißen die vorbeifliegenden Wolken auf und lassen Sonnenstrahlen durch das Terrassenfenster bis ins Wohnzimmer fallen.

Gran, Gordon: »Als deutscher (Steinzeug-)Töpfer in Japan«, Keramik Magazin/Ceramics Magazine, 28. Jahrgang, Nr. 3/2006, Frechen: Ritterbach Verlag 2006.
Hayder, Mo: »Tokio«, Roman, Goldmann 2005.
Legewie, Dr. Jochen: »Japan Analysen Prognosen«, Nr. 198, Sept. 2007.
Lewis, Cecil: »Schütze im Steigflug«, Frankfurt a. Main: Eichborn 2008.
Maruya, Saiichi: »Die Journalistin«, Insel Verlag 1997.
Morley, John David: »Grammatik des Lächelns«, Rowohlt 1989.
Murakami, Haruki: »Naokos Lächeln«, btb 2003.
Murakami, Haruki: »Wie ich eines schönen Morgens im April das 100-prozentige Mädchen sah«, Random House 2008.
Murakami, Haruki: »Gefährliche Geliebte«, btb 2002.
Nothomb, Amélie: »Stupeurs et tremblements«, Paris: Éditions Albin Michel 1999.
Nothomb, Amélie: »Der japanische Verlobte«, Diogenes 2010.
Pacific War Research Society, The: »The day man lost«, Tokyo and New York: Kodansha International 1972, 7th Printing 1989.
Peseschkian, Nossrat: »Der Kaufmann und sein Papagei«, Fischer 1979.
Richman, Alyson: »The Mask Carver's Son«, Bloomsbury Publishing 2000.
Sabouret, Jean-François: »La dynamique du Japon«, CNRS Éditions 2008.
Sa, Shan: »La Joueuse de Go«, Éditions Grasset & Fasquelle 2001.
Sherwin, Martin J./Bird, Kai: »J. Robert Oppenheimer. Die Biografie«, Propyläen 2009.
Van Wolferen, Karel: »Vom Mythos der Unbesiegbaren«, München: Drömersche Verlagsanstalt Th. Knauer Nachf. 1989 (hier : S. 106–107).

Die manchen Kapiteln als Motto vorangestellten Haiku stammen aus:
»Haiku. Japanische Dreizeiler«. Übersetzt von Jan Uhlenbrook. © Philipp Reclam jun. GmbH & Co. KG, Stuttgart 1995.

DANKSAGUNG

Dieses ist mein erster Roman. Viele Leute haben seine Entstehung verfolgt. Ohne ihre direkte oder indirekte Begleitung, ihre Anerkennung, Ermutigung und Unterstützung wäre dieses Buch sicher niemals zu Ende geschrieben und veröffentlicht worden. Diesen Menschen gilt mein aufrichtiger Dank.
Mein beständiger, besonderer Dank gilt Herrn Professor Dr. Karl-Otto Conrady, Hans-Peter Röntgen, Claudia Leist, Claudia Siegmann-Gabriel, Werner Behrens, Tobias Lagemann, Alf Leue, Natalie Adrat, Chris Inken Soppa, Paul Schenke, Pedro Hafermann, Manfred Liedtke, Fritz und Annemarie Niederlintner, aber auch der Literaturagentur Gudrun Hebel.
Zahlreiche Beiträge von Mitgliedern des Autorenforums Montségur haben mich weitergebracht. Auch wenn manches anfangs nicht leicht zu verkraften war, so haben mich doch viele Kommentare meinem Skript gegenüber kritisch gemacht, eine Erfahrung, die ich nicht missen möchte.
Mein besonderer Dank gilt meiner Lektorin Frau Sabine Krieger-Mattila, Herrn Michael Adrian und dem Team des VAT Verlag André Thiele.
Meinem Mann Horst S. danke ich für seine Geduld und seinen Glauben an mich, in Zeiten, wo ich am liebsten alles hingeschmissen hätte.